페이스풀 플레이스
FAITHFUL PLACE

페이스풀 플레이스
FAITHFUL PLACE

타나 프렌치 지음 · 권도희 옮김

엘릭시르

앨릭스에게

차례

프롤로그

인생에서 중요한 순간은 몇 번 오지 않는다. 그리고 한참 뒤에야 비로소 깨닫게 되는 경우를 제외하면, 우리는 그 대부분을 알아채지 못한다. 저 여자에게 말을 걸지 말지 결정을 내리거나, 앞을 확인할 수 없는 모퉁이 길을 천천히 내려가거나, 흐름을 끊고 콘돔을 찾는 그런 순간 말이다. 난 운이 좋았다. 누구나 인정할 것이다. 나는 중요한 순간과 직접 대면했고, 의미가 무엇인지 깨달았다. 컴컴한 페이스풀 플레이스 길 끝에서 기다리던 그 겨울밤에, 나는 주변을 맴돌기만 하던 인생을 송두리째 바꿔버린 급류에 올라탄 기분이었다.

난 열아홉 살이었다. 세상과 싸우기에 충분한 나이였지만, 온갖 어리석은 짓을 저지를 만큼 어린 나이기도 했다. 그날 밤 두 형제들이 코를 골기 시작하자, 난 배낭을 메고 한쪽 손에 닥터마틴을 든 채 방에서 몰래 빠져나왔다. 마룻널이 삐걱거렸다. 여자애들 방에서는 여동생의 잠꼬대 소리가 들렸다. 그날 밤, 나는 마법처럼 아무도 막지 못할 정도로 높이 밀려오는 파도 위에 올라타 있었다. 내가 바로 코앞에서 거실을 가로지르는 동안 소파 겸용 침대에서 자고 있던 부모님은 돌아눕지도 않았다. 난롯불은 붉은빛을 내며 조용히 타오르고 있었다. 내가 가진 물건들 중에 중요한 건 모두 배낭에 들어 있었다. 티셔츠, 청바지, 중고 라디오, 백 파운드, 출생증명서. 잉글랜드로 건너갈 때 필요한 것들이었다. 페리 티켓은 로지가 가지고 있었다.

나는 길 끝의 가로등이 비추는 흐릿한 노란색 불빛 밖 어둠 속에서 그녀를 기다렸다. 공기는 유리처럼 차가웠고, 기네스 맥주 공장의 홉에서 나는 것 같은 짭짜름한 탄내가 났다. 나는 닥터마틴 속에 양말 세 켤레를 겹쳐 신고 있었다. 입고 있던 독일 군용 점퍼 주머니에 양손을 깊이 찔러 넣은 채 그날 밤거리를 따라 들려오는 소리에 귀를 기울였다. 여자의 웃음소리, "지금 할 수 있다고 한 사람 누구지?" 하는 말소리. 창문 닫는 소리. 쥐가 벽돌담을 긁는 소리, 남자의 기침 소리, 휙 하고 모퉁이를 도는 오토바이 소리. 14번지 지하실에서 잠꼬대를 하는 미친 조니 멀론의 나지막하면서도 험악한 투덜거림. 어디선가 들려오는 연인의 소리. 소리를 죽인 흐느낌. 규칙적으로 쿵쿵거리는 소리. 나는 로지의 목 냄새를 떠올리고 하늘을 올려다보며 싱긋 웃었다. 크라이스트처치, 세인트패트릭 대성당과 세인트마이컨 교회에서 자정을 알리는 종소리가 울리기 시작했다. 우리만의 은밀한 새해를 알리는 기념식처럼 하늘 위로 넓게 울려 퍼지는 웅장한 소리였다.

첫 번째 종소리가 울리자 난 두려워졌다. 희미한 부스럭 소리와 뒤뜰을 따라 쿵쾅거리는 소리가 들렸다. 나는 자세를 바로잡고 떠날 채비를 했다. 하지만 로지는 끝에 있는 담장 위로 모습을 드러내지 않았다. 늦게 돌아온 누군가가 몰래 창문을 넘어 집으로 들어가는 소리였던 모양이다. 7번지에 사는 샐리 헌네 갓난아기가 뭔가 마음에 안 드는 듯 칭얼대며 울기 시작했다. 결국 샐리가 자다 일어나 자장가를 불러주기 시작했다.

"나는 내가 어디로 가는지 알아요……. 페인트칠을 한 방들이 예뻐요……."

두 번째 종소리가 울리자 갑자기 뒤통수를 맞은 것처럼 정신이 번쩍 들었다. 나는 끝에 있는 담장을 뛰어넘어 16번지 정원으로 들어갔다. 내가 태어나기 전부터 버려져 있던 곳으로, 들어가지 말라는 어른들의 경고에도 불구하고 모든 아이들의 아지트가 된 장소였다. 맥주 캔과 담배꽁초들이 어지럽게 널린 그곳에서 아이들은 동정을 뗐다. 나는 썩은 계단을 한 번에 네 단씩 올라갔다. 다른 사람이 소리를 들을 수도 있다는 사실에는 신경 쓰지 않았다. 확신이 있었다. 구릿빛 곱슬머리의 로지는 그곳에 있을 것이다. 그녀는 양손을 허리에 올린 채 화를 내며 내게 소리 지를 것이다. "대체 어디 있었던 거야?"

갈라진 마룻널과 구멍 뚫린 회반죽벽. 어둠 속에서 차가운 외풍이 새어 들어왔고 바닥에는 쓰레기들이 가득했다. 하지만 아무도 없었다. 바닥에 쪽지가 떨어져 있었다. 학교에서 나눠준 문제지를 찢어 쓴 쪽지였다. 마룻바닥 위에 놓인 쪽지는 깨진 유리창을 통해 들어오는 흐릿한 빛 속에서 마치 백 년 전 물건처럼 보였다. 나는 급류의 방향이 바뀌면서 치명적으로 변하는 것을 느꼈다. 싸우기엔 너무 막강한 상대였다. 세상의 기운은 더이상 내 편이 아니었다.

나는 쪽지를 가져오지 않았다. 16번지를 나섰을 때 이미 알고 있었다. 내 남은 평생 그 쪽지의 내용을 믿으려 노력하게 되리라는 것을. 난 그 자리를 떠나 길 끝으로 돌아갔다. 가로등 그늘 밑에서 입김을 토해내며 계속 기다렸다. 종소리가 세 번, 네 번, 다섯 번 울렸다. 밤의 어둠이 흐릿하고 아련한 잿빛으로 변하자, 모퉁이에서 하루를 시작하는 우유 수레가 자갈길을 덜그럭거리며 나타났다. 그때까지 나는 페이스풀 플레이스의 길 끝에서 줄곧 로지 데일리를 기다리고 있었다.

I

언젠가 아버지가 말했다. 남자라면 무엇을 위해 죽을지를 아는 것
이 가장 중요하다고. "만일 그걸 모른다면 넌 무슨 가치가 있을까?
없어. 넌 아무것도 아닌 거야." 그때 난 열세 살이었고, 아버지는 고
급 제임슨 위스키 한 병을 4분의 3쯤 비운 상태였다. 어쨌든 그건
멋진 말이었다. 내가 기억하기로 아버지는 아일랜드를 위해, 십 년
전에 돌아가신 할머니를 위해, 빌어먹을 마거릿 대처를 해치우기 위
해 죽을 각오가 되어 있었다.

　그날 이후로 나 역시 언제라도 무엇을 위해 죽을 수 있을지 서슴
없이 말하게 되었다. 처음에는 쉬웠다. 가족, 여자 친구, 집을 위해
죽을 수 있었다. 하지만 시간이 지나자 그게 다소 복잡해졌다. 최근
에 와서야 모든 것들이 다시 확고히 자리를 잡았다. 나로서는 잘된
일이다. 남자로서 자랑스러워할 만한 일 같다. 누가 시키지 않아도

난 내 도시와 직업과 아이를 위해 죽을 것이다.

아이는 지금껏 잘 자라주었고, 내가 지키는 도시는 더블린이다. 그리고 직업은 경찰. 잠복수사과에서 일한다. 사람들은 직업 때문에 죽을 가능성이 높다고 생각할지 모르겠다. 하지만 이 일을 시작한 이래 제일 무서운 건 거대한 똥 덩어리 같은 서류 작업이다. 이 나라의 크기를 생각하면 현장 요원의 활동 시한이 얼마나 짧을지 알 수 있으리라. 작전 두 번, 많아야 네 번 정도만 수행해도 발각될 위험이 커진다. 난 이미 오래전에 아홉 개의 목숨을 다 썼다. 지금은 현장 뒤에서 작전 지휘를 한다.

현장에 나가 있을 때나 뒤에 있을 때나, 잠복수사 요원에게 가장 위험한 건 다음과 같은 경우다. 너무 오랫동안 환상을 만들고, 자기 자신을 통제할 수 있다고 생각하기 시작했을 때. 그러다 보면 스스로를 최면술사나 환각 지배자, 무엇이 현실인지 알고 속임수란 속임수는 전부 다 파악하는 똑똑한 사람으로 여기기 쉽다. 실상은 깜짝 놀라 입을 벌리고 있는 또 다른 관객에 불과한데도 말이다. 자신이 얼마나 유능한가와 관계없이 이 게임에서는 세상이 항상 더 뛰어나다. 훨씬 교활하고 재빠르며 무자비하다. 스스로를 지키기 위해 할 수 있는 일은 오직 자신의 약점을 잘 알고, 불시의 타격에 대한 경계를 결코 늦추지 않는 것이다.

십이월 첫째 주 금요일 오후, 난 인생에서 두 번째로 불시의 타격에 대한 대비를 했다. 그날은 온종일 부하들의 위장 신분을 지키기 위한 업무에 매진했다. 크리스마스 때마다 짓궂은 삼촌한테서 쿠키 하나 얻지 못했을 것 같은 팀원 하나가 복잡한 이유로 인해 몇몇 피라미 마약 중개인들에게 자기 할머니라고 소개할 만한 노부인을 수

배해야만 하는 상황이었다. 일을 마친 뒤, 나는 주말을 함께 보내기 위해 전처 집으로 딸을 데리러 가고 있었다. 올리비아와 홀리는 도키의 말끔한 골목 끝에 자리한 엄청나게 고상한 저택에 산다. 올리비아의 아버지가 결혼 선물로 준 집이다. 우리가 이사했을 때 이 집에는 번지판 대신 명판이 붙어 있었다. 나는 즉시 그 명판을 없애버렸다. 바로 그때 이 결혼이 잘 유지되지 않으리라는 걸 알았어야 했다. 만일 부모님이 내 결혼 사실을 알았다면, 엄마는 신용조합에서 대출을 받아 우리에게 사랑스러운 꽃무늬가 들어간 거실용 소파를 사줬을 것이다. 그리고 우리가 쿠션의 비닐을 벗기면 화를 냈겠지.

올리비아는 내가 집 안으로 들어오지 못하게 출입구 한가운데 버티고 서 있었다.

"홀리는 곧 내려올 거야."

자랑스러움과 후회의 중간쯤 되는 마음으로 가슴에 손을 얹고 말하자면, 올리비아는 굉장한 미인이다. 큰 키, 길고 우아한 얼굴에 부드럽고 풍성한 옅은 금발, 처음에는 그다지 눈에 띄지 않지만 일단 알고 나면 눈을 뗄 수 없는 몸매의 소유자다. 그날 저녁 올리비아는 값비싼 검은색 드레스와 매끈한 스타킹으로 차려입고 중요한 일이 있을 때만 착용하는, 할머니에게서 물려받은 다이아몬드 목걸이를 하고 있었다. 그 모습을 보면 교황조차 모자를 벗고 이마의 땀을 닦았으리라. 하지만 교황처럼 점잖치 않은 나는 휘파람을 불었다.

"무슨 날인가 봐?"

"그냥 저녁 약속일 뿐이야."

"이번에도 그 더모라는 친구랑 먹는 건가?"

올리비아는 내가 던진 미끼를 덥석 물기엔 너무 똑똑했다.

"그 사람 이름은 더멋이야. 그리고 맞아. 그 사람이랑 먹는 거야."

나는 사태가 심각하다는 것을 깨달았다. "한 달 내내 주말마다 만났지? 말해봐. 오늘이 결전의 날인가?"

올리비아가 2층에 대고 소리쳤다. "홀리! 아빠 오셨어!"

그녀가 돌아선 틈에 내가 얼른 곁을 지나 집 안으로 들어갔다. 올리비아에게서 샤넬 넘버 파이브의 향기가 풍겼다. 우리가 만난 뒤로 항상 똑같은 향수였다.

위층에서 딸애의 목소리가 들렸다. "아빠! 곧 내려가. 곧 내려갈게. 금방 내려갈 거야. 지금 막⋯⋯." 그러곤 한참 동안 재잘거림이 이어졌다. 홀리는 다른 사람이 자기 말을 듣는지 안 듣는지는 신경 쓰지도 않고 자신의 복잡한 머릿속을 설명하고 있었다.

"천천히 준비하고 내려와!" 나는 소리친 뒤 주방으로 향했다.

올리비아가 내 뒤를 따라왔다. "더멋이 곧 올 거야." 위협인지 애원인지 정확하게 알 수가 없었다.

나는 냉장고를 열고 안을 살폈다. "그 친구 머리 모양이 마음에 안 들어. 턱도 짧고. 턱이 그렇게 짧은 남자는 믿을 수가 없더라고."

"당신 취향이야 어떻든 상관없어."

"당신이 진지하게 생각하는 사람이라면 홀리 옆에서 보내는 시간도 많아질 거 아니야. 그 친구 성이 뭐랬지?"

완전히 헤어지기 전 사이가 좋지 않을 때, 올리비아가 내 머리를 냉장고 문으로 후려친 적이 있었다. 아마 지금도 그러고 싶을 것이다. 나는 올리비아에게 기회를 주기 위해 계속 냉장고 앞에 몸을 내밀고 있었다. 하지만 그녀는 냉정을 유지했다.

"그건 왜 알고 싶은데?"

"그 친구에 대해 자세히 알아봐야지." 나는 오렌지 주스 통을 꺼내 흔들었다. "이 형편없는 주스는 뭐지? 언제부터 이런 이상한 걸 사게 된 거야?"

올리비아가 은은한 피붓빛 립스틱을 바른 입술을 꾹 다물었다.

"더멋에 대해 조사할 생각 마, 프랭크(프랜시스)."

"어쩔 수가 없어. 그 친구가 혹시 소아 성애자는 아닌지 확인해봐야 하잖아. 안 그래?"

"제발, 프랭크! 그 사람이 그럴 리가……."

"아마 아니겠지. 아닐 거야. 하지만 어떻게 확신해? 좀 미안해도 안전한 게 낫잖아?" 나는 주스 뚜껑을 열고 벌컥벌컥 마셨다.

"홀리! 서둘러!" 올리비아가 큰 소리로 외쳤다.

"내 망아지가 안 보여!" 머리 위에서 쿵쾅거리는 소리가 들렸다.

내가 말했다. "그놈들은 예쁜 아이랑 사는 싱글 맘을 노린다고. 그런 놈들 중에 턱이 짧은 사람이 얼마나 많은지 모를걸. 당신 몰랐지?"

"그래, 프랭크, 난 그런 거 몰라. 그리고 직업을 이용해 위협할 생각은 하지 마……."

"다음부턴 텔레비전에 나오는 소아 성애자들 자세히 봐봐. 흰색 밴을 몰고 턱이 짧을 테니까. 더모는 어떤 차를 몰지?"

"홀리!"

나는 다시 한번 주스를 벌컥벌컥 들이켰다. 그러곤 소매로 입을 닦은 뒤 주스 통을 냉장고에 집어넣었다. "고양이 오줌 같은 맛이 나네. 양육비를 올려주면 더 좋은 주스를 사 마실 거야?"

"지금보다 세 배로 올려주면 일주일에 주스 한 통 정도는 살 수 있겠네. 물론 당신한테는 불가능한 일이겠지만." 고양이는 꼬리를 잡아당기면 발톱을 세우는 법이다.

바로 그때 홀리가 우리 두 사람을 구해주었다. 애가 집이 떠나가라 소리를 질러댔다.

"아빠아빠아빠아빠아빠!"

내가 계단 아래로 다가가자, 아이는 불꽃이 튀듯 펄쩍 뛰어올랐다. 거미집처럼 헝클어진 금발 머리에 반짝거리는 분홍색 장신구를 단 아이가 양다리로 내 허리를 감쌌다. 아이의 책가방과 클래라라고 부르는 푹신푹신한 망아지 인형이 내 몸에 부딪쳤다. "안녕, 거미원숭이." 나는 아이의 정수리에 키스했다. "어떻게 지냈니?"

"바빴어. 그리고 난 거미원숭이 아니야." 아이가 코를 내 코에 맞댄 채 진지하게 말했다. "그런데 거미원숭이가 뭐야?"

홀리는 아홉 살이고, 엄마 쪽을 닮아 가느다란 골격에 멍이 쉽게 드는 피부를 가졌다. 우리 매키 가문은 골격이 튼튼하고 두꺼운 피부에 더블린 같은 기후에서는 감당하기 힘들 정도로 머리숱이 많은데 말이다. 하지만 눈만은 예외였다. 아이가 나와 똑같은 밝은 파란색의 커다란 눈동자로 처음 나를 쳐다보았을 땐, 전기 충격기에 맞은 듯한 기분이었다. 지금도 그 눈을 볼 때마다 가슴이 뛴다. 올리비아가 주소 라벨에서 내 성을 떼어버리고, 냉장고에 내가 싫어하는 주스를 넣어놓고, 내가 쓰던 침대에 소아 성애자 더모를 들일 수는 있을지 몰라도, 홀리의 이 눈동자만큼은 어떻게 할 수 없을 것이다.

난 홀리에게 말했다. "마법에 걸린 숲에 사는 동화 속 마법 원숭이지." 아이는 '대단하다'와 '시도는 좋았네'가 뒤섞인 표정으로 나를 쳐다봤다.

"위에선 뭐 하느라 그렇게 바빴어?"

홀리가 내 품에서 빠져나가 쿵 소리를 내며 마루에 섰다.

"클로이랑 세라랑 같이 밴드를 하기로 했거든. 그래야 학교에서 춤을 추고 흰 부츠도 신을 수 있다고 내가 말했었지? 그래서 세라가 노래를 만들고……"

순간 올리비아와 나는 아이 머리 너머로 서로를 쳐다보며 미소를 지을 뻔했다. 하지만 올리비아가 문득 미소를 멈추고 시간을 확인했다.

진입로를 지나가다가 더모와 마주쳤다. 사실 그 남자가 어떤 사람인지는 알고 있었다. 올리비아가 그놈이랑 처음 저녁 먹으러 나갔을 때 자동차 번호를 조회했기 때문이다. 놈은 흠잡을 데 하나 없는 선량한 시민이었다. 아우디를 황색 이중 실선에 걸쳐서 주차한 적조차 없었고, 평생 트림 한번 크게 할 것 같지 않은 사람이었다.

"안녕하십니까. 홀리도 잘 있었지?"

녀석은 나를 보자 감전이라도 된 것처럼 고개를 숙였다. 아무래도 나를 무서워하는 것 같았다.

"넌 저 아저씨 뭐라고 불러?"

내가 홀리를 어린이용 카 시트에 앉힌 뒤 안전벨트를 매주면서 물었다. 그레이스 켈리처럼 완벽해 보이는 올리비아가 문 앞에서 더모의 키스를 받고 있었다.

홀리는 클래라의 갈기를 쓰다듬으며 어깨를 으쓱했다.

"엄마는 더멋 아저씨라고 부르라고 했어."

"그래서 그렇게 불러?"

"아니. 한 번도 소리 내서 부른 적 없어. 마음속으로는 오징어 얼굴이라고 부르고."

그 말에 내가 어떤 반응을 보이는지 확인하려는 듯 홀리가 백미러를 쳐다보았다. 이미 아이는 고집스럽게 입을 앙다물 준비가 되어 있었다.

난 웃음을 터뜨렸다. "멋진데. 역시 내 딸이야." 핸드브레이크를 풀고 차를 틀자, 올리비아와 오징어 얼굴이 사라졌다.

제정신을 차린 올리비아에게 쫓겨난 뒤로 나는 부둣가에 있는 거대한 아파트 단지에서 살고 있다. 1990년대에 지어진 건물로, 데이비드 린치의 영향을 받은 것이 분명하다. 발소리를 들은 적이 없을 정도로 양탄자가 푹신하지만 새벽 4시에도 마음의 소리 오백 개가 사방에서 웅성거리는 것을 느낄 수 있다. 사람들은 꿈을 꾸고, 희망을 품고, 걱정을 하고, 계획을 세우고, 생각을 한다. 나는 공동주택에서 자랐다. 그러니 공동생활에 익숙할 거라고 생각할지 모르지만, 이건 약간 다르다. 나는 여기 사는 사람들을 전혀 모른다. 심지어 본 적도 없다. 다들 언제 이곳을 드나드는지 모르겠다. 내 생각에 여기 사는 사람들은 이곳을 결코 떠나지 않으며, 자기 아파트 안에서 방어벽을 치고 지내는 것 같다. 나만 해도, 잠을 잘 때조차 한쪽 귀는 그 웅성거림에 열어둔다. 필요하다면 침대에서 벌떡 일어나 내 영역을 지키기 위해서.

나는 이 〈트윈 픽스〉*풍의 개인 공간을 이혼남답게 꾸며놓았다. 사 년이 지나도록 아직 이사 차가 도착하지 않은 것처럼 말이다. 다

---

* 데이비드 린치가 감독한 미국 드라마.

만 홀리의 방은 예외다. 그 방에는 이 세상에 존재하는 온갖 폭신폭신한 파스텔톤의 물건들이 가득하다. 올리비아와 싸워 한 달에 한 번씩 홀리와 주말을 함께 보내게 되었을 때, 나는 쇼핑센터 3층에서 홀리가 쓸 만한 물건들을 전부 사들였다. 딸을 다시는 보지 못할 수도 있다는 생각을 하던 차였다.

"내일은 뭐 할 거야?" 양탄자가 깔린 복도를 지나가는 동안 홀리가 물었다. 양탄자 위로 클래라의 한쪽 다리가 끌리고 있었다. 저번 만남 때만 해도 클래라가 바닥에 끌렸다면 홀리는 살인 사건이라도 일어난 것처럼 비명을 질렀을 것이다. 그사이에 무슨 일이 있었던 모양이다.

"아빠가 줬던 연 기억나? 오늘 밤에 숙제 다 하고, 내일 비가 오지 않으면 피닉스파크에 가서 연 날리는 법을 가르쳐줄게."

"세라도 불러도 돼?"

"저녁 먹은 다음에 세라네 엄마한테 전화해보자."

홀리 친구의 부모들은 나를 좋아한다. 아이들을 공원에 데리고 갈 때 형사보다 더 잘 봐줄 사람은 없을 테니까.

"저녁! 우리 피자 먹어?"

"물론이지."

올리비아는 첨가물이 없고, 유기농에, 섬유질이 풍부한 음식들을 먹는다. 만일 내가 이렇게 조금이라도 균형을 잡아주지 않았더라면 아이는 자기 친구들보다 두 배는 더 건강하게 자랐겠지만 소외감을 느꼈을 것이다. "안 될 것 있나?" 그러고서 방문을 연 순간, 오늘 밤 홀리와 피자를 시켜 먹을 수 없을 것 같다는 조짐이 느껴졌다.

전화기의 음성 메시지 불빛이 미친 듯이 깜박거리고 있었다. 받지 못한 전화가 다섯 통이나 되었다. 일 관련 전화는 휴대전화로 오고, 현장 요원들의 연락이나 비밀 연락은 다른 휴대전화로 온다. 친구들은 나를 만나려면 술집으로 오면 된다는 걸 알고 있다. 올리비아는 연락할 일이 있으면 문자메시지를 보낸다. 따라서 일반 전화로 연락을 하는 건 가족뿐이다. 여동생 재키(재신타) 말이다. 지난 이십 년 동안 가족들 중 얼굴을 보고 말을 나누는 사람은 그 애가 유일하다. 전화가 다섯 통이나 와 있는 걸 보니 아무래도 부모님 중 누군가 돌아가신 모양이었다.

난 홀리에게 노트북을 내밀며 말했다.

"자, 이거 가지고 방에 가서 인터넷으로 친구들이랑 놀고 있어. 아빠 조금 있다가 들어갈게."

스물한 살이 되기 전에는 혼자 온라인에 접속하지 못하게 되어 있다는 것을 너무나도 잘 아는 홀리가 회의적인 표정으로 대꾸했다.

"담배 피우고 싶은 거면 그냥 발코니에 나가서 피워. 아빠 담배 피우는 거 다 아니까."

"아, 그래? 왜 그렇게 생각하는 걸까?"

나는 아이의 등에 손을 올려 방으로 들여보냈다. 다른 상황이었다면 진심으로 궁금했을 것이다. 나는 홀리 앞에서 담배를 피운 적이 없었다. 올리비아도 그런 말을 애한테 하진 않았을 테고. 우리 둘 다 아이에게 꽤 세심하게 신경 쓰고 있었다. 그러니 나에 대한 부정적인 이야기를 하진 않았으리라.

"그냥 알아." 홀리는 클래라와 가방을 침대 위에 내던진 뒤 나를 쳐다보며 도도하게 말했다. 아이는 계속 탐정 흉내를 냈다. "그런데 담배 피우면 안 돼. 마리 테레즈 수녀님이 그러는데, 담배를 피우면

속이 까맣게 변한대."

"마리 테레즈 수녀님 말씀이 맞아. 똑똑하신 분이구나." 나는 노트북의 전원을 켠 뒤 인터넷에 연결했다. "이거 잠깐만 보고 있어. 아빠는 전화 좀 하고 올게. 이베이에서 다이아몬드 같은 건 사면 안 된다."

"여자 친구한테 전화하는 거야?"

이 작은 아이가 얼마나 똑똑해 보이는지. 홀리는 다리 중간까지 내려오는 흰색 패딩 코트를 입고 선 채 두려워하는 기색을 보이지 않으려 애를 쓰느라 눈을 크게 뜨고 있었다.

"아니, 아니야. 아빠 여자 친구 없어."

"맹세해?"

"맹세해. 당분간은 여자 친구 사귈 생각도 없고. 몇 년 뒤에 네가 골라주면 되겠다. 어때?"

"난 엄마가 아빠 여자 친구였으면 좋겠는데."

"그래, 알아."

나는 홀리의 머리에 손을 올렸다. 아이의 머리카락은 꽃잎처럼 부드러웠다. 이윽고 방문을 닫고, 누가 죽었는지 확인하기 위해 거실로 돌아갔다.

음성 메시지를 남긴 건 역시 재키였다. 동생은 급행열차처럼 빠르게 말을 퍼부었다. 나쁜 징조다. 재키는 좋은 소식을 전할 땐 브레이크를 잡고("무슨 일이 있었는지 오빠는 모를 거야. 한번 맞혀봐"), 나쁜 소식일 땐 속도를 올렸다. 지금은 경주용 차처럼 빨랐다.

"맙소사, 오빠, 전화 좀 받아. 할 말 있으니까. 내가 아무 일도 없이 전화하진 않잖아. 일단 놀라진 않아도 돼. 엄마 문제는 아니니까.

신의 은총으로 말이지. 엄마는 괜찮아. 약간 충격을 받으시긴 했지만 이젠 괜찮아진 것 같아. 처음에는 가슴이 두근거린다고 하셨는데 자리에 앉아서 카멀 언니가 가져다준 브랜디를 마신 뒤엔 좋아지셨어. 엄마, 그렇죠? 다행히 언니가 와 있었지 뭐야. 별일이 없으면 금요일마다 쇼핑을 한 뒤에 엄마한테 들르니까. 그래서 언니가 나랑 케빈 오빠한테 집으로 오라고 전화했지. 셰이(셰이머스) 오빠는 프랜시스한테 전화해서 뭐가 달라지냐며 연락하지 말라고 했지만, 내가 상관 말라고 했어. 이래야 맞지. 지금 오빠가 집에 있다면 이 전화를 받아서 직접 통화를 했겠지? 오빠! 맹세하는데……."

음성 메시지의 용량이 꽉 찼는지, 삐 소리와 함께 이야기가 끊겼다.

카멀 누나에 케빈, 셰이 형까지. 맙소사. 부모님 집에 온 가족이 다 모인 모양이었다. 아버지다. 아버지한테 일이 생긴 것이다. "아빠!" 홀리가 방에서 불렀다. "하루에 담배 몇 개나 피워?"

음성 메시지의 안내가 다음 버튼을 누르라고 지시했다. 나는 고분고분 따랐다.

"내가 담배 피운다고 누가 그래?"

"몇 개나 피우는지 알아야겠어! 스무 개?"

일단은 그렇지. "그럴지도."

재키의 말이 다시 흘러나왔다.

"망할 기계 같으니. 아직 말도 안 끝났는데! 아까 말했어야 했는데, 아버지한테도 아무 일 없어. 아버진 평소와 똑같아. 죽은 사람도 없고, 다친 사람도 없어. 아무 일도 없고, 우리 모두 괜찮아. 케빈 오빠가 약간 당황하긴 했지만 그건 아마 오빠가 어떻게 받아들일지 걱

정이 되어서인 것 같아. 케빈 오빠가 오빠를 워낙 좋아했잖아. 지금
도 그렇고. 암튼 당장은 아무 일도 없으니 걱정할 것 없어. 어쩌면
그냥 누군가의 장난일 수도 있고, 아무것도 아닌 걸로 난리 치는 꼴
인지도 모르니까. 사실 우리도 처음에는 그렇게 생각했어. 물론 장
난이라면 너무 역겹긴 하지만. 말을 이렇게 해서 미안해……."

"아빠! 운동은 얼마나 해?"

이게 다 무슨 소리야? "아무도 모르지만, 사실 아빠는 발레리노
야."

"에이, 농담하지 말고! 운동 얼마나 해?"

"별로 안 해."

"……아무튼, 우리 중 누구도 지금 이게 무슨 일인지 모르겠어.
그러니까 이 메시지 들으면 바로 전화해줄래? 부탁이야, 오빠. 지금
부터 휴대전화 계속 들고 있을게."

딸깍, 삑. 음성 메시지가 끝났다. 나는 대체 무슨 일인지 가늠하기
위해, 적어도 상식적인 선에서 어떤 상황인지 알아내기 위해 음성
메시지 내용을 다시 떠올려보았다.

"아빠? 과일이랑 채소는 얼마나 먹어?"

"트럭 한 대 분량만큼."

"아니잖아!"

"적당히 먹어."

다음 세 개의 메시지는 모두 비슷한 내용이었고, 삼십 분 간격으
로 남겨져 있었다. 마지막 메시지를 남겼을 때 재키는 조용한 곳으
로 자리를 옮긴 것 같았다.

"아빠?"

"얘야, 잠깐만."

나는 휴대전화를 들고 발코니로 나갔다. 아래쪽으로 어두운 강이 흐르고, 하늘에서는 뿌연 오렌지색 빛이 번지고 있었다. 교통 체증의 소음이 요란하게 울렸다. 나는 재키에게 전화를 걸었다. 첫 번째 신호음이 떨어지자마자 동생은 전화를 받았다.

"오빠? 하느님, 감사합니다. 나 미치는 줄 알았어! 어디야?"

말하는 속도가 시속 백삼십 킬로미터 정도로 떨어져 있었다.

"홀리 데려오느라. 무슨 일이야, 재키?"

수화기 저편에서 소음이 들렸다. 시간이 이렇게 지났음에도 형의 목소리를 바로 알아들을 수 있었다. 어렴풋이 들리는 엄마의 음성에 목이 메었다.

"오빠, 일단 자리에 앉아봐. 아니면 브랜디나 뭐 그런 거 한잔 마시든가."

"재키, 무슨 일인지 말하지 않으면 당장 달려가서 네 목을 졸라버릴 거야."

"진정해. 침착하고……." 문이 닫히는 소리가 들렸다. "들어봐." 재키가 말을 이었다. 갑자기 주위가 조용해졌다.

"저기, 내가 얼마 전에 했던 이야기 기억나지? 어떤 사람이 페이스풀 플레이스 끝에 있는 집 세 채를 샀다고 했잖아. 아파트로 개축하겠다고 말이야."

"그래."

"그런데 그 사람이 아파트를 짓지 않기로 했어. 그래서 다들 부동산 가격을 걱정하는 중이지. 그 사람은 그 집들을 그냥 놔두고 일단 지켜보기로 했는데, 그러다가 건축업자들을 보내 벽난로와 몰딩을 뜯어내라고 한 거야. 팔 생각이었던 거지. 그런 물건들에 돈을 많이 주는 사람들이 있다는데, 알고 있었어? 제정신이 아니야. 어쨌든 오늘 공사를 시작했어. 제일 구석에 있는 집부터 말이야. 기억나? 버려진 집?"

"16번지."

"맞아. 그런데 그 집 벽난로를 뜯어냈더니, 그 뒤에서 가방이 하나 나왔어."

재키는 극적으로 말을 멈췄다. 마약? 총기? 현금 다발? 지미 호파*라도 나왔나?

"망할. 재키, 대체 뭔데?"

"로지 데일리의 가방이었어."

거리에서 들려오던 소음들이 순식간에 사라졌다. 하늘을 뒤덮고 있던 오렌지색은 이제 산불처럼 굶주린 야생의 빛으로 변해 통제 불능으로 눈부시게 빛나고 있었다.

"아니야. 그럴 리 없어. 어디서 무슨 소릴 들은 건지 모르겠지만, 다 거짓말이야."

"오빠, 지금……."

재키의 목소리는 근심과 연민으로 가득했다. 만일 동생이 내 앞에 있었으면 때려눕혔을지도 모른다.

"'오빠, 지금'이라니, 헛소리하지 마. 그런 건 없어. 너와 엄마는 말도 안 되고 웃기지도 않는 장난을 치고 있는 거야. 날 가지고 한번 놀아보려는 모양인데……."

---

* 1975년에 실종된 미국의 노동운동가.

"내 말 좀 들어봐. 나도 알아, 지금 오빠가……."

"그게 아니라면 날 집으로 부르기 위한 작전이겠지. 안 그래, 재키? 가족 화합이라도 도모하는 거야? 그런 거라면 경고하는데, 이건 빌어먹을 영화 채널이 아니야. 이런 장난은 끝이 좋을 수 없다고."

"오빠야말로 헛소리 그만해." 재키가 날카롭게 받아쳤다. "진정 좀 하라고. 도대체 날 뭘로 보는 거야? 가방에 보라색 페이즐리 요크 셔츠도 있었어. 카멀 언니도 알아봤는데……."

나는 로지가 그 옷을 입은 걸 백 번도 넘게 봤다. 단추의 촉감도 알고 있었다.

"1980년대에는 그 마을에 있는 여자애들 죄다 그런 옷을 입었어. 카멀 누나는 소문만 듣고 엘비스 프레슬리가 그래프턴 스트리트를 걷고 있다고 난리를 쳤지. 너는 좀 낫다고 생각했는데, 아마 그렇지도 않은……."

"가방 안에 출생증명서도 들어 있었어. 로즈 버너뎃 데일리."

언쟁을 끝내는 한마디였다. 나는 담배를 꺼냈다. 난간에 팔꿈치를 대고, 내 평생 가장 길게 담배를 빨아들였다.

"화내서 미안해." 재키가 부드럽게 말했다.

"그래."

"괜찮아?"

"그래. 먼저 물을게, 재키. 데일리네도 알아?"

"지금 그 집에는 아무도 없어. 노라가 블랜처드타운으로 이사 갔거든. 몇 년 됐을 거야. 데일리 아저씨와 아주머니가 금요일마다 아기를 보러 노라한테 간다더라. 엄마 말로는 전화번호가 어디 있을 거라는데……."

"경찰에는 알렸고?"

"오빠한테만 말하는 거야."

"이 일에 대해 또 누가 알아?"

"젊은 폴란드인 건축업자들뿐이야. 그 두 사람이 일을 마친 뒤에 15번지로 건너가서 가방에 대해 아는 사람이 있는지 물었어. 하지만 15번지에는 지금 학생들만 살거든. 학생들이 건축업자들을 우리집으로 보냈어."

"엄마가 동네 사람들한테 다 말해버린 건 아니고? 확실해?"

"지금 여긴 오빠가 기억하는 시절이랑 많이 달라. 요즘 동네 사람 절반은 학생들이랑 여피족들이야. 컬린네는 여전히 여기 살고, 놀런네랑 헌네도 몇 명 남아 있긴 하지만. 어쨌든 엄마는 데일리네에 먼저 알리기 전엔 누구한테도 말하고 싶지 않대. 그건 아무래도 옳지 않은 일인 것 같다고."

"맞는 말이네. 가방은 지금 어디 있어?"

"여기 거실에 있어. 건축업자들한테 맡길 순 없잖아? 그 사람들은 자기 일을 한 것뿐이고……."

"그럼 됐어. 꼭 필요한 일이 아니면 가방엔 더이상 손대지 마. 내가 최대한 빨리 갈 테니까."

두 번째로 침묵이 흘렀다.

"오빠, 나도 끔찍한 생각은 하고 싶지 않아. 하느님, 우리를 도우소서. 하지만 이건 아무래도 로지한테 좋지 않은 일……."

"아직은 아무것도 몰라. 그냥 앉아 있어. 아무 말도 하지 말고, 내가 갈 때까지 기다려."

나는 전화를 끊고 재빨리 뒤를 돌아보았다. 홀리의 방문은 여전히 닫혀 있었다. 나는 담배를 길게 한 모금 빨아들인 뒤 꽁초를 난간 너머로 던졌다. 이어 새 담배에 불을 붙이고 올리비아에게 전화를 걸었다.

그녀는 '여보세요'라는 말조차 하지 않았다.

"안 돼, 프랭크. 이번엔 안 돼. 말도 꺼내지 마."

"나도 어쩔 수가 없어, 리브(올리비아)."

"주말마다 그랬잖아. 아주 애걸을 했지. 혹시 홀리랑 주말을 보내기 싫은 거라면……."

"홀리랑 주말 보내고 싶어. 이번엔 정말 급한 일이 생겨서 그래."

"늘 그렇지. 프랭크, 당신네 부서도 이틀 정도는 당신 없이 버틸 수 있지 않아? 당신이야 어떻게 생각하든, 당신이 반드시 있을 필요는 없다고."

바로 앞에 다른 사람이 있기 때문인지, 올리비아의 목소리는 가볍고 친근했다. 하지만 그녀는 화가 나 있었다. 포크가 접시에 부딪치는 소리, 주위의 웃음소리가 들려왔다. 뭔가 인공 폭포 같은 소리도 들렸다.

"이번엔 일 때문이 아니야. 가족 때문이지." 내가 말했다.

"물론 그러시겠지. 그런데 그 일이 내가 더멋과 네 번째 데이트 중이라는 거랑 무슨 관계가 있을까?"

"리브, 내가 당신과 더멋의 네 번째 데이트를 망칠 수 있다면 정말 좋을 거야. 하지만 그러기 위해 홀리와 함께 있는 시간을 포기하진 않아. 당신도 그 정도는 알잖아."

잠시 의심이 깃든 침묵이 흘렀다.

"가족한테 무슨 일이 있는 건데?"

"아직 몰라. 재키가 부모님 집에서 몹시 흥분한 상태로 전화했어. 자세한 건 모르겠는데 최대한 빨리 가봐야 할 것 같아."

또다시 침묵이 흘렀다. 이윽고 올리비아가 지쳤다는 듯 길게 한숨을 내쉬었다.

"알았어. 우린 지금 코테리야. 홀리를 이리로 데려다주고 가."

코테리는 텔레비전에 출연하는 요리사가 있는 식당으로, 주말이면 추가 요금이 엄청나게 붙는 곳이었다. 화염병이라도 던져야 할 판이다.

"정말 고마워, 올리비아. 가능하면 밤늦게, 아니면 내일 아침 일찍 홀리를 다시 데리러 갈 거야. 그전에 전화할게."

"그렇게 해. 그게 가능하면 말이야."

올리비아가 대꾸하고는 전화를 끊었다. 나는 담배꽁초를 버린 뒤집 안으로 들어갔다. 이제 내 인생의 여자란 여자의 기분을 모두 나쁘게 만들 참이었다.

홀리는 침대 위에 책상다리를 하고 앉아 다리 위에 노트북을 올려놓고 있었다. 얼굴에는 근심이 가득했다.

"딸, 문제가 생겼어." 내가 말했다.

홀리가 노트북을 가리켰다.

"아빠, 이것 좀 봐."

화면에는 번쩍거리는 그래픽에 둘러싸인 커다란 보라색 글씨로 "52살에 죽을 것이다"라고 적혀 있었다. 아이는 정말 당황한 표정이었다. 나는 침대에 앉아 딸을 끌어안은 뒤 노트북을 내 무릎 위로 옮겼다.

"이게 뭐야?"

"세라가 온라인에서 퀴즈를 찾아냈는데, 내가 아빠를 생각하면서 풀었더니 이렇게 나왔어. 아빠 지금 마흔한 살이잖아."

이런, 맙소사. 지금은 그냥 좀 넘어갔으면 싶은데.

"우리 박새, 이건 인터넷이야. 누구든 아무 말이나 써서 올릴 수 있어. 이런 건 진짜가 아니야."

"여기 적혀 있잖아! 이 사람들은 전부 다 알아!"

내가 홀리의 눈물을 멈추게 하는 걸 보면 올리비아도 나를 사랑해주겠지.

"그럼 아빠 하는 것 좀 봐봐."

나는 아이 뒤에서 팔을 뻗어 내 죽음 선고 시한이 적힌 창을 닫은 뒤 문서 프로그램을 열고 문장을 썼다.

너는 우주의 외계인이다. 봉고 행성에서 이 글을 읽고 있다.

"자, 이것도 진짜야?"

홀리는 눈물이 그렁그렁한 상태로 깔깔거리며 웃었다.

"당연히 아니지."

나는 글자를 보라색으로 설정하고 서체도 근사하게 바꿨다.

"이젠 어때?"

아이가 고개를 가로저었다.

"아빠가 컴퓨터를 갖고 있다가 너한테 질문 몇 개 던지고 이걸 보여줬으면 어땠을까? 그랬으면 진짜 같았겠지?"

순간 무사히 넘어가는구나 싶었다. 하지만 곧 홀리의 작은 어깨가 굳었다.

"근데 조금 전에 문제가 생겼다며."

"그래. 아무래도 우리 계획을 조금 바꿔야 할 것 같아."

"난 엄마한테 돌아가야 하는 거지? 맞지?"

홀리가 노트북을 쳐다보며 말했다.

"그래. 아빠가 정말, 정말 미안해. 최대한 빨리 다시 데리러 갈게."

"또 일하러 가는 거야?"

딸의 입에서 "또"라는 말이 나오니 올리비아에게 들었을 때보다 내가 훨씬 더 몹쓸 인간이 된 기분이었다.

"아니." 나는 몸을 옆으로 기울여 홀리의 얼굴을 마주 보았다. "일 때문이 아니야. 일이면 그냥 될 대로 되라고 하지. 안 그래?" 딸의 얼굴에 희미한 미소가 떠올랐다. "재키 고모 알지? 고모한테 문제가 좀 생겼어. 그래서 지금 당장 아빠를 만나고 싶대."

"나도 같이 가면 안 돼?"

재키도 올리비아도, 이따금씩 아이에게 아빠 가족들에 대해 알려 줘야 한다는 암시를 주곤 했다. 하지만 불길한 여행 가방이 발견된 일은 차치하고라도, 광기가 부글부글 끓어오르는 매키 집안의 가마솥에 홀리의 발가락 하나도 담그게 하고 싶지 않았다.

"이번엔 안 돼. 일이 다 해결되고 나면 재키 고모랑 같이 아이스크림 먹으러 가자. 어때? 그럼 좋겠지?"

"알았어." 홀리는 지쳤다는 듯 작게 한숨을 내쉬었다. 올리비아의 모습 그대로였다. "재미있겠네." 그러고서 아이는 내 무릎에서 내려와 책가방에 물건들을 챙겨 넣기 시작했다.

차를 타고 가는 동안 홀리는 클래라와 대화를 나누었다. 소리가 너무 작아 무슨 말을 하는지는 들리지 않았다. 나는 신호 대기에 걸릴 때마다 백미러로 아이를 살피면서 마음속으로 맹세했다. 데일리가에 연락을 하고 망할 놈의 가방을 그 집 문 앞에 던져놓은 뒤 곧장엘 란초 린초로 돌아와 홀리를 데려갈 거라고. 하지만 이미 그렇게되지 않으리라는 걸 알고 있었다. 그 길과 그 가방은 오랫동안 내가돌아오기만을 기다리고 있었다. 놈들은 이제 내게 갈고리를 걸었으니 그날 밤보다 더 많은 것을 앗아 갈 것이다.

그날의 쪽지는 십 대 멜로드라마에 어울릴 법한 내용이었다. 로지는 항상 그런 짓을 잘했다.

> 이번 일로 많이 놀랐을 거야. 그 점은 미안하게 생각해. 하지
> 만 내가 속인 거라고 생각하진 않았으면 좋겠어. 절대 그런
> 게 아니니까. 난 정말 많이 고민했어. 이게 내가 원하는 인생
> 에 다가갈 수 있는 유일한 방법이야. 내가 해낼 수 있기를, 그
> 리고 이 일로 누구든 다치게 하거나, 당혹스럽게 만들거나,
> 실망시키지 않기를 바랄 뿐이야. 잉글랜드에서의 내 새로운
> 생활에 행운을 빌어주면 좋겠어. 하지만 그러지 않는다고 해
> 도 이해해. 약속할게, 언젠가 다시 돌아올 거야. 그때까지 사
> 랑을 꾹꾹 눌러 담아, 로지.

우리가 처음으로 키스를 나누었던 16번지 바닥에 그녀가 쪽지를남긴 시점과 여행 가방을 들고 담을 넘어 사라진 시점 사이에 틀림없이 무슨 일이 있었던 것이다.

2

처음부터 위치를 알고 나서지 않는 이상, 페이스풀 플레이스가 어디 있는지는 좀처럼 찾을 수 없을 것이다. 리버티 구역은 도시계획자들의 도움 없이 수 세기에 걸쳐 자생적으로 성장했으며, 그중에서도 페이스풀 플레이스는 마치 미로 안에서 잘못 들어선 길처럼 한복판의 막다른 곳에 자리 잡은 마을이다. 트리니티 칼리지와 그래프턴 스트리트의 근사한 쇼핑가까지 도보로 십 분 거리지만, 난 어렸을 때 트리니티 칼리지에 가본 적이 없고 학생들도 우리 마을에 온적이 없었다. 정확하게 말해 우범지대는 아니었다. 그저 공장 일꾼들, 벽돌공들, 제빵사들, 실업수당 생활자들, 과분할 정도로 운이 좋아 기네스 공장에서 일할 수 있었던 사람들이 의료계 종사자들이나저녁 수업을 듣는 학생들과 분리되어 있었을 뿐이다.

리버티 구역의 마을들에는 몇백 년 전부터 통용되어온 이름이 붙어 있었다. 각각 자신들만의 길을 갔고, 자신들만의 규칙을 가지고 있었다. 우리 동네의 규칙은 다음과 같았다. 가진 돈이 얼마나 되었든, 선술집에 갔다면 차례대로 한 잔씩 산다. 친구가 싸움에 휩쓸리는 경우엔 옆에서 지키고 있다가 피를 보는 즉시 그 자리에서 끌어낸다. 그래야 아무도 얼굴이 상하지 않을 테니까. 헤로인은 집에 두고 나온다. 무정부주의자 펑크로커라 할지라도 일요일 미사에는 참석해야 한다. 무슨 일이 있더라도 다른 사람에게 소리를 지르면 안 된다.

나는 집에서 조금 떨어진 곳에 차를 세웠다. 내가 무슨 차를 타는지도, 뒷좌석에 어린이용 카 시트가 설치되어 있다는 것도 가족들에게 알려줄 이유가 없다. 리버티의 밤공기는 예전과 달라진 게 없는 듯했다. 따뜻하고 부산스러웠다. 버석버석한 담뱃갑들, 허공에서 휘날리는 버스표들, 선술집에서 새어 나오는 웅성거림. 모퉁이에 버티고 선 마약중독자들은 트레이닝복을 요란하게 차려입고 있었다. 점잖은 옷차림이 오히려 눈에 확 띌 정도다. 그들 중 두 사람이 나를 쳐다보더니 이쪽으로 다가오기 시작했다. 하지만 내가 무섭게 미소를 짓자 그들은 마음을 돌렸다.

페이스풀 플레이스는 여덟 가구가 두 줄로 늘어선 동네다. 집집마다 현관으로 이어지는 낡은 붉은 벽돌 계단이 있다. 1980년대에는 한 집에 가족들이 서너 명씩 살았다. 어쩌면 더 많았을지도 모르고. 혼자 사는 사람은 미친 조니 멀론밖에 없었는데, 1차세계대전에 참전했던 그는 이프르 문신을 보여주곤 했다. 샐리 헌은 매춘부는 아니었지만 아이들을 많이 상대해주었다. 실업수당을 받아 생활하는 경우라면 지하에 살면서 비타민 D 결핍증에 시달릴 테지만, 직업이 있다면 적어도 1층에서 살 수 있었다. 만일 가족들이 몇 세대에 걸쳐 여기 살았다면 터줏대감 지위를 부여받아 아무도 머리 위로 걸어 다니지 않는 맨 위층에서 지내게 된다.

페이스풀 플레이스는 내 기억보다 작아 보였다. 우리 집 앞 골목은 정신병이라도 걸린 것처럼 어지러웠다. 대부분의 집들과 달리 이중유리와 모조 골동품처럼 보이는 파스텔 톤 페인트로 단정하게 손을 본 집 두 채가 눈에 띄었다. 16번지는 거의 무너진 상태였다. 지붕이 너덜너덜 뜯긴데다 벽돌 더미까지 쌓여 있었다. 현관 계단 앞에는 못 쓰는 손수레가 놓여 있었고, 지난 이십 년 사이 어느 땐가 현관문에 화재가 났던 흔적도 보였다. 8번지의 1층 창문에서는 불빛이 새어 나오고 있었다. 아늑해 보이는 황금색 불빛이 지옥처럼 위험해 보였다.

부모님이 결혼한 뒤로 카멀 누나, 셰이 형, 내가 차례대로 태어났다. 콘돔이 밀수품이라도 되는 것처럼 일 년에 한 명씩 아이를 낳은 것이다. 그런 다음 부모님은 숨을 고르고, 오 년 뒤에 케빈이 태어났다. 이어 다시 오 년 뒤에 재키가 태어났는데, 아마도 부모님이 서로에게 진저리를 치지 않았던 아주 짧은 순간 결실을 맺었던 모양이다. 우리는 8번지의 1층에 살았다. 여자애들 방, 남자애들 방, 주방, 거실이 있었고, 뒤뜰에 공동 화장실이 있었다. 그래서 목욕은 주방에 둔 욕조에서 하곤 했다. 최근에는 부모님만 그 집에서 살고 있었다.

나는 몇 주에 한 번씩 재키와 만났다. 동생은 말 그대로 내게 최신 정보들을 전해준다. 내가 가족들의 상황에 대해 자세히 알아야 한다는 게 그 애의 생각이다. 하지만 나로서는 부고가 있을 때만 알려주었으면 싶다. 우리가 적당한 중간 지점을 찾기까지는 시간이 좀 걸렸다. 페이스풀 플레이스로 돌아갔을 때, 나는 카멀 누나한테 아이가 넷 있고 77A 버스 같은 멍청한 남자와 살고 있다는 것, 셰이 형은 부모님이 사는 집 위층에 살며 학교를 졸업한 뒤로 계속 같은 자전거 가게에서 일하고 있다는 것을 알고 있었다. 케빈은 평면 텔레비전을 팔았고, 매달 여자 친구가 바뀌었으며, 아버지는 뭔가 불분명한 일을 하고 계셨다. 엄마는 여전히 엄마였다. 가족들의 근황을 전하는 재키는 미용사로, 조만간 결혼할 개빈이라는 남자와 함께 살고 있었다. 내 추측이 맞는다면, 가족들 역시 내 근황에 대해서도 아주 소상히 알고 있을 것이다.

대문은 잠겨 있지 않았다. 현관도 마찬가지였다. 더블린에서는 이제 문을 열어놓고 사는 사람들이 없다. 재키가 내가 들어올 수 있도록 문을 열어놓았을 것이다. 거실에서 사람들의 목소리가 드문드문 새어 나왔다. 짤막한 문장들, 긴 침묵.

"모두 오랜만이에요." 내가 문 앞에서 말했다.

모두가 머그잔을 내려놓고 고개를 돌렸다. 엄마의 멋진 검은색 눈, 그리고 내 눈과 똑같은 다섯 쌍의 밝은 파란색 눈이 동시에 나를 쳐다보았다.

"마약 숨겨. 경찰 나리 납셨으니까." 셰이 형이 말했다. 주머니에 손을 찔러 넣은 채 창가에 기대서 있었다. 아마 내가 걸어오는 모습을 보고 있었으리라.

결국 초록색과 분홍색 꽃무늬 양탄자를 구비한 모양이었다. 방 안에는 빵과 습기와 가구 광택제 냄새가 감돌았다. 어디서 나는 건지 모를 희미한 먼지 냄새도 느껴졌다. 탁자 위에는 다이제스티브 비스킷이 가득 담긴 쟁반이 놓여 있었다. 아버지와 케빈은 안락의자에, 엄마는 카멀 누나와 재키를 양옆에 두고 소파에 앉아 있었다. 그 모습이 마치 두 명의 포로를 과시하는 전쟁 지도자처럼 보였다.

엄마는 전형적인 더블린 아줌마의 모습이었다. 150센티미터 남짓한 키에 곱슬거리는 머리카락, 불만이 끝없이 채워지는 듯한 원통형 몸매. 돌아온 탕아에 대한 환영 인사는 다음과 같았다.

"프랜시스, 좀 괜찮은 셔츠를 입고 다닐 수는 없는 거니?"

엄마는 배 위에 양손을 올리고 소파에 편하게 기대앉은 채 나를 아래위로 훑어보았다.

"엄마, 잘 지내셨어요?"

"엄마라니? 어머니라고 불러라. 네 꼴 좀 봐라. 이웃들이 내가 노숙자를 키웠다고 생각하겠구나."

살다 보니 군용 점퍼 대신 갈색 가죽 재킷을 입게 되긴 했지만, 패션 감각은 집을 떠날 때와 똑같았다. 만일 내가 양복 차림이었더라도 엄마는 잔소리를 했을 것이다. 엄마를 상대로 이길 작정을 하면 안 된다.

"재키한테 듣기로는 급한 일이라고 해서요. 아버지도 잘 계셨어요?"

아버진 내 생각보다 좋아 보였다. 예전에 나는 아버지와 많이 닮았다는 얘기를 듣곤 했다. 똑같은 갈색 머리에 단정하지 못한 이목구비. 하지만 세월이 지나면서 닮은 구석이 많이 사라졌다. 다행이다. 아버지는 노인으로 변해 있었다. 백발, 발목까지 올라간 바지. 하지만 아버지를 업으려면 두 번은 고민해봐야 할 정도로 여전히 몸이 좋았다. 그리고, 물론 좀 이른 판단이긴 하지만, 술을 입에도 대지 않은 듯한 모습이었다.

"이렇게 우릴 보러 와줘서 고맙구나. 목젖은 여전히 기수의 물건 같구먼." 아버지의 목소리가 많이 쉬어 있었다. 카멀 누나와 비슷했다.

"다들 그런 소릴 하더라고요. 카멀 누나, 케브(케빈), 셰이 형, 잘 지냈어?"

형은 대꾸하지 않았다.

"와, 프랜시스 형." 케빈이 말했다. 그 애는 유령이라도 본 것처럼 나를 쳐다보고 있었다. 케빈은 이제 금발에 보기 좋을 정도로 탄탄한 체격을 가진 남자로 변해 있었다. 나보다 훨씬 큰 것 같았다.

"말을 하려면 제대로 해." 엄마가 딱딱하게 말했다.

"아주 좋아 보이네." 예상대로 카멀 누나는 이렇게 말했다. 부활한 예수를 만나도 좋아 보인다고 말할 사람이다. 누나의 무식함은 사실 깜짝 놀랄 정도였고 고상한 척 인사를 하는 콧소리는 더 심해졌지만, 나는 별로 놀라지 않았다. 이곳에서의 모든 일들이 왠지 그 어느 때보다도 훨씬 익숙하게 여겨졌다.

"고마워. 누나도 좋아 보이는데."

"이리 와, 오빠." 재키가 말했다. 어지럽게 물들인 머리카락에, 톰 웨이츠*의 만찬에서 막 빠져나온 듯한 차림새였다. 하얀색 자전거용 타이즈와 어떤 장소에도 어울리지 않을 것 같은 주름장식이 달린 빨간색 물방울무늬 상의를 입고 있었다.

"앉아서 차 한잔 마셔. 내가 잔 가져올게." 재키는 자리에서 일어

---

* 재즈와 블루스, 록 등 여러 장르를 오가며 실험적인 음악을 하는 미국 가수. 자유분방하고 독특한 스타일을 사랑하는 팬이 많다.

나 주방으로 향하며 내게 용기를 주듯 살짝 윙크를 했다.

"난 괜찮아." 나는 동생을 만류했다. 엄마 옆에 앉는다는 생각만으로도 등골이 서늘했다. "그 가방부터 보자."

"뭐가 그리 급하니? 이리 와서 앉아라." 엄마가 말했다.

"일이 먼저죠. 가방은 어디 있어요?"

셰이 형이 고갯짓으로 발밑을 가리켰다. "이쪽이야."

재키가 다시 자리에 앉았다. 나는 가족들의 시선을 받으며 탁자와 소파와 의자들을 돌아 그쪽으로 향했다.

가방은 창가에 있었다. 모서리가 둥근 연푸른색 가방으로, 검은색 틀 군데군데 커다란 패치들이 붙어 있었다. 가방은 반쯤 열려 있었는데, 누군가 억지로 자물쇠를 열려고 한 모양이었다. 이제 보니 가방은 너무 작았다. 올리비아는 주말여행을 갈 때도 전기 주전자부터 시작해서 우리가 가진 물건들을 전부 싸가지고 다니는데, 로지는 겨우 작은 가방 한 개를 들고 새로운 인생을 찾아 떠나려 했다니.

"가방 누가 건드렸어?" 내가 물었다.

형이 목구멍 너머에서 울리는 듯한 거친 소리로 웃었다.

"맙소사, 형사 콜롬보 납셨네. 우리 지문도 뜰 거냐?"

셰이 형은 음울하고, 뻣뻣하며, 가만히 있지 못하는 성격이다. 형 옆에 있는 게 어떤 건지 까맣게 잊고 있었다. 사방이 뾰족한 철탑 옆에 서 있는 듯한 기분. 지금 보니 형의 인중과 미간이 더 깊게 팬 것 같았다.

"그냥 물어보는 거야. 누가 이 가방에 손댔어?"

"난 그 가방 근처에도 가지 않았어. 흙투성이잖아."

카멜 누나가 살짝 진저리를 치면서 얼른 말했다. 나는 케빈의 눈을 쳐다보았다. 순간, 내가 이곳을 한 번도 떠나지 않았던 것 같다는 느낌이 들었다.

"나하고 네 아버지가 가방을 열어보려고 했어. 그런데 잠겨 있어서 셰이한테 드라이버를 가져오라고 했지. 우리로선 그럴 수밖에 없었어. 그냥 봐선 누구 건지 알 수가 없었으니까."

엄마가 적대적인 표정으로 나를 보며 말했다.

"잘하셨어요."

"그 안에 든 걸 봤을 때…… 정말 얼마나 놀랐는지 모른다. 심장이 튀어나올 것 같았지. 심장마비가 오나 보다 싶을 정도였어. 그래서 카멀에게 말했지. 네가 차를 몰고 와서 다행이라고 말이야. 만에하나 일이 생기면 병원에 데려다줄 수 있을 테니까."

어떻게 된 일인지 알지도 못하면서 엄마의 눈빛은 모든 일이 내 잘못이라고 말하는 것 같았다.

카멀 누나가 말했다. "트레버는 평소에도 애들 돌보는 걸 개의치 않거든. 그게 그 사람의 대단한 점이지."

"케빈 오빠하고 나도 가방 안을 살펴봤어. 그때 조금 건드렸을 거야. 뭘 만졌는지 기억은 나지 않지만……." 재키가 말했다.

"지문 채취 가루라도 뿌릴 셈이야?" 셰이 형이 물었다. 그는 구부정한 자세로 창틀에 앉아 반쯤 감은 눈으로 나를 쳐다보고 있었다.

"형이 착하게 굴면 언젠가 한번 뿌려주지."

나는 주머니에서 라텍스 장갑을 찾아 손에 꼈다. 아버지가 끔찍하게 쉰 목소리로 웃기 시작했다. 이어 웃음은 속수무책으로 터져 나온 기침에 그대로 묻혔다. 앉아 있던 의자가 흔들릴 정도로 격렬한 기침이었다.

셰이 형의 드라이버는 가방 옆에 놓여 있었다. 나는 그 앞에 무릎을 꿇고 앉아 드라이버로 가방 뚜껑을 열었다. 현장감식반의 남자 직원 두 명이 내게 호감을 가지고 있었고, 예쁜 여자 직원 두 명도 내게 반해 있었다. 그들 중 누군가 은밀히 몇 가지 검사를 해줄 것이다. 하지만 이 이상 증거를 망치면 안 된다.

가방은 뭉쳐진 옷가지로 가득 차 있었다. 안쪽 틀은 반쯤 망가졌고, 세월의 흔적으로 검게 얼룩졌다. 젖은 흙냄새가 강하게 코를 찔렀다. 처음 집에 들어왔을 때 맡았던 정체불명의 냄새가 이 냄새였던 모양이다.

나는 물건들을 천천히 하나씩 꺼내 오염되지 않도록 가방 뚜껑에 올려놓았다. 찢어진 무릎 부위에 격자무늬 천 조각을 댄 푸른색 배기 진. 초록색 모직 풀오버. 발목에 지퍼가 달린 스키니 진 한 벌. 하느님 맙소사, 눈에 익은 바지였다. 그 바지를 입은 로지의 엉덩이가 내 급소를 스친 적이 있다. 나는 눈도 깜박하지 않고 계속해서 옷들을 꺼냈다. 크림색에 가느다란 푸른색 줄무늬가 들어간 칼라 없는 플란넬 남자 셔츠. 흰색 면직 속바지 여섯 벌. 보라색과 푸른색이 섞인, 다 해진 페이즐리 셔츠. 그 셔츠를 집어 들자 출생증명서가 떨어졌다.

"그거야." 재키가 말했다. 재키는 소파 팔걸이 위 너머로 몸을 내민 채 나를 뚫어지게 쳐다보았다. "봤지? 그걸 찾기 전까지는 우리도 아무 생각 없었어. 아이들이 손을 댄 건지, 누군가 훔쳤다가 숨겨놓은 건지, 아니면 어떤 여자가 자신을 때리는 남자를 떠날 생각으로 챙겨놓은 건지 모를 일이었지. 잡지에 그런 사연들이 얼마나 많은지 오빠도 알지?" 재키의 말이 다시 빨라지기 시작했다.

로즈 버너뎃 데일리. 1966년 7월 30일생. 출생증명서의 가장자리는 너덜너덜했다.

"그래. 만일 아이들이 손을 댄 거라면 아주 난장판을 만들어놨네."

U2 티셔츠. 아마 좀이 슬지만 않았다면 지금은 몇백 배의 가치가 나갈 것이다. 푸른색 줄무늬가 들어간 셔츠. 검은색 남자 조끼. 애니 홀 스타일이다. 보라색 모직 풀오버. 연푸른색 플라스틱 묵주. 흰색 면직 브래지어 두 장. 이름 없는 브랜드의 워크맨 한 대. 그 워크맨을 사기 위해 나는 몇 달 동안 돈을 모았다. 로지의 열여덟 살 생일 일주일 전에야 아이비 마켓에서 해적판 비디오를 파는 비커 머레이를 도와주고 모자란 이 파운드를 채울 수 있었다. 슈어 데오드란트 한 통. 집에서 녹음한 카세트테이프 열두 개. 테이프에 적힌 둥글둥글한 로지의 글씨를 알아볼 수 있었다. R.E.M.의 〈머머〉. U2의 〈보이〉. 신 리지, 붐타운 래츠, 스트랭글러스, 닉 케이브 앤드 배드 시즈. 로지는 모든 것을 두고 떠나면서도 녹음 테이프들만큼은 챙겼다.

가방 맨 밑에는 갈색 종이봉투가 놓여 있었다. 이십이 년간의 습기로 딱딱하게 들러붙은 종이들이 이제 부서지려는 참이었다. 나는 조심스럽게 끝을 잡고 들어 올렸다. 말려 있던 젖은 돈처럼 종이가 갈색 봉투에서 떨어졌다. 기관에서 발행한 것이었다. 봉투 앞에 붙은 비닐을 통해 번진 글자들이 몇 개 보였다.

……리어리 – 홀리헤드…… 오전……시 30분 출발…….

로지가 어디로 떠났는지 모르지만, 우리의 페리 티켓을 가지고 간

건 아니다.

모두가 나를 쳐다보고 있었다. 케빈은 무척 당황한 듯 보였다.

"로지 데일리의 가방이 확실한 것 같네."

나는 뚜껑 위에 올려두었던 옷가지를 다시 가방에 집어넣었다. 종이봉투나 서류는 옷가지에 눌려 부서지지 않도록 제일 마지막에 넣었다.

"경찰에 신고할까?" 카멜 누나가 물었다.

아버지는 가래라도 뱉을 것처럼 요란하게 헛기침을 했다. 엄마는 사나운 표정으로 아버지를 쳐다보고 있었다.

내가 물었다. "뭐라고 할 건데?"

뭐라고 말할지 생각한 사람은 아무도 없었다.

"이십 년 전에 누군가 벽난로 뒤에 가방을 쑤셔 박았어. 범죄로 보긴 힘들어. 만약 데일리네 가족이 원한다면 경찰에 신고할 수도 있겠지만, 지금으로선 이 가방이 '굴뚝을 틀어막고 있던 가방 사건'처럼 거물을 끌어낼 것 같진 않은데."

"하지만 로지의 가방이 확실하잖아." 재키가 머리카락 한 가닥을 잡아당기면서 나를 쳐다보고 있었다. 토끼 같은 이를 드러내고, 근심 어린 푸른 눈을 크게 뜬 채였다. "로지는 실종됐어. 거기 있는 가방이 단서고, 증거잖아. 오빠는 뭐라고 부르는지 모르겠지만 말이야. 그런데 우리가 신고를 하면 안 된다니……?"

"로지 실종 신고가 되어 있었나?"

눈빛들이 오갔다. 아무도 알지 못했다. 나도 회의적이었다. 리버티에서 경찰들은 팩맨 게임에 나오는 유령 같은 존재였다. 게임의 일부이긴 하지만 가능한 한 피하는 것이 좋았다. 일부러 경찰을 찾아가는 일은 없었다.

"만일 신고가 되어 있지 않았다면, 이젠 좀 늦은 것 같은데."

내가 손가락 끝으로 가방을 닫으며 말했다.

"잠깐만. 이 상황은⋯⋯. 오빠도 알잖아. 로지는 잉글랜드에 가지 않은 거야. 혹시 누군가를 만난 거라면⋯⋯."

"지금 재키가 하고 싶은 말은, 누군가 로지를 죽인 뒤 쓰레기봉투에 집어넣어 양돈장 근처로 끌고 가서 버렸을지도 모른다는 거야. 가방은 이렇게 벽난로 뒤에 숨겨놓고." 셰이 형이 말했다.

"셰이머스 매키! 그런 말을 하다니! 신이여, 용서해주소서."

엄마가 말했다. 누나는 성호를 그었다.

나 역시 그런 가능성을 생각하던 차였다.

"그럴 수도 있어. 아니면 로지가 외계인에게 납치되었다가 실수로 켄터키 주에 떨어졌을 수도 있고. 가장 단순하게는, 가방을 난로 뒤에 숨긴 건 로지 본인이고 가방을 되찾을 기회를 놓쳐 갈아입을 속옷 한 장 없이 잉글랜드로 갔을 수도 있겠지. 인생에 뭐든 극적인 요소가 필요한 거라면 마음대로 생각해도 돼."

"그러네." 셰이 형이 말했다. 형이 잘못을 많이 저지르긴 해도 멍청하지는 않다. "그래서 넌 그 빌어먹을 게 필요했던 모양이구나." 내가 벗어서 주머니에 집어넣은 장갑 얘기였다. "여기서 어떤 범죄도 일어나지 않았다고 생각해서 말이야. 응?"

"반사적인 행동이었어." 나는 셰이 형을 보며 싱긋 웃었다. "경찰은 언제 어디서나 경찰이니까. 무슨 말인지 알지?"

셰이 형은 역겹다는 듯한 소리를 냈다.

엄마가 경외감과 부러움과 강한 충동이 적절히 섞인 목소리로 말했다.

"테리사 데일리가 알면 미칠 거야. 정신이 나갈 거라고."

여러 가지 이유로, 데일리 가족을 가장 먼저 만나는 건 나여야 했다.

"제가 데일리 아저씨와 아주머니를 먼저 만나 말해볼게요. 어떻게 하고 싶으신지 알아보죠. 두 분은 토요일 몇 시쯤 오세요?"

형이 어깨를 으쓱였다.

"대중없어. 가끔은 오후 늦게 오기도 하고, 아침 일찍 올 때도 있지. 언제든 노라가 데려다줄 수 있으니까."

일이 곤란해졌다. 지금 엄마 표정을 보아 하니 데일리 부부가 현관문을 열기도 전에 뛰쳐나갈 기세다. 차에서 자다가 엄마를 막아볼까도 잠시 생각했지만, 가까운 곳에 주차장이 없었다. 셰이 형은 곤혹스러워하는 나를 쳐다보면서 즐거워하고 있었다.

엄마가 어깨를 쭉 펴더니 말했다.

"네가 원하면 오늘 밤 여기서 묵어도 돼. 이 소파는 여전히 펼쳐지니까."

가족들과 이렇게 따뜻하면서도 애매하게 재회하게 되리라고는 생각지도 못했다. 엄마는 내게 생색을 내고 싶은 것이다. 넘어가면 안 된다. 하지만 그보다 나은 대안이 없었다. 엄마가 덧붙였다. "요즘 네가 고급스러운 것에만 익숙해진 게 아니라면 말이지." 이번엔 좀 부드럽게 나오는 것 같았다.

"안 그래요." 나는 셰이 형을 보며 이를 드러내고 웃었다. "여기도 좋아요. 고마워요, 엄마."

"엄마 말고 어머니라니까. 여기서 아침 식사도 해야 되겠지?"

"저도 여기서 자도 돼요?" 케빈이 느닷없이 물었다.

엄마는 의심스러운 눈으로 케빈을 쳐다보았다. 케빈도 나만큼이나 깜짝 놀란 것 같았다.

"그러겠다면 말릴 수야 없지. 내 좋은 이불들 망치지나 말아라."

그러고서 엄마는 소파에서 일어나 찻잔들을 정리하기 시작했다.

셰이 형이 웃었다. 하지만 기분이 좋은 것 같진 않았다. "'월튼네 사람들'*한테 평화가 찾아왔네." 형은 신발 끝으로 로지의 가방을 밀치면서 말했다. "크리스마스에 어울리게."

엄마는 집 안에서 담배를 못 피우게 했다. 그래서 셰이 형과 재키와 나는 밖으로 나갔다. 카멀 누나와 케빈도 따라 나왔다. 우린 어린 시절 차를 마신 뒤 밖으로 나와 아이스크림을 빨면서 뭔가 재미있는 일이 없나 기다리던 때처럼 현관 계단에 앉았다. 잠깐이지만, 내가 여전히 무슨 일인가 일어나기를 기다리고 있다는 걸 깨달았다. 축구공을 가지고 노는 아이들, 소리를 지르는 남녀, 차를 마시며 소문들을 나누기 위해 서둘러 길을 건너가는 여자들. 아무 일도 일어나지 않았다. 11번지에서는 털이 많이 난 학생 두 명이 킨의 음악을 작게 틀어놓고 요리를 하는 중이었다. 7번지에서는 샐리 헌이 다리 미질을 하고, 누군가 텔레비전을 보고 있었다. 최근 들어서는 이 정도만 되어도 동네가 활기찬 수준이었다.

우리는 자연스럽게 각자 어릴 때 앉던 자리에 앉았다. 셰이 형과 카멀 누나는 맨 꼭대기 계단의 양쪽 끝에, 케빈과 내가 그 아래 자리

---

* 1972년에 시작해 1981년까지 방영된 미국 드라마를 가리킨다. 시골 동네 대가족의 아기자기한 일상을 담고 있다.

를 잡고, 재키는 우리 사이로 맨 밑 계단에 앉았다.

"계속 날이 따뜻하네. 십이월 같지가 않잖아. 뭔가 잘못된 것 같아." 카멀 누나가 말했다.

"지구온난화 때문이지. 누구든 담배 좀 있어?" 케빈이 말했다.

재키가 주머니에서 담배를 꺼냈다. "사람들 너무 빤히 처다보지 마. 안 좋은 습관이야."

"특별한 경우에만 그러는데."

내가 라이터를 꺼내자 케빈이 몸을 앞으로 내밀었다. 불빛을 받아 케빈의 속눈썹이 뺨에 그림자를 드리우자, 순간적으로 어릴 때 볼을 발그레하게 물들인 채 잠을 자던 순진한 모습이 보였다. 한때 케빈은 나를 숭배했고, 어디든 나만 따라다녔다. 내가 지피 헌의 코피를 터뜨린 것도 그 애가 케빈의 젤리를 빼앗아 가서였다. 그랬던 케빈에게서 이젠 애프터셰이브 로션 냄새가 났다.

"샐리 말인데." 내가 고갯짓으로 7번지 쪽을 가리켰다. "애들이 몇 명이나 돼?"

재키가 어깨 너머로 손을 내밀어 케빈에게서 담뱃갑을 돌려받았다.

"열네 명. 그 생각만 하면 내 거시기가 다 따끔거린다니까."

나는 숨죽여 웃다가 케빈과 시선이 마주쳐 싱긋 미소 지었다. 잠시 뒤에 카멀 누나가 말했다.

"난 지금 아이가 넷이야. 대런, 루이즈, 도나, 애슐리."

"재키한테 들었어. 딱 좋네. 애들은 누구 닮았어?"

"루이즈는 날 닮았어. 다행이지. 대런은 자기 아빠 닮았고."

"도나도 재키를 닮았지. 뼈드렁니까지 말이야." 케빈이 말했다.

재키가 케빈을 때렸다. "닥쳐."

"이젠 많이 컸겠다." 내가 말했다.

"그렇지. 대런은 올해 대학 입학시험을 쳤어. UCD*에서 공학을 배우고 싶어 해."

아무도 홀리에 대해선 묻지 않았다. 내가 재키를 과소평가했던 걸까? 그 애가 아무 말도 하지 않았을지도 모르는데.

"애들 사진 볼래?"

누나가 가방에서 휴대전화를 꺼내 뭔가 찾더니 내게 내밀었다.

나는 사진들을 넘겨봤다. 네 명 모두 평범하고 얼굴엔 주근깨가 가득했다. 매형인 트레버는 앞머리가 빠지기 시작한 것만 빼면 예전과 똑같았다. 암울한 외곽 지역에 있는 자갈 섞인 시멘트로 지은 1970년대식 집은 기억이 잘 나지 않았다. 누나는 자신이 꿈꾸던 그대로 살고 있었다. 그렇게 말할 수 있는 사람은 거의 없을 것이다. 카멀 누나에 대해 말하자면, 만일 내 목을 긋는 게 소원이라면 그대로 행할 사람이다.

"애들이 착해 보이네. 잘됐어, 멜리 누나."

내가 휴대전화를 돌려주면서 말했다. 머리 위쪽에서 놀란 숨소리가 들렸다.

"멜리라니, 세상에……. 몇 년 만에 들어보는지 모르겠다."

어둑한 빛 속에서 형제자매들은 모두 예전 모습으로 보였다. 주름살과 피부에 새겨진 혼적들이 사라지고, 케빈의 단단해 보이는 턱이 두드러지고, 재키의 짙은 화장은 지워졌다. 우리 다섯 명은 밤눈이

---

* 유니버시티 칼리지 더블린. 아일랜드를 대표하는 국립대학교.

밝은 편인데다 지금은 졸리지도 않았다. 어둠 속에서 맑은 정신으로 앉아 각자 다른 꿈을 꾸고 있었다. 샐리 헌이 창문 너머로 시선을 돌렸다면 우리를 알아봤을 텐데. 매키 집안의 아이들이 계단에 앉아 있는 모습. 잠시나마 나는 이곳에 있는 것이 기뻤다.

"와." 카멀 누나가 몸을 들썩이며 말했다. 누나는 침묵에 익숙하지 않았다. "엉덩이가 너무 아프다. 프랜시스, 어떻게 된 건지 알고 있지? 안에서 했던 말 무슨 뜻이야? 로지가 가방을 가지러 돌아왔을 수도 있다니?"

형이 잇새로 담배 연기를 내뿜는 소리가 마치 웃음소리처럼 들렸다.

"다 개소리지. 안다고 해도 나만큼밖에 모를걸."

카멀 누나가 셰이 형의 무릎을 내려쳤다. "말조심해." 형은 미동도 없이 어깨만 으쓱했다. "대체 뭘 알고 있는 거야? 왜 그런 말을 한 거지?"

"아직 확실한 건 없어. 하지만 로지가 잉글랜드로 넘어가 행복하게 살고 있을 가능성도 있다고 생각했을 뿐이야."

셰이 형이 말했다. "페리 티켓도, 신분증도 없이 말이야?"

"로지는 돈을 모으고 있었어. 페리 티켓을 가져가지 못했다 해도 새로 한 장 살 수 있었을 거야. 그리고 잉글랜드에 가는 데 신분증은 필요 없어." 전부 사실이었다. 우리가 출생증명서를 챙긴 건 일자리를 알아보는 동안 실업 급여를 받으려면 신분증이 필요하다는 걸 알고 있었기 때문이다. 게다가 우린 결혼도 하기로 했으니까.

재키가 조용히 물었다. "내가 오빠한테 연락한 게 옳은 일이었을까? 아니면 그냥……."

잠시 긴장감이 맴돌았다.

"그냥 내버려뒀어야 해." 셰이 형이 말했다.

"아냐. 잘했어, 재키. 네 직감은 최고라는 거 알지?"

내가 말했다. 재키는 다리를 쭉 펴더니 신고 있던 하이힐을 살폈다. 동생의 뒤통수만 보였다.

"그럴지도 모르지." 재키가 말했다.

우리는 가만히 앉아서 담배를 피웠다. 더이상 맥아와 탄 홉 냄새는 나지 않았다. 기네스 공장은 환경문제로 1990년대에 문을 닫았고, 이제 리버티에는 디젤 가스 냄새가 났다. 발전의 증거였다. 길 끝에 선 가로등 주위로 나방이 모여들었다. 누군가 아이들이 그네처럼 타고 놀 수 있게 그 위에 밧줄을 묶어두었다.

궁금한 게 한 가지 떠올랐다. "아버진 괜찮아 보이던데."

침묵이 흘렀다. 케빈이 어깨를 으쓱였다.

"등이 좋지 않으셔. 재키한테 못 들었어?" 카멀 누나가 물었다.

"아버지한테 문제가 있다는 말은 들었어. 생각보다는 좋아 보이신다는 뜻이야."

누나는 한숨을 쉬었다. "상태가 좋은 날도 있고 나쁜 날도 있어. 오늘은 좋은 편이야. 이런 날은 괜찮아 보이지. 나쁜 날에는……."

셰이 형이 담배 연기를 내뿜었다. 형은 여전히 옛날 영화에 나오는 갱들처럼 엄지와 검지로 담배를 잡는 모양이었다. 형이 심드렁하게 말했다.

"상태가 좋지 않은 날에는 내가 아버지를 들어 옮겨야 해."

내가 물었다. "뭐가 잘못된 건데?"

"몰라. 일 때문일 수도 있고, 아니면…… 의사들 말로는 더이상 일을 할 수 없을 거래. 일을 하면 상태가 더 나빠진다나.”

“술은 끊으셨어?”

셰이 형이 말했다. “그게 너랑 무슨 상관이야?”

내가 다시 물었다. “술은 끊으셨냐니까.”

카멀 누나가 몸을 움직였다. “그래, 이제 술은 안 드셔.”

형이 날카롭게 웃음을 터뜨렸다.

“엄마와도 잘 지내시고?”

“빌어먹을, 너랑은 상관없는 일이라고 했잖아.”

다른 세 명은 숨을 죽인 채 우리가 어떻게 나올 것인지 지켜보고 있었다. 나는 열두 살 때 셰이 형 때문에 이 계단에서 머리가 깨졌다. 지금도 흉터가 남아 있다. 그러고서 오래지 않아 내가 형보다 훨씬 커졌다. 형도 흉터가 생겼다.

나는 천천히 셰이 형을 돌아보았다. “지금 정중하게 묻고 있잖아.”

“지난 이십 년간 관심도 없었으면서.”

“나한테 물어봤어, 여러 번.” 재키가 재빨리 나섰다.

“그래서? 너도 이젠 여기 안 살잖아. 너라고 이 녀석보다 아는 게 많지 않을 텐데.”

“그래서 지금 물어보잖아. 요즘은 아버지가 어머니와 잘 지내시냐고 말이야.” 내가 말했다.

우리는 어둠 속에서 서로를 노려보았다. 나는 담배꽁초를 바닥에 내던질 준비를 하고 있었다.

“아니라고 하면, 네가 근사한 독신자용 아파트를 버려두고 여기 와서 엄마를 보살필 거야?”

“지금 나더러 형 아랫집에서 살라는 거야? 맙소사, 내가 그렇게나 그리웠어?"

위에서 창문이 열렸다. 엄마가 우리들을 내려다보며 소리쳤다.

"프랜시스! 케빈! 들어올 거야, 말 거야?"

"금방 들어가요!"

모두 동시에 큰 소리로 대답했다. 재키가 정신이 약간 나간 것처럼 소리 내어 웃기 시작했다. "우리 좀 봐…….."

엄마가 창문을 쾅 닫았다. 잠시 뒤 형은 마음을 가라앉힌 듯 난간 너머로 침을 뱉었다. 형이 내게서 시선을 떼자 모두가 안도했다.

"난 그만 가볼게." 누나가 입을 열었다. "애슐리는 잠자리에 들 때 엄마가 옆에 있는 걸 좋아하거든. 트레버가 있으면 싫어해. 제 아빠를 얼마나 괴롭히는지. 그게 재미있나 봐."

케빈이 물었다. "집에는 어떻게 가려고?"

"길모퉁이에 차 세워뒀어. 저기 서 있는 기아 차. 트레버는 레인지 로버를 타지." 카멀 누나가 나를 보며 설명했다.

트레버는 항상 다른 사람 기분을 잡쳐놓는 인간이었다. 매형이 원래 그런 사람이라는 것을 확인하게 되어 다행이었다.

"멋지네." 내가 말했다.

"나 좀 태워다 줄래? 직장에서 곧장 왔거든. 오늘은 개빈이 차를 쓸 차례라서." 재키가 말했다.

카멀 누나는 턱을 내밀며 못마땅하다는 듯 혀를 찼다.

"데리러 안 온다니?"

"응. 지금쯤 차는 집에 가져다 놓고 술집에서 친구들이랑 어울리고 있을걸."

누나는 자리에서 일어나 스커트를 매만졌다.

"그럼 집 앞에 내려줄게. 그리고 개빈한테 전해. 만일 너한테 일을 계속 시킬 생각이라면, 적어도 네가 몰고 다닐 차 한 대는 사내라고 말이야. 왜 그렇게 웃어?"

"여성 해방 운동은 건재하구나 싶어서." 내가 말했다.

"난 그런 추태 부린 적 없다. 난 촌스럽고 튼튼한 브래지어를 좋아하거든. 너도 이제 그만 웃어. 여기 놓고 가기 전에 빨리 따라오는 게 좋을 거야."

"갈게. 잠깐만……." 재키가 가방에 담뱃갑을 집어넣고 담배꽁초는 던져버렸다. "내일 전화할게. 그때 볼 수 있는 거지, 프랜시스 오빠?"

"그거야 모르지. 아니면 다음에 보고."

재키가 손을 내밀더니 내 손을 꽉 잡았다. "어쨌든 전화할게." 그러곤 무슨 반사작용처럼 다소 반항적인 목소리로 나지막이 덧붙였다. "오빠가 집에 와서 기뻐. 오빠는 보물이야. 몸 잘 챙기고 잘 지내. 알았지?"

"넌 정말 착한 애야. 잘 가, 재키."

옆에서 서성거리던 카멀 누나가 말했다.

"프랜시스, 우리도 다시 볼 수 있을까? 연락할 거지, 이번에는……?"

"이번 일부터 끝내놓고, 그때 다시 보자. 알았지?"

나는 누나에게 미소를 지어 보였다.

누나는 계단을 내려가 우리 세 사람을 바라보다가 이내 골목을 걸어가기 시작했다. 재키가 또각또각 가느다란 구두 굽 소리를 울리며 골목을 걷자 누나는 동생의 보폭을 따라잡느라 기를 쓰고 따라갔다. 높이 올린 머리나 하이힐이 아니더라도 재키는 카멀 누나에 비해 키가 컸다. 하지만 상황에 따라 몇 번인가 카멀 누나가 앞장서는 경우도 있었다. 도무지 어울리지 않는 두 사람의 조합은 끔찍한 사건에서 악당을 물리치고 가까스로 승리한 만화 속 주인공들 같았다.

"정말 괜찮은 여자들이라니까." 내가 중얼거렸다.

"그래, 정말 그렇지." 케빈이 동의했다.

세이 형이 말했다. "저 두 사람한테 잘해주고 싶은 거라면 넌 그냥 연락하지 않는 게 나을 거야."

그 말이 맞는다는 건 나도 알고 있었다. 하지만 일단 형의 말은 무시했다. 엄마가 다시 창문을 열고 말했다.

"프랜시스! 케빈! 이제 현관문 잠글 거야. 지금 안 들어오면 밖에서 자야 할 거다."

"들어가. 엄마가 동네 사람들 다 깨우기 전에." 세이 형이 말했다.

케빈이 자리에서 일어났다. 온몸을 쭉 뻗자 목에서 관절 꺾이는 소리가 났다.

"큰형도 들어갈 거야?"

"아니, 한 대 더 피우고 들어가려고." 그가 말했다. 현관문을 닫으면서 보니 형은 여전히 계단에 앉아 있었다. 라이터의 딸각 소리와 함께 불꽃이 일렁거렸다.

우리가 밖에서 꾸물거리는 동안 엄마는 이불과 시트와 베개 두 개를 소파 위에 깔아놓았다. 엄마와 아버지는 예전에 우리가 쓰던 방을 쓰고 있었다. 여자애들 방은 1980년대에 들어서 욕실로 개조해

아보카도색 세간을 들여놓았다. 케빈이 자리를 잡고 눕자, 나는 층계참으로 가서 올리비아에게 전화를 걸었다. 엄마는 박쥐처럼 귀가 밝았다.

11시가 넘은 시각이었다. "홀리는 잠들었어. 많이 실망했고." 올리비아가 말했다.

"알아. 당신한테는 다시 한번 고맙고 미안해. 나 때문에 데이트 망친 거야?"

"그럼 잘됐겠어? 코테리에 여분 의자를 가져다 놓고 연어 크루트* 먹으면서 홀리와 부커상 수상작에 대해 이야기라도 나눴을 것 같아?"

"내일까지 여기서 일을 처리해야 할 것 같아. 그래도 저녁 전에 홀리 데리러 갈게. 그럼 당신도 더멋이랑 새로 약속을 잡을 수 있겠지."

올리비아가 한숨을 쉬었다.

"대체 무슨 일이야? 모두 잘 계셔?"

"아직 몰라. 무슨 일인지 알아보는 중이야. 내일이면 좀더 알게 될 것 같아."

침묵이 흘렀다. 나는 올리비아가 욕이라도 하겠거니 생각했지만, 그녀는 이렇게 말했다.

"당신은 어때, 프랭크? 괜찮은 거야?"

부드러운 목소리였다. 그날 밤 내가 제일 피하고 싶었던 게 있다면 바로 올리비아의 다정함이었다. 위험한 위로의 감정이 물결처럼 온몸에 파문을 일으켰다.

"난 아무 일 없어. 그만 끊어야겠다. 아침에 홀리한테 대신 키스해

---

* 연어를 넣은 페이스트리.

줘. 내일 전화할게."

케빈과 나는 소파를 펼쳐 만든 침대에 누웠다. 한 침대를 쓰던 어린 꼬마들이라기보다는, 요란한 밤을 보낸 뒤 지쳐 나가떨어진 파티광이 된 기분이었다. 자리에 누운 채 우리는 레이스 커튼 사이로 희미하게 비치는 불빛을 받으며 서로의 숨소리를 들었다. 한쪽 구석에서는 엄마의 성심상이 요란한 빨간색으로 빛나고 있었다. 올리비아가 그 성상을 본다면 어떤 표정을 지을지 눈에 선했다.

"형을 만나서 좋아. 형도 알지?" 조금 뒤 케빈이 조용히 말했다.

동생의 얼굴에 그늘이 드리워, 내게는 이불 밖에 나와 있는 케빈의 손만 보였다. 동생은 무심코 엄지손가락으로 관절을 문지르고 있었다.

"나도 그래. 넌 좋아 보이네. 나보다 더 크다니 믿을 수가 없다."

코웃음 치는 소리. "그래도 형이랑 한판 붙고 싶진 않아."

나도 웃었다. "그야 그렇겠지. 요즘 난 비무장 전투 전문가라고."

"진짜야?"

"아니, 서류 작업과 문제 해결 전문가야."

케빈이 옆으로 돌아누웠다. 이제 동생은 팔을 베고 누워 나를 쳐다보았다.

"뭐 좀 물어봐도 돼? 왜 경찰이 된 거야?"

나 같은 경찰이 출신지를 알리지 않는 데는 이유가 있다. 자세히 살피려 들면, 나와 같은 환경에서 자란 사람들은 모두 어떤 식으로든 경범죄를 저질렀을 가능성이 있었다. 악해서가 아니라 그게 그 사람들이 살아가는 방식이었다. 페이스풀 플레이스에 사는 사람들 중 절반은 실업 급여로 살아갔고, 모두가 임시직에 종사했다. 특히 아이들이 학교에 다니기 시작해 책과 교복이 필요하면 어쩔 수가 없다. 겨울에 케빈과 재키가 기관지염에 걸렸을 때, 카멀 누나가 아이들 체력을 보충해줘야 한다며 아르바이트를 하던 던네 가게에서 고기를 가져온 적이 있었다. 아무도 무슨 돈으로 고기를 샀냐고 물어보지 않았다. 일곱 살이 되었을 때 나는 가스 미터기 조작하는 법을 알게 되었고, 그래서 엄마는 요리를 할 수 있었다. 일반적인 직업 상담가라면 나더러 경찰이 될 수 없다고 했을 것이다.

"재미있는 질문이네. 사실 간단해. 어떤 행동에 대한 대가였지. 나쁠 것 없잖아?"

"그래? 일은 재미있어?"

"가끔은."

케빈은 한동안 나를 바라보다가 다시 입을 열었다.

"아버진 괴짜를 낳았어. 재키 말로는 그래."

아버지는 미장공으로 일을 시작했지만, 우리가 태어났을 무렵엔 온종일 술을 마시면서 트럭 뒤에서 조악한 물건들을 싣고 부업을 했다. 아마 내가 남창이 되었다면 좋아했을 사람이다.

"그걸 말로 해야 아나? 자, 이제 얘기해봐. 내가 떠난 뒤로 무슨 일이 있었던 거야?"

케빈은 양팔을 머리 밑에 괴며 다시 똑바로 누웠다.

"재키한테 못 들었어?"

"재키는 그때 아홉 살이었어. 무슨 일이 있었는지 제대로 기억할 리가 없지. 재키 말로는 흰옷을 입은 의사가 데일리 아주머니를 데려갔다고 하던데."

"아니, 의사가 아니야. 내가 본 바로는 아니었어."

동생은 천장을 올려다보았다. 창문으로 비쳐 드는 가로등 불빛에 케빈의 눈이 검은 물처럼 반짝거렸다.

"나도 로지를 기억해. 그때 내가 어리긴 했지만…… 아주 또렷하게 기억나. 그 머리카락, 웃음소리, 걸음걸이…… 정말 사랑스러웠어."

"그랬지." 내가 대꾸했다.

더블린이 온통 갈색과 회색과 베이지색으로 뒤덮여 있던 시절이었다. 하지만 로지에게는 여러 개의 밝은 색채가 있었다. 허리까지 내려오는 구릿빛 곱슬머리, 빛을 머금은 초록색 유리 조각 같던 눈동자, 붉은 입술과 하얀 피부, 황금색 주근깨. 리버티의 절반이 로지 데일리에게 반해 있었다. 그녀가 누구도 특별하게 여기지 않고 아무에게도 관심이 없다는 사실이 더 매력적으로 다가왔다. 보는 사람이 어지러울 정도로 뛰어난 몸매를 가지고 있으면서도 로지는 늘 헝겊 조각을 덧댄 청바지를 아무렇지 않게 입곤 했다.

당시 로지의 모습을 보여주고 싶다. 수녀들이 예쁜 여자애들에게 몸은 타락하지 않게 지켜야 하는 것이며 남자애들은 모두 강도나 마찬가지라고 가르치던 시절이었다. 사랑에 빠지기 전, 그러니까 열두 살이 되던 해 어느 여름날 저녁, 우리 두 사람은 자기 몸 보여주기 놀이를 했다. 그때 나는 아직 흑백 골이 생기지 않은 여자의 나체를 가까이에서 볼 수 있었다. 로지는 구석에서 옷을 벗어 던진 뒤, 16번지의 어둑한 빛 속에서 양손을 들어 올리며 빙글 돌아섰다. 활짝 웃는 그 모습에서 빛이 났다. 지금도 그 순간을 생각하면 숨이 막히는 것 같다. 그때 나는 너무 어려 로지와 무엇을 하고 싶은지조차 몰랐다. 정말 아무것도 몰랐지만, 모나리자가 한 손에 성배를 들고 다

른 한 손에는 당첨된 복권을 들고 그랜드캐니언을 걸어온다 해도 그
보다 더 아름답지는 않았을 것이다.

케빈이 천장을 올려다보며 나직한 목소리로 말을 이었다.

"처음엔 무슨 일이 일어났는지도 몰랐어. 셰이 형이랑 난 깨어난
뒤에야 형이 없다는 걸 알아차렸지. 잠시 어디 간 모양이라고만 생
각했어. 그러고서 아침 식사를 하는데, 데일리 아주머니가 노발대발
하면서 집 안으로 들어와 형을 찾는 거야. 형이 없다고 하자 아주머
니는 말 그대로 피가 거꾸로 솟는 것 같았어. 로지의 물건들이 없다
면서, 형이랑 같이 도망갔거나 형이 납치한 거라고 소리치더라. 난
아주머니가 무슨 말을 하는 건지 잘 몰랐어. 아버지가 맞받아 소리
치기 시작했고, 엄마는 이웃 사람들 듣기 전에 두 사람 모두 조용히
시키려고 애를 쓰셨지……."

"그나마 다행이었네." 내가 말했다. 데일리 아주머니도 만만치 않
긴 하지만 악다구니에 있어서는 엄마가 한 수 위였다.

"맞아. 그런데 그때 길 건너편에서 누군가 고함을 질렀어. 그래서
재키와 내가 밖을 살폈지. 데일리 아저씨가 남아 있던 로지 물건들
을 창문 밖으로 집어던지고 있더라. 결국 동네 사람들 모두 무슨 일
이 일어났는지 알게 됐고…… 솔직히 말하면 난 그 상황이 너무 재
미있었어."

케빈이 싱긋 웃었다. 나도 웃을 수밖에 없었다.

"돈을 내라고 해도 볼만한 구경거리였겠지."

"맞아. 그러고서 여자들끼리 싸움이 벌어졌어. 데일리 아주머니
가 형을 사기꾼이라고 부르니까 엄마가 로지를 헤픈 계집애라고 받
아쳤지. 딸은 엄마를 닮는다면서 말이야. 데일리 아주머니는 화가

머리끝까지 났지."

"지금이라면 엄마 쪽에 돈을 걸었을 텐데. 일단 몸무게에서 유리하잖아."

"그런 얘긴 엄마 귀에 안 들리게 해."

"엄마가 깔고 앉으면 데일리 아주머니는 바로 항복할걸."

우리는 어둠 속에서 애들처럼 소리를 죽여 웃었다.

"그런데 데일리 아주머니한텐 무기가 있었어. 손톱이……."

"맙소사. 지금도 손톱이 길어?"

"요즘은 더 길지. 아주머니는 인간…… 그걸 뭐라고 하더라?"

"갈퀴?"

"아니! 닌자들이 쓰는 거. 별 모양인데 던지는 것 있잖아."

"그래서 누가 이겼어?"

"엄마. 막상막하긴 했지만. 엄마가 데일리 아주머니를 밖으로 밀어내고는 문을 닫아버렸어. 아주머니가 문을 걷어차면서 소리치기 시작했지만 결국은 포기했지. 대신 로지의 물건을 버린 아저씨와 싸우기 시작했어. 정말 그때는 표를 팔아도 됐을 거야. 댈러스 팀 경기보다 나았다니까."

한때 우리의 침실이었던 곳에서 아버지가 기침을 하기 시작했다. 벽이 울릴 정도였다. 우린 가만히 그 소리에 귀를 기울였다. 아버지는 다시 쌕쌕거리며 잠이 들었다.

"그 일은 그렇게 끝났어. 한동안 소문으로 시끄러웠는데 보름쯤 지나니까 잠잠해지더라. 엄마와 데일리 아주머니는 몇 년간 서로 말을 하지 않았어. 아버지와 데일리 아저씨도 마찬가지고. 그럴 기회도 없었지. 엄마는 크리스마스 때마다 형이 카드를 보내지 않는다고 욕을 했어. 하지만…….”

그때는 1980년대였고, 이곳에서 일자리를 구할 길은 크게 세 가지뿐이었다. 아버지가 다녔던 회사에 나가거나, 실업 급여를 받거나, 이민을 가거나. 엄마도 결국 우리 중 한 명은 페리 편도 티켓을 가지고 떠나버리리라 예상했을 것이다.

“내가 어디서 죽었을지도 모른다는 생각은 안 하셨던 거야?”

케빈이 코웃음을 쳤다.

“전혀. 엄마는 누군가 다치더라도 우리 프랜시스는 아닐 거라고 했어. 형이 없어졌지만 우린 경찰에 알리지도 않았고, 실종 신고도 하지 않았지. 하지만…… 정말 신경 쓰지 않았던 건 아니야. 우린 그냥…….”

케빈이 몸을 들썩거리자 매트리스가 흔들렸다.

“로지랑 도망갔다고 생각했구나.”

“그래. 두 사람이 서로에게 미쳐 있다는 건 모두가 알았잖아. 그리고 형과 로지가 만나는 걸 데일리 아저씨가 어떻게 생각하는지도 다들 알고 있었으니까. 그러니 그러지 않을 이유가 없었지. 형도 무슨 뜻인지 알지?”

“맞아. 그러지 않을 이유가 없었지.”

“더군다나 쪽지도 있었고. 내 생각엔 쪽지 때문에 데일리 아주머니가 폭발한 것 같아. 누군가 16번지에 갔다가 그걸 발견했거든. 로지가 쓴 것 말이야. 재키가 형한테 말했는지 모르겠는데…….”

“나도 봤어.”

케빈이 고개를 돌려 나를 쳐다보았다. “뭐? 그걸 봤다고?”

“그래.”

케빈이 기다렸지만, 나는 아무 말도 하지 않았다.

"언제 본 거야……? 로지가 떠나기 전에 봤다는 거야? 로지 누나가 형한테 보여줬어?"

"떠난 뒤에. 그날 밤늦게 봤어."

"그럼 뭐야? 그게 형한테 남긴 쪽지였어? 가족이 아니라?"

"내 생각엔 그래. 우린 그날 밤에 만나기로 했어. 그런데 로지는 나타나지 않았고, 대신 그 쪽지를 발견한 거야. 그래서 나한테 남긴 거라고 생각했지."

그걸 보고도 한참을 기다린 다음에야 나는 로지의 의도를 알 수 있었다. 그녀가 나타나지 않은 건 이미 떠났기 때문이었다. 그래서 나는 배낭을 메고 걷기 시작했다. 월요일 아침이 밝아오고 있었다. 거리는 춥고 황량했다. 얼음처럼 차가운 어스름 속에 사람이라곤 나와 청소부, 지친 몸으로 집으로 돌아가는 야간 노동자 몇 명뿐이었다. 트리니티 성당의 시계가 던리어리에서 첫 번째 페리가 떠날 시간임을 알렸다.

나는 결국 배거트 스트리트에 정착했다. 냄새나는 록 뮤지션이 키스 문이라는 이름의 눈이 흐린 잡종견과 함께 살고 있는 곳이었다. 그곳엔 마약이 정말 많았다. 나는 공연장에서 그와 다른 친구들을 알게 되었다. 사정을 다 들은 그들이 나를 맞아들여 그곳에서 지내게 해주었다. 그중 한 명은 래널러에 있는 아파트에서 냄새가 나지 않는 여동생과 살고 있었는데, 내게 반한 그녀가 자기 집 주소를 이용해 실업 급여를 받을 수 있게 해주었다. 그녀는 나를 정말 많이 좋아했다. 정말 고맙게도, 나는 그녀의 주소로 경찰 대학에 지원했다. 다행히 합격하여 훈련을 받기 위해 템플모어로 떠났다. 그녀는 나한테 결혼하자면서 소란을 피웠다.

  망할 로지. 난 그 애의 말을 모두 믿었다. 로지는 결코 빈말을 하는 법이 없었다. 설령 상대에게 상처가 될지라도 늘 솔직하게 이야기하곤 했다. 바로 그 점이 내가 로지를 사랑했던 이유 중 하나다. 우리 가족 같은 사람들과 살았던 나에게는 어떤 꿍꿍이속도 없는 사람이 가장 흥미로웠다. 그래서 그녀가 쪽지에 쓴 말, "약속할게, 언젠가 다시 돌아올 거야"라는 내용도 이십 년간 믿어왔다. 냄새나는 록 뮤지션의 여동생과 잠을 자면서도, 하룻밤만으로는 아까울 정도로 예쁘고 기운 넘치는 여자들과 밤을 보낼 때도, 올리비아와 결혼해서 도키에 사는 동안에도, 나는 계속 로지 데일리가 문을 열고 들어오기를 기다리고 있었다.

  "지금은? 오늘 일에 대해 형은 어떻게 생각해?" 케빈이 물었다.

  "묻지 마. 지금 상황에선 로지가 어떻게 된 건지 알아낼 단서가 없으니까."

  케빈이 조용히 말했다. "셰이 형은 로지가 죽었다고 생각하던데. 재키도 그렇고."

  "그래, 그런 것 같더라."

  케빈의 숨소리가 들렸다. 무슨 말인가 하고 싶은 모양이었다. 잠시 뒤 케빈이 다시 숨을 내쉬었다.

  "뭐야?" 내가 물었다.

  케빈은 고개를 저었다.

  "하고 싶은 말 있지?"

  "아무것도 아니야."

  난 기다렸다.

"그냥…… 모르겠어." 케빈은 침대 위에서 몸을 부산스럽게 들썩였다. "형이 떠나고 셰이 형이 많이 힘들어했어."

"우리가 그 정도로 사이좋은 형제였던가?"

"형들이 늘 싸웠다는 건 알아. 하지만 그 이면에는…… 그러니까 형은 우리 형제라는 거야. 형도 알고 있지?"

명백한 헛소리다. 내 인생 최초의 기억은 잠에서 깨어났을 때 셰이 형이 내 귀에 연필을 쑤셔 넣으려고 했던 것이다. 그게 아니더라도, 케빈이 지금 무슨 말로 나를 혼란스럽게 하든 전부 헛소리다. 나는 겨우 참고 있었다. 그 헛소리를 계속 들었다가는 나도 내가 무슨 짓을 저질렀을지 모르겠다. 다행히 그때 복도 문이 닫히는 소리가 희미하게 들렸다. 셰이 형이 들어온 것이다.

케빈과 나는 가만히 누워 귀를 기울였다. 바깥 계단참에서 발소리가 잠시 멈췄다가 다시 계단 오르는 소리가 이어졌다. 이내 또 다른 문이 열리는 소리가 들렸다. 위층 마룻널이 삐걱거렸다.

"케브." 내가 말했다.

케빈은 잠든 척했다. 잠시 뒤 입이 벌어지더니 작은 소리로 새근거리는 소리를 내기 시작했다.

오래지 않아 위층에 있는 셰이 형도 조용해졌다. 십오 분쯤 지나 온 집 안에 적막이 내려앉자, 나는 조심스럽게 자리에서 일어났다. 구석에 있는 붉은 성심상의 불빛이 다 알고 있다는 듯 나를 바라보고 있었다. 창밖을 내다보았다. 비가 내리기 시작했다. 페이스풀 플레이스의 모든 불빛들이 다 꺼졌다. 하나만 빼고. 노란색 가로등 불빛이 내 머리 위에서 비에 젖은 자갈돌을 향해 쏟아지고 있었다.

3

나는 낙타와 같은 방식으로 잠을 잔다. 잘 수 있을 때 실컷 자두고, 필요할 경우에는 오랜 시간 잠들지 않을 수 있다. 그날 밤 나는 아버지의 코 고는 소리를 들으며, 창문 아래 놓여 있는 옷가방을 쳐다보며, 다음 날 해야 할 일들을 머릿속으로 정리했다.

모든 가능성들이 스파게티처럼 엉켜 있었다. 하지만 그중에서 두 가지가 두드러졌다. 하나는 내가 가족들에게 말했던 내용, 더없이 뻔한 얘기였다. 로지는 혼자 떠나기로 마음먹은 뒤 일찌감치 가방을 숨겨놓았을 것이다. 기회를 엿보다가 가족들이나 내게 들키지 않고 빠져나가기 위해서였다. 그러다 나중에 뒤뜰을 통해 가방을 가지러 왔을 때 쪽지를 떨어뜨려놓은 것이다. 길 쪽은 내가 계속 지켜보고 있었으니까. 하지만 가방을 담 너머로 던지면 요란한 소리가 나리라고 생각한 로지는 그냥 난로 뒤에 가방을 숨겨두고 새 인생을 출발하기로 마음먹었을 것이다. 내가 들었던 쿵쾅대는 소음과 부스럭 소리는 아마 그때 났을 것이다.

대충 설명이 된다. 단 한 가지, 페리 티켓만 제외하면. 만일 로지가 스탠리 코왈스키* 같은 모습으로 항구에서 버티고 있을 나를 피해 하루나 이틀 정도 숨어 있다가 새벽에 페리를 타고 빠져나갈 계획을 세웠다면 미리 사놓은 페리 티켓은 어떻게든 처분했을 것이다. 우리 둘 다 일주일 급료에서 티켓값으로 상당한 금액을 떼어 지불했다. 벽난로 뒤에 페리 티켓을 남겨놓고 간다는 건, 불가피한 상황이 아니라면 말이 되지 않는다.

두 번째 가능성은 서로 그렇게 다른 셰이 형과 재키가 공통적으로 내놓은 의견, 그러니까 로지가 목숨을 잃은 경우다. 그 경우, 첫 번째 가능성에서처럼 혼자 길을 떠났거나 혹은 나를 만나러 오던 로지를 누군가 가로막았을 것이다.

나는 첫 번째 가능성을 잠시 접어두었다. 너무 깊이 박혀 꺼낼 수 없는 총알처럼 반평생에 걸쳐 내 마음 한구석에 자리 잡고 있던 생각이었다. 건드리지만 않으면 보통은 날카로운 가장자리가 느껴지지 않는다. 그보다는 두 번째 가능성이 내 마음을 두드렸다.

토요일 저녁, 결행을 하루 앞두고 마지막으로 로지를 만났다. 나는 일을 하러 가는 중이었다. 내겐 주차장 야간 경비로 일하는 위기라는 친구가 있었고, 위기에겐 나이트클럽에서 경비로 일하는 스테보라는 친구가 있었다. 스테보가 하룻밤 쉬고 싶을 때면 위기가 그일을 대신 해주고, 내가 위기의 일을 대신 했다. 모두가 돈을 벌고,

---

* 테네시 윌리엄스의 희곡 『욕망이라는 이름의 전차』에 나오는 등장인물. 욕망에 눈먼 폭력적인 캐릭터다.

모두가 행복한 방식이었다.

로지는 이멜다 티어니와 맨디 컬런과 함께 4번지 난간에 기대서 있었다. 높이 올린 머리를 하고 반짝거리는 립글로스를 바른 채 꽃같이 달콤한 비누 냄새를 풍기며 줄리 놀런이 내려오기를 기다리는 중이었다. 안개가 자욱하고 추운 저녁이었다. 로지는 소매를 손끝까지 내려 그 위에 입김을 불고, 이멜다는 그 앞에서 왔다 갔다 하며 몸을 덥혔다. 아이들 세 명이 길 끝에 선 가로등에 묶어놓은 밧줄에 매달려 있었다. 줄리의 창문 너머에서 〈더럽혀진 사랑〉*이 흘러나왔다. 토요일 밤의 공기가 감질나는 사과주 같은 사향과 쇄쇄 소리로 채워지고 있었다.

"프랜시스 매키잖아." 맨디가 다른 두 사람을 쿡쿡 찌르며 큰 소리로 말했다. "저 머리 좀 봐. 자기가 멋있다고 생각하나 봐?"

"안녕, 여러분." 난 여자애들을 향해 싱긋 웃으며 인사했다.

몸집이 작고 가무잡잡한 맨디는 소매를 부풀린 옷과 물이 많이 빠진 청바지를 입고 있었다. 그 애는 내 인사를 무시하고 말을 이었다.

"저 애가 아이스크림이라면 죽을 때까지 제 몸을 핥아먹을걸."

"다른 사람이 핥아주는 게 좋은데."

내가 눈썹을 으쓱하며 대꾸했다. 여자애들이 비명을 질렀다.

"이리 와봐, 프랭크." 이멜다가 파마한 머리를 넘기며 말했다. "맨디가 궁금한 게 있다는데……."

맨디가 비명을 지르며 이멜다의 입을 손으로 막으려 했다. 이멜다는 뒤로 몸을 뺐다. "맨디가 물어보고 싶은 게 있다고……."

---

* 가수 글로리아 존스가 1964년에 발표한 노래.

"그만하라니까!"

로지가 웃었다. 이멜다는 맨디의 손을 붙잡고 버텼다.

"맨디가 그러는데, 네 형제가 영화관 가는 거 좋아하는지 궁금하대."

이멜다와 로지가 깔깔 웃고 맨디는 얼굴을 양손으로 가렸다.

"이멜다! 너 죽었어! 얼굴 빨개졌잖아!"

"어린애를 데리고 놀겠다고?" 내가 말했다. "이제 겨우 면도하기 시작한 앤데."

로지가 배를 움켜잡고 웃으면서 말했다.

"아니야! 케빈 얘기가 아니라니까!"

"셰이 말이야! 셰이 오빠가 영화관 가는 거 좋아하는지……."

이멜다는 숨도 제대로 쉬지 못할 지경이었다. 웃느라 결국 말을 맺지도 못했다. 맨디는 비명을 지르면서 손으로 얼굴을 가렸다.

"잘 모르겠네." 나는 유감스럽다는 듯 고개를 저었다. 매키 가문의 남자들은 절대 여자들과 문제를 일으키지 않는다. 하지만 셰이 형은 전혀 달랐다. 형을 보며 자란 나는 어떤 여자든 내가 원하기만 하면 달려오는 게 당연한 줄 알았다. 로지는 셰이 형이 그냥 한번 쳐다보기만 했는데 여자가 브래지어를 풀어버렸다는 이야기를 한 적도 있었다.

"아무래도 셰이 형은 남자를 더 좋아하는 것 같던데. 무슨 말인지 알지?"

여자애들이 또다시 비명을 질렀다. 하지만 나는 무지갯빛 포장지로 완벽하게 포장된 선물 같은 여자애들 무리가 좋았다. 누구라도 그들 사이로 비집고 들어가 한 명이라도 자신을 상대해줄 여자가 있는지 확인하고 싶어 할 것이다. 그중에서도 최고의 여자가 내 여자 친구라는 사실에 나는 스티브 매퀸*이라도 된 듯한 기분이었고, 오토바이가 있다면 지금 당장 로지를 뒤에 태우고 곧장 지붕으로 뛰어오를 수 있을 것만 같았다.

맨디가 외쳤다. "네가 뭐라고 했는지 셰이한테 다 말할 거야!"

로지가 나를 쳐다보며 아무도 모르게 슬쩍 눈짓했다. 맨디가 정말로 그 말을 전한다면 우리 형제 사이는 바다만큼 멀어질 것이다.

"마음대로 해. 우리 엄마한테만 말하지 말아줘. 엄마 화를 푸는 데 너무 오래 걸리니까 말이야."

"맨디가 셰이 오빠를 바꿀 수 있을 거야. 그렇지?"

"당연하지, 이멜다."

3번지 문이 열리더니 데일리 아저씨가 밖으로 나왔다. 아저씨는 바지를 끌어 올리고는 팔짱을 낀 채 문틀에 기대섰다.

내가 인사를 건넸다. "안녕하세요, 아저씨."

데일리 아저씨는 나를 무시했다.

맨디와 이멜다가 자세를 바로 한 뒤 로지를 곁눈으로 살폈다. 로지가 말했다. "줄리 기다리는 거예요."

"잘됐구나. 내가 같이 기다려주마."

데일리 아저씨가 셔츠 주머니에서 짓눌린 담배를 꺼내 조심스럽게 형태를 잡기 시작했다. 맨디는 입고 있던 스웨터의 소맷부리를 살폈고, 이멜다는 스커트를 잡아당기며 매만졌다.

그날 밤은 데일리 아저씨를 봐도 기분이 좋았다. 월요일 아침에

---

* 1960~1970년대 할리우드를 주름잡은 남자 배우.

잠에서 깼을 때 아저씨가 어떤 표정을 지을지 상상했기 때문만은 아니었다.

"데일리 아저씨, 오늘 근사하게 차려입으셨네요. 디스코텍에라도 가시는 거예요?"

턱 근육이 움찔거렸지만 아저씨는 여전히 여자애들만 쳐다보고 있었다.

"독재자 같으니." 로지가 양손을 청 재킷 주머니 속에 집어넣으며 작은 소리로 중얼거렸다.

이멜다가 말했다. "줄리가 뭐 하고 있는지 가봐야겠다. 그렇지?"

로지가 어깨를 으쓱했다. "그래."

"잘 가, 프랭크. 셰이 오빠한테 안부 전해줘." 맨디는 보조개가 쏙 들어갈 정도로 미소를 지어 보였다.

로지가 돌아서면서 한쪽 눈을 찡긋하고 입술을 오므렸다. 윙크와 키스. 그런 뒤 4번지 계단을 올라가더니 집 안으로 사라졌다. 그렇게 로지는 내 인생에서 모습을 감췄다.

나는 냄새나는 록 뮤지션들과 키스 문에 둘러싸여 침낭에 누운 채, 몇 날 며칠 잠을 이루지 못하며 그 마지막 순간 어떤 낌새가 보이진 않았는지 생각했다. 미칠 것 같았다. 그런 게 있어야만 했다. 하지만 달력에 나와 있는 모든 성인들에게 맹세하건대, 나는 놓친 게 없었다. 그러다 문득 더는 내가 미친 사람도, 세상에서 가장 잘 속는 사람도 아니라는 생각이 들었다. 나는 그냥 평범한 사람이었다. 그런 건 종이 한 장 차이다.

쪽지에 나를 가리키는 말은 아무것도, 단 한 마디도 없었다. 난 당연히 내게 남긴 쪽지일 거라고 생각했다. 그녀에게 버림받은 건 나였으니까. 하지만 애초에 그날 밤의 계획은 우리가 다른 사람들을 버리는 것이었다. 쪽지는 가족이나 친구들, 페이스풀 플레이스 전체에 남긴 것일 수도 있다.

한때 우리 형제들이 쓰던 방에서 아버지는 목이 졸린 물소가 낼 법한 소리를 내고 있었다. 케빈이 잠꼬대를 하며 돌아누웠다. 팔을 뻗으면서, 발목도 내게 부딪쳤다. 빗발이 점점 더 거세지기 시작했다.

말할 필요도 없지만 나는 최악의 상황을 가정하고 대비하는 사람이다. 하지만 적어도 남은 주말 동안 로지가 살아 있는 채로 플레이스를 떠나지 못했으리라는 가정은 하지 않기로 했다.

아침이 되자, 데일리네 가족은 그냥 내게서 가방을 돌려받기를 원할 뿐 경찰에 연락하지 않을 것 같다는 확신이 들었다. 아무래도 이멜다와 맨디, 줄리와 이야기를 나눠봐야 할 것 같았다.

7시쯤, 빗소리 사이로 침대 스프링이 삐걱대는 소리와 함께 엄마가 일어났다. 엄마는 주방으로 가다가 거실 문 앞에 한참 동안 멈춰서서 나와 케빈을 쳐다보았다. 엄마가 무슨 생각을 하는지는 알 길이 없었다. 나는 눈을 감고 있었다. 마침내 엄마는 작은 소리로 코를 홀쩍이며 자리를 떠났다.

아침 식사는 엄청났다. 달걀, 얇게 저민 베이컨, 소시지, 블랙 푸딩, 구운 빵, 구운 토마토. 이건 일종의 선언이었지만, 그 의미가 '봐라, 우린 너 없이도 잘 지낸다'인지, '네가 이런 대접을 받을 자격이 없음에도 난 이렇게 뼈 빠지게 준비했다'인지 알 수가 없었다. 혹은 '많이 먹여서 심장마비라도 일으켜야지'일 가능성도 있었다. 아무도 가방에 대해서는 언급하지 않았다. 우리는 행복한 아침 식사중인 가족을 연기하고 있었다. 나로선 아무래도 상관없었다. 케빈은 손에 닿는 음식들을 전부 게걸스럽게 먹어치우면서, 마치 어린아이가 낯선 사람을 확인할 때처럼 식탁 너머로 나를 흘긋흘긋 쳐다보았다. 아버지는 가끔씩 음식을 더 달라고 꿍꿍거리는 경우만 제외하면 조용했다. 나는 한쪽 눈으로 계속 창가를 주시하면서 엄마를 공략하기 시작했다.

직접적으로 물으면 엄마는 내 죄의식만 건드릴 것이다. "갑자기 놀런 가족에 대해 알고 싶다는 이유를 모르겠구나. 지난 이십이 년 동안 우리한테 무슨 일이 일어났는지 관심도 없던 네가 말이야" 하는 식으로 같은 말만 되풀이할 게 뻔했다. 엄마에게서 정보를 알아내려면 간접적으로 접근해야 했다. 전날 밤에 보니 5번지가 밝은 분홍색 페인트로 칠해져 있었다. 그 때문에 동네에서 반감을 드러내는 집이 있을 터였다.

"5번지는 아주 보기 좋게 칠을 했던데요."

엄마의 반박을 이끌어내기 위해 한 말이었다.

케빈이 깜짝 놀란 눈으로 제정신이냐는 듯 나를 쳐다보았다. "텔레토비가 토한 색깔이던데." 녀석이 구운 빵을 우물거리며 말했다.

엄마는 입술을 꾹 다물더니 곧 질병 이름이라도 말하듯 입을 열었다.

"여피들이야. 무슨 일인지는 모르지만, 둘 다 IT업계에서 일한다더구나. 못 믿을 텐데, 그 사람들은 오페어*까지 두고 살아. 그런 이야기 들어본 적 있니? 러시아인지 그 근처 어디에서 온 젊은 여자

---

*가정에 입주해 아이를 돌보거나 집안일을 해주고 보수를 받거나 언어를 배우는 외국인 여성.

야. 내 평생 그 여자 이름을 발음이나 할 수 있을지 모르겠구나. 아이는 한 살밖에 안 됐는데, 불쌍하게도 제 부모를 일주일에 한 번, 주말에밖에 못 본다니까. 그럴 거면 애는 뭐 하러 낳았는지."

난 적절한 순간에 정말 충격적인 일이라는 듯 투덜거리고는 물었다. "할리네 가족이랑 멀리건 부인은 어디로 간 거예요?"

"할리네는 주인이 집을 팔아버리자 탈라트로 이사 갔어. 너희들 다섯을 이 집에서 키우는 동안 난 한 번도 오페어 같은 게 필요하다고 생각한 적이 없었는데 말이다. 틀림없이 저 집 여자는 아이 낳을 때 무통 주사를 맞았을 거야." 엄마가 프라이팬에 새 달걀을 깨 넣으며 투덜댔다.

접시에 담겨 있던 소시지만 쳐다보고 있던 아버지가 고개를 들더니 내 쪽을 보았다.

"넌 지금이 대체 몇 년도라고 생각하는 거냐? 멀리건 부인은 십오 년 전에 죽었어. 여든아홉 살이었지."

그 말을 듣고서야 엄마도 무통 주사를 맞은 여피족에서 화제를 돌렸다. 죽음은 엄마가 좋아하는 화제였다.

"이 동네에서 또 누가 죽었을지 맞혀보렴."

케빈이 눈을 굴렸다.

"누가 죽었는데요?" 내가 맞장구를 치듯 물었다.

"놀런 씨. 평생 한 번도 아픈 적 없던 사람이 갑자기 미사중 성찬식에 나갔다가 자리로 돌아오는 길에 쓰러졌어. 급성 심장마비였지. 어떻게 생각하니?"

잘됐다. 놀런 아저씨 이야기가 나왔으니 자연스럽게 질문이 이어진다.

"정말 안타까운 일이네요. 편히 쉬시기를. 한때 저도 줄리 놀런이랑 잘 지냈는데. 그 애는 어떻게 됐어요?"

"걘 슬라이고로 갔어." 마치 그곳이 시베리아라도 된다는 듯 비관과 만족이 섞인 투였다. 그러면서 엄마는 프라이팬에 남아 있는 음식들을 접시에 담아 식탁으로 왔다. 허리가 나빠졌는지 발을 질질 끌며 걸었다. "공장을 옮겼을 때 갔지. 나중에 장례식에서 줄리를 봤는데, 일광욕 침대에 누워 있던 코끼리 엉덩이 같은 얼굴이 되었더구나. 지금은 어디로 미사를 다니니, 프랜시스?"

마지막 질문에 아버지가 코웃음을 쳤다.

"여기저기요. 맨디 컬런은 어떻게 됐어요? 그 애는 아직 여기 살아요? 피부가 가무잡잡하고 몸집이 작은 여자애 말이에요. 왜, 셰이형을 좋아했던."

"여자애들은 모두 셰이 형을 좋아했지. 난 셰이 형과 사귀지 못한 여자애들만 상대했고." 케빈이 싱긋 웃으며 말했다.

"호색가 놈들 같으니라고." 아버지 딴에는 좋은 의미이리라.

"지금 네 형 꼴을 봐. 맨디는 뉴 스트리트에 살던 괜찮은 남자랑 결혼했어. 그래서 지금은 맨디 브로피지. 애도 둘 낳았고, 차도 한 대 있다. 우리 셰이도 조금만 성실했으면 그렇게 살고 있을 텐데. 그리고 너……." 엄마가 포크로 케빈을 가리켰다. "너도 정신 났다가는 형처럼 돼."

케빈은 접시만 뚫어져라 바라보았다. "전 제정신이에요."

"너도 이제 가정을 꾸려야지. 그 상태로 영원히 행복할 순 없어. 벌써 몇 살이냐?"

예기치 못한 전개에 약간 당혹스러웠다. 아무도 내 생활을 궁금해하지 않는다는 사실에 소외감을 느끼는 건 아니었지만, 어쨌든 재키가 어디까지 이야기를 전한 것인지 궁금했다. 내가 다시 물었다.

"그럼 맨디는 아직도 이 근방에 살아요? 여기 온 김에 전화나 한번 해보려고요."

"전처럼 9번지에 살고 있어. 컬런 씨 부부가 아래층에 살고 맨디네 가족은 2층에 살지. 그래야 자기 부모를 보살필 수 있다나. 정말 대단한 애야. 매주 수요일마다 엄마를 모시고 병원에 간다니까. 금요일에는……."

규칙적으로 내리는 빗소리 사이로 플레이스 어딘가에서 희미한 소음이 들렸다. 나는 더이상 엄마 말을 듣고 있지 않았다. 빗물을 첨벙거리는 발소리가 가까워지고 있었다. 한 사람이 아니다. 목소리도 들렸다. 나는 포크를 내려놓고 창가로 달려갔다("프랜시스 매키, 뭐 하는 짓이냐?"). 이렇게 세월이 흘렀는데도, 노라 데일리의 걸음걸이는 여전히 제 언니와 비슷했다.

내가 말했다. "쓰레기봉투가 필요해요."

"네 음식을 다 먹지도 않았잖아. 어서 자리에 앉아 마저 먹어."

엄마가 나이프로 접시를 가리키며 딱딱하게 말했다.

"나중에 먹을게요. 쓰레기봉투 어디 있어요?"

엄마가 턱을 끌어당기며 싸울 준비를 했다.

"요즘 네가 어떻게 사는지 모르겠다만, 내 집에서는 음식 못 버린다. 뭐든 물어보려면 식사부터 끝내."

"엄마, 이럴 시간 없어요. 데일리네 가족이 왔단 말이에요."

나는 예전에 쓰레기봉투를 넣어두던 서랍을 열었다. 서랍은 레이스가 달린 뭔지 모를 물건들로 가득 차 있었다.

"서랍 닫아! 이 집에 사는 사람인 양 아무 데나 열고 다니지 말고……."

똑똑한 케빈은 말없이 고개만 숙이고 있었다.

"대체 무슨 이유로 데일리네 가족이 네 얼굴을 보고 싶어 할 거라고 생각하는 거냐? 저 집 사람들은 아직도 그 일을 네 탓이라고 생각하고 있을 텐데." 아버지가 궁금하다는 듯 물었다.

"귀족이라도 되는 것처럼 서성거리지 말라니까……."

"그렇겠죠." 나는 다른 서랍들을 열어보며 아버지를 향해 대꾸했다. "하지만 저 집 사람들에게 가방 얘기는 해야 하지 않겠어요? 가방에 비를 맞히고 싶지 않아요. 빌어먹을 쓰레기봉투는 대체 어디에……." 서랍 안에는 가구용 광택제와 공업 도구뿐이었다.

"말 가려서 해! 음식을 차려놨는데도 아주 배가 불러서……."

아버지가 말했다. "내가 신발 신을 때까지 기다려다오. 나도 같이 갈 테니까. 맷(매슈) 데일리를 만나보고 싶구나."

아, 올리비아, 이런 집구석에 홀리를 인사시키고 싶어 하다니.

"안 돼요."

"네 집에서는 아침 식사로 뭘 먹는데? 캐비아라도 먹는 거냐?"

"프랭크 형, 싱크대 밑 찬장에 있어." 케빈이 더이상 못 참겠다는 듯 내뱉었다.

찬장을 열자 마침내 그토록 찾아 헤매던 쓰레기봉투 두루마리가 나왔다. 나는 봉투를 한 장 뜯어 거실로 나가며 케빈에게 말했다.

"같이 갈래?"

아버지 말이 맞는다. 데일리네 가족들은 나한테 호의적이지 않을 것이다. 하지만 아주 드문 경우가 아니고서야 케빈을 싫어하는 사람은 없었다.

케빈이 의자에서 일어났다. "그러지 뭐."

나는 거실로 들어가 로지의 가방을 쓰레기봉투로 조심스럽게 감쌌다. "젠장." 엄마가 여전히 잔소리를 늘어놓고 있었다("케빈 빈센트 매키! 지금 당장 자리에 앉지 않으면……."). "내가 기억하던 것보다 훨씬 더 미치광이 소굴이네."

케빈은 어깨를 으쓱이더니 재킷을 걸쳤다. "우리가 나가면 진정될 거야."

"누가 식탁에서 일어나도 된다고 그랬어? 프랜시스! 케빈! 내 말 듣고 있니?"

"망할 입 좀 다물어. 나라도 좀 먹게."

아버지는 목소리를 높이지 않았다, 아직까지는. 하지만 그 말을 듣자마자 난 이를 악다물었다. 케빈이 눈을 찡긋했다. "가자, 노라 떠나기 전에 만나야지."

나는 양팔로 가방을 안아 들었다. 가볍기도 했고, 그렇게 하는 편이 증거를 보존하기에도 좋았다. 케빈이 문을 잡아주었다. 골목에는 아무도 없었다. 데일리네 가족은 이미 3번지로 들어간 뒤였다. 거센 바람이 내 가슴을 밀어냈다. 마치 거대한 손이 계속 가라고 떠미는 것 같았다.

돌이켜보면, 우리 부모님과 데일리 부부는 서로를 꼴도 보기 싫어했다. 이유가 워낙 방대했기 때문에 다른 사람들로서는 이해해보려다가 혈관만 터질 것이다. 로지와 내가 사귀기 시작했을 때, 데일리 아저씨가 천장이라도 뚫고 나갈 듯이 화를 내는 까닭이 무엇인지 알아보려고 한 적이 있었다. 하지만 그때 내가 알아낸 건 빙산의 일각에 불과하다. 그 하나는 데일리 집안 남자들이 기네스 공장에서 일했고, 그 덕에 다른 집보다 형편이 좋았다는 것이다. 그들에게는 탄탄한 직장과 높은 임금, 세계로 진출할 기회가 있었다. 로지의 아버지는 저녁마다 강의를 들으러 다녔고, 생산 라인이 아닌 곳에서 일한다는 말을 입에 달고 살았다. 최근에 재키에게 들어보니 아저씨는 일종의 감독관으로 일했던 모양이다. 심지어 데일리 부부는 집주인에게서 3번지를 샀다. 우리 부모님은 허세 부리는 사람들을 싫어했고, 데일리네 식구들은 실직한 주정뱅이들을 싫어했다. 엄마 말에 따르면 그들의 적대감엔 질투심도 한몫한다고 했다. 엄마는 우리 다섯을 아주 쉽게 낳은 반면, 테리사 데일리는 아들 없이 딸 둘만 겨우 낳았기 때문이라는 얘기였다. 나아가 엄마는 데일리 아주머니가 유산했던 일들까지 들먹이곤 했다.

엄마와 데일리 아주머니는 그래도 서로 이야기를 나누는 사이였다. 여자들은 대개 가까이 지내면서 서로를 미워하는 편을 선호한다. 그래야 본전을 뽑을 수 있으니까. 하지만 아버지와 데일리 아저씨로 말하자면, 두 마디 이상 주고받는 걸 본 적이 없었다. 직업적인 문제 때문인지, 아이에 대한 질투 때문인지는 확실치 않지만 두 남자가 가까운 곳에서 서로 대화를 나누는 건 일 년에 한두 번밖에 없었다. 평소보다 취한 날이면 아버지는 비틀비틀 집을 지나쳐 곧장 3번지로 향했다. 그러곤 골목에서 휘청거리고 난간을 걷어차면서, 맷 데일리에게 밖에 나와 남자답게 한판 붙자며 소리를 지르곤 했다. 그럼 엄마와 셰이 형이 아버지를 달래 집으로 데려왔다. 만일 엄마가 밤에 사무실 청소를 나가고 없으면 카멀 누나와 셰이 형과 내가 달려갔다. 온 동네가 그 소리를 듣고 속닥거리며 구경했지만 데일리네는 결코 창문을 열지 않았고, 불조차 켜지 않았다. 그럴 때 가장 힘든 건 아버지를 끌고 계단으로 올라오는 일이었다.

"일단 가보자." 나는 케빈에게 말했다. 우리는 빗속을 뚫고 길을 건너갔다. 케빈이 3번지의 문을 두드렸다.

"네가 말해."

그 말에 케빈은 깜짝 놀랐다. "내가? 왜 내가 해?"

"시키는 대로 해. 그냥 이 가방을 어디서 찾았는지 말하면 그다음부턴 내가 알아서 할 테니까."

케빈은 내키지 않는 것 같았다. 하지만 그 앤 원체 다른 사람들의 말을 거역하지 못하는 편이었다. 게다가 그런 일은 형이 직접 하라고 대꾸하기 전에 현관문이 열리고 데일리 아주머니가 나왔다.

"케빈, 무슨 일로……." 데일리 아주머니는 그제야 나를 알아보고는 눈이 휘둥그레지더니 딸꾹질 소리를 냈다.

나는 부드럽게 말했다. "데일리 아주머니, 이렇게 불쑥 찾아와서 죄송합니다. 잠깐 안에 들어가도 될까요?"

아주머니가 가슴에 한 손을 올렸다. 손톱에 대해서는 케빈의 말이 맞았다. "나는……."

경찰이라면 누구나 머뭇대는 사람을 지나쳐 집 안으로 들어가는 법을 알고 있다.

"비를 맞으면 안 되는 물건을 가져와서요." 나는 들고 있던 가방의 위치를 바꾸며 아주머니 옆을 지나쳐 갔다. "아주머니와 아저씨가 꼭 보셔야 할 중요한 물건이죠."

케빈이 불편해 보이는 모습으로 내 뒤를 따라왔다. 데일리 아주머니는 우리에게서 시선을 떼지 않은 채 위층을 향해 소리쳤다.

"여보!"

"엄마?" 노라가 거실에서 나왔다. 이제 어른이었고, 어른답게 차려입은 모습이었다.

"누구…… 세상에, 프랜시스 오빠?"

"나 맞아. 오랜만이야, 노라."

"하느님 맙소사." 노라가 내뱉고는 내 어깨 너머로 계단을 쳐다보았다.

내 기억 속의 데일리 아저씨는 카디건을 입은 슈워제네거 같은 모습이었다. 하지만 지금 눈앞의 아저씨는 완고한 턱에 뻣뻣한 짧은 머리를 뒤로 넘긴, 평균보다 왜소한 사람이었다. 그는 술에 취한 듯 한참 동안 나를 쳐다보다가 입을 열었다. "네놈이랑 할 말 없다."

나는 케빈에게 눈짓을 했다.

"데일리 아저씨, 아저씨가 꼭 보셔야 할 게 있어서 왔어요."

케빈이 재빨리 말했다.

"네가 가져온 거라면 뭐든 봐주지. 하지만 네 형은 이 집에서 나가라고 해."

"네, 저도 알아요. 형이 여기 와선 안 되죠. 하지만 맹세코 어쩔 수가 없었어요. 정말 중요한 일이거든요. 어떻게 안 될까요……? 부탁드릴게요."

발을 끄는 품새하며, 눈이 보이도록 긴 앞머리를 걷어내는 동작하며, 케빈은 정말이지 완벽했다. 눈빛에는 당혹스러움과 서투름, 다급함이 묻어 있었다. 동생을 밖으로 내보내는 건 솜털이 복슬복슬한 커다란 양치기 개를 내쫓는 느낌일 것이다. 케빈이 어떻게 영업

일을 하는지 알 만했다.

"번거롭게 해드릴 생각은 없었지만, 저희도 달리 방법이 없었어요. 오 분만 시간 내주시겠어요?"

동생이 정중하면서도 애처롭게 말했다.

잠시 뒤, 데일리 아저씨는 마지못해 뻣뻣하게 고개를 끄덕였다. 차 뒷좌석에 싣고 다니다가 위급한 경우 꺼낼 수 있는 케빈 같은 인형이 있다면 아무리 비싸도 살 것이다.

그들은 우리를 거실로 안내했다. 엄마 집에 비해 세간이 별로 없었고, 훨씬 밝았다. 평범한 베이지색 양탄자에, 벽지를 바르는 대신 크림색 페인트로 칠을 했고, 벽에는 요한 바오로 2세의 사진과 오래된 노동조합 포스터 액자가 걸려 있었다. 장식용 덮개나 오리 석고상 같은 건 없었다. 우리가 서로의 집을 드나들며 놀던 어린 시절에도 이곳에 들어와본 적은 없었다. 이곳에 초대받길 얼마나 원했는지. 딸의 남자 친구로 부족하다는 말을 들었을 땐 더 강렬하고 공격적인 방식으로 들어오고 싶었다. 지금 이 상황은 내가 꿈꿨던 모습이 아니다. 손가락에 반지를 끼고, 값비싼 코트를 걸친 채, 임신한 모습으로 환한 미소를 짓고 있는 로지를 데리고 들어오고 싶었다.

노라가 우리에게 커피 테이블 자리를 권했다. 차와 비스킷을 내오려는 모양이었다. 나는 잠시 망설이다가 가방을 테이블에 내려놓고 주머니에서 장갑을 꺼내 꼈다. 이곳 주민들 중 자기 거실에 매키 가문의 남자를 들이느니 차라리 경찰이 들어오기를 바라는 유일한 사람이 있다면 아마 데일리 아저씨일 것이다. 나는 가방을 감쌌던 쓰레기봉투를 벗겼다.

"이 가방 보신 적 있습니까?"

잠시 침묵이 흘렀다. 데일리 아저씨는 헉하는 소리와 함께 신음을 내며 가방 쪽으로 손을 내밀었다. 나는 가방에 닿지 않도록 얼른 그 손을 잡았다.

"손은 대지 말아주셨으면 합니다."

"어디서……." 데일리 아저씨가 거칠게 말을 꺼내다가 숨을 몰아쉬었다. "이걸 어디서 가져온 거지?"

내가 물었다. "이 가방을 알아보시겠습니까?"

"내 가방이야. 신혼여행 갈 때 샀던 가방." 데일리 아주머니가 양손을 꼭 잡은 채로 말했다.

"어디서 난 거냐니까!" 데일리 아저씨가 큰 소리로 물었다. 아저씨의 얼굴이 병색이 짙은 붉은색으로 변했다.

나는 케빈에게 눈짓을 했다. 동생은 상황을 대체적으로 잘 전달했다. 건설업자들, 출생증명서, 전화. 나는 구명조끼 착용법을 시연하는 승무원처럼 케빈의 이야기에 맞추어 가방에 들어 있던 물건들을 하나씩 데일리 부부에게 보여주었다.

내가 이곳을 떠났을 때 노라는 열서너 살이었을 것이다. 어깨가 구부정하고 곱슬머리에 통통한 아이였다. 조숙했지만, 그런 자신이 마음에 들지 않는 듯했다. 하지만 아주 잘 성장했다. 로지와 똑 닮은, 시선을 사로잡는 외모였다. 선이 좀더 흐릿하긴 해도 인기가 많을 것 같았다. 깡마르고 신경질적인 여자들에게선 찾아볼 수 없는 외모라고나 할까. 로지보다 오 센티미터쯤 작은 키에 갈색 머리와 회색 눈동자를 가진 노라는 그리 눈에 띄지 않았지만, 얼굴 전체를 들여다보는 대신 곁눈으로 볼 땐 제 언니와 완전히 똑같아 보였다. 뭐라고 꼬집어 말할 수는 없는데, 어깨의 각도나 둥근 목선, 다른 사람의 말에 귀를 기울이는 모습 같은 것이 그랬다. 노라는 가만히 앉아 한쪽 손으로 다른 쪽 팔꿈치를 받친 채 케빈의 눈을 똑바로 쳐다보고 있었다. 그렇게 꼼짝하지 않고 다른 사람의 말을 들을 수 있는 사람은 그리 많지 않다. 로지는 독보적이었다.

데일리 아주머니도 많이 변했는데, 그리 좋은 쪽은 아니었다. 나는 아주머니가 계단에 앉아 담배를 피울 때의 거침없는 모습을 기억하고 있었다. 난간에 엉덩이를 기댄 채, 저속한 표현을 섞어 지나가는 남자애들을 부르곤 했다. 얼굴이 벌게진 애들이 허둥지둥 도망가면 아주머니는 그 모습을 보면서 목청껏 웃어젖혔다. 로지가 떠나서인지 아니면 데일리 아저씨 같은 남자와 스무 해를 더 살아서인지, 아주머니에게 예전 모습은 남아 있지 않았다. 등이 많이 굽고 눈밑이 축 처진데다 아무래도 자낙스*를 많이 먹어야 할 것 같은 분위기였다. 그런 모습을 보고 있자니 십 대 시절 보았던 데일리 아주머니의 모습이 그리웠다. 그보다 더 오래전, 푸른색 아이섀도를 바르고 폭발할 것 같은 머리 모양에 약간은 광기를 띠었을 젊은 시절에는 로지와 비슷했을 것이다. 닮은 점을 알아차리자 눈앞에서 그 모습이 홀로그램처럼 깜박거리다가 사라졌다. 세월이 흐르면서 로지의 모습이 자기 엄마처럼 변했을 가능성도 있다. 새삼 등골이 서늘했다.

반면 데일리 아저씨는 한참 보고 있자니 아주 자유로운 사고방식을 가진 사람처럼 보였다. 단추 두 개를 새로 단 보기 싫은 털 조끼 차림에, 귓속 털은 단정하게 정리되어 있었고 수염도 새로 깎은 것

---

* 신경안정제.

같았다. 아마 전날 노라 집에 면도칼을 가지고 갔다가 집으로 오기 전에 깎은 모양이었다. 데일리 아주머니는 내가 꺼내는 가방 내용물을 쳐다보면서 손등으로 입을 막고 경련하듯 훌쩍거렸다. 노라는 두 번쯤 깊은 한숨을 내쉬더니 고개를 뒤로 젖히고 눈을 깜박거렸다. 데일리 아저씨의 표정은 변화가 없었다. 안색이 점점 창백해지고 출생증명서를 꺼냈을 때 뺨 근육이 움찔했지만, 그게 전부였다.

케빈은 긴장을 풀고, 제 역할을 제대로 해냈는지 확인하려는 듯 나를 흘깃 쳐다보았다. 나는 로지의 페이즐리 셔츠를 개서 가방에 집어넣고 뚜껑을 닫았다. 순간 깊은 적막이 흘렀다.

잠시 후 데일리 아주머니가 숨 가쁜 소리로 물었다.

"어떻게 그 가방이 16번지에서 나왔지? 로지가 그걸 들고 잉글랜드로 갔는데."

아주머니의 목소리에 담긴 확신에 내 심장박동이 빨라졌다.

"그걸 어떻게 아세요?"

아주머니가 나를 쳐다봤다.

"그 애가 떠났을 때 사라졌으니까."

"잉글랜드로 갔다는 건요?"

"그 애가 남긴 쪽지를 보고 알았지. 작별 인사를 하는 내용이었어. 그다음 날, 쇼녀시네 젊은 애들이랑 샐리 헌의 아들 중 한 녀석이 쪽지를 가져다줬거든. 16번지에서 찾았다면서 말이야. 거기 잉글랜드로 간다고 씌어 있었어. 처음에는 너희 둘이 같이 갔다고 생각했지만……."

이때 데일리 아저씨가 화가 난 듯 갑자기 몸을 뻣뻣하게 움직이자 아주머니는 눈을 깜박거리면서 말을 중단했다.

나는 모르는 척 말을 이었다. "다들 그렇게 생각했겠죠. 우리가 같이 있지 않다는 건 언제 아셨어요?"

아무도 대답하지 않자, 노라가 입을 열었다.

"몇 년 지나서. 아마 십오 년 전쯤이었을 거야. 내가 결혼하기 전이었으니까. 우연히 가게에서 재키를 만났는데 오빠와 연락이 닿았다고 하더라고. 더블린에 있다고 말이야. 그리고 로지 언니는 오빠랑 같이 있지 않다고 했어." 노라가 내게서 가방으로 시선을 돌렸다가 다시 나를 쳐다보았다. "오빠 생각엔…… 언니가 어디 있을 것 같아?"

"아직은 잘 모르겠어." 나는 다른 실종 소녀들에 대해 말할 때처럼 최대한 경찰다운 목소리로 친절하게 대답했다. "지금까진 알아낸 게 별로 없으니까. 언니가 집을 나간 뒤로 혹시 소식 들은 적 있어? 전화나 편지를 받았다거나, 아니면 어딘가에서 로지를 봤다는 사람 이야기를 들었다거나."

데일리 아주머니가 불쑥 말을 잘랐다.

"그 애가 떠났을 땐 집에 전화가 없었는데 어떻게 전화를 하겠니? 집에 전화를 놓고서는 내가 번호를 적어 네 엄마와 재키, 카멀한테 주면서 혹시 프랜시스한테 연락이 오면 이 번호를 알려주고 로지한테 전화 좀 해달라고 전하라고 부탁했어. 크리스마스 때 한 번이라도 말이야. 그러다 로지가 너와 같이 있는 게 아니라는 걸 알게 됐을 땐 그 애한테 연락처를 전할 방법도 사라진 거지. 물론 로지가 편지를 쓸 수도 있을 거야. 제 딴에 때가 됐다고 생각하면 연락을 하겠지, 그래도 다가오는 이월, 내 예순여섯 번째 생일에는 카드를 보내겠지? 그래, 그건 그냥 넘어가지 않을 거야……."

아주머니의 목소리는 점점 높아지고 갈라졌으며, 속도도 점점 빨라졌다. 데일리 아저씨가 손을 내밀어 아주머니의 손을 잡자 아주머니는 입술을 깨물었다. 케빈은 소파 쿠션 사이에 몸을 파묻고 들어가려는 것 같았다.

노라가 조용히 말했다. "아니, 연락은 없었어. 처음에는 그냥 그런가 보다 했는데······." 노라는 재빨리 아버지를 쳐다보았다. 로지가 나와 같이 도망갔기 때문에 연락을 끊는 것이 당연하다고 생각했다는 의미였다. "언니가 오빠와 같이 있지 않다는 말을 들은 뒤에도 아무 연락이 없었어. 우린 계속 언니가 잉글랜드에 있을 거라고 생각했지."

데일리 아주머니가 고개를 숙이고 눈물을 닦았다.

결국 이렇게 됐다. 재빨리 이 일을 끝내고 가족들과 작별 인사를 나눈 뒤 어제저녁 일은 마음에서 지워버린 채 평소의 생활로 돌아갈 수 없게 되어버렸다. 노라를 어르고 달래 로지의 연락처를 알아낼 가능성은 없었다. 데일리 아저씨가 우리에게서 시선을 돌리고는 무겁게 말했다.

"경찰에 신고해야겠다."

나는 회의적인 표정을 숨겼다.

"그러셔야죠. 경찰에 신고하셔도 됩니다. 우리 가족도 처음엔 그러려고 했으니까요. 하지만 아저씨가 정말로 그 방법을 원하시는 건지는 생각해보셔야 할 것 같은데요."

아저씨가 의심스러운 눈으로 나를 쳐다봤다.

"신고하지 말라는 거야?"

나는 한숨을 내쉬며 머리카락을 쓸어 넘겼다. "저도 경찰들이 이 일에 관심을 가지고 수사할 거라고 말씀드리면 좋겠어요. 하지만 아마 그러지 않을 겁니다. 제 생각엔 먼저 이 가방에 지문이나 혈흔이 남아 있는지 검사해야 할 텐데…….” 데일리 아주머니가 손등으로 입을 막으며 작게 비명을 질렀다. “하지만 그런 검사를 하려면, 일단 사건으로 접수가 되고 담당 형사가 배정돼야 하거든요. 그런 다음 담당 형사가 서류를 제출해야 하고요. 제가 말씀드리고 싶은 건, 일이 아마 그렇게 되지 않을 거라는 겁니다. 아무도 이 버려진 가방을 범죄 사건으로 여기지 않을 거예요. 실종이나 미해결 사건들은 보통 몇 달 동안 여기저기 떠밀려 다니다가, 다들 지겨워지면 그대로 지하실 어딘가로 파일이 넘어가버려요. 이 가방도 그렇게 될 거라는 걸 미리 아셔야 해요.”

노라가 물었다. “오빠가 해주면 안 돼? 직접 수사 요청을 해주면?”

나는 안타깝다는 듯 고개를 저었다. “공식적으론 안 돼. 아무리 손을 써도 이 일은 우리 부서가 담당할 수 있는 일이 아니야. 일단 사건이 기관에 접수되면 나도 어떻게 할 수가 없어.”

노라가 꼿꼿한 자세로 앉아 나를 똑바로 쳐다보았다. “그렇다면, 접수를 하지 않는다면 오빠가 뭐든 해볼 수 있다는 말이네? 그러니까…… 어떻게든 방법이 있다는…… 그런 얘기지?”

“개인적으로 검사를 부탁해볼 수는 있겠지. 남들 모르게.” 나는 그 일에 대해 생각하면서 눈썹을 치켜올렸다. “그건 가능할 거야. 물론 네가 그렇게 해주길 원한다면 말이지만.”

“원해. 오빠가 해줄 수 있다면, 그렇게 해줬으면 좋겠어.” 노라가 즉각 대답했다. 로지만큼이나 결정이 빨랐다.

데일리 아주머니도 소매로 코를 닦으며 고개를 끄덕였다. "그러니까 로지가 잉글랜드에 없을 수도 있다는 거지? 그렇지?"

거의 애원에 가까운 말투였다. 목소리를 들으니 마음의 상처가 큰 듯싶었다. 케빈마저 몸을 움찔했다.

"잉글랜드에 있을 수도 있어요. 만일 이 일을 저한테 맡겨주신다면, 확인해볼게요." 나는 부드럽게 대답했다.

"제발, 하느님. 제발……." 데일리 아주머니가 낮은 소리로 되뇌었다.

"아저씨 생각은 어떠세요?" 내가 물었다.

한참 동안 침묵이 흘렀다. 데일리 아저씨는 내 말을 듣지 못한 것처럼 그저 무릎 사이에 손을 끼운 채 가방만 쳐다보고 있었다.

"난 네가 싫다." 마침내 아저씨가 입을 열었다. "너도 네 가족도 다 싫어. 마음에도 없는 소리 할 필요 없다."

"알아요. 저도 알고 있었어요. 하지만 전 지금 매키 집안 사람으로 여기 온 게 아니에요. 따님을 찾는 일에 도움을 줄 수도 있는 경찰관으로서 온 거죠."

"아무도 모르게, 은밀히, 뒷문으로 말이지. 사람은 변하지 않아."

"확실히 사람은 변하지 않죠. 하지만 상황은 변해요. 이번에 우리는 같은 편이에요." 내가 부드럽게 미소 지었다.

"우리가?"

"아저씨야말로 그러길 바라서야죠. 지금 상황에서 아저씨가 선택할 수 있는 최선은 바로 저니까요. 그러니까 받아들일지 말지 결정하세요."

아저씨는 한참 동안 내 눈을 빤히 쳐다보았고, 나도 시선을 피하지 않고 학교에 선생님을 만나러 갈 때처럼 점잖은 표정을 지은 채 똑바로 마주 응시했다. 마침내 아저씨는 갑자기 고개를 한 번 끄덕이더니 고마워하는 기색이라곤 없이 말했다.

"그럼 그렇게 해. 뭐든 해봐. 부탁한다."

"알겠습니다." 나는 수첩을 꺼냈다. "먼저 로지가 떠났던 당시의 일들에 대해 자세히 말씀해주세요. 그 전날부터요. 가능한 한 자세히 말씀해주셨으면 좋겠습니다."

아이를 잃어버린 다른 가족들처럼 그들 역시 당시의 일을 똑똑히 기억하고 있었다(예전에 어떤 엄마는 아들이 약물 과다 복용으로 죽기 전 아침에 썼던 컵을 보여준 적도 있었다). 재림절인 일요일 아침은 춥고, 하늘은 온통 잿빛으로 흐렸으며, 입김이 안개처럼 대기에 자욱하게 퍼지는 날이었다. 로지는 전날 저녁에 집에 들어왔기 때문에 가족들과 함께 아침 9시 미사에 참석했다. 밤늦게 들어왔더라면 정오 미사에 참석했을 것이다. 미사를 마친 뒤, 그들은 집으로 돌아와 아침 식사를 했다. 당시만 해도 성찬식 전에 음식을 먹으면 다음 고해성사 때 성모송을 읊어야 했다. 데일리 아주머니가 설거지를 하는 동안 로지는 뒤뜰에서 빨래를 걷어 와 다리미질을 했다. 그런 뒤 두 사람은 크리스마스 만찬용 햄을 언제 살 것인지 의논했다. 나와 단둘이 보낼 크리스마스를 꿈꾸며, 자신은 먹지도 않을 음식에 대해 차분히 이야기하는 로지의 모습을 떠올리니 순간적으로 숨을 쉴 수가 없었다. 정오가 되기 조금 전, 자매는 어릴 적 유모를 일요일 만찬에 부르기 위해 뉴 스트리트로 걸어갔다. 그런 다음 모두 모여 텔레비전을 봤다. 텔레비전은 데일리네가 우리 같은 노동자들보다 사회적으로 높은 지위에 속해 있었음을 보여주는 물건이기도 했다. 그들은 정말로 집에 텔레비전을 가지고 있었다. 속물이 아닌 척하는 모습은 항상 재미있다. 거의 잊고 있던 그런 태도에서 드러나는 미묘한 차이를 재발견할 수 있었다.

그날은 더이상 아무 일도 없었다. 유모의 집에 다녀온 뒤 노라는 친구 두 명과 어울려 놀기로 해서 외출했고, 로지는 방으로 들어갔다. 책을 읽었을 수도 있고, 짐을 쌌을 수도 있고, 침대 가장자리에 걸터앉아 깊은 한숨을 쉬며 그 쪽지를 썼을 수도 있다. 그런 다음엔 차를 마시고, 집안일을 거들고, 텔레비전을 보고, 노라의 수학 숙제를 도와주었다. 로지는 속내를 숨긴 채, 하루 종일 평소와 다른 기색을 내비치지 않았다.

"천사 같았어. 그 일주일 내내 그 앤 정말 천사처럼 행동했지. 내가 눈치를 챘어야 했는데."

데일리 아저씨가 암울하게 말했다.

노라는 10시 30분쯤 잠자리에 들었다. 다른 가족들도 11시 조금 지나서 잠들었다. 로지와 아버지는 아침 일찍 일어나 일을 하러 나가야 했다. 자매는 뒤쪽 침실을 같이 썼고, 부모는 다른 침실을 썼다. 데일리네에는 다행히 소파 겸용 침대 같은 건 없었다. 로지는 부스럭거리며 잠옷으로 갈아입고는 침대에 누우며 노라에게 "잘 자"라고 속삭였다. 그게 전부였다. 노라는 로지가 침대에서 빠져나가는 소리도, 옷을 갈아입는 소리도, 방이나 집 밖으로 나가는 소리도 듣지 못했다.

"그날 난 죽은 사람처럼 푹 잠든 상태였어. 그땐 십 대였으니까. 오빠도 알잖아, 십 대 때 어떤지……."

그 일로 비난을 많이 받았는지 변명하는 듯한 말투였다. 다음 날 아침, 데일리 아주머니가 딸들을 깨우러 갔을 때 로지는 없었다.

처음에는 아무도 걱정하지 않았다. 길 건너편에 있는 우리 가족들보다도 걱정하지 않았던 모양이다. 데일리 아저씨야 워낙에 경솔한 젊은 애들에 대해 냉소적이었지만, 그게 다였다. 1980년대의 더블린은 집만큼 안전했다. 그들은 로지가 일이 있어 일찍 나갔나 보다 생각했다. 아니면 십 대 소녀들만의 알 수 없는 이유로 친구들을 만나러 나갔거나. 그러다 로지가 아침 식사를 놓칠 시간쯤, 쇼너시네 젊은 애들과 배리 헌이 쪽지를 들고 나타났다.

젊은 남자애들 셋이서 그 추운 월요일 아침 이른 시간에 16번지에서 뭘 하고 있었는지는 확실하지 않다. 분명히 마리화나를 피우거나 포르노 잡지를 보고 있었을 것이다. 그 전해에 잉글랜드에 갔었던 누군가의 사촌이 몰래 가져온 야한 잡지 두 권이 애들 사이에서 돌고 있었다. 어느 쪽이든 그들의 등장과 함께 지옥문이 열렸다. 데일리 가족의 이야기는 케빈이 해준 이야기보다 생동감이 덜했다. 데일리 가족들이 자기들의 입장에서 이야기를 하는 동안 케빈은 한두 번 곁눈으로 나를 쳐다보았다. 어쨌든 전체적인 틀은 크게 다르지 않았다.

나는 고갯짓으로 가방을 가리켰다. "저 가방은 원래 어디 보관하고 계셨습니까?"

"딸애들 방에." 데일리 아주머니가 손등으로 입을 가린 채 대답했다. "로지가 그 가방에 여벌 옷이나 오래된 장난감을 보관했어. 그땐 제대로 된 옷장이 없었으니까. 그건 다른 집도 마찬가지였겠지만……."

"기억해보세요. 이 가방을 언제 마지막으로 봤는지 생각나세요?"

아무도 대답하지 않았다. 잠시 후 노라가 말했다. "몇 달 동안 못 봤던 것 같아. 이 가방은 언니가 계속 침대 밑에 놔두었으니까. 언니가 이 안에서 뭘 꺼낼 때만 봤지."

"가방 안에 뭐가 들어 있었는지, 그중에 로지가 마지막으로 사용했던 물건이 뭔지 기억해? 카세트테이프를 틀었다거나, 그 안에 보관했던 옷을 입었다거나."

침묵이 흘렀다. 그러다 노라가 갑자기 등을 꼿꼿하게 펴더니 한껏 고양된 목소리로 말했다.

"워크맨. 목요일에 워크맨을 봤어. 언니가 나가기 사흘 전에 말이야. 학교에서 돌아온 뒤 내가 언니 침대 옆 사물함에서 워크맨을 꺼내 음악을 들었어. 언니가 일 끝내고 돌아오기 전까지. 그러다 혹시 언니한테 들켰다면 잔소리를 실컷 들었겠지만, 그럴 만한 가치가 있었지. 언니가 갖고 있던 음악들은 전부 최고였으니까……."

"워크맨을 본 게 목요일이 확실해?"

"그때만 워크맨을 몰래 쓸 수 있었거든. 목요일과 금요일에는 언니가 일하러 나갔다 들어올 때 이멜다 티어니하고 같이 왔어. 이멜다 기억하지? 이멜다가 언니랑 같은 공장에서 바느질을 했거든. 그래서 언니는 그 이틀은 워크맨을 가져가지 않았어. 이멜다와 근무 시간이 맞지 않는 다른 요일에 언니 혼자 다닐 때만 워크맨을 들으면서 다녔으니까."

"그럼 워크맨을 본 게 목요일일 수도 있지만, 금요일일 수도 있잖아."

노라가 고개를 저었다. "금요일에는 내가 수업 끝나고 친구들이랑 영화를 보러 가곤 했어. 그 주 금요일에도 갔었지. 똑똑히 기억해. 왜냐하면……." 노라는 얼굴을 붉히며 입을 다물더니 아버지를 곁눈질로 살폈다.

데일리 아저씨가 단호하게 말했다.

"저 애 기억이 맞아. 로지가 집을 나간 뒤로는 내가 아주 한참 동안 노라를 밖에 나돌아 다니지 못하게 했으니까. 애들을 너무 풀어 키운 덕에 딸 하나를 잃었잖아. 남아 있는 딸까지 잃고 싶지 않았어."

"그러실 만합니다." 나는 그게 완전히 합리적인 처사였다는 듯 고개를 끄덕였다. "목요일 오후 이후에 누가 다른 물건을 본 기억은 없나요?"

모두 고개를 저었다. 만일 로지가 목요일 오후에 짐을 싸지 않았다면, 도베르만 같은 자기 아버지를 피해 직접 가방을 숨길 기회를 찾기 힘들었을 것이다. 아무래도 다른 사람이 가방을 숨겼을 가능성이 조금씩 높아지고 있었다.

"당시 로지 주위를 어슬렁거리거나 귀찮게 했던 사람은 없었습니까? 누구든 신경 쓰였던 사람은 없었나요?"

데일리 아저씨의 눈은 이렇게 말하고 있었다. '너 말고 누가 또 있었겠냐?' 하지만 그 말을 입 밖에 내지는 않고, 대신 차분하게 대꾸했다. "누구든 그 애를 귀찮게 하는 녀석이 있다는 걸 알았으면, 내가 바로 처리했겠지."

"다른 사람과 싸우거나 문제를 일으켰던 적도 없고요?"

"로지가 말해준 건 없었어. 그런 일이 있었다 해도 우리보다는 네가 더 잘 알았겠지. 그 또래 여자애들은 부모한테 별다른 말을 하지 않는다는 거 알잖아."

"마지막으로 한 가지만 더 묻겠습니다." 나는 주머니에서 스냅사진이 들어갈 만한 크기의 봉투를 꺼낸 뒤, 그 안에서 사진 세 장을 꺼냈다. "혹시 이 여자가 누군지 알아보시겠습니까?"

데일리 가족은 사진들을 받아 들고 최선을 다해 기억을 떠올렸다. 하지만 아무도 아는 사람이 없었다. 그 사진 속 인물은 네브래스카의 고등학교 대수 선생으로, 인터넷에서 찾아낸 사진이었다. 그러니까 지문 채취용 사진이다. 나는 어딜 가든 그 사진들을 가지고 다녔다. 보통 사람들이 조심스럽게 끝부분을 잡지 않아도 좋을 만큼 흰색 테두리가 넓었기 때문이다. 게다가 사진 속 인물은 지구상에서 가장 특색 없는 얼굴이었다. 사진을 양손 엄지와 검지로 꽉 잡고 바로 코앞에서 쳐다봐야 모르는 사람이라 확신할 수 있을 만큼. 나는 이 사진 덕에 수없이 많은 사람들의 신원을 확인했다. 지금은 이 사진이 가방에 남아 있는 데일리 가족의 지문들을 골라내도록 도와줄 것이다.

그 시점에서 나는 로지가 실은 나를 만나러 오는 길이었을지도 모른다는 희박한 가능성을 점쳐보았다. 만일 로지가 우리 계획을 따를 생각이었다면 굳이 나를 피할 필요가 없었으니, 내가 갔던 길을 그대로 따라왔을 것이다. 아파트 문을 열고 계단을 내려와 곧장 골목길로. 하지만 나는 그 골목이 구석구석 보이는 위치에서 밤새도록 기다렸다. 그날 밤 현관문은 열린 적이 없었다.

당시 데일리 가족은 3번지 1층에 살았다. 2층에는 해리슨 자매가 살고 있었다. 나이가 아주 많고 다혈질인 독신 여성 세 명으로, 누구든 그 집에 심부름을 해주면 빵과 설탕을 주곤 했다. 지하에는 가난하고 병든 베로니카 크로티가 살았는데, 남편은 외판원이었고 아픈 아이가 있었다. 다시 말해 나와의 약속을 지키기 위해 집에서 나오는 로지를 누군가 중간에 붙잡으려 했다면, 지금 케빈과 내가 있는 이 커피 테이블 앞에 앉아 있었어야 했다.

데일리 가족들은 모두 진심으로 놀라고 당황한 듯 보였다. 하지만 다양한 방법으로 확인해봐야 한다. 노라는 당시 다루기 힘든 나이였고, 또래에 비해 몸집도 컸다. 데일리 아주머니는 어딘가 광기 어린 면모를 지니고 있었고, 데일리 아저씨는 근육질 몸에 성질은 불같았던데다 나를 정말 싫어했다. 로지도 몸이 가벼운 편은 아니었으니, 아널드 슈워제네거만큼은 아니더라도 그 집에서 로지의 시신을 처리할 수 있을 정도로 힘이 센 사람은 아저씨밖에 없었다.

데일리 아주머니가 근심스러운 눈으로 사진을 바라보며 물었다.

"이 여자가 누군데? 처음 보는 여자야. 혹시 이 여자가 우리 로지를 해쳤을 거라고 생각하는 거니? 몸집이 작아 보이는데. 로지는 힘이 셌어. 그 애가 이런 여자한테 당했을 리가……."

"로지와는 아무 관계 없는 여자예요." 나는 사실대로 말하고 사진들을 돌려받아 봉투에 넣은 뒤 다시 주머니에 집어넣었다. "모든 가능성을 살피려는 것뿐이에요."

노라가 말했다. "하지만 오빠는 누군가 언니를 해쳤을 거라고 생각하고 있잖아."

"그렇게 단정 짓기엔 아직 일러. 내가 조사를 좀 해볼 때까지 다른 생각은 하지 마." 그런 뒤 나는 데일리 가족 모두를 향해 말했다. "이정도면 수사를 시작할 수 있을 것 같습니다. 시간 내주셔서 감사합니다."

케빈이 스프링처럼 자리에서 벌떡 일어났다. 나는 장갑을 벗은 뒤, 데일리 가족과 악수를 나누며 작별 인사를 했다. 전화번호는 묻지 않았다. 연락을 해도 환영받진 못할 것이다. 그리고 그 쪽지를 아직 간직하고 있는지도 묻지 않았다. 쪽지를 다시 본다는 생각만으로도 이를 악물게 되었다.

데일리 아저씨가 따라 나왔다. 문 앞에서 아저씨가 갑자기 말했다. "로지한테서 아무 연락이 없었을 때, 우린 네가 연락을 못 하게 하는 거라고 생각했어." 사과의 의미였을까, 마지막으로 나를 자극하려는 뜻이었을까.

"무슨 일이든 로지가 하고 싶어 하면 아무도 막을 수 없죠. 조만간 무슨 소식이라도 가지고 다시 찾아뵙겠습니다."

데일리 아저씨가 문을 닫았다. 집 안에서 여자들의 울음소리가 들리기 시작했다.

<u>4</u>

흐릿하고 축축한 안개 속에서 빗줄기가 가늘어졌다. 하지만 짙은 먹구름이 점점 더 두터워지는 것으로 보아 비가 더 올 것 같았다. 엄마는 거실 창문에 바짝 붙어 선 채 호기심 가득한 시선으로 내 눈썹을 태워버릴 듯 이쪽을 쳐다보고 있었다. 내가 그쪽으로 시선을 돌리자, 엄마는 걸레로 유리창을 열심히 닦기 시작했다.

"잘했어. 고마워." 나는 케빈에게 말했다.

동생이 곁눈질로 나를 흘깃 쳐다보았다. "별말을 다 하네."

아무리 경찰 행세를 한들, 케빈에게 나는 어릴 적 가게에서 감자 칩을 사주던 형이었다.

"정말 몰랐어. 너 진짜 전문가더라. 대단한 재능이야. 너도 알고 있지?"

동생이 어깨를 으쓱했다. "이번엔 또 무슨 부탁을 하려고?"

"일단 데일리 아저씨가 마음 바꾸기 전에 이 가방을 차에 실어야 겠어." 나는 한쪽 팔로 가방을 든 뒤, 엄마를 향해 환하게 웃으며 손을 흔들었다. "그런 다음엔 예전 친구한테 가서 이야기 좀 하고 올 테니까, 그동안 네가 엄마와 아버지 상대 좀 해줘."

케빈이 겁에 질려 눈을 크게 떴다.

"안 돼, 난 못 해. 엄마가 아직 화나 있을걸."

"부탁해, 케브. 국부 보호대 단단히 차고, 우린 한편이니까 네가 희생 좀 해라."

"웃기지 마, 한편은 무슨. 엄마를 열 받게 한 건 형이잖아. 이제 와서 그 화를 나더러 감당하라고?"

동생은 머리카락이 곤두설 정도로 화를 냈다.

"바로 그거야. 난 엄마가 데일리 가족과 싸우지 않았으면 좋겠어. 그런데 말로는 엄마를 막을 수 없을 것 같거든. 적어도 지금 당장은 말이야. 딱 한 시간 필요해. 그동안만 엄마가 아무 짓도 저지르지 못하게 해줘. 해줄 수 있지?"

"엄마가 밖으로 나간다고 하면 어떻게 해? 태클이라도 걸라는 말이야?"

"너 전화번호 뭐지?"

나는 팀원들이나 정보원들과 연락할 때 사용하는 휴대전화를 꺼내 케빈에게 "안녕"이라는 문자메시지를 보냈다.

"그게 내 번호야. 만일 엄마가 빠져나가면 바로 연락해. 그땐 내가 바로 쫓아와서 엄마한테 태클을 걸 테니까. 그럼 됐지?"

"제기랄." 케빈이 창문을 올려다보며 투덜거렸다.

"잘해봐. 네가 지켜야 해. 한 시간 뒤에 여기서 만나자. 오늘 밤에 내가 한잔 살게." 내가 동생의 등을 치며 말했다.

"그 정도로는 안 될 것 같은데."

케빈은 우울하게 대꾸하더니 사형대로 끌려가는 사람처럼 어깨를 축 늘어뜨린 채 집으로 향했다.

나는 차 트렁크에 가방을 안전하게 넣고, 마침 집 주소를 알고 있는 감식반 소속의 사랑스러운 직원에게 전달할 준비를 마쳤다. 헝클어진 머리에 눈썹도 없는 열 몇 살 된 애들 몇 명이 벽에 구부정하게 붙어 서서는 철사 옷걸이로 문을 딸 만한 차들을 물색하고 있었다.

내가 차로 돌아왔을 때까지 가방은 제자리에 안전하게 있어야 했다. 나는 트렁크에 기대서서 지문 감식용 봉투에 이름표를 붙였다. 그런 뒤 담배를 피우면서 언젠가 국가의 미래를 짊어질 저 소외된 아이들을 가만히 응시했다. 결국 아이들은 자기들을 지켜보지 않을 다른 누군가의 물건을 망가뜨리기 위해 자리를 떠났다.

데일리네 아파트는 우리 집 맞은편에 대칭형으로 지어졌다. 그 집에는 시신을 숨길 만한 곳이 없었다. 적어도 장기간 숨길 장소는 없다. 만일 로지가 그 집에서 죽었다면 데일리 가족에게는 두 가지 선택지가 있었을 것이다. 먼저 데일리 아저씨가 스스로 과시하는 만큼 배포 있는 사람이라고 가정한다면, 로지의 시신을 뭔가로 감싼 뒤 현관문으로 들고 나가 강이나 셰이 형이 이야기했던 양돈장 어딘가에 유기했을 가능성이다. 하지만 리버티가 괜히 리버티인가. 그랬을 경우 틀림없이 누군가 그 광경을 보고 기억해서 말을 퍼뜨렸을 공산이 크다. 내가 보기에 데일리 아저씨는 위험을 무릅쓰고 도박을 하는 사람이 아니었다.

위험을 무릅쓰지 않는 사람의 선택지로는 뒤뜰이 있었다. 지금이야 정원들 대부분이 관목과 테라스, 다양한 연철 장식물 같은 것들로 꾸며져 있지만, 예전만 해도 엉망으로 방치되어 마른 잔디며 진흙이며 널빤지, 망가진 가구들, 고장 난 자전거 같은 것들이 쌓여 있었다. 소변을 보러 갈 때나 여름에 빨래를 널어놓을 때를 제외하면 그 뒤쪽으로 가는 사람은 없었다. 모든 일은 정문 쪽, 그러니까 골목 앞에서 이루어졌다.

그날은 추웠다. 하지만 땅이 얼어붙을 정도로 춥진 않았다. 하룻밤에 한 시간만 파도 이틀이면 다 팠을 것이다. 사흘째 되는 밤에는 시신을 완전히 파묻을 수 있었을 것이고, 아무도 알아차리지 못했을 것이다. 뒤뜰에는 등불이 없어서 뭐든 하려면 횃불이 필요할 정도로 캄캄했다. 땅 파는 소리 역시 누구도 듣지 못했을 것이다. 해리슨 자매는 귓구멍에 전봇대를 박아놓은 것처럼 귀가 먹었고, 베로니카 크로티의 지하실은 십이월의 추위에 맞서 온기를 지키기 위해 다른 집들과 마찬가지로 창문에 판자를 덧대놓았으니까. 시신을 다 파묻을 때까지 낮 시간에는 골이 진 철판이나 낡은 탁자 같은 것으로 덮어두면 아무도 신경 쓰지 않았을 것이다.

수색영장 없이는 뒤뜰을 조사할 수 없었다. 그리고 어떤 근거나 증거 없이는 영장을 신청할 수 없었다. 나는 담배꽁초를 던져버린 뒤, 맨디 브로피와 이야기를 나누기 위해 페이스풀 플레이스 뒤쪽으로 향했다.

맨디는 나를 보자마자 거리낌없이 반가움을 표현한 첫 번째 사람이었다. 지붕이 떠나가라 질러대는 소리에 아마 엄마는 다시 창문 쪽으로 뛰어갔을 것이다.

"프랜시스 매키! 세상에, 성모마리아님, 성 요셉님이시여!" 맨디는 멍이 들 정도로 나를 꼭 끌어안았다. "심장마비 올 뻔했어. 이 동네에서 널 다시 보게 될 줄이야. 어떻게 온 거야?"

맨디는 제법 아이 엄마 같은 모습이었고, 아이 엄마 같은 머리 모양을 하고 있었다. 하지만 보조개는 여전했다.

"이런저런 일이 있어서. 모두 어떻게 지내는지 알게 되니 좋네."

나도 미소를 지으며 대답했다.

"세월이 어떻게 지났는지 모르겠어. 어서 들어와. 아, 너희들은……." 검은 머리에 눈이 큰 여자애 둘이 거실 바닥에 벌러덩 누워 있었다. "위층에 올라가 방에서 놀아. 엄마는 친구랑 조용하게 이야기 나누고 싶으니까. 어서!" 맨디가 손을 내저으며 딸들을 올려보냈다.

"널 쏙 빼닮았는데."

내가 아이들의 뒷모습을 고갯짓으로 가리키며 말했다.

"쟤들 아주 화물열차야. 정말 혼을 쏙 빼놓는다니까. 농담 아니야. 엄마는 나보고 당해도 싸다더라. 내가 어릴 때 엄마 고생시킨 거 생각하면 말이야." 맨디가 소파 위에 있던 반나체의 인형들과 사탕 껍질, 부러진 크레파스들을 치우며 말을 늘어놓았다. "여기 와서 앉아. 너 경찰 됐다는 얘긴 들었어. 그런 일을 하다니 정말 대단한데."

맨디는 양팔 가득 장난감들을 끌어안은 채 미소 지었지만, 검은색 눈이 나를 날카롭게 주시하고 있었다. 맨디는 지금 나를 살피는 중이었다.

"무슨 생각 하는지 알아." 나는 고개를 숙이고 불량소년처럼 씩 웃었다. "나도 나이 들었지. 너랑 똑같이 말이야."

맨디가 어깨를 으쓱했다. "난 예전과 똑같아. 자, 보라고."

"나도 그래. 그런데 너라면 이 동네 밖에 있는 남자를 만날 수도 있었을 텐데……."

"넌 이 동네로 여자를 데려올 수 없고 말이지." 맨디의 눈에 순간 경계의 빛이 스쳐 지나갔다. 이어 그녀는 재빨리 고개를 끄덕이더니, 브라츠 인형의 발로 소파를 가리켰다. "여기 앉아. 차 한잔할래?"

나는 시키는 대로 앉았다. 추억보다 강력한 암호는 없는 법이다.

"차는 괜찮아. 조금 전에 아침 먹었어."

맨디는 장난감들을 분홍색 플라스틱 장난감 상자에 던져 넣은 뒤 뚜껑을 닫았다.

"그래? 혹시 괜찮으면 이야기 나누면서 빨래를 개켜도 될까? 우리 꼬마들이 돌아와서 다시 뒤집어놓기 전에 말이야."

맨디가 내 옆에 털썩 앉더니 세탁 바구니를 옆으로 끌어당겼다.

"내가 게르 브로피랑 결혼했다는 얘긴 들었지? 그이는 요리사가 됐어. 요리하는 걸 좋아했으니까."

"고든 램지라는 거지? 말해봐, 둘이 뜨거운 시간을 보낼 때 주걱 같은 걸 들고 오나?" 내가 짓궂게 웃으며 물었다.

맨디가 비명을 지르며 내 손목을 때렸다.

"얘가 못 하는 소리가 없네. 정말 하나도 안 변했잖아. 고든 램지까지는 아니야. 공항 근처에 새로 문을 연 호텔에서 일해. 그이 말로는 비행기를 놓치는 가족들이나, 어디서 유혹했는지 모를 잘빠진 여자들을 데리고 오는 사업가 비슷한 손님들이 대부분이래. 음식에 신경 쓰는 사람은 아무도 없다는 거지. 한번은 너무 지루해서 사람들이 어떻게 나오는지 보려고 아침 식사 접시에 바나나를 같이 올렸는데, 아무도 뭐라 하는 사람이 없었다는 거야."

"사람들은 누벨 퀴진*인 줄 알았을 거야. 게르가 일을 잘하네."

"무슨 생각들을 했는지는 모르겠지만, 암튼 모두 그 음식을 먹었대. 달걀과 소시지와 바나나를 말이야."

"게르랑 너, 두 사람 다 잘 지내는 모양이구나."

맨디는 작은 분홍색 스웨터를 탁탁 털었다. "그렇지, 뭐. 좋은 사람이야. 잘 웃기도 하고. 언제나 웃을 준비가 되어 있는 것 같다니까. 엄마한테 약혼 소식을 전하니까, 엄마는 우리가 기저귀를 차고 있을 때부터 이렇게 될 줄 알았다고 하시더라. 다들 그렇다고……." 맨디는 빨랫감에서 잠깐 시선을 들어 나를 쳐다보았다. "여기서 결혼하는 사람들은 대부분 그렇다고 말이야."

나중에 돌이켜보니, 맨디는 이미 가방에 대해 알고 있었던 듯하다. 결국은 피로 얼룩진 사건이라는 억측이 퍼진 것이다. 케빈이 엄마를 잘 막아주었음에도 불구하고, 안 좋은 소문은 벌써 온 동네에 다 퍼져 있었다.

맨디는 긴장한 기색도, 특별히 조심하는 기색도 비치지 않았다. 그저 이미 상처 입은 내 감정이 다치지 않게끔 눈치껏 신경 써주었을 뿐이다. 나는 편안하게 소파에 기대앉은 채 그 순간을 즐겼다. 나는 여자와 아이들의 흔적이 구석구석 남은 채 어질러진 집이 좋다. 벽마다 찐득거리는 지문이 남아 있고, 벽난로 위에 마구 뒤섞여 있는 값싼 장신구들과 머리 장식들, 향기 나는 물건들과 다림질해야

---

* 1960년대와 1970년대에 나온 요리법으로 음식의 신선도와 담백함, 깔끔한 맛에 중점을 두었다.

할 빨래 더미들이 쌓여 있는 것이 좋았다.

잠시 우린 가벼운 대화를 나누었다. 맨디의 부모님과 우리 부모님의 안부에서부터 결혼을 했거나 아이를 낳았거나 교외로 이사 간 이웃들 소식, 점점 더 관심이 가는 건강 문제에 대한 이야기까지. 이멜다도 여전히 가까운 곳에 살고 있었다. 할로스 레인에서 이 분 거리에 산다고 했다. 하지만 그 이야기를 할 때 맨디의 한쪽 입꼬리가 이상하게 올라가는 것으로 보아, 두 사람은 이제 자주 만나지 않는 것 같았다. 나는 그 이유를 묻지 않았다. 대신 맨디가 웃을 만한 이야기들을 했다. 여자가 웃으면 이미 반쯤은 대화에 끌어들였다고 보면 된다. 맨디는 예전과 똑같이 큰 소리로 웃음을 터뜨렸고, 그 모습을 보자 나도 웃음이 났다.

그렇게 십 분쯤 지났을 때, 맨디가 자연스럽게 물었다. "그래서 말인데, 로지에 대해서는 들은 거 없어?"

"전혀 못 들었는데. 너는?" 나도 자연스럽게 되물었다.

"나도 못 들었지. 아무래도…… 네가 알 것 같아서 물어본 거야."

맨디가 다시 나를 쳐다보았다.

"너 알고 있었어?" 내가 물었다.

맨디는 시선을 내리깐 채 양말을 말았다. 하지만 속눈썹이 파르르 떨렸다. "뭘?"

"너랑 로지는 친했잖아. 로지가 너한텐 무슨 말이든 했을 것 같은데."

"너희가 같이 도망가기로 했다는 거? 아니면 로지가…… 그랬던 거?"

"뭐든."

맨디는 어깨를 으쓱였다.

"제발, 맨디." 내가 익살스럽게 말꼬리를 돌렸다. "이십 년도 지난 일이잖아. 약속할게. 옛날에 여자애들끼리 한 이야기 가지고 내가 화를 내거나 할 일은 없을 거야. 그냥 궁금해서 그래."

"난 로지가 너랑 헤어질 거라고는 상상도 못 했어. 솔직히 전혀 몰랐지. 이제 와 말이지만 프랜시스, 너희 두 사람이 같이 있지 않다는 말을 들었을 때 얼마나 놀랐는지 몰라. 너희들이 결혼해서 애도 대여섯 명쯤 낳았겠거니 생각하고 있었으니까."

"우리가 함께 떠나기로 했다는 건 알고 있었단 말이네."

"너희 둘 다 같은 날 사라졌잖아. 다들 그렇게 생각했어."

나는 맨디를 보며 싱긋 웃은 뒤 고개를 저었다. "조금 전에 '헤어졌다'고 했잖아. 결국 우리가 사귀고 있다는 걸 알았다는 뜻이지. 우린 이 년간 아무도 모르게 만났는데. 적어도 내가 아는 바로는 말이야."

맨디는 나를 보며 얼굴을 살짝 찡그리더니 양말을 세탁 바구니에 던졌다.

"똑똑하긴. 로지가 우리한테 털어놓은 건 아니야. 그 애는 한마디도 안 했어, 그러니까 그때까지는……. 너랑 로지랑 떠나기 일주일쯤 전에 만나서 술 마신 적 있었지? 동네 어딘가에서 말이야."

피어스 스트리트의 오닐에서였다. 그때 로지는 그 술집에 있던 대학생들의 시선을 한 몸에 받으며 양손에 맥주잔을 들고 우리 자리로 왔었다. 로지는 내가 아는 여자애들 중에서 술을 제일 잘 마셨고, 언제나 나와 번갈아가며 술값을 내려 했다.

"그랬지. 그런 적 있었어."

"그때 안 거야. 로지가 자기 아버지한테 나랑 이멜다를 만나러 간다고 했거든. 하지만 우리와 미리 말을 맞춰놓지 않았지. 무슨 말인지 알겠지? 아까도 말했지만, 로지가 널 만난다고 직접 얘기한 적은 없어. 우린 전혀 몰랐지. 그러다 그날 밤 우리가 일찍 집에 들어가는데, 데일리 아저씨가 창문으로 지켜보고 있더라고. 로지가 우리랑 같이 있지 않은 걸 말이야. 그 애는 늦게까지 들어오지 않았어." 맨디는 보조개가 파일 정도로 웃었다. "그날 둘이서 할 이야기가 아주 많았던 모양이지?"

"그래."

그날, 나는 트리니티 칼리지 담벼락에 기대서 로지를 꼭 끌어안은 채 엉덩이에 손을 올리고 작별 키스를 했다.

"어쨌든 데일리 아저씨는 로지를 기다렸어. 다음 날 로지한테서 전화가 왔지. 토요일이었을 거야. 자기 아버지가 화가 많이 났다고 하더라고."

우린 몸집이 크고 성질이 불같던 데일리 아저씨의 예전 모습을 떠올렸다. "그랬겠지."

"이멜다랑 내가 로지한테 어디 갔었냐고 물었지만 아무 말도 안 했어. 그냥 아버지가 화가 많이 났다고만 했지. 그래서 우린 로지가 너를 만났을 거라고 생각했어."

"항상 궁금했는데, 데일리 아저씨는 대체 날 왜 그렇게 싫어하셨던 거지?"

맨디가 눈을 깜박거렸다.

"그건 나도 모르겠어. 그저 아저씨가 네 아버지랑 사이가 좋지 않아서 그랬던 것 같긴 한데. 어차피 이젠 상관없잖아? 넌 더이상 여기 살지 않으니 아저씨를 만날 일도 없고……."

"로지가 나를 버렸어, 맨디. 완전히 짓밟아버렸지. 나로선 청천벽
력 같은 일이었는데 지금껏 이유도 몰라. 어딘가에 그 이유가 남아
있다면 알아내고 싶어. 그게 뭐든 알고 싶고, 내가 이 상황들을 바꿀
수 있을지 궁금해."

강인하면서도 고통에 찬 내 모습에 맨디의 입매가 연민으로 부드
러워졌다.

"프랜시스……. 로지는 자기 아버지가 널 어떻게 생각하든 전혀
개의치 않았어. 너도 알잖아."

"그랬지. 하지만 만일 로지에게 걱정거리가 있었거나, 내게 뭔가
를 숨겼거나, 혹은 무서워하는 사람이 있었다면…… 혹시 말이야,
그 사람이 화를 내며 로지를 뒤쫓았을 수도 있지 않을까?"

맨디는 당혹감과 경계심이 가득한 표정이었다. 나는 더이상 말을
이을 수가 없었다.

"그게 무슨 뜻이야?"

"데일리 아저씨는 성질이 불같잖아. 로지와 내가 같이 있는 모습
을 처음 봤을 땐 동네 전체가 울릴 정도로 소리를 질렀지. 나는 늘
그때 그 상황이 그 정도로 끝난 건지 궁금했어. 무슨 일이 더 있진
않았는지…… 혹시 아저씨가 로지를 때리진 않았는지 말이야."

맨디가 손으로 입을 가렸다.

"세상에, 프랜시스! 로지가 그런 말을 했어?"

"나한테는 안 했어. 할 수 없었겠지. 내가 자기 아버지를 때려죽이
는 꼴을 보고 싶진 않았을 테니까. 그렇지만 너나 이멜다한테는 말
을 했을 수도 있을 것 같아서."

"아니, 로지는 그런 얘기 한 적 없어. 정말 그랬으면 말을 했을 거야……. 이거 확실한 건 아니지?"

맨디는 푸른색 교복 상의를 무릎 위에 올려놓고 매만지며 생각에 잠겼다.

"내가 알기로, 아저씨는 로지한테 손가락 하나 대지 않았어." 마침내 맨디가 말했다. "네가 듣고 싶어 한다는 이유만으로 있지도 않은 얘길 할 순 없어. 데일리 아저씨의 잘못은, 로지가 어른이 됐는데도 계속 그 애를 놔주지 않았다는 거야. 무슨 뜻인지 알지? 로지가 우리한테 전화했던 토요일, 그러니까 그 애가 집에 늦게 들어간 다음 날 밤에 우리 셋은 아파트먼트에 가기로 했어. 그런데 로지가 못 가게 된 거야. 농담이 아니라, 진짜로 데일리 아저씨가 로지의 열쇠를 빼앗았거든. 로지가 일주일 내내 열심히 일해서 꼬박꼬박 주급을 벌어 오는 어른이 아니라 무슨 어린아이라도 되는 것처럼 말이야. 아저씨는 밤 11시가 되면 현관문을 잠글 거라고, 만일 그때까지 들어오지 못하면 길거리에서 자라고 했어. 너도 알다시피 아파트먼트는 11시에 시작이잖아. 무슨 말인지 알지? 그래, 아저씨가 로지를 괴롭힌 건 사실이야. 그래도 그 애를 때리진 않았어. 그냥 방구석에 앉아 있으라고 한 거지. 딸애가 건방지게 굴 때 내가 벌을 주듯이 말이야."

갑자기 데일리 아저씨에 대한 관심이 사라지면서 그 집 뒤뜰에 대한 수색영장도 우선순위에서 밀려났다. 맨디의 작고 아늑한 가정의 행복을 옆에서 들여다보는 것도 더이상 재미있지 않았다. 로지가 자기 집 현관으로 나오지 않았던 건 나를 피하고 싶었기 때문도, 아버지가 붙잡고 놔주지 않은 멜로드라마 같은 상황 때문도 아니었다. 애초에 아저씨가 로지에게 선택의 여지를 주지 않았을 가능성이 있었다. 그날 밤, 현관문은 잠겨 있었을 것이다. 하지만 뒷문은 안쪽에 빗장이 걸려 있기 때문에 열쇠가 없어도 직접 열고 밖으로 나올 수 있었다. 열쇠가 없어도 로지는 아무 문제 없이 내게서 도망갈 수도, 내 품으로 뛰어들 수도 있었다. 그녀는 틀림없이 뒷문으로 빠져나와 집집마다 담을 넘어 정원으로 뛰어내렸을 것이다. 3번지를 떠나 어디로든 갈 수 있었을 것이다.

가방에서 누군가의 지문이 나올 가능성이 점점 줄어들기 시작했다. 만일 로지가 집집마다 담을 넘어야 하리라는 걸 알았다면, 가방은 미리 숨겨두었을 것이다. 그 과정에서 누군가가 로지를 납치했다 해도 가방에 대해서는 전혀 알지 못했을 것이다.

맨디가 약간 걱정스러운 눈으로 나를 쳐다보고 있었다. 자신의 말뜻을 내가 제대로 알아들었는지 확인하고 싶은 것 같았다.

"그렇다 해도 로지가 모퉁이를 돌아가는 걸 내가 보지 못했다는 게 말이 안 돼. 다른 계획이 있었던 걸까? 어쩌면 자기 아버지한테 빼앗겼던 열쇠를 다시 찾아왔을지도 모르고."

"그건 아니야. 그랬다면 우리한테 말을 했을 테니까. 이멜다와 나는 로지한테 그랬어.

'그런 건 신경 쓰지 말고, 우리하고 같이 나가자. 정말 네 아빠가 문을 잠가버리면 우리 집에서 자면 되잖아.'

하지만 로지는 아버지 비위를 건드리고 싶지 않다면서 안 된다고 했어. 우린 대체 왜 그러냐고 물었지. 네 말대로 평소의 로지라면 그러지 않았을 테니까. 그러자 로지가 그러더라.

'오래가진 않을 거야.'

그 말이 우리 관심을 끌었어. 그래서 로지에게 달려들어 전부 다 털어놓으라고 했지. 지금 무슨 생각을 하고 있는지 말하라고 말이야. 하지만 로지는 말하지 않았어. 그저 자기 아빠가 열쇠를 곧 돌려줄 것처럼 굴었는데, 우린 그 이상의 뭔가 있다는 것을 알아차렸어. 하지만 그게 뭔지 정확하게는 몰랐지. 그저 뭔가 큰일이 일어나겠구나 싶었을 뿐이야."

"좀더 자세히 물어보지 않았던 거야? 로지의 계획이 나와 관계가 있는 건 아닌지?"

"당연히 물어봤지. 우리가 함께한 시간이 얼만데. 다 털어놓게 하려고 난 로지의 팔을 찔렀고, 이멜다는 베개로 때렸어. 하지만 로지는 우리가 포기하고 외출 준비를 할 때까지 버티더라고. 그 계집애 정말……."

맨디는 작은 소리로, 거의 알아볼 수 없을 정도로 희미하게 웃었다. 빨래를 개던 분주한 손길이 서서히 느려지더니 완전히 멈췄다.

"우린 내 방으로 쓰던 거실에 있었어. 우리 중 자기 방이 있는 사람은 나밖에 없었지. 그래서 항상 내 방에서 모였고. 그때 나와 이멜다는 머리를 뒤로 빗어 넘기고 청록색 아이섀도를 발랐지. 기억나? 우린 우리가 뱅글스랑 신디 로퍼랑 바나나라마를 합쳐놓은 모습이라고 생각했다니까."

"예뻤어, 너희 셋 다. 내가 본 중 제일 예뻤어." 진심이었다.

맨디는 나를 보며 콧잔등을 찡그렸다. "입에 발린 소리 하기는." 하지만 맨디의 눈은 지금 여기가 아닌 다른 곳을 향해 있었다. "우린 로지를 닦달했어. 수녀라도 될 생각이냐고 비아냥거리면서, 수녀복을 입으면 아주 어울리겠다고 했지. 로지가 맥그래스 신부님을 좋아했거든……. 로지는 내 침대에 누워 천장을 올려다보며 손톱을 깨물고 있었어. 그 애가 그럴 때 어떤지 알지? 손톱 한 개만 죽어라 깨물었잖아."

오른손 검지 손톱. 로지는 생각에 잠길 때마다 그 손톱을 깨물었다. 마지막 두 달 동안, 우리가 만나 계획을 세울 때도 너무 심하게 물어뜯어서 피가 난 적이 몇 번 있었다.

"기억나."

"난 화장대 거울로 로지를 지켜보고 있었어. 아기 때부터 수없이 많은 시간을 함께 보냈던 로지인데, 갑자기 낯선 사람 같은 거야. 우리보다 어른처럼 보였어. 벌써 반쯤은 딴 데 가 있는 듯한 모습이었지. 우리가 그 애에게 뭔가 줘야 할 것만 같은 느낌이 들었어. 작별 카드나, 성 크리스토퍼* 메달 같은 거 말이야. 안전한 여행이 되도록 말이지."

"이런 이야기, 다른 사람한테 한 적 있어?"

"아니. 로지 이야기를 다른 사람들한테 했을 리가 없잖아. 너도 그 정도는 알 텐데."

맨디가 바로 딱딱거리며 대꾸했다. 그녀는 화가 난 듯 앉은 상태로 몸을 꼿꼿하게 세웠다.

"알지. 그냥 습관대로 한 번 더 확인해본 것뿐이야. 마음 상해 하지 마."

나는 맨디에게 미소를 지어 보였다.

"물론 이멜다한테는 말했어. 우린 너희 둘이 도망간 줄 알았으니

---

* 여행자들의 수호성인.

까. 끝내주게 낭만적이라고 생각했지. 너도 그렇고, 우리 모두 십 대였잖아……. 하지만 다른 사람한테는 한마디도 안 했어. 그 이후에도 말이야. 우린 너희들 편이었어, 프랜시스. 너희들이 행복하길 빌었지."

순간 고개를 돌리면 옆방에 있는 그들이 보일 것만 같았다. 그 방에서 부산스럽게, 청록색으로 화장을 하며, 흥분한 채 온갖 가능성에 열을 올리는 세 소녀들의 모습이.

"고마워, 맨디. 진심이야."

"로지가 마음을 바꾼 이유는 정말 모르겠어. 만약 알았다면 얘기했겠지. 너희 두 사람은 정말 완벽한 한 쌍이었어. 난 그렇게 생각했고……."

맨디가 말끝을 흐렸다.

"그래, 나도 그렇게 생각했어."

맨디가 부드럽게 내 이름을 불렀다. "프랜시스……." 그녀는 여전히 작은 교복 상의를 손에 쥔 채였다. 목소리에는 오랜 세월 간직했던 슬픔이 배어 있었다. "아주 오래전 일이잖아. 안 그래?"

골목은 조용했다. 들리는 거라곤 위층에서 뭔가 이야기를 하는 어린 소녀의 웅얼거리는 목소리와 가랑비 섞인 바람이 창문을 스치는 소리뿐이었다.

"맞아. 어떻게 된 일인지 너무 오랫동안 알지 못했지."

나는 차마 맨디에게 말할 수 없었다. 어차피 엄마가 얘기하겠지. 그 이야기를 하는 내내 엄마는 얼마나 즐거울까. 우린 문 앞에서 작별의 포옹을 나누었다. 나는 맨디의 뺨에 키스한 뒤, 조만간 연락하겠다고 약속했다. 그녀에게서 피어스 비누와 커스터드 크림 혹은 싸구려 향수 같은, 마음이 놓이는 달달한 냄새가 났다. 지난 몇 년간 맡아보지 못한 냄새였다.

5

케빈은 집 난간에 몸을 기대고 서 있었다. 어린 시절, 우리가 너무 어린 케빈만 남겨놓고 집을 나설 때도 그런 모습이었다. 다만 지금 케빈은 휴대전화를 들고 엄청난 속도로 문자를 보내고 있었다.

"애인?" 내가 고갯짓으로 휴대전화를 가리키며 물었다.

케빈이 어깨를 으쓱였다. "뭐, 그런 셈이지. 정확히는 아니지만. 난 아직 정착할 마음이 없거든."

"그 말은 곧 여러 명을 만나고 있다는 뜻이군. 비열한 녀석 같으니라고."

케빈이 싱긋 웃었다. "그게 뭐? 여자애들도 다 알아. 그 애들도 아직 정착할 마음 없거든. 그냥 즐기는 거야. 아무 문제도 없다니까."

"나를 대신해서 엄마와 싸우고 있겠거니 했는데, 즐겁게 사랑의 문자를 주고받고 있을 줄은 몰랐네. 어떻게 된 거야?"

114

"여기서 엄마를 막고 있는 거야. 나 때문에 정신 산만하라고. 만일 엄마가 데일리네 집으로 가려고 했으면 내가 잡았겠지."

"집에서 여기저기 전화를 걸어 동네방네 다 알릴 수도 있잖아. 그러면 안 되는데."

"아무한테도 전화 안 해. 데일리 아주머니를 직접 보고 상태를 확인하기 전에는 말이지. 엄마는 지금 설거지를 하고 있어. 내가 도와준다고 하니까 집어치우래. 배수구에 포크라도 빠뜨리면 누군가 거기 찔려서 눈이 멀 수도 있다면서. 그래서 나온 거야. 형은 어디 갔었어? 맨디 브로피 만났어?"

"3번지에서 플레이스 꼭대기로 가고 싶은데 현관문으로는 나갈 수 없다고 가정해봐. 너라면 어떻게 할 거야?"

"뒷문으로 나가지. 정원 담을 넘으면 되잖아. 백만 번도 넘게 한 짓인데."

케빈이 바로 대답한 뒤 다시 문자메시지를 보내기 시작했다.

"나도 그랬지." 나는 3번지부터 15번지까지를 손가락으로 훑었다. "뒤뜰이 여섯 개야." 데일리네 집까지 합치면 일곱이다. 로지가 그중 어딘가에서 나를 기다렸을 수도 있다.

"잠깐만." 케빈이 휴대전화에서 고개를 들었다. "지금을 말하는 거야? 아니면 예전을 말하는 거야?"

"무슨 차이가 있어?"

"할리네의 빌어먹을 개가 있느냐 없느냐의 차이지. 이름이 람보였는데, 기억 안 나? 그 작은 개새끼가 내 엉덩이를 물었잖아."

"맙소사, 그놈을 완전히 잊고 있었네. 발로 걷어찬 적도 있는데."

람보는 테리어종과 다른 뭔가의 잡종으로 몸무게가 2킬로그램쯤

나가는 작은 개였다. 나폴레옹 콤플렉스* 때문인지 람보라는 이름을 갖게 된 그 개는 제 영역만큼은 철저히 지키곤 했다.

"지금이야 5번지에 집을 텔레토비색으로 칠한 멍청이들이 살고 있으니 그냥 넘어갈 수 있겠지만……." 케빈이 내가 한 것처럼 거리의 집들을 손가락으로 훑으며 말을 이었다. "전에는 람보가 버티고 있어서 지나갈 수가 없었어. 그래서 저쪽으로 다녔지."

동생이 손가락을 돌렸다. 나는 케빈의 손가락이 가리키는 방향을 보았다. 1번지를 지나 플레이스 아래쪽에 있는 높은 벽을 따라 짝수 번지 집들의 정원을 건넌 뒤 16번지 담을 넘어 가로등 앞으로 가는 경로다.

"어째서 담이 낮은 쪽으로 돌아 도로로 넘어가지 않지? 왜 이쪽 집들 정원을 거쳐 가는 거야?"

케빈이 싱긋 웃었다. "형이 그 이유를 모른다니 의외네. 로지 방 창문에 돌멩이 던져본 적 없어?"

"로지 방 옆이 바로 데일리 아저씨 방이라 던져본 적 없어. 그런 짓 했다간 고추가 잘렸을걸."

"내가 열여섯 살 때, 린다 드와이어랑 잠깐 만났었어. 1번지에 살았던 드와이어 가족 기억나지? 우린 밤마다 그 집 뒤뜰에서 만났어. 그래서 린다가 자기 가슴으로 올라가는 내 손을 막을 수 있었지. 저 담……." 케빈이 길 아래쪽을 가리켰다. "반대편에 있는 저 담은 아주 매끈해서 발 디딜 데가 없어. 뒤뜰로 들어가려면 모퉁이까지 가야만 넘을 수 있지."

---

* 키가 작은 사람들이 열등감을 보상받기 위해 다른 이들을 지배하려는 강한 욕구를 보이는 심리 현상.

"너 정말 아는 게 많구나. 결국 린다 드와이어의 브래지어 속에 손은 넣어봤고?"

케빈은 눈동자를 굴리더니, 린다와 레지오 마리에*의 복잡한 관계에 대해 설명하기 시작했다.

하지만 나는 다른 생각을 하고 있었다. 일요일 밤, 뒤뜰 주위를 서성거리면서 희생양이 지나가기를 간절히 바라던 성범죄자나 사이코 살인마를 떠올리자 마음이 괴로웠다. 만일 누군가 로지를 붙잡아 간 거라면, 그자가 로지를 알고 그리로 지나갈 것을 알고 있었다면, 적어도 기본적인 계획은 세워뒀을 것이다.

뒷담을 넘어가면 코퍼 레인이 나온다. 페이스풀 플레이스 같은 지역에서는 유일하게 크고 번화한 도로다. 만일 내가 케빈이 알려준 길을 따라 은밀한 만남이나 매복을 계획하고 있었다면, 특히 싸움을 하거나 시신을 유기해야 하는 상황을 염두에 두었다면, 아마 16번지를 이용했을 것이다.

추위를 이겨내기 위해 가로등 아래를 맴돌며 로지를 기다리는 동안 나는 온갖 소리를 다 들었다. 남자가 끙끙거리는 소리, 숨이 넘어가는 듯한 여자의 신음 소리, 뭔가 쿵 하고 떨어지는 소리. 사랑에 빠진 십 대 남자는 장밋빛 안경을 쓴 채 걸어 다니는 고환이나 마찬가지다. 난 세상이 사랑으로 넘친다고 믿고 있었다. 로지와 내가 서로에게 푹 빠져 있다고 믿었다. 마치 대기 속에 떠도는 마약을 마신 듯한 기분이었다. 그리고 그 마약이 리버티 전역을 휩쓸기라도 한 것처럼 그날 밤 이곳의 공기를 마신 사람들은 모두 광란에 빠질

---

* 아일랜드의 가톨릭 평신도 사도직 단체. '자비의 모후회'라고 불린다.

거라고 생각했다. 무너진 공장의 노동자들은 잠결에 서로에게 손을 내밀고, 골목 모퉁이에서 맴돌던 십 대 아이들은 갑자기 목숨이 달린 것처럼 키스를 할 거라고. 나이 든 연인들은 가슴 패드를 빼내고 서로의 플란넬 잠옷을 벗길 거라고. 나는 당연히 그 소음을 연인들이 내는 소리라고 생각했다. 내가 잘못 알았던 건지도 모른다.

잠시나마 로지가 내게 오는 중이었을 수도 있다는 생각을 해보았다. 케빈이 알려준 길을 따라 16번지로 가서 쪽지를 남기고 나를 만나러 올 생각이었다고. 하지만 결국 그녀는 오지 못했다.

"가보자." 나는 여전히 이어지고 있던 케빈의 이야기("중요한 건 아니지만, 그 애는 정말 큰 옷걸이를 가지고 있었는데……")를 끊고 말했다.

"엄마가 우리보고 가면 안 된다고 했던 곳에 가서 놀아보자."

16번지는 내가 상상하던 것보다 훨씬 형편없는 상태였다. 건설업자들이 벽난로를 뜯어내 끌고 나간 계단까지 온통 움푹 패어 있었고, 양옆에 있던 연철 난간도 누군가 떼어 간 듯했다. 어쩌면 소유주가 그것들까지 팔아치운 건지도 모른다. "PJ 레이버리 건설"이라고 쓰인 아주 커다란 간판이 지하실 창문 옆 담 아래 쓰러져 있었다. 쓰러진 간판에 신경 쓰는 사람은 아무도 없었던 모양이다.

케빈이 물었다. "여기서 뭘 하려고?"

"아직 잘 모르겠어." 어느 정도는 사실이었다. 내가 아는 건 로지의 행적을 따라가야 한다는 것뿐이었다. 그 뒤를 차근차근 쫓다 보면 로지가 우리를 어디로 이끌고 있는지 알게 될 것이다. "여기 있다 보면 뭐든 찾게 되겠지."

케빈이 열려 있는 현관문을 살짝 밀더니, 조심스레 몸을 숙여 안을 들여다보았다.

"그전에 우리가 병원에 실려 가진 않았음 하는데."

복도에는 십자형 그림자들이 서로 얽힌 채 여섯 겹으로 드리워져 있었다. 사방에서 희미한 빛들이 스며들었다. 반쯤 문이 열린 텅 빈 방으로, 차가운 바람이 새어 들어오는 높은 층계참의 지저분한 유리창을 통해. 나는 손전등을 꺼냈다. 공식적으로는 현장에서 물러났지만, 아직도 예기치 못한 상황에 마주칠 경우를 대비하고 있었다. 나는 가죽 재킷을 입고 다닌다. 다른 옷은 입을 수 없을 정도로 편한 데다, 기본적인 장비들을 가지고 다닐 수 있을 만큼 주머니가 많기 때문이다. 지문 채취 장비, 증거용 비닐 봉투 세 개, 수첩과 펜, 스위스 군용 칼, 수갑, 가늘고 성능이 좋은 맥라이트 손전등. 콜트 디텍티브 스페셜*은 눈에 띄지 않게 특별히 제작한 벨트 뒤쪽에 차고 있었다.

"농담 아니야." 케빈이 눈을 가늘게 뜨고 컴컴한 계단을 쳐다보면서 말했다. "이런 거 싫어. 재채기 한 번만 해도 우리 머리 위로 집 전체가 내려앉을걸."

"내 목에 GPS 추적기가 박혀 있어. 여기 파묻혀도 경찰이 우리를 찾아줄 거야."

"진짜야?"

"아니. 남자답게 굴어, 케브. 우린 괜찮을 거야."

나는 손전등을 켜고 16번지로 들어섰다. 몇십 년간 쌓여 있던 먼

* 경찰용 리볼버로, 총신의 길이를 최소화해 가볍고 숨기기 쉽게 설계되었다.

지 입자들이 대기를 떠다니는 것이 느껴졌다. 먼지들은 이리저리 떠돌아다니며 우리 주위에 작은 소용돌이를 일으켰다.

삐걱거리는 계단은 우리 몸무게가 실리자 불길하게 밑으로 휘긴 했지만, 부러지지 않고 버텨주었다. 나는 먼저 로지의 쪽지를 발견했던 거실로 들어갔다. 엄마와 아버지 말에 따르면 폴란드 건설업자들이 가방을 찾은 것도 그 방이었다. 벽난로를 뜯어낸 자리에 거대한 구멍이 뚫려 있고, 주변 벽에는 누가 누구를 좋아한다느니, 누가 동성애자라느니, 누구는 꺼져버려야 한다느니 하는 온갖 낙서들이 흐릿하게 남아 있었다. 지금쯤 볼브리지 맨션 어딘가로 옮겨지고 있을 벽난로 한구석에 나와 로지의 머리글자도 남아 있을 것이다.

바닥 역시 예전과 마찬가지로 온갖 쓰레기들이 널려 있었다. 캔, 담배꽁초, 포장지. 하지만 그 위에는 대부분 뽀얗게 먼지가 쌓여 있었다. 요즘 아이들은 돈도 많고, 이런 곳 말고도 시간을 보낼 만한 좋은 장소들을 많이 알고 있을 테니까. 다 쓴 콘돔도 여기저기 버려져 있었다. 우리 때만 해도 이런 일들은 모두 불법이었다. 만일 운 좋게도 누군가를 데려올 수 있는 상황이고 그럴 기회를 잡았다면, 몇 주일 동안은 가슴을 졸이며 지내야 했다. 구석 높은 곳에 거미집들이 가득했고, 내리닫이 창문 틈새로 차가운 바람이 새어 들어왔다. 이제 곧 창문들도 사라져, 그 일부는 자기 아내가 정성껏 손질해 근사한 창문으로 만들어주길 바라는 재수 없는 상인들에게 팔려 갈 것이다. 아무래도 이 장소에 오니 목소리가 부드러워졌다.

"여기서 동정을 잃었지."

케빈은 뭔가 묻고 싶은 듯한 눈빛으로 나를 쳐다보았지만 이내 마음을 바꾸어 이렇게 말했다. "좀더 편안한 장소도 많았을 텐데."

"우리한텐 담요가 있었거든. 사실 그 상황에선 어디도 편안할 수 없었을 거야. 셸번의 펜트하우스였다 해도 편안하지 않았을걸."

잠시 뒤 케빈이 몸서리를 쳤다. "여기 정말 기분 나쁘네."

"분위기 때문에 그래. 추억을 더듬는다는 게 그렇지."

"젠장. 추억이야말로 제일 멀리하고 싶은 건데. 형도 데일리 집안 사람들 얘기 들었잖아. 1980년대의 일요일이 얼마나 끔찍했어? 미사며 빌어먹을 일요일 만찬이며……. 그때 음식이라곤 삶은 베이컨에 구운 감자, 양배추뿐이었지."

"푸딩도 빼먹으면 안 되지."

마룻널을 따라 손전등 불빛을 비추자 구멍 난 곳과 끝부분이 갈라진 곳이 몇 군데 보였다. 전혀 수리가 되어 있지 않았다. 여기서 무엇이든 수리를 했다면 오히려 아주 어색해 보였을 것이다.

"매 순간이 아주 천상의 기쁨이었잖아. 딸기 맛이 나는 분필을 먹는 기분이랄까. 하지만 그걸 먹지 않았다면 굶주려서 뼈만 남았을걸."

"그랬겠지. 그땐 추운 골목길 모퉁이에서 어슬렁거리는 것 말고는 할 일도 없었어. 영화관에 처박히거나, 엄마랑 아버지와 함께 있지 않으면 말이야. 텔레비전에서는 피임이 사람을 바보로 만든다느니 하는 신부님 설교나 나오고, 심지어 그마저도 안테나로 수신하는 데만 몇 시간씩 걸리고……. 일요일이 끝날 때쯤이면 그날 하루가 너무 지겨워서 차라리 학교에 가고 싶다는 생각이 들 때도 있었어."

벽난로와 굴뚝이 있던 자리에는 아무것도 남아 있지 않았다. 그 위에 있던 새집에서 지난 몇 년간 양옆으로 흘러내린 새똥이 하얗게 굳어 있을 뿐이었다. 굴뚝은 가방 하나 겨우 들어갈 너비로, 성인 여자의 시신을 임시로라도 숨길 순 없을 것 같았다.

"이제야 말이지만, 너도 여기 와봤어야 했는데." 내가 입을 열었다. "모든 일들은 여기서 이뤄졌다니까. 섹스, 마약, 로큰롤까지 말이야."

"내가 그런 것들에 관심을 가질 나이가 됐을 때는 이미 아무도 이곳에 오지 않았어. 쥐만 있었지."

"쥐는 늘 있었어. 분위기를 더해주지. 저쪽으로 가보자." 나는 옆방으로 향했다.

케빈이 내 뒤를 따라왔다. "쥐가 더하는 건 세균뿐이야. 형이 이곳을 떠난 뒤에 누군가 독약 같은 걸 뒀나 봐. 내가 보기엔 미친 조니 짓이었던 것 같아. 그 아저씨가 쥐 죽이는 법을 잘 알았잖아. 참호에 쥐가 들끓었는지 뭣 때문인지 몰라도 말이야. 어쨌든 한 무리의 쥐떼가 벽 쪽에 붙어서 죽어 있었어. 농담이 아니라, 진짜 악취가 지독했다니까. 양돈장보다 더 심했어. 우리 모두 장티푸스로 죽을 뻔했다고."

"지금은 별 냄새 안 나는데."

나는 손전등으로 다시 바닥을 살폈다. 지금 내가 세상에서 가장 멍청하고 부질없는 시도를 하고 있는지 모르겠다는 생각이 들기 시작했다. 가족이랑 하룻밤 보냈다가 광기가 옮아 제정신이 아닌 건지도 모른다.

"그야 한참 전에 있었던 일이니까. 어쨌든 그 이후로 우리는 코퍼 레인 모퉁이 공터에서 모이기 시작했어. 어딘지 알지? 장소가 열악하긴 해. 겨울이면 불알이 떨어질 정도로 춥고, 사방에 쐐기풀이며 가시철사가 널려 있으니까. 하지만 코퍼 레인이랑 스미스 로드의 아이들은 모두 그곳에 모였어. 그래야 술을 마시거나 여자애들이랑 어울릴 기회가 생기거든. 16번지로 돌아올 생각은 아무도 하지 않았지."

"그때가 그리운 모양이네."

"글쎄." 케빈은 회의적인 눈으로 주위를 둘러보다가 주머니에 양손을 넣고 어디에도 닿지 않도록 재킷을 오므렸다. "난 1980년대에 향수를 느끼는 사람들을 못 견디겠어. 죽을 만큼 지루했던 아이들이 가시철사를 가지고 놀거나 빌어먹을 쥐구멍이나 찾으면서 놀던 시절인데…… 그런 걸 누가 그리워하겠어?"

나는 동생을 쳐다보았다. 케빈은 랄프 로렌 로고가 달린 옷차림에 근사한 시계를 차고, 번드르르한 상류층 스타일의 머리 모양을 하고 있었다. 정당한 분노로 가득 차 있는 케빈은 지금 이곳과 어울리지 않는 모습이었다. 나는 비쩍 마르고 삐죽 선 머리에 내가 입던 옷을 물려 입은 채 뭐가 좋은지 집 안을 정신없이 뛰어다니던 케빈의 모습을 떠올렸다.

"그것보단 많은 일들이 있었지."

"예를 들면? 형이 이 거지 소굴 같은 곳에서 동정을 잃은 게 그렇게 대단한 일이야?"

"1980년대로 돌아가고 싶다는 말은 아니야. 하지만 목욕물과 아기를 같이 버릴 순 없는 법이잖아. 당시에 넌 어땠는지 몰라도 난 지루하지 않았어. 한 번도 말이야. 그 점에 대해서는 너도 다시 생각해보는 게 좋을 거야."

케빈은 어깨를 으쓱하더니 웅얼거렸다. "난 전혀 모르겠는데."

"계속 생각해봐. 따라와."

나는 동생을 기다리지 않고 뒷방으로 향했다. 컴컴한 구석에 있던 썩은 마룻널에 발이 빠진다 해도 그건 그 애 문제였다. 잠시 뒤 케빈이 부루퉁한 채 내 뒤를 따라왔다.

뒷방에는 관심 가는 것이 전혀 없었다. 누군가 쓰레기통 대신 이곳을 이용한 듯 엄청난 양의 빈 보드카병뿐이었다. 지하실로 이어지는 계단 앞에서 케빈이 소리쳤다.

"안 돼. 여긴 안 내려가. 형, 나 농담하는 거 아니야."

"형한테 안 된다고 할 때마다 하느님께서 새끼 고양이 한 마리를 죽이실 거야. 어서 따라와."

"예전에 셰이 형이 우릴 여기 가둔 적이 있어. 형하고 나를 말이야. 내가 아주 어릴 때. 기억나지?"

"아니. 그래서 여기 내려가기 무섭다는 말이야?"

"빌어먹을, 무섭긴. 난 그저 우리가 아무 이유도 없이 산 채로 파묻힐 가능성이 있는 곳에 내려가고 싶지 않다는 거야."

"그럼 밖에서 기다려."

조금 뒤 케빈은 고개를 저었다. 내가 처음부터 동생을 데려오고 싶었던 것과 같은 이유로 케빈도 내 뒤를 따라왔다. 오랜 습관이라는 게 그렇다.

내가 이 지하실에 내려와본 건 아마 세 번쯤 될 것이다. 도시 전설에 따르면 슬래서 히긴스라는 자가 귀머거리 동생의 목을 벤 뒤 이곳에 파묻었다고 한다. 만일 누가 절름발이 히긴스의 영역에 침입하면 그자가 무시무시한 소리를 내지르고 썩은 손을 흔들며 내쫓는다는 얘기가 돌았다. 아마 걱정 많은 부모들이 만들어낸 이야기일 것이고 우리 역시 믿지 않았지만, 그럼에도 지하실에 들어가는 건 왠지 꺼려졌다. 셰이 형과 친구들은 가끔 용기를 과시하기 위해, 혹은 여자 친구와의 섹스가 절실한데 다른 방이나 공간이 다 차 있는 경우 어쩔 수 없이 내려가곤 했다.

어쨌든 좋은 것들은 모두 위층에 있었다. 말보로 열 갑과 이 리터들이 싸구려 사과주, 성냥개비처럼 가느다란 마리화나 연초까지. 우리는 그곳에서 늘 중간 이상 가지 못하는 옷 벗기 포커 게임도 했다. 나는 아홉 살쯤 되었을 때 지피 헌과 같이 지하실 벽을 치고 돌아온 적이 있었다. 그리고 몇 년 뒤에는 미셸 뉴전트를 데리고 내려갔던 기억이 어렴풋하게 남아 있다. 아마 미셸에게 겁을 줘서 나를 꼭 붙잡게 만든 다음 가능하면 키스하려는 속셈이었을 것이다. 하지만 생각대로 운이 따라주진 않았다. 심지어 그 또래 여자애들은 그렇게 쉽게 겁을 먹지도 않는다.

한번은 셰이 형이 케빈과 나를 이 지하실에 가둔 일이 있었다. 한 시간쯤 갇혀 있었는데 며칠은 지난 듯한 느낌이었다. 케빈이 두 살인가 세 살이었고, 너무 겁을 집어 먹어 비명조차 지르지 못했다. 그 대신 동생은 오줌을 쌌다. 나는 괜찮을 거라고 동생을 달래며 발로 문을 걷어차고, 창문에 박혀 있는 판자를 떼어내려 애를 썼다. 그리고 언젠가는 셰이 형을 바닥에 때려눕히겠다고 맹세했다.

손전등으로 바닥을 천천히 살폈다. 지하실은 내가 기억하는 그대로였다. 다만 이제 와서 보니 부모님이 왜 여기서 놀지 말라고 했는지 이해할 수 있을 것 같았다. 여전히 창문에 박혀 있는 판자의 갈라진 틈 사이로 흐릿한 빛이 들어오고 있었다. 천장은 내가 싫어하는 방식으로 튀어나와 있었고, 커다란 석고 덩어리가 떨어져 나가 휘고 갈라진 들보가 노출되어 있었다. 다 무너져가는 벽으로 나뉘어 있긴 했지만, 기본적으로는 큰 방이었다. 바닥은 곳곳이 붕괴되고 지

반도 내려앉아 있었다. 어쩌면 테라스 쪽 끝에는 이 집을 지탱할 만한 것이 아무것도 없을지도 모른다. 이 장소를 완전히 포기하기 전에 누군가가 희망을 갖고 바닥에 난 커다란 구멍 몇 곳에 콘크리트를 부어 메우려 한 흔적이 남아 있었다. 냄새도 예전과 같았지만, 더 심했다. 소변, 곰팡이, 먼지 냄새.

"맙소사……."

케빈이 불쾌하다는 듯 계단 맨 아랫단에 서서 중얼거렸다. 그 목소리가 지하실 구석에 메아리쳤다. 소리가 이상한 각도로 벽에 부딪쳐, 마치 어둠 속에 있는 누군가가 중얼거리는 것처럼 들렸다. 케빈은 얼굴을 찡그리고 입을 다물었다.

바닥에는 사람 크기의 콘크리트 판 두 개가 가지런히 놓여 있었다. 누군지는 몰라도 일을 잘 마무리하겠다는 생각이었는지 판들의 가장자리에 울퉁불퉁하게 시멘트를 발라 붙여놓았다. 세 번째 판은 더 엉망이었다. 가로 120센티미터, 세로 90센티미터가량 되어 보이는 판은 한쪽으로 기울었고, 시멘트가 덕지덕지 발려 있었다.

"이럴 줄 알았어. 생각한 대로네. 이놈의 지하실은 여전하고, 바닥도 여전히 꺼져 있잖아. 이제 돌아갈 수 있는 거야?"

케빈이 뒤에서 큰 소리로 물었다.

나는 조심스럽게 바닥 한가운데로 이동해, 구두 끝으로 판의 모서리를 눌러보았다. 몇 년간 그 자리에서 먼지를 뒤집어쓴 채 가만히 놓여 있던 콘크리트 판에 올라서자 아주 희미한 움직임이 느껴졌다. 콘크리트 판이 흔들리고 있었다. 지하실 구석에 쌓인 쓰레기 더미 안에 지렛대나 철봉, 금속 덩어리 같은 게 있다면 판을 들어 올릴 수도 있을 것 같았다.

"케브, 기억을 더듬어봐. 벽 앞에 쥐떼가 죽어 있었던 게 내가 떠난 해 겨울에 있었던 일이야?"

케빈이 천천히 눈을 크게 떴다. 흐릿한 회색빛 속에서 동생은 스크린에 투사된 영상처럼 투명하게 보였다.

"맙소사, 형. 그만해."

"대답이나 해봐. 쥐떼가 벽 앞에 죽어 있었던 게 내가 떠난 직후에 있었던 일이야? 맞아, 아니야?"

"형……."

"대답해."

"그냥 쥐였어, 형. 사방에 쥐가 있었다고. 쥐가 죽어 있는 걸 한두 번 본 것도 아니고."

그런 상태로 추위가 지나가고 날이 따뜻해지면 심한 악취가 나기 시작했을 것이고, 사람들은 집주인이나 조합에 불평을 늘어놓았을 것이다.

"그리고 악취가 났을 거야. 부패하면서."

마침내 케빈이 말했다. "맞아."

"따라와."

난 동생의 팔을 잡았다. 너무 세게 잡았지만 어쩔 수 없었다. 그러곤 케빈을 재빨리 앞장세워 계단으로 돌아갔다. 발밑에서 마룻널이 뒤틀리고 갈라지는 것이 느껴졌다. 계단을 올라가자 가랑비와 함께 차갑고 눅눅한 바람이 들이쳤다. 나는 다른 손으로 전화기를 꺼내 감식반에 전화를 걸었다.

전화를 받은 감식반 요원은 기분이 썩 좋지 않은 것 같았다. 주말

근무 때문이거나, 따뜻한 사무실에서 끌려 나오기 싫어서일 것이다. 나는 그에게 페이스풀 플레이스 16번지 지하실의 콘크리트 판 아래 시신이 유기되어 있다는 사실을 알게 되었다고 말했다. 날짜나 그 밖의 세세한 사실들까지는 모르지만 일단 감식반과 정복 경찰 두 명이 출동해야 하며, 그들이 도착했을 때 현장에 내가 없을 수 있다는 얘기도 했다.

감식반 요원이 수색영장 핑계를 대면서 빠져나가려고 하기에, 침입자가 살해 용의자일 가능성이 있는 경우 이는 사생활 침해에 위배되지 않는다는 사실도 덧붙였다. 그럼에도 감식반 요원이 계속 불평을 늘어놓기에, 이 집은 지난 삼십 년간 빈집으로 누구나 드나들 수 있었고 실질적으로는 공공장소나 마찬가지로 볼 수 있으니 수색영장이 필요 없다는 말까지 해야 했다. 법정에서 어떤 식으로 받아들일지 확실하진 않지만 어쨌든 그건 나중 문제라고 말하자 감식반 요원도 입을 다물 수밖에 없었다. 나는 나중을 위해 머릿속으로 그 요원을 쓸모없는 자식으로 분류해두었다.

케빈과 나는 11번지의 학생들이 사는 집 계단에서 감식반이 오기를 기다렸다. 거리가 가까워 상황을 충분히 지켜볼 수 있는 위치였고, 약간만 운이 따라준다면 아무도 길 건너편에서 일어난 일과 나를 연관 짓지 않을 터였다. 이 사건의 정황이 내가 예상한 대로라면, 플레이스에서는 나를 경찰이 아니라 집에 돌아온 고향 친구로 봐주는 편이 나았다.

담배에 불을 붙인 뒤 담뱃갑을 내밀었지만 케빈은 고개를 저었다. "이제 어떻게 할 거야?"

"떨어져 있어야지."

"형은 현장에 있어야 하는 거 아니야?"

"감식반 요원들이 알아서 하겠지. 내가 나서지 않아도 잘할 거야."

동생은 여전히 확신이 없는 눈치였다. "우리가 해야 하지 않았을까……? 무슨 말인지 알잖아. 경찰이 오기 전에 우리가 먼저 확인해볼 수도……."

나 역시 이미 그런 생각을 했었다. 필요하다면 내 손으로 직접 콘크리트 판을 들어 올릴 수도 있었지만, 그러지 않기 위해 의지력을 총동원해야만 했다.

"증거 훼손을 막아야지. 감식반 요원들에겐 증거 수집 장비가 있지만 우린 없잖아. 우리가 손을 대면 모든 게 엉망이 돼. 그 안에 뭐가 있을지 짐작이 가더라도 말이야."

케빈은 앉은 자리를 옮기며 바지 엉덩이 부분을 살폈다. 계단이 젖어 있었다. 동생은 여전히 전날 입었던 좋은 옷을 입고 있었다.

"전화할 때 보니까 형은 확신하고 있는 것 같던데."

"감식반을 부르고 싶었어. 다음 주쯤 자기들 기분 내키는 오후가 아니라, 바로 오늘 오게 하고 싶었지."

케빈이 나를 곁눈질하는 것이 얼핏 보였다. 당혹감과 경계심이 깃든 눈빛이었다. 동생은 아무 말 없이 앉아 있다가 바지에 묻은 먼지와 거미줄을 털어낸 뒤 고개를 숙였다. 그편이 나았다. 이 직업에는 인내심이 필요하다. 내 생각에 나는 그쪽으로 재능이 있는 사람이다. 그럼에도, 철없는 감식반 요원이 〈워크래프트〉의 세계에서 끌려 나와 이리로 오기를 기다리고 있는 이 순간이 일주일처럼 느껴졌다.

그때 셰이 형이 이를 후비며 어슬렁어슬렁 우리 앞으로 다가왔다. "무슨 일 있어?"

케빈이 뭐라 대답하려 했지만 내가 가로막았다. "별일 아니야."

"아까 네가 컬런네 집으로 가는 걸 봤는데."

"그랬을 거야."

셰이 형이 골목을 위아래로 살폈다. 나는 형의 시선이 여전히 반쯤 열려 있는 16번지 문을 향하는 것을 보았다.

"뭔가 기다리는 거야?"

"형도 기다려보든가. 그럼 알게 되겠지." 나는 싱긋 웃으며 옆자리를 두드렸다.

형은 코웃음을 쳤다. 하지만 곧 계단 위로 올라가 맨 위에 앉았다. 형의 발이 내 얼굴에 닿을 위치였다.

"엄마가 너 찾던데." 형이 케빈에게 말했다. 케빈이 신음 소리를 냈다. 형은 웃으면서 추위를 막으려는 듯 옷깃을 올렸다.

그때 골목 모퉁이를 돌면서 자갈길 위를 스치는 자동차 바퀴 소리가 들렸다. 나는 담배 한 대를 더 피워 문 뒤 몸을 숙였다. 눈에 띄지 않는 동네 건달인 척하고 싶었다. 그 점에 있어서는 셰이 형이 옆에 있는 것만으로도 도움이 되었다. 하지만 막상 경찰의 모습이 보이자 그럴 필요가 없어졌다. 순찰차를 타고 온 경찰 둘과 밴을 타고 온 감식반 요원 셋이 차에서 내렸다. 전부 모르는 사람들이었다.

"맙소사, 엄청 많이 왔네. 항상 저렇게 몰려다녀?" 케빈이 불안한 듯 작은 소리로 물었다.

"저 정도가 최소 인원이야. 경우에 따라 추가로 지원이 오는 경우도 있지."

셰이 형이 조롱하듯 길게 휘파람을 불었다.

최근 나는 현장 비밀 요원이나 민간인들처럼 노란 경찰통제선 밖에서나 범죄 현장을 지켜보던 터였다. 현장이 어떻게 움직이는지조차 잊고 있었다. 감식반 요원들은 머리부터 발끝까지 흰옷으로 감싸고, 교묘한 장비들로 가득 찬 묵직한 상자를 들고 있었다. 그들은 계단을 올라가면서 마스크를 착용한 뒤 16번지 안으로 사라졌다. 그 모습을 보자 뒷목에 난 털이 곤두서는 것 같았다. 세이 형은 작은 소리로 노래를 흥얼거렸다.

"문 두드리는 소리가 세 번 크게 들리네. 윌라 윌라 웨일. 경찰 둘과 형사 하나, 세일 강을 따라……."

그때 경관들이 난간을 따라 범죄 현장을 뜻하는 노란 경찰통제선을 둘렀다. 이미 사람들이 피 냄새를 맡고 무슨 일인지 알아보러 밖으로 나온 뒤였다. 롤을 말거나 머릿수건을 쓴 노인들이 문 앞까지 나와 상황에 따른 해설과 흥미로운 추측들("젊은 애가 저 집에서 아기를 낳고 버리고 간 게 아닐까?" "세상에, 끔찍해라! 피오나 멀로이가 요즘 살이 많이 찐 것 같던데, 혹시……?")을 주고받았다. 남자들도 갑자기 담배를 피우거나 날씨를 살핀다며 계단으로 나왔다. 얼굴이 여드름과 주근깨투성이인 어린애들은 관심 없는 척 담 끝에 구부정하게 기대서 있었다. 스케이트보드를 타고 있던 까까머리 꼬마들은 멍하니 입을 벌린 채 16번지를 쳐다보며 오갔고, 그중 한 명은 샐리 헌과 부딪쳐 종아리를 얻어맞기도 했다.

데일리네도 모두 현관 앞에 나와 있었다. 데일리 아저씨는 아주머니의 어깨를 감싸 안고 있었다. 그 광경에 마음이 초조해졌다. 주변에 이렇게 사람이 많다는 걸 잊고 있었다는 사실이 썩 유쾌하지 않았다.

리버티 사람들은 뭔가 이야깃거리가 있을 때면 피라냐처럼 모여

들었다. 도키에서는 범죄 현장 팀이 사전 고지 없이 불쑥 나타나도 사람들이 호기심을 보이는 경우가 없었다. 가장 적극적인 사람이라 해도 갑자기 정원의 꽃들을 손질하고 싶다는 생각을 한다거나 허브 티를 마시면서 친구들에게 수다를 떠는 게 다일 것이다. 그들이 모든 상황을 알게 되는 것은 다음 날 아침에 배달되는 신문을 통해서였다. 반면 플레이스에서는 정보가 그 자리에서 다 퍼졌다. 늙은 놀런 부인은 아예 한 경찰의 소매를 붙잡고 무슨 일이냐며 직접적으로 물었다. 그 경찰은 기본적인 훈련만 되어 있을 뿐 이런 상황에는 준비가 되어 있지 않은 것 같았다.

"프랜시스 형, 아무것도 나오지 않을 수도 있어." 케빈이 말했다.

"나올 거야."

"그렇겠지. 나도 그럴 거라고 생각해. 너무 늦긴 했지만……. "

셰이 형이 물었다. "뭐가 그렇다는 거야?"

"아무것도 아니야." 내가 대답했다.

"케브."

"아무것도 아니야, 셰이 형. 그냥 해본 말이야. 그냥 그런 생각이 들어서……."

"지금 경찰들이 저 안에서 뭘 찾는 건데?"

"내 거시기." 내가 말했다.

"저 사람들이 현미경을 가져갔길 빌어야겠네."

"빌어먹을." 케빈이 한쪽 눈을 비비면서 기분이 안 좋은 듯 내뱉고는 경찰들을 쳐다보았다. "형들도 이제 그만 좀 해. 난 그냥……."

"저기 봐, 엄마다." 셰이 형이 갑자기 말했다.

우리 셋은 동시에 자리에서 일어나 모여 있는 사람들 쪽을 내다보았다. 여기저기 선 사람들 사이로 얼핏 엄마가 보였다. 집 앞 계단에 나와 가슴 앞에 팔짱을 낀 채 날카로운 눈으로 골목을 내려다보고 있었는데, 마치 이 소동을 일으킨 사람이 나라는 것을 알고 대가를 치르게 할 것만 같은 느낌이었다. 아버지는 엄마 뒤에서 담배를 피우며 무표정한 얼굴로 바라보고 있었다.

16번지 안에서 시끄러운 소리가 들렸다. 감식반 요원 중 한 명이 나와 엄지손가락으로 어깨 너머를 가리켰는데, 그러면서 뭔가 재치 있는 말을 했는지 경찰이 낄낄거리며 웃었다. 그는 한참을 빈둥거리다가 밴의 문을 열더니 지렛대를 찾아 들고 다시 집 안으로 들어갔다.

셰이 형이 말했다. "저런 걸 썼다가는 집 전체가 내려앉을 수도 있을 텐데."

딱딱한 계단에 앉아 있느라 엉덩이가 아팠는지, 케빈은 연신 몸을 들썩였다. "안에서 아무것도 찾지 못하면 어떻게 되는 거야?"

"그럼 우리 프랜시스의 평판이 나빠지겠지. 인력과 시간을 낭비했으니 말이야. 그렇게 되면 불쌍해서 어쩌나?"

셰이 형의 말에 내가 대답했다. "신경 써줘서 고마워. 난 괜찮을 거야."

"그래, 그렇겠지. 넌 항상 그랬으니까. 그런데 지금 안에서 대체 뭘 찾는 거야?"

"저 사람들한테 직접 물어보지 그래?"

림프 비즈킷 밴드 티셔츠를 입은 대학생이 덥수룩한 머리를 문지르며 11번지에서 어슬렁어슬렁 나왔다. 숙취에 시달리는 듯한 모습이었다.

"이게 다 무슨 일이죠?"

"그냥 집에 들어가요." 내가 말했다.

"여긴 우리 집 계단인데요."

내가 신분증을 보여주었다.

"이런."

대학생은 엄청나게 부당한 일이라도 당한 양 한숨을 내쉬더니 다시 집 안으로 들어갔다.

"배지로 일반인이나 위협하고, 잘하는 짓이다."

세이 형이 말했지만 그저 습관적인 조롱이었다. 형은 저물어가는 햇빛에 눈을 가늘게 뜬 채 줄곧 16번지를 쳐다보고 있었다.

어둑어둑해지는 리버티 전체에 대포라도 발사한 것처럼 커다란 소리가 울려 퍼졌다. 콘크리트 판을 떨어뜨린 모양이었다. 노라가 움찔하더니 작은 소리로 투덜거렸다. 샐리 헌은 카디건을 목까지 여미고는 가슴 위로 성호를 그었다.

바로 그때, 16번지 안쪽에서 전자장이 퍼지기라도 한 것처럼 대기가 흔들리면서 파장이 느껴졌다. 감식반 요원들의 목소리가 커졌다가 잦아들었고, 경관들은 구경하는 사람들이 앞으로 나오지 못하게끔 위협적인 눈빛을 던졌다. 지붕 위로 구름이 낮게 깔리기 시작했다.

뒤에 있던 케빈이 뭐라고 말했다. 우리가 일어서 있고, 동생이 내 손을 잡고 있다는 사실을 나는 그제야 깨달았다.

"케빈, 손 좀 놔줘."

"형……."

집 안에서 누군가 날카롭고 빠른 말투로 명령을 내리는 소리가 들려왔다. 이제는 나도 경찰로서 나서기로 마음먹었다.

"넌 여기 있어."

누군가의 숙모처럼 보이는 얌전한 얼굴에 땅딸막한 경관이 난간 앞을 지키고 있었다. "물러나 있어요. 구경할 것 없으니까." 경관이 말했다. 늪지에 이 미터쯤 잠긴 듯 낮은 목소리였다.

내가 신분증을 보여주자 경관은 입술을 움직이며 읽었다. 집 안쪽으로 계단을 올라가는 발이 보이고, 층계참 유리창을 지나치는 누군가의 얼굴이 보였다. 데일리 아저씨가 저쪽에서 뭐라고 소리를 질렀지만 너무 멀어서 무슨 말인지 제대로 들리지 않았다. 긴 금속 파이프를 통해 울리는 것처럼 작은 소리였다.

"잠복수사 요원이시군요. 현장에 잠복수사 요원이 있을 거라는 말은 듣지 못했는데요." 경관이 신분증을 돌려주며 말했다.

"이제는 알았겠지."

"수사관과 말씀을 해보셔야 할 것 같습니다. 제 상관이나, 살인수사과에서 나온 형사들이나……."

"들어가야 하니 비켜요."

경관은 입술을 삐죽거렸다. "저한테 이러셔도 소용없습니다. 여기서 기다리셔야 해요. 출입 허가가 날 때까지는……."

"비키지 않으면 내 주먹이 날아갈 거요."

눈을 보니 화가 난 것 같았지만, 결국 경관은 길을 내주었다. 그가 계속해서 상부에 알려야 한다는 말을 떠들어대는 동안 나는 계단을 세 칸씩 올라 깜짝 놀란 다른 경관의 어깨를 밀치고 안으로 들어갔다.

생각해보면 웃기는 일이다. 솔직히 그들이 뭔가를 찾아내리라는 생각은 한순간도 하지 않았다. 신입들에게 이 세상이 너희들이 생각하는 것보다 두 배는 사악하다는 상식을 알려주는 세상 물정 밝은 나 같은 사람조차 정말 이런 일이 있을 거라고는 예상치 못했다. 그 가방을 열어봤을 때도, 지하실의 콘크리트 판이 흔들리는 것을 느꼈을 때도, 저녁 공기에서 파장을 감지했을 때도 말이다. 지금껏 배우고 경험해온 그 모든 일들에도 불구하고, 나는 여전히 로지가 살아 있을 거라고 마음 깊이 믿고 있었다. 다 부서져가는 지하실 계단을 보면서도, 마스크를 쓴 사람들이 내게 눈부신 손전등 불빛을 비추며 돌아섰을 때도, 전선과 지렛대가 여기저기 널린 바닥에 이상한 각도로 비스듬히 기울어진 콘크리트 판을 보면서도, 땅 밑에서 올라오는 지독한 악취를 맡으면서도, 나는 여전히 로지가 살아 있으리라 믿었다. 심지어 무리를 이룬 감식반 요원들 사이를 비집고 들어가는 순간까지도 로지가 괜찮을 거라 믿고 있었다.

그곳, 쭈그리고 앉은 감식반 요원들 틈으로 보이는 울퉁불퉁한 구덩이 안에, 헝클어진 어두운색 머리카락 뭉치와 청바지처럼 보이는 찢어진 옷 조각들, 작은 이빨 자국이 생긴 매끈한 갈색 뼈들이 있었다. 뼈만 남은 손의 섬세한 곡선이 내 눈에 들어왔다. 그리고 흙먼지와 죽은 벌레들과 썩은 쓰레기 사이 어딘가에서 감식반 요원들이 손톱을 찾아냈을 땐 오른쪽 집게손가락의 손톱이 속살까지 드러날 정도로 물어뜯겨 있음을 짐작할 수 있었다.

나는 이를 악물었다. 너무 꽉 다물어서 이가 빠질 것 같았지만 상관없었다. 그 느낌이 필요했다. 구덩이 속에 있는 시신은 잠든 어린아이처럼 양팔로 얼굴을 가린 채 몸을 웅크리고 있었다. 아마 그런 모습 덕분에 내 마음이 조금이나마 구원받았을 것이다. 우리가 처음으로 함께 시간을 보냈을 때 내 귓가에 대고 "프랜시스"라고 부르던 로지의 목소리가 귀에 선했다.

누군가 오염 운운하며 건방진 소리를 하더니 한 손으로 내 얼굴에 마스크를 씌웠다. 나는 손등으로 입을 막고 뒤로 물러섰다. 텔레비전 화면이 지지직거릴 때처럼, 갑자기 천장의 갈라진 틈이 요란하게 벌어지며 흔들리기 시작했다. 나는 아주 작은 소리로 중얼거리는 내 목소리를 들었다.

"이런, 젠장."

감식반 요원 중 하나가 물었다. "괜찮은 겁니까?"

그 요원은 자리에서 일어나더니 내 옆으로 다가왔다. 그가 내게 두 번 정도 같은 질문을 한 것 같았다.

"괜찮습니다."

"먼저 나가요. 점점 심해질 테니까." 다른 요원이 거만한 태도로 말하고는 물었다. "신고하신 분입니까?"

"그래요. 프랭크 매키, 형사요."

"살인 쪽인가요?"

그가 무슨 말을 하는지 이해하기까지 조금 시간이 걸렸다. 머리가 잘 돌아가지 않았다.

"아니."

요원이 나를 이상한 눈으로 쳐다보았다. 나이도 내 절반밖에 먹지 않은 것 같았고 몸집도 절반 정도밖에 되지 않는, 기이하리만치 체구가 작은 녀석이었다. 애초에 상대도 되지 않을 놈이다.

"살인과를 불렀습니다. 법의학자도요." 그가 말했다.

"누가 봐도 이 여자가 저 혼자 여기 들어간 건 아닐 테니까요." 옆에 있던 요원이 쾌활하게 덧붙였다.

그는 증거 수집용 봉투를 들고 있었다. 만일 그들 중 한 명이 내 앞에서 그녀에게 손을 댄다면 도저히 참을 수 없을 것 같았다. "잘했네. 그들도 금방 오겠군. 내가 경관들을 돕도록 하지."

나는 계단을 올라갔다. 뒤에서 예의 작달막한 감식반 요원이 고향에 대한 이야기를 끊임없이 늘어놓는 소리와 동료들이 키득대는 소리가 들려왔다. 그들은 마치 십 대 아이들처럼 떠들고 있었다. 아주 잠깐이긴 하지만, 셰이 형과 친구들이 이 지하실에 내려와 마리화나를 피우고 질 나쁜 농담들을 하면서 웃는 것만 같았고, 복도 문을 열고 나가면 내가 여기서 살았던 시간으로 돌아갈 듯한 기분이었다. 이런 일은 일어나지 않았던 그때로 말이다.

밖으로 나가 보니 이젠 더 많은 사람들이 집 앞을 빙 둘러싸고 있었다. 현장을 지키는 경찰로부터 불과 몇십 센티미터 떨어진 곳에서 다들 목을 쭉 내밀었다. 집 안에 있던 경찰도 이제 밖으로 나와 난간 앞에 버티고 서 있었다. 구름은 지붕 위로 점점 더 낮게 깔렸고, 햇빛은 멍든 것처럼 불길한 보랏빛으로 변해 있었다.

군중 뒤쪽에서 뭔가가 움직였다. 데일리 아저씨가 사람들을 헤치며 앞으로 다가왔다. 아저씨는 다른 사람들은 보이지도 않는 양 나에게만 시선을 붙박고 있었다.

"매키…… 어떻게 된 거냐?"

데일리 아저씨가 큰 소리로 외쳤지만, 목소리가 갈라져서 쉰 목소리만 새어 나왔다.

늪지 괴물 목소리를 가진 경관이 무뚝뚝하게 외쳤다. "제가 현장 담당자입니다. 뒤로 물러나세요."

그 순간 내가 이 세상에서 원하는 유일한 일은 그들 중 누구든 한 대 때리는 것이었다.

"그 손으로는 자기 물건도 감당 못 할 텐데."

경관의 커다랗고 부드러운 얼굴 앞에 머리를 들이밀며 내가 말했다. 경관이 눈을 피하자, 나는 그자를 밀치고 데일리 아저씨 쪽으로 다가갔다.

대문을 넘어서자마자 데일리 아저씨가 내 앞으로 와서는 멱살을 잡았다. 그 기세가 싫지 않았다. 데일리 아저씨는 경관들보다 더 대범하거나, 아니면 매키 집안 사람 앞이라 물러서지 않은 것이리라. 어느 쪽이든 나로선 다행이었다.

"뭐지? 저 안에서 뭘 찾은 거야?"

그때 노인 중 누군가가 무아지경으로 비명을 질렀다. 그 소리에 주변 사람들이 모두 웃음을 터뜨렸다. 나는 다른 사람들한테도 들릴 만큼 커다란 소리로 데일리 아저씨에게 경고하듯 말했다.

"이거 놔주세요."

"이 자식, 어서 말해봐. 솔직히 말하란 말이야……. 저 안에서 로지를 찾은 건가? 그래?"

"나의 로지였어요. 내 여자 친구이기도 했다고요. 한 번 더 말씀드리죠. 이거 놓으세요."

"다 너 때문이야. 추잡하고 덜떨어진 자식 같으니. 만일 내 딸이 저 안에 있다면, 그건 네놈 때문이야." 데일리 아저씨는 이마를 내 이마에 대고 문지르더니 옷깃이 찢어질 정도로 나를 힘껏 잡아당겼다. 사람들이 외치기 시작했다. "싸워라! 싸워라! 싸워라!"

나는 아저씨 손목을 꽉 붙잡았다. 아저씨한테서는 땀 냄새와 입

냄새가 났다. 내가 기억하는, 뜨겁고 지독한 동물 같은 냄새였다. 아저씨는 무시무시했다. 거의 제정신이 아니었다. 순간 홀리가 눈앞에 떠올랐다.

내 근육들은 온통 하얗게 질려 있었다. 갈비뼈 안쪽 깊숙한 곳에서 뭔가가 부러진 것 같았다. "데일리 아저씨, 저쪽에서 뭔가 알게 되면 바로 나와서 말해줄 거예요. 그러니까 집에 가 계세요." 나는 할 수 있는 한 부드럽게 말했다.

경찰들이 큰 소리를 지르며 데일리 아저씨를 내게서 떼어놓으려했다. 하지만 우리 둘 다 꼼짝도 하지 않았다. 데일리 아저씨의 눈주위가 하얗게 변했다.

"정말 우리 로지야?"

나는 아저씨의 손목을 힘껏 눌렀다. 아저씨가 숨을 삼키며 순간적으로 내 멱살을 잡고 있던 손을 풀었다. 그러곤 경찰들에게 잡혀 뒤로 끌려가기 전에, 내 앞에 얼굴을 들이대곤 연인처럼 귀엣말로 속삭였다.

"너 때문이야."

데일리 아주머니가 훌쩍거리면서 경찰한테 붙잡혀 있는 남편 앞에 나섰다. 아저씨는 그대로 주저앉았다. 그들은 아저씨를 데리고 시끌벅적한 군중 속으로 돌아갔다.

무엇 때문인지 경관이 내 등 뒤에 바짝 붙어 서 있었다. 난 그 녀석을 밀어내고는 난간에 기대선 채 옷매무새를 가다듬고 졸렸던 목을 주무르기 시작했다. 호흡이 거칠었다.

"말을 끝까지 못 했군. 이제 얘기할게요. 보고서에 당신에 대한 내용을 올려야 해요."

경관이 기분 나쁘게 말했다. 건강이 좋지 않은 듯 안색이 거무죽
죽했다.

"프랭크 매키, E-Y 소속. 그대로 올려요."

경관은 화가 잔뜩 난 여자처럼 콧방귀를 뀌더니 그대로 뒤돌아서
서는 사납게 팔을 휘두르며 구경하고 있는 사람들에게 뒤로 물러서
라고 소리쳤다. 얼핏 어린 딸을 업고 큰아이의 손을 잡은 채 서 있는
맨디가 보였다. 세 사람은 멍한 눈으로 이쪽을 쳐다보고 있었다. 데
일리 가족은 서로 부축하며 3번지의 계단을 올라가 집 안으로 들어갔
다. 노라는 한 손으로 입을 틀어막은 채 문 옆에 기대서 있었다.

나는 11번지로 돌아갔다. 그곳이 그나마 괜찮은 장소였다. 셰이
형은 담배를 말고 있었고, 케빈은 어딘가 아픈 사람처럼 보였다.

"뭔가 발견한 거지? 그렇지?" 케빈이 물었다.

법의학자와 영안실 차가 곧 도착할 것이다.

"맞아, 발견했어."

"그럼……." 동생은 한참 동안 말을 잇지 못했다. "뭐가 나온 거
야?"

나는 담배를 찾았다. 연민을 표하듯 셰이 형이 라이터를 내밀었
다. 잠시 뒤 케빈이 물었다. "형은 괜찮아?"

"괜찮아."

우리는 한참 동안 아무 말도 하지 않았다. 케빈이 내게서 담배 한
대를 가져갔다. 모여 있던 사람들도 점차 진정되었다. 경찰들이 무
례하다는 얘기며, 데일리 아저씨가 고소를 할 수도 있겠다는 말이
오가기 시작했다. 목소리를 낮추고 수군거리는 사람도 있었다. 몇
몇이 어깨 너머로 나를 힐끔거렸다. 나도 눈 한번 깜박하지 않고 똑

바로 마주 보았다. 하지만 그러기엔 너무 많은 사람들이 나를 보고
있었다.

"조심해라. 매키가 돌아왔다."

셰이 형이 구름이 잔뜩 낀 하늘을 올려다보며 부드럽게 말했다.

6

먼저 도착한 법의학자 쿠퍼는 조물주 콤플렉스*를 가진 짜증 나는 인간이었다. 커다란 검은색 메르세데스에서 내린 그는 모여 있는 사람들의 머리를 냉정하게 처다보다가 그 시선에 사람들이 양옆으로 물러나 길을 터주자 가운데를 걸어 16번지로 향했다. 그는 장갑을 낀 뒤, 뒤에서 큰 소리로 웅성거리는 사람들을 남겨놓은 채 안으로 들어갔다. 구경꾼 중 두 사람이 쿠퍼의 차 옆으로 다가갔다가, 경관이 알아들을 수 없는 말로 소리를 지르자 별다른 표정의 변화 없이 뒤로 물러났다. 골목에는 지나치게 사람들이 많이 모여 있었고, 이번 일에 지나치게 열중하고 있었다. 흡사 폭동 직전의 분위기였다.

곧이어 영안실 직원들이 도착했다. 지저분한 흰색 밴을 타고 온

---

* 자신의 능력이나 권한에 대한 과신으로 거기에 오류가 있거나 그럴 가능성이 있다는 사실을 인정하지 않고, 사회규범을 거스르면서까지 자신의 주장을 관철시키려 하는 태도.

그들이 푸른색 천으로 된 들것을 들고 집 쪽으로 향하자 사람들의 분위기가 변했다. 백열전구에 단체로 불이 들어온 것 같았다. 이건 텔레비전에서 방송하는 어떤 가짜 리얼리티 쇼보다도 훨씬 재미있는 구경거리였다. 실제로 일어난 일이고, 이제 곧 누군가가 저 들것에 실려 나올 것이다. 사람들은 그 자리에서 꼼짝도 않았다. 골목에서 들리던 야유하는 소리가 지나가는 바람처럼 서서히 잦아들더니 이내 정적이 찾아왔다. 바로 그때, 언제나처럼 적절한 시점에 살인수사과 형사들이 모습을 나타냈다.

살인수사과와 잠복수사과 사이의 수많은 차이점 중 하나는 태도의 미묘함이다. 잠복수사 요원들은 보통 사람들이 생각하는 것보다 훨씬 뛰어나다. 우리는 웃고 싶을 때면 살인수사과 형사들이 등장하는 모습을 지켜보곤 한다. 아무 표식 없는 은색 BMW가 모퉁이 두 개를 돌더니 급브레이크를 잡고 멈춰 섰다. 차에 타고 있던 두 사람은 극적인 각도로 차에서 내려 요란하게 문을 닫았다. 아마 평소에 연습이라도 하는 모양이다. 이어 그들은 16번지를 향해 으스대듯 걷기 시작했다. 아마 머릿속에서는 수사 드라마 〈하와이 파이브-오〉의 주제곡이 큰 소리로 울리고 있으리라.

그들 중 한 명은 금발에 족제비 같은 얼굴을 가진 젊은이로 걸음걸이가 완벽했다. 스스로도 아는지 그는 그 자세를 유지하려 애를 쓰고 있었다. 다른 한 명은 나와 비슷한 또래였는데, 한 손에 반들거리는 가죽 가방을 든 채 으스대는 꼴이, 마치 입고 있는 엘 스나소 재킷의 일부가 된 듯 보였다. 그리고 곧 나를 도와줄 기사가 도착했다. 스코처 케네디였다.

스코처와 나는 경찰학교 동기다. 훈련 기간 동안 우리는 가장 친한 친구였다. 우리가 서로를 좋아한다는 건 굳이 얘기할 필요도 없었다. 훈련생 대부분이 내가 들은 적도 없고 알고 싶지도 않은 지역 출신이었다. 그들의 주요 목표는 일자리를 얻고, 장화 대신 제복을 걸치고, 사촌이 아닌 여자들을 만날 기회를 얻는 것이었다. 스코처와 나는 더블린 출신으로, 우리 둘 다 제복을 입지 않을 장기 계획을 품고 있었다. 첫날 서로를 알아본 우리는 이후 바닥을 뒹구는 체력 훈련에서부터 스누커*까지 모든 것을 함께하며 삼 년을 보냈다.

스코처의 본명은 믹이다. 스코처라는 별명은 내가 붙였다. 사실 나는 그를 슬쩍슬쩍 봐주곤 했다. 우리의 믹은 이기는 것을 좋아했다. 나도 승부욕은 제법 있는 편이지만, 우리 둘 사이에 미묘하게 차이가 있다는 것을 금세 깨달았다. 그에겐 끔찍한 버릇이 하나 있는데, 어떤 일에서든 1등을 하면 주먹으로 허공을 가르며 "골인!"이라고 중얼거리는 것이었다. 다른 사람한테도 들릴 만큼 큰 소리로 말이다. 처음 그 모습을 보고 나는 몇 주 동안 그 친구를 놀렸다. 믹, 침대 정리했구나. 골인이네? 좋은 공이었어, 스코처!** 네트에 공을 꽂아 넣었네? 연장전 뒤에 넣은 거지? 믹에 비해 나는 다른 동료들과도 잘 어울리는 편이었고, 머지않아 모두가 믹을 스코처라고 부르게 되었다. 언제나 좋은 의미는 아니었다. 그도 그 별명을 좋아하진 않았으나 그리 내색하지 않았다. 그랬다가는 내가 더 지독한 별명을 붙였을 것이고, 믹도 그 사실을 잘 알고 있었다. 나는 '미셸'이라고 부를까 생각중이었다.

---

* 당구의 일종.
** 스코처는 '기막힌 슛'을 가리키는 말로 쓰인다.

범죄가 들끓는 커다란 세상으로 나가고부터 우리는 서로 연락이 뜸해졌다. 하지만 어쩌다 마주치면 같이 술을 마시러 갔고, 그때마다 주로 술값을 걸고 내기를 했다. 믹은 나보다 다섯 달 먼저 형사가 되었고, 나는 그를 따돌리고 일 년 반 먼저 팀을 꾸렸다. 결혼은 믹이 나보다 먼저 했고, 이혼도 먼저 했다. 점수로 치면 막상막하인 셈이다. 금발 머리 꼬맹이도 놀랍지 않았다. 살인수사과 형사들 대부분에겐 파트너가 있고, 스코처는 당연히 어린 부하를 데리고 다니는 것을 선호할 테니까.

스코처는 키가 180센티미터로 나보다 삼 센티미터쯤 더 컸다. 하지만 그는 키가 작은 사람처럼 늘 몸을 쭉 펴고 다녔다. 가슴을 앞으로 내밀고, 어깨를 쭉 펴고, 목을 똑바로 세우고. 머리색은 어두웠고, 몸은 호리호리했으며, 턱의 형태를 남성성의 상징으로 받아들이는 여성들에게는 아주 매력적으로 보일 만큼 턱 근육이 발달해 있었다. 다리는 럭비 선수보다 조금 못했다. 들은 바는 없지만, 스코처의 부모님은 화장지 대신 고급 냅킨을 쓰고, 음식이 없는 것보다 레이스 커튼이 없는 것을 더 큰일로 생각하시는 분들일 것이다. 스코처는 중상류층의 억양으로 신중하게 말하곤 했다. 하지만 뭔가 남이 준 옷을 걸치고 있는 것 같은 느낌이었다.

그는 16번지의 계단에 올라서서 잠시 동네를 둘러보았다. 여기서 자신이 처리해야 할 일의 분위기를 살피는 것 같았다. 내가 있는 쪽으로도 시선을 주었지만 전혀 모르는 사람처럼 그대로 고개를 돌렸다. 잠복수사 요원으로 일하는 재미 중에는, 다른 경찰들이 우리가 언제 일하는지 알지 못하기 때문에 '일 마치고 한잔해' 같은 말을 하지 못한다는 점도 있다. 우리한테는 아예 연락조차 하지 않는다. 연락을 했다가 혹시라도 위장 신분이 들통나면 술집에서 하염없이 기다리며 욕을 퍼붓는 정도와는 비교도 되지 않는, 그야말로 엄청난 곤욕을 치르게 될 테니까.

스코처와 어린 파트너가 컴컴한 집 안으로 들어갔다.

"여기서 기다려."

내 말에 셰이 형이 대꾸했다. "내가 네 부하로 보이냐, 새끼야?"

"말버릇하고는. 금방 돌아올게."

"가봐." 케빈이 말했다. 그러곤 처다보지도 않은 채 셰이 형을 향해 내뱉었다. "프랭크 형은 일하는 중이잖아."

"이 자식이 빌어먹을 경찰처럼 말하잖아."

"제발." 마침내 케빈의 인내심이 바닥난 모양이었다. 그에겐 긴 하루였을 것이다. "그만 좀 해. 부탁이야."

케빈은 계단에서 내려가더니 헌 집안의 아이들 옆을 지나 길 바깥쪽으로 나갔다. 셰이 형은 어깨를 으쓱했다. 난 형을 그 자리에 남겨두고 가방을 챙기기 위해 차를 세워둔 쪽으로 갔다.

이제 케빈의 모습은 보이지 않았다. 차는 별일 없었다. 11번지로 돌아와 보니 셰이 형도 어딘가로 가버렸는지 보이지 않았다. 엄마는 여전히 집 문 앞에서 까치발을 하고 선 채 내게 손짓을 하며 뭔가 다급한 듯 소리를 지르고 있었다. 하지만 엄마는 항상 그런다. 난 못 본 척했다.

16번지 계단에 스코처가 나와 있었다. 거기서 그 앞을 지키던 경관과 시답잖은 대화를 나누고 있는 듯했다. 나는 가방을 든 채 두 사람 쪽으로 걸어갔다.

"스코처, 만나서 반가워." 내가 그의 등을 내리치며 말했다.

"프랭크! 잘 지낸 거야? 정말 오랜만이군. 안 그래도 자네가 먼저 왔다는 얘기 들었어." 그는 남자답게 내 손을 잡고 흔들었다.

"못된 짓 좀 했지." 나는 경관을 보며 싱긋 웃었다. "그저 한번 둘러보고 싶었어. 안에서 뭔가 나오지 않을까 해서."

"애태우지 말고 말해봐. 나 추워 죽을 지경이야. 자네가 올바른 방향으로 이끌어준다면 내가 큰 신세를 지는 셈이겠지."

"나도 바라는 바야." 나는 막 뭔가 한탄을 시작하려는 듯 입을 벌리는 경관 옆에서 스코처를 떼어놓으며 말을 이었다. "먼저 피해자의 신원부터 알려주지. 내가 알아본 바로는 오래전에 3번지에서 실종된 로지 데일리일 가능성이 커."

스코처가 눈썹을 올리며 휘파람을 불었다. "대단한데. 자세히 설명해주겠나?"

"실종 당시 나이는 열아홉, 키 172센티미터에 풍만한 몸매…… 대략 64킬로그램쯤 나갈 거야. 긴 곱슬머리는 빨간색이고, 눈은 초록색이지. 마지막에 봤을 때 어떤 옷차림이었는지 확실하진 않지만, 아마 데님 재킷에 끈 매는 구멍이 열네 개인 연한 적갈색 닥터마틴을 신고 있었을 거야." 로지는 늘 그걸 신었다. "자네가 알아낸 사실과 일치하는 게 있나?"

스코처가 조심스럽게 입을 뗐다. "우리가 알아낸 사실은 말해줄 수 없는데."

"이봐, 스코처, 그 정도는 얘기할 수 있잖아."

스코처는 한숨을 쉬면서 한 손으로 머리를 쓸어 넘긴 뒤 모양을 가다듬었다.

"쿠퍼 박사 말에 따르면, 다섯 살에서 쉰 살 사이의 여성이라고 했어. 정확한 건 부검을 해봐야 나온다더군. 감식반에서 찾아낸 것들 중에서 청바지 단추와 닥터마틴의 신발 끈 구멍이었던 걸로 보이는 금속 고리가 한 움큼 나왔고. 확실하진 않지만, 머리카락은 빨간색인 것 같아."

암울한 혼란이 온몸 구석구석으로 스며들었다. 그게 무엇인지는 신만이 알 것이다.

"살해당했을 가능성이 있나?"

"그런 것 같긴 한데. 빌어먹을 쿠퍼……. 자네도 쿠퍼 박사 알지? 멍청한 인간이니 자네한테도 적대적이겠지. 무슨 이윤지 모르겠지만 날 싫어하거든. 그래서인지 여자가 죽었다는 사실 말고는 아무것도 알려주질 않네. 내가 재수 없는 셜록 홈스도 아닌데 말이야. 내가 보기엔 누군가 벽돌로 머리를 몇 번 내리친 것 같아. 두개골이 부서져 있었거든. 하지만 나야 한낱 형사에 불과하니까. 쿠퍼 박사가 사후 흔적과 압박골절에 대해 말을 하긴 했는데……." 주위를 살피던 스코처가 갑자기 나를 똑바로 바라보았다. "한데, 어째서 이번 일에 관심을 가지는 거지? 혹시 자네를 배신한 정보원이라도 되나?"

자주는 아니지만 스코처가 이럴 때마다 어이가 없다.

"내 정보원들은 벽돌에 머릴 맞아 죽는 일은 없을 거야, 절대로. 모두 오래오래 행복하고 충만하게 살다 갈 테니까."

"음."

스코처가 양손을 들어 올렸다.

"그 점에 대해선 내가 실언을 했군. 피해자가 자네 정보원이 아니라면 어째서 이번 일에 그렇게 신경을 쓰지? 굳이 트집을 잡자는 건 아니지만, 이번 일은 어떻게 알게 된 건가?"

나는 모든 것을 사실대로 말했다. 내가 말을 하지 않더라도 그는 다른 곳에서 알아낼 것이다. 어린 시절의 사랑, 한밤중의 약속, 연인에게 버림받은 뒤 냉정하고 잔인한 세상으로 내달린 일, 여행 가방, 그럴듯한 추론까지. 이야기를 마치자 스코처는 눈을 크게 뜨고 동정심이 깃든 눈빛으로 나를 쳐다보았다. 도무지 마음에 안 드는 눈빛이었다.

"대단하군." 모든 이야기를 스코처는 한마디로 정리했다.

"흥분할 거 없어, 스코처. 이십이 년 전 얘기니까. 불길도 타버린 지 오래야. 난 그저 사랑하는 여동생이 심장마비가 올 것 같은 일이 일어났다고 하길래 와본 거고. 덕분에 주말이 완전히 엉망이 되어버렸지."

"아무래도 자네한텐 힘든 시간일 텐데."

"기대어 울 어깨가 필요하면 자네한테 연락하지."

스코처가 어깨를 으쓱했다. "그냥 예의상 한 말이야. 일이 어떻게 돌아가는 건지 모르겠군. 일단 이번 일을 과장한테 설명하는 것부터 고역일 것 같은데."

"우리 과장은 이해심이 많은 사람인데. 나한테 아주 잘해주지. 참, 자네한테 줄 크리스마스 선물이 있어." 나는 가방과 지문 채취 봉투를 내밀었다. 스코처가 나보다 쉽고 빠르게 처리할 수 있을 것이다. 어차피 데일리 아저씨는 유력한 용의자가 아닐 것이고. 스코처는 가방과 봉투에 세균이라도 묻은 양 조심스레 살폈다.

"이걸 어떻게 할 생각이었어? 나한테 맡기지 않았다면 말이야."

"아래쪽에 있는 친구들 몇 명한테 부탁하려고 했지. 이번 일을 어디서부터 시작해야 할지 알아내기 위해서 말이야."

스코처는 눈썹만 올릴 뿐 아무 말도 하지 않았다. 그가 봉투를 열더니 라벨을 읽었다. 매슈 데일리, 테리사 데일리, 노라 데일리.

"가족들이 연관되어 있다고 생각한 거야?"

나는 어깨를 으쓱했다.

"가장 가까운 사람들이니까. 시작점으로 괜찮지."

스코처가 하늘을 올려다보았다. 해가 지고 하늘이 어둑해지면서 굵은 빗방울이 후드득 떨어지기 시작했다. 모여 있던 사람들은 각자 해야 할 일을 찾아 흩어졌다. 머릿수건을 쓴 몇몇과 노골적인 구경꾼들만 계속 자리를 지키고 있었다.

"여기서 두어 가지 일만 처리한 다음 여자의 가족들부터 찾아가 얘기를 좀 나눠볼 생각이야. 그런 뒤에 맥주나 한잔하러 가지. 자네하고 나 말이야. 괜찮지? 밀린 이야기나 하자고. 현장은 저 친구가 지킬 거야. 실습 경험을 풍부하게 쌓는 게 좋을 테니까."

그때 집 안에서 울리던 소리가 달라졌다. 길게 긁히는 소리, 끙끙거리는 신음 소리, 움푹 꺼진 판자 위에 울리는 발소리. 희부연 그림자들이 어른거리면서 지하실에서 올라오는 지옥 불빛에 비치는 진한 그림자들과 뒤섞였다. 영안실 직원들이 들것을 들고 나왔다.

나이 많은 이들은 숨을 들이마시면서도 시신에서 한시도 눈을 떼지 않은 채 신에게 축복을 빌었다. 영안실 직원들이 굵어진 빗줄기를 피하느라 고개를 숙이고 나와 스코처 옆을 지나쳤다. 그중 한 명은 벌써부터 차가 막히겠다며 투덜거리고 있었다. 시신 운반용 가방은 내 손이 닿을 정도로 가깝게 있었다. 구겨진 채 들것에 실려 있는 시신 운반용 가방은 마치 속이 텅 비어 있는 것처럼 평평했고, 그들 또한 아무 무게도 나가지 않는 듯 가볍게 들고 있었다.

스코처는 영안실 직원들이 밴으로 향하는 모습을 보다가 말했다.
"몇 분이면 될 거야. 잠깐만 기다려줘."

우린 몇 블록 떨어진 블랙버드로 갔다. 그리 멀진 않지만, 아직 자세한 소식이 전해지지 않았을 정도로는 떨어진 곳이었다. 블랙버드는 내가 처음으로 와본 술집이기도 했다. 열다섯 살 때 아르바이트로 건축 현장에 나가 벽돌 쌓는 일을 처음 했던 날이었다. 바텐더 조가 어른의 일을 했다면 일이 끝난 뒤에 어른처럼 맥주를 마셔야 한다고 부추겼다. 이제는 조 대신 부분 가발을 쓴 어떤 남자가 바를 지키고, 퀴퀴한 술 냄새와 암내를 무마해주는 자욱한 담배 연기 때문에 시야가 뿌연 것 빼고는 변한 것이 없었다. 벽에는 예전과 똑같이 종목을 알 수 없는 스포츠 팀의 흑백사진 액자가 걸려 있었고, 바 뒤쪽의 파리가 붙어 있는 거울도 여전했으며, 속이 다 비어져 나온 인조가죽 의자도 똑같았다. 바 앞에는 노인 몇 명과 작업화를 신은 남자 여럿이 앉아 있었다. 그들 중 절반이 폴란드인이었고, 몇몇은 누가 봐도 미성년자였다.

나는 얼굴에 형사라고 적혀 있는 듯한 스코처를 구석 자리에 앉힌 뒤 혼자 바로 가서 주문을 했다. 맥주를 사서 돌아오니, 스코처가 수첩과 매끈한 디자이너 펜을 꺼내놓고 있었다. 살인수사과 형사는 싸구려 볼펜을 쓰지 않는 모양이었다.

"여기가 자네 홈그라운드로군. 난 꿈에도 몰랐네."

그가 한 손으로는 수첩을 덮고 다른 한 손으로 맥주잔을 잡으며 말했다.

나는 경고의 의미로 그를 보며 싱긋 웃었다.

"내가 폭스록의 맨션에서 살았던 거 알잖아."

스코처가 웃었다. "아니, 전혀 몰랐는데. 자넨 항상 세상의 소금 같은 존재가 되겠다고 했었지. 세세한 일들은 통 말해주지 않아서 난 그저 자네가 어디 고층 아파트에 살았나 보다 생각했어. 이런 곳일 줄은 상상도 못 했지. 뭐라고 해야 할까…… 흥미진진한 곳이라고 해야 하나."

"그렇게 말할 수도 있겠군."

"매슈 데일리와 테리사 데일리의 말에 따르면, 자네와 로지는 함께 떠나기로 했던 그날 밤 이후로 이곳에 돌아오지 않았다던데."

나는 어깨를 으쓱했다.

"여긴 지역색이 너무 강해서 말이야."

스코처는 미소 띤 단정한 얼굴로 맥주 거품을 마셨다.

"그렇군. 고향에 돌아오니 좋은가? 자네가 생각했던 방식은 아니었겠지만."

"이곳에 뭔가 희망이 있다면 그럴 수도 있겠지. 하지만 그런 게 있는 것 같진 않군."

그는 교회에서 방귀를 뀐 사람이라도 보듯 안타깝다는 표정을 지었다.

"자넨 아무래도 좀 긍정적인 마음을 가질 필요가 있어."

나는 그를 노려보았다.

"농담이 아니야. 부정적인 태도는 긍정적으로 바꾸는 게 좋아."

그가 뭔가를 바꾼다는 개념을 보여주려는 것처럼 맥주잔 받침을 뒤집었다.

평소 같으면 말도 안 되는 염병할 충고 따위 늘어놓지 말라고 했을 테지만, 지금은 그에게 원하는 것이 있기 때문에 참기로 했다.

"한번 설득해보든가."

스코처는 미소를 거두고 맥주를 한 모금 마시더니 나를 향해 손가락을 흔들었다. "인식하기만 하면 돼. 이번 일이 자네에게 이익이 되리라고 생각하면 실제로 그렇게 된다는 거지. 무슨 말인지 알겠어?"

"아니, 모르겠는데."

스코처는 아드레날린이 샘솟는 모양이었다. 술을 마시면 감상적이 되는 남자들이 있다. 나는 그렇지 않은 쪽이기를 바랄 뿐이다.

"모두 믿음의 문제야. 이 나라가 성공한 건 믿음이 있었기 때문이지. 더블린 부동산의 실제적인 가치가 현재의 면적당 가격만큼 나간다고 생각해? 웃기는 소리지. 하지만 높은 가격이 매겨진 건 사람들이 그만한 가치가 있다고 믿었기 때문이야. 프랭크, 자네도 나도 시대를 앞서간 사람이야. 1980년대를 돌이켜보면 온 나라가 엉망이었잖아. 희망이라곤 없었지. 하지만 우린 우리 자신을 믿었어. 그래서 오늘날의 우리가 된 거고."

"난 일을 잘했기 때문에 오늘날 이 자리에 있는 거야. 그리고 지금 바라는 건 자네도 그랬으면 좋겠다는 거고. 그래야 이번 사건을 해결할 수 있을 테니까."

스코처는 팔씨름을 할 때처럼 나를 노려보았다.

"나도 일 잘해. 정말 끝내주게 잘하지. 자네, 우리 살인수사과의 사건 해결율이 얼마나 되는지 아나? 72퍼센트야. 내 단독 사건 해결율은 얼만지 알아?"

나는 고개를 저었다.

"86퍼센트. 팔십 하고도 육 퍼센트란 말이지. 오늘 날 만난 게 자네 한텐 행운이야."

나는 깊은 인상을 받았다는 의미로 마지못해 싱긋 웃으며 고개를 끄덕였다. 스코처가 이겼다고 생각하게 내버려두자.

"그럴지도 모르겠군."

"그렇다니까."

다시 한번 강조한 뒤, 스코처는 의자에 기대앉았다가 의자 밖으로 튀어나온 스프링을 보고 얼굴을 찡그렸다.

"어쩌면……." 나는 술잔을 조명 쪽으로 들어 올린 뒤 눈을 가늘게 뜨고 자세히 살피면서 말을 이었다. "어쩌면 우리 두 사람에게 행운일지도 모르지."

"어째서?"

스코처가 의심스럽다는 듯 물었다. 내가 무슨 말을 하든 일단 의심해봐야 한다는 걸 알 만큼 그는 나에 대해 잘 알았다.

"이번 일을 생각해봐. 자네가 이번 사건에서 가장 원하는 게 뭐야?"

"목격자와 법의학적 증거가 뒷받침해주는 완전한 자백이지."

"아니, 아니야. 들어봐. 잘 생각하라니까. 보편적인 관점에서 생각하라고. 다시 말해 형사로서 가장 큰 자산이 뭔지를 생각해보라는 거지. 이 넓은 세상에서 자네가 가장 좋아하는 게 뭐지?"

"멍청이지. 멍청이들과 오 분만 같이 있으면……."

"정보야. 어떤 형태든, 어떤 수준이든, 얼마나 되든 상관없어. 정보는 탄약이야, 스코처. 정보가 연료지. 멍청이들이 없어도 우린 항상 길을 찾잖아. 하지만 정보가 없다면 우린 아무것도 아니지."

스코처는 잠시 생각한 뒤 조심스럽게 물었다.

"그래서?"

나는 그를 보며 양팔을 벌리고 활짝 웃었다.

"자, 자네 기도에 대한 답이 여기 있어."

"끈 팬티를 입고 있는 카일리?"

"직업적인 면에서 말이야. 자네가 원하는 모든 정보들을 말하는 거지. 이 근방에서는 아무도 말해주지 않을 것이기에 자네 혼자 힘으로는 결코 얻을 수 없는 정보를, 그것도 자네가 좋아하는 훈련된 관찰자가 깔끔하게 요약해줄 거야. 바로 나지."

"내가 알아듣게 다시 한번 말해줘, 프랭크. 좀더 자세하게 말이야. 자네가 원하는 게 대체 뭐야?"

나는 고개를 저었다.

"나한테는 신경 쓸 것 없어. 이건 서로에게 이득이 되는 일이니까. 이번 사건을 긍정적으로 해결할 수 있는 가장 좋은 방법은 우리가 함께하는 거야."

"자네, 이번 사건 수사에 참여하고 싶은 모양이군."

"내가 뭘 원하는지는 잊으라니까. 자네와 나 두 사람 모두에게 좋은 게 뭔지만 생각해. 사건에 좋은 건 말할 것도 없고, 우리 둘 다 이번 사건을 해결하고 싶잖아. 안 그런가? 그게 최우선 순위 아니야?"

스코처는 한참 고민하는 척하더니 유감스럽다는 듯 천천히 고개를 저었다.

"그건 안 되겠어. 미안해."

'안 되겠어'라니 이게 무슨 말도 안 되는 소리지? 나는 과감하게 그를 보며 미소 지었다. "걱정하는 거야? 수사 책임자는 자네고, 사건을 해결해도 공은 자네한테 넘어갈 거야. 우리 잠복수사과에는 사건 해결율 같은 거 없으니까."

"그만 됐어." 스코처가 부드럽게 말했다. 쉽게 걸려들지 않는군. 아무래도 지난 몇 년간 자제력이 좀 생긴 모양이었다. "나야 자네를 수사에 참여시키고 싶지만, 과장이 허락하지 않을 거야."

살인수사과 과장이 나를 좋아하지 않는 건 사실이었다. 하지만 스코처가 그 사실을 알고 있을 줄은 몰랐다. 나는 깜짝 놀랐다는 듯 눈썹을 올렸다. "그쪽 과장은 수사팀을 꾸리는 일을 자네를 믿고 맡기지 않는다는 건가?"

"내 선택을 뒷받침할 근거가 없다면 안 되지. 과장한테 확실한 걸 보여줘야 해, 프랭크. 먼저 유용한 정보를 좀 줘봐. 로지 데일리한테 원한 관계가 있었나?"

이미 많은 것을 알려주었다는 사실을 지적할 상황은 아니었다.

"내가 알기론 없어. 그래서 로지가 죽었을 거라고는 생각도 못 했지."

스코처는 못 믿겠다는 표정이었다. "그럼 혹시 좀 맹한 여자였나?"

나는 스코처가 농담으로 받아들이게끔 유쾌한 어조로 말했다.

"자네가 아는 어느 누구보다 똑똑했어."

"재미없는 여자였어?"

"그런 것과는 거리가 멀었지."

"매력이 없었나?"

"이 근방에선 최고 미인이었어. 자네, 내가 어떤 여자를 좋아했다고 생각하는 거야?"

"그렇다면 틀림없이 적이 있었겠네. 재미가 없거나 못생겼다면 다른 사람들의 비위를 건드리지 않을 수도 있겠지만, 머리 좋고 예쁘고 매력 만점인 여자라면 어디서든 누군가를 열 받게 했을 테니까."

스코처가 술잔 너머 호기심에 찬 표정으로 나를 쳐다보았다. "자네 누굴 그렇게 좋게 평가하는 스타일이 아니잖아, 프랭크. 그 여자한테 완전히 미쳐 있었던 모양이군. 아닌가?"

위험수위다.

"첫사랑이었으니까." 나는 어깨를 으쓱한 뒤 말을 이었다. "오래전 일이야. 어쩌면 로지를 이상화했을지도 모르지. 하지만 정말 괜찮은 여자였어. 로지와 문제가 있는 사람은 본 적이 없었거든."

"예전 남자 친구의 원한을 산 건 아닐까? 아니면 여자들끼리 싸웠다거나."

"로지는 나랑 몇 년을 만났어. 열여섯 살 때부터 말이야. 그전에 두 명 정도 사귄 적이 있지만, 다 애들 장난이었지. 손잡고 영화관에 가거나, 학교 책상에 서로의 이름을 새기거나 하는 정도인데, 두 번 다 삼 주밖에 못 갔어. 아무래도 서로에 대한 헌신이 부담스러울 때였으니까."

"그 남자들 이름은?"

스코처는 반들거리는 형사용 펜을 꺼내 들고 받아 적을 준비를 하고 있었다. 아마 몇몇 녀석들은 반갑지 않은 방문을 받게 될 것이다.

"마틴 헌. 별명이 날쌘돌이었어. 요즘엔 그렇게 불러도 대답하지 않겠지만. 7번지에 살고, 로지와 사귀었던 건 열다섯 살 때야. 그전에는 콜럼이라는 남자애였는데 그 친구는 학교 다니던 중에 부모님 따라 소택지 쪽으로 이사 갔어. 그리고 우리가 여덟 살일 때 로지가 스미스 로드에서 래리 스위니하고 키스를 했지. 하지만 그 애들이 로지를 계속 좋아했을 것 같지는 않은데."

"질투하는 여자애들은 없었고?"

"질투를 왜 해? 로지는 팜파탈 같은 부류가 아니었어. 친구의 남자 친구들을 건드리는 일은 없었지. 설마 나 때문일까? 누군가 우리가 사귄다는 걸 알았다 해도 무슨 짓을 저질렀을 리는 없는데. 매력적인 나한테 손을 댔다고 로지를 죽인다?"

스코처가 코웃음을 쳤다.

"그건 내 생각도 마찬가지야. 프랭크, 좀 도와줘. 자네가 아는 건 이 근방에 돌았던 오래된 소문들뿐이잖아. 과장한테 자넬 수사팀에 들이겠다고 하려면 뭔가 특별한 정보가 있어야 해. 범행 동기는 두 가지야. 피해자가 흥미진진한 비밀을 가지고 있었거나…… 그래, 여기서부터 시작해야겠군." 그가 손가락을 들어 나를 가리켰다. "자네가 로지 데일리를 만나기로 했던 밤에 있었던 일부터 말해봐. 일종의 목격자로서 말이야. 그러다 보면 어떻게든 방향을 찾을 수 있겠지."

다시 말해 15일 저녁에 내가 어디에 있었는지 신문하겠다는 뜻이다. 내가 그런 것도 알아차리지 못할 정도로 멍청하다고 생각하는 건가?

"그러지. 일요일에서 월요일로 넘어가는 밤이었어. 1985년 12월 15일에서 16일로 넘어갈 때였지. 자정까지 이십 분쯤 남았을 때, 나는 집을 나와서 로지 데일리와 만나기로 한 장소로 갔어. 아무도 모르게 나가려면 가족들이 전부 잠들 때까지 기다려야 했기 때문에 약속 시간을 자정으로 잡았지. 그리고 난 그 자리에서 5~6시까지 기다렸어. 정확한 시간은 모르겠지만 말이야. 그동안 딱 한 번 자리를 떴는데, 아마 12시 15분쯤이었을 거야. 만나기로 한 장소가 어긋나서 로지가 16번지에서 기다리고 있을지 모른다는 생각이 들었거든."

"여자가 16번지에서 기다리고 있을지 모른다고 생각한 이유는?"

스코처가 자기만 알아볼 수 있는 글씨로 메모를 하면서 물었다.

"길 끝에서 만나기로 결정하기 전에 16번지에서 만날까 하는 이야기도 나왔으니까. 그곳은 우리 동네의 아지트였어. 아이들은 전부 거기로 모였지. 술을 마시거나, 담배를 피우거나, 여자애와 키스를 하거나 하는, 부모님이 허락하지 않을 일들을 했어. 나이가 어려서 다른 곳엔 갈 수 없을 땐 16번지로 가는 거지."

스코처가 고개를 끄덕였다.

"그래서 그 집으로 로지를 찾으러 갔군. 어느 방에 들어갔나?"

"1층에 있는 방들은 다 살폈어. 소리를 내면 안 될 것 같아서 이름은 부를 수 없었지. 그땐 아무도 없었고, 가방도 없었어. 평소와 다른 건 전혀 없었지. 그래서 2층에 올라갔다가 로지 데일리가 거실 바닥에 남긴 쪽지를 발견한 거야. 자기 혼자 잉글랜드로 가기로 결심했다는 내용이 적혀 있었지. 난 거기서 나왔어."

"그 쪽지는 나도 봤어. 누구한테 남기는 건지 씌어 있지도 않았는데 어째서 자네한테 남긴 거라고 생각했지?"

그가 쪽지에 군침을 삼킬 거라 예상했기에, 나를 수사팀에 합류시키고 싶다는 생각이 들도록 일부러 증거용 봉투에 넣어둔 터였다. 로지가 쪽지를 누구에게 남긴 건지 확실치 않다는 사실을 알기 전의 일이었다. 문득 데일리가 사람들이 스코처에게 나에 대해 뭐라고 했는지 궁금해졌다.

"논리적인 추정이었지. 로지와 만나기로 했던 사람은 나니까. 만일 그녀가 쪽지를 남겼다면 당연히 나한테 남겼을 거라고 생각했던 거야."

"로지가 다른 생각을 하고 있다는 낌새는 없었고?"

"없었어." 나는 그를 보며 활짝 웃었다. "그리고 로지가 정말 무슨 생각을 했는지는 지금도 모르잖아?"

"아닐 수도 있지." 스코처가 말했다. 그는 수첩에 뭔가를 휘갈겨 쓴 뒤, 눈을 가늘게 떴다. "그때 지하실에는 내려가지 않았어?"

"안 내려갔어. 컴컴하기도 했고 금방이라도 천장이 내려앉을 것 같았거든. 쥐도 있고 눅눅한데다 악취도 심했고. 평소에도 거긴 드나들지 않았어. 로지가 지하실에 내려갔을 거라고 생각할 이유가 없었지."

스코처가 펜으로 입을 톡톡 두드리면서 메모한 내용을 살폈다. 나는 술잔의 3분의 1을 비우며, 내가 바로 위층을 살피는 동안 로지가 지하실에 있었을 가능성에 대해 생각해보았다.

"자넨 로지가 남긴 쪽지를 보고서도 다시 길 끝으로 나가 새벽까지 기다렸단 말이네. 왜 그런 거야?" 스코처의 목소리는 자연스럽고 부드러웠다. 하지만 나는 그의 눈빛이 날카로워졌음을 알아차렸다. 이 작은 맹금류는 이런 걸 좋아한다.

"사람은 희망을 버리지 않는 법이지." 내가 어깨를 으쓱하며 말했다. "게다가 여자들은 변덕이 심하잖아. 로지가 마음을 돌려서 다시 올지도 모른다고 생각했어."

스코처가 작은 소리로 코웃음을 쳤다.

"여자들이라. 그래서 자넨 포기하기 전에 로지에게 시간을 더 주기로 했다는 말이군. 그다음엔 어디로 갔나?"

나는 발길 닿는 대로 떠돌아다니다가 냄새나는 록 뮤지션들과 그들 중 한 명의 친절한 여동생을 만난 이야기를 들려주었다. 스코처가 그들을 귀찮게 할 가능성이 있었기에 이름은 잊어버렸다고 했다. 스코처는 그 내용을 수첩에 적었다. 내가 이야기를 끝내자 그가 다시 물었다.

"어째서 집으로 돌아가지 않았지?"

"일종의 계기이자 자존심 문제였지. 나는 늘 어디로든 떠나고 싶었어. 로지 때문에 그 마음까지 바뀌진 않더라고. 잉글랜드에 혼자 가는 건 재미없을 것 같았지만, 꼬리를 늘어뜨리고 멍청이처럼 집으로 다시 기어 들어가고 싶은 생각은 없었고 떠날 준비도 되어 있었지. 그래서 계속 걸었어."

"그럼 대충 여섯 시간이네. 길 끝에서 여섯 시간을 서 있었다는 거잖아. 그것도 십이월에, 사랑 때문에 말이야. 그사이 길에서 누구와 마주치거나, 동네를 지나간 사람은 없었어? 기억나는 다른 특별한 상황이나."

"두어 가지 신경 쓰이는 일이 있긴 했어. 정확한 시간은 모르겠지만 자정 무렵 어딘가에서 무슨 소리가 들렸거든. 근처에 연인들이 있나 보다 생각했지. 사실 싸우는 소리인지 사랑을 나누는 소리인지 알 수가 없었어. 그리고 그 뒤에 1시 15분이나 30분쯤 누군가 짝수 번지 쪽 집 뒤뜰을 지나갔어. 자네에게 얼마나 도움이 될진 모르겠지만 그때 일들을 다시 한번 생각해볼게."

"어떤 거라도 도움이 될 거야." 스코처가 여전히 뭔가를 기록하면서 중립적으로 말했다. "자네도 알겠지만. 어쨌든, 사람 기적을 느낀 건 그게 다라는 건가? 그 긴 시간 동안 그렇게나 사람이 없었다고? 솔직히 나무로 뒤덮인 교외 지역도 아닌데 말이야."

스코처가 나를 열 받게 만들기 시작했다. 아마 그걸 노렸을 것이다. 그래서 나는 어깨에 힘을 빼고 맥주를 한 모금 마셨다.

"일요일 밤이었으니까. 내가 밖에 나간 건 다들 문을 닫고 잠자리에 들었을 시간이야. 그렇지 않았으면 더 늦게 나갔겠지. 페이스풀 플레이스는 조용했어. 그 시간에도 깨어 이야기를 나누는 사람들이 있긴 했지만, 밖에 나오거나 지나다니는 사람은 없었지. 누군가 모퉁이를 돌아 뉴 스트리트 쪽으로 나가는 소리는 들었어. 두 번 정도 내 옆으로 사람이 지나가기도 했지. 그때 난 눈에 띄지 않게 가로등 그늘 아래 숨어 있어서 그게 누구였는지 몰라."

스코처는 생각에 잠긴 채 펜을 빙글빙글 돌리며 표면에 반사되는 빛을 쳐다보고 있었다.

"아무도 자네를 알아보지 못했단 말이군. 두 사람이 사귀는 것도 몰랐고. 맞아?"

"맞아."

"모든 게 비밀리에 진행됐다는 말이잖아. 그럴 만한 특별한 이유라도 있었나?"

"로지의 아버지가 날 싫어했어. 우리가 데이트한 걸 처음 알았을 때 불같이 화를 내셨지. 그 뒤로 우린 다른 사람들 모르게 만났어. 만일 내가 데일리 아저씨한테 당신 딸을 데리고 런던에 간다는 말을 했다면 난리가 났을걸. 떠나기 전에 허락받는 것보다는 나중에 용서받는 편이 더 쉬울 거라고 생각했어."

"세상엔 절대 변하지 않는 것들이 있지. 그분이 자네를 싫어한 이유는 뭔가?" 스코처가 약간 심술궂게 물었다.

"아저씨가 사람 보는 눈이 없는 거지. 이 얼굴을 싫어할 사람이 어디 있겠어?" 내가 싱긋 웃으며 말했다.

스코처는 웃지 않았다. "지금 농담할 때가 아니야."

"데일리 아저씨한테 직접 물어봐. 그런 건 나한테 직접 말해주지 않을 테니까."

"그렇게 하지. 그럼 두 사람이 함께 떠날 계획에 대해 아는 사람은 전혀 없었나?"

"난 아무한테도 말하지 않았어. 내가 아는 한 로지도 그랬고."

맨디가 해준 이야기는 나만 알고 있을 것이다. 스코처가 직접 맨디에게 들을 수도 있겠지만, 운이 아주 좋아야 가능할 일이다. 그 과정을 지켜보는 것도 재밌겠지.

스코처는 한참 동안 수첩을 들여다보더니 맥주를 들이켰다. "알았어." 마침내 그가 근사한 펜 뚜껑을 끼워 닫았다. "지금은 이 정도로 하지."

"자네 쪽 과장 생각이 어떤지 알아봐줘."

스코처는 과장에게 나를 수사팀에 합류시키겠다는 의사를 밝히지 않을 것이다. 하지만 너무 쉽게 물러나면 내게 다른 꿍꿍이속이 있다고 의심할지도 모른다.

"나와 공조하면 좋을 거라고 말해주고."

그는 한참 동안 눈도 깜박이지 않고 내 눈을 응시했다. 그는 가방 이야기를 듣자마자 내 머릿속에 떠올랐던 것과 똑같은 것을 생각하고 있었다. 현장에 있었고, 동기와 기회를 다 가진 유력한 용의자. 로지 데일리를 기다렸다는 것 외에 다른 알리바이는 없는 자. 그 남자가 그날 밤 여자를 죽였을 가능성이 있다. 그리고 그는 신에게, 경찰에게 맹세코 여자가 약속 장소에 나오지 않았다고 주장한다.

우리 둘 중 누구도 그런 말을 꺼내지 않았다.

"애써볼게." 스코처가 말했다. 그는 수첩을 재킷 주머니에 집어넣고는 더이상 나를 보지 않은 채 말을 이었다. "고마워, 프랭크. 조만간 자넬 다시 만나야 할 일이 있을 것 같군."

"얼마든지. 내가 어디 있는지는 알 테니."

그는 마지막 남은 술을 들이켰다.

"내가 한 말 잊지 마. 긍정적인 관점을 가질 것. 생각을 바꿔보란 말이야."

"스코처, 조금 전 자네 동료들이 내 옛 여자 친구의 시신을 옮겼어. 지금까지 바다를 건너가 행복하고 즐겁게 살고 있는 줄 알았던 여자를 말이야. 내가 좀 이상하게 굴었더라도 이해해줬으면 좋겠네."

스코처가 한숨을 쉬었다.

"그래, 잘 알았어. 자네에 대해 한마디 해도 될까?"

"그래준다면야 더이상 바랄 게 없지."

"자넨 일을 잘해, 프랭크. 아주 잘하지. 사소한 한 가지만 제외하면 말이야. 밖에서 듣기로는 자네가 단독 행동을 하는 경향이 있다고 하더군. 이런 걸…… 뭐라고 표현해야 하려나? 그러니까 규정을 무시한다는 거지. 단적인 예가 바로 그 가방이야. 조직에서는 혼자 튀는 사람보다 협력을 잘하는 사람이 나아. 매버릭은 멜 깁슨이 연기할 때나 매력 있는 캐릭터야. 만일 자네가 엄청난 스트레스를 받았을 이번 같은 사건에서 절차에 따라 제대로 수사를 하고, 팀원들을 위해서라면 뒷자리에서 대기할 수도 있다는 걸 보여준다면 자네 주가가 크게 올라갈 텐데. 무슨 말인지 알겠나?"

나는 그를 보며 활짝 웃었다. 스코처에게 주먹을 날리진 않을 것이다.

"상투적인 문구가 뒤섞인 샐러드를 한 접시 먹은 것 같군. 아무래도 소화시키는 데 시간이 필요할 것 같은데."

그는 잠시 나를 쳐다보았지만 내 표정에서 아무것도 읽지 못하자 어깨를 으쓱였다. "어쨌든 그냥 조언이야." 스코처는 자리에서 일어나 재킷의 옷깃을 매만졌다. "연락하지."

그 말에 어렴풋이 경고의 기미가 엿보였다. 이어 그는 여성용 핸드백 같은 가방을 들고 술집을 나갔다.

나는 바로 일어날 생각이 없었다. 남은 주말은 쉬면서 보낼 수밖에 없었다. 그 이유 중 하나는 스코처 때문이다. 그와 살인수사과 동료들이 앞으로 이틀 동안 잭 러셀 테리어 같은 속도로 페이스풀 플레이스를 휘젓고 다닐 터였다. 구석구석 냄새를 맡느라 사람들의 은밀한 공간에 코를 들이밀 것이다. 그리고 대부분은 문전박대를 당하겠지. 나는 그자들과 아무 관련이 없다는 것을 동네 사람들에게 확실히 보여주어야 했다.

두 번째도 스코처 때문이긴 한데, 이유가 좀 다르다. 그는 내가 이번 사건에 관여하는 것에 대해 약간 경계하는 듯했다. 나를 도와주어야겠다는 생각은 전혀 없는 것 같았다. 어릴 때 알고 지내던 사람을 오랜만에 만나면 생소한 인상을 받기 마련인데, 스코처는 예전이랑 달라진 게 없었다. 이왕 할 일이면 빨리 해치우고 그게 아니면 손을 놓아버릴 태세였다. 만나지 못한 동안 내가 인내심을 길렀듯이 그도 이기심을 단속했다면 이러지는 않았을 텐데. 사냥을 할 땐 숨을 헐떡거리는 작은 강아지를 데리고 나가 두 번째 오솔길을 벗어나자마자 목줄을 풀어줄 것. 살인수사과의 업무는 그런 식이다. 반면에 잠복수사과에서는 대형 고양잇과 동물처럼 사냥하는 법을 가르친다. 기습을 준비하고, 바닥에 몸을 잔뜩 낮춘 뒤, 사냥감이 숨어 있는 장소 근처로 천천히 이동할 것. 시간이 얼마가 걸리든 말이다.

세 번째는 나한테 화가 잔뜩 났을 도키의 가족 때문이다. 이제 곧 아내와 딸 두 사람을 상대해야 한다. 신께서 도와주시기를. 인간에게는 한계라는 게 있는 법이다. 평소 나는 술을 즐기지 않지만, 그날 하루를 보내고 나니 저녁 내내 쓰러지기 직전까지 술을 마셔도 될 것 같다는 느낌이 들었다. 바텐더와 눈이 마주치자마자 나도 모르게 말이 튀어나왔다.

"한 잔 더 줘요."

술집 안은 텅 비어 있었다. 스코처 때문이리라. 바텐더는 술잔을 닦으며 카운터 너머로 나를 한참 동안 살피더니 문 쪽을 향해 고갯짓을 했다.

"그쪽 친굽니까?"

"난 그렇게 부르지 않죠."

"그쪽 얼굴도 처음 보는 것 같은데요."

"아마 그럴 겁니다."

"페이스풀 플레이스의 매키 집안 사람인가요?"

눈이 마주쳤다.

"이야기하자면 깁니다." 내가 말했다.

"그렇군요. 다들 사연 하나쯤은 가지고 있죠."

나에 대해 모든 것을 알고 있는 듯한 말투였다. 이어 그는 유리잔 하나를 맥주 통 마개 아래 밀어 넣었다.

내가 로지 데일리와 마지막으로 만나 시간을 보낸 것은 금요일이었다. 결행일을 아흐레 앞둔 날. 그날은 몹시 추웠다. 온 마을이 크리스마스 장식으로 반짝거렸고, 사람들은 쇼핑을 하느라 서둘러 발길을 옮겼다. 노점상에서는 포장지를 일 파운드에 다섯 장씩 팔았다. 나는 크리스마스를 별로 좋아하지 않았다. 엄마의 광기는 크리스마스 만찬 때 최고조에 이르렀고, 아버지는 술을 마셨다. 항상 뭔가가 깨졌고, 적어도 한 명은 눈물을 흘렸다. 하지만 그해에는 황홀함과 사악함의 경계에서 모든 것이 멍하고 비현실적으로만 느껴졌다. 머리에 윤기가 흐르는 사립학교 여학생들이 깨끗하고 무표정한 얼굴로 자선기금을 마련하기 위해 〈기쁘다 구주 오셨네〉를 부르고 있었다. 스위처 사탕 가게 창문에 코를 누른 채 동화 속에 나올 법한 광경을 구경하는 아이들이 그 색상과 리듬감에 빨려 들어가는 듯 보였다. 나는 독일 군용 점퍼 주머니에 손을 넣고 인파 사이로 들어갔다. 다른 날은 몰라도 그날만큼은 소매치기를 당하고 싶지 않았다.

로지와 나는 언제나처럼 피어스 스트리트에 있는 오닐에서 만났다. 그곳은 트리니티 칼리지 학생들이 이용하는 술집이라 재수 없는 녀석들이 꽤 많았다. 하지만 우리를 알 만한 사람들의 눈에 띄지 않으려면 대안이 없었다. 로지의 가족들은 로지가 친구들을 만나러 나간 줄 알고 있었다. 우리 가족은 내가 어디에 있든 신경 쓰지 않았다. 아주 널찍한 오닐 술집은 사람들로 붐볐고, 온기와 담배 연기와 웃음소리로 가득했다. 하지만 나는 불그스레한 구릿빛 머리카락 덕분에 곧바로 로지를 찾을 수 있었다. 그녀는 바에 기대서서 바텐더와 대화를 나누고 있었다. 무슨 이야기를 했는지 바텐더가 웃고 있었다. 로지는 계산을 마친 술잔을 들고 내가 찾아낸 조용한 구석 자리로 다가왔다.

"기분 나쁜 놈." 로지가 술잔을 탁자 위에 올려놓으며, 고갯짓으로 바 앞에 모여 낄낄거리는 학생들을 가리켰다. "내가 몸을 앞으로 숙이니까 가슴을 들여다보려고 하잖아."

"어느 놈이야?"

나는 벌써 자리에서 일어나 있었다. 하지만 로지가 나를 쳐다보면서 술잔을 앞으로 밀었다.

"그냥 앉아서 이거나 마셔. 그런 건 내가 알아서 해." 그녀는 내 옆자리로 옮겨 오더니, 허벅지가 스칠 만큼 바짝 붙어 앉았다. "저 자식이야. 좀 봐."

럭비 유니폼을 입은 목이 짧은 남자였다. 위태롭게 술잔 네 개를 든 채 바에서 돌아서고 있었다. 로지가 손을 흔들어 그놈의 시선을 끌었다. 눈을 깜박이며 몸을 앞으로 숙이더니 혀를 내밀어 술잔 위쪽을 살짝 핥았다. 럭비 유니폼은 입을 벌리고 눈을 휘둥그레 떴다. 그러다 의자에 발이 걸려 다른 사람의 등에 술을 반이나 쏟았다.

"그건 그렇고, 샀어?"

로지가 남자에게 가운뎃손가락을 들어 보이고는 그대로 녀석을 잊은 채 물었다.

나는 의자에 걸쳐놓은 외투 주머니에서 봉투를 꺼냈다. "이거야. 우리 거." 그러면서 티켓 두 장을 나무 탁자 위에 부채처럼 펼쳤다.

던리어리 — 홀리헤드. 12월 16일 일요일 오전 6시 30분 출발.
출발 삼십 분 전까지는 도착하시기 바랍니다.

페리 티켓을 보자 아드레날린이 다시 샘솟았다. 로지가 숨을 삼키며 작은 소리로 웃었다.

내가 말했다.

"아침 일찍 출발하는 배를 타는 게 좋을 것 같더라고. 밤배를 탈 수도 있지만, 집에서 저녁 시간에 짐을 들고 나오긴 힘들 테니까. 일요일 밤에 어떻게든 항구로 가서 배 시간이 될 때까지 기다리는 거야. 어때?"

"좋아." 로지는 여전히 숨이 막히는지 조금 뒤에야 대답했다. "맙소사. 조심해야지……." 그녀는 옆 탁자에 있는 사람들이 보지 못하도록 양팔로 페리 티켓을 감쌌다. "안 그래?"

나는 손가락으로 로지의 팔을 쓰다듬었다. "여긴 괜찮아. 아는 사람 만난 적 없잖아."

"우린 아직 더블린에 있어. 페리에 올라 던리어리를 떠나기 전에는 안전하지 않아. 티켓은 네가 가지고 있을래?"

나는 씁쓸한 표정으로 말했다. "네가 가지고 있으면 안 돼? 엄마가 우리 물건을 자꾸 뒤져서."

로지가 싱긋 웃었다. "놀랄 일도 아니네. 사실 우리 아빠가 내 물건을 뒤진다고 해도 놀라지 않을 테지만. 그래도 속옷 서랍만큼은 손대지 않으니 내가 갖고 있을게." 그녀는 페리 티켓이 섬세한 레이스라도 되는 양 조심스럽게 집어 들어 봉투에 넣은 뒤 청 재킷 윗주머니에 집어넣었다. 그런 뒤 로지의 손가락은 한동안 그 자리에 머물러 있었다.

"와, 이제 아흐레 뒤면…….."

"그래, 그때부터 너와 나의 새로운 인생이 시작되는 거야." 내가 술잔을 들며 말했다.

우리는 잔을 부딪치고 술을 마셨다. 그런 뒤에 나는 그녀에게 키스했다. 맥주는 최고로 맛있었고, 술집 안의 온기에 여기까지 걸어오느라 얼어붙었던 발도 녹기 시작했다. 벽에 걸린 사진 액자 위에는 크리스마스 장식용 반짝이가 드리워져 있었다. 옆 탁자에 앉아 있던 대학생들이 취한 듯 큰 소리로 웃음을 터뜨렸다. 이 순간 내가 이 술집 전체에서 가장 행복한 손님인 것 같았다. 하지만 동시에 눈부시게 반짝이는 이날 밤의 꿈이 지독한 악몽으로 변할지 모른다는 불안한 느낌이 가시지 않았다. 나는 로지를 놓아주었다. 이대로 계속 키스를 했다가는 그녀가 다칠 수도 있다는 생각이 들었다.

"밤늦게 만나야겠네." 로지는 술을 한 모금 더 마신 뒤 내 무릎 위에 손을 올리며 말했다. "자정이나 그보다 더 늦게 만나야 할 것 같아. 아빠가 11시까지 안 주무시거든. 아빠가 잠든 뒤에나 나갈 수 있을 거야."

"우리 집은 일요일에는 10시 30분이면 다 잠자리에 들어. 가끔 셋이 형이 늦게 들어올 때도 있지만, 형과 우연히 마주치지만 않으면 돼. 설령 형이랑 마주친다 해도 우리를 막지는 않을 거야. 형한테는 내가 없는 게 더 좋을 테니까."

로지가 눈썹을 깜박거리더니 술을 한 모금 더 마셨다.

"난 자정 무렵에 나가 있을게. 넌 좀 늦게 나와도 괜찮아."

내 말에 로지가 고개를 끄덕였다. "그래도 너무 많이 늦으면 안 되겠지. 버스 막차가 끊길 테니까. 던리어리까지는 걸어갈 거야?"

"짐이 없으면 모를까 그건 안 될 말이지. 걸어서 거기 배 시간까지 도착하려면 완전 녹초가 될걸. 버스를 놓치면 택시를 타자."

로지가 얼굴의 절반을 찡그렸다. "택시? 잘났다!"

나는 싱긋 웃고 로지의 머리카락을 손가락으로 감았다.

"이번 주에 아르바이트를 두 시간 더 하기로 했어. 그러니 여유가 좀 생길 거야. 내 여자는 최고로 대접하고 싶어. 가능하다면 리무진을 대기시켰을 텐데. 하지만 그것도 조금만 기다려. 네 생일 때는 가능해질 테니까."

그녀는 미소로 답했다. 멍한 미소였다. 취해서 어지러운 것 같진 않았다. "16번지에서 만날까?"

나는 고개를 저었다. "저번에 보니까 쇼너시 형제가 어슬렁거리던데. 그 녀석들이랑 마주치고 싶지 않아."

딱히 위협적인 존재는 아니지만, 쇼너시 형제는 목소리가 크고 덩치가 좋은데다 늘 마약에 취해 몽롱한 상태였다. 우리를 못 본 척해야 하는 이유를 이해시키는 데 시간이 너무 오래 걸릴 터였다.

"길 끝에서 보면 어때?"

"거기 있어도 다른 사람 눈에 띌 텐데."

"일요일 자정 이후라면 괜찮아. 우리 말고 밖에 나와 있는 사람은 쇼너시네 멍청이들밖에 없을걸?"

"네가 정한 대로 따를게. 그런데 비가 오면 어떻게 하지?"

평소와 달리 로지는 초조한 듯 보였다. 평소 불안해하는 법이 없는 아이인데.

"그건 지금 안 정해도 돼. 다음 주에 날씨 보고 결정하자."

로지가 고개를 저었다. "떠나기 전까지는 못 만날 거야. 아빠의 의심을 사고 싶지 않아."

"지금까지는 괜찮았잖아……."

"아니, 난 알아. 난 그저……. 오, 프랜시스, 이 티켓……." 로지가 주머니에 다시 손을 올렸다. "마침내 실현될 날이 머지않았어. 우리, 잠시도 긴장을 늦춰서는 안 돼. 일이 틀어질 수도 있으니까."

"잘못될 일이 뭐가 있겠어?"

"나도 몰라. 누군가 우리를 방해할 수도 있잖아."

"아무도 우리를 방해할 수 없어."

"그래." 로지는 눈을 내리깔며 손톱을 물어뜯었다. "나도 알아. 전부 잘될 거야."

"무슨 일 있어?"

"아무 일도 없어. 비가 많이 오지 않으면, 네가 말대로 길 끝에서 만나자. 비가 많이 올 경우에는 16번지에서 만나고. 쇼너시 형제도 궂은 날씨에 밖으로 나오진 않겠지. 안 그래?"

"그래. 로지, 나 좀 봐. 이 일 때문에 죄책감 느끼는 거야?"

그녀의 입꼬리가 뒤틀렸다. "그런 거 아니야. 우리가 재미 삼아 떠나는 것도 아니잖아. 아빠가 그렇게 한심하게 나오지만 않았어도 이런 일은 생각하지 않았을 거야. 왜? 넌 죄책감 들어?"

"전혀. 우리 집에서 날 보고 싶어 할 사람은 케빈이랑 재키밖에 없어. 돈을 벌면 애들한테 뭔가 좋은 걸 보내줘야지. 그럼 좋아할 거야. 넌 가족들이 그립겠지? 친구들도 보고 싶을 테고."

로지는 잠시 생각했다. "그래, 친구들은 보고 싶을 거야. 가족도 조금은 보고 싶겠지. 하지만…… 이젠 떠날 때가 됐어. 학교를 졸업하기 전부터도 이멜다랑 런던에 가야 한다는 이야기를 했었는데……." 로지는 나를 보며 잠깐 미소를 지었다. "그러다 너랑 더 좋은 계획을 세우게 된 거야. 상황이 어떻든 언젠가 난 떠났을 거라는 얘기지. 넌 안 그래?"

가족이 그립지 않겠냐는 질문보다는 이편이 나았다.

"그래." 나는 대답했다. 그게 진심인지 아닌지 확실하지 않았지만, 우리 두 사람 모두가 들어야 할 말이었다. "나도 여길 떠났을 거야. 어떻게 해서든. 내가 아무리 이곳을 좋아한다 해도 말이야."

이번에도 로지의 얼굴에 미소가 스쳤다. 여전히 평소와 다른 분위기였다. "다른 곳도 좋을 거야."

내가 물었다. "그런데 정말 무슨 일 있는 거야? 여기 앉아 있는 내 내 엉덩이가 가려운 사람처럼 굴고 있잖아."

그제야 로지는 집중하기 시작한 듯했다. "남 말 하고 있네. 오늘밤 너도 웃은 건 일 분밖에 안 돼. 투덜이 오스카*처럼 말이야……."

"너한테 맞추다 보니까 그런 거지. 난 네가 페리 티켓 보고 좋아할 줄 알았는데……."

"멍청이. 너야말로 어땠는데. 저 얼간이의 얼굴을 한 대 날릴 기회만 노리고 있었잖아."

"그건 너도 마찬가지였잖아. 혹시 다른 생각이라도 있는 거야? 뭘 어쩌려는 거야?"

"프랜시스 매키, 너야말로 만일 나와 헤어질 생각이라면 남자답게 분명히 말해. 나한테 떠넘기지 말고 말이야."

---

* 〈세서미 스트리트〉에 등장하는 캐릭터로 쓰레기통에 산다.

우리는 잠시 서로를 죽일 듯이 노려보았다. 이윽고 로지가 한숨을 내쉬더니 뒤로 기대앉으며 손으로 머리를 쓸어 넘겼다. "왜 이렇게 된 건지 내가 말할게. 프랜시스, 지금 이렇게 신경이 곤두서 있는 건 우리가 주제에 안 맞는 짓을 하고 있기 때문이야."

"난 아냐."

"그래, 그럴 수도 있지. 우린 런던에 가고 싶어 하고, 음악 관련 일을 하고 싶어 해. 록 밴드 쪽에서 일하고 싶은데, 더이상 그쪽에는 우리에게 맞는 일자리가 없지. 사실 성향도 맞지 않고 말이야. 만일 이런 상황을 안다면 네 어머니는 뭐라고 하실까?"

"내가 주제를 모른다고 생각하겠지. 내 귀에 대고 구제불능 얼간이라고 하면서 헛짓거리 그만두라고 할걸. 아주 큰 소리로 말이야."

"바로 그거야." 로지가 내 쪽으로 술잔을 들어 올렸다. "우리가 지금 이런 상태인 이유. 프랜시스, 우리를 아는 모든 사람들이 하나같이 그렇게 말할 거야. 분수를 알라는 거지. 만일 우리가 그런 헛소리들을 받아들이기 시작하면 결국에는 서로를 포기하게 되고 불행해질 거야. 그러니 얼른 우리 스스로를 다잡아야 해. 알겠지?"

입 밖에 낸 적은 없지만, 나는 로지와 내가 서로를 사랑하는 방식에 대해 자부심을 가지고 있었다. 우린 그런 것을 누구에게도 배우지 못했다. 부모들은 좋은 관계의 본보기라고 하긴 어려웠다. 그래서 우린 서로에게 배웠다. 사랑하는 사람이 자신을 필요로 하면, 다섯 배로 예민해지고 전에는 느끼지 못했던 형체 없는 두려움을 가지게 된다. 십 대 크로마뇽인 대신 어른처럼 행동하게 되며, 결코 알지 못했던 백만 가지 일들을 할 수 있게 된다.

"이리 와봐." 난 로지의 팔을 잡고 있던 손을 놓고 그녀의 뺨을 감쌌다. 그러자 로지가 몸을 앞으로 내밀어, 그녀의 이마가 내 이마에 닿을 정도로 가까워졌다. 모든 것이 로지의 윤기 나는 머리카락 뒤로 사라졌다. "네 말이 맞아. 이렇게 멍청한 놈이라 미안해."

"이번 일이 결국 바보짓이라 하더라도 우리가 최선을 다해보지 않을 이유는 없어."

"넌 정말 똑똑해. 알고 있지?"

로지가 나를 바라보았다. 초록색 눈동자의 금색 얼룩과 미소 짓기 시작하는 입가의 작은 주근깨까지 보였다. "내 애인이 최고라니까."

이번에는 제대로 그녀에게 키스했다. 요란하게 뛰는 내 심장과 로지의 심장 사이에서 페리 티켓이 느껴졌다. 심장이 지지직 소리를 내며 타들어가는 듯했고, 금세라도 천장 높은 곳에서 터져 금빛 불꽃을 쏟아낼 것만 같았다. 그날 저녁 이상하게 느껴졌던 모든 것들이 단번에 이해가 되면서 위기감은 사라졌다. 사실 내 마음 깊은 곳에서는 급류가 거세게 몰아치며 뼛속까지 흔들어놓던 터였다. 나는 모든 게 잘될 거라는 믿음으로 급류를 있는 힘껏 몰아내고, 거친 물결과 사나운 물보라에서 안전한 징검돌 위로 올라섰다.

잠시 뒤 입술을 떼었을 때 로지가 말했다. "너만 바빴던 건 아니야. 나도 이슨스에 가서 잉글랜드 신문에 난 광고들을 전부 다 살펴봤어."

"할 만한 일이 있었어?"

"대부분은 우리가 할 수 없는 일들이더라. 지게차 기사나 대리 교사 같은 거. 하지만 웨이트리스나 술집에서 일할 직원을 구하는 광고도 몇 개 있었어. 가서 경험이 있다고 하면 그쪽에서도 확인해보진 않을 거야. 조명 일이나 지방 공연 매니저를 찾는 광고는 없었어.

하지만 그건 예상했잖아. 일단 잉글랜드에 가면 그런 일도 찾을 수 있을 거야, 프랜시스. 참, 아파트 광고도 많았어. 백 개는 본 것 같아."

"우리 형편에 그런 곳에서 살 수 있을까?"

"그럼. 바로 일거리를 구하지 못한다고 해도 괜찮아. 우리가 모아놓은 돈이면 보증금은 되고, 집세는 실업수당으로 내면 되니까. 물론 열악한 곳이긴 해. 단칸방에다가 욕실도 공용으로 써야 하거든. 하지만 적어도 우리가 생각했던 것보다 오래 호스텔 신세를 지면서 돈을 낭비하진 않아도 될 거야."

내가 말했다. "최대한 빨리 호스텔에서 나갈 수만 있다면 화장실이나 부엌을 공용으로 쓰는 건 상관없어. 방을 따로 쓰는 것도 바보 같아. 이제……"

로지가 나를 보며 미소를 지었다. 그녀의 반짝거리는 눈빛에 심장이 멎을 것 같았다. "우리만의 장소가 생기니까 말이지."

"맞아. 우리만의 장소."

바로 내가 원하던 것이었다. 로지와 내가 서로의 품 안에서 밤을 보낼 침대가 있고, 아침이면 서로 꼭 끌어안은 채 잠에서 깨어날 수 있는 곳. 그런 장소만 가질 수 있다면 무엇이든 할 수 있을 것 같았다. 다른 건 사치였다. 최근 사랑에 대해 하는 말들을 들으면 속에서 열이 치솟는다. 가령 남자 팀원들과 함께 술집에 가서 그들의 이야기를 듣고 있자면, 어쩌면 저렇게 사소한 것들에 집착할까 싶다. 여자의 외모가 구체적으로 어때야 한다느니, 제모를 어떻게 해야 한다느니, 데이트 할 때 어떻게 행동해야 한다느니, 여자들이 해야 하는 말이나 행동이 무엇인지, 절대 하면 안 되는 말이나 행동은 또 무엇인지. 카페에서 여자들이 하는 말을 들어봐도 그렇다. 사귀어도 될 만한 남자들의 직업이 뭔지, 차종이나 상표에 대한 이야기, 청혼할 때 꽃과 식당과 보석은 어떤 것이어야 하는지에 대한 이야기뿐이다. 그럴 때마다 나는 소리치고 싶다. "그런 것들이 뭐가 중요해!" 나는 로지에게 꽃을 사준 적이 한 번도 없었다. 집에 돌아가서 그 꽃을 누가 줬는지 말하기 어려울 테니까. 로지의 발목이 요즘 젊은 사람들이 말하는 이상적인 모양이었으면 좋겠다는 생각도 해본 적이 없었다. 나는 그녀가 온전히 내 사람이기만을 원했고, 로지도 나를 원하리라 믿었다. 홀리가 태어나기 전까지 내 인생에 그보다 더 단순한 사실은 없었다.

로지가 말했다. "아파트 주인들 중에는 아일랜드인을 들이기 싫어하는 사람도 있대."

"망할 것들." 감정의 파도가 일어나더니 점차 거세졌다. 자석에 이끌리듯 들어간 우리의 첫 번째 아파트는 완벽할 것이며, 그대로 우리가 살 집이 되어야 했다. "우리, 외몽골에서 왔다고 말하자. 몽골인들 억양은 좀 알아?"

로지가 싱긋 웃었다. "억양은 알아서 뭐 하게? 외몽골에서 왔다는 말을 아일랜드어로 할 텐데. 사람들이 그 차이를 알겠어?"

나는 허리를 굽히며 말했다. "포그 마 훈." 내 엉덩이에 키스나 하시지. 내가 할 줄 아는 아일랜드어는 대개 이것뿐이다. "고대 몽골인들의 인사야."

로지가 말했다. "장난치지 마. 네 인내심이 어느 정도인지 알아서 하는 말인데, 첫날 아파트를 구하지 못한다 해도 그건 큰일이 아니야. 알지? 시간은 많이 있으니까."

"나도 알아. 그쪽에서 우리를 주정뱅이나 테러범 취급하고 아파트를 빌려주지 않을 수도 있다는 거. 그리고 그중에는……." 나는 술잔을 쥔 로지의 손을 잡고 엄지손가락으로 그녀의 손가락을 쓰다듬었다. 바느질을 많이 해서 거칠고 군은살이 박인 손가락에는 켈트족의 소용돌이 문양이나 고양이 머리 같은 모양이 새겨진 싸구려 은반지들이 끼워져 있었다. "우리가 동거한다는 이유로 집을 빌려주지 않는 사람들도 있을 거야."

로지가 어깨를 으쓱였다. "망할 것들. 그러든지 말든지."

"네가 원하면 결혼한 척할 수도 있어. 결혼반지처럼 보이는 반지를 끼고 부부라고 말하면 돼. 그냥 당분간만이라도……."

로지는 즉시 단호하게 고개를 저었다. "안 돼."

"당분간만이야. 돈을 모아서 진짜 결혼하면 되잖아. 그렇게 하면 여러모로 편리할 거야."

"상관없어. 거짓말은 하지 않을 거야. 결혼을 했든 안 했든, 다른 사람들이 관여할 일도 아니고."

"로지, 어차피 우린 결혼할 거잖아. 안 그래? 내가 너하고 결혼하고 싶어 하는 거 알잖아. 그렇게만 되면 난 더 바랄 게 없어." 그녀의 손을 꼭 잡고 내가 말했다.

로지는 싱긋 웃었다. "당연히 그래야지. 너와 처음 사귀기 시작했을 때 난 수녀님이 가르쳐주신 대로만 따르는 착한 아이였는데, 지금은 네가 원하는 여자가 될 준비가 되어 있으니……."

"농담하는 거 아니야. 내 말 들어봐. 사람들이 알면 모두 너더러 미쳤다고 할걸. 매키 집안 남자는 쓰레기라고, 내가 원하는 걸 얻고 나면 널 버릴 거라고 할 거야. 너는 돈 한 푼 없이 아기와 함께 남게 될 거라고, 이제 네 인생은 끝났다고 하겠지."

"그럴 일 없어. 잉글랜드에도 콘돔은 있을 테니까."

"난 그저 네가 후회하는 일은 없을 거라고 말하고 싶어. 그런 짓은 안 해. 신께 맹세코."

로지가 부드럽게 말했다. "알고 있어, 프랜시스."

"난 우리 아버지가 아니니까."

"네가 그런 놈이라고 생각했다면 나도 지금 여기 있지 않았을 거야. 이제 일어나서 감자 칩 좀 가져다줘. 배고파 죽을 것 같아."

학생들이 다 떠나고 바텐더가 바닥 청소를 시작할 때까지 우리는 오닐에 있었다. 최대한 천천히 술을 마시면서, 서로 웃을 수 있는 편안한 일상의 이야기를 나누었다. 집에 돌아갈 때는 다른 사람의 눈에 띄지 않게 떨어져 걸었다. 나는 로지의 뒷모습에서 눈을 떼지 않은 채 충분히 거리를 두고 그녀를 따라갔다. 우리는 트리니티 칼리지 담벼락에 기대 긴 작별 키스를 나눈 뒤, 뺨에서부터 발끝까지 닿을 정도로 서로를 꼭 끌어안았다. 공기가 얼마나 차가운지, 저 멀리 떨어진 곳에서 수정이 깨지는 것 같은 맑은 소리가 울릴 지경이었다. 로지의 거친 숨결에 내 목이 금세 따뜻해졌다. 그녀의 머리카락에서 레몬 사탕 냄새가 났고, 심장은 가슴을 맞대고 있는 나도 느낄 수 있을 정도로 빠르게 뛰고 있었다. 이윽고 나는 로지를 놔주고, 그녀가 걸어가는 모습을 마지막으로 지켜보았다.

당연히 난 로지를 찾았다. 처음에는 혼자 있을 때마다 경찰 프로그램에 접속해 이름과 생년월일을 검색했다. 로지는 아일랜드 공화국에서 체포된 적이 없었다. 이런 식으로는 찾기 어려웠다. 로지가 마 바커* 같은 사람이 되었으리라고는 생각하지 않았지만, 나는 고된 일과를 보내면서도 시간이 날 때마다 그녀의 흔적을 단계적으로 추적하기 시작했다. 인맥이 넓어지면서 조사도 활발해졌다. 로지는 북아일랜드 지역에서도 체포된 적이 없었다. 잉글랜드나 스코틀랜드, 웨일스에서도 체포된 적이 없었다. 어느 지역에서 실업수당을 받은 적도 없었고, 여권을 신청한 적도 없었다. 사망한 것도 아니고, 결혼도 하지 않았다. 나는 내게 조금이라도 신세를 진 사람들에게 연락해 그 모든 조사들을 이 년마다 반복했다. 아무도 내게 무슨 일 때문에 그러냐고 묻지 않았다.

홀리가 태어난 뒤로 나는 성격이 부드러워졌고, 이제는 로지가 어딘가에서 눈에 띄지 않은 채 조용히 살아가기를 바랐다. 법망에 걸리지 않고 아무 일 없이 행복하게 살아가면서, 이따금 마음 깊은 곳에서 인생을 함께했을 수도 있었던 사람으로 나를 기억해주길 바랐다. 가끔은 로지가 나를 찾아 한밤중에 전화를 하거나 사무실 문을 두드리면서 나타나는 모습을 그려보곤 했다. 아니면 어딘가 푸른 공원 벤치에 나란히 앉아, 홀리와 빨간 머리 사내애들 두 명이 함께 정글짐에서 노는 모습을 어색한 침묵 속에 지켜보고 있는 장면을 그려보기도 했다. 어둑한 술집에서 영원히 끝나지 않을 듯한 시간을 보내는 모습을 그려본 적도 있다. 점점 깊어지는 이야기와 웃음 속에 고개를 맞댄 채, 닳은 나무 탁자 위로 서로를 향해 손을 내미는 모습을. 나는 로지가 지금 어떤 모습일지 세세히 상상하곤 했다. 내가 처음 보는 눈가의 잔주름, 내 아이가 아닌 다른 사람의 아이들을 낳으면서 물렁해진 복부. 내가 알지 못하는 그녀의 인생이 점자처

---

* 미국 대공황시기에 유명했던 바커 갱단의 두목.

럼 온몸에 새겨져 있는 모습을. 또 한편으론 로지가 나로서는 결코 생각하지 못했던 대답을, 울퉁불퉁 아귀가 맞지 않는 가장자리가 제 자리를 찾듯이 이 모든 일들을 이해하게 해주는 대답을 들려주는 모습을 그려보기도 했다. 믿기 힘들겠지만 그녀와의 두 번째 기회를 그려보기도 했다.

또 어떤 날에는, 시간이 이렇게 지났음에도 스무 살 시절의 내가 원했던 것이 이루어지기를 바라기도 했다. 로지가 가정 폭력의 상습적인 피해자로 나타나거나, 런던의 가장 끔찍한 우범지대에 자리한 영안실에서 약물중독이나 에이즈로 죽은 매춘부 명단 중 로지의 이름을 발견하는 것이다. 몇 년 동안 나는 신원 미상 시신들 수백 명의 인상착의를 읽었다.

내 인생의 모든 이정표들이 앞이 보이지 않는 아찔한 폭발과 함께 날아가버렸다. 두 번째 기회, 복수, 가족에 대한 뿌리 깊은 반감의 마지노선까지. 유감스럽게도 날 걷어찬 로지 데일리가 내게는 산처럼 크고 견고한 지형지물이었다. 이제 그것이 신기루처럼 깜박거리고, 그 주위를 떠돌던 풍경은 거꾸로 뒤집혔다. 완전히 낯선 풍경이 되어버렸다.

나는 맥주를 한 잔 더 시키고, 추가로 제임슨 위스키 더블도 주문했다. 이대로 아침을 맞이할 수 있는, 내가 아는 유일한 방법이었다. 구덩이 속에 웅크리고 있던 끈적거리는 갈색 뼈라는 악몽 같은 이미지를 머릿속에서 깨끗이 지울 다른 방법을 나는 알지 못했다. 뼈에서 흙이 떨어지는 소리가 종종거리며 걷는 발소리처럼 들렸다.

<u>7</u>

그들은 나를 찾아오기에 앞서 두 시간쯤 혼자 있을 시간을 주었다. 전혀 예상하지 못했던 세심한 배려였다. 케빈이 먼저 나타났다. 숨바꼭질을 하는 아이처럼 문틈으로 고개를 내밀고 안을 살핀 뒤, 바텐더가 술을 내리는 동안 재빨리 문자메시지를 한 통 보냈다. 그러곤 내가 자신을 알아보고 자리에 앉으라고 손짓할 때까지 계속 내 옆에서 어슬렁거렸다. 우리는 아무 말도 하지 않았다. 삼 분 뒤, 누나와 여동생이 합류했다. 두 사람은 코트에 묻은 물기를 털어내다가 키득거리면서 술집 안을 곁눈질로 살폈다.

"세상에, 한때 여기 얼마나 들어오고 싶었는지. 그때는 여자들을 받아주지 않았거든. 그때에 비하면 세상 정말 좋아졌어. 안 그래?"

재키가 스카프를 풀면서 속삭이듯 말했다.

카멀 누나는 미심쩍다는 눈으로 의자를 살피더니, 자리에 앉기 전에 휴지로 닦았다.

"엄마가 같이 오지 않아 다행이지. 여기 왔다간 심장이 또 안 좋아지실 거야."

"맙소사, 엄마도 같이 오려고 했어?"

케빈이 고개를 번쩍 들고 물었다.

"엄마도 프랜시스를 걱정하고 계시니까."

"그게 아니라 형의 뇌를 뽑아버리고 싶은 거겠지. 엄마가 뒤따라온 건 아니지?"

"그럴 수도 있지. 우리 엄만 비밀 요원이나 마찬가지잖아."

재키가 말했다.

"그러진 않으실 거야. 내가 엄마한테 프랜시스는 집으로 돌아갔다고 말씀드렸거든. 하느님, 용서해주세요."

카멀 누나가 죄책감과 장난기가 섞인 얼굴로 손가락을 입에 올렸다.

"누난 천재야." 케빈이 다시 자리에 털썩 주저앉았다.

"케빈 오빠가 맞아. 우리 중에서 언니가 제일 똑똑하다니까." 재키가 바텐더의 주의를 끄느라 목을 내밀었다. "여기선 직접 술을 가져와야 되는 건가?"

"내가 갔다 올게. 뭐 마실 건데?" 케빈이 물었다.

"진 토닉."

누나가 의자를 끌어당기며 말했다. "베이비샴도 있겠지?"

"이런, 누나."

"난 독한 술 못 마셔. 너도 알잖아."

"베이비샴 같은 건 주문하러 못 가겠는데. 나 같으면 그런 건 쳐다

184

보지도 않을 거야."

"잘났다. 1980년대에는 베이비샴도 있었어. 바 뒤쪽에 상자째로."

내가 대꾸했다.

"그런 걸 주문하는 남자는 몽둥이가 약이지."

"내가 갈게."

"셰이 오빠 왔다." 재키가 반쯤 자리에서 일어나 셰이 형을 향해 손뼉을 쳤다. "오빠가 주문할 거야. 이미 준비하고 있을걸."

케빈이 말했다. "셰이 형은 누가 불렀어?"

"내가 불렀어. 너희들도 어른답게 서로 예의 좀 지켜. 오늘은 너희들이 아니라 프랜시스 때문에 온 거니까." 카멀 누나가 말했다.

"그럼 나도 더 마셔야겠군."

내가 말했다. 그러곤 기분 좋게 화장실로 향하다가, 온통 알록달록한 둥그런 무대에 부딪칠 뻔했다. 아무것도, 심지어 셰이 형조차 거슬리지 않았다. 보통 이런 식으로 술에 취해 기분이 고조될 것 같은 징조가 보이면 재빨리 커피를 마시고 정신을 차리지만, 그날 밤에는 그냥 그 순간을 즐기기로 했다.

돌아와 보니 셰이 형은 한쪽 구석에 느긋하게 앉아 빗방울을 털어내려는 듯 머리를 쓸어 넘기고 있었다.

"네가 여길 알 거라곤 생각도 못 했는데. 경찰 친구랑 같이 온 거야?"

"인정 넘치는 곳이잖아. 모두 그 친구를 형제처럼 환대해주던데."

"내가 한턱내지. 뭐 마실 거야?"

"형이 산다고?"

"그럼 안 돼?"

"너무 좋지. 나하고 케빈은 기네스, 재키는 진 토닉, 카멜 누나는 베이비샴 마신대."

재키가 말했다. "오빠가 주문 좀 해줘."

"그러지, 뭐. 잘 보고 배워."

셰이 형은 바로 가서 스스럼없이 바텐더를 불러 주문을 하더니 곧 베이비샴 병을 의기양양하게 흔들어 보였다.

"잘난 척하기는." 재키가 중얼거렸다.

셰이 형은 수없는 경험을 통해 터득한 신중함으로 우리가 마실 것들을 한꺼번에 무사히 날라 왔다.

"자, 이제 말해봐, 프랜시스. 네 여자 친구 때문에 이 난리가 난 거야?" 형이 술잔들을 탁자 위에 놓으며 묻자 순간 모두가 그대로 얼어붙었다. "다들 물어보고 싶었던 거잖아. 어때, 프랜시스?"

카멜 누나가 최대한 엄마 같은 목소리를 냈다. "프랜시스 좀 내버려둬. 아까 케빈한테도 말했지만, 오늘 밤에는 제발 어른스럽게 굴라고."

셰이 형은 웃으며 의자를 잡아 뺐다. 지난 두 시간 동안 술을 퍼마셨음에도 나는 여전히 멀쩡한 상태였다. 내가 동네 사람들이나 가족들에게 이번 일에 대해 어디까지 알리고 싶은지 생각해볼 수 있을 만큼.

"괜찮아, 멜리 누나. 아직 확실한 건 아니지만, 16번지에서 찾은 유골은 로지일 거야."

재키가 입으로 숨을 들이켰고, 셰이 형은 길고 나지막한 휘파람 소리를 냈다.

"편안히 잠들기를." 카멀 누나가 부드럽게 말했다. 누나와 재키는 가슴에 성호를 그었다.

"그래서 데일리네 갔던 거구나. 오빠하고 얘기하던 그 사람 말이야. 하지만 도대체가 그 사람을 믿어야 할지……. 경찰들이 어떤지 알지? 아무 말이나 막 하잖아. 오빠가 그렇다는 게 아니라, 보통 경찰들 말이야. 그 남자는 우리가 그 시신을 로지라고 생각하게 만들고 싶었던 건지도 몰라." 재키가 말했다.

"그쪽에선 어떻게 알아낸 거야?"

케빈이 물었다. 안색이 창백해 보였다.

"아직 몰라. 검사를 해봐야지."

"DNA 검사 같은 거?"

"잘 모르겠어, 케브. 그쪽은 내 전공 분야가 아니라서."

"네 전공 분야가 뭔지 궁금했어. 정확하게 무슨 일을 하는 거지?"

셰이 형이 술잔을 잡고 돌리며 물었다.

"이런저런 일을 해."

잠복수사 요원들은 보통 이런 화제가 나오면 더이상 말이 안 나오게끔 지적재산권처럼 다른 사람들이 잘 모르는 계통의 일을 한다고 대답한다. 재키는 내가 전략적 인적자원 투입 부서에서 일한다고 생각하고 있다.

케빈이 물었다.

"그 사람들이 형한텐 알려줄 수도 있잖아……. 로지는 어떻게 된 거야?"

나는 입을 벌렸다가 다시 다물고는 술잔을 한참 흔들었다.

"케네디가 데일리네 가서 뭐라고 했대?"

카멀 누나가 입술을 오므린 채 대답했다.

"아무 말도 안 했어. 데일리 가족이 그 사람을 붙잡고 로지한테 무슨 일이 있었던 건지 알려달라고 애걸했지만 대답이 없었지. 아무것도 알려주지 않고 그냥 그 집에서 나갔다더라."

재키가 화를 내며 자리에서 벌떡 일어났다. 머리 모양 때문에 키가 더 커 보였다.

"그 사람이 데일리 아저씨와 아주머니한테 로지가 살해당했든 말든 그건 두 분과 상관없는 일이라고 했대. 그 집 딸인데도 말이야. 오빠 친구든 뭐든, 그놈 아주 비열한 새끼야."

아무래도 스코처가 생각보다 첫인상을 꽤나 거창하게 남긴 모양이었다.

"케네디는 내 친구가 아니야. 가끔 같이 일을 하는 재수 없는 놈일 뿐이지."

"로지한테 무슨 일이 있었는지 말해줄 정도의 사이는 되는 것 같던데." 셰이 형이 말했다.

나는 술집 안을 둘러봤다. 대화 주제가 너무 심각해졌다. 목소리가 크진 않았지만 순식간에 이목을 모았다. 술집에도 이미 소식이 퍼진 것이다. 하지만 대놓고 우리를 쳐다보는 사람은 없었다. 어느 정도는 셰이 형에 대한 예의기도 했고, 저마다 고민거리를 안고 술집에 오는 사람들의 사생활을 존중하려는 배려이기도 했다. 나는 탁자에 팔꿈치를 올리고 몸을 앞으로 내밀며 목소리를 낮추었다.

"좋아. 이런 이야길 하면 해고당할지도 모르지만, 데일리 가족들도 우리가 알아낸 사실들을 알 권리가 있으니까. 일단 이 말이 케네디 귀에는 안 들어가게 하겠다고 약속해줘."

셰이 형은 회의적인 눈빛으로 나를 빤히 쳐다보았지만 다른 셋은 자부심 가득한 표정으로 고개를 끄덕였다. 아, 우리의 프랜시스. 이렇게 세월이 흘러 아무도 가까이 하려 하지 않는 경찰이 되어 돌아왔지만, 그전에 그는 바로 이곳, 리버티 출신이지. 이제 카멀 누나와 재키는 내가 흘릴 맛있는 정보 위에 프랜시스는 우리 편이라는 소스를 뿌려 이웃에 알리리라.

내가 입을 열었다. "아무래도 누군가 로지를 죽인 것 같아."

누나가 다시 숨을 들이마시고 가슴에 성호를 그었다.

"하느님께서 우리를 축복해주시고, 구원해주시길."

재키가 중얼거렸다.

케빈은 여전히 창백한 안색으로 물었다. "어떻게?"

"그건 아직 몰라."

"곧 찾아내겠지?"

"그럴 거야. 시간이 너무 많이 지나 힘들긴 하겠지만 감식반에서는 방법을 알고 있으니까."

"CSI처럼 말이야?" 카멀 누나가 눈을 동그랗게 뜨며 물었다.

"그렇지. 비슷해."

내가 말했다. 이런 얘길 들으면 무능한 감식반 요원들은 동맥류에 걸리겠지. 사실 감식반 요원들은 너무 말이 안 되는 내용이라며 CSI를 싫어한다. 하지만 그것도 곧 옛날이야기가 될 것이다.

"마법 같은 소리 하고 있네."

셰이 형이 술을 마시며 무미건조하게 말했다.

"아마 깜짝 놀랄걸. 요즘에는 목표만 정하면 무엇이든 찾아낼 수 있어. 오래된 핏자국, 소량의 DNA 흔적, 백 가지 다른 종류의 부상. 그런 것들을 통해 로지에게 무슨 일이 일어난 건지 알아내는 거지. 그리고 케네디와 부하들은 범인이 누군지도 알아낼 거야. 먼저 당시 이 동네에 살았던 사람들을 탐문하겠지. 로지와 친했던 사람은 누구인지, 싸운 사람은 누구인지, 그녀를 좋아했던 사람은 누구인지, 싫어했던 사람은 누구이며 그 이유는 무엇인지, 실종되기 며칠 전부터 로지의 생활은 어땠는지, 실종되던 밤 혹시 이상한 점이 있다는 걸 알아차린 사람은 없는지, 그 당시 혹은 직후에 이상한 행동을 한 사람은 없는지 알고 싶어 할 거야……. 시간을 충분히 들여 철저히 조사하겠지. 아주 사소한 일이라도 결정적인 단서가 될 수 있으니까."

"세상에, 텔레비전에 나오는 것처럼 정말로 그런단 말이야? 미쳤다." 카멀 누나가 한숨을 내쉬었다.

우리 주위에 있던 사람들은 이미 그에 대해 이야기를 나누고 있었다. 당시를 떠올리며 오래된 기억들을 비교하고, 대조하고, 통합해서 백만 가지 이론들을 만들어냈다. 이 동네에서 소문은 올림픽 메달을 걸고 싸우는 운동경기나 마찬가지였다. 소문을 무시하는 건 아니다. 나는 진심으로 소문을 존중한다. 스코처한테 말한 대로 정보는 탄약이다. 그중에 불발탄이 있을지라도, 여기저기 날아다니는 탄약들을 많이 끌어모아야 한다. 나는 좋은 소문들이 모여 제대로 된 정보가 나오기를 기다리고 있었다. 그리고 정보가 어떻게 해서든 확실히 내게 전달되기를 바랐다. 스코처가 데일리네를 그런 식으로 무시한 것이 사실이라면, 그는 반경 팔백 미터 안에서 쓸 만한 정보를 얻어내기 힘들 것이다. 그리고 나는 만일 그 반경 밖에 있는 누군가가 뭔가에 대해 불안해해야 한다면 가능한 한 많이 불안해하기를 바랄 뿐이었다.

내가 말했다. "혹시 내가 데일리 가족이 알아야 할 만한 내용을 듣게 되면 어떻게든 전할게."

재키가 내 손목 위에 손을 올렸다.

"정말 유감이야, 프랜시스 오빠. 일이 이렇게 되지 않기를 바랐는데……. 뭔가 혼동했다거나, 그런 거였으면 했어……."

"불쌍한 것. 로지가 몇 살이었지? 열여덟?"

카멀 누나가 부드럽게 물었다.

"열아홉 살 된 지 얼마 되지 않았을 때지."

"세상에. 우리 대런보다 겨우 몇 살 위였잖아. 그 오랜 세월 저 무서운 집에 혼자 남겨져 있었다니. 그동안 로지 부모님은 애가 어디 있는지 몰라 미칠 듯이 애가 탔을 테고……."

재키가 말했다.

"이런 말을 하게 될 줄은 몰랐지만, PJ 레이버리한테 고마워해야겠네."

"그나마 다행이지." 케빈이 술잔을 비웠다. "더 마실 사람 있어?"

"나 더 마실래. 그런데 다행이라니, 무슨 뜻이야?"

재키의 물음에 케빈이 어깨를 으쓱했다.

"뭐, 괜찮을 거라는 뜻이야. 난 늘 그런 의미로 말해."

"세상에, 케빈 오빠. 어떻게 괜찮을 거라고 말할 수 있어? 불쌍한 여자가 죽었는데! 내가 대신 사과할게, 프랜시스 오빠."

셰이 형이 말했다.

"케빈 얘기는, 레이버리 쪽 사람들이 가방을 버리고 그대로 떠난 덕에 쓸데없는 문제가 없었고, 경찰은 우리한테서 아무것도 알아내지 못할 거라는 뜻이야."

"그런 거였어, 케브 오빠?" 재키가 물었다.

케빈은 의자를 뒤로 밀며 갑자기 의기양양하게 말했다.

"그게 내가 할 수 있는 최선의 표현이야. 아마 프랭크 형도 마찬가지겠지만. 이제 술 주문하러 갈 건데, 만일 돌아왔을 때도 이런 말도 안 되는 이야기가 이어지고 있으면 난 술 더 안 마시고 그대로 집에 갈 거야."

"그럴 수 있나 어디 보자." 셰이 형이 입꼬리 한쪽을 올리며 내뱉었다. "뭐라고 자꾸 옹알대는 거야? 그래도 공정하게 말하자면, 네 말이 맞아, 케브. 우린 '살아남은 사람들'에 대해 이야기해야 해. 이제 가서 술 가져와."

우리는 한 잔씩 더 마셨고, 다시 한 잔씩 더 마셨다. 창문에 빗줄기가 거세게 부딪쳤다. 바텐더가 난방 온도를 높였고, 문이 열릴 때마다 차가운 바람이 들이쳤다. 카멀 누나는 간신히 용기를 내 바로 가서 토스트 샌드위치 여섯 개를 주문했다. 그제야 나는 반쯤 먹다 남긴 아침 식사 이래로 지금까지 아무것도 먹지 않았다는 사실을 깨달았다. 배가 몹시 고팠다. 당장 뭐라도 창으로 잡아 구워 먹을 수 있을 것만 같은 격한 허기였다.

셰이 형과 나는 농담을 주고받았다. 짓궂은 농담에 재키는 진 토닉에 코를 빠뜨릴 정도로 웃었고, 카멀 누나는 속뜻을 알아듣는 순간 괴성을 지르며 우리 손목을 후려갈겼다. 케빈이 크리스마스 만찬 당시 엄마의 모습을 정확하고 생생하게 묘사할 땐 다들 경련이 일어날 정도로 웃을 수밖에 없었다.

"그만해. 여기서 더 웃었다가는 오줌 쌀 것 같아." 재키가 숨을 헐떡거리면서 손사래를 쳤다.

"나오게 둬. 행주 얻어다가 닦으면 그만이잖아." 내가 애써 숨을 가다듬으며 말했다.

"네가 웃을 일인가 모르겠다. 이번 크리스마스에는 너도 우리와 같이 그 고역을 치르게 될 텐데 말이야." 셰이 형이 말했다.

"무슨 그런 말을. 난 집에서 혼자 술 마시다가 지금 들은 이야기들을 떠올리며 웃고 있을 거야."

"두고 보라고. 엄마가 널 다시 손아귀에 넣었는데 크리스마스 때 얌전히 내버려둘까? 그 기회를 놓치면 우리를 죽도록 괴롭힐걸? 암튼 두고 봐."

"내기할까?"

셰이 형이 손을 내밀었다.

"오십 유로. 네가 크리스마스 만찬 때 내 앞자리에 앉아 있을 거라는 데 건다."

"좋아."

우린 악수를 했다. 건조하고 강인한 형의 손에는 굳은살이 박여 있었다. 손을 맞잡는 순간 정전기가 일어났지만 우리 둘 다 움찔하지 않았다.

카멀 누나가 입을 열었다.

"프랜시스, 사실 안 물어보려고 했는데 어쩔 수가 없네. 재키, 그만해. 꼬집지 마!"

자기 방광을 다시 통제할 수 있게 된 재키가 카멀 누나를 매섭게 노려보았지만 누나는 위엄 있게 말을 이었다.

"만일 프랜시스가 말하고 싶지 않으면 그렇다고 하겠지. 프랜시스, 어째서 이제까지 한 번도 집에 오지 않았던 거야?"

"엄마한테 나무 주걱으로 맞아 죽을까 봐 무서워서. 날 욕할 거야?"

셰이 형이 코웃음을 쳤다. 카멀 누나가 말했다.

"지금 농담하는 거 아니야, 프랜시스. 그동안 왜 안 온 거니?"

누나와 케빈, 그동안 내게 여러 번 같은 질문을 했지만 한 번도 답을 듣지 못했던 재키마저 취하고, 당혹스럽고, 조금 상처받은 눈으로 나를 바라보았다. 셰이 형은 술에 떠 있는 뭔가를 건져내고 있었다.

나는 말했다. "나도 물어볼 게 있어. 무엇을 위해 죽을 거야?"

"맙소사. 형이 이렇게 농담을 잘하는 사람이었나?"

"내버려둬. 이런 날이 또 언제 오겠어?" 재키가 말했다.

"전에 아버지는 아일랜드를 위해 죽을 수 있다고 하셨잖아. 모두 그럴 수 있어?"

내 물음에 케빈이 눈동자를 굴렸다.

"아버지는 1970년대에 사는 분이야. 요즘은 아무도 그런 생각 안 해."

"잠깐만. 그냥 한번 말해봐. 넌 그럴 수 있을 것 같아?"

케빈은 어리벙벙한 표정이었다. "어떤 경우에?"

"이를테면 잉글랜드가 다시 침략했을 경우."

"그럴 일 없을걸."

"가정이야, 케브. 내 말 좀 잘 들어."

"모르겠어. 한 번도 그런 생각 해본 적이 없어서."

"바로 그런 태도 때문에 이 나라가 망한 거야." 셰이 형이 그다지 공격적이지 않은 태도로 술잔을 들어 케빈을 가리켰다.

"내가 뭘 어쨌다고?"

"너와 네 또래들 말이야, 아주 빌어먹을 세대라니까. 너희들이 관심 있는 건 롤렉스 시계랑 휴고 보스밖에 없지? 다른 생각을 하긴 하는 거야? 평생 처음으로 프랜시스 말이 맞아. 뭔가를 위해 죽고 싶은 게 있어야 해."

"젠장. 그러는 형은 뭘 위해 죽을 수 있는데? 기네스 맥주? 여자?" 케빈이 물었다.

셰이 형은 어깨를 으쓱였다. "가족."

"그게 무슨 말이야? 오빤 엄마랑 아버지를 끔찍이 싫어하잖아." 재키가 따지듯 끼어들었다.

다섯 명 모두 웃음을 터뜨렸다. 카멀 누나가 고개를 뒤로 젖히며 손가락 마디로 눈가에 고인 눈물을 닦아냈다.

"맞아, 사실이야. 하지만 그건 중요하지 않아." 셰이 형이 말했다.

"그럼 프랜시스 형은 아일랜드를 위해 죽을 수 있다는 거야?"

케빈이 물었다. 아직 짜증이 완전히 가시지 않은 듯한 목소리였다.

"아무래도 내 발등을 찍은 것 같네." 내 말에 모두들 또다시 웃음을 터뜨렸다. "잠깐 메이요*에서 근무했던 적이 있어. 혹시 메이요에 가본 적 있어? 빌어먹을 양떼랑 자연 풍경밖에 없는 곳이지. 솔직히 그런 것을 위해 목숨을 걸진 않을 것 같아."

"그럼 어디에 걸 건데?"

"셰이 형이 말한 대로야. 그런 건 중요하지 않아. 내가 그럴 수 있

---

* 아일랜드 서부인 코나우트 지방에 자리한 주.

다는 사실을 안다는 게 중요한 거지." 나는 세이 형을 향해 술잔을 흔들면서 대답했다.

"난 아이들을 위해서라면 죽을 수 있어. 그런 일이 없기를 바라지만." 카멀 누나가 말했다.

재키가 말했다. "난 개빈을 위해서라면 죽을 수 있어. 그 사람한테 필요한 일이라면 말이야. 그런데 이런 이야기 너무 끔찍하지 않아? 다른 이야기로 넘어가는 게 어때?"

내가 입을 열었다. "예전에 난 로지 데일리를 위해 죽을 수 있었어. 그 말을 하고 싶었던 거야."

순간 정적이 흘렀다. 세이 형이 술잔을 들어 올렸다.

"우리가 목숨을 걸 모든 것들을 위해, 건배."

우리는 잔을 부딪치고 술을 들이켠 뒤 편안하게 자리에 기대앉았다. 분위기가 이렇게 좋은 건 아마 모두가 술에 잔뜩 취했기 때문이겠지만, 그럼에도 세이 형까지 포함해 형제자매 모두가 한마음이 된 것이 나는 정말 기뻤다. 아니, 그 이상이었다. 고마운 마음까지 들었다. 사실 그들은 보기 좋게 취했을 뿐, 다들 나에 대해 불확실한 감정만 느끼고 있었을지도 모른다. 하지만 그날 밤 네 사람은 모든 일을 내려놓은 채, 자신들의 삶을 던져버린 채, 내내 나와 함께 있어주었다. 우리는 마치 지그소 퍼즐 조각처럼 착착 들어맞았고, 반짝이는 금빛이 내 주위를 감쌌다. 비틀거리던 내가 완벽한 우연으로 제자리를 찾아 들어간 기분이었다. 나는 취했지만, 그걸 말로 표현하지는 않을 정도의 정신은 남아 있었다.

카멀 누나가 내 쪽으로 몸을 내밀더니 약간 멋쩍어하며 말했다.

"도나가 아기였을 때 신장에 문제가 좀 있었어. 신장이식을 해야 할지도 모른다고 했지. 난 의사들에게 달려가서 내 신장을 두 개 다 떼어 가도 상관없다고 했어. 두 번 생각할 필요가 없는 일이었지. 다행히 도나는 괜찮아졌고, 사실 이식을 해도 신장 하나면 됐겠지만. 그래도 그때의 마음을 난 결코 잊지 않을 거야. 내 말 무슨 뜻인지 알지?"

"그럼, 알고말고." 나는 누나를 보며 미소 지었다.

재키가 말했다. "도나는 정말 사랑스러워. 항상 웃는데 정말 귀엽다니까. 오빠도 곧 그 애를 보게 될 거야."

카멀 누나가 말했다. "대런은 널 닮았어. 그거 알아? 그 애가 어릴 때부터 난 늘 그런 생각을 했어."

"그건 안됐네." 재키와 내가 동시에 말했다.

"아, 좋은 쪽으로 닮았다는 얘기야. 이를테면 대학에 진학한다거나. 그 애는 우리랑 달라. 대런이 제 아빠처럼 배관공으로 일한대도 난 좋았을 거야. 하지만 그 애는 우리한테 한마디 말도 없이 전부 다 혼자 힘으로 해나갔지. 자기가 하고 싶은 일을 결정하고 모든 과정을 마친 뒤 제대로 된 지원서를 보낸 거야. 끈기를 가지고 혼자 힘으로 해냈어. 너처럼 말이지. 나도 그랬으면 좋았을 텐데."

그 순간 누나의 얼굴에 슬픔의 빛이 일렁였다.

"내 기억에 누난 뭐든 하겠다고 마음만 먹으면 잘해냈어. 트레버는 어때?"

카멀 누나의 얼굴에서 슬픔의 빛이 사라지고 이내 다시 어린 소녀처럼 장난기 가득한 표정이 떠올랐다.

"맞아, 그랬지? 트레버를 처음 본 건 댄스파티에서였어. 그 사람을 보자마자 내가 루이즈 레이시에게 그랬다니까. '저 남자 내 거야'.

트레버는 나팔바지를 펄럭이며……."

재키가 웃음을 터뜨렸다.

"놀리지 마. 개빈도 늘 다 찢어진 낡은 청바지 입고 다니잖아. 난 작은 노력이라도 하는 사람이 좋아. 트레버는 조금이라도 멋있게 보이고 싶어서 나팔바지를 입었고, 실제로 근사했어. 그리고 그이한 테선 정말 좋은 냄새가 났지. 대체 왜들 웃는 거야?"

"누나가 그렇게 천연덕스럽게 잘 노는 사람이었나 싶어서."

내가 대답했다. 카멀 누나는 얌전하게 베이비샴을 한 모금 마셨다.

"나 안 그랬어. 당시만 해도 지금과 많이 달랐지. 누군가가 미칠 듯이 좋더라도 상대에게 그 사실을 알리느니 차라리 죽는 게 나았을 때야. 상대가 날 쫓아다니게 만들어야 했지."

재키가 말했다. "맙소사, 빌어먹을 『오만과 편견』이네. 난 개빈한 테 먼저 데이트를 청했는데도 그이를 얻었다고."

"내 방법도 효과가 있었잖아. 속바지도 안 입고 클럽에 다니는 돼 먹지 못한 요새 애들보다야 훨씬 낫지. 어쨌든 내 남자를 만났으니 까. 안 그래? 아무튼 그러다가 스물한 살 때 약혼했어. 그때 너도 여 기 있었던가, 프랜시스?"

"그랬지. 누나 약혼하고 삼 주 뒤에 떠났으니까."

나도 그 약혼 파티를 기억하고 있었다. 우리 집 비좁은 거실에서 열린 약혼 파티 내내, 몸무게가 많이 나가는 양가 어머니들은 서로 를 노려보고 있었다. 셰이 형은 장남답게 트레버에게 온갖 위협을 다 퍼부었고, 트레버는 겁에 질려 눈을 크게 뜬 채 침만 삼켰다. 카 멀 누나는 경악스러운 분홍색 드레스를 입어 꼭 생선 내장 같은 모 습으로 상기된 얼굴을 하고는 의기양양하게 서 있었다. 당시에는 나 역시 오만하기 그지없었다. 창틀에 나란히 앉아 있던 트레버의 뚱뚱한 동생은 안중에도 없이, 곧 이 미친 집구석에서 탈출할 스스로에게 축하를 보내며 달걀 샌드위치가 나오는 약혼 파티 같은 건 절대 하지 않으리라 다짐했다. 술집 탁자에 둘러앉은 형과 누나와 동생들을 바라보는 지금, 문득 그날 밤 내가 뭔가를 놓치고 있었다는 생각이 떠올랐다. 그 약혼 파티가 결국에는 가치 있는 것이었다는 생각이었다.

"그때 난 분홍색 드레스를 입었어. 다들 내 모습이 끝내준다고 했지."

카멀 누나가 만족스러운 듯 말했다.

"그랬어. 맞아." 나는 누나에게 윙크를 했다. "누나만 아니었으면 반했을 거야."

누나와 재키가 비명을 질렀다. "으악, 적당히 해!"

내 정신은 이미 딴 데 가 있었다. 탁자 저쪽에서 셰이 형과 케빈이 이야기를 나누고 있었다. 방어적인 케빈의 나지막한 목소리가 귀에 들어오기 시작했다.

"그냥 일이야. 뭐가 잘못됐다는 거야?"

"여피족들 기분 맞춰주는 일이잖아. 네, 고객님? 아니요, 고객님. 지당하십니다, 고객님. 그자들은 상황이 조금만 나빠져도 탐욕스러운 기업의 이익을 위해 너를 늑대들한테 던져버릴 거고. 그렇게 온갖 일을 다 해주고 넌 대체 뭘 얻지?"

"돈을 벌잖아. 내년 여름에는 오스트레일리아에 갈 거야. 그레이트배리어리프에서 스노클을 하고, 스키피 버거*를 먹는 거지. 본다이비치에서 매력적인 오스트레일리아 여자들이랑 바비큐도 할 거야. 바로 그 일을 한 덕분에 말이야. 나쁠 게 뭐 있어?"

셰이 형이 거슬리는 소리로 웃었다.

"돈은 좀 아끼는 게 나을 것 같은데."

케빈이 어깨를 으쓱했다. "더 많이 벌면 되지."

"나한텐 그런 말 안 통해. 넌 그냥 그렇게 믿고 싶은 거잖아."

"내가 뭘? 형은 대체 무슨 말이 하고 싶은 거야?"

"시대가 변했어, 동생아. PJ 레이버리가 왜……."

"그 개새끼." 카멀 누나를 제외한 우리 모두가 동시에 말했다. 이제 엄마가 된 누나만 순화된 표현을 썼다. "그 나쁜 놈."

"그놈이 왜 집들을 부수는지 알아?"

"알 게 뭐야?" 케빈이 짜증스럽게 대꾸했다.

"넌 잘 알고 있어야지. 레이버리는 상황 판단이 빠른 악당이야. 시류가 어떻게 흐르는지 잘 아는 놈이지. 레이버리는 지난 몇 년간 세 채의 집을 터무니없이 비싼 값에 사들인 뒤 고급 아파트로 만들 거라는 전단지를 사람들한테 보냈어. 그런데 지금 갑자기 계획을 모두 뒤엎고 집들을 뜯어내고 있지."

"그래서? 그자가 이혼이라도 했거나 세금 폭탄이라도 맞았나 보지. 그게 나랑 무슨 상관이야?"

형은 몸을 앞으로 내밀고 팔꿈치를 탁자 위에 올린 채 케빈을 한참 동안 쳐다보았다. 그러다가 다시 웃으며 고개를 저었다. "너 진짜 아무것도 모르는구나?" 형이 술잔을 잡으며 말했다. "정말 아무것도 몰라. 너, 돈 버는 족족 한 푼도 남김없이 다 쓰고 있지? 햇살과

---

* 캥거루 고기를 사용한 버거.

200

장미가 가득한 나날이 영원할 거라고 생각하면서 말이야. 일이 어떻게 돌아가는지 알면 어떤 표정을 지을지 궁금하네."

재키가 끼어들었다. "왜 이렇게 흥분해?"

원래부터 케빈과 셰이 형은 서로를 별로 좋아하지 않았다. 하지만 지금 두 사람 사이에는 내가 놓친 모든 것들이 겹겹이 쌓여 있었다. 나로서는 심한 잡음이 나는 라디오를 듣고 있는 기분이었다. 분위기만 느껴질 뿐, 정확하게 어떻게 된 일인지는 알 수가 없었다. 그 간극이 이십이 년간 떨어져 있던 세월에서 온 것인지, 오늘 마신 여덟 잔의 술 때문인지조차 확실하지 않았다. 나는 입을 다문 채 눈을 떴다.

셰이 형이 술잔을 탁자 위에 탁 내려놓았다.

"레이버리가 고급 아파트를 만드는 데 돈을 쓰지 않는 이유가 뭔지 말해주지. 그자의 고급 아파트를 살 만한 돈을 가진 사람이 아무도 없기 때문이야. 지금 우리나라 경제는 파탄 일보 직전이니까. 절벽 끝을 향해 시속 160킬로미터로 질주하고 있는 셈이라고."

"아파트 안 들어서는 게 무슨 대수라고? 아파트가 생겨봐야 엄마가 끔찍하게 여기는 여피족들만 늘어날 텐데."

케빈이 어깨를 으쓱였다.

"여피족이 네 밥줄이잖아. 그자들이 사라지면 네 벌이도 없어지는 거야. 실업수당 받는 사람들이 네가 파는 커다란 텔레비전을 어떻게 사겠어? 거시기가 부러지면 남창들이 어떻게 먹고살겠냐고."

재키가 셰이 형의 팔을 때렸다.

"오빠, 그만해. 너무 갔다."

카멀 누나는 손으로 얼굴을 가리더니 나를 보며 변명하듯 취한 것 같다고 속삭였다. 하지만 누나가 마신 건 베이비샴 세 병뿐이니 말도 안 되는 소리였다. 셰이 형은 누나와 재키를 본 척도 하지 않았다.

"이제 이 나라엔 헛소리와 선전밖에 안 남았어. 누가 한번 걷어차기만 하면 다 무너질걸. 그날이 멀지 않았어."

"형이 이 문제로 왜 이렇게 열을 내는 건지 모르겠네." 케빈이 부루퉁하니 말했다. 그 애는 잔뜩 취해 있었지만, 형을 공격하는 대신 속으로 삼켰다. 케빈은 탁자 위로 몸을 굽혀 우울한 눈으로 술잔을 쳐다보았다. "경제가 무너지면 나뿐 아니라 모두 힘들어지겠지."

셰이 형이 싱긋 웃으며 고개를 저었다.

"아니, 아니, 아니야. 유감스럽게도, 난 아니야. 계획이 있거든."

"형이야 늘 계획이 있으니까. 그래서 지금까지 뜻대로 된 적이 한 번이라도 있어?"

재키가 큰 소리로 한숨을 내쉬더니 내게 말했다.

"어째 우리 분위기가 좋다 했어."

셰이 형은 말했다. "이번엔 달라."

"그러시겠지."

"두고 보라니까."

"뭐 좋은 계획이라도 있나 봐?" 카멀 누나가 뒤에서 만찬을 주도하는 안주인처럼 근엄하게 말하고는 의자를 당기며 자세를 펴더니, 분홍색 음료수가 든 잔을 우아하게 들어 올렸다. "무슨 일인지 말해주지 않을 거니?"

잠시 뒤에 셰이 형의 시선이 누나에게 향했다. 형은 다시 자리에 기대앉아 웃기 시작했다.

"역시, 나를 이렇게 대할 수 있는 사람은 멜리 누나뿐이야. 너희들도 알다시피 난 십 대 때 사고뭉치였잖아. 한번은 누나한테 얻어맞다가 도망친 적도 있다니까. 내가 트레이시 롱을 창녀라고 불러서 그랬던가?"

"맞을 만했지. 여자애를 그런 식으로 말했으니까."

카멀 누나가 새침하게 대꾸했다.

"그래. 다른 사람들은 누나의 진가를 못 알아봐도, 난 알아. 그러니 내 옆에 딱 붙어 있어. 앞으로 좋은 곳만 다닐 거니까."

"어디? 실업수당 사무실?" 케빈이 이죽거렸다.

셰이 형이 마지못해 다시 케빈을 돌아보았다.

"아무도 네게 알려주지 않는 걸 알려주지. 호황기에는 큰 건을 잡을 좋은 기회들이 있어. 그럴 땐 노동자들도 생계를 꾸려나갈 수 있지. 하지만 돈을 크게 불리는 건 부자들만이야."

재키가 물었다. "노동자들은 술 한잔 즐기거나 형제자매와 좋은 시간도 보낼 수 없다는 거야?"

"경제가 파탄 나기 시작하면, 머리가 있고 계획이 있는 사람만 한몫 챙기는 거야. 내가 바로 그런 사람이지."

예전부터 셰이 형은 거울 앞에서 머리를 쓸어 넘기며 "오늘 밤에 뜨거운 데이트가 있어"라고 말하곤 했다. 하지만 누구와 만나는지는 말해주지 않았다. "누나, 푼돈이 좀 생겼어. 재키하고 아이스크림 사 먹어." 하지만 그 돈이 어디서 났는지는 절대 말하지 않았다.

내가 입을 열었다.

"형은 늘 그런 식이지. 무슨 계획인지 얘기할 거야, 아니면 밤새 변죽만 울릴 거야?"

셰이 형이 나를 보았다. 나는 천진난만한 미소를 지어 보였다.

"프랜시스, 이건 이곳 얘기야. 이 체계 안에 있는 우리한테나 해당되는 일이라고. 나 같은 이단아가 뭘 하든 네가 신경 쓸 이유가 뭐야?"

"우애?"

"헛소리 집어치워. 넌 그저 또다시 나를 꺾었다는 기분을 느끼고 싶은 거잖아. 이번에도 그럴 수 있는지 어디 보자. 난 자전거 가게를 살 생각이야."

그 말을 하는 형의 얼굴이 살짝 상기되었다. 케빈은 코웃음을 쳤고, 재키는 눈썹을 높이 치올렸다.

"오빠한테 어울리네. 셰이 오빠, 이제 사업을 하는 거야?"

"잘됐군. 형이 자전거계의 도널드 트럼프가 되면 내가 BMX 자전거 사러 갈게."

"코너기 아저씨가 내년에 은퇴해. 그런데 아저씨 아들은 자전거 가게에 관심이 없더라고. 번쩍거리는 자동차를 파느라 자전거 같은 건 눈에 들어오지도 않는 모양이야. 그래서 아저씨가 내게 가게를 넘기겠다고 한 거지."

케빈이 부루퉁한 얼굴을 들고 물었다. "돈은 어디서 구하게?"

셰이 형을 바라보던 여자들의 눈빛처럼 형의 눈이 번쩍거렸다.

"이미 절반은 마련해놨어. 이런 일에 대비해 오랫동안 저축했거든. 나머지 절반은 은행에서 대출받기로 했고. 은행들도 레이버리처럼 경기 침체를 예측하고 있으니 앞으론 대출이 힘들어지겠지만, 다행히 난 그전에 해결했지. 내년이면 나도 자립하는 거야."

"잘됐네." 하지만 카멜 누나의 목소리에서는 뭔가 다른 기운이 느껴졌다. 할 말이 남아 있는 것 같았다. "정말 굉장해. 잘됐어."

셰이 형은 술을 들이켰다. 태연한 듯 보이려고 했지만 입가에 배어 나오는 웃음을 숨기지는 못했다.

"케브에게 말했듯, 평생 다른 사람들 주머니나 채워주기 위해 일을 하는 건 의미가 없어. 그 굴레에서 벗어날 수 있는 유일한 방법은 자기가 직접 경영을 하는 거지. 내가 버는 돈은 내가 가지겠다는 거야."

"그래? 만일 형이 말한 대로 경기가 나빠지면 그것도 별수 없을 텐데." 케빈이 말했다.

"네가 잘못 알고 있는 거야, 동생아. 버는 족족 쓰던 사람들이 경기가 나빠졌다는 걸 알아차릴 때가 내겐 기회라고. 1980년대만 해도 차를 살 돈을 가진 사람이 없었어. 그때 뭘 타고 다녔지? 바로 자전거야. 이제 불황이 시작되면, 대학생들 부모들도 더이상 800미터 떨어진 학교나 오가라고 자식들한테 BMW를 사줄 수 없게 되지. 그럼 내 가게를 찾아올 수밖에 없어. 그 멍청한 녀석들의 얼굴을 빨리 보고 싶네."

"어쨌든 잘됐네. 진심이야." 케빈은 다시 술잔으로 시선을 돌렸다.

카밀 누나가 말했다. "그렇다고 가게에서 살겠다는 말은 아니지?"

셰이 형이 누나를 마주 보았고, 두 사람은 뭔가 복잡해 보이는 눈빛을 주고받았다.

"가게에서 살 건데."

"온종일 일해야겠지? 더이상 근무시간을 융통성 있게 조절할 수도 없을 테고."

"누나, 괜찮을 거야. 코너기 아저씨가 일을 그만두는 건 몇 달 뒤의 일이고, 그때쯤이면……."

셰이 형의 목소리가 이상할 정도로 부드러웠다.

카멀 누나는 뭔가 마음의 준비라도 하듯 짧게 숨을 들이마시더니 고개를 끄덕였다. "괜찮겠지." 누나는 혼잣말처럼 중얼거리며 잔을 들어 올려 입술에 댔다.

"그럴 거야. 걱정하지 마."

"그래, 괜찮을 거야. 넌 그럴 자격 있어. 그동안 뭔가 다른 계획을 세우고 있었다는 건 눈치채고 있었는데 말을 못 꺼내던 차였어……. 나도 정말 기뻐. 축하해."

"누나, 나 좀 봐. 내가 어떻게 했으면 좋겠는데?"

"저기, 지금 무슨 얘길 하고 있는 거야?" 재키가 끼어들었다.

셰이 형은 카멀 누나가 입에 대고 있던 잔을 옆으로 밀어내고 표정을 살폈다. 형이 그렇게 부드럽게 행동하는 건 이제껏 본 적이 없었다. 심지어 카멀 누나보다도 훨씬 다정해 보였다.

"내 말 들어봐, 누나. 의사들이 그러는데, 몇 달밖에 안 남았대. 길어야 여섯 달이라고. 내가 자전거 가게를 인수할 때쯤이면 시설에 들어가거나 휠체어에 앉아 있을 거야. 더이상 누구도 위협할 수 없을 만큼 약해져 있을 테니까……."

"하느님, 우리를 용서하소서. 제발……."

카멀 누나가 작은 소리로 중얼거렸다.

"대체 무슨 일인데?" 내가 물었다.

두 사람은 똑같이 닮은 푸른 눈으로 나를 쳐다보았다. 그 눈빛에서는 아무것도 읽을 수가 없었다. 두 사람이 닮아 보인 건 그때가 처음이었다.

"아버지가 아직도 엄마를 때리는 거야?"

내 말에 그 자리가 감전이라도 된 듯 순식간에 경련이 일어났다. 아주 작게 숨을 삼키는 소리가 들렸다.

"넌 네 일이나 신경 써. 우리 일은 우리가 알아서 할 테니까."

셰이 형이 말했다.

"형이 무슨 자격으로 '우리'를 나누는데?"

"여기서 '우리'는 서로 가까운 곳에 사는 사람들을 뜻하는 거야. 아버지가 쓰러질 경우에 대비해서."

카멀 누나의 설명에 내가 말했다.

"재키 말로는 아버지 이젠 안 그러신다던데. 몇 년 전부터 말이 야."

셰이 형이 내뱉었다. "재키는 아무것도 몰라. 너희 모두 마찬가지지. 그러니까 다들 이번 일에서 빠져."

"그러는 형은 뭘 얼마나 아는데? 아버지의 빌어먹을 짓거리를 해결할 사람이 형밖에 없다는 것처럼 굴지 마. 재수 없으니까."

아무도 숨소리조차 내지 않았다. 셰이 형이 듣기 싫은 소리로 나지막하게 웃더니 내게 말했다.

"그럼 아버지의 그 짓거리를 네가 해결할 수 있을 것 같아?"

"그걸 증명할 수 있는 흉터들이 아직 남아 있어. 형이랑 나는 같은 집에 살았잖아. 그건 잊지 않았겠지? 그때와 유일하게 다른 점이 있다면 그건 나야. 이제 난 더이상 징징대지 않고 대화할 수 있는 어른이 됐단 말이지."

"넌 아무것도 아니야. 아무것도 아니라고. 그리고 우린 같은 집에 살지 않았어. 단 하루도 말이야. 넌 아주 편하게 지냈으니까. 너나 재키나 케빈, 다 그래. 나나 카멜 누나가 당한 거에 비하면.”

“나는 힘들지 않았던 것처럼 말하지 마.”

카멜 누나가 내내 셰이 형을 날카롭게 노려봤지만, 형은 알아차리지 못했다. 셰이 형의 시선은 줄곧 내게 고정되어 있었다.

“너희 셋은 완전히 제멋대로였어. 네가 힘들었다고? 정말 힘든 게 뭔지 모르니까 그런 소리를 하는 거지.”

“형이 원하면 바텐더한테 가서 줄자라도 빌려 와. 흉터 크기든, 물건 크기든, 팬티 끈이든 뭐든 재보자고. 그럴 게 아니면 혼자 계속 희생자 시늉하면서 내 인생에 대해 왈가왈부하지 않으면 좋겠네.”

“저밖에 모르는 녀석. 넌 네가 우리보다 똑똑하다고 생각하지?”

“형보다야 그렇지. 증거도 있고.”

“어딜 봐서 그렇다는 거야? 나하고 카멜 누나가 열여섯 살 때 학교를 그만둬서? 우리가 머리가 나빠서 그만둔 것 같아?” 얼굴이 벌겋게 달아오른 셰이 형이 탁자 가장자리를 꽉 붙잡은 채 몸을 앞으로 불쑥 내밀었다. “아버지가 돈을 한 푼도 벌지 않을 때, 우리가 돈을 벌었어. 그래서 너희들이 먹고살았지. 그 돈으로 너희들은 교과서를 사고 교복을 샀어. 네가 진학 지원서를 쓸 수 있었던 것도 그 때문이고.”

“빌어먹을. 그러곤 형은 떠났지.”

케빈이 술잔을 들어 올리며 중얼거렸다.

“내가 아니었으면 넌 경찰이 될 수 없었어. 아무것도 안 됐을 거야. 내가 가족을 위해 죽을 수도 있다고 한 말, 그게 그냥 해본 소리 같아? 난 진심이었어. 학업을 포기했고, 내 인생의 모든 기회를 포기했다고."

셰이 형의 말에 난 한쪽 눈썹을 치올렸다.

"그러지 않았다면 형이 대학교수라도 됐을 거라는 얘기야? 웃기지 마. 형은 아무것도 잃은 게 없어."

"내가 뭘 잃었는지 넌 몰라. 그러는 너야말로 뭐든 포기한 적이 있어? 우리 가족이 너한테서 뭔가를 앗아 간 적이 있냐고! 그런 게 있으면 하나만 대봐. 딱 하나라도."

내가 대답했다.

"그 빌어먹을 가족이 내게서 로지 데일리를 앗아 갔잖아!"

순간 얼어붙은 듯 정적이 흘렀다. 모두 나를 쳐다보았다. 재키가 술잔을 들더니 입을 조금 벌려 반 모금을 삼켰다. 그제야 나는 내가 어느 틈엔가 자리에서 일어나 비틀거리며 술집 구석까지 울릴 만큼 큰 목소리로 이야기하고 있었다는 사실을 깨달았다.

"학교 같은 건 아무것도 아니야." 나는 말을 이었다. "몇 대 맞는 거? 그게 뭐라고? 그런 건 전부 감당할 수 있어. 로지를 잃느니 그편이 나았을 거야. 그런데 그 애가 떠났잖아."

카멀 누나가 단조로운 목소리로 먹먹하게 말했다.

"그 애가 떠난 게 우리 가족 때문이라고 생각하는 거니?"

내 말이 잘못되었다는 건 나도 알고 있었다. 뭔가 이상했지만, 정확하게 어디서부터 잘못된 건지 도무지 종잡을 수가 없었다. 자리에서 일어선 후로 무릎 뒤에서부터 머리끝까지 취기가 올라오고 있었다.

"그럼 누나는 어떻게 된 거라고 생각하는데? 우린 서로에게 완전히 미쳐 있었고, 영원한 사랑에 빠져 있었어. 결혼하기로 했었지. 잉글랜드행 페리 티켓까지 같이 샀다고. 하느님께 맹세코, 우린 무슨일이든 했을 거야. 이 넓은 세상에서 함께 있을 수만 있다면 무슨 일이든, 어떤 일이든 말이지. 그런데 그다음 날, 그 빌어먹을 다음 날, 그 애가 나를 떠난 거야."

술집에 있던 손님들이 말을 멈춘 채 모두 우리 쪽을 흘깃거리고 있었다. 하지만 나는 목소리를 낮추지 않았다. 나는 어떤 싸움에서든 냉정을 잃지 않고, 어떤 술집에서든 취하지 않는다. 하지만 그날 저녁만큼은 아니었다. 무마하기에는 너무 늦은 상태였다.

"그사이에 우리 사이를 망가뜨렸을 만한 일은 하나밖에 없잖아? 아버지가 고주망태가 돼서는 새벽 2시에 데일리네로 가서 난동을 부렸어. 그리고 고상한 우리 가족들도 모두 몰려나가 길 한복판에서 소리를 질러댔지. 누나도 그날 밤 일 기억할 거야. 동네 사람들 모두가 그날 밤 일을 기억할걸. 그런 일이 있었으니 로지가 도망가는 것도 당연하잖아? 어느 누가 우리 가족이 되고 싶겠어? 대체 누가 이 집 핏줄을 낳고 싶겠냐고!"

카멀 누나가 여전히 무표정한 얼굴로 조용히 말을 꺼냈다.

"네가 집에 돌아오지 않은 것도 그 때문이었어? 그때 그런 생각이 들어서?"

"아버지가 조금만 멀쩡한 사람이었다면. 술을 마시지 않거나, 술을 마시더라도 좀 진중한 사람이었다면. 엄마가 지금 엄마 같지 않았다면. 셰이 형이 하루가 멀다 하고 사고만 치지 않았다면. 우리가 다르게 살았다면. 그렇게 되진 않았겠지."

케빈이 당혹스러운 듯한 표정으로 입을 열었다.

"하지만 로지 누나가 아무 데도 가지 않은 거라면⋯⋯."

나는 동생이 무슨 소리를 하는 건지도 이해할 수가 없었다. 갑자기 그날 하루의 피로가 전부 몰려왔다. 너무 피곤해서 다리가 지저분한 양탄자 위로 녹아내리는 것만 같았다.

"우리 가족이 짐승 같아서 로지가 나를 버린 거야. 난 그 애를 탓할 수 없어."

재키가 끼어들었다. 상처받은 목소리였다.

"그건 아니야, 프랜시스 오빠. 그런 말은 부당해."

셰이 형도 말했다. "나는 로지 데일리한테 아무 문제도 일으키지 않았어. 그건 확실해."

형은 이제 진정이 된 듯 의자에 편하게 기대앉아 있었다. 벌겋게 달아올랐던 얼굴은 원래의 낯빛을 되찾았고, 오만한 눈빛에, 입가에는 느긋한 미소를 띠고 있었다.

"지금 그게 무슨 소리야?"

"정말 사랑스러운 애였어, 로지는. 아주 친절했지. 붙임성도 좋고. 그다음에 무슨 말이 나올지는 알지?"

피로가 싹 달아나는 느낌이었다.

"자기 나름의 곤경에 맞서 싸우다가 이젠 여기 없는 여자에 대해 음담패설을 할 작정이라면, 적어도 남자답게 직설적으로 얘기해. 그럴 용기 없으면 주둥이 닥치는 게 좋을 거야."

그때 바텐더가 유리잔을 쾅 내려놓았다.

"이봐요, 그만들 하지! 그만하면 됐잖소! 조용히 있지 않으면 당신들 모두 철창신세 질 줄 아쇼."

셰이 형이 말했다.

"난 그저 네 여자 취향이 훌륭하다는 말을 한 것뿐이야. 끝내주는 가슴에 커다란 엉덩이, 자세도 좋았지. 제대로 즐길 줄 아는 여자였을 거야. 안 그래? 순식간에 훅 달아올랐겠지."

뇌 뒤쪽 어딘가에서 날카로운 목소리가 그냥 나가라고 경고했지만, 술기운 탓인지 제대로 들리지 않았다. 내가 말했다.

"어느 누구든 로지를 함부로 건드릴 순 없었어."

"다시 생각해봐. 건드린 것 이상일 수도 있거든. 그 애 옷을 벗겼을 때 내 체취가 나지 않던?"

나는 셰이 형의 멱살을 잡고 의자에서 일으키며 주먹을 치켜올렸다. 그 순간 모두가 행동에 나섰다. 술주정뱅이의 자식들이기에 가능한 효율적인 동작이었다. 카멀 누나가 우리 사이를 가로막았고, 케빈이 주먹을 쥔 내 팔을 잡았다. 재키는 급히 술잔들을 옆으로 치웠다. 셰이 형이 자기 멱살을 잡고 있던 내 손을 비틀었다. 뭔가 찢어지는 소리가 들렸다. 이윽고 우리 두 사람은 비틀거리며 서로에게서 물러섰다. 카멀 누나가 셰이 형의 어깨를 잡고 자리에 앉혔다. 내 앞을 가로막은 채 형의 얼굴만 쳐다보며 달래느라 아무 말이나 늘어놓았다. 케빈과 재키가 양쪽에서 내 팔을 잡더니 내가 상황을 파악하고 정신을 차리기 전에 문 쪽으로 끌고 가기 시작했다.

"이거 놔. 놓으란 말이야."

하지만 동생들은 나를 계속 끌고 갔다. 떨쳐내려 했지만 재키가 내게 딱 붙어 있었다. 그 애를 다치게 하지 않고 떼어내는 것은 불가능했다. 그리고 난 여전히 취해 있는 상태였다. 셰이 형이 카멀 누나의 어깨 너머로 뭔가 사나운 말들을 퍼부어대고, 누나는 계속 형을 달랬다. 그동안 케빈과 재키가 능숙한 동작으로 탁자와 의자들, 멍한 표정으로 쳐다보는 사람들을 요리조리 피해 나를 밖으로 데리고 나갔다. 길모퉁이에서 몰아치는 차갑고 날카로운 바람에 우리 뒤로 술집 문이 쾅 닫혔다.

내가 고함을 쳤다.

"뭐 하는 짓이야?"

재키가 어린아이를 대하듯 차분하게 말했다.

"오빠, 여기서 싸우면 안 된다는 거 잘 알잖아."

"그 재수 없는 새끼는 주둥이를 한 대 날려줘야 해, 재키. 그래달라고 저렇게 애원하는데. 너도 들었잖아. 도대체 뭘 베풀어줄 가치가 없는 새끼라고."

"아무리 그래도 술집을 박살 내면 안 되지. 우리 좀 걸을까?"

"대체 왜 날 끌고 나온 거야? 셰이 저놈이……."

동생들이 내 팔을 잡고 걷기 시작했다.

"신선한 공기를 마시면 좀 나을 거야." 재키가 다독이듯 말했다.

"아니, 아니야. 난 조용히 술만 마시고 있었어. 다른 사람들한테 피해 주지 않았다고. 저 개자식이 헛소리를 지껄이기 시작하기 전까지는 말이지. 셰이가 뭐라고 하는지 너희들도 들었잖아?"

케빈이 말했다.

"셰이 형은 우물 안 개구리야. 완전히 바보 멍청이지. 새삼스럽게 왜 이래?"

"그런데 왜 내가 피해야 돼?"

나도 내가 어린애 투정 부리듯 군다는 건 알고 있었다. 하지만 케빈의 시선에도 도저히 멈출 수가 없었다.

"여긴 셰이 형 구역이야. 매일 나온다고."

"그렇다고 이 동네가 전부 그 자식 건 아니잖아. 나도 그 자식만큼 권리가……."

난 동생들의 팔을 뿌리치고 다시 술집으로 돌아가려다가 균형을 잃고 쓰러졌다. 차가운 공기를 마셔도 술이 깨지 않았다. 정신 없이 사방에 부딪쳤고, 귀에서는 윙윙거리는 소리가 울렸다.

"그야 그렇지." 재키가 다른 방향으로 끌고 가며 말했다. "하지만 여기 계속 있어봤자 오빠 셰이 오빠 때문에 열만 받을 거야. 이 근처에서 어슬렁거려봤자 아무 의미 없다니까. 정말이야. 그러니까 다른 데로 가자. 그럴 거지?"

기네스 안개를 뚫고 차가운 바늘이 살을 찌르는 것 같았다. 나는 걸음을 멈추고, 윙윙대는 소리가 멈출 때까지 고개를 흔들었다.

"아니. 아니야, 재키. 난 그렇게 생각하지 않아."

재키가 불안한 듯 고개를 돌려 나를 보았다.

"괜찮아? 지금 당장 토할 건 아니지?"

"아니야. 토 같은 건 안 해. 하지만 네 말대로 내가 다른 데 가려면 시간이 아주, 아주 오래 걸릴 거야."

"프랜시스 오빠, 그러지 말고……."

"이 빌어먹을 일들이 다 어디서부터 시작된 건지 기억해, 재키? 네가 전화를 걸어서 내가 이 망할 곳으로 돌아와야 한다고 믿게 만들었잖아. 맹세코 난 그 길 어딘가에서 차 문에 머리를 박았거나, 아니면 네게 그 천재적인 생각 따위 어디든 밀어 넣어버리라고 말해 줬어야 했어. 지금 이 꼴을 보니 너도 알겠지? 그래서 만족해? 일이 잘 해결된 것 같아? 이제 행복해?"

나는 비틀거렸다. 케빈이 부축하려 했지만 난 동생들을 뿌리쳤다. 벽에 몸을 기댄 채 양손으로 얼굴을 감쌌다. 눈꺼풀 뒤로 백만 개의 작고 눈부신 반점들이 가득했다.

"나도 알아. 빌어먹게 잘 안다고."

잠시 아무도 말이 없었다. 케빈과 재키가 서로를 쳐다보며 이제 어떻게 할지 눈썹으로 신호를 주고받는 것이 느껴졌다. 마침내 재키가 입을 열었다.

"두 사람은 어떤지 모르겠는데, 난 얼어 죽을 것 같아. 안에 들어가서 코트 가져올 동안 여기서 좀 기다려줄래?"

케빈이 말했다. "내 코트도 갖다줘."

"알았어. 어디 가지 말고 여기 있어. 알았지? 프랜시스 오빠도?"

재키가 머뭇거리며 내 팔꿈치를 살짝 잡았지만 나는 무시했다. 잠시 뒤, 재키의 한숨 소리와 함께 왔던 길을 되돌아가는 경쾌한 구두 소리가 들렸다.

내가 말했다.

"정말 힘들고 재수 없는 하루였어."

케빈이 옆으로 다가와 벽 앞에 섰다. 찬 공기 속으로 뿜어내는 동생의 숨소리가 들렸다.

"이번 일을 재키 탓이라고 할 수는 없어."

"내가 더 신중했어야 했는데. 정말 그랬어야 했어. 하지만 지금 네가 날 용서한다면 상관없겠지."

골목길에서는 기름과 오줌 냄새가 났다. 어딘가 근처에서 남자 둘이 서로에게 고함을 지르고 있었다. 말이라기보다는 잔뜩 쉰 목소리로 내는 무의미한 소음이었다. 케빈은 벽에 몸을 기댔다.

"물론 용서해. 난 형이 돌아와서 기쁘니까. 같이 시간을 보내서 좋앉어. 로지 일이 그렇다는 게 아니고……. 내 말 무슨 뜻인지 알지? 어쨌든 난 우리가 다시 만나서 정말 좋았어."

"조금 전에도 말했지만, 내가 좀더 신중했어야 했어. 하지만 모든 일이 뜻대로 되는 건 아니니까."

"나한텐 가족이 중요해. 항상 그랬어. 셰이 형처럼 가족을 위해 죽을 수 있다는 건 아니지만. 그저, 셰이 형한테 사고방식을 지적당하는 게 싫을 뿐이지."

"누구나 그렇지." 나는 얼굴에서 손을 뗀 뒤 고개를 들었다. 이제 세상이 흔들리지 않는지 확인하기 위해 벽을 쳐다보았다. 벽은 조금 전처럼 심하게 기울어 있지는 않았다.

"예전엔 쉬웠는데. 우리 어릴 때 말이야." 케빈이 말했다.

"난 그랬던 기억 없어."

"그러니까 내 말은, 그래, 그렇게 쉽진 않았지. 하지만…… 무슨 말인지 알잖아. 적어도 뭘 어떻게 해야 할지는 알고 있었다는 얘기야. 가끔 엉망진창이 되더라도 말이야. 적어도 우린 알고 있었단 말이지. 그런 게 난 그리워. 내 말 무슨 뜻인지 알지?"

"케빈, 내 동생. 분명히 말하지만, 난 정말로, 진짜로, 그런 적 없어."

케빈이 고개를 돌려 나를 쳐다보았다. 차가운 공기와 술기운에 붉게 물든 얼굴로 멍한 표정을 짓고 있었다. 깔끔하게 자른 머리가 젖은 채로 동생은 몸을 살짝 떨었다. 꼭 구식 크리스마스카드에 그려진 아이 같았다.

"그렇구나." 케빈이 한숨을 쉬면서 말했다. "그래, 그럴 수도 있지. 뭐, 나는 상관없어."

나는 조심스럽게 벽에서 몸을 떼어보았다. 만일의 상황에 대비해 한쪽 손은 벽에 댄 채였다. 다행히 똑바로 설 수 있었다.

"재키 혼자 헤매고 다니면 안 되는데. 가서 걔 좀 찾아봐."

케빈이 멍하니 나를 쳐다보았다.

"그럼 형은……. 형은 여기서 우릴 기다리고 있을 거지? 금세 돌아올게."

"아니."

"이런." 케빈은 잠시 머뭇거렸다. "내일은 어떻게 할 거야?"

"뭘?"

"여기 있을 거야?"

"모르겠어."

"형이 알아서…… 하겠지. 언제나처럼."

동생은 많이 어리고 길을 잃은 아이 같아 보였다. 그 모습이 나를 미치게 만들었다. 내가 말했다.

"가서 재키나 찾아봐."

나는 똑바로 중심을 잡고 서서 걷기 시작했다. 이내 뒤쪽에서 케빈이 반대 방향으로 천천히 걸어가는 소리가 들렸다.

8

나는 차 안에서 몇 시간쯤 머물렀다. 택시 기사들도 손댈 수 없을 정도로 취해 있었지만 이런 상태로 엄마 집 문을 두드리는 게 좋은 생각이 아니라는 걸 알 정도의 정신은 있었다. 입속에서 뭔가 썩는 듯한 끔찍한 맛에 정신이 들었다. 습기가 뼛속까지 파고드는 곳에서 춥고 힘든 아침을 맞이할 때와 같은 느낌이었다. 이십 분쯤 지나서야 뻣뻣해진 목 근육이 풀렸다.

촉촉하게 젖은 텅 빈 거리에 아침 미사를 알리는 종소리가 울렸지만 아무도 신경 쓰지 않았다. 나는 우울해 보이는 동유럽인들로 가득한 카페에 들어가 영양가가 높은 음식으로 아침 식사를 했다. 눅눅한 머핀, 누로펜* 한 움큼, 커피 한 주전자. 제한속도보다 훨씬 느

---

*소염진통제.

218

린 속도로 차를 몰아 집으로 갔다. 금요일 아침부터 입고 있던 옷가지들을 벗어 세탁기에 집어넣은 뒤, 뜨거운 물로 샤워를 하면서 이제부터 할 일을 생각했다.

걱정했던 대로 이번 일은 예상보다 훨씬 큰 사건이었다. 스코처는 기꺼이 혼자 해결하려고 할 것이다. 좋은 상황에서는 헛소리나 지껄이는 짜증 나는 멍청이지만, 이번엔 무조건 이기겠다는 그의 집착이 내게 유리했다. 머지않아 스코처는 로지 사건의 진상을 알게 될 터였다. 진상이라는 게 있다면 말이다. 그는 중요한 정보들을 내게 알려줄 것이고, 그것이 순수한 이타주의에서 나온 행동이 아니더라도 나로서는 상관없었다. 이미 하루 반나절 만에 페이스풀 플레이스의 가족들과 지난 이십이 년을 함께 지낸 듯한 느낌이었으니까. 그날 아침 샤워를 하면서, 나는 페이스풀 플레이스로 돌아가지 않을 수만 있다면 악마에게 영혼이라도 팔 거라고 생각했다.

이 엉망진창을 원래 있던 지옥으로 내던져버리기 위해서는 정리해야 할 일이 조금 있었다. 내 생각에 고난의 '종결'이라는 건 정신과 의사들에게 재규어 자동차를 사주기 위해 만든 중산층의 허튼소리다. 하지만 아무래도 좋다. 로지가 지하실에 있었던 것이 사실이라면 나도 확실히 알아야 했다. 그녀가 어떻게 죽었는지, 그날 밤 누군가 막아서기 전에 어디로 가려고 했는지, 스코처와 그 부하들이 찾아낸 단서들을 알아야만 했다. 어른이 되어서도 나는 줄곧 로지 데일리의 부재로 인한 흉터를 안고 살아왔다. 흉터의 응어리가 없어져버린다는 생각만으로도 이성과 평정심을 잃어 형과 주먹다짐까지 벌일 뻔했다. 놀랄 정도로 멍청한 짓이다. 이틀 전만 해도 비명을 지르며 도망쳤을 텐데. 그래, 어디 한 곳 부러지고서야 끝날 미친 짓을 저지르기 전에 원래의 내 모습을 되찾기 위해서라면 도망치는 것도 좋은 생각인 것 같았다.

나는 깨끗한 옷을 찾아 입고 발코니로 나가 담배에 불을 붙인 뒤 스코처에게 전화를 걸었다.

"프랭크, 무슨 일인가?"

정중하지만 내 목소리를 듣는 것이 그리 유쾌하지 않다는 뜻은 전해질 정도의 어조였다.

나는 무안하다는 듯 웃음을 섞어 말했다.

"자네 바쁜 건 아는데, 부탁 하나만 들어줬으면 해서."

"이보게, 나도 그러고 싶지. 하지만 지금은……."

이보게?

"요점만 말할게. 우리 부서의 예이츠 말인데…… 자네도 그 친구 알지?"

"만난 적은 있지."

"재미있는 친구야. 안 그런가? 지난번에 만났을 때 로지에 대한 이야기를 했어. 그랬더니 이 친구가 날 떠난 여자 친구를 엄청나게 비난하는 거야. 뭐, 동료가 나의 성적인 매력을 의심했다는 사실에 깊은 상처를 받았다는 얘긴 생략하고, 간단히 말해 나는 로지가 날 찬 게 아니라는 데 백 유로를 걸었어. 만일 자네가 무엇으로든 그 사실을 입증해준다면 딴 돈의 절반을 줄게."

예이츠는 고양이를 타르트에 발라 먹을 것처럼 생긴 녀석으로, 그리 붙임성 있는 스타일은 아니었다. 스코처가 그에게 직접 확인해볼 것 같진 않았다.

스코처는 단호하게 대꾸했다.

"수사에 관련된 모든 정보는 기밀이야."

"정보를 《데일리 스타》에 팔아먹겠다는 것도 아니잖아. 예이츠도 자네나 나 같은 경찰이라고. 덩치가 좀 크고 우락부락하게 생겨서 그렇지."

"우리 팀원은 아니지. 자네도 마찬가지고."

"이봐, 스코처, 적어도 나한텐 지하실에서 발견된 시신이 로지인지 아닌지 정도는 말해줘야지. 만일 빅토리아시대 시신이라면 예이츠에게 돈만 주고 다 잊어버릴게."

"프랭크. 프랭크, 프랭크." 스코처가 연민을 담아 말했다. "이번 일이 자네에겐 힘들 거라는 건 알아. 안 그런가, 친구? 하지만 우리가 했던 이야기 기억하고 있겠지?"

"생생하게 기억하지. 그 결과 자네는 내가 근처에 얼씬도 하지 않기를 바라게 됐잖아. 그러니까 이번 한 번만 거래를 하자는 거야, 스코처. 이 사소한 질문에 대답만 해주면 자네가 이번 사건 해결할 때까지는 더이상 연락하지 않을게. 그 뒤에 내가 축하주를 사지."

스코처는 잠시 아무 말이 없었다.

"프랭크." 그 목소리에서 그가 이 상황을 얼마나 못마땅하게 여기고 있는지 느낄 수 있었다. "여긴 아이비 마켓이 아니야. 난 자네와 거래를 하거나 다른 친구와의 내기에 관여할 생각 없네. 살인 사건이잖아. 나나 부하들은 아무 간섭 없이 수사해야 해. 솔직히 자네에게 약간 실망이군."

문득 템플모어에서의 어느 저녁에 있었던 일이 떠올랐다. 술에 취해 비틀거리며 집으로 돌아가던 길에 스코처는 누가 오줌발을 담벼락 더 높은 곳에 맞힐 수 있는지 알아보자며 내게 도전했다. 그랬던 놈이 언제 이렇게 거들먹거리기나 하는 변변치 못한 중년이 된 거지? 아니면 원래 이런 인간이었는데 사춘기 시절 테스토스테론에 잠시나마 가려져 있었던 건가?

"자네 말이 맞아. 덩치만 큰 예이츠 녀석이 자기가 나보다 한 수위라고 생각하고 있다는 게 거슬려서 그만……."

나는 후회스럽다는 투로 말했다.

"흠, 프랭크, 자네도 알겠지만 승부욕은 가치 있는 거야. 패자가 되기 전까지는 애를 써야지."

누가 들어도 아무 의미 없는 소리였지만, 스코처는 무슨 심오한 통찰이라도 나누는 듯한 어조였다.

"내 능력 밖인 것 같지만 노력해볼게. 나중에 보자고."

나는 이렇게 말한 뒤 전화를 끊었다.

두 대째 담배에 불을 붙인 뒤, 일요일 쇼핑객들이 무리를 이루어 부둣가를 지나가는 광경을 지켜보았다. 나는 이민을 환영한다. 스무 해 전에 비해 다양한 대륙 출신의 어린이들이 많이 보이는 것도 기쁘다. 아일랜드 여자들이 오렌지색 막대 사탕 같은 교통 안전판을 든 할머니들로 변해가는 동안, 다른 세상에서 온 여자들이 그들의 자리를 메웠다. 그중에는 지금 당장 결혼해 홀리에게 열두 명의 동생들을 안겨주고 싶을 정도로 마음이 가는 여자들도 한두 명 있었다. 엄마는 튀기라고 부르겠지만.

감식반 요원은 도움이 되지 않았다. 인터넷 음란물을 즐기는 오후 시간을 망쳐서 화가 난 건지, 내게 눈곱만 한 정보도 알려주지 않았다. 하지만 나를 좋아하는 쿠퍼가 주말 근무중이었다. 어마어마한 잡무를 처리하고 있는 게 아니라면 지금쯤 부검이 끝났을 것이다.

유골에서 알아낸 사실들 중에는 내가 알아야 할 내용들도 일부 포함되어 있을 것이다.

홀리와 올리비아는 화가 잔뜩 나 있을 게 분명했다. 한 시간쯤 더 지체한다고 달라질 건 없었다. 나는 담배꽁초를 버리고 그 자리를 떠났다.

쿠퍼는 대부분의 사람들을 싫어한다. 대부분의 사람들은 그가 자신을 근거 없이 무작위로 싫어한다고 생각한다. 그들이 모르는 것이 있다. 쿠퍼가 싫어하는 것은 지루함이다. 그는 보통 사람들에 비해 지루함을 견디는 능력이 떨어진다. 쿠퍼를 한 번이라도 지루하게 했다면 그 사람은 영원히 제명이다. 스코처 또한 틀림없이 어느 순간 그를 지루하게 만들었을 것이다. 반대로 쿠퍼의 흥미를 불러일으키면, 그와 친구가 될 수 있다. 이제까지 여러 가지 일들로 쿠퍼와 연락하며 지내오는 동안 나는 한 번도 그를 지루하게 만든 적이 없었다.

아파트에서 나와 빠른 걸음으로 부두를 지나친 뒤 버스 정류장 뒤를 돌아 시체 안치소로 향했다. 시체 안치소는 지은 지 백 년도 더 된 아름다운 벽돌 건물에 있었다. 그쪽에 자주 가진 않지만, 보통 그곳을 떠올리면 기분이 좋아지곤 한다. 더블린캐슬 내에 있는 살인수사과에서 근무하면 기분이 좋아지는 것과 마찬가지다. 강물처럼 도시 한복판을 가로지르며 일을 하는 우리는 역사적 건축물의 한 귀퉁이를 차지할 자격이 있다. 하지만 오늘만큼은 기분이 그냥 그랬다. 이 건물 어딘가에서 쿠퍼가 로지일지도 모르는 여자의 유해를 살피고 무게를 재고 있을 터였다.

쿠퍼는 안내 데스크에 나와 있었다. 하지만 보통 주말에 일하는 사람들이 그러듯 나를 멍하니 쳐다보고 있지만은 않았다.

"케네디 형사가…….." 쿠퍼는 입맛이 쓴 듯 그 이름을 미묘하게 발음했다. "특별히 당부하더군요. 매키 형사는 자기 수사팀에 속해 있지 않으니 이번 사건에 대해 어떤 정보도 알려줄 필요가 없다고 말이죠."

내게 술을 얻어먹은 직후에 그런 것이다. 배은망덕한 놈 같으니.

"케네디 형사는 매사에 너무 진지한 게 탈이라니까요. 나도 그 친구 수사팀에 들어가는 건 관심 없어요. 굳이 말하자면 이번 사건 자체에 관심이 있는 거죠. 사실…… 이 사건에 관여하고 싶어서가 아니라, 추측한 대로라면 피해자가 나와 어릴 때 같이 자란 친구거든요."

예상대로 쿠퍼의 작은 눈이 반짝거리기 시작했다. "그래요?"

나는 시선을 내리깐 뒤 그의 호기심을 자극하기 위해 주저하는 척 연기했다. "사실은…….." 엄지손톱을 살피며 내가 말을 이었다. "십 대 때 내 여자 친구였죠."

쿠퍼는 완전히 걸려들었다. 이마 끝에 닿을 정도로 눈썹을 치올린 채, 조금 전보다 눈을 더욱 빛내기 시작했다. 만일 자신에게 딱 맞는 이 완벽한 직업을 찾지 못했다면 이 사람은 여가 시간에 대체 뭘 하며 지냈을까?

"그러니 내가 그녀에게 무슨 일이 있었는지를 얼마나 알고 싶은지 박사님도 이해할 수 있을 겁니다. 나와 이야기를 나눌 시간조차 없을 만큼 바쁜 것만 아니라면 말이죠. 케네디한테 굳이 알릴 필요도 없고요."

쿠퍼의 입가가 말려 올라갔다. 그 정도면 미소나 마찬가지다. 그가 말했다.

"들어와요."

긴 복도와 우아한 계단통을 지나갔다. 벽은 그리 보기 싫지 않은 빛바랜 수채 물감으로 칠해져 있었다. 누군가 우중충한 가운데서도 크리스마스 분위기가 느껴지게끔 벽에 모형 솔방울 화환들을 걸어 두었다. 심지어 영안실마저, 싸늘한 냉기와 시신 냄새, 바닥의 삭막한 타일, 한쪽 벽에 줄지어 선 철제 시신 보관함 같은 것들만 아니라면, 천장의 마감이며 높다란 창문으로 장식된 몹시 아름다운 방이었다. 시신 보관함들 사이에 단정하게 글씨가 새겨진 명판이 붙어 있었다. "발을 안쪽으로. 머리 위쪽에 명찰 붙일 것."

쿠퍼는 시신 보관함 앞에서 입술을 오므린 채 생각에 잠겼다. 이윽고 그가 한쪽 눈을 반쯤 감은 채 손가락으로 줄을 따라갔다.

"새로 들어온 신원 미상의 시신이……그래, 여기 있군."

그는 앞으로 다가가 보관함을 열고 시신대를 끌어냈다.

잠복수사 일을 시작하면 스위치를 전환하는 법부터 배운다. 조금 지나면 익숙해지고, 시간이 지날수록 점점 더 쉬워진다. 딸깍 스위치를 누르면, 마음 한구석 어딘가 멀리 떨어져 있던 아주 작은 화면이 전체 화면으로 선명하게 펼쳐진다. 그걸 보면서 계획을 세우고, 이따금씩 위장용으로 만들어낸 인물들을 툭툭 건드려 조심하라거나, 집중하라거나, 피하라거나 하는 신호를 주는 것이다. 그 스위치를 빨리 찾지 못하는 사람들은 부서에 적응하지 못하고 다른 곳으로 전출된다. 지금 나는 스위치를 켜고 시신을 내려다보았다.

유골은 금속 시신대 위에서 완벽하게 제자리를 찾은 상태였다. 궁극의 지그소 퍼즐이라도 되는 양 거의 예술적으로 말이다. 쿠퍼와 팀원들이 어느 정도 닦아놓았음에도 유골은 온통 갈색과 잿빛이었고, 치아만이 콜게이트 미백 치약이라도 쓴 것처럼 새하얗게 빛나며 가지런히 놓여 있었다. 그 치아들은 로지의 것으로 보기에는 너무 작고 연약해 보였다. 아주 잠시나마 내 마음 한편에서 희망이 샘솟았다.

건물 밖에서 여자아이들이 웃는 소리가 들려왔다. 새된 웃음소리가 두꺼운 유리창을 뚫고 희미하게 귓가에 울렸다. 저 바깥이 너무 밝은 곳인 듯 느껴졌다. 쿠퍼는 바로 옆에 바짝 붙어서 나를 쳐다보고 있다가 입을 열었다.

"젊은 백인 여성의 유해로, 키는 165에서 172센티미터 사이, 탄탄한 중간 체형이에요. 사랑니의 모양과 골단의 불완전 용융 상태로 보아, 나이는 열여덟에서 스물두 살 사이로 추정됩니다."

쿠퍼가 말을 멈췄다. 그는 내가 질문하기를 기다리고 있었다.

"로지 데일리가 확실하다는 말입니까?"

"치과 엑스레이를 찍은 건 아니지만, 기록상 로지 데일리는 우측 아래 뒤쪽 어금니에 충치 치료를 받은 적이 있죠. 이 유해의 치아에도 같은 흔적이 있고요."

쿠퍼가 엄지와 집게손가락으로 유해의 턱뼈를 잡아 내린 뒤 입속을 가리켰다.

"충치 치료를 받은 사람들은 흔하죠."

쿠퍼는 어깨를 으쓱였다. "있을 법하지 않은 우연의 일치조차 발생하곤 하죠. 다행인 건, 우리가 충치 치료 흔적에만 의지해 신원 파악을 하는 건 아니라는 겁니다." 이어 그는 긴 탁자 위에 단정하게 쌓여 있던 서류 더미 중에서 슬라이드 두 장을 꺼내 형광판 위에 되는대로 올렸다. "봐요." 그가 형광판의 전원을 켰다.

불이 들어오자, 슬라이드 사진 속에 로지가 있었다. 잿빛 하늘과 붉은 벽돌 건물을 배경으로 선 채 바람에 머리카락을 흩날리며 턱을 치켜들고 웃는 모습이었다. 잠시나마 내 시야는 그녀로 가득 찼다. 이내 로지의 얼굴에 엑스자 모양의 하얀색 점들이 나타났고, 그 뒤에 있는 텅 빈 두개골 위에 점들이 비치기 시작했다.

"내가 표시해놓은 유골 두개골의 해부학적 계측점들이 보일 겁니다. 크기와 각도, 안와 간격, 코, 치아, 턱 같은 것들이 로지 데일리의 사진과 정확하게 일치하죠. 이걸로 신원 확정이라고 할 순 없지만, 치아의 치료 흔적과 여러 정황이 일치하는 것으로 미루어 거의 확실하다고 볼 수 있어요. 그래서 케네디 형사에게 이 사실을 피해자 가족에게 알려도 좋다고 했습니다. 분명히 말하지만, 난 이 유해가 로지 데일리라고 믿어요."

내가 물었다.

"로지는 어떻게 죽은 겁니까?"

"매키 형사, 보다시피 우리에게 남아 있는 건 이것밖에 없어요." 쿠퍼가 유골의 팔뼈를 쓸어내리며 말을 이었다. "유골만으로는 사인을 명확하게 단정 지을 수 없습니다. 피해자가 공격을 당했다는 건 확실하지만, 그 외의 요소들, 이를테면 공격당하던 중 치명적인 심장마비를 일으켰을 가능성도 완전히 배제할 수 없거든요."

"케네디 형사 말로는 두개골 골절일 수도 있다고 하던데."

쿠퍼가 아주 거만한 눈빛으로 나를 노려보았다.

"내가 잘못 알고 있는 게 아니라면, 케네디 형사한테 법의학자 자격증은 없을 텐데."

나는 쿠퍼를 보며 싱긋 웃었다.

"그 친구한테 자격증 없는 거야 확실하죠. 하지만 일은 잘해요."

쿠퍼가 입을 삐죽거렸다. "우연히 얻어걸린 거겠지만, 케네디 형사 말대로 두개골 골절 흔적이 있긴 해요." 그가 손가락을 내밀어 로지의 두개골을 옆으로 굴렸다. "여기."

얇은 흰색 장갑을 끼고 있어서인지 쿠퍼의 손은 축축해 보였고, 허물이 벗겨진 채 죽은 손 같기도 했다. 로지의 머리 뒤쪽은 골프채로 여러 번 내려친 유리창처럼 되어 있었다. 십자 모양으로 사방에 금이 가 복잡한 거미줄처럼 보였다. 머리카락 대부분은 떨어져 나가 헝클어진 타래로 옆에 쌓여 있었지만, 여전히 몇 가닥은 갈라진 두개골 위를 덮고 있었다.

쿠퍼가 조심스럽게 손가락 끝으로 갈라진 부위를 어루만졌다.

"골절상 가장자리 부분을 자세히 보면 깔끔하게 부러진 게 아니라 부서졌다는 걸 알 수 있을 겁니다. 부상 당시 피해자의 뼈가 건조하고 잘 부러지는 상태가 아니라, 촉촉하고 유연했음을 보여주죠. 다시 말해 이 골절상들은 사후에 입은 게 아닙니다. 죽음을 목전에 두고 생긴 거지. 몇 번인가 아주 세게 부딪친 거예요. 적어도 세 번 이상, 가장자리나 모서리가 뾰족하지 않고 너비가 십 센티미터 이상 되는 평평한 곳에 말입니다."

나는 침을 꿀꺽 삼키고 싶은 걸 참았다. 쿠퍼에게 그런 모습을 보이고 싶지는 않았다.

"나도 법의학자는 아니지만, 이 정도면 사람이 죽을 수도 있을 것 같네요."

쿠퍼가 씩 웃었다.

"흠, 그럴 수도요. 하지만 이번 건에 대해서는 단언할 수 없어요. 여길 봐요." 그는 로지의 목뼈 주위를 더듬어 뼛조각 두 개를 찾아내더니 그 조각들을 편자 모양으로 맞추면서 말을 이었다. "이건 설골이에요. 턱 바로 아래, 목구멍 맨 위쪽에 위치해 혀를 지탱해주고 기도를 보호하는 뼈죠. 보다시피 여기 뿔 모양 중 하나가 완전히 절단되어 있어요. 설골이 부러지는 건 자동차 사고나 질식사일 경우뿐입니다."

"보이지 않는 자동차가 어떻게 해서인지 지하실로 들이닥친 게 아니라면, 결국 누군가에게 목이 졸렸다는 말이군요."

쿠퍼가 내 눈앞에서 로지의 설골을 들고 흔들었다.

"이것이 여러 면에서 이번 사건의 가장 매력적인 요소예요. 말했다시피 피해자의 나이는 열아홉 살 정도인데, 청소년들은 설골이 부러지는 경우가 드물거든요. 뼈가 유연하니까요. 그럼에도 이 골절역시 다른 골절상과 마찬가지로 명확하게 사망 당시에 일어났어요. 이에 대한 유일한 해석은, 피해자가 엄청난 힘에 의해 교살당했다는 겁니다. 그 정도의 신체적인 힘을 가진 범인에게 말이지요."

"남자겠군요."

"남자일 가능성이 크지만, 힘이 센 여자가 감정이 격해졌을 경우도 배제할 순 없어요. 시신에 남아 있는 상처들로 보아 가장 가능성있는 이론은 범인이 피해자의 목을 잡은 채로 벽에 머리를 박았다는 겁니다. 벽에 부딪칠 때의 충격과 밀어붙이는 범인의 힘이 합쳐져 설골이 부러지면서 기도가 억눌린 거죠."

"그렇다면 질식사네요."

쿠퍼가 나를 쳐다보며 말했다.

"질식사. 내 생각엔 그래요. 케네디 형사는 두부 외상으로 인한 뇌출혈과 뇌손상으로 사망했으리라 생각하는 모양이지만, 그럴 경우에는 사망하기까지 몇 시간이 걸릴 수 있어요. 그렇게 되기 전에 피해자는 이미 목 졸림으로 인한 미주신경 억제나, 설골 골절로 인한 기도 압박으로 숨이 막혀 저산소증으로 사망했을 가능성이 크죠."

나는 계속 머릿속 스위치를 힘겹게 켜둔 채였다. 순간 웃고 있는 로지의 목선이 보였다.

쿠퍼는 인간이 할 수 있는 한 최선을 다해 내 머릿속을 엉망으로 만들려는 모양이었다.

"유골에서 다른 사후 부상은 보이지 않았어요. 하지만 시신의 부패 단계로 봐서 연조직 부상들은 있었다 해도 알아내지 못할 수 있죠. 이를테면 피해자가 성폭행을 당했는지 안 당했는지는 알 수 없단 얘깁니다."

"케네디 형사 말로는 시신에 옷이 남아 있었다더군요. 그런 게 무슨 의미가 있는지 모르겠지만."

쿠퍼가 입술을 오므렸다.

"아주 작은 천 조각이 남아 있었죠. 감식반이 유골 위나 옆에서 의복 관련 인공물들을 다수 발견했어요. 지퍼나 금속 단추, 브래지어에 쓰는 후크 같은 것들. 피해자와 함께 옷이나 그 비슷한 직물을 같이 매장했다는 의미죠. 하지만 사망 당시 피해자가 옷을 제대로 입고 있었는지는 알 수가 없습니다. 부패 과정과 수많은 설치류들을 생각해보면 매장 당시 피해자가 옷을 입고 있었는지, 아니면 옆에 옷을 같이 묻어둔 건지 알아내기가 힘들어요."

"지퍼는 어떤 상태였습니까?"

"지퍼는 잠겨 있었습니다. 브래지어 후크도 마찬가지로 채워져 있었고. 그렇지만 그건 아무 증거도 안 돼요. 피해자가 성폭행을 당한 뒤 옷을 입었을 가능성도 있으니까. 그래도 그런 일이 일어나지 않았으리라 생각할 수는 있죠."

"손톱은 부러져 있었나요?"

내가 물었다. 로지는 격렬하게 싸웠을 것이다.

쿠퍼가 한숨을 쉬었다. 스코처가 이미 했을 기본적인 질문들이 반복되자 지루해지기 시작한 것이다. 더이상 쿠퍼의 흥미를 불러일으키지 못하면 그대로 나가야 할 터였다.

"손톱은 부패됐습니다." 쿠퍼는 다소 무심한 태도로 로지의 손뼈 옆에 있는 갈색 조각을 향해 고갯짓을 하며 말을 이었다. "이번 사건처럼 매립지 토양이 알칼리성일 경우에는 머리카락처럼 손톱도 일부분 남긴 하죠. 하지만 상태가 아주 나빠요. 마법사가 아닌 이상은 부패하기 전에 어떤 상태였는지 알 수 없습니다."

"박사님만 괜찮으시면 한두 가지만 더 물어보고 사라지겠습니다. 혹시 감식반에서 천 조각 이외에 다른 걸 찾았다는 이야긴 듣지 못하셨나요? 이를테면 열쇠 같은 것 말입니다."

"그런 건 아무래도 나보다 감식반에서 더 많이 알고 있겠죠."

쿠퍼가 준엄하게 대꾸했다.

그가 시신대를 다시 보관함에 밀어 넣을 준비를 했다. 만일 로지가 열쇠를 가지고 있었다면, 아버지한테 열쇠를 돌려받았거나 훔쳤다는 뜻이다. 그랬다면 그녀는 그날 밤 현관으로 나올 수 있었음에도 그렇게 하지 않은 셈이다. 이유는 하나뿐이다. 나를 피하려는 것.

내가 말했다.

"물론 그럴 수도 있겠죠. 하지만 박사님과 그들을 비교할 수는 없죠. 감식반에서 일하는 자들 중 절반은 훈련받은 원숭이나 마찬가지니까요. 제대로 된 정보를 내주는 건 고사하고, 애초에 내가 묻는 게 무슨 사건에 대한 건지도 모를걸요. 박사님, 내가 이번 사건만큼은 그런 원숭이들한테 도박을 걸고 싶지 않은 이유를 아시잖아요."

쿠퍼는 의뭉스럽게 눈썹을 치켜올렸다. 내가 왜 이러는지 잘 알지만, 자기로선 아무래도 좋다는 듯한 태도였다. 그가 말했다.

"감식반 예비 보고서 목록에 은반지 두 개와 은 스터드 귀걸이 세 개가 있더군요. 잠정적이긴 하지만, 그것들이 딸이 지니고 있던 장신구와 일치한다는 것을 데일리 가족이 확인했죠. 그리고 작은 열쇠가 하나 나왔는데, 대량생산된 싸구려 자물쇠에 맞는 열쇠예요. 앞서 발견되었던 가방 열쇠인 것 같습니다. 보고서 목록에 다른 열쇠나, 장신구, 소지품은 없었고."

순간 가방을 처음 본 며칠 전으로 되돌아간 기분이었다. 아무 단서도 없이, 붙잡을 수 있는 단단한 것이라곤 전혀 없는 무중력의 어둠 속에 내던져진 기분. 실제로 무슨 일이 일어났는지 내가 전혀 알아내지 못할 수도 있겠다는 생각이 처음으로 들었다.

쿠퍼가 물었다.

"이제 다 된 겁니까?"

영안실은 고요했다. 어디선가 온도조절기의 윙윙 소리만 들려왔다. 술을 마시고 취하는 것을 제외하면, 나는 좀처럼 후회할 일을 만들지 않는다. 하지만 이번 주말은 달랐다. 나는 형광등 불빛 아래 펼쳐져 있는 갈색 유골을 쳐다보았다. 애초에 건드리지 않았으면 좋았을 거라는 생각이 마음 밑바닥에서부터 올라왔다. 나 자신을 위해서가 아니라 그녀를 위해서. 이제 로지는 모두의 것이 되고 말았다. 쿠퍼, 스코처, 그리고 플레이스 전체가 손가락으로 쿡쿡 찔러보면서 자신들이 원하는 대로 그녀를 이용할 것이다. 특히 플레이스는 로지의 사연을 지역의 구전설화로 끌어들여 반쯤은 유령 이야기로, 반쯤은 도덕극으로, 반쯤은 도시 괴담으로, 반쯤은 세상 사는 이야기로 한가하게 소비할 것이다. 대지가 그녀의 몸을 삼켰듯이, 그녀에 대한 기억 전체를 집어삼켜버릴 것이다. 로지는 차라리 지하실에서 나오지 않는 편이 나았다. 적어도 지금까지 그녀에 대한 기억을 더듬고 있던 이들은 로지를 사랑했던 사람들이었으니까.

"네, 됐습니다."

쿠퍼가 시신 보관대를 밀어 넣었다. 강철과 강철이 맞닿는 소리가 길게 울려 퍼지며, 유골은 사인을 규명해야 할 다른 시신들이 들어찬 벌집 모양의 보관함 속으로 사라졌다. 영안실을 나서기 전, 나는 마지막으로 여전히 형광판 위에서 선명하고 투명하게 빛나고 있는 로지의 얼굴에 시선을 던졌다. 그 환한 눈빛과 더할 나위 없는 미소가 썩은 유골 사진 위에 얇게 겹쳐져 있었다.

쿠퍼가 함께 나왔다. 나는 최선을 다해 감사 인사를 한 뒤, 크리스마스 때 쿠퍼가 좋아하는 와인을 가져다주겠다고 약속했다. 그는 문 앞에서 내게 손을 흔들고는 영안실에 혼자 남아 해야 할 골치 아픈 일들을 처리하러 돌아갔다. 나는 모퉁이를 돌자마자 벽을 내리쳤다. 손가락 관절이 햄버거처럼 뭉개졌다. 잠시나마 그 고통으로 정신이 맑아지는 것 같았다. 손을 잡고 뒤로 젖히자, 더는 아무 생각도 나지 않을 만큼 화끈거렸다.

9

 나는 밤새 술에 찌든 옷을 입은 채 잠들었던 주정뱅이의 땀 냄새로 진동하는 차에 올라탄 뒤 도키로 향했다. 올리비아의 집 초인종을 누르자, 작은 소리로 주고받는 말소리와 의자를 뒤로 끄는 소리, 계단을 올라가는 발소리가 들렸다. 기분이 완전히 상한 홀리가 방문을 닫는 소리는 가히 핵폭발에 준했다.

 올리비아가 문 뒤에서 얼굴만 내밀었다.

 "합당한 사유가 있어야 할 거야. 홀리는 마음이 상했고, 화가 났고, 실망했어. 누가 봐도 그럴 만하지. 나 역시 당신 때문에 주말을 망쳐서 기분이 별로 좋지 않고."

 무작정 집 안으로 밀고 들어가 올리비아의 냉장고를 뒤지던 날들에 비하면 이번엔 제대로 처신했다. 나는 처마 끝에서 떨어지는 빗방울을 머리에 맞으며 그 자리에 선 채 말했다.

"미안해. 정말이야, 리브. 하지만 이번 일은 나도 어쩔 수 없었어. 믿어줘. 비상사태였어."

올리비아는 빈정거리듯 살짝 눈썹을 치켜올렸다.

"그래? 그럼 말해봐. 누가 죽기라도 했어?"

"오래전에 내가 알던 사람. 고향을 떠나기 전에."

미처 예상하지 못한 대답이었는지 올리비아는 순간 흔들렸지만 이내 평정심을 되찾았다.

"스무 해 넘게 연락도 않고 지내던 사람이 갑자기 당신 딸보다 중요해졌다는 말이네. 당신이 전에 알던 사람에게 무슨 일이 일어났을지도 모른다는 사실 때문에 내가 성가시게도 더멋과 약속을 다시 잡아야겠어?"

"그런 거 아니야. 그 여자랑 난 아주 가까운 사이였어. 그런데 내가 고향을 떠났던 밤에 살해당한 그 애의 시신이 이번 주말에 발견된 거야."

이 말에 올리비아가 관심을 보였다. 나를 한참이나 쳐다보던 그녀가 물었다. "여자라. 당신이랑 가까웠다고 하는 걸 보니 여자 친구였던 모양이네. 그렇지? 첫사랑."

"그래, 그런 셈이야."

올리비아는 상황을 이해했다. 표정은 그대로였지만 눈빛으로 알 수 있었다. 그녀가 말했다.

"그런 일이 있었다니 유감이야. 홀리한테도 이번 일에 대해 간단하게라도 말해주는 편이 나을 거야. 자기 방에 있어."

방문을 노크하자 홀리가 소리쳤다.

"가버려!"

홀리의 침실은 이 집에서 내 존재를 확인할 수 있는 유일한 장소다. 분홍색 주름 장식 사이로 내가 사준 인형들, 내가 고른 나쁜 만화들, 그동안 내가 보냈던 우스꽝스러운 엽서들이 보였다. 딸은 침대에 얼굴을 파묻은 채 베개로 머리를 뒤덮고 있었다.

"나 왔어, 우리 딸."

홀리는 화가 잔뜩 났다는 듯 꼼지락거리면서 귀 위로 베개를 더 힘주어 눌렀다.

"아빠가 사과할게."

잠시 뒤, 딸이 여전히 베개 속에서 작은 소리로 말했다.

"세 번 사과해야지."

"어째서?"

"날 엄마한테 돌려보냈고, 나중에 데리러 온다고 해놓고 안 왔고, 어제 나하고 같이 지내겠다고 해놓고 안 그랬잖아."

틀린 말은 하나도 없었다. "네 말이 맞아. 얼굴을 보여주면 세 번 사과할게. 하지만 베개를 보면서 미안하다고 말하고 싶진 않아."

홀리가 나에게 계속 벌을 줘야 할지 고민하는 것이 느껴졌다. 하지만 그 애는 뒤끝이 긴 성격이 아니다. 오 분이 한계였다.

"어떻게 된 일인지도 말해줄게."

호기심을 이기지 못한 홀리가 베개를 살짝 밀어내고는 의심이 가득 담긴 얼굴을 내밀었다.

"미안해. 두 번째로 미안해. 세 번째로 미안해. 정말, 정말 진심이야."

홀리는 한숨을 쉬더니 자리에 앉아 얼굴에 붙은 머리카락을 떼어냈다. 여전히 내 눈을 피하고 있었다.

"무슨 일이었는데?"

"재키 고모한테 무슨 일 생겼다고 했던 거 기억나지?"

"응."

"어떤 사람이 죽었대. 오래전에 나랑 고모가 알던 사람이 말이야."

"누군데?"

"로지라는 여자애야."

"왜 죽었는데?"

"아직 몰라. 그 애는 네가 태어나기 전에 죽었는데, 지난주 금요일에야 발견됐어. 모두들 많이 당황했지. 이제 아빠가 왜 재키 고모한테 갔어야 했는지 알겠지?"

홀리가 한쪽 어깨를 살짝 으쓱였다.

"그런 것 같아."

"그럼 남은 주말 시간은 아빠와 즐겁게 보낼 수 있는 거지?"

"세라 집에 놀러가기로 했는데."

"우리 박새, 오늘은 그냥 집에 있으면 안 될까? 이번 주말을 너와 함께 보낼 수 있다면 아빠한테는 큰 의미가 될 거야. 금요일 밤에 중단됐던 순간으로 되돌아가서, 오늘 밤 널 집에 데려다주기 전까지 재미있게 놀자. 그사이에 아무 일도 없었던 것처럼 말이야."

홀리는 눈꺼풀을 파르르 떨면서 곁눈질로 나를 흘깃거릴 뿐 아무 말도 하지 않았다.

"무리한 부탁이라는 건 알아. 아빠한테 그럴 자격이 없다는 것도 알고. 하지만 가끔 사람들은 서로를 편안하게 해줘야 할 때가 있어. 그게 하루를 온전히 보낼 수 있는 유일한 방법이지. 그렇게 해줄 수 있겠니?"

홀리는 잠시 생각에 잠겼다가 물었다.

"또 무슨 일이 생기면 다시 가버릴 거야?"

"아니. 이제 그 일은 다른 형사 아저씨들이 알아서 할 거야. 무슨 일이 있더라도 그 아저씨들이 해결하는 거지. 더이상은 아빠 일이 아니야. 알겠지?"

잠시 뒤 홀리가 고양이처럼 자기 머리를 내 팔에 대고 쓱 문질렀다.

"아빠 친구가 하늘나라로 갔다니 유감이야."

나는 딸의 머리를 쓰다듬었다.

"고마워, 우리 딸. 솔직히 말하자면 이번 주말은 엉망이었어. 이제부턴 좀 나아지겠지만."

아래층에서 초인종이 울렸다.

"누구 올 사람 있어?"

홀리가 어깨를 으쓱했다. 나는 더모가 왔으리라는 생각에 그자를 위협하기 위해 표정을 바꿨다. 하지만 여자 목소리가 들렸다. 재키였다.

"올리비아, 잘 지냈어요? 정말 춥죠?"

올리비아가 재빨리 재키의 말을 가로막는가 싶더니, 잠시 뒤 주방 문이 조용히 닫혔다. 이어 서로의 안부를 묻는 목소리가 나지막이 들려왔다.

"재키 고모다! 고모도 우리랑 같이 가는 거야?"

"그럼."

나는 홀리를 침대에서 안아 내렸다. 하지만 그 애는 내 팔꿈치 안쪽으로 빠져나가 옷장 앞으로 달려가더니, 염두에 둔 카디건이라도 찾는 것처럼 겹겹이 쌓여 있는 옷 더미를 뒤지기 시작했다.

　재키와 홀리는 아주 빨리 친해졌다. 의외로, 그리고 약간 성가시게도, 재키와 올리비아 역시 친해졌다. 자기와 가까운 여자들이 친해지기를 바라는 남자는 없다. 여자들끼리는 온갖 이야기들을 주고받기 때문이다. 나는 올리비아와 만나고 한참 지나서야 재키를 소개했다. 어느 쪽이 부끄러웠던 건지, 혹은 두려웠던 건지 모르겠다. 하지만 이제 와 생각해보면, 내가 새로 이룬 중산층 생활을 재키가 꺼려했거나 나와 다시 엮이기 싫어했더라면 훨씬 마음 편히 지낼 수 있었을 것이다. 재키는 내가 가장 좋아하는 사람들 중 한 명이었지만, 그럼에도 난 항상 나 자신을 포함해 재키를 약점으로 여기고 있었다.

　고향을 떠난 뒤 팔 년쯤 지나자 나는 안 좋았던 기억들을 깨끗이 지울 수 있었다. 일 년에 한두 번, 길에서 엄마를 닮은 사람을 보고 깜짝 놀라 몸을 숨길 때마다 가족들을 떠올리긴 했지만. 그렇게 어찌어찌 잘 버티긴 했어도, 이 정도 규모의 도시에서 그런 생활이 영원히 계속되는 건 불가능했다. 재키를 다시 만나게 된 건 어설픈 노출증 환자가 상대를 잘못 고른 탓이었다. 위 윌리라는 놈이 골목에서 뛰어나가 옷을 젖히며 자기 성기를 보여주자, 재키는 큰 소리로 비웃고 그자의 성기를 걷어찼다. 당시 재키는 열일곱 살이었고, 막 집에서 독립한 참이었다. 나는 잠복수사과에 들어가기 전 성범죄 전담반에서 일하고 있었다. 그 지역에서 두 건의 강간 사건이 일어났기에, 내 상사는 재키의 진술을 받고 싶어 했다.

　그 일을 내가 할 필요는 없었다. 사실 해서는 안 되는 일이기도 했다. 가족이 연루된 사건에선 빠져야 하기 때문이다. 나는 신고서에

써 있는 "재신타 매키"를 보자마자 내 동생 재키라는 것을 알아차렸
다. 더블린 사람 둘 중 하나는 같은 이름을 가지고 있긴 하지만, 재
키 매키라고 불릴 이름을 딸한테 지어주는 사람은 우리 부모밖에 없
을 것이다. 상사에게 그 사실을 알렸다면 위 윌리의 열등감과 관련
한 재키의 진술을 받아 오는 일은 다른 사람에게 돌아갔을 것이고,
그랬다면 나는 남은 평생을 가족이나 페이스풀 플레이스, 불가사의
한 사건 중에서도 특히 불가사의한 이 사건에 대해 생각하지 않고
살았을 것이다. 하지만 나는 궁금했다. 집을 떠날 때 재키는 아홉 살
이었고, 그 애에겐 아무 잘못이 없었다. 재키는 착한 아이였다. 그
애가 어떻게 컸는지 보고 싶었다. 당시에는 아주 단순한 마음이었
다. 재키를 만난다고 해서 무슨 문제가 생기겠어? 처음부터 잘못 생
각한 셈이었다.

"가자." 나는 신발을 찾아 홀리에게 던져주며 말했다. "재키 고모
도 같이 밖에 나가 노는 거야. 그런 다음 금요일 밤에 약속했던 피자
를 사줄게."

이혼의 수많은 장점 중 하나는 더이상 일요일마다 도키에서 내 억
양이 자기네 부동산 가치를 떨어뜨린다고 생각하는 베이지색 옷차
림의 커플들과 정중하게 인사를 나누며 산책을 하지 않아도 된다
는 것이다. 홀리는 허버트파크에서 그네 타는 것을 좋아했다. 일단
아이가 그네를 타기 시작하면 나는 유치하지만 재미있는 이야기들
을 해주었다. 그네를 말로 삼아 로빈 후드 놀이를 하기도 했다. 그날
도 우리는 홀리를 데리고 그곳으로 갔다. 날이 제법 차가웠지만 하
늘은 맑았다. 이혼한 아빠들은 대체로 생각이 비슷한 모양이다. 놀

이터에 모인 아빠들 중 일부는 과시용으로 재미 삼아 어울리는 여자 친구들도 데려왔다. 가짜 표범무늬 재킷을 입은 재키는 그 자리에 완벽하게 어울렸다.

홀리가 혼자서 그네를 타기 시작하자, 재키와 나는 아이가 잘 보이는 벤치에 자리를 잡고 앉았다. 그네를 타는 홀리의 모습을 지켜보는 건 내가 아는 최고의 치유법 중 하나다. 이 아이가 얼마나 강한지, 그네를 타는 일에 얼마나 열중하는지 모른다. 몇 시간이고 지치지 않고 그네를 탈 수 있으리라. 그리고 나는 최면을 거는 듯한 이 규칙적인 움직임을 기꺼이 지켜볼 터였다. 어깨가 밑으로 축 늘어지는 것을 느끼며, 문득 그동안 내 몸이 얼마나 뻣뻣하게 굳어 있었는지 깨달았다. 나는 숨을 깊이 들이마신 뒤 홀리가 놀이터에서 놀지 않을 정도로 자란 다음에는 어떻게 혈압을 조절해야 할지 고민했다.

재키가 말했다.

"홀리가 저번에 봤을 때보다 삼십 센티미터는 더 큰 것 같은데. 머지않아 나보다 더 커지겠어."

"머지않아 애가 열여덟 살이 될 때까지 방에 가둬둘 거야. 진지하게 남자애 이름을 입 밖으로 꺼내는 날이 오면 말이지."

나는 다리를 앞으로 쭉 뻗고 머리 뒤로 양손을 깍지 꼈다. 저물어가는 해를 쳐다보며 그날 오후 남은 시간을 어떻게 보낼까 생각하니 어깨가 한 단계 더 가벼워지는 것 같았다.

"잘해봐. 요즘 애들은 아주 빠르다던데."

"홀리는 아니야. 애한테 남자애들은 스무 살이 될 때까지 똥오줌도 못 가린다고 말해놨어."

재키가 웃었다. "그럼 나이 많은 남자를 사귀면 된다고 생각할걸."

"나이가 드니까 아버지가 리볼버를 가지고 있는 것도 이해가 되네."

"오빠, 말해봐. 괜찮은 거야?"

"숙취만 없으면 살 것 같아. 아스피린 있어?"

재키가 가방을 뒤졌다.

"없네. 약간 아픈 정도면 괜찮을 거야. 다음에 술 마실 때 조심하겠지. 그리고 일단 내가 물어본 건 그런 뜻이 아니야. 내 말은……뭔지 알잖아. 어젠 괜찮았어? 간밤에 말이야."

"난 지금 사랑스러운 숙녀 두 사람과 공원에 있어. 이보다 더 행복한 일이 있을까?"

"오빠 말이 맞아. 셰이 오빠가 멍청했어. 로지에 대해 그런 식으로 말하면 안 됐는데."

"이제 와서 그래봐야 로지한테 해를 끼치는 건 아니니까."

"셰이 오빠가 로지한테 추근대거나 둘이 사귄 건 아니야. 그런 일은 없었어. 그저 오빠를 약 올리려고 그런 걸 거야."

"셜록, 굉장한걸! 너 모르는구나. 남자의 마음을 막을 순 없어."

"셰이 오빠도 보통 때는 그렇지 않아. 요즘도 성자라고까지는 할 수는 없지만 예전에 비하면 많이 얌전해졌지. 셰이 오빠는 그저…… 오빠가 돌아온 걸 어떻게 생각해야 할지 몰라서 그랬던 것 같아. 무슨 뜻인지 알지?"

"그 일에 대해서는 걱정할 것 없어. 진짜야. 동생아, 부탁한다. 이제 햇볕을 즐기면서 귀여운 내 자식이나 지켜보다가 가자. 알겠지?"

재키가 웃었다.

"좋아. 그렇게 해."

홀리는 더 바랄 나위 없이 아름다운 아이였다. 포니테일로 묶은 머리에서 흘러내린 머리카락 몇 가닥이 햇살을 받아 불이라도 붙은 것처럼 보였다. 아이는 행복한 듯 작은 소리로 노래를 부르고 있었다. 곧게 뻗은 등과 구부렸다 폈다 수월하게 다리를 움직이는 모습을 보고 있자니, 최고급 마리화나를 피울 때처럼 근육이 기분 좋고 편안하게 풀어졌다.

"숙제는 다 했을 거야." 나는 잠시 뒤에 말을 이었다. "식사하고 영화 보러 갈까?"

"좋지. 집에 전화해야겠다."

다른 네 사람은 여전히 악몽 같은 주간 행사를 치러야 할 것이다. 일요일 저녁이니 엄마, 아버지와 함께 로스트비프와 삼색 아이스크림을 먹고 누군가 화를 낼 때까지 게임을 하겠지.

"늦게 들어가. 반항도 좀 해야지."

"시내에 나왔으니 개빈이 친구들이랑 술 마시러 가기 전에 잠깐 만나야 해. 그인 조금이라도 함께 시간을 보내지 않으면 나한테 연하 애인이라도 생긴 줄 안다니까. 오늘은 오빠가 괜찮은지 잠깐 보고만 오겠다고 했거든."

"개빈도 오라고 해."

"만화영화 보러 오라고?"

"그 친구 수준에도 맞을걸."

"그만하시지. 오빤 개빈을 잘 모르잖아."

재키가 조용히 말했다.

"네가 생각하는 방식으로는 모르지. 하지만 그 친구도 내가 자길 알아줬으면 할지 모르겠네."

"정말 못 말린다니까. 참, 아까부터 물어보고 싶었는데 손은 왜 그래?"

"미친 나치 폭주족 때문에 비명을 지르고 있던 아가씨를 구하느라."

"농담하지 말고. 넘어진 거야? 우리와 헤어진 다음에? 어제 약간…… 많이 취했다는 건 아니지만, 좀…….."

그때 전화가 울렸다. 현장 요원들과 연락할 때 쓰는 전화였다. "잠깐 홀리 좀 보고 있어." 주머니에서 휴대전화를 꺼내보니 모르는 번호였다. "전화 좀 받고 올게. 여보세요?"

벤치에서 일어나는데 휴대전화 저편에서 케빈이 어색하게 말을 꺼냈다.

"저, 프랭크 형?"

"미안해, 케브. 지금 전화 받기 곤란해서."

나는 전화를 끊은 뒤 주머니에 집어넣고 다시 벤치에 앉았다.

재키가 물었다. "케빈 오빠야?"

"응."

"지금 케빈 오빠한테 장난친 거 아니지?"

"아니야."

재키가 커다랗게 뜬 눈에 연민을 담아 나를 쳐다보았다.

"프랜시스 오빠, 다 괜찮아질 거야."

나는 그 말을 한 귀로 흘렸다.

"오빠한테 할 말이 있어." 갑자기 뭔가 떠오른 듯 재키가 말했다. "홀리랑 시간 다 보내면 같이 엄마랑 아버지한테 가자. 그때쯤이면 셰이 오빠도 술에서 깨어나 오빠한테 사과하고 싶어 할 거야. 카멜 언니도 아이들 데리고⋯⋯."

"아니."

"프랜시스 오빠, 왜 그래?"

"아빠아빠아빠!"

홀리는 언제나 타이밍을 잘 맞췄다. 아이가 그네에서 뛰어내리더니 말이 달릴 때처럼 무릎을 위로 올려가며 우리 앞으로 뛰어왔다. 홀리는 뺨을 장밋빛으로 물들인 채 가쁘게 숨을 쉬었다.

"지금 막 기억났는데, 또 잊어버릴까 봐. 흰색 부츠 사줄 수 있어? 부츠 끝에 털이 달려 있고, 지퍼 달린 거. 여기까지 올라오는데 엄청 부드러워."

"너 신발 많잖아. 저번에 아빠가 세어보니까 삼천 컬레도 넘게 가지고 있던데."

"아냐. 그리고 그 부츠는 없어! 그건 아주 특별한 부츠란 말이야."

"어떤 면에서?"

홀리가 뭔가를 원할 때면 각별히 축하할 일이 있거나 반드시 필요한 물건이 아닐 경우 그것을 가지고 싶은 이유를 말하게 하는 것이 내 방침이다. 필요한 것과 반드시 원하는 것, 그냥 바라는 것의 차이를 가르쳐주고 싶기 때문이다. 그와 별개로, 나는 홀리가 올리비아가 아닌 나한테 자신이 갖고 싶어 하는 것을 얘기한다는 사실이 좋았다.

"셀리아 베일리도 신었으니까."

"셀리아가 누군데? 너랑 같이 댄스 강습 듣는 친구야?"

홀리가 바보를 보듯 나를 쳐다보았다.

"셀리아 베일리. 되게 유명한데."

"제대로 말해봐. 그 여자가 뭐 하는 사람인데?"

아이는 허탈한 표정이었다.

"유명인이야."

"그건 알겠어. 배우니?"

"아니."

"가수?"

"아니!"

점점 바보가 되는 기분이었다. 곁에서는 재키가 입가에 옅은 미소를 띤 채 바라보고 있었다.

"그럼 우주 비행사야? 장대높이뛰기 선수? 프랑스 레지스탕스의 영웅인가?"

"아빠, 좀! 텔레비전에 나오는 사람이잖아!"

"우주 비행사나, 가수들, 겨드랑이로 동물 소리를 내는 사람들도 텔레비전에 나오잖아. 셀리아는 대체 뭘 하는 사람인데?"

홀리가 허리에 양손을 올린 채 씩씩거렸다.

"셀리아 베일리는 모델이야." 우리 두 사람의 갈등을 해소해주기로 결심한 듯 재키가 말했다. "오빠도 알 거야. 금발이고, 이 년 전에 나이트클럽을 가진 남자와 결혼했는데, 남편 이메일을 보고 자기 몰래 바람을 피우고 있었다는 걸 알게 되자 《스타》에 그 내용을 팔았어. 지금은 아주 유명해졌지."

"아, 그 여자."

재키의 말이 맞았다. 나도 아는 여자였다. 금수저를 물고 태어난 머저리를 유혹한 것이 가장 큰 업적인 버블 헤드* 같은 여자로, 나중에는 텔레비전 주간 프로그램에 정기적으로 나와 핀 꼭지만 한 눈동자에 진짜인 것처럼 보이는 애통한 빛을 가득 담은 채 코카인 의존증을 어떻게 이겨냈는지 이야기하곤 했다. 그것이 최근 아일랜드에서 슈퍼스타가 되는 방법이다.

"홀리, 그 여자는 유명인이 아니야. 자기 몸보다 작은 드레스를 입고 다니는 속이 텅 빈 여자지. 그 여자가 어떤 가치 있는 일을 했는데?"

딸은 어깨만 으쓱했다.

"그 여자가 잘하는 게 뭐야?"

이번에는 화가 난 듯 한층 과장스럽게 어깨를 으쓱했다.

"그 여자가 무슨 일을 하지? 넌 어째서 그 여자를 따라 하고 싶은 건데?"

딸이 눈동자를 굴렸다.

"예쁘잖아."

"세상에." 나는 진심으로 놀랐다. "애초에 내적인 면은 말할 것도 없고 외적인 면에서도 본받을 것이 없는 여자야. 심지어 사람처럼 보이지도 않잖아."

홀리는 분노와 좌절감에 휩싸여 귀에서 진짜로 연기가 나오는 것 같았다.

"그 사람은 모델이야! 재키 고모가 말했잖아!"

"모델 아니야. 요거트 음료 광고에 나왔을 뿐이잖아. 그건 달라."

"그 사람은 스타야!"

"스타는 그런 게 아니야. 캐서린 헵번은 스타지. 브루스 스프링스

* 머리가 크고 쉴 새 없이 고개를 까딱거리는 인형. 그에 착안해 뭐든 "예"라고 말하는 사람을 뜻할 때도 쓴다.

턴도 스타고. 셀리아란 여자는 아무것도 아니야. 그 여자는 자기를 스타라고 불러줄 시골 멍청이들 몇 명이 나올 때까지 계속 자기 입으로 스타라고 떠들고 다녔을 뿐 진짜가 아니라고. 내 딸이 그런 멍청이들 중 한 명은 아니겠지?"

홀리는 얼굴이 벌겋게 달아오른 채 싸울 듯이 턱을 앞으로 내밀었다. 하지만 아직까지는 성질을 참고 있었다.

"그런 건 상관없어. 난 흰 부츠가 갖고 싶을 뿐이니까. 사줄 거야?"

이대로 나가다가는 상황이 더 악화될 것이 뻔했지만 나는 타협할 마음이 없었다.

"아니. 일단 넌 실제로 어떤 일을 해내서 유명해진 사람을 우러러 봐야 해. 그런 거라면 아빠는 그 사람이 걸치고 있는 물건을 다 사줄 수도 있어. 하지만 자기 결혼사진을 잡지에 팔아먹은 것을 인생 최고의 업적이라 생각하는 머리가 텅 빈 여자를 따라 하는 건 절대 허락 못 해."

"아빠 미워! 아빠 멍청하고 아무것도 몰라. 정말 미워!"

홀리는 내 다리 옆에 있는 벤치를 있는 힘껏 걷어차더니 그네 쪽으로 뛰어갔다. 너무 화가 나서 발이 아픈 것도 모르는 것 같았다. 홀리가 타던 그네에는 다른 아이가 앉아 있었다. 홀리는 씩씩거리며 바닥에 털썩 주저앉았다.

잠시 뒤 재키가 말했다.

"맙소사. 오빠의 양육 방식에 대해 왈가왈부할 생각은 없지만, 이럴 필요까지 있나 모르겠네."

"있고말고. 내가 딸아이와 함께 보내는 시간을 잡칠 작정으로 이랬겠어?"

"홀리는 그냥 부츠가 갖고 싶었던 것뿐이야. 저 애가 그 신발을 어디서 봤는지가 뭐가 중요해? 셀리아 베일리가 멍청한 여자이긴 하지만 아무런 해도 끼치지 않는다고."

"그렇지 않아. 셀리아 베일리는 이 세상이 얼마나 잘못되었는지를 보여주는 살아 있는 화신이야. 청산가리 샌드위치처럼 위험한 존재지."

"제발 상식적으로 생각해. 이게 웬 난리야? 홀리는 한 달도 안 가서 그 여자에 관한 모든 걸 잊어버릴 거야. 다른 여성 밴드에 미쳐서……."

"이건 사소한 문제가 아니야, 재키. 난 홀리가 진실과 무의미한 횡설수설의 차이를 알았으면 좋겠어. 그 애는 현실이 백 퍼센트 주관적이라고 말하는 사람들에게 둘러싸여 있으니까 말이야. 만일 자신이 정말 스타라고 믿고 싶다면, 아무리 돼먹지 않은 노래를 부르더라도 음반 계약을 했을 때나 가능한 거야. 대량 살상 무기가 실제로 있다고 믿는 사람한테 그 무기가 실제로 존재하는지 아닌지는 중요하지 않는 세상이야. 명성이 시작이고 끝이야. 사람들이 관심을 가지지 않으면 더이상 존재하지 않는 셈이지. 나는 내 딸이 무언가를 자주 들었다는 이유로, 그게 사실이기를 간절히 바란다는 이유로, 수없이 많은 사람들이 보고 있다는 이유로 세상 모든 일들이 결정되는 게 아니라는 걸 배웠으면 좋겠어. 이 세상 어딘가에는 정말 현실로 간주될 일들이 있고, 실제로 유혈이 낭자한 현실도 있어. 이건 홀리가 다른 곳에서는 배울 수 없는 거야. 그래서 나는 아이를 가르칠 수밖에 없고, 그 과정에서 아이가 가끔 짜증을 내도 어쩔 수 없는 일이지."

재키가 눈썹을 치올리면서 입을 꾹 다물었다가 말했다.

"오빠 말이 맞아. 난 그냥 입 다물고 있을게. 됐지?"

우리 두 사람은 잠시 아무 말도 하지 않았다. 새로운 그네를 차지
한 홀리는 힘들게 빙글빙글 돌며 그네 줄을 꼬고 있었다.

"셰이 형도 맞는 말 하나는 했네. 셀리아 베일리 같은 여자를 숭배
하는 걸 보면 나라가 망할 징조야."

재키가 혀를 찼다.

"더이상 문제 만들지 마."

"아니, 내 생각엔 충돌이 꼭 나쁜 것만은 아니야."

"오빠, 제발!"

"아이를 키우는 일이야, 재키. 그 자체로도 제정신인 인간이라면
겁을 집어먹을 일이라고. 실제로 난 패션이나 명성, 체지방에 대해
서만 생각하고, 남몰래 남자를 무시하고, 자신을 꾸밀 물건을 사야
한다고 끊임없이 떠드는 곳에서 아이를 키우고 있단 말이야……
계속 겁이 나. 아이가 어릴 때는 잘할 수 있을 것 같았는데, 점점 자
랄수록 무서워져. 미쳤다고 해도 돼. 가끔은 비싼 자동차나 패리스
힐튼보다 더 중요한 일들에 집중하는 사람들이 사는 곳에서 아이를
키우고 싶다는 생각이 들어."

재키가 입가에 살짝 짓궂은 미소를 띠었다.

"지금 누구처럼 말하고 있는지 알아? 꼭 셰이 오빠 같아."

"말도 안 돼. 그게 사실이라면 내 머리를 날려버릴 거야."

재키는 한참 동안 인내심을 가지고 나를 쳐다보았다.

"뭐가 잘못된 건지 알겠네. 간밤에 술을 너무 많이 마셨어. 오빠

간이 너덜너덜해진 거지. 그래서 기분이 좋지 않은 거잖아. 내 말이
맞지?"

전화가 다시 울렸다. 케빈이었다.

"젠장."

생각보다 말이 거칠게 나왔다. 이 번호를 케빈에게 알려줄 때만
해도 그렇게 하는 것이 합당하다고 생각했다. 하지만 우리 가족들
은 조금만 잘해주면 아예 내 집으로 옮겨 와 집 안을 뒤엎어놓을 위
인들이다. 전화기를 꺼놓을 수는 없었다. 현장 요원들이 언제 내 도
움을 필요로 할지 모르기 때문이다.

"빌어먹을 케브가 평소에도 이렇게 눈치 없는 놈이라면 여자 친구
가 없다고 해도 이상할 것 없겠어."

재키가 내 팔을 부드럽게 쓰다듬었다.

"신경 쓰지 마. 전화야 안 받으면 되지. 오늘 밤에 케빈 오빠한테
가서 뭐 중요한 일이라도 있었는지 물어볼게."

"됐어."

"그저 오빠가 언제 우리를 다시 만나러 올 건지 궁금해서 전화했
을 거야."

"네가 어떻게 받아들일지 모르겠지만, 케빈이 뭘 원하든 난 상관
없어. 만일 네 말대로 언제 다시 만날지 궁금해하는 거라면 나 대신
키스와 사랑을 전해주면서 말해. 다시 볼 일 없을 거라고. 알겠지?"

"그렇게 말하지 마. 진심도 아니면서."

"진심이야, 재키. 정말이야."

"두 사람은 형제잖아."

"내가 말할 수 있는 건, 케빈은 친구들이나 주변 사람들 모두에게

사랑받을 아주 좋은 녀석이라는 거야. 하지만 그중에 난 포함되지 않아. 나와 케빈의 접점은 우연히 같은 집에서 태어나 몇 년 동안 같이 살았다는 거지. 이제는 더이상 같이 살지도 않으니 아무 상관 없어. 그냥 어쩌다 같은 의자에 앉은 사람과 다를 바 없다는 거지. 카멀 누나나 셰이 형도 마찬가지야. 엄마나 아버지도 마찬가지고. 우린 서로에 대해 알지 못해. 빌어먹을 공통점은 있지만. 우리가 이 지구상에서 차와 쿠키를 앞에 두고 만나고 싶어 할 만한 이유를 난 도무지 모르겠다."

"상식적으로 생각해봐. 그렇게 간단한 문제가 아니라는 거 잘 알잖아."

전화가 다시 울렸다.

"그래, 그렇네."

재키는 신발 끝으로 바닥에 떨어진 낙엽을 찌르면서 전화벨이 멈출 때까지 기다렸다가 입을 열었다.

"어제 오빠는 우리 때문에 로지가 떠났다고 했지."

나는 숨을 길게 들이쉰 뒤, 밝은 목소리로 대꾸했다.

"네 잘못 아니야. 그때 넌 기저귀를 겨우 뗐을 때니까."

"그래서 우리를 만나지 않았던 거야?"

"그날 밤 일을 넌 모르잖아."

"어제 카멀 언니한테 물어봤어. 그 뒤에…… 아주 약간이지만 기억이 났어. 모든 게 엉망진창이었잖아. 오빠가 더 잘 알겠지만."

"엉망진창 정도가 아니었어. 아니, 도리어 모든 게 분명했지."

당시 동료였던 위기가 나이트클럽에서 아르바이트를 끝내고 나와 교대하기 위해 주차장에 나타난 시각은 새벽 3시였다. 나는 토요일 밤 술에 취해 비틀거리며 요란하게 활보하는 술꾼들을 지나쳐 집까지 걸어갔다. 조용히 입속에서 휘파람을 불며, 나 이외의 다른 모든 사람들에게 연민을 느끼며 내일을 꿈꾸고 있었다. 그렇게 하늘을 날 것 같은 기분으로 페이스풀 플레이스로 접어드는 모퉁이를 돌았다.

그 순간 본능적으로 무슨 일이 벌어졌다는 것을 알아차렸다. 우리 집을 포함해 거리에 있는 창문 절반에서 불빛이 새어 나오고 있었다. 거리 끝에 그대로 서 있었다면 웅성거림과 흥분에 들뜬 소리들이 들렸을 것이다.

우리 아파트 문에 새로 움푹 파인 자국이 있었다. 거실 벽 앞에는 식탁 의자가 다리가 부러진 채 뒤집혀 있고, 꽃무늬 잠옷 위에 코트를 걸친 카멜 누나가 바닥에 무릎을 꿇고 앉아 빗자루와 쓰레받기로 깨진 자기 조각들을 쓸어 담고 있었다. 손을 너무 떨어 조각들이 자꾸 바닥에 쏟아졌다. 엄마는 소파 구석에 앉아 숨을 몰아쉬며 찢어진 입술을 수건으로 누르고 있었다. 재키는 담요를 뒤집어쓴 채로 소파 반대편에 웅크리고 앉아 엄지손가락을 빨고, 케빈은 안락의자에 앉아 손톱을 물어뜯으며 멍하니 앞만 바라보고 있었다. 셰이 형은 양손을 주머니 깊숙이 찔러 넣은 채로 벽에 기대서서 양쪽 발로 번갈아 중심을 잡고 있었다. 궁지에 처한 동물처럼 고리눈을 하고는 숨을 쉴 때마다 콧구멍을 벌름거렸다. 눈 주위가 시꺼멓게 멍들어 있었다. 주방에서는 아버지가 개수대에 대고 요란하게 토하는 소리가 들렸다.

내가 물었다.

"어떻게 된 거야?"

깜짝 놀란 다섯 쌍의 눈이 내 쪽을 향했다. 커다랗게 뜬 그 눈들에는 아무 감정도 담겨 있지 않았다. 카멀 누나가 울기 시작했다.

"기가 막힌 타이밍에 돌아왔네."

셰이 형이 말했다.

다른 식구들은 말이 없었다. 잠시 뒤 나는 카멀 누나의 손에서 빗자루와 쓰레받기를 받아 들고는 누나를 조심스럽게 소파로 데려가 엄마와 재키 사이에 앉혔다. 그런 뒤 깨진 자기 조각들을 치우기 시작했다. 한참 지나자 주방에서는 들리던 소리가 코 고는 소리로 바뀌었다. 셰이 형이 조용히 주방으로 들어가더니 날카로운 칼들을 들고 나왔다. 그날 밤 우리 중 누구도 잠자리에 들지 못했다.

누군가 아버지를 임시직으로 일하게 해준 모양이었다. 실업수당과 관계없이 아버지는 나흘간 미장일을 했다. 그러곤 새로 생긴 돈을 가지고 술집에 갔고, 가진 돈만큼 진을 마셨다. 진을 마신 아버지는 스스로에 대한 연민으로 가득 찼다. 자기 연민은 아버지를 난폭하게 만들었다. 아버지는 비틀비틀 동네로 돌아와 데일리네 집 문 앞에 이르러서는 맷 데일리를 부르며 나와서 싸우자고 큰 소리로 고함을 질렀다. 이윽고 한 단계 더 나아가, 데일리네 집 문을 걷어차고 계단을 올라가 신발을 벗어 창문에 던졌다. 그 소동에 엄마와 셰이 형이 달려 나가 아버지를 집으로 끌고 가기 시작했다.

평소 아버지는 이제 밤이 깊었다는 말에 순순히 누그러지곤 했지만 그날 밤에는 기운이 넘쳤던 모양이다. 길 끝에서, 집 창문으로 케빈과 재키가 내다보고 있는 가운데, 아버지는 엄마를 메마르고 늙은 쌍년이라고, 셰이 형을 아무 짝에 쓸모없는 동성애자라고, 카멀 누나를 더러운 창녀라고 불렀다. 엄마는 아버지에게 쓸모없는 인간에 짐승이라고 받아치고, 제발 빨리 죽어 지옥에서 썩으라며 저주를 퍼부었다. 아버지는 아무도 자기 몸에 손대지 말라는 둥, 그날 밤 잠자리에 들면 전부 목을 다 따버리겠다는 둥, 험악한 말들을 늘어놓으며 동네가 떠나가라 고래고래 고함을 질렀다.

새삼스러운 일은 아니었다. 그전까지는 아버지가 집 안에서 사고를 쳤다는 것만 달랐다. 경계선이 사라진다는 건 브레이크가 듣지 않는 차에 올라 시속 130킬로미터로 달리는 것과 다를 게 없다.

카멀 누나가 작은 소리로 말했다.

"아버지 상태가 점점 더 나빠지고 있어."

아무도 누나를 쳐다보지 않았다.

케빈과 재키는 아버지를 말리느라 창문에서 소리를 치고, 셰이 형은 동생들에게 안으로 들어가라고 소리를 쳤다. 엄마는 아버지가 술에 취해 날뛰는 것이 전부 자식들 탓이라고 소리를 쳤다. 아버지는 안으로 들어갈 테니 꼼짝 말고 기다리라고 소리를 쳤다. 결국 누군가 경찰에 신고를 했다. 유일하게 전화기를 들고 밖에 나와 있던 해리슨 자매일 것이다. 이곳에 경찰이 출동하는 경우는 누가 어린 애들에게 헤로인을 주거나 신부님 앞에서 욕을 할 때뿐이었다. 우리 가족 때문에 해리슨 자매가 금기를 깨버렸다.

엄마와 카멀 누나가 경찰에게 아버지를 끌고 가지 말라고 애원했다. 부끄럽게도, 경찰 입장에서도 그편이 편했다. 당시만 해도 경찰은 가정 폭력을 심각하게 여기지 않았다. 어리석은 생각이지만 아마 범죄로 치부하지도 않았을 것이다. 그들은 아버지를 우리 집 계단 위로 끌어 올린 뒤 주방 바닥에 던져놓고 떠났다.

재키가 말했다. "정말 끔찍했지."

"그 일 때문에 로지가 날 떠난 거야. 로지의 아버지는 그동안 늘 딸에게 매키 집안 사람들이 얼마나 더럽고 사나운지 경고했어. 그 애는 아버지 말을 무시했지. 나와 사랑에 빠졌으니까. 난 다를 거라고 생각한 거야. 그런데 바로 그때, 앞으로 몇 시간 뒤면 자신의 인생을 내 손에 맡기기로 했던 바로 그 순간에, 마음속에 남아 있던 아주 작은 의구심이 평소보다 천배는 더 커져버린 거지. 매키 가족이 평소 아빠가 말하던 대로라는 걸 생생하게 봤잖아. 우리가 이웃들 앞에서 쇼 한번 제대로 한 거지. 고래고래 고함을 지르고, 온갖 야단법석에, 물어뜯고, 마취약을 맞은 서커스단 원숭이처럼 내동댕이쳐지고. 로지는 자기가 모르는 내 이면이 어떨지 궁금했을 거야. 조금만 깊이 고민해봐도 나 역시 매키 가족의 일원이라는 데 생각이 미쳤겠지. 언젠가는 프랜시스도 저런 본색을 드러내겠구나 싶었을 거야."

"그래서 오빠가 떠난 거구나. 로지가 나타나지 않았는데도."

"혼자 살아야겠다는 생각을 했어."

"난 늘 궁금했어. 오빠가 집에 돌아오지 않았던 이유 말이야."

"돈만 많았다면 곧장 오스트레일리아행 비행기를 탔을 거야. 멀리 떠날수록 좋으니까."

"지금도 가족들을 원망해? 아니면 지난밤 얘긴 술김에 그냥 나온 거야?"

"아직도 그래. 가족 모두를 원망하고 있지. 부당하다는 건 알지만, 인생이란 게 때때로 그렇잖아."

전화에서 알림음이 울렸다. 문자메시지였다. "프랭크 형, 나 케브야. 바쁘다는 건 알지만 시간 되면 연락 좀 줘. 이야기 좀 하자. 고마워." 나는 문자를 지웠다.

재키가 말했다.

"만일 로지가 오빠를 떠나지 않았다면 어떻게 됐을까? 그런 일이 없었다면?"

그 질문에는 대답할 수 없었다. 심지어 질문의 뜻조차 이해할 수 없었다. 이십 년이 넘게 지난 지금은 대답을 찾기에 너무 늦은 것 같았다. 나는 재키의 말을 무시했다. 결국 동생은 어깨를 으쓱이고는 립스틱을 꺼내 바르기 시작했다. 나는 홀리가 빙글빙글 돌며 그네 줄을 푸는 것을 지켜보았다. 아이에게 목도리를 해줘야 하는 건 아닌지, 아이가 화를 풀고 배가 고프다고 할 때까지 얼마나 더 걸릴 것인지에 대해서만 생각했다. 나도 피자가 먹고 싶었다.

IO

우린 피자를 먹었다. 재키는 사랑을 확인시켜주기 위해 개빈을 만나러 갔고, 홀리는 로열 더블린 소사이어티에 있는 크리스마스 스케이트장에 데려가달라고 했다. 홀리는 요정처럼, 나는 신경학적 문제가 있는 고릴라처럼 스케이트를 탔다. 물론 뜻밖의 즐거움도 있었다. 내가 벽에 부딪칠 때마다 아이가 웃음을 터뜨렸으니까. 홀리를 올리비아의 집으로 데려다줄 즈음에는 우리 둘 다 적당히 피곤했고, 줄곧 들었던 캐럴 덕분에 살짝 들떠 있었다. 기분이 정말 좋았다. 지저분한 복장으로 땀에 젖은 채 문가에서 싱글싱글 웃고 있는 우리의 모습에 올리비아조차 미소를 지을 정도였다. 나는 시내로 나가 친구들과 맥주 두 잔을 마신 뒤 집으로 돌아갔다. 나의 트윈 픽스는 여전히 엉망이라, 마치 엑스박스에서 튀어나온 좀비 소굴 같았다. 나는 평범한 하루를 보냈다는 생각에 기분 좋게 잠이 들었다. 다음 날 아침은 사무실 문을 열며 시작할 수 있을 터였다.

할 수 있을 때 평범한 세상을 즐기는 것이 옳다. 마음 깊숙한 곳에서 하늘을 향해 주먹을 흔들며 그 지옥 같은 자갈밭에 두 번 다시 발을 들이는 일이 없을 거라고 맹세했지만, 플레이스가 또다시 도전해오리라는 사실을 나는 너무나도 잘 알고 있었다. 16번지는 내가 떠나도록 허락하지 않을 것이며, 이제 곧 나를 찾아올 것이다.

월요일 점심시간이었다. 마약 중개인들에게 소개할 할머니를 팀원에게 인사시키는 일이 막 끝났을 때, 사무실 전화가 울렸다.

"매키입니다."

우리 부서 행정 업무를 담당하는 브라이언이었다.

"지명 통화가 들어왔어요. 받아보겠습니까? 귀찮게 하고 싶진 않았지만, 아무래도 목소리가…… 심상치 않아서요. 긴급 상황이랍니다. 허풍은 아닌 것 같아요."

또 케빈일 것이다. 이렇게 세월이 지났는데도 꼬마 때처럼 여전히 내게 딱 달라붙어 있다니. 한나절 데리고 다녔더니 자기가 내 단짝이나 조수라도 되는 줄 아는 모양이었다. 한시라도 빨리 환상을 깨버리는 편이 나을 것이다.

"알게 뭐람." 갑자기 머리가 지끈거려 눈썹 가운데를 문질렀다. "그 남자 연결해요."

"여잡니다. 그리고 지금 기분이 많이 안 좋은 것 같아요. 미리 말씀드려야 할 것 같아서요."

전화를 건 사람은 재키로, 큰 소리로 울고 있었다.

"프랜시스 오빠, 통화가 돼서 다행이다. 제발 여기로 와줘. 난 모르겠어. 이게 어떻게 된 일인지…… 제발……."

재키의 목소리가 울부짖음 속에 녹아버렸다. 당혹감과 통제력을 넘어선 흐느낌이었다. 뭔가 차가운 것이 목 뒤를 옥죄었다.

"재키! 말해봐. 대체 무슨 일이야?"

동생의 대답을 알아듣기가 거의 불가능했다. 헌이 어떻고, 경찰이 어떻고, 정원이 어떻고…….

"재키, 네가 많이 놀랐다는 건 알겠어. 하지만 일단 진정해. 숨을 깊이 들이마시고, 무슨 일인지 말해봐."

재키가 숨을 헐떡거렸다.

"케빈, 프랜시스 오빠…… 프랜시스…… 세상에, 케빈 오빠가……."

또다시 차가운 것이 목 뒤를 옥죄었다. 내가 물었다.

"케빈이 다쳤어?"

"케빈…… 프랜시스, 오 세상에…… 케빈 오빠가 죽었어. 케빈이……."

"거기 어디야?"

"엄마 집. 엄마 집 앞이야."

"케빈은 어디 있는데?"

"그게…… 여긴 아니고, 뒤쪽. 정원에, 케빈 오빠가, 오빠가……."

또다시 재키의 말을 알아들을 수가 없었다. 동생은 과호흡 상태로 흐느끼고 있었다.

"재키, 내 말 들어. 일단 자리에 앉아서 뭐든 마셔. 그리고 누구한 테든 도움을 받아. 내가 당장 갈 테니까."

이미 재킷을 반쯤 입은 상태였다. 어차피 잠복수사과에서는 아침에 누굴 찾는 경우도 없다. 나는 전화를 끊고 뛰기 시작했다.

그렇게 다시 페이스풀 플레이스로 돌아왔다. 애초에 떠나지 않았던 것처럼. 처음 이곳을 떠난 뒤 다시 얽매이기까지 이십이 년이 걸렸다. 두 번째는 서른여섯 시간 만에 붙잡혀 왔다.

지난 토요일 오후와 마찬가지로 이웃 사람들이 나와 있긴 했다. 하지만 이번엔 달랐다. 아이들은 학교에, 어른들은 직장에 나갔고, 집에 있는 노인이나 실업수당 생활자들은 살을 에는 추위에 몸을 꽁꽁 싸맨 채 가만히 서 있었다. 날이 좋다며 밖에서 서성거리는 사람은 아무도 없었다. 계단 앞에 서 있거나 창문을 통해 멍하니 지켜보고는 사람들의 얼굴이 드문드문 보였지만, 골목에는 바티칸을 지키는 경비원처럼 이리저리 거니는 예의 늪지 괴물을 닮은 경관 외에는 아무도 없었다. 이번엔 경찰들이 한발 앞서 도착해 위험한 소문이 돌기 전에 사람들을 통제하고 있었다. 어디선가 아기 우는 소리가 잠깐 들렸다. 하지만 아주 멀리서 들리는 차 소리와 늪지 괴물의 발소리, 아침에 내린 빗방울이 홈통에 똑똑 떨어지는 소리를 빼면 쥐 죽은 듯 고요했다.

이번에는 감식반 밴도 쿠퍼도 보이지 않았다. 대신 순찰차 사이에 시신 운반차와 스코처의 근사한 은색 BMW가 있었다. 경찰통제선이 16번지 앞에 둘려 있었고, 사복을 입은 덩치 큰 남자가 그 앞을 지켰다. 양복 차림인 것으로 보아 스코처의 부하 같았다. 케빈에게 무슨 일이 생겼는지 몰라도, 심장마비는 아닌 것이다.

늪지 괴물은 나를 무시하기로 한 모양이었다. 현명한 판단이다. 8번지 계단에 재키와 엄마, 아버지가 서 있었다. 엄마와 재키는 서로를 끌어안고 있었다. 조금이라도 몸을 움직이면 두 사람 다 그대로 쓰러질 듯 보였다. 아버지는 담배만 뻑뻑 피워댔다.

　천천히 그쪽으로 다가가자 가족들이 나를 쳐다보았다. 하지만 내가 누군지 알아보는 것 같지 않았다. 마치 처음 보는 사람인 양 눈 한번 깜박하지 않고 바라볼 뿐이었다.

　"재키, 어떻게 된 거야?"

　"왔구나. 이게 대체 무슨 일인지 모르겠다." 아버지가 말했다.

　재키는 내 재킷 앞섶을 움켜잡더니 내 품에 얼굴을 파묻었다. 나는 그 애를 떼어내고 싶은 마음을 간신히 억눌렀다.

　"재키, 조금만 기운을 차려봐. 대체 어떻게 된 일인지 말해줄래?"

　재키가 몸을 떨기 시작했다. 그러곤 거의 들리지도 않을 목소리로 말했다.

　"프랜시스 오빠, 아, 어떻게 이런 일이……."

　"그래, 재키. 지금 케빈은 어디 있어?"

　엄마가 음울한 목소리로 입을 열었다.

　"16번지 뒤쪽에 있다. 정원에 말이야. 아침 내내 비가 왔는데 저렇게 바깥에……."

　엄마는 난간에 몸을 기댔다. 몇 시간 동안 울었던 듯 탁하고 갈라진 목소리였다. 하지만 이제 눈은 메말라 있고, 눈빛은 날카로웠다.

　"무슨 일이 있었던 건지 아는 사람 있어요?"

　아무도 말이 없었다. 엄마가 입술을 실룩거렸다.

　"좋아요. 그렇다면 케빈이라는 건 확실해요?"

　"그래. 넌 우리를 바보로 아는구나." 엄마가 딱딱하게 말했다. 내 얼굴을 한 대 치기라도 할 것 같은 표정이었다. "내 배 아파 낳은 자식도 못 알아볼 거라고 생각하는 거냐? 제정신이야?"

순간 엄마를 계단 아래로 밀어버리고 싶다는 생각이 들었다.

"알았어요. 그만해요. 카멀 누나는요?"

"언니는 오는 중이야. 셰이 오빠도 오고 있고. 셰이 오빠가 와야 되는데, 와야 되는데……."

재키가 말을 끝맺지 못하자 아버지가 대신 말했다. "셰이는 가게를 대신 봐줄 주인이 올 때까지 기다리는 중이야." 그러곤 담배꽁초를 난간 너머로 던진 뒤 꽁초의 불꽃이 지하실 창문에 부딪쳐 흩어지는 것을 지켜보았다.

"알았어요." 재키를 부모님한테 맡긴 채 그 자리를 떠날 수는 없었다. 카멀 누나만 도착하면 두 사람이 서로를 보살필 것이다. "추운데 더이상 밖에 계실 필요 없어요. 안에 들어가서 뜨거운 거라도 좀 마셔요. 어떻게 된 일인지 내가 가서 알아볼 테니까."

아무도 움직이지 않았다. 나는 재키가 움켜쥐고 있는 재킷을 가능한 한 부드럽게 빼낸 뒤 세 사람을 남겨놓고 그 자리를 떠났다. 16번지로 가는 내 뒷모습을 수십 개의 눈동자가 지켜보고 있었다.

경찰통제선 앞을 지키던 덩치 큰 남자가 신분증을 확인하고 말했다.

"케네디 형사님은 뒤쪽에 계십니다. 곧장 계단으로 내려가서 문을 여시면 됩니다."

내가 나타나리라는 언질이 있었던 모양이었다.

열려 있는 뒷문으로 들어가보니 으스스한 회색 불빛이 지하실과 계단을 비스듬히 비추고 있었다. 정원에 남자 네 명이 서 있는 모습이 꼭 그림 속 광경이나 모르핀 환각 같았다. 전선만큼 굵직한 쐐기풀과 깨진 병들, 높이 자란 잡초 사이에 놓인 들것 위로 새하얀 작업복을 입은 체격이 좋은 영안실 직원들이 한참 동안 몸을 굽히고 있었다. 과할 정도로 날카롭게 세운 머리를 한 스코처는 낡은 벽돌담 앞에서 검은색 코트를 펄럭거리며 고개를 숙이고 손에 흰 장갑을 끼는 중이었다. 그리고 케빈이 있었다. 얼굴을 집 쪽으로 돌리고 다리는 이상한 각도로 벌린 모습으로 바닥에 쓰러져 있었다. 한쪽 팔은 가슴 위에, 다른 팔은 몸 아래쪽에 깔려 있었다. 누군가 케빈에게 암록 기술이라도 건 듯한 형상이었다. 머리가 돌아가 있어 내 쪽에서는 얼굴이 보이지 않았다. 주변 흙바닥에는 뭔가 고르지 못한 커다란 검은색 덩어리들이 얽혀 있었다. 스코처가 흰 손가락을 케빈의 청바지 주머니에 찔러 넣고 조심스럽게 주머니 안을 뒤졌다. 담 너머로 불어오는 바람 소리가 요란했다.

내 기척을 제일 먼저 알아차린 건 스코처였다. 그는 고개를 들더니 케빈의 몸에서 손을 떼고는 자리에서 일어나 내 앞으로 다가왔다. "프랭크, 동생 일은 정말 유감이야." 그는 나와 악수를 하기 위해 장갑을 벗었다.

"동생을 보고 싶은데."

스코처는 고개를 끄덕이고 내가 지나갈 수 있도록 한 걸음 물러났다. 나는 케빈의 시신 앞으로 다가가 잡초가 우거진 흙바닥 위에 무릎을 꿇고 앉았다.

죽음이 케빈의 광대뼈 아래와 입 주위에 새겨져 있었다. 동생은 생전 모습보다 사십 년은 더 나이 들어 보였다. 옆으로 돌아간 얼굴 위쪽은 백지장처럼 새하얗고, 아래쪽은 피가 고여 얼룩덜룩한 보랏빛으로 변해 있었다. 딱딱하게 굳은 코피와 벌린 입 안쪽의 부러진 앞니가 보였다. 머리카락은 밤새 내린 비에 축 늘어져 있었다. 흐릿한 눈동자 위로 한쪽 눈꺼풀이 살짝 처져 있는 모습이, 마치 멍청하고 음흉하게 윙크를 하는 것처럼 보이기도 했다.

거대한 폭포 밑으로 떠밀려 들어가 물살에 숨이 찢기는 느낌이 들었다. 나는 말했다.

"쿠퍼, 쿠퍼가 있어야 해."

"여기 와 있어."

"그래?"

잠시 침묵이 흘렀다. 영안실 직원들이 서로 눈짓을 주고받았다. 스코처가 입을 열었다.

"쿠퍼 말에 따르면 자네 동생은 두개골 골절을 입었거나 목이 부러져 죽은 것 같다는군."

"어쩌다?"

스코처가 부드럽게 말했다.

"프랭크, 이제 케빈의 시신을 옮겨야 할 것 같아. 우린 안에 들어가서 얘기하지. 저 친구들이 케빈을 잘 보살펴줄 거야."

스코처는 내 팔꿈치 쪽으로 손을 내밀었지만, 나를 건드리지 않는 것이 좋다는 걸 아는 듯했다. 나는 마지막으로 케빈의 얼굴을 보았다. 멍한 윙크, 검은색 핏방울, 살짝 뒤틀린 눈썹. 여섯 살 때부터 동생과 나란히 잠을 자던 내내 매일 아침 눈을 뜨면 제일 먼저 보이던 게 바로 저 눈썹이었다.

"그러지."

나는 돌아섰다. 영안실 직원들이 시신 운반용 가방의 지퍼를 여는 소리가 들렸다.

어떻게 집 안으로 들어갔는지 기억이 나지 않는다. 스코처가 영안

실 직원들에게 길을 내주느라 나를 계단 쪽으로 이끈 것도 가물가물
하다. 청소년처럼 주먹으로 벽을 내리치는 짓조차 할 수가 없었다.
감정이 너무나 북받쳐 순간적으로 앞이 보이지 않았다. 다시 눈앞
의 사물이 의식에 들어오기 시작했을 때, 우리는 위층에 서 있었다.
케빈과 내가 지난 토요일에 들어와 살펴봤던 안쪽 방들 중 한 곳이
었다. 그 방은 내 기억보다 밝고 추웠다. 누군가 더러운 창문을 반쯤
열어놔 그 사이로 차가운 빛줄기가 들어오고 있었다. 스코처가 물
었다.

"괜찮아?"

물에 빠진 사람에게 산소가 필요하듯, 내겐 스코처가 경찰 대 경
찰로서 들려주는 이야기가 필요했다. 깔끔하고 단정적인 예비 보고
서에 기록된 단어들의 울림이 필요했다. 난 스코처에게 물었다. 내
목소리가 멀리서 들리는 듯 낯설었다. 꼭 깡통 찌그러지는 소리 같
았다.

"알아낸 건?"

마음에 안 드는 점이 아무리 많아도, 스코처 역시 경찰이다. 그는
뭔가를 알아낸 터였다. 스코처가 고개를 끄덕인 뒤 벽에 기대섰다.

"자네 동생은 지난밤 11시 20분경에 마지막으로 목격됐어. 어제
케빈과 자네 동생 재신타, 형 셰이머스, 누나 카멀과 그 가족들은 여
느 때처럼 부모님 집에서 저녁 식사를 했지. 자네가 이미 알고 있는
내용이라면 말해줘."

나는 고개를 저었다.

"계속해."

"카멀과 남편, 아이들은 8시경에 집으로 돌아갔어. 다른 가족들은

그대로 남아 텔레비전을 보면서 대화를 나누었고. 어머니만 빼고 다들 저녁 내내 맥주를 몇 캔씩 마셨어. 일반적인 기준으로 남자들은 만취하지 않을 정도로 마셨고, 재신타만 두 캔을 마셨지. 케빈과 셰이머스, 재신타는 11시가 조금 지나 부모님 집을 나왔어. 셰이머스는 위층에 있는 자기 집으로 올라가고, 케빈은 재신타와 함께 스미스 로드를 지나 뉴 스트리트 모퉁이까지 걸어갔지. 재신타가 차를 세워둔 곳이었어. 재신타는 케빈에게 태워다 주겠다고 했지만, 케빈은 술도 깰 겸 걸어가고 싶다고 했다더군. 재신타는 케빈이 왔던 길을 되돌아가 스미스 로드에서 페이스풀 플레이스 쪽으로 들어선 다음 지름길로 리버티까지 가서 운하를 따라 포토벨로에 있는 자기 아파트로 가겠거니 생각했어. 하지만 그에게 확인하진 않았지. 케빈은 재신타가 차를 타는 모습을 지켜보았고, 두 사람은 손을 흔들며 작별 인사를 했어. 재신타는 출발하면서 케빈이 스미스 로드 쪽으로 돌아서는 모습을 봤어. 그게 그녀가 본 마지막 모습이야. 동시에 마지막으로 목격된 케빈의 살아 있는 모습이고."

7시쯤부터 케빈은 더이상 내게 전화를 걸지 않았다. 무슨 일인지는 몰라도 바보 같은 녀석이 직접 나서는 대신 내게 매달리는 편이 낫다고 생각하지 않게끔 나는 철저히 외면했다.

"케빈은 집으로 가지 않았던 거군."

"그런 것 같아. 옆집 사는 건축업자 말로는 오늘 아침까지 아무도 들어오지 않았다니까. 그리고 제이슨과 로건 헌이라는 꼬마 두 명이 지하실을 구경하겠다고 16번지로 갔다가 층계참 창문으로 생각지도 못한 광경을 보게 된 거지. 열세 살, 열두 살짜리 애들이 대체 학교는 왜 안 가고……."

"개인적으로는 그 애들이 학교를 가지 않은 게 다행이군."

14번지와 12번지가 비어 있기 때문에 아무도 뒤편 창문으로는 케빈의 모습을 볼 수 없을 터였다. 자칫하면 케빈은 몇 주일 동안 발견되지 못했을지도 모른다. 그렇게 오랫동안 버려졌던 시신들이 어떤 상태인지는 나도 본 적이 있었다.

스코처는 사과하듯 재빨리 곁눈질로 나를 살폈다.

"그래, 그렇긴 하지. 어쨌든 아이들은 그곳에서 도망쳐 엄마한테 알렸어. 그 애들 엄마가 우리한테 신고했는데, 그러고서 동네 이웃들 절반한테도 알린 모양이야. 죽은 사람이 자네 동생이라는 것을 알자 자네 어머니한테도 알렸지. 어머님이 신원 확인을 해주셨어. 어머님께서 그런 모습을 보셔서 유감이야."

"강한 분이셔."

뒤쪽 계단 어딘가에서 쿵쾅거림과 투덜거림, 뭔가 긁히는 소리를 내며 영안실 직원들이 들것을 들고 좁은 복도를 지나가고 있었다. 나는 차마 돌아볼 수 없었다.

"쿠퍼 박사 말에 따르면 사망 추정 시간은 밤 10시부터 새벽 2시 사이야. 케빈이 어제저녁에 입고 있던 것과 똑같은 차림이라는 자네 가족들의 진술까지 더하면, 차 세워둔 곳까지 재신타를 데려다준 다음 곧장 페이스풀 플레이스로 돌아왔다고 볼 수 있지."

"그때 무슨 일이 있었던 거지? 어쩌다 목이 부러져 죽은 거야?"

스코처가 숨을 깊이 들이마셨다.

"이유는 모르겠지만, 자네 동생은 여기 들어와서 이 방까지 올라왔어. 그런 뒤에 어떻게 된 건지 몰라도 창밖으로 떨어진 거지. 위로가 될진 모르겠지만, 쿠퍼 박사 말로는 거의 즉사했을 거라더군."

머리를 심하게 얻어맞은 것처럼 눈앞에서 별들이 번쩍거렸다. 나는 머리카락을 쓸어 넘겼다. "아니, 그건 말이 안 돼. 떨어져도 정원 담에서 떨어졌을 거야. 그 담들 중 한 곳에서……." 순간 린다 드와이어의 가슴을 만져보겠다고 컴컴한 정원을 가로지르며 유연하게 담을 뛰어넘던 열여섯 살 케브의 모습이 눈앞에 떠올랐다. "여기서 떨어졌다는 건 말이 안 돼."

스코처가 고개를 저었다.

"양쪽 담 모두 이 미터 혹은 그보다 약간 높은 정도야. 저만한 부상을 입었다면 적어도 육 미터 높이에서 떨어졌을 거라고 쿠퍼 박사가 그러던데. 궤적도 그렇고, 케빈은 이 창문에서 떨어진 게 분명해."

"아니, 케빈은 이곳을 싫어했어. 지난 토요일에도 그 애 목덜미를 끌고 데려왔을 정도니까. 계속 쥐가 있다느니, 천장이 내려앉을 것 같다느니 투덜거리면서 불안해했다고. 환한 대낮에, 나와 같이 있었는데도 말이야. 그랬던 케빈이 한밤중에 혼자서 여길 올 수 있었을 것 같아?"

"나도 그 이유를 알고 싶어. 혹시 케빈이 집으로 돌아가기 전에 볼일이 급해서 한적한 곳을 찾았다 하더라도 굳이 여기까지 올라올 필요는 없지 않은가? 기왕 볼일 보는 김에 정원에 물을 주고 싶었더라도 복도 창문으로 충분히 가능했을 텐데 말이야. 자넨 어떨지 모르겠지만, 나라도 술까지 마신 상황에서 아무 이유 없이 이런 계단을 올라오진 않았을 거야."

그 순간 나는 창틀에 남아 있는 얼룩이 더께가 아니라는 것을 알아차렸다. 그건 흙먼지가 찍힌 자국이었다. 그제야 어째서 스코처를 보자마자 기분 나쁜 느낌이 들었는지 알 것 같았다.

"무슨 얘기를 하고 싶은 거야?"

스코처가 눈꺼풀을 깜박거리며 조심스럽게 입을 열었다.

"처음엔 우리도 사고라고 생각했어. 무슨 이유에선지 자네 동생이 여기 올라왔고, 어쩌다가 창밖으로 고개를 내밀었을 거라고 말이야. 뒤쪽 정원에서 무슨 소리를 들었을 수도 있고, 술 때문에 제대로 앉지 못했을 수도 있고, 토하고 싶다는 생각이 들었을 수도 있지. 케빈은 몸을 밖으로 내밀었다가 균형을 잃었고, 그러다 떨어졌을 거라고……."

뭔가 차가운 것이 목구멍 안쪽을 치는 것 같았다. 나는 이를 악물고 꾹 참았다.

"직접 확인하기 위해 약간의 실험을 해봤어. 아래층에서 현장을 지키고 있던 해밀이라는 친구 봤지? 그 친구가 자네 동생과 키나 체격이 비슷해. 그래서 오전 내내 이 창문에서 떨어지는 게 가능한지 해밀이 몸소 시험해봤지. 불가능한 일이었어. 프랭크."

"대체 무슨 소리야?"

"해밀이 창틀에 올라서니 내리닫이창이 여기까지 오더군." 스코처가 손등을 갈비뼈 위에 올렸다. "창 아래 머리를 집어넣고 무릎을 꿇어 봤어. 그러면 엉덩이가 아래쪽으로 내려가서 무게중심이 방 안쪽에 있게 돼. 다른 방식으로 여러 번 시도해봤어. 모두 결과는 같았지. 케빈 정도의 체격을 가진 남자가 사고로 창문에서 떨어지는 건 불가능하다고 봐야 해."

입 안쪽이 얼음처럼 차가워졌다.

"누군가 내 동생을 밀었다는 말이군."

스코처가 재킷을 젖히더니 주머니에 손을 찔러 넣고는 조심스럽게 말했다.

"싸운 흔적은 없었네, 프랭크."

"그래서?"

"만일 누군가 완력으로 밀어버린 거라면, 바닥에 몸싸움을 한 흔적이 남아 있거나 유리창이 깨졌을 거야. 그 와중에 케빈이 범인이나 창틀을 붙잡으려 하다가 손톱이 부러졌을 수도 있고, 혹은 몸싸움을 하던 중에 멍이 들거나 베인 자국이 남아 있을 수도 있었겠지. 하지만 그런 건 전혀 없었어."

"케빈이 자살했다는 말을 하고 싶은 거야?"

그 말에 스코처가 시선을 돌렸다. "이번 일이 사고가 아닐 수도 있다는 말을 하는 거야. 누군가 케빈을 창에서 밀었다는 증거는 하나도 없어. 쿠퍼 박사 말에 따르면 케빈이 입은 부상들은 전부 추락할 때 생긴 것이라더군. 케빈은 체격이 컸고, 지난밤엔 술을 마셨다지. 하지만 곤드레만드레 취한 건 아니었어. 만일 누군가 공격했다면 맞서 싸웠을 걸세."

나는 숨을 깊이 들이마셨다.

"그래, 알아들었어. 자네 말에도 일리가 있군. 잠깐만 이쪽으로 와봐. 보여주고 싶은 게 있어."

나는 스코처를 창문 쪽으로 이끌었다. 그가 의심스러운 표정으로 나를 쳐다보았다. "뭔가 알아낸 건가?"

"이 각도에서 정원을 한번 내려다봐. 특히 정원과 이 집 토대가 맞닿는 부분을 말이야. 그럼 내가 보여주고 싶은 게 뭔지 알게 될걸."

스코처가 몸을 숙이고는 내리닫이 창문 밑으로 고개를 내밀었다.

나는 마음먹은 것보다도 훨씬 세게 스코처를 밀었다. 잠시나마 그를 다시 붙잡지 못할 수도 있다는 생각이 들 정도였다. 한편으로는 내심 기쁘기도 했다.

"빌어먹을!" 스코처가 창문 뒤로 물러서며 눈을 크게 뜨고 나를 노려보았다. "이게 무슨 미친 짓이야?"

"실랑이 흔적 같은 건 남지 않았어, 스코처. 유리창도 깨지지 않았고, 손톱도 부러지지 않았지. 베인 자국이나 타박상도 입지 않았어. 자네도 체격이 크잖아. 술도 마시지 않은 맨정신이고. 그런 자네도 찍소리 못 하고 가는 거지. 안녕, 그동안 고마웠어. 그렇게 스코처는 이 건물을 떠난 거야."

"망할……." 스코처가 옷매무새를 가다듬고 먼지를 털어냈다. "하나도 안 웃겨, 프랭크. 자네 때문에 십년감수했잖아."

"잘됐네. 스코처, 케빈은 자살할 애가 아니야. 이번 일에 있어서만큼은 내 말을 믿어야 할 거야. 케빈이 스스로 여기서 뛰어내렸을 리가 없어."

"좋아, 그럼 말해보게. 케빈을 밀어버릴 만한 사람이 있었어?"

"내가 알기론 없지만, 그건 중요하지 않아. 알고 보면 그 애가 마피아 전체를 깔아뭉갰을지 누가 알겠어?"

스코처는 입을 다물었다. 그 자체가 대답이었다.

내가 말을 이었다.

"사실 우린 그리 가깝게 지내지 않았어. 같이 살지도 않았지. 하지만 그 애가 건강하고, 정신병도 없고, 연애 문제도 없고, 돈 문제도 없고, 래리만큼 행복했다는 건 알아. 그런 녀석이 어느 날 밤에 느닷없이 버려진 집에 들어가 창문에서 뛰어내렸을 것 같아?"

"그럴 수도 있지."

"그렇다면 증거를 보여줘, 뭐든."

스코처는 머리를 매만지면서 한숨을 내쉬었다.

"좋아, 그러지. 하지만 자네를 피해자의 가족이 아니라 동료 경찰로 생각하고 보여주는 거야. 밖에 나가서는 이 일에 대해 한마디도 하면 안 돼. 알아들었나?"

"물론."

이것으로 상황이 더 나빠질 것 같다는 예감이 들었다.

스코처는 서류 가방을 열더니 안에서 증거용 비닐 봉투 하나를 꺼냈다.

"열어보는 건 안 돼."

작은 쪽지였다. 오랜 시간 접혀 있었던 모양인지 두 번 접은 자국이 심하게 눌려 있었고, 종이색도 누렇게 변해 있었다. 얼핏 빈 종이 같았지만, 흐릿하게 볼펜으로 눌러쓴 글씨가 보였다. 그 내용을 읽는 동안, 내 뇌는 괴성을 지르며 컴컴한 모퉁이들을 사정없이 들이받는 폭주 기관차처럼 작동하기 시작했다.

사랑하는 엄마, 아빠, 노라.

이 편지를 보고 있을 때면 난 프랭크와 같이 잉글랜드로 가고 있을 거야. 우린 결혼할 거고, 공장 일이 아니라 더 좋은 일자리를 얻을 거야. 둘이 함께 행복한 삶을 꾸려나갈 거야. 가족들을 속이고 싶진 않았어. 매일같이 모든 것을 털어놓고 내가 프랭크와 결혼할 거라는 말을 하고 싶었어. 하지만 아빠한테만은 알릴 수가 없었지. 이 일로 아빠가 미친 듯이 화를 내리라는 건 알지만. 프랭크는 쓸모없는 사람도 아니고 날 상처입힐 사람도 아니야. 프랭크는 날 행복하게 만들어. 오늘이 내 평생 가장 행복한 날이야.

"검사를 해봐야 알겠지만, 이 편지의 다른 반쪽이 우리가 이미 봤던 그 쪽지인 것 같아."

스코처가 말했다.

창밖으로 회백색 하늘이 차갑게 얼어붙었다. 열린 창문으로 들어온 차가운 바람에 옅은 빛 속에 반짝이던 바닥 먼지의 입자들이 흩날렸다. 어디선가 쉭쉭대는 소리와 깨진 회반죽 조각들이 덜그럭거리는 소리가 조금씩 들려왔다. 스코처는 연민에서 나온 것이 아닌, 자신의 건강을 위해 내가 무슨 말이라도 해주기를 바라는 눈빛으로 나를 쳐다보고 있었다.

"이건 어디서 났어?"

"자네 동생 재킷 주머니에서."

이것으로 오늘 아침의 연타가 마무리되는 모양이었다. 나는 숨을 깊이 들이마셨다.

"그렇다고 이 편지를 케빈이 가지고 있었다고 단정할 수는 없지. 다른 사람이 케빈의 주머니에 넣었을 수도 있잖아."

"그렇지. 그건 모르는 일이야."

스코처가 지나칠 정도로 순순히 인정했다.

정적이 흘렀다. 스코처는 내게서 언제 증거 봉투를 돌려받을 것인지 눈치를 보고 있었다.

내가 말했다.

"그러니까 자네는 이 편지가 케빈이 로지를 죽인 증거라고 생각하는 모양이군."

스코처가 증거용 봉투 쪽으로 손을 내밀었다. 나는 봉투를 뒤로 물리며 말했다.

"증거를 계속 모아. 알아들었나?"

"그건 이제 그만 돌려주지."

"누구든 유죄가 입증되기 전에는 결백해, 케네디. 이 정도론 입증이 안 되고. 그 점만 기억해."

"음, 기억해야 할 게 또 한 가지 있는데, 자네가 내 앞에서 비켜줘야 한다는 거야, 프랭크. 진지하게 말하는 걸세."

스코처가 담담하게 말했다.

"우연의 일치로군. 나도 같은 말을 하고 싶었거든."

"이 사건이 애초에 그렇기도 했지만 지금은 정말…… 이번 사건보다 더 감정적으로 엮인 경우는 없었던 것 같아. 자네 마음이 얼마나 상했을지는 짐작이 가. 하지만 수사 과정에서 자네의 어떤 간섭도 용납할 수 없다는 점은 알아두게."

"케빈은 아무도 죽이지 않았어. 자기 자신도, 로지도, 어느 누구도 말이지. 그러니 증거를 계속 모아야 할 거야."

스코처가 눈을 깜박이며 시선을 피했다. 조금 뒤, 스코처의 귀중한 증거 봉투를 넘겨준 뒤 나는 그 자리를 나왔다.

문을 나설 때 스코처가 말했다.

"프랭크, 적어도 로지가 자넬 떠날 생각이 없었다는 건 확실해졌군."

나는 돌아보지 않았다. 지나칠 정도로 단정하게 라벨을 붙인 증거용 비닐 봉투 겉면을 통해 느껴졌던 편지의 열기가 여전히 내 손안에, 뼛속까지 타 들어갈 듯 뜨겁게 남아 있었다.

"오늘이 내 평생 가장 행복한 날이야."

로지는 내게 오고 있었고, 가까운 곳까지 와 있었다. 함께 손을 잡고 용감하게 새로운 세상으로 나가려던 우리 사이의 거리는 불과 십 미터에 불과했다. 자유낙하를 하는 듯한 기분이었다. 비행기에서 무작정 떠밀려 낙하산 끈도 당기지 못한 상태에서 땅이 나를 향해 위로 올라오고 있었다.

나는 보란 듯이 문을 박차고 나온 뒤 쾅 닫았다. 다시 뒤쪽 계단으로 내려가 정원을 통해 16번지를 빠져나왔다. 가족들을 상대할 시간이 없었다. 직장 내에서는 소문이 빨리 퍼진다. 특히 이렇게 남의 입방아에 오르내리기 좋은 경우라면 더더욱. 나는 자동차의 시동을 걸고 최대한 빨리 부서로 복귀했다. 그리고 말이 돌기 전에 휴가를 내기 위해 상사를 찾아갔다.

조지는 몸집이 큰 남자로 은퇴를 앞두고 있었다. 축 늘어지고 피곤해 보이는 얼굴이 꼭 장난감 바셋 하운드처럼 보였다. 우린 조지를 좋아했다. 용의자들조차도 자기들이 조지를 좋아할 수 있을 것 같다는 착각을 하곤 했다.

"프랭크." 조지가 문가에 서 있는 나를 보고 의자에서 몸을 일으키더니 책상 위로 손을 내밀었다. "동생 일은 정말 유감일세."

"동생과 많이 가깝게 지내진 않았습니다. 그럼에도 충격이 크긴 하네요."

나는 조지의 손을 잡으며 말했다.

"수사팀 쪽 말로는 자살일 가능성도 있다던데."

조지가 의자에 다시 앉으며 날카롭게 눈길을 던졌다.

"네, 그런 것 같습니다. 아무래도 사인이 머리 쪽 골절이니까요. 그래서 말씀인데, 휴가를 내고 싶습니다. 괜찮으시면 지금 바로 내고 싶은데요."

조지는 그 문제에 대해 고민하는 척 머리가 벗어진 부위에 손을 올리더니, 이윽고 애석하다는 듯 쓸어내렸다.

"자네가 담당하고 있는 사건들은 괜찮겠나?"

"문제없습니다."

그건 조지도 이미 알고 있었다. 거꾸로 놓인 글씨를 읽는 건 유용한 기술 중 하나다. 조지 앞에 놓여 있는 파일은 내 것이었다.

"결정적인 단계에 가 있는 건 없습니다. 아직은 지켜보는 수준이에요. 한두 시간이면 서류 정리도 끝나니까 바로 인수인계 가능합니다."

"알았네." 조지가 한숨을 쉬며 말했다. "안 될 것 없지. 예이츠한테 넘겨주게나. 그 친구가 담당하는 남부 쪽 마약 조직이 한동안 잠잠한 것 같으니 시간이 있을 거야."

예이츠는 능력 있는 친구였다. 잠복수사과 사람들 중 일을 못하는 사람은 없었다.

"인수인계는 확실히 하고 가겠습니다. 감사합니다."

"몇 주쯤 걸리겠군. 머리를 식히려면 말이야. 계획은 있고? 가족들과 함께 지낼 셈인가?"

다른 말로 하면 현장 주변을 어슬렁거리면서 난처한 질문들을 하고 다닐 거냐는 의미였다.

"시외로 나가볼까 생각중입니다. 웩스퍼드로 가게 될 것 같아요. 이맘때 그쪽 해안선이 근사하다는 얘길 들었거든요."

조지는 이마 주름이 아프기라도 한 것처럼 문질러댔다.

"살인수사과에 있다는 웬 멍청한 녀석이 꼭두새벽부터 연락해 자네에 대해 성토하더군. 케네디인가, 케니인가 그런 이름이었는데. 자네가 자기 수사를 방해하고 있다는 거야."

시끄럽기까지 한 재수 없는 녀석.

"월경전증후군인가 보네요. 잘해보라고 꽃다발이라도 보내주죠."

"뭐든 보내고 싶으면 보내. 대신 다시는 나한테 연락할 빌미 주지 말고. 아침 볼일도 보기 전부터 멍청한 녀석들한테 시달리는 건 딱 질색이니까 말이야."

"말씀드렸다시피 전 웩스퍼드에 가 있을 겁니다. 징징거리는 살인수사과 아가씨와 마주칠 일은 없을 거예요. 그럼 이만 몇 가지 정리만 하고……." 나는 엄지손가락으로 내 사무실을 가리켰다. "조용히 사라지겠습니다."

조지는 두꺼운 눈꺼풀 밑으로 가만히 나를 살피다가 마침내 커다란 손을 휘저었다.

"몇 주 뒤에 보세나."

사무실 문 쪽으로 돌아섰을 때 조지가 다시 불렀다. "프랭크."

"네?"

"우리 과에서 자네 동생 이름으로 어디든 기부를 좀 할까 하는데.

자선단체가 좋겠나, 스포츠 클럽이 좋겠나?"

뒤에서 한 대 치기라도 한 듯 또다시 목이 콱 막히는 기분이었다. 순간 아무 말도 할 수가 없었다. 난 케빈이 스포츠 클럽에 다녔는지 안 다녔는지조차 모른다. 아마 다니지 않았을 것이다. 당장 마음속에 떠오를 건, 지금 같은 상황에서는 그레이트배리어리프에서 스노클링을 하거나 그랜드캐니언에서 패러글라이딩을 하다가 불의의 사고를 당한 젊은이들에게 보낼 기금을 마련하는 자선단체가 있어야 하지 않을까 하는 생각이었다.

"살인 사건 희생자를 위한 모임에 보내주시지요. 신경 써주셔서 감사합니다. 다른 팀원들에게도 고맙다는 말 전해주십시오."

잠복수사 요원들은 대부분 마음속으로 살인수사과 형사들을 덩치만 큰 별 볼 일 없는 녀석들이라고 생각한다. 예외도 있긴 하지만, 살인수사과 형사들은 대체로 권투 선수들 같다. 다들 열심히 싸운다. 하지만 글러브에 마우스피스를 착용해야 하고, 작은 종을 울려 모두가 한숨 돌리고 피를 닦을 시간을 줄 심판도 필요하다. 반면 잠복수사 요원들은 맨주먹으로 싸운다. 우리들은 뒷골목에서 한쪽이 쓰러질 때까지 싸운다. 스코처의 경우 용의자의 집을 수색하고 싶으면 끝없는 서류 작업을 거쳐 승인이 떨어질 때까지 기다려야 하고, 아무도 다치는 사람이 없게끔 적절한 진입조를 구성해야 한다. 나로 말할 것 같으면, 그런 규정 같은 건 싹 무시한 채 적당한 이야기를 지어낸 뒤 무작정 밀고 들어간다. 만일 용의자가 나를 내쫓기로 마음먹어도 어떻게든 혼자 알아서 처리한다.

이건 내가 할 일이다. 스코처는 규정에 따르는 싸움에 익숙하다.

나같이 이상한 녀석이 끼어든다고 해도 그 녀석은 당연히 나도 자신과 똑같은 방식으로 싸울 거라고 생각할 게 뻔하다. 자신의 방식과 내 방식 사이에 공통점이 하나도 없다는 것을 깨닫기까지는 시간이 제법 걸릴 것이다.

나는 일단 책상 위에 파일들을 마구 펼쳐놓았다. 혹시 누군가 사무실에 들어올 경우에 대비해 인수인계 준비로 바쁜 것처럼 보여야 했다. 그런 뒤 기록부에 있는 친구한테 전화를 걸어 로지 데일리 살인 사건 수사에 관여하고 있는 시보들의 인사 기록을 내 이메일로 보내달라고 부탁했다. 그는 기밀이라고 투덜거렸지만, 이 년 전 누군가에게 어설프게 연루되어 코카인 세 덩어리를 소지한 죄로 잡혀 온 딸의 죄를 무마해준 일로 내게 부채감을 느끼고 있었다. 적어도 두 건의 큰 부탁과 네 건의 작은 부탁은 들어줄 정도의 일이었다. 입으로는 불평하면서도 동시에 부탁한 일을 처리한 모양이다. 궤양 자리가 점점 커지는 모습이라도 보듯 곤혹스러운 목소리였지만, 전화를 끊기 전에 인사 기록 파일은 내 이메일함에 들어 있었다.

스코처는 이번 사건에 시보를 다섯이나 투입했다. 해묵은 미해결 사건 정도로 취급하겠거니 생각했는데 예상과 달리 인원을 많이 배치한 것이다. 사실 이 정도면 스코처를 포함해 살인수사과의 팔십 퍼센트 정도가 이 사건에 매달리는 셈이다. 나는 그중 네 번째 시보 같은 인물을 찾고 있었다. 이름은 스티븐 모런, 스물여섯 살, 주소는 노스월. 지원서 성적이 뛰어나 학교를 졸업하자마자 템플모어에 들어왔으며 좋은 평가를 받아 석 달 만에 정복 경찰에서 벗어났다. 사진상으로는 지저분한 빨간 머리에 경계심 가득한 회색 눈동자를 가진 비쩍 마른 젊은이였다. 더블린 노동자 계층 출신으로 영리하며 빠른 출세를 목표로 삼을 타입이었다. 이런 시보가 있어 다행이었다. 너무 풋내기거나 지나치게 열정적일 경우에는 그쪽에서 진행하고 있는 수사에 대해 아무것도 알아낼 수 없기 때문이다. 스티븐과 나는 제법 잘 맞을 것이다.

나는 스티븐의 인사 기록을 출력해 주머니에 넣은 뒤, 받은 이메일을 깨끗이 삭제했다. 그런 다음 두 시간에 걸쳐 예이츠와의 인수인계를 위해 내가 맡았던 사건들의 서류 정리를 했다. 확인할 것이 있다거나 어떤 다른 이유로든 이상한 타이밍에 전화가 오는 일이 없기만 바랄 뿐이었다. 인수인계 작업은 아주 신속하고 원활하게 이루어졌다. 예이츠는 내 어깨를 툭 치며 여기 일은 자기가 알아서 잘하겠다는 말로 위로를 대신했다. 나는 짐을 챙긴 뒤 사무실 문을 닫고 나왔다. 그러곤 스티븐 모런과 접촉하기 위해 살인수사과가 있는 더블린캐슬로 향했다.

만일 수사를 담당하는 사람이 스코처가 아니었다면 스티븐을 찾는 일이 더 어려웠을 것이다. 그의 일이 끝나는 시간이 6시일지, 7시일지, 혹은 8시가 될지 알 수 없었을 테니 말이다. 혹시라도 현장에 나갔다면, 사무실로 돌아와 보고서를 제출하지 않고 그대로 퇴근했을 수도 있다. 하지만 나는 스코처를 잘 알고 있었다. 초과근무에는 치를 떨고 보고서는 아주 좋아하는 인간. 그러니 스코처의 부하들은 5시에 정시 퇴근을 할 것이고, 일을 끝내기 전에는 양식에 따라 보고서를 작성할 것이다. 나는 더블린캐슬 정원에서 출입문이 잘 보이되 스코처의 눈에는 띄지 않을 만한 벤치에 자리를 잡아 담배를 피우며 기다렸다. 마침 비도 오지 않았다. 오늘은 하루 종일 행운이 따랐다.

순간 한 가지 사실이 떠올랐다. 케빈은 손전등을 가지고 있지 않았다. 만일 손전등을 가지고 있었다면 스코처는 자살 이론을 뒷받침하기 위해 그 점을 언급했을 것이다. 그리고 케빈은 피치 못할 사정이 없는 한 결코 위험한 짓을 하지 않을 녀석이었다. 심지어 나와 셰이 형이 취했다는 이유만으로 자리를 뜨지 않았는가. 더블린에 있는 기네스 캔 맥주를 전부 마셨다고 해도 케빈이 칠흑 같은 어둠 속에서 혼자 재미 삼아 16번지를 어슬렁거릴 일은 없었다. 지나가는 길에 뭔가를 봤거나 무슨 소리를 듣고 그 집에 들어가 살펴보기로 했던 걸까? 다른 누군가에게 도움을 청할 수 없을 정도로 다급한 일이면서, 거리를 지나던 다른 사람들은 알아차리지 못했을 정도로 은밀한 무슨 일이 일어났던 걸까? 아니면 누군가가, 신기하게도 케빈이 바로 그 순간에 페이스풀 플레이스 꼭대기를 지나가리라는 걸 알고 그 안으로 불러들였던 걸까? 혹시 재키에겐 비밀로 하고 누군가와 미리 그 집에서 만나기로 했던 걸까?

날이 어두워졌다. 발밑에는 담배꽁초가 수북이 쌓였다. 5시 정각에 스코처가 부사수와 함께 출입구에서 나와 주차장으로 향했다. 스코처는 고개를 빳빳이 세운 채 활기차게 걸었다. 그가 서류 가방을 흔들면서 뭔가 이야기하자 족제비 같은 얼굴을 한 부사수가 의무적으로 웃었다. 두 사람이 차를 타고 그곳을 떠나기 직전, 내가 만나고 싶어 하던 스티븐이 밖으로 나왔다. 긴 목도리에 배낭을 메고 오토바이 헬멧을 든 채 전화로 누군가와 입씨름을 하고 있었다. 내 생각보다는 키가 컸고, 목소리는 낮았지만 거친 말투 때문인지 나이보다 훨씬 어리게 들렸다. 아주 고급스러워 보이는 회색 코트 차림이었는데, 보아하니 산 지 얼마 되지 않은 것 같았다. 살인수사과 형사들에게 잘 보이려고 적금이라도 깬 모양이다.

　내게 자유재량권이 있는 것이 다행이었다. 스티븐이 피해자의 형과 이야기를 나누는 것에 대해 찝찝함을 느낄 수는 있겠지만, 나와 접촉하지 말라는 경고를 받지는 않았을 것이다. 쿠퍼에게라면 몰라도, 스코처가 나처럼 별 볼 일 없는 인간에게 위협받았다는 얘기를 한낱 시보에게 하지는 않았을 것이다. 지나칠 정도로 발달한 스코처의 계급의식이 여러모로 도움이 된 셈이다. 그는 정복 경찰들은 순찰이나 도는 멍청이들, 시보들은 안드로이드로 취급했다. 오직 형사만이 존경을 받을 수 있다고 여겼다. 그런 태도는 항상 문제가 된다. 쓸데없이 소모적일 뿐 아니라 스스로 수많은 약점을 만들기 때문이다. 다시 한번 말하지만, 나는 약점을 잘 찾아낸다.

　스티븐은 통화가 끝나자 휴대전화를 주머니에 집어넣었다. 나는 담배꽁초를 버린 뒤 그의 앞으로 다가갔다.

　"스티븐."

　"네?"

　내가 손을 내밀었다. "프랭크 매키라고 하네. 잠복수사과에 있지."

　휘둥그레진 스티븐의 눈에 얼핏 경외감과 두려움 사이의 뭔가가 지나갔다. 지난 몇 년간 경찰들 사이에서 나에 관한 전설적인 일화들이 돌고 있는 터였다. 그중 일부는 사실이고, 일부는 거짓이지만 모두 내게는 큰 도움이 되었다. 적어도 그런 일화들에 대해 아는 기색을 내비치지 않는다는 점에서만큼은 높이 살 만한 녀석이었다.

　"스티븐 모런, 살인수사과 소속입니다. 만나뵙게 돼서 기쁩니다, 형사님."

그는 내 손을 약간 세게 잡고, 조금 길다 싶을 정도로 내 눈을 똑바로 쳐다보았다. 이 청년은 내게 깊은 인상을 주기 위해 애쓰고 있었다.

"프랭크라고 부르게. 우리 잠복수사과에서는 그런 호칭을 쓰지 않으니까. 한동안 자네를 지켜봤다네. 좋은 이야기들이 많이 들리더군."

그는 얼굴에 짙어지는 홍조와 호기심을 억눌렀다.

"직접 알고 나면 더 좋을 겁니다."

나는 이 청년이 마음에 들기 시작했다.

"같이 좀 걷지." 우리는 정원 쪽으로 향했다. 곧 건물에서 더 많은 시보들과 살인수사과 형사들이 나올 터였다. "이야기 좀 해볼까, 스티븐. 시보가 된 지 석 달쯤 됐지?"

그는 기운이 넘치는 듯 십 대처럼 성큼성큼 활기차게 걸었다.

"그렇습니다."

"그래. 내가 잘못 알고 있는 게 있으면 말해주게. 자네를 보아 하니 지금이야 윗사람들이 시키는 대로 일을 하고 있지만, 앞으로도 일반 수사과 업무에 만족할 사람으론 보이지 않는데. 그러기엔 잠재력이 너무 크니까 말이지. 결국에는 자신만의 팀을 이끌고 싶을 거야. 안 그런가?"

"그럴 계획이긴 합니다."

"어떤 부서를 목표로 하고 있나?"

자제를 하고 있음에도 불구하고 이번에는 그의 얼굴이 약간 달아올랐다. "살인수사과나 잠복수사과입니다."

"탁월한 선택이야. 지금 살인수사과에서 시보 일을 하고 있으니

어느 정도는 꿈을 이룬 셈이군. 일은 재미있나?" 내가 싱긋 웃으면
서 물었다.

스티븐은 조심스럽게 대답했다.

"많이 배우고 있습니다."

나는 큰 소리로 웃었다. "자리만 지키고 있단 말이군. 한마디로 스
코처 케네디가 자네를 훈련받은 침팬지 취급한다는 뜻이지. 지금
하는 일이 뭐지? 커피 내리기? 케네디 세탁물 찾아오기? 구멍 난
양말 꿰매기?"

스티븐의 입가가 씰룩거렸다.

"목격자 진술을 기록하고 있습니다."

"오, 좋은 일을 하고 있군. 일 분에 몇 타나 치나?"

"전 상관없습니다. 아무래도 시보니까요. 누구나 처음 몇 년간은
겪는 일입니다. 누구든 해야 하는……." 스티븐은 제대로 된 대답
을 내놓기 위해 고군분투하고 있었다.

"스티븐, 편하게 얘기해. 이건 시험이 아니야. 지금 자넨 비서들이
나 할 일을 하면서 능력을 낭비하고 있어. 자네도 알고, 나도 알지.
자네 파일을 십 분만 읽어보면 스코처도 알았을걸."

나는 다른 사람들의 눈에 띄지 않는 곳에 자리한 벤치를 가리켰
다. 그의 표정을 살피기 위해 가로등 밑으로 골랐다.

"여기 좀 앉지."

스티븐은 배낭과 헬멧을 바닥에 내려놓고서 벤치에 앉았다. 좋은
말만 해줬는데도 그의 눈에는 경계심이 가득했다. 그런 점도 마음
에 들었다.

"우리 둘 다 바쁜 사람이니까 단도직입적으로 말하겠네." 그의 옆

에 앉으며 내가 말했다. "이번 수사에 대해 자네가 어떤 생각을 하고 있는지 알고 싶어. 케네디 형사 말고 자네 관점에서 말이야. 그 친구가 어떻게 할 작정인지는 우리 둘 다 잘 알고 있잖나. 의례적인 대답은 필요 없어. 이건 우리 두 사람 사이의 비밀 대화니까 말이야."

내 말에 스티븐의 마음이 움직이고 있다는 걸 알 수 있었다. 하지만 그는 표정을 숨기는 데 능했다. 어떤 방식으로 설득해야 할지 아직은 종잡을 수가 없었다.

"제 생각을 알고 싶으시다고요. 정확하게 무슨 의미입니까?"

"가끔 만나자는 거지. 내가 자네한테 술을 산다거나 말이야. 자넨 그사이 며칠 동안 있었던 일들이랑 그에 대한 자네 의견을 말해주면 돼. 자네가 대장이었다면 이번 사건을 어떻게 다루었을지 말이야. 자네의 일하는 방식을 알고 싶으니까. 어떻게 생각하나?"

스티븐은 벤치 밑에 떨어져 있던 낙엽을 줍더니 조심스럽게 결을 따라 접기 시작했다.

"솔직하게 말씀드려도 되겠습니까? 근무시간도 아니니, 남자 대 남자로 말입니다."

나는 양손을 옆으로 펼쳤다.

"스티븐, 우린 일 때문에 만난 게 아니야. 몰랐나?"

"제 말은……."

"자네가 무슨 뜻으로 한 말인지 알아. 뭐든 편하게 생각나는 대로 얘기해보게. 아무 일도 없을 테니까."

낙엽만 보고 있던 스티븐이 고개를 들어 나와 눈을 맞추었다. 영특함이 빛나는 회색 눈동자였다.

"이번 사건에 개인적인 관심을 가지고 계신다는 거 알고 있습니다. 현재 상황에선 두 배로 그러시겠죠."

"그게 국가 기밀은 아니니까. 그래서?"

"제 귀에는 이번 살인 사건 수사 상황을 염탐해서 알려달라고 하시는 것처럼 들립니다만."

나는 기분 좋게 대꾸했다.

"그렇게 볼 수도 있겠지."

"그런 일을 할 만큼 미치진 않았습니다."

"재미있군." 나는 담뱃갑을 꺼냈다. "한 대 피우겠나?"

"전 괜찮습니다."

서류에서 짐작했던 것처럼 풋내기는 아니었다. 나한테 잘 보이고 싶어 하는 태도와 별개로 나쁜 청년도 아니었다. 평소였다면 그 사실을 인정했을 것이다. 하지만 지금은 스티븐의 고집에 발맞춰줄 상황이 아니었다. 나는 담배에 불을 붙인 뒤 가로등의 노란 불빛 속으로 담배 연기를 토해냈다.

"스티븐, 이번 일에 대해 잘 생각해볼 필요가 있어. 일단 자네는 세 가지 측면에서 걱정하고 있을 거야. 직업 서약의 이행, 직업윤리, 잠재적 결과. 게다가 이건 반드시 따라야만 하는 명령도 아니지. 안 그런가?"

"그런 것 같습니다."

"서약 문제부터 시작하지. 일단 난 자네에게 살인수사과에 있는 보고서를 전부 다 빼 오라고 한 게 아니야. 그저 자네가 최소한의 시간과 노력만으로도 대답할 수 있는 구체적인 질문을 던지겠다는 거지. 일주일에 두세 번 정도, 별다른 일이 없으면 십오 분을 넘기지 않을 거야. 그리고 내가 물어보고 싶은 건 자네가 날 만나러 나오기 전에 삼십 분 정도만 알아보면 되는 일들이고. 단순히 가정만 해봐도 감당할 수 있는 일 같지 않은가?"

잠시 뒤에 스티븐이 고개를 끄덕였다.

"그렇더라도 그 일은 하지 않는 편이……."

"맞아. 다음은 잠재적 결과에 대해 이야기해보지. 그래, 자네와 내가 이렇게 만나서 이야기를 나누는 것에 대해 알게 된다면 케네디 형사는 엄청나게 화를 낼 거야. 하지만 그 친구가 알게 될 일은 없어. 나는 입이 아주 무거운 사람이니까. 자넨 어떤가?"

"저도 떠들고 다니는 편은 아닙니다."

"그래 보여. 다시 말해 케네디 형사가 자네 뒤를 쫓거나 자네를 궁지로 몰아넣을 만한 위험 요소는 아주 적다는 거지. 어떤가, 스티븐? 게다가 그런 부정적인 결과만 가능한 건 아니라는 점을 명심하게. 다른 많은 일들이 일어날 수 있다고."

나는 스티븐이 질문할 때까지 기다렸다.

"어떤 일들 말입니까?"

"자네에게 잠재력이 크다고 한 건 그저 해본 말이 아니야. 잊지 말게. 이번 사건은 영원히 계속되지 않아. 사건이 끝나면 자넨 바로 시보 대기조로 돌아가겠지. 그렇게 되길 바라나?"

스티븐은 어깨를 으쓱했다.

"부서에 배치될 수 있는 유일한 길입니다. 누군가는 해야 할 일이고요."

"자동차 절도 사건이나 깨진 유리창 사건을 쫓으면서 스코처 케네디 같은 친구가 자넬 부를 때까지 기다리는 거지. 그렇게 불려 가서는 몇 주 내내 샌드위치 심부름만 하는 거고. 확실히 누군가 해야 할 일이긴 해. 하지만 어떤 사람들은 그 일을 일 년만 하고, 어떤 사람들은 이십 년 동안 하지. 선택할 수만 있다면 그곳에서 빠져나가고 싶지 않은가?"

"빠를수록 좋죠. 그건 확실합니다."

"나도 그렇게 생각해. 그래서 아까도 말했다시피 자네가 어떻게 일하는지 내가 정확히 알아야겠다는 거야. 우리 팀에 자리가 날 때마다 날 위해 일해준 사람을 떠올리려면 말이지. 스코처도 나와 같으리라고는 장담 못 하겠군. 지금은 우리 둘뿐이니까 한번 말해보게. 스코처가 자네 이름은 제대로 알고 있나?"

대답이 없었다.

"어쨌든 다른 여러 잠재적 결과도 신경 써야 한다는 얘기야. 이제 이 상황에서의 직업윤리에 대해 이야기해보세. 내가 이번 사건 수사에서 자네 일을 위태롭게 할 만한 부탁을 하고 있는 건가?"

"그 정도는 아닙니다."

"나도 그럴 생각은 없어. 만일 우리 관계가 자네의 공적인 업무에 온전히 집중하는 데 방해가 되는 것 같다면 언제라도 내게 말하게. 그럼 두 번 다시 연락하지 않을 테니까. 약속하지."

언제든 자유로워질 기회를 줘야 하는 법이다. 그들이 그걸 이용할 일은 없겠지만.

"이만하면 괜찮지 않은가?"

스티븐은 아직 불안해 보였다. "그런 것 같습니다."

"내가 자네에게 다른 사람의 명령에 불복하라고 하는 건가?"

"사실 그런 건 중요하지 않습니다. 맞아요, 케네디 형사님이 형사님과 따로 대화를 하면 안 된다고 하신 적은 없습니다. 하지만 그건 이런 일이 있으리라 생각하지 않으셨기 때문일 겁니다."

"그런가? 그런 생각을 했어야지. 결국 이번 일은 자네나 내 잘못이 아니라 케네디 형사의 잘못이군. 자넨 잘못한 거 없어."

스티븐은 머리를 쓸어 넘겼다.

"그렇다 해도 케네디 형사님은 이번 사건에 절 불러주신 분입니다. 지금은 그분이 제 상관이세요. 전 규정에 따라 그분의 명령을 따라야 합니다. 다른 사람이 아니라요."

나는 입을 떡 벌렸다.

"규정이라고? 그게 무슨……? 난 자네가 잠복수사과에 관심이 있는 줄 알았는데. 혹시 지금 날 가지고 논 건가? 난 이런 장난은 좋아하지 않아, 스티븐. 정말이야."

스티븐이 자세를 똑바로 했다.

"아닙니다! 진심으로 잠복수사과에 들어가고 싶습니다!"

"혹시 우리가 온종일 자리에 앉아 규정집이나 뒤적이면서 빈둥거린다고 생각하는 건 아니겠지? 내가 마약 조직에 잠입한 삼 년 내내 규정을 따져가며 지켰을 것 같아? 조금 전 그 말은 농담이었다고 해주게. 내가 자네 파일을 보느라 시간을 낭비한 게 아니라고 말해줘."

"제 파일을 봐달라고 부탁한 적 없습니다. 사실 그나마도 이번 일 때문에 어쩔 수 없이 보셨을 테지만요. 사건을 담당하고 있는 누군가에게 접근하기 위해서 말입니다."

젊은이에겐 공정해야 한다.

"스티븐, 난 자네에게 기회를 주는 거야. 당장 내일 아침이라도 자네는 모든 사람들, 같이 훈련받았던 모든 친구들이 이런 기회를 얻기 위해서라면 자기 할머니라도 팔 준비가 돼 있다는 걸 깨닫게 될 걸세. 그런 기회를 날려버릴 셈인가? 내가 자네에게 관심을 두고 있었다는 걸 입증하지 못한다는 이유로?"

스티븐의 얼굴이 벌겋게 달아올랐다. 하지만 그는 여전히 완강했다. "네, 전 올바른 일을 해야 하니까요."

젠장, 너무 어린 놈을 골랐군.

"만일 아직까지 모르겠다면 받아 적고 외우는 게 좋을 거야. 올바른 일이 자네가 가지고 있는 작은 규정집에 들어 있는 내용과 늘 일치하지는 않아. 지금 여기서의 올바른 일이란, 의도와 목적에 따라 내가 자네에게 제공하는 위장 임무고 말이야. 그래, 이 일에는 약간 도덕적인 모호성이 있지. 만일 자네가 그런 것에 대해 미처 몰랐다면 이번 일을 하면서 제대로 이해할 수 있을 걸세."

"그건 좀 다릅니다. 이건 조직 내에서 위장을 하란 말씀 아닙니까."

"이봐, 이런 일이 얼마나 빈번한지 알면 놀라겠군. 정말 깜짝 놀랄 거야. 말했다시피 이런 일을 감당할 수 없다면 자네뿐만 아니라 나도 그걸 알아야 해. 우리 둘 다 자네의 직업적 목표에 대해 다시 생각해봐야 할 수도 있으니까 말이야."

스티븐은 잠시 입을 꾹 다물고 있다가 말했다.

"제가 이 일을 하지 않으면 잠복수사과에 들어갈 수 없다는 말씀이군요."

"악감정은 없어. 어리석은 소리 하지 말게. 난 우리 누나나 여동생과 섹스를 한 뒤 비디오를 유튜브에 올린 놈이라 해도 기꺼이 함께 일할 수 있으니까. 그자가 일을 잘한다고 생각하면 말이야. 하지만 잠복수사 업무에 근본적으로 맞지 않는다는 점을 명백하게 보여주는 사람과는 불가능하겠지. 난 그런 사람을 추천할 수 없어. 이게 터무니없는 소리로 들리나?"

"생각할 시간을 조금 주시면 안 되겠습니까?"

"안 돼." 나는 담배꽁초를 던졌다. "이런 일도 바로 결정하지 못하는 사람이라면 나도 필요 없으니까. 난 갈 데도 있고, 만나야 할 사람도 있어. 자네도 마찬가지일 거야. 여기서 결론을 내지, 스티븐. 앞으로 몇 주 동안 자넨 스코처 케네디의 타자수로 살 수도 있고, 내 형사가 될 수도 있어. 어느 쪽을 선택할 건가?"

스티븐은 입술을 살짝 깨문 채 손으로 목도리 끝을 휘감았다.

"만일 이 일을 하게 된다면 제가 어떤 걸 알려드려야 하는 겁니까? 예를 들어서 말이에요."

"예를 들어서 지문 감식 결과가 나왔다면 그게 누구의 지문인지 알고 싶다는 거야. 그러니까 가방이나 가방 속에 들어 있던 물건들, 절반으로 찢어진 편지나 케빈이 떨어진 창틀 따위에 남은 지문들을 말하는 걸세. 케빈의 부상에 대해서도 자세히 알고 싶어. 기왕이면 도해나 부검 보고서를 볼 수 있다면 좋겠지. 당분간은 그 정도로 충분할 것 같군. 어쩌면 그게 다일 수도 있고. 이틀 뒤에 보면 되겠나?"

잠시 뒤에 스티븐이 한숨을 길게 내쉬었다. 차가운 공기 속으로 하얀 입김이 퍼졌다. 그가 고개를 들었다.

"기분 나쁘게 생각하지 말아주십시오. 제가 살인 사건 정보를 정체불명의 누군가에게 넘겨주는 건 아닌지, 신분증부터 확인하고 싶습니다."

웃음이 터져 나왔다. "스티븐." 나는 신분증을 꺼내면서 말을 이었다. "자네 정말 마음에 드는군. 우린 서로에게 도움이 될 걸세. 자네와 나 말이야."

"네, 저도 바라는 바입니다." 스티븐이 약간 냉담하게 대꾸했다.

신분증 앞으로 고개를 잔뜩 숙인 스티븐의 헝클어진 빨간 머리를 보면서 나는 잠시 승리감에 심장이 두근거렸다. '스코처, 네 부하는 이제 내 차지다.' 문득 이 청년에 대한 애정이 샘솟았다. 누구든 내 편이 생겼다는 느낌이 좋았다.

12
—

　나는 집으로 돌아가는 시간을 최대한으로 미뤘다. 리버티로 가야
한다는 마음을 다지기 위해 버독을 떠올려봤지만, 버독의 최고급 훈
제 대구와 감자튀김으로도 역부족이었다. 다른 잠복수사 요원들과
마찬가지로 나 역시 겁이 별로 없다. 기회만 되면 내 사지를 잘라 콘
크리트 밑에 예술적으로 늘어놓고 싶어 할 사람들을 만나러 갈 때
도 땀 한 방울 흘리지 않는다. 그런데 지금은 온몸이 흥건할 정도였
다. 나는 스티븐에게 했던 말을 나 자신에게 되뇌었다. 가장 위험한
임무를 맡은 용감한 형사 프랭크, 이제 위장 신분으로 사지에 들어
가자.
　집이 전혀 다른 곳처럼 보였다. 문은 열려 있었다. 현관에 들어서
자마자 온기와 사람들의 웅성거림이 밀려왔고, 뜨거운 위스키와 마
늘 냄새가 온 집 안에 퍼져 있는 것이 느껴졌다. 난방을 최고로 켜

놓은 거실에 사람들이 가득 모여 있었다. 몇몇은 울면서, 몇몇은 서로를 끌어안은 채. 다들 맥주와 탄산수 캔, 랩을 씌운 치즈 샌드위치 접시 앞에서 머리를 맞대고 옹기종기 모여 끔찍한 시간을 함께 보내고 있었다. 심지어 데일리 가족들까지 와 있었다. 데일리 아저씨는 많이 긴장한 것 같았고, 데일리 아주머니는 기운 넘치는 땅콩처럼 보였다. 죽음이 모든 것을 이긴 것이다. 나는 기계적으로 아버지의 위치를 확인했다. 아버지와 셰이 형은 주방에서 다른 사람들과 함께 담배를 피우고 맥주를 마시며 간단한 대화를 나누고 있었다. 지금까지는 괜찮은 듯 보였다. 성심상 탁자에는 꽃과 미사 카드, 전기 양초들과 함께 케빈의 사진들이 놓여 있었다. 어린 시절 통통했던 케빈의 모습, 견진성사 때 〈마이애미 바이스〉에 나올 법한 멋진 흰색 양복을 입고 찍은 사진, 해변에서 구릿빛으로 탄 친구들과 함께 요란한 빛깔의 칵테일을 흔들며 환호하는 모습.

"왔구나." 사람들을 팔꿈치로 밀치며 앞에 나타난 엄마가 딱딱하게 말했다. 엄마는 아주 화려한 라벤더색 옷을 있었다. 가진 것 중에 제일 좋은 옷이 분명했다. 엄마는 오후 내내 계속 울었던 듯한 얼굴이었다. "어디서 뭐 하다 이제 온 거냐?"

"최대한 빨리 온 거예요. 좀 괜찮으세요?"

엄마는 손가락을 가재 집게 모양으로 만들어 내 팔의 부드러운 부분을 꽉 잡았다. 예전과 똑같았다.

"좀 들어봐라. 너하고 같이 일한다는 턱이 툭 튀어나온 남자가 케빈이 창문에서 떨어졌다고 하더구나."

엄마는 그 말을 개인적인 모욕으로 받아들인 모양이었다. 엄마와 함께 있으면 뭐가 맞고 그른지 알 수가 없어진다.

"정황상 그렇게 보이긴 해요."

"이제껏 그런 허접한 이야긴 들어본 적이 없어. 네 친구는 말도 안 되는 소릴 하는 거야. 네가 그 사람한테 가서 말해라. 우리 케빈은 그런 바보도 아닐뿐더러, 오늘날까지 한 번도 창문에서 떨어져본 적이 없다고 말이야."

스코처는 자살을 사고사라고 전하는 것이 동료로서 호의를 베푸는 일이라 생각했을 것이다. "확실히 얘기할게요."

"다들 내가 키운 자식이 제대로 걷지도 못한다고 생각하도록 둘 순 없어. 그 사람한테 전화해서 분명히 말해. 휴대전화 어디 있니?"

"엄마, 근무시간은 끝났어요. 지금 그 친구를 귀찮게 하면 화만 낼 거예요. 내일 아침에 말할게요. 됐죠?"

"아무 말 안 할 거잖아. 그냥 내 입을 막으려고 하는 소리지. 난 널 잘 알아, 프랜시스 매키. 넌 늘 거짓말만 해. 그리고 다른 사람보다 자기가 똑똑하다고 생각하지. 분명히 말하는데, 난 네 엄마고 너보다 똑똑해. 지금 당장 내가 보는 앞에서 그 친구한테 전화 걸어."

내가 붙잡혀 있던 팔을 빼내려 했지만, 엄마는 더 꽉 붙들었다.

"네 동료가 무서운 거냐? 그럼 전화기 이리 다오. 네가 그럴 배짱이 없으면 내가 직접 말할 테니까. 어서, 이리 내."

"무슨 이야길 하려고요? 궁금해서 그래요. 케빈이 창문에서 떨어진 게 아니면, 대체 어떻게 된 일이라고 생각하시는 건데요?"

물어본 게 실수였다. 내가 보태지 않아도 광기의 단계는 빠르게 상승하고 있었다.

"나한테 큰 소리 치지 마. 당연히 차에 치인 거지. 누군가 크리스마스 파티에서 술을 잔뜩 먹고 차를 몰다가 케빈을 친 거야. 그런 다음에…… 내 말 듣고 있는 거냐? 그런 다음에 남자답게 벌을 받는 대신 케빈을 그 집 정원에 던져놓은 거지. 아무도 찾아내지 못하길 바라면서 말이야."

엄마와는 일 분만 같이 있어도 머리가 돌아버릴 것 같다. 하지만 이번 사건의 기본적인 가정에 있어서는 엄마 생각에도 어느 정도 동의하지 않을 수 없었다.

"엄마, 그건 아니에요. 케빈이 입은 부상은 자동차 사고로 생긴 게 아니니까요."

"그럼 어서 나가서 그 애한테 무슨 일이 있었던 건지 알아내! 그건 내 일이 아니라 네가 할 일이고, 계집애 같은 네 동료들이 할 일이니까. 무슨 일이 있었는지 내가 어떻게 안단 말이냐? 네 눈엔 내가 형사로 보이니?"

그때 주방에서 샌드위치 쟁반을 들고 나오는 재키가 보였다. 재키와 시선이 마주치자마자 나는 눈짓으로 다급히 구조 요청 신호를 보냈다. 재키는 샌드위치 쟁반을 옆에 있던 십 대 아이에게 맡긴 뒤 우리 쪽으로 다가왔다. 엄마는 여전히 강경했다("앞뒤가 안 맞잖니. 그 사람 말을 들어봐. 넌 네가 뭐라고 생각하는……"). 재키가 내 팔을 잡더니 목소리를 낮추어 말했다.

"따라와. 콘셉타 이모할머니한테 프랜시스 오빠가 도착하면 바로 데려가겠다고 했거든. 조금만 더 기다리시다가는 이모할머니 머리가 이상해지실 거야. 빨리 가서 인사하는 게 낫겠어."

좋은 핑계였다. 콘셉타 이모할머니는 엄마의 이모로, 이 안에서 신경전으로 엄마를 이길 수 있는 유일한 사람이었다. 엄마는 코를 훌쩍이더니, 아직 끝나지 않았다는 경고의 눈빛으로 나를 노려보며 가재 집게 손가락을 풀었다. 재키와 나는 숨을 들이마시고는 다른 사람들 틈으로 들어갔다.

내 평생 가장 이상한 저녁이었다. 재키가 나를 끌고 돌아다니면서 조카들과 케빈의 옛 여자 친구들을 소개해주었다. 나는 눈물을 흘리면서 린다 드와이어를 꼭 끌어안았다. 그리고 옛 친구들의 새로운 가족들이나 지하층에 살고 있는 중국인 유학생 네 명과도 인사를 나누었다. 그들은 벽 앞에 모여 따지 않은 기네스 캔을 손에 든 채 우리의 장례 문화를 배우느라 당혹스러운 눈빛으로 이리저리 둘러보고만 있었다. 와서라는 남자는 내 손을 붙잡고 흔들면서 예전에 케빈과 함께 만화책을 훔쳤던 일에 대한 추억을 이야기해주었다. 재키의 남자 친구인 개빈은 내 팔을 어설프게 툭 치더니 뭔가 애도의 말을 중얼거렸다. 카멀 누나의 아이들은 두 쌍의 푸른 눈동자로 나를 쳐다보았고, 그러다 사람들 말에 따르면 잘 웃는다던 둘째 도나가 큰 소리로 흐느껴 울기 시작했다.

그쪽은 차라리 무난한 상대였다. 이 방 안에는 예전에 알고 지내던 사람들이 전부 다 모여 있었다. 어릴 때 학교에 같이 다니면서 다투기도 했던 아이들, 내가 깨끗한 바닥을 더럽히면 뒷다리를 걸어차던 여자들, 돈을 주며 가게에 가서 담배 두 개비만 사 오라고 하던 남자들, 어린 프랜시스 매키가 거리에서 말썽을 일으키고 학교에서 정학당하는 것을 보며 내가 언젠가는 우리 아빠처럼 될 거라고 생각했던 사람들. 그들 중 누구도 제 모습 그대로인 듯 보이는 사람이 없었다. 모두 메이크업 아티스트에게 분장을 받고 오스카 시상식에 참석한 이들 같았다. 축 늘어진 목살, 툭 튀어나온 뱃살, 벗어지기 시작한 머리가 내가 알고 있는 진짜 얼굴들을 가리고 있었다. 그들이 보일 때마다 재키는 내게 귓속말로 이름을 알려주었다. 내가 그들을 기억하지 못한다고 생각하는 모양이었지만 나는 그냥 잠자코 있었다.

지피 헌이 내 등을 툭 치면서 내게 오 파운드 받을 게 있다고 말했다. 그는 간신히 모라 켈리와 잠을 자는 데 성공했지만, 그 덕에 그녀와 결혼해야만 했다. 린다 드와이어의 엄마는 자신이 만든 특제 달걀 샌드위치를 내게 건네주었다. 저쪽에서 이상한 표정을 짓고 있는 사람들도 간혹 보이긴 했지만, 플레이스는 나를 두 팔 벌려 반겨주기로 마음먹은 것 같았다. 주말에 여기서 신용카드를 충분히 쓴데다가, 스캔들에 휩싸인 가족의 죽음이 도움이 되었을 것이다. 홀리만 한 몸집으로 쪼그라들었으면서도 여전히 살아 있는 게 기적인 해리슨 자매 중 한 명이 내 소매를 붙잡더니 쇠약한 작은 소리로 미남으로 자랐다고 말해주었다.

간신히 사람들에게서 벗어나 시원한 맥주 캔을 들고 눈에 띄지 않는 구석 자리를 찾아간 뒤에야 정신이 들었다. 애초에 회복이 안 되는 정신을 더더욱 혼란스럽게 만드는 초현실적인 심리 수술을 당한 듯한 기분이었다. 나는 다른 누군가와 시선을 마주치지 않도록 애쓰며 벽에 기대선 채 목에 차가운 맥주 캔을 대고 있었다.

방 안의 분위기는 순식간에 달아올랐다. 슬픔의 고통에 지쳐 있던 사람들에게 기분 전환이 필요하던 터였다. 집 안에 사람들이 점점 더 많이 모여들면서 이야기 소리가 커졌고, 내 근처에 있던 젊은이들은 웃음을 터뜨리기까지 했다.

"버스가 막 출발했을 때, 케빈이 교통콘을 들고 창문에서 몸을 내밀면서 소리쳤잖아. '조드* 앞에 무릎을 꿇어라!'"

누군가 벽난로 앞에 놓여 있던 커피 테이블을 뒤로 밀어내고 자리를 만들었다. 그러자 다른 사람이 샐리 헌을 앞으로 끌고 나와 노래를 청했다. 그녀는 예의상 살짝 거절하는 척했지만, 누군가 목을 축일 위스키를 건네주자 곧바로 노래를 부르기 시작했다.

"키매지에 사랑스러운 세 아가씨가 있었네."

방 안에 있던 사람들 절반이 노래를 따라 부르기 시작했다.

"키매지에……."

내가 어렸을 때는 모든 파티에서 이런 식으로 노래를 따라 불렀다. 그 시절 나와 로지, 맨디와 게르는 아이들을 침실로 보내려는 어른들을 피해 탁자 밑에 숨곤 했다. 게르는 이제 머리카락을 밀어버리는 편이 나을 정도로 머리가 벗어져 있었다.

나는 방 안을 둘러보면서 생각했다. '이 사람들 중에 있다.' 그자는 이런 행사에 빠지지 않을 것이다. 반경 일 킬로미터 안에서 겁도 없이 사람들 속에 섞여 있을 것이다. 그자는 우리 집 술을 마시고, 술에 취해 감상적인 추억을 나누며, 샐리를 따라 노래를 부르고 있을 것이다.

케빈의 친구들은 여전히 웃고 있었다. 그중 두 명은 너무 웃어서 숨도 제대로 쉬지 못할 지경이었다.

"……그렇게 배꼽을 잡고 십 분은 웃었을 거야. 웃다가 힘들어서 아무거나 제일 먼저 보이는 버스에 올라탔던 거 기억해? 어디로 가는 버스인지도 모르고……."

"그러다 어디선가 시비가 붙었었지. 그중에 내가 제일 힘이 셌는

---

* 슈퍼맨에 나오는 악당.

데⋯⋯."

콘셉타 이모할머니와 할머니의 끔찍한 친구인 어섬터 사이에 앉아 있던 엄마마저 노래를 따라 불렀다. 엄마는 빨개진 눈에 코를 훌쩍이면서도, 술잔을 높이 든 채 투사처럼 턱을 앞으로 내밀고 있었다. 앞에서는 어린애들이 요란하게 뛰어다녔다. 제일 좋은 옷으로 차려입고서 각자 초콜릿 비스킷을 손에 쥔 아이들은 어른들이 너무 늦었으니 자러 가라고 할까 봐 걱정하는 눈빛이었다. 이제 곧 그 아이들도 침대로 끌려가지 않으려면 탁자 밑에 숨어야 할 것이다.

"그러다가 버스에서 내려보니 라스마인 부근이었잖아. 결국 크럼린에서 열린 파티에는 가지 못했지. 그때 케빈이 그랬어. '친구들, 오늘은 금요일 밤이야. 이 근처에는 학생들이 많으니까 어디서든 파티가 있을 거야⋯⋯'."

실내는 무더웠다. 익숙한 냄새가 코를 찔렀다. 위스키, 담배, 특별한 날 뿌리는 향수와 땀 냄새. 난로 앞에서는 샐리가 치마를 걷어붙인 채 간주가 나오는 동안 춤을 추고 있었다. 여전히 춤을 잘 췄다.

"그 남자는 술 몇 병을 마시면 미쳐 날뛰었다네⋯⋯."

케빈 친구들의 이야기는 결정적인 대목에 이르렀다.

"⋯⋯결국 그날 밤이 끝날 무렵엔 케빈이 그곳에서 제일 예쁜 여자애랑 같이 갔잖아!"

그들은 배를 움켜잡고 웃더니 오래전 케빈의 무용담을 기념하며 맥주 캔을 부딪쳤다.

잠복수사 요원이라면 자신이 어딘가에 속해 있다고 생각하는 것이야말로 절대 해서는 안 될 바보짓임을 잘 안다. 하지만 이 파티는 그런 교훈을 배우기 훨씬 오래전부터 내게 익숙한 것이었다. 결국 나도 노래를 따라 부르기 시작했다.

"미쳐 날뛰었다네……."

샐리가 내 쪽을 처다보자, 나는 찬사의 의미로 윙크를 보내며 맥주 캔을 살짝 들어 올렸다.

그녀도 알았다는 듯 눈을 깜박여주고는 이내 시선을 거두더니 반박자 빠르게 노래를 이어갔다.

"하지만 훤칠한 검은 머리 그 남자는 낭만적이었다네. 그를 사랑할 수밖에 없었다네……."

기억하는 한, 나는 헌네 집안 사람들과는 항상 잘 지냈다. 그 이유가 뭘까 생각하기도 전에 카멀 누나가 내 어깨를 두드렸다.

"정말 굉장하지 않아? 내가 죽을 때도 이런 식으로 보내줬으면 좋겠어."

누나는 와인 쿨러 혹은 그에 준하는 끔찍한 것을 들고 있었다. 제법 취한 듯, 평소 단아하던 누나의 얼굴에는 꿈을 꾸는 듯한 표정이 깃들어 있었다. "모든 사람들, 여기 있는 모든 사람들이 우리 케빈을 좋아해. 너한테만 하는 말이지만, 다들 그럴 수밖에 없지. 우리 케빈은 귀여웠으니까. 어릴 땐 정말 얼마나 귀여웠는지." 누나가 술잔으로 사람들을 가리켰다.

"항상 사랑스러운 애였지."

"아주 멋있게 잘 컸고. 너도 그 애에 대해 좀더 잘 알 기회가 있었으면 좋았을 텐데. 우리 애들도 그 애한테 푹 빠져 있었어."

카멀 누나가 나를 흘깃 처다보았다. 순간 뭔가 다른 할 말이 있는 것 같았지만, 누나는 그대로 입을 다물었다. 내가 대꾸했다.

"놀랄 일도 아니지."

"한번은 대런이 가출을 한 적이 있어. 열네 살 때였는데, 난 걱정도 안 했어. 그 애가 곧장 케빈한테 갔으리라는 걸 알았으니까. 이번일로 대런이 꽤 충격을 받았어. 우리 중 정신적인 문제가 없는 사람은 케빈뿐이었다면서, 더이상 우리 가족과 함께 사는 건 의미가 없다고 하더라."

대런은 방 저편에서 어슬렁거리고 있었다. 커다란 검은색 스웨터의 소매를 걷어 올린 아이는 깊이 상처받은 표정이었다. 너무나 큰 비통함에, 지금 이곳에서 벌어지는 상황이 얼마나 당황스러운지조차 잊은 듯했다.

나는 말했다.

"열여덟 살이니 좀 삐딱한 게 당연해. 저 애는 지금 제정신이 아니야. 대런 때문에 속상해할 필요 없어."

"알아. 그냥 마음이 너무 아파서 한 말이라는 거. 하지만……." 카멀누나가 한숨을 쉬면서 말을 이었다. "너 그거 알아? 난 저 애 말이 맞는다는 생각이 들어."

"그래? 정신병은 유전인데. 저 애도 나이가 들면 알게 될걸."

나는 누나에게 미소를 지어 보이려 했지만, 카멀 누나는 코를 문지르며 걱정스러운 눈으로 대런만 바라보고 있었다.

"프랜시스, 너도 내가 나쁜 사람이라고 생각해?"

난 큰 소리로 웃었다.

"누나가? 맙소사, 멜리 누나. 아니야. 누나가 저 근사한 저택에 홍등가라도 차리지 않는 한 그럴 일은 없어. 누나는 좋은 사람이야. 일을 하면서 나쁜 사람들을 많이 만나봤는데, 누나는 그런 사람들과 전혀 달라."

"내 말을 들어보면 끔찍할 거야." 카멀 누나가 말했다. 누나는 눈을 가늘게 뜨고 뭔가 묻는 듯한 얼굴로 손에 들고 있던 잔을 쳐다보았다. 어째서 그 잔을 들고 있는 건지 모르겠다는 것처럼. "지금 이런 말을 할 생각은 없었어. 이러면 안 된다는 것도 알아. 하지만 넌 내 동생이니까. 안 그래? 형제자매란 건 원래 그런 거잖아. 그렇지?"

"물론이지. 대체 무슨 일이야? 내가 누나를 체포해야 해?"

"차라리 너한테 연행돼 갔으면 좋겠다. 사실 내가 뭘 어떻게 했다는 건 아니야. 그냥 생각일 뿐이지. 무슨 말을 들어도 날 비웃지 않을 거지?"

"그럴 일 없어. 맹세할게."

카멀 누나는 자기를 놀리는 건 아닌지 의심스러운 표정으로 나를 바라보다가 이내 한숨을 쉬고는 술을 한 모금 마셨다. 술에서 합성 복숭아 향이 났다.

"질투했어, 케빈을. 항상 그랬어."

아직은 내가 나설 때가 아니었다. 난 기다렸다.

"재키도 질투했어. 너도 그랬고."

"누난 이제 아주 행복한 줄 알았는데. 내가 잘못 본 거야?"

"아니, 그건 아니야. 난 정말 행복해. 모든 게 좋아."

"그런데 대체 뭘 질투했다는 거야?"

"그런 게 아니야. 그건…… 프랜시스, 레니 워커 기억나? 트레버 만나기 전에 내가 만나던 남자애 말이야."

"어렴풋이 기억나. 얼굴이 커다란 분화구 같던 남자였지?"

"오, 그렇게 말하지 마. 그 불쌍한 애는 여드름이 심했던 것뿐이니까. 나중에는 여드름도 다 없어졌고. 사실 난 레니의 여드름 같은 건 전혀 신경 쓰지 않았어. 처음으로 남자 친구가 생겼다는 게 너무 좋았거든. 그 애를 집에 데리고 와 너희들한테 보여주고 싶었어. 하지만 너도 잘 알잖아."

"그럼, 잘 알지."

우리 중 누구도 친구를 집에 데려오지 못했다. 아버지가 직장에 나가 집에 없을 때도 마찬가지였다. 그래야 한다는 걸 우린 알고 있었다.

카멀 누나는 우리가 대화를 듣는 사람이 없는지 재빨리 주위를 확인했다.

"언젠가 밤에 레니와 내가 스미스 로드에서 끌어안고 키스를 한 적이 있어. 그런데 평소에는 그 길로 다니지 않던 아버지가 술집에서 나와 집으로 돌아가던 길에 우릴 본 거야. 아버진 미친 듯이 화를 내셨어. 레니에게 꺼지라고 버럭 소리를 지르더니 내 팔을 잡고 뺨을 때리기 시작했지. 나한테 온갖 욕을 다 했어. 차마 내 입으로 옮길 수도 없는 말들을……. 그러곤 집까지 나를 끌고 갔어. 걸레라는 소리를 되풀이하면서 소년원에 집어넣겠다고 하더라. 세상에, 프랜시스, 그때 레니와 난 키스밖에 안 했어. 대체 어떻게 해야 할지 몰랐지."

이렇게 세월이 지났음에도 그때 일을 떠올리는 누나의 얼굴은 벌겋게 달아올랐다.

"그래서 우리 두 사람은 헤어졌어. 그 뒤로 마주쳤을 때도 레니는 몹시 당황해하면서 나를 쳐다보려고도 안 했지. 그렇다고 그 애를 탓하는 건 아니야."

사실 별 도움이 되진 않았지만, 아버지는 셰이 형이나 내 여자 친구들은 그대로 인정해주었다. 로지와 내가 사귄다는 사실이 알려졌을 때 딸을 호되게 야단쳤던 맷 데일리와는 반대로 말이다. "데일리네 딸이라고? 그 정도면 괜찮지. 그 애는 작은 데이지 꽃 같은 아이잖아." 아버지는 내 등을 세게 툭 치더니 턱을 잡고 야만적인 웃음을 지으며 말했다. "그 애랑 재미 좀 보겠구나. 말해봐라. 아직도 안 한 거냐?"

"정말 개 같아. 누나, 진짜야. 빌어먹을 개 같다고."

카멀 누나는 숨을 깊이 들이쉬며 뺨을 양손으로 두드렸다. 붉게 달아오른 얼굴이 가라앉기 시작했다.

"맙소사, 내 꼴 좀 봐. 안면 홍조증이라도 있는 사람처럼……. 사실 나도 레니를 많이 좋아한 건 아니었어. 그런 일이 없었어도 금세 헤어졌을 거야. 그 애는 정말 키스를 끔찍하게 못했거든. 하지만 그 일이 있은 뒤로 난 예전처럼 살 수 없게 됐지. 넌 기억나지 않겠지만, 나도 어릴 땐 제법 반항아였어. 엄마와 아버지한테 끔찍한 말대꾸도 하곤 했으니까. 하지만 그 일 이후로는 내 그림자를 보고도 겁에 질렸어. 트레버와는 결혼하기 전에 일 년 정도 약혼 기간을 가지자는 이야기도 했지. 그 사람은 그동안 반지 살 돈과 결혼 준비 자금을 모을 생각이었지만 난 그런 것 때문이 아니었어. 약혼식이라도 안 하면 결혼이 깨질까 봐 두려웠거든. 그래서 이 방에 두 가족이 모였어. 난 그저 겁에 잔뜩 질려 있었고."

"아무도 누나를 탓하지 않아."

순간 트레버의 돼지 같은 동생에게 좀더 친절하게 대해주지 않은 것이 후회되었다.

"셰이도 부러웠어. 그 애는 무서울 게 없었으니까. 아버지도 그 애 여자 문제에는 관여하지 않았고. 하지만……." 누나의 시선이 주방 문에 기대서 있는 셰이 형을 향했다. 형은 한 손에 맥주를 든 채 린다 드와이어 쪽으로 고개를 숙이고 있었다. "그때 일 기억나? 셰이가 의식을 잃었을 때 말이야. 네가 열세 살 쯤 됐을 때였는데."

"절대 잊을 수가 없지."

웃기는 일이었다. 내가 언젠가 집을 떠나야겠다고 마음먹은 이유 중 하나이기도 했다. 그때, 아버지가 어머니를 때리려고 주먹을 날린 순간 셰이 형이 아버지의 손목을 붙잡았다. 아버지는 누구든 자신의 권위에 도전하는 것을 용납하지 않았고, 그 사실을 보여주기 위해 셰이 형의 멱살을 잡고 벽에 머리를 박았다. 형은 기절했다. 의식을 잃은 시간은 일 분 남짓이었지만, 마치 한 시간처럼 느껴졌다. 형은 그날 저녁 내내 눈이 돌아가 사팔뜨기로 있었다. 엄마는 우리가 셰이 형을 병원에 데려가는 걸 허락하지 않았다. 의사들의 반응을 걱정한 건지 이웃 사람들 눈치를 본 것인지 확실하진 않지만, 어쨌든 병원에 간다는 생각만으로도 엄마는 히스테리를 일으켰다. 나는 그날 밤새도록 잠든 셰이 형을 지켜보았다. 케빈은 형이 죽지 않으리라 확신했지만, 나는 만일 형이 죽는다면 어떻게 해야 할 것인지를 생각했다.

카멀 누나가 말했다.

"그 일 이후로 셰이도 달라졌어. 완전히 냉정해졌지."

"엄밀히 말하면 그전에도 부드러운 성격은 아니었어."

"너희들 사이가 좋지 않았던 건 알아. 하지만 맹세코 셰이는 문제아가 아니었어. 나하곤 가끔씩 이야기도 많이 했고, 학교 다닐 때 성적도 좋았거든……. 그냥, 그 일이 있은 뒤부터 다른 사람들과 어울리지 않게 된 거야."

샐리가 화려하게 노래를 마무리했다.

"그동안 우리는 엄마와 살았다네!"

환호성과 갈채가 쏟아졌다. 카멀 누나와 나도 기계적으로 박수를 쳤다. 셰이 형이 고개를 들더니 방 안을 힐끗 둘러보았다. 순간적으로 암 병동에서 나온 사람 같아 보였다. 우울하고 기운 없는 표정에, 눈 아래가 깊게 패어 있는 듯했다. 그러다 형은 다시 린다 드와이어의 이야기에 미소를 지었다.

내가 말했다.

"그런데 그 일이 케빈과 무슨 상관인데?"

카멀 누나는 깊이 한숨을 쉬더니, 다시 한번 우아하게 합성 복숭아 향이 나는 술을 한 모금 삼켰다. 누나는 어깨를 축 늘어뜨린 채 우울한 무대를 쳐다보았다.

"왜냐하면 그 일 때문에 내가 그 애를 질투하게 됐으니까. 케빈과 재키…… 물론 그 애들한테도 힘든 시간들이 있었어. 그거야 나도 잘 알지. 하지만 그 애들은 그런 일을 겪지 않았잖아. 그 뒤로 그런 일은 없었으니까. 나랑 셰이가 확실히 단속했지."

"나도 그랬어."

카멀 누나는 잠시 생각에 잠겼다. "그래, 너도 그랬지." 누나도 인정했다. "하지만 우린 너 또한 지키려고 애를 썼어. 실제로 그렇게 했고. 난 늘 너도 아무 문제 없다고 생각했어. 어쨌든 넌 용감하게 집을 떠났잖아. 재키도 네가 잘 지낸다고 전해줬고……. 그래서 난 네가 완전히 망가지기 전에 집에서 나간 거라고 생각했어."

"거의 근접했지. 성공적이진 않았지만."

"저번에 네가 술집에서 그런 이야기를 하기 전까지는 몰랐어. 우
린 널 위해 최선을 다했으니까."

난 누나를 보며 미소 지었다. 누나의 이마에는 평생 주변 사람
들이 괜찮은지 걱정하느라 생긴 근심 어린 주름이 미로처럼 남아 있
었다.

"누나가 그렇게 해준 거 나도 알아. 누나보다 더 잘할 수 있는 사
람은 없었을 거야."

"이제 내가 케빈을 질투한 이유를 알겠지? 그 애와 재키는 지금까
지 행복하게 지냈어. 내가 아주, 아주 어렸을 때처럼 말이야. 그렇다
고 케빈에게 나쁜 일이 일어나길 바란 적은 없어. 절대로! 그저 그
애를 보면서 나도 저렇게 되고 싶다고 생각했을 뿐이야."

나는 부드럽게 말했다.

"누나는 나쁜 사람 아니야. 케빈에게 화풀이를 한 것도 아니잖아.
평생 그 애를 다치게 한 적이 없지. 항상 케빈에게 이롭도록 최선을
다했고. 누난 그 애에게 좋은 누나였어."

"여전히 죄책감이 들어." 카멜 누나는 슬픔에 잠긴 눈으로 방 안을
둘러보면서 살짝 비틀거렸다. "질투. 그것만으로도 죄를 지은 거야.
너도 알잖아. '신부님, 용서를 구합니다. 제가 한 생각과 제가 한 말,
제가 한 일과 제가 하지 못한 일에 대해……'. 케빈이 죽은 지금 어
떻게 내가 고해를 할 수 있겠니? 내 삶이 부끄러울 뿐이야."

나는 누나의 어깨를 감싸 안았다. 부드러움과 편안함이 느껴졌
다.

"내 말 잘 들어. 누나가 동생을 약간 질투했다고 해서 지옥에 갈

일은 절대 없어. 도리어 천국에 가면 갔지. 앞으로 그 일을 극복하기 위해 열심히 노력하면 하느님한테 더 좋은 점수를 받게 될 거야. 알았지?"

"네 말이 맞아."

누나가 기계적으로 대답했다. 오랫동안 트레버의 비위를 맞춰주느라 생긴 습관일 뿐 확신이 깃든 말은 아니었다. 어렴풋이, 내가 누나를 실망시킨 것 같다는 느낌이 들었다. 순간 카멀 누나가 자세를 바로잡았다. 어느새 내 존재에 대해서는 완전히 잊은 듯했다.

"세상에, 루이즈가 들고 있는 거 맥주 캔이니? 루이즈! 이리 와!"

루이즈는 눈을 휘둥그레 뜨더니 쏜살같이 사람들 사이로 사라졌다. 카멀 누나는 아이를 쫓아갔다.

나는 그대로 벽에 기대서 있었다. 방 안이 다시 들썩거리기 시작했다. 홀리 토미 머피가 〈아주 먼 옛날〉을 노래하기 시작했다. 이탄 연기와 꿀 맛이 나는 듯했다. 나이가 들면서 전보다 거칠어지긴 했지만, 여전히 대화를 중단시킬 만한 목소리였다. 여자들은 술잔을 들며 어깨를 나란히 흔들었고, 아이들은 부모의 다리에 몸을 기댄 채 엄지손가락을 빨며 노래를 들었다. 계속 떠들던 케빈의 친구들조차도 목소리를 낮추었다. 홀리 토미는 눈을 감은 채 고개를 뒤로 젖혔다.

"한때 더블린 마을은 노래와 이야기, 유명한 영웅들, 스쳐 지나는 일화들과 영예로 드높았다네……."

순간 창틀에 기댄 채 노래를 듣고 있는 노라를 보고 나는 심장이 멎을 뻔했다. 멀리서 보니 검은 머리에 슬퍼 보이면서도 차분한 눈동자가 로지와 똑같았다.

나는 노라에게서 재빨리 시선을 돌리다가, 성심상과 케빈의 사진들이 놓인 탁자 뒤쪽에서 맨디의 어머니인 컬런 부인을 발견했다. 부인은 베로니카 크로티와 진지하게 대화를 나누는 중이었는데, 여전히 일 년 내내 기침을 달고 사는 것 같았다. 나는 십 대 때 컬런 부인과 사이가 좋았다. 부인은 잘 웃는 사람이었고, 나는 항상 부인을 웃게 만들었다. 상황이 이렇긴 하지만, 부인과 눈이 마주친 순간 이번에도 부인에게 미소를 지어 보였다. 그러자 부인은 뭔가에 물린 것처럼 펄쩍 뛰며 베로니카의 팔꿈치를 잡더니, 내가 있는 쪽을 힐끔거리며 한참 동안 귓속말을 하기 시작했다. 컬런 집안 사람들로 말하자면, 그런 짓을 티 내지 않고는 할 수 없는 이들이었다. 아까 재키가 어째서 컬런 집안 사람들과는 인사를 시켜주지 않은 건지 문득 궁금해졌다.

나는 줄리의 오빠인 데스 놀런을 찾아보았다. 내 옛 친구로, 그 또한 재키가 인사를 시켜줄 때 빼먹은 인물이었다. 보아하니, 내가 반갑다고 웃기라도 했으면 나를 보는 데스의 표정이 아주 가관이었을 것이다. 그는 뭔가 앞뒤가 안 맞는 말을 중얼거리고는 아직 술이 남아 있는 듯한 맥주 캔을 들어 보이며 주방 쪽으로 사라졌다.

나는 구석에 있는 재키를 발견했다. 버티 숙부가 그 애를 붙잡고서 뭔가 귓속말을 하고 있었다. 힘들어 보이는 표정이라, 나는 땀이 축축한 숙부의 손아귀에서 동생을 떼어낸 뒤 침실로 데리고 가 문을 닫았다. 복숭아색으로 칠한 그 방은 온통 여기저기 놓인 그릇투성이였다. 엄마 입장에서는 앞이 깜깜한 노릇일 것이다. 방 안에서는 기침약과 뭔가 다른 약물의 냄새가 심하게 풍겼다.

재키가 침대에 털썩 주저앉았다. "세상에." 동생은 손으로 얼굴에 부채질을 했다. "정말 너무 고마워. 이런 말 하면 안 되는 줄은 알지만, 숙부님은 평생 한 번도 안 씻은 것 같아."

"재키, 무슨 일이야?"

"무슨 일이냐니?"

"여기 있는 사람들 중 절반이 나한테 말 한마디도 걸지 않을뿐더러, 심지어 눈도 마주치려 하지 않아. 그러면서도 내가 쳐다보지 않는 것 같으면 뭔가 계속 떠들어대고. 대체 무슨 일이지?"

재키는 초콜릿을 몰래 훔쳐 먹고 거짓말을 하는 아이처럼 아무것도 모르는 척하면서도 뭔가 찔리는 구석이 있는 듯한 표정이었다.

"오빠 그동안 이곳에 없었잖아. 아무래도 스무 해가 넘도록 보지 못했으니 어색한가 보지."

"헛소리. 혹시 내가 경찰이라서 그래?"

"그건 아니야. 아, 어쩌면 그것도 약간은 영향이 있을지 모르겠네. 아주 약간은……. 그냥 좀 넘어가면 안 돼? 오빠가 지나치게 예민한 걸 수도 있잖아."

"무슨 일인지 알아야겠어, 재키. 농담하는 거 아니야. 뭔지 몰라도 날 속일 생각 마."

"그렇게 딱딱하게 굴지 마. 난 오빠가 상대하는 용의자가 아니니까." 재키가 손에 들고 있던 사과주 캔을 흔들었다. "오빠 술은 좀 남았어?"

내가 들고 있던 기네스 캔을 동생에게 건네주었다. 거의 마시지 않은 맥주였다.

"자."

재키는 한숨을 쉬면서 맥주 캔을 돌렸다. "오빠도 플레이스가 어떤 곳인지 알잖아. 뭐든 소문거리만 있으면…….”

“벌떼처럼 달려들지. 오늘은 내가 먹잇감이야?”

재키가 거북한 듯 어깨를 으쓱였다. “로지는 오빠가 떠나던 날 살해당했어. 오빠가 돌아오고 이틀 뒤엔 케빈 오빠가 죽었고. 그리고 데일리네에 가서는 경찰한테 얘기하지 말라고 했지. 몇몇 사람들이…….” 재키는 말끝을 흐렸다.

“지금 농담하는 거라고 해줘, 재키. 동네 사람들이 내가 로지와 케빈을 죽였다고 생각하는 게 아니라고 말이야.”

“전부 그렇게 생각하는 건 아니야. 몇몇 사람들만 그렇지. 내 생각엔…… 프랜시스 오빠, 내 말 좀 들어봐. 내 생각엔, 그 사람들도 정말로 그렇게 믿는 건 아닐 거야. 그냥 이야깃거리를 만드느라 그러는 거지. 오빤 멀리 떠나 있었고, 경찰이 됐어. 그게 다야. 그러니까 그 사람들은 신경 쓰지 마. 그저 재밋거리를 찾는 것뿐이니까.”

나는 조금 전 재키에게서 건네받은 빈 사과주 캔이 아직까지 손에 쥐어 있는 것을 깨닫고 캔을 으스러뜨렸다. 스코처나 그 부하들, 어쩌면 잠복수사과의 몇몇 사람들한테서는 그런 이야기가 나올지 모른다고 생각했다. 하지만 내가 자란 이 골목에서 나오리라고는 상상도 하지 못했다.

재키가 걱정스러운 눈으로 나를 쳐다보았다.

“무슨 뜻인지 알지? 누군지 몰라도 로지를 해친 사람이 주변에 있다는 거잖아. 사람들은 그런 생각을 하고 싶지 않아서…….”

“나도 여기 사람이야.”

침묵이 흘렀다. 재키가 망설이듯 손을 내밀어 내 팔을 잡으려 했다. 나는 그 손을 떨쳐냈다. 어둑한 방 안 구석마다 위협적인 그림자들이 짙게 내리깔렸다. 바깥 거실에서는 사람들이 띄엄띄엄 홀리 토미의 노래를 따라 부르고 있었다.

"세월이 나를 모질게 만들고, 소금물에 내 뇌가 흐려지네. 더블린 은 계속 변해가고 예전과 같지 않아……."

내가 말했다.

"네 면전에서 날 비난하는 사람들을 이 집에 들인 거야?"

"그렇게 단순한 문제가 아니야. 게다가 내 앞에서 그런 말을 한 사 람은 아무도 없어. 그 사람들한테 배짱이 있을 것 같아? 저들은 얼 핏 흘릴 뿐이야. 암시만 주는 거지. 놀런 부인은 카멀 언니한테 오빠 주변에선 항상 이런 일이 일어나는 것 같다고 말했어. 샐리 헌은 엄 마한테 원래 오빠 성질이 고약했다면서 예전에 지피의 코를 주먹으 로 날렸던 일을 끄집어냈고……."

"그 애가 케빈을 괴롭혔으니까. 지피를 때릴 수밖에 없는 상황이 었어. 그것도 우리가 열 살 때 일이고."

"나도 알아. 오빠, 그런 사람들은 무시해. 그 사람들을 만족시켜줄 필요 없어. 멍청이들이잖아. 재밌거리는 이만하면 충분하지 않나 싶어도 늘 부족한 모양이야. 이 동네가 워낙 이래."

"그래, 이 동네는 이렇지."

함께 부르는 사람들이 많아지면서 노랫소리가 더 커졌다. 누군가 화음까지 넣고 있었다.

"빛이 저물기 시작하면 둥글게 둥글게 노래를 부르네. 이제는 볼 수 없는 더블린의 모습을 기억하지……."

나는 벽에 기대선 채 얼굴을 양손으로 쓸어내렸다. 재키는 나를 곁눈질하고는 기네스 맥주를 마신 뒤, 잠시 망설이다 마침내 입을 열었다.

"이제 나가봐야겠지?"

"케빈이 나한테 하고 싶어 했던 이야기가 뭔지 알아?"

재키가 고개를 떨궜다. "미안해. 난 오빠가 나한테……."

"내가 너한테 뭐라고 했는지는 알아."

"결국 통화 못 한 거야?"

"그래. 못 했어."

다시 짧은 침묵이 흘렀다. 재키가 다시 말했다.

"정말 미안해, 오빠."

"네 잘못 아니야."

"사람들이 우릴 기다릴 거야."

"알아. 일 분만 더 있다가 나가자."

재키가 맥주 캔을 내밀었다.

"젠장. 더 독한 게 필요해."

셰이 형과 나는 케빈이 찾지 못하도록 창틀 밑 느슨한 마룻장 아래 담배를 숨겨놓곤 했다. 아무래도 담배는 아버지가 다 찾아 피운 모양이었다. 나는 그 안에서 반쯤 남은 보드카 병을 꺼내 한 모금 마신 뒤 재키에게 건네주었다.

"세상에." 동생은 진짜 놀란 모양이었다. "안 될 것도 없지." 재키는 내게서 술병을 받아 들고 얌전하게 한 모금 마신 뒤 병에 묻은 립스틱 자국을 닦아냈다.

나는 술병을 돌려받아 한 모금 더 마시고 보드카 병을 다시 마룻장 아래 집어넣었다.

"좋아. 그럼 이제 헛소리하는 인간들을 상대하러 나가볼까."

316

밖에서 들리던 소리가 바뀌었다. 노랫소리가 끊기고, 이내 웅성거리는 사람들의 말소리도 멈췄다. 나지막하게 들리는 누군가의 화난 음성과 함께 의자가 벽에 부딪치는 소리가 들렸다. 엄마가 비명을 지르듯 쉰소리로 외치고 있었다.

아버지와 데일리 아저씨가 거실 한복판에서 고개를 쳐들고 싸우기 일보 직전이었다. 엄마의 라벤더색 옷은 뭔가를 뒤집어쓴 것처럼 젖어 있었다. 엄마가 계속 소리쳤다("그럼 그렇지, 이 쓸모없는 인간아. 그렇고말고. 그냥 딱 하루 저녁만 참으라고 그렇게 말했건만……"). 다른 사람들은 이 난장판에 끼고 싶지 않은 듯 뒤로 물러나 있었다. 거실 건너편에 있던 셰이 형과 내 시선이 자석처럼 마주쳤다. 우리는 구경하는 사람들 틈을 비집고 그쪽으로 다가갔다.

데일리 아저씨가 아버지에게 말했다.

"앉아."

"아버지."

나는 아버지의 어깨에 손을 올렸다.

아버지는 내가 옆에 다가온 것도 알아차리지 못했다. 아버지가 데일리 아저씨에게 말했다.

"내 집에서 나한테 명령하지 마."

반대편에 있던 셰이 형이 아버지를 불렀다.

"아버지."

"앉아. 그만큼 소란 피웠으면 됐잖아."

데일리 아저씨가 다시 한번 작게 말했다. 차가운 목소리였다.

아버지가 덤벼들었다. 진짜로 필요한 기술은 쇠하는 법이 없다. 나도 셰이 형만큼 빨리 아버지를 붙들었다. 아버지가 다리에 힘이 풀려 움직임을 멈췄을 때도, 나는 여전히 아버지를 붙잡은 채 등에 힘을 주고 있었다. 순전히 부끄러움 때문에 얼굴이 이마까지 벌겋게 달아올랐다.

"여기서 데리고 나가."

어머니가 내뱉었다. 여자들이 혀를 끌끌 차며 어머니 옆으로 모여들었고 누군가 휴지로 어머니의 옷을 닦아주었지만, 너무 화가 난 어머니는 알아차리지 못했다.

"당장 여기서 꺼져. 당신이 속한 시궁창으로 돌아가란 말이야. 애초에 꺼내주질 말았어야 했는데. 죽은 아들 보기 부끄러운 줄도 모르고……."

"망할 년!" 우리 손에 이끌려 문밖으로 나가면서 아버지가 어깨 너머로 외쳤다. "쓰레기 같은 창녀 주제에!"

"뒷문으로 가자. 데일리 아저씨가 현관으로 나갈 수 있게."

셰이 형이 무뚝뚝하게 말했다.

"빌어먹을 맷 데일리. 재수 없는 테시(테리사) 데일리. 너희 두 녀석도 마찬가지야. 그나마 아들 셋 중에 케빈이 제일 멀쩡했는데."

아버지는 계단을 내려가면서 우리에게 말했다.

셰이 형이 귀에 거슬리는 소리로 픽 웃었다. 많이 지친 듯했다.

"그건 그렇죠."

"제일 나았지. 푸른 눈을 가진 내 아들." 아버지가 울기 시작했다.

"아버지가 어떻게 지냈는지 알고 싶어?" 셰이 형이 내게 물었다. 아버지 목 뒤에서 나는 분젠버너의 불꽃같은 형의 눈과 마주쳤다. "지금 알아보면 될 거야. 잘해봐." 형은 솜씨 좋게 한쪽 발로 뒷문을 잡고 있다가, 아버지를 계단에 내려놓은 뒤 다시 안으로 들어갔다.

아버지는 요란하게 흐느껴 울면서 끝도 없이 자신을 괴롭히는 삶의 잔인함에 대해 온갖 이상한 소리를 늘어놓고 있었다. 난 벽에 기대서서 담배에 불을 붙였다. 어디선가 특이하게 내리비치는 흐릿한 오렌지색 불빛에 정원이 팀 버튼 영화 속의 뾰족뾰족한 이미지처럼 보였다. 예전에 화장실로 쓰던 헛간이 아직 그대로 남아 이제는 판자 몇 개만 달고 기이한 각도로 서 있었다. 뒤에서 현관문 닫히는 소리가 들렸다. 데일리 가족이 집으로 돌아가는 모양이었다.

얼마 안 있어 아버지의 집중력은 흩어졌다. 앉아 있던 바닥이 차가워서였을지도 모른다. 아버지는 우는 연기를 멈추고 소매로 코를 닦았다. 그러더니 좀더 편안하게 자세를 바꾸며 얼굴을 찌푸렸다.

"담배 내놔라."

"말 좀 곱게 하시죠."

"난 네 아비야. 담배 내놔."

"미치겠네." 난 아버지에게 담배를 내밀었다. "담배야 얼마든지 드리죠. 폐암에 걸릴 확률이 높으니까."

"네놈은 항상 이렇게 오만했어. 널 가졌다고 말했을 때 네 엄마를 계단에서 걷어찼어야 했는데."

아버지가 담배를 받으며 말했다.

"그러시고도 남죠."

"쓸모없는 놈. 난 이유 없이 너희들한테 손댄 적 없다."

아버지는 손을 너무 떨어 담뱃불도 제대로 붙이지 못했다. 나는 아버지 옆에 앉아 라이터를 들고 담뱃에 불을 붙였다. 아버지한테서는 언제나처럼 싸구려 진 냄새와 퀴퀴한 니코틴 냄새와 기네스 맥주 냄새가 풍겨 나왔다. 머리 위쪽 창문을 통해 거실에 모인 사람들

사이에 드문드문 어색하게나마 다시 대화가 시작되었다는 것을 알
수 있었다.

　내가 물었다. "등은 어떻게 된 거예요?"

　아버지는 담배를 한 모금 길게 빨아들였다. "상관할 것 없어."

　"그냥 잡담이나 하자는 거예요."

　"잡담 같은 걸 하는 놈이 아니잖아. 날 물렁하게 보지 마라. 이런
수작에 넘어갈 내가 아니야."

　"물렁하게 본 적 없어요."

　진심이었다. 만일 조금만 더 교육을 받고 술을 덜 마셨더라면 아
버지는 꽤 뛰어난 인물이 됐을 것이다. 내가 열두 살쯤 되었을 때,
학교에서 2차세계대전에 관한 수업이 있었다. 선생님은 이곳 아이
들이 너무 멍청해 복잡한 건 아무것도 모를 거라 생각하는 편견이
가득한 사람으로, 아예 가르치려는 시도조차 하지 않았다. 마침 그
주에 술을 마시지 않았던 아버지는 나를 앞에 앉힌 뒤 연필로 주방
테이블보에 도표를 그리고 케빈의 장난감 군인들을 가지고 나와 2
차세계대전에 대한 모든 것을 설명해주었다. 지금도 무슨 영화를
본 듯 그때 일이 생생하게 떠오른다. 아버지의 비극 중 하나는 자신
이 평생에 걸쳐 얼마나 광범위하게 멍청한 짓을 저질렀는지를 알 정
도로 똑똑하다는 것이다. 물렁하기는커녕 널빤지보다 더 단단한 사
람이다.

　"내 등에는 왜 관심을 가지는 건데?"

　"호기심이죠. 혹시라도 요양원 비용을 분담해야 할지도 모르니
까. 무슨 병인지 미리 알고 있는 편이 낫잖아요."

　"난 너희들한테 바라는 거 없다. 그리고 요양원엔 가지 않을 거야.

그전에 내 머리에 총을 쏴서 죽고 말지."

"잘됐네요. 너무 미루지는 마세요."

"네 뜻대로 되진 않을 거다." 아버지는 다시 한번 담배를 빨아들인 뒤, 입에서 길게 뿜어낸 담배 연기를 쳐다보았다.

"조금 전엔 왜 그러신 거예요?"

"이런저런 일로 그랬어. 남자들끼리의 일이야."

"그게 무슨 소리에요? 데일리 아저씨가 소라도 훔쳐 갔어요?"

"그 자식을 내 집에 들여놓지 말았어야 했는데. 다른 날도 아니고 오늘 밤은 더더욱."

정원을 스쳐 가는 바람에 헛간 벽이 흔들렸다. 그 순간, 전날 밤 어둠 속에서 누군가에게 공격당해 여기서 네 건물 떨어진 정원에 쓰러져 있었을 케빈의 모습이 눈앞에 나타났다. 내가 느낀 건 분노가 아니라 돌 스무 덩이에 짓눌린 듯한 기분이었다. 밤새 이곳에 앉아 있어야 할 것만 같았다. 혼자서는 도저히 자리에서 일어날 수가 없었다.

조금 뒤 아버지가 말했다.

"예전에 천둥 치던 밤 기억나냐? 네가 그때 다섯 살이었는지 여섯 살이었는지 모르겠다. 내가 너희들을 데리고 밖에 나갔지. 네 엄마는 난리를 치고 말이야."

"기억나요."

압력솥에 들어앉은 듯 푹푹 찌던 어느 여름날 저녁이었다. 숨 막히는 더위 때문에 여기저기서 시비가 붙고도 남을 그런 날. 천둥이 첫 번째로 울리자, 아버지는 안도한 듯 큰 소리로 웃었다. 한 팔로 세이 형을 안고 다른 팔로 나를 안아 올린 채 현관문으로 나가 계단을 뛰어 내려갔다. 뒤에서 엄마가 화를 내며 고함을 질렀다. 아버지는 우리를 안고 굴뚝 위로 번쩍거리며 내리치는 번개를 보여주며 천둥을 무서워할 필요가 없다고 말했다. 번개는 공기가 폭발하듯 순식간에 덥혀지면서 나타나는 현상이라고. 그리고 창문으로 몸을 내밀고 날카롭게 고함을 지르고 있는 엄마도 무서워하지 말라고 했다. 마침내 빗방울이 떨어지기 시작하자, 아버지는 텅 빈 거리에서 고개를 뒤로 젖히고 보라색과 잿빛이 섞인 하늘을 올려다보면서 우리를 안은 채 빙글빙글 돌았다. 셰이 형과 나는 큰 소리로 웃으며 고함을 질렀다. 우리 얼굴 위로 따뜻하고 거대한 빗방울이 떨어지고, 머리카락에서는 정전기가 일어났다. 천둥이 땅을 뒤흔들자 아버지 몸의 진동이 우리에게까지 느껴졌다.

"멋진 폭풍우였지. 근사한 밤이었어." 아버지가 말했다.

"그 냄새 기억나요. 그 맛도."

"그래." 아버지는 마지막으로 담배를 살짝 빨아들인 뒤 꽁초를 물웅덩이에 던졌다. "그날 밤에 내가 하고 싶었던 게 뭔 줄 아냐? 난 너희들 둘을 데리고 떠나고 싶었어. 산 위로 올라가 거기서 살고 싶었지. 어디선가 텐트와 총을 훔쳐 사냥을 하며 사는 거야. 잔소리하는 여자들도 없고, 우리를 탐탁지 않게 여기는 사람도 없고, 계속 일하라고 몰아붙이는 사람도 없는 곳에 가서 말이지. 너희들은 아주 잘 컸을 거다. 너나 케빈이나, 무슨 일이든 할 수 있는 강한 젊은이들이 됐겠지. 우린 큰일을 했을 거야."

"그날 밤에 같이 나갔던 건 셰이 형이랑 저예요."

"너랑 케빈이야."

"아니에요. 그때 전 아버지가 안고 나갈 정도로 어렸어요. 그렇다면 케빈은 갓난아기였을 텐데요. 태어났다면 말이지만."

아버지는 잠시 생각에 잠겼다.

"망할 자식, 지금 네놈이 무슨 짓을 한 줄 알아? 그건 죽은 아들과 함께한 가장 좋았던 추억이었어. 어째서 그걸 망치는 거냐?"

"아버지와 케빈 사이에는 아무 추억도 없기 때문이죠. 케빈이 태어났을 때 아버지 머릿속은 이미 삶은 감자처럼 흐물흐물해져 있었으니까. 제가 잘못 알고 있는 거라면 말씀해보세요. 들어드리죠."

아버지는 숨을 들이마신 뒤 있는 힘을 다해 나를 때리려 했지만, 느닷없이 기침이 터져 나오는 바람에 몸이 뒤로 넘어갈 뻔했다. 갑자기 아버지와 내 모습이 역겨워졌다. 십여 분 동안 나는 아버지의 얼굴을 한 대 날릴 기회를 엿보고 있었다. 그러다 결국은 나와 체격이 비슷한 사람은 상대할 생각을 않는 게 좋다는 것을 깨달았지만. 원래 이 집에서 삼 분 이상 있으면 미친다는 사실도 뒤늦게야 떠올랐다.

"여기요." 난 담배 한 대를 더 내밀었다. 여전히 기침 때문에 말도 할 수 없는 상태였음에도, 아버지는 떨리는 손으로 담배를 받았다.

"실컷 피우세요." 나는 아버지만 남겨두고 그 자리를 떠났다.

집 안에 들어가니 홀리 토미가 다시 노래를 부르고 있었다. 그날 밤에는 기네스와 영혼을 바꾼 사람들이 무대에 섰고, 우리는 영국과 싸우고 있었다.

"파이프도 울지 않고, 전투의 북소리도 울리지 않네. 삼종기도의 종소리만 불어난 리피 강 위에서 안개 낀 이슬을 뚫고 울려 퍼졌네……."

셰이 형의 모습이 보이지 않았다. 린다 드와이어도 없었다. 카멀 누나는 소파 한편에 몸을 기댄 채 노래를 흥얼거리고 있었다. 한쪽 팔로 반쯤 잠든 도나를 안고, 다른 쪽 손은 엄마의 어깨에 올린 채였다. 나는 누나의 귀에 대고 작은 소리로 말했다.

"아버지가 뒤뜰에 있어. 조금 있다가 살펴봐야 할 거야. 난 그만 가볼게."

카멀 누나가 깜짝 놀라 고개를 돌렸다. 하지만 나는 입술에 손가락을 올리고 눈짓으로 엄마 쪽을 가리키며 고개를 끄덕였다.

"쉿, 조만간 또 올게. 약속해."

누군가 말을 걸기 전에 나는 그 자리를 떠났다. 데일리네 집과 털이 많은 학생이 사는 아파트에서만 불빛이 새어 나올 뿐 거리는 캄캄했다. 다른 사람들은 모두 잠들었거나, 우리 집에 모여 있었다. 홀리 토미의 목소리가 환하게 불을 밝힌 우리 집 거실 창문 유리를 뚫고 흐릿하게 들려왔다.

"말을 타고 글렌으로 돌아갈 때 내 가슴은 슬픔으로 아려왔네. 다시 볼 수 없을 용맹한 남자들과 헤어졌기 때문이라네……."

노랫소리는 동네를 떠날 때까지 따라왔다. 심지어 스미스 로드에 이르러서도 지나가는 자동차 소리 사이로 그의 가슴 벅찬 노랫소리가 들리는 것 같았다.

13

나는 차에 올라타 도키로 향했다. 늦은 시각이라 모두 잠자리에 들었는지 컴컴한 거리는 무서울 정도로 고요했다. 단정하게 다듬은 나무 아래 차를 세운 뒤, 그대로 차 안에 앉아 홀리의 침실 창문을 올려다보았다. 일하다 늦게 돌아오면 진입로에 차를 세우고 소리가 나지 않게 조심조심 열쇠를 돌려 집으로 들어가던 날들이 떠올랐다. 올리비아는 아침 식사용 탁자에 내가 먹을 음식을 남겨두곤 했다. 창의적으로 만든 샌드위치와 메모, 홀리가 그날 그린 그림이 함께 놓여 있었다. 그러면 나는 탁자에 앉아 샌드위치를 먹으면서 주방 창문으로 새어 들어오는 불빛을 조명 삼아 딸이 그린 그림을 보고, 적막한 집 안에서 들리는 여러 소리에 귀를 기울였다. 냉장고 돌아가는 소리, 처마를 스치는 바람 소리, 딸의 규칙적인 숨소리. 그런 다음엔 홀리에게 읽기 연습을 시킬 겸 편지를 썼다. "안녕, 홀리. 진짜 근사한 호랑이 그림이구나! 오늘은 곰을 그려주지 않을래? 사랑을 담아, 아빠가." 이어 침실로 가는 길에 홀리의 방에 들러 잘 자라는 키스를 했다. 홀리는 팔다리를 쫙 벌려 침대를 차지한 채 잠들어 있었다. 올리비아는 내가 누울 공간을 남겨두느라 몸을 웅크린 채 자고 있다가, 내가 침대에 들어가면 뭐라고 중얼거리며 나한테 몸을 기대곤 더듬더듬 내 팔을 찾아 자기 몸에 둘렀다.

나는 홀리를 깨우지 않기 위해 올리비아의 휴대전화로 전화를 걸었다. 신호음이 세 번 떨어진 뒤 바로 음성 사서함으로 넘어갔다. 집 전화로 다시 전화를 걸었다.

첫 번째 신호음이 떨어지자마자 올리비아가 전화를 받았다.

"프랭크, 무슨 일이야."

"내 동생이 죽었어."

침묵이 흘렀다.

"케빈 말이야. 오늘 아침에 죽은 채로 발견됐어."

잠시 뒤 올리비아의 침대 옆 램프가 켜졌다. "세상에. 프랭크, 정말 유감이야. 대체 무슨 일로…… 어쩌다 그렇게 된 거야……?"

"집 앞이야. 잠깐 들어가도 돼?"

다시 침묵이 흘렀다.

"갈 곳이 없었어."

숨소리가 들렸다. 완전히 한숨은 아니었다. "잠깐만 기다려." 전화가 끊기더니 그녀의 그림자가 침실 커튼 너머에서 움직였다. 옷을 걸쳐 입고, 머리를 쓸어 넘기는 모습.

올리비아는 흰색 가운을 걸치고 나왔다. 속에 입은 푸른색 저지 잠옷이 엿보였다. 적어도 더모와 사랑을 나누다가 불려 나온 건 아닌 것 같았다. 올리비아는 입술에 손가락을 올린 뒤, 재빨리 나를 주방으로 데려갔다.

"어떻게 된 거야?"

"우리 집 앞 골목 끝에 버려진 집이 한 채 있어. 로지의 유골을 발견한 곳이기도 하지."

올리비아는 의자에 걸터앉은 뒤 양손을 탁자에 올리고 들을 준비를 했다. 하지만 난 앉을 수 없었다. 쉴 새 없이 주방을 서성였다. 멈춰 서는 법을 알 수가 없었다.

"오늘 아침에 그 집 뒤뜰에서 케빈이 발견됐는데, 위층 창문에서 떨어졌다는 거야. 목이 부러졌대."

올리비아는 목을 움직이며 침을 삼켰다. 그녀가 머리를 내린 모습을 보는 것이 사 년 만이었다. 잠자리에 들 때만 머리를 푸니까. 그 모습이 새삼 내가 처한 현실에 고통스러운 일격을 날렸다.

"서른여섯 살이었어. 아직 자리 잡을 준비가 되지 않았다며 애인도 여섯 명이나 만났지. 케빈은 그레이트배리어리프에 가고 싶어 했어."

"세상에, 프랭크. 어쩌다…… 그런 거야……?"

"추락사야. 그 애가 뛰어내린 건지, 누군가 밀어버린 건지. 당신은 어느 쪽일 것 같아? 난 케빈이 애초에 그 집에서 뭘 하고 있었는지도 모르겠고 어쩌다 떨어진 건지도 모르겠어. 리브, 내가 어떻게 해야 할지 모르겠어. 뭘 해야 하는 건지."

"당신은 아무것도 안 해도 돼. 직접 수사할 수 있는 것도 아니잖아."

그 말에 웃음이 나왔다.

"맞아, 그건 그렇지. 살인수사과에서 수사중이야. 살인 사건이라고 할 만한 증거는 없지만 로지 사건과 연관이 있거든. 장소가 같고, 사건이 일어난 시간도 비슷해. 사건은 지금 스코처 케네디가 맡고 있어."

올리비아가 다시 한번 얼굴을 찌푸렸다. 그녀도 스코처를 알았고, 그리 좋아하지 않았다. 어쩌면 그 친구 옆에 있을 때의 나를 좋아하지 않은 것일 수도 있고. 올리비아가 조심스레 물었다.

"그래서, 당신은 괜찮아?"

"아니, 모르겠어. 처음에는 괜찮다고 생각했어. 상황이 훨씬 더 안좋을 수도 있었으니까. 스코처가 골칫거리인 건 사실이지만, 그 친구는 사건을 포기하진 않거든. 형사에게 꼭 필요한 요건이지. 하지만 로지 사건은 전체적으로 아주 까다로워. 살인수사과 형사들 열에 아홉이 쏜살같이 지하실로 달려가 샅샅이 수색했다면 뭔가 단서를 건질 수도 있었을 거야. 그런데 스코처는 그럴 생각이 없었어. 난차라리 잘된 일이라고 생각했지."

"그런데 지금은……?"

"지금은…… 스코처는 피에 굶주린 핏불 테리어야. 자기가 생각하는 만큼 똑똑하진 않지만 한번 잡은 건 놓치지 않지. 설사 잘못된 단서라고 해도 말이야. 그리고 지금은……."

나는 걸음을 멈췄다. 개수대에 기대서서 양손으로 얼굴을 쓸어내리고 손가락 사이로 입김을 내뱉었다. 친환경 전구가 주방의 가장자리를 하얗게 비추며 위협적으로 윙윙 소리를 내기 시작했다.

"저쪽에서는 케빈이 로지를 죽였다고 할 거야. 스코처의 표정을보니 알겠더군. 직접 말을 한 건 아니지만, 녀석이라면 그렇게 생각하고도 남지. 저들은 케빈이 로지를 죽였고, 수사망이 좁혀오자 자살한 거라고 말할 거야."

올리비아가 손끝을 입에 가져다 댔다.

"맙소사. 왜? 무슨 이유로…… 그 사람들이 왜 그런 생각을 해?"

"로지가 쪽지를 남겼어. 사실은 편지의 반쪽이었지. 나머지 반쪽이 케빈의 시신에서 나왔어. 누군가 케빈을 창문에서 밀어버리면서 집어넣은 것일 수도 있는데, 스코처는 그렇게 생각하지 않아. 그걸로 두 사건을 깔끔하게 해결할 수 있다고 생각할 뿐이지. 신문도, 영장도, 재판도, 아무것도 필요 없이. 일을 굳이 복잡하게 만들 필요가 없잖아?" 나는 개수대에서 몸을 떼고 다시 서성거리기 시작했다. "녀석은 살인수사과 소속이야. 살인수사과에는 백치들밖에 없지. 모두 자기 코앞에 있는 것밖에 보지 못한다고. 그들에게 평생 한 번이라도 좋으니 거기서 조금만 더 멀리 보라고 부탁하잖아? 그럼 그들은 길을 잃어. 잠복수사과에서 반나절만 보내면 저들은 모두 목숨을 잃을 거야."

올리비아는 자신의 긴 잿빛 금발 머리를 쓸어내린 뒤 잡아당겼다.

"대개의 경우, 직접적으로 설명하는 게 옳아."

"맞아, 그렇지. 나도 그렇게 생각해. 리브, 하지만 이번에는, 이번에는 그렇지 않아. 이번에는 직접적으로 말하면 일이 완전히 엉망이 될 거야."

잠시 올리비아는 아무 말도 없었다. 케빈이 갑자기 추락한 것에 대해 직접적으로 들을 사람이 누구인지 그녀가 제대로 알고 있을지 궁금해졌다. 이윽고 올리비아가 조심스럽게 입을 뗐다.

"당신은 케빈을 아주 오랜만에 만났잖아. 그런데도 확신할 수 있어……?"

"그래, 확신해. 지난 며칠 동안 같이 지내보니 케빈은 어릴 때와 변한 게 하나도 없었어. 머릿결이 좋아지고 머리카락이 조금 더 자란 것 빼고는 예전과 똑같았지. 잘못 봤을 리 없어. 내가 그 애에 대해 알아야 할 중요한 것들에 대해서는 다 알고 있다는 얘기야. 케빈은 살인자도 아니고, 자살하지도 않았어."

"스코처한테도 말해봤어?"

"물론이지. 벽에 대고 얘기하는 기분이더군. 스코처는 아예 들으려 하질 않았어. 틀림없이 제대로 듣지 않았을 거고."

"그 사람 상관한테 말해보면 어때? 당신 이야기를 들어주지 않을까?"

"아니, 그건 아니야. 절대 해선 안 될 일이지. 스코처는 이미 나한테 자기 사건에서 빠지라고 경고했어. 그리고 내가 혹시 끼어들지 않는지 눈을 부릅뜨고 지켜보는 중이지. 만일 내가 녀석의 상관에게 간다거나 참견하려고 하면, 그게 자신의 귀한 사건 해결율을 높이는 일에 훼방을 놓는 상황이라 생각하면 더더욱 자기 주장을 꺾으려 하지 않을 거야. 어떻게 해야 할까, 리브? 난 어떻게 해야 하지?"

올리비아는 사려 깊은 회색 눈으로 나를 바라보며 부드럽게 말했다.

"당신은 이 일에서 빠지는 게 최선인 것 같아, 프랭크. 잠시만이라도. 저들이 뭘 어떻게 하든 당장은 케빈에게 해를 입힐 수 없을 거야. 일단 사태가 진정되면……."

"아니, 그렇겐 못 해. 케빈이 죽었다는 이유로 저들이 그 애를 희생양으로 삼는 꼴을 가만히 지켜보고 있을 순 없어. 그 애는 맞서 싸울 수 없겠지만, 난 케빈을 위해 싸울 수 있잖아."

작은 목소리가 들렸다. "아빠?"

우리 둘 다 깜짝 놀랐다. 주방 문 앞에 아주 큰 해나 몬태나* 잠옷을 입은 홀리가 한쪽 손으로 문손잡이를 잡은 채 차가운 타일 위에 발가락을 웅크리고 서 있었다.

올리비아가 재빨리 말했다.

"침대로 가자. 엄마랑 아빠랑 그냥 이야기 좀 하고 있었어."

"누가 죽었다고 했잖아. 누가 죽었는데?"

맙소사. "괜찮아, 우리 딸. 그냥 아빠가 좀 아는 사람이야."

올리비아가 홀리에게 다가갔다.

"밤이 늦었어. 어서 자러 가자. 이야긴 내일 아침에 하고."

올리비아가 홀리를 계단 쪽으로 돌려세우려고 했지만, 홀리는 계속 문손잡이를 잡은 채 그 자리에서 버텼다.

"아니, 안 갈래! 아빠, 누가 죽었어?"

"침대로 가. 얘기는 내일……."

"싫어! 나도 알고 싶단 말이야!"

조만간 설명해야 할 것이다. 다행히도 딸은 죽음에 대해 이미 알고 있었다. 금붕어, 햄스터, 세라의 할아버지의 죽음 덕분에. 문제는, 그 대화를 어떻게 이끌어가야 할지 내가 알지 못한다는 사실이었다.

"재키 고모 말고 아빠한테 동생이 또 있어. 아니, 있었지. 오늘 아

---

* 미국 디즈니 채널에서 방영된 뮤지컬 시트콤의 주인공.

침에 죽었거든."

난 홀리에게 오랫동안 모르고 있던 친척에 대해 이야기했다.

홀리가 나를 쳐다보았다. "아빠 동생? 삼촌 말이야?" 아이의 목소리가 살짝 떨렸다.

"그래, 네 삼촌이야."

"누구?"

"네가 모르는 사람이야. 외삼촌들 아니고. 우리가 말하는 사람은 케빈 삼촌이라고 해. 너하고 만난 적은 없지만, 아빠 생각엔 너랑 잘 맞았을 것 같아."

순간 아이의 눈이 휘둥그레졌다. 이어 얼굴이 일그러지더니, 홀리는 고개를 쳐들고 순수한 슬픔으로 온몸을 떨기 시작했다.

"안 돼! 안 돼, 엄마, 안 돼, 엄마, 안 돼……."

비명 소리가 잦아들고, 이내 가슴을 쥐어짜는 듯한 흐느낌이 터져나왔다. 홀리는 올리비아의 배에 얼굴을 묻었다. 올리비아가 바닥에 무릎을 꿇고 앉아 홀리를 끌어안으며 작은 소리로 아이를 달래기 시작했다.

내가 물었다. "홀리가 왜 이렇게 우는 거야?"

진심으로 당혹스러웠다. 지난 며칠 사이 판단력이 흐려진 걸까? 올리비아가 죄책감 어린 눈을 들어 슬며시 나를 올려다볼 때까지도 도무지 어떻게 된 일인지 전혀 알아차리지 못했다.

"리브, 홀리가 왜 우는 거냐니까?"

"조금 있다가 말해줄게. 홀리, 애야, 괜찮을 거야."

"아니야! 전혀 안 괜찮아!"

일리 있는 말이다. "지금 말해. 홀리가 왜 우는 거냐고!"

홀리가 눈물에 젖은 채 벌겋게 달아오른 얼굴을 올리비아의 어깨에서 들어 올렸다. "케빈 삼촌!" 아이가 소리쳤다. "삼촌이 슈퍼 마리오 게임도 하게 해줬고, 재키 고모랑 같이 동화 연극에도 데려가줬는데!"

홀리는 계속 말을 하려 했지만, 또다시 북받쳐 오른 눈물에 말문이 막혔다. 난 가까스로 의자에 앉았다. 올리비아는 줄곧 내게로 시선을 향한 채, 홀리의 등을 다독이고 머리를 쓰다듬어주었다. 나도 저런 위로를 받을 수 있다면, 기왕이면 머리숱이 구름처럼 풍성하고 가슴이 큰 사람이 해주었으면 좋겠는데.

홀리가 결국 울다 지쳐 가쁜 숨을 몰아쉬자, 올리비아는 아이를 달래 침실로 데려갔다. 아이의 눈은 이미 반쯤 감겨 있었다. 두 사람이 위층에 올라가 있는 동안, 나는 와인 선반에서 좋은 키안티 와인 한 병을 발견했다. 내가 이 집을 나간 뒤로 올리비아는 맥주를 사지 않았다. 나는 키안티의 뚜껑을 열었다. 그런 뒤 자리에 앉아 눈을 감고 주방 벽에 머리를 기댄 채 위층에서 올리비아가 딸을 달래는 소리에 귀를 기울이면서, 이제까지 이렇게 화가 난 적이 있었는지 생각해보았다.

"자……." 올리비아가 계단을 내려오는 소리에 내가 기다렸다는 듯 말했다. 그녀는 위층에 올라간 김에 평소의 모습으로 무장하고 나왔다. 빳빳한 청바지에 캐러멜색 캐시미어 스웨터, 그리고 독선적인 표정으로. "이제 설명을 좀 들어야 할 것 같은데. 안 그래?"

올리비아는 내 술잔을 보더니 미묘하게 눈썹을 치올렸다.

"보아하니 술을 마셨네."

"오, 괜찮아. 얼마 안 마셨어. 이제 막 시작했거든."

"운전할 수 없을 정도로 취해서 여기서 잘 생각은 아니겠지."

"리브, 평소라면 당신이 내놓는 수많은 장애물들을 오르내리며 싸워도 행복했을 거야. 하지만 미리 경고하는데, 오늘 밤엔 곧장 본론으로 들어가야겠어. 홀리가 케빈을 어떻게 아는 거지?"

올리비아가 머리를 뒤로 쓸어 넘기더니 고무줄로 능숙하게 묶었다. 냉정하고 차분하며 침착하게 응하기로 결심한 모양이었다.

"내가 재키한테 홀리를 인사시켜달라고 했어."

"그래, 좋아. 재키와 얘길 해봐야겠네. 당신이 그런 귀여운 생각을 할 정도로 순진한 거야 이미 알고 있으니까. 하지만 재키는 변명의 여지가 없지. 설마 케빈만이 아니라 빌어먹을 우리 가족 전체를 다 만나게 한 건 아니겠지? 제발 홀리가 케빈만 만났다고 말해줘, 리브. 제발."

올리비아는 팔짱을 끼고 주방 벽에 기대섰다. 이른바 전투태세였다. 그동안 숱하게 봐왔다.

"조부모님이랑 삼촌들, 고모들, 당신 조카들까지 다 봤어."

셰이 형. 엄마. 아버지. 지금껏 난 여자를 때린 적이 없다. 그런 생각을 하고 있다는 것을, 의자 가장자리를 꽉 붙든 내 손을 의식한 뒤에야 깨달았다.

"재키가 이따금 학교 끝난 뒤에 홀리를 데리고 가서 차를 마셨어. 홀리는 자기 가족을 만난 거야, 프랭크. 세상이 끝난 게 아니라고."

"당신은 내 가족 안 만났잖아. 대놓고 적대감을 드러내고 화염방사기와 방탄복으로 무장을 했지. 대체 홀리가 우리 가족을 몇 번이나 만난 거야?"

올리비아가 어깨를 으쓱했다.

"정확하게 몇 번인진 모르겠네. 열두 번에서 열다섯 번 정도? 아니, 스무 번쯤 되나?"

"언제부터야?"

올리비아의 속눈썹이 죄책감에 파르르 떨렸다.

"일 년쯤 됐어."

"일 년 동안 내 딸한테 거짓말을 하라고 시켰단 말이군."

"우린……."

"일 년이야. 일 년 내내 주말마다 난 홀리를 만나서 이번 주에는 뭘 했냐고 물었어. 그때마다 애가 말도 안 되는 거짓말을 늘어놓았다는 거잖아."

"우리가 당분간 당신한테 비밀로 하자고 했어. 당신이 알았으면 가족들이랑 싸웠을 테니까. 그게 다야. 말하려고 했는데……."

"비밀? 그런 걸 거짓말이라고 하는 거야. 비밀 좋아하시네. 당신이 부르고 싶은 대로 부르는 거잖아. 바로 우리 가족이 제일 잘하는 짓이야. 타고난 재능이지. 내 계획은 가능한 한 홀리를 우리 가족들에게서 멀리 떨어뜨려놓고, 애가 나쁜 유전적 기질을 어떻게든 이겨내서 정직하고 건강하며 올바른 인간으로 자라게 하는 거였어. 올리비아, 내 말이 심한 것 같아? 내가 너무 많은 걸 바라는 거야?"

"프랭크, 이러다 홀리가 다시 깨기라도 하면……."

"그런데 당신은 반대로 홀리를 그 한복판에 던져버렸어. 짜잔, 깜짝 놀래줄까. 이제 당신은 홀리가 빌어먹을 매키 집안 사람들과 똑같아지는 걸 보게 될 거야. 저 애는 아주 쉽게 거짓말을 하게 됐잖아? 당신이 그렇게 하라고 홀리를 부추긴 셈이고. 리브, 최악이야, 정말. 내가 이제껏 들은 이야기 중에 가장 저급하고 지저분해."

고맙게도 올리비아가 얼굴을 붉히긴 했다.

"당신한테 말하려고 했어, 프랭크. 일단 아무 문제도 없다는 걸 알게 되면 당신도 괜찮을 거라는 생각에……."

나는 올리비아가 움찔할 정도로 큰 소리로 웃었다.

"맙소사, 리브! 당신 지금 아무 문제도 없다고 말한 거야? 내가 잘 못 들은 거라면 말해줘. 하지만 지금 이 끔찍한 상황은 문제가 아주 많아."

"프랭크, 제발. 우린 케빈에게 그런 일이 생길 줄은 꿈에도 몰랐어……."

"내가 가족들을 홀리에게서 떼어놓고 싶어 한다는 건 당신도 알고 있었잖아. 그거면 충분했어. 그 외에 당신이 뭘 더 알아야 했던 건데?"

올리비아는 고개를 숙이고 고집스레 턱을 내밀었다. 홀리와 꼭 같은 행동이었다. 내가 와인병에 다시 손을 대자 잠시 그녀는 눈을 번뜩였지만 아무 말도 하지 않았다. 나는 근사한 탁자 위에 와인을 흘리며 술잔을 가득 채웠다.

"대체 그런 짓을 한 이유가 뭐야? 내가 진저리를 칠 게 뻔하니까? 정말 나 열 받게 만들고 싶어서? 말해봐, 리브. 무슨 얘기든 받아들일 수 있어. 전부 다 털어놔도 돼. 날 바보로 만드니 재미있었어? 그걸 보면서 크게 웃었어? 날 괴롭히겠다고 홀리를 정신 나간 미치광이들 한복판에 던져놓은 거야?"

그 말에 올리비아가 등을 펴고 자세를 바로잡았다.

"멋대로 말하지 마. 홀리를 다치게 할 일은 절대 안 해. 당신도 알잖아. 결단코 그럴 일 없어."

"그럼 왜 그런 거야, 리브? 도대체 왜? 무슨 바람이 불어서 그런 생각을 하게 된 건데?"

올리비아는 코로 숨을 짧게 들이마시며 다시 마음을 가다듬었다. 줄곧 연습하고 있었는지, 그녀는 냉정하게 대답했다.

"프랭크, 그 사람들도 홀리의 가족이야. 홀리가 계속 물었어. 왜 자기는 다른 애들처럼 할아버지와 할머니가 없냐고. 재키 고모 말고도 아빠의 다른 형제자매들이 있다는데 어째서 한 번도 만난 적이 없냐고……."

"헛소리하지 마. 홀리가 나한테 우리 가족들에 대해 물어본 건 지금껏 딱 한 번밖에 없었어."

"그랬지. 그때 당신 반응을 보고 아이가 두 번 다시 묻지 않은 거야. 대신 홀리는 나한테 물었어. 재키한테 물었고. 홀리는 정말 알고 싶어 했어."

"애가 원하는 건 다 해줄 거야? 홀리는 이제 아홉 살이야. 새끼 사자를 갖고 싶다고 할 수도 있고, 식사로 피자랑 빨간색 엠앤엠즈 초콜릿만 먹겠다고 할 수도 있어. 그런 요구들을 다 들어줄 셈이야? 우린 홀리의 부모야, 리브. 무엇을 해줘야 도움이 될지, 아이가 아무리 원해도 해주면 안 되는 게 뭔지 생각해야 해."

"프랭크, 목소리 좀 낮춰. 도대체 아이가 당신 가족들 집에 간 게 뭐가 나쁘다는 거야? 당신이 가족에 대해 한 말은 다시는 연락하고 싶지 않다는 것뿐이었어. 당신이 가족들을 도끼 든 살인마라고 한 것도 아니잖아. 재키는 다정하고, 홀리한테 더할 나위 없이 잘해줬어. 그리고 재키 말로는 다른 가족들도 모두 좋은 사람이라고……."

"그 말을 곧이곧대로 믿었어? 재키야 행복하게 살고 있으니까. 게

다가 제프리 다머*도 좋은 여자를 만날 필요가 있다고 생각하는 애고. 대체 언제부터 재키가 우리 애 양육에 결정권을 가지게 된 건데?"

올리비아가 무슨 말인가 하려 했지만, 나는 그녀가 포기하고 입을 다물 때까지 더 몰아붙였다.

"난 지금 여기가 아파. 실제로 아프다고. 이건 당신이 내 뜻을 따라주리라 생각한 유일한 일이었어. 항상 내 가족이 당신한테 부족하다고 생각했잖아. 그러면서 홀리한테는 충분할 거라고 생각한 거야?"

올리비아는 결국 화를 냈다.

"내가 언제 그런 말을 했다는 거야? 대체 언제!"

나는 올리비아를 쳐다보았다. 올리비아는 화가 나 하얗게 질린 얼굴로 숨을 거칠게 쉬면서 손을 뒤로 돌려 문을 잡았다.

"당신이 자기 가족을 부족하게 여기거나 부끄럽게 생각한다면 그건 당신 문제야, 내가 아니라. 나한테 뒤집어씌우지 마. 난 그런 말 한 적 없어. 그런 생각도 한 적 없고. 절대."

그러곤 갑자기 돌아서더니, 소리 나지 않게 문을 닫고 주방에서 나갔다. 홀리만 아니었다면 집이 흔들릴 정도로 쾅 닫았을 것이다.

나는 바보처럼 그대로 자리에 닫힌 문을 멍하니 쳐다보았다. 뇌세포들이 범퍼카처럼 쾅쾅 부딪치는 듯한 느낌이었다. 이내 와인병과 다른 술잔을 찾아 들고 올리비아의 뒤를 쫓아갔다.

그녀는 손등이 덮일 정도로 옷소매를 끌어내린 채 온실 안 고리버

---

* '밀워키의 식인귀'라는 별명을 가진 미국의 연쇄살인마.

들 소파에 다리를 웅크리고 앉아 있었다. 나를 쳐다보지도 않았다. 하지만 내가 술잔을 내밀자 손을 뻗어 받았다. 나는 두 술잔에 각각 작은 동물이 빠져 죽을 만큼 와인을 부었다. 그러곤 그녀 옆에 앉았다.

밖에서는 여전히 비가 내리고 있었다. 가차 없는 빗방울이 유리창을 끈질기게 두드렸고, 창틈으로 새어 들어온 차가운 공기가 연기처럼 온실 안에 퍼졌다. 이 집을 나온 뒤로 시간이 이렇게나 지났음에도 여전히 틈을 찾아 메워야겠다는 생각을 하고 있다는 스스로를 깨달았다. 올리비아가 와인을 홀짝였다. 나는 유리창에 비치는 그녀의 모습을 쳐다보았다. 그녀는 수심이 가득한 눈으로 오직 자신에게만 보이는 뭔가에 집중하고 있었다.

"어째서 지금껏 말하지 않은 거야?" 잠시 뒤 내가 물었다.

그녀는 고개도 돌리지 않고 대답했다. "뭘 말이야?"

"전부 다. 당신이 내 가족을 성가시게 생각하지 않는다는 걸 나한테 말하지 않은 이유부터 궁금해."

올리비아가 어깨를 으쓱였다.

"당신이 가족 이야기를 하고 싶어 하지 않는 것 같아서. 그래서 말할 필요를 못 느꼈지. 나로서는 한 번도 만난 적 없는 사람들과 문제가 있을 이유가 없잖아?"

"리브, 부탁인데 아무것도 모르는 척하지 말아줘. 너무 피곤하니까. 여긴 〈위기의 주부들〉에 나오는 동네 같아. 이 온실도 그렇고. 내가 자란 곳과는 전혀 다르지. 우리 가족은 〈앤절라스 애시스〉*에 더 가까워. 당신이 온실에 앉아 키안티 와인을 마실 때, 나는 어떤

---

* 프랭크 맥코트의 회고록으로, 1999년에 앨런 파커 감독에 의해 영화화된 가난한 아일랜드 가족 이야기.

그레이하운드에 돈을 걸어 실업수당을 날리느냐 아니냐에 따라 어떤 공동주택에서 살지가 결정됐으니까."

올리비아가 거의 보이지 않을 정도로 입술을 씰룩거렸다.

"프랭크, 난 처음 만났을 때부터 당신이 노동자계급이라는 걸 알고 있었어. 그런 건 숨길 수가 없으니까. 그런데도 계속 당신을 만났지."

"그래. 채털리 부인은 신분이 낮은 남자를 좋아하니까."

불시에 서로의 아픈 곳을 건드린 셈이었다. 올리비아가 고개를 돌려 나를 쳐다보았다. 주방에서 비치는 흐릿한 불빛 속에 그녀의 얼굴은 성화 속 인물들처럼 길쭉하고 아름다우면서도 슬퍼보였다.

"그렇게 생각한 적 없잖아."

조금 뒤 나는 인정했다. "그래, 그런 생각은 하지 않았어."

"난 당신을 원했어. 단순하게 말이야."

"내 가족을 빼야 단순한 거지. 날 원했을진 몰라도, 방귀 소리 경연 대회에 나가도 될 것 같은 버티 삼촌이나, 강아지들을 데리고 버스에 타는 법을 설명하는 콘셉타 이모할머니까지 원하진 않았을 거 아니야. 당신도 그 사람들을 직접 봐야 해. 첫 성찬식을 준비한답시고 일곱 살짜리 애를 일광욕으로 새까맣게 태운 사촌 내털리도 있지. 그 모습에 동네 사람들이 전부 다 심장마비에 걸린 건 아니지만, 몇 명은 분명 가슴이 철렁했을걸. 이만하면 나머지 친척들도 어떨지 짐작할 수 있겠지. 장인어른의 골프 모임이나 장모님의 브런치 클럽이랑은 완전히 다르다는 걸 말이야. 유튜브에 올리기라도 하면 그 즉시 전설이 될걸."

올리비아가 말했다.

"그 말이 맞겠지. 하지만 난 그런 생각 해본 적이 없어." 그녀는 잠시 아무 말 없이 술잔을 돌렸다. "그래, 처음엔 당신이 가족들과 연락하지 않는 게 여러 가지 면에서 훨씬 편할 거라고 생각했던 건 사실이야. 그분들이 성에 차지 않아서가 아니라, 그냥…… 그러는 편이 낫다고 생각했어. 하지만 홀리가 태어난 뒤로…… 그 모든 생각들이 달라졌어. 프랭크, 전부 다 말이야. 난 홀리 옆에 그분들이 있길 원해. 그분들은 홀리의 가족이니까. 애들을 일광욕시키는 습관이 문제가 아니라 그 점이 우선이었어."

나는 소파에 기대앉아 와인을 좀더 마시며 이 새로운 정보를 넣어두기 위해 머릿속 공간을 재정비했다. 깜짝 놀라 정신이 나갈 정도의 일은 아니었다. 그래, 적어도 그 정도는 아니다. 올리비아는 늘내게 거대한 미스터리였다. 우리 관계의 매 순간이 그랬다. 특히 내가 최선을 다해 그녀를 이해했다고 생각하는 시점에.

처음 만났을 때, 검찰청에서 일하던 올리비아는 피피라고 불리는 마약상을 기소하고 싶어 했다. 우리가 마약단속반과의 소탕 작전 때 일부러 풀어주려 했던 인물이었다. 여섯 주에 걸쳐 조직에 잠입해 피피와 친구로 지내는 동안, 아직은 그자를 이용할 가능성이 남아 있음을 확인했기 때문이다. 나는 그런 상황을 설명하기 위해 올리비아의 사무실로 찾아갔다. 우리는 한 시간 동안 논쟁을 벌였다. 나는 그녀의 책상에 앉아 그녀의 시간을 빼앗으며 그녀를 웃겼고, 시간이 늦어지자 편안하게 이야기를 마무리하자는 핑계로 저녁 식사에 초대했다. 그 결과 피피는 몇 달간의 자유를, 나는 그녀와의 두 번째 데이트 기회를 얻게 되었다.

올리비아는 눈이 번쩍 뜨이는 미인이었다. 세련된 정장에 섬세한 눈 화장, 흠잡을 데 없는 매너는 물론 예리한 정신력과 끝이 보이지 않는 긴 다리까지 모두 갖추었고, 강철 같은 기개는 손에 잡힐 듯했다. 내가 좋은 관계의 기본이라 여겼던 결혼과 아이를 그녀는 염두에도 두지 않았다. 그리고 일곱 번째인지 여덟 번째인지 모르겠는데, 아무튼 다른 이들과 거리를 두려는 내 성격이 또다시 문제를 일으켰다. 일 년쯤 지나자 즐겁게 시작된 만남이 정체기를 겪기 시작했고, 문제는 내 의지 부족이라는 사실이 명확하게 드러났다. 만일 피임약만 제대로 들었더라면 올리비아와 나는 그대로 헤어졌을 것이다. 하지만 우리는 교회에서 결혼식을 올렸고, 전원 호텔에서 피로연을 가졌고, 도키에 집을 구했고, 홀리를 낳았다.

"난 한순간도 후회한 적 없어. 당신은?" 내가 물었다.

무슨 의도로 그런 말을 하는 건지, 어떤 대답을 해야 할지 생각한 듯 올리비아는 한참 뒤에야 대답했다. "나도 후회 안 해."

나는 그녀의 무릎 위에 놓여 있는 손을 잡았다. 낡은 캐시미어 스웨터가 따뜻했다. 나는 올리비아의 손을 속속들이 알고 있었다. 잠시 뒤 나는 그녀의 어깨를 끌어안고 거실로 돌아와 소파에 앉았다.

올리비아가 나를 보지 않은 채 말했다.

"홀리가 너무 알고 싶어 했어. 그리고 그분들은 당신 가족이야, 프랭크. 가족은 중요하지. 홀리도 알 권리가 있어."

"그 사람들에 대한 이야기를 할 권리는 나한테 있어. 난 여전히 홀리의 아빠니까."

"알아. 당신한테 먼저 말했어야 했어. 당신 생각을 물었어야 했는데……" 그녀는 소파에 기댄 채 고개를 저었다. 그녀의 감은 눈 밑에 실내의 어둠이 멍 자국 같은 그림자를 드리웠다. "이 일이 엄청난 논쟁거리가 되리라는 것도 알았지. 그리고 나한텐 당신과 싸울 기운이 없었어. 그래서⋯⋯."

"내 가족은 최악이야, 리브. 아주 많은 면에서 너무한 사람들이라고. 난 홀리가 그들처럼 되지 않길 바라."

"홀리는 행복하고 건강하게 잘 자란 아이야. 당신도 알잖아. 그 애에게 해가 될 일은 아무것도 없어. 홀리는 당신 가족들 만나는 걸 좋아해. 아무도 예상하지 못했던 일이긴 하지만."

그 와중에도 그 말이 사실일지 궁금했다. 솔직히 나는 우리 가족 중 누군가는 이렇게 불쾌하고 복잡한 죽음을 맞이하게 되리라 예감하고 있었다. 비록 케빈이 그 당사자가 되리라곤 생각하지 않았지만.

"지금껏 내가 주중에 어떻게 지냈는지 물어보면, 홀리는 세라와 롤러스케이트를 탔다거나, 과학반에서 화산을 만들었다고 대답했어. 조금도 거리낌 없이 작은 박새처럼 쾌활하게 말이야. 홀리가 나한테 뭔가 숨기고 있을 거라고는 한 번도 의심해본 적이 없어. 그 사실이 괴로워, 리브. 바로 그 점이 날 미치게 만든다고."

올리비아가 나를 쳐다보았다.

"프랭크, 그건 그렇게 나쁘게 생각할 일이 아니야. 정말로. 홀리는 당신한테 거짓말을 한다고 생각하지 않았어. 아빠가 가족들과 크게 싸웠으니까 그 이야기는 조금만 더 있다가 하자고 했거든. 그랬더니 홀리가 이러는 거야. '나도 저번에 클로이랑 싸웠을 때, 일주일 동안 그 애 생각은 하고 싶지도 않았고 눈물만 났어.' 당신이 생각하는 것보다 홀리는 훨씬 잘 이해하고 있어."

"그 애가 날 지켜주는 건 바라지 않아, 절대로. 내가 원하는 건 그 반대야."

올리비아의 표정이 변했다. 어딘가 씁쓸하면서도 슬퍼하는 듯한 표정이었다.

"당신도 알다시피 홀리는 많이 컸어. 이제 곧 십 대가 될 거고, 많은 것이 달라질 거야."

"알아. 나도 알아."

나는 위층 침실에서 눈물 자국이 남은 채 잠들어 있을 홀리를 생각했다. 그리고 그 애가 생겼던 밤을 떠올렸다. 올리비아가 나지막한 소리로 웃음을 터뜨리고, 내가 손가락으로 그녀의 머리카락을 휘감던 밤. 올리비아의 어깨에서는 청량한 여름의 땀이 느껴졌다.

잠시 뒤 올리비아가 말했다.

"아침이 되면 홀리한테 이번 일에 대해 말해줘야 해. 그때 우리 두 사람이 함께 있는 편이 아이한테도 나을 거야. 당신만 괜찮으면 남는 방에서 자고……."

"고마워. 그게 좋겠어."

올리비아가 자리에서 일어나 어깨에 걸치고 있던 캐시미어 스웨터를 내려 팔에 걸었다. "잠자리 봐줄게."

난 술잔을 기울였다. "이 잔 비우고 갈게. 덕분에 한 잔 잘 마셨어."

"여러 잔 마셨잖아." 올리비아의 목소리에는 웃음기가 흐릿하게 담겨 있었다.

"다 잘 마셨어. 고마워."

올리비아가 소파 뒤에 멈춰 섰다. 그녀는 머뭇거리다가 살며시 내 어깨 위에 손을 올렸다.

"케빈 일은 정말 유감이야."

"그 앤 내 동생이야. 어쩌다 그 지경까지 가게 된 건지는 몰라도,

내가 그 애를 잡았어야 했어."

내 목소리가 거칠게 들렸다.

올리비아는 뭔가 다급하게 할 말이 있는 듯 숨을 들이마셨지만, 잠시 후 그대로 한숨을 내쉬었다. 그러고는 아주 부드럽게 말했다. 어쩌면 혼잣말일지도 모른다.

"오, 프랭크."

올리비아가 내 어깨에서 손을 떼자, 온기는 사라지고 그 자리에 한기가 느껴졌다. 그녀가 조용히 문을 닫고 나가는 소리가 들렸다.

14

나는 세상모르고 잠들었다가 올리비아가 가볍게 방문을 두드리는 소리에 깨어났다. 그리고 완전히 정신을 차리기도 전에 벌써 우울해졌다. 이 방에서 여러 날을 보냈었다. 올리비아가 더이상 나와 결혼 생활을 유지할 수 없다는 것을 깨달았던 시기에. 더하여 여기 배어 있는 빈방 냄새와 살짝 떠도는 가짜 재스민 향 때문에 더욱 불쾌했고, 백 살은 된 것처럼 피곤했다. 모든 관절이 순식간에 닳아 없어진 듯한 기분이었다.

"프랭크, 7시 30분이야. 홀리가 학교 가기 전에 얘기하는 게 좋을 것 같은데." 올리비아가 문밖에서 조용히 말했다.

나는 침대에서 몸을 일으킨 뒤 양손으로 얼굴을 문질렀다.

"고마워, 리브. 금방 나갈게."

다른 방법은 없을지 그녀에게 묻고 싶었지만, 말을 꺼내기도 전에 계단을 내려가는 발소리가 들렸다. 올리비아는 방 안에 아예 들어 오려고도 하지 않았다. 행여 옷을 다 벗고 있는 내 모습을 보거나, 그 잠시를 틈타 내가 자신을 유혹할지도 모른다고 여겼기 때문이 겠지.

나는 늘 강한 여성에게 끌렸다. 그런 점에서는 운이 좋은 셈이다. 일단 스물다섯 살만 넘으면 다른 부류의 여자들은 만날 수 없으니 말이다. 여자들은 나를 어쩔 줄 모르게 만들었다. 대부분의 남자들 은 그런 일들에 익숙해지면서 기가 꺾이고, 반대로 여자들은 점점 더 강해진다. 강한 여자에게 관심이 없다고 주장하는 남자들은 스 스로를 속이는 것이다. 그런 남자도 입을 예쁘게 삐죽거리거나 귀 여운 목소리를 내는 법을 아는 강한 여자를 만나면 결국에는 화장품 가방 안에 자기 불알까지 떼어 넣어주기 마련이다.

나는 홀리가 평범하게 자랐으면 싶었다. 유리섬유처럼 연약하고, 민들레처럼 부드러우며, 나를 지루하게 만드는 그런 여자로 말이다. 아무도 내 딸을 강철로 만들어서는 안 된다. 홀리가 태어났을 때, 나 는 밖으로 나가 딸을 위해 누구든 죽이고 싶었다. 그랬다면 아빠가 무슨 일이든 할 준비가 되어 있다는 것을 그 애도 확실히 알 테니까. 하지만 그러는 대신, 홀리에게 일 년 동안 거짓말을 가르치고 마음 을 아프게 한 가족들을 던져준 셈이다.

홀리는 침실 바닥에 책상다리를 하고 앉아 인형의 집을 쳐다보고 있었다. 내 눈 앞에는 그 애의 등만 보였다.

"우리 딸, 잘 잤어? 지금 뭐 하고 있는 거야?"

아이는 어깨만 으쓱였다. 교복 차림이었다. 감청색 재킷에 감싸 인 어깨가 너무 가냘퍼 한 손으로도 아이를 돌려 앉힐 수 있을 것 같왔다.

"잠깐 들어가도 될까?"

또다시 아이가 어깨를 으쓱였다. 나는 방에 들어가 문을 닫은 뒤 홀리 옆에 앉았다. 인형의 집은 빅토리아시대 대저택을 완벽하게 구현한 예술품 수준이었다. 작지만 정교한 가구들, 벽에 걸린 작은 액자 속의 사냥 풍경들, 그리고 사회적으로 억압받는 소형 하인들까지 모든 것이 있었다. 올리비아의 부모님이 주신 선물이었다. 홀리는 그 안에서 식탁을 꺼내 키친타월 조각으로 보이는 찢어진 종이로 맹렬히 닦고 있었다.

"우리 귀염둥이, 케빈 삼촌 일로 정말 많이 놀랐을 거야. 아빠도 그랬어."

홀리가 고개를 좀더 숙였다. 제 손으로 직접 머리를 땋았는지 머리카락이 희한한 각도로 삐져나와 있었다.

"아빠한테 물어보고 싶은 말 있니?"

아주 살짝, 식탁을 닦던 손길이 느려졌다. "엄마 말로는 삼촌이 창문에서 떨어졌다던데." 얼마나 울었던지 아직도 코가 막힌 목소리였다.

"맞아."

아이는 그 광경을 눈앞에 그려보고 있었다. 그걸 보지 못하도록 내 손으로 아이의 눈을 가리고 싶었다.

"많이 아팠을까?"

"아니. 워낙 순식간에 벌어진 일이니까. 삼촌은 무슨 일이 일어났는지도 몰랐을 거야."

"삼촌은 어쩌다 떨어진 거야?"

올리비아는 그 일이 사고였다고 말했을 것이다. 하지만 홀리는 이혼한 부모를 둔 아이답게 철저히 교차 점검을 했다. 다른 사람들에게야 아무리 거짓말을 해도 가책을 느끼지 않는 나이지만, 홀리 앞에서만은 별개의 양심을 가지고 있었다.

"아직 확실한 건 몰라."

그제야 아이는 내 눈을 쳐다보았다. 심하게 한 대 맞은 것처럼 눈 주위가 시뻘겋고 퉁퉁 부어 있었다.

"하지만 아빠가 밝혀낼 거잖아. 그렇지?"

"그럼, 그렇고말고."

홀리는 잠시 나를 쳐다보다가 고개를 끄덕였다. 그러곤 다시 작은 식탁 쪽으로 고개를 숙였다.

"삼촌은 천국에 갔을까?"

"그럼."

아무리 홀리 앞에서만은 특별한 양심을 가지고 있다지만 한계라는 게 있다. 내심 종교란 다 허튼소리라고 생각하면서도, 흐느껴 울며 자기가 키우던 햄스터에게 무슨 일이 일어난 건지 알고 싶어 하는 다섯 살짜리 아이의 얼굴에서 슬픔을 지워주기 위해서라면 그 즉시 무엇이든 믿을 수 있을 것 같았다.

"확실해. 삼촌은 지금 저 위에서 백육십만 킬로미터 길이의 해변에 앉아 욕조만 한 기네스 맥주를 마시면서 예쁜 여자와 놀고 있을 거야."

홀리가 훌쩍거리면서 웃는 소리를 냈다.

"아빠, 그러지 마. 지금 장난하는 거 아니야."

"나도 그래. 그렇지만 저 위에서 삼촌이 너한테 손을 흔들면서 울지 말라고 하는 건 사실이야."

아이의 목소리가 더 심하게 떨렸다.

"삼촌이 죽지 않았으면 좋았을 텐데."

"맞아. 아빠도 그랬으면 좋겠어."

"저번에 학교에서 코너 멀비가 내 가위를 빼앗아 갔는데, 나중에 케빈 삼촌이 그랬어. 그럴 땐 '너, 내가 좋아서 그런 짓을 하는 거지?'라고 말해야 한다고. 그러면 그 애 얼굴이 시뻘게지면서 더이상 날 괴롭히지 않을 거래. 그래서 그다음에 코너가 또다시 날 괴롭혔을 때 그렇게 말했더니 삼촌 말대로 됐어."

"케빈 삼촌이 좋아했겠구나. 그 이야길 삼촌한테 해줬어?"

"응. 삼촌이 웃었어. 아빠, 이건 말도 안 돼."

아이의 눈에 또다시 눈물이 고였다.

"엄청나게 말도 안 되는 일이지. 아빠도 더 좋은 얘길 들려주고 싶지만 그럴 수가 없구나. 가끔은 이렇게 아주 나쁜 일들이 일어나기도 해. 누구도 어쩔 수 없는 일들 말이야."

"엄마 말로는 조금 더 지나면 삼촌을 생각하더라도 더이상 슬퍼지지 않을 거래."

"대부분의 경우에는 엄마 말이 맞아. 이번에도 엄마 말이 맞길 바랄 뿐이지."

"저번에 케빈 삼촌이 제일 아끼는 조카가 나라고 했어. 가장 좋아하는 형제가 아빠라면서."

오, 맙소사. 나는 아이의 어깨를 감싸 안았다. 하지만 홀리는 내 팔을 뿌리치더니, 손톱으로 휴지 조각을 나무의 소용돌이 모양에 밀어 넣어 작은 식탁을 더 열심히 닦았다.

"아빠 내가 할머니랑 할아버지 만나러 가서 화난 거야?"

"아니야, 너한테 화나지 않았어."

"그럼 엄마한테 화났어?"

"약간. 엄마랑 아빠 사이에 정리할 일이 있어서."

홀리가 잠깐 나를 곁눈질했다. "그럼 계속 서로 소리 지를 거야?"

나는 죄책감을 안겨주는 일이라면 최고라 할 수 있는 엄마 밑에서 자랐다. 하지만 엄마가 아무리 노력한다 해도, 지금 홀리가 하는 말에는 비할 바가 아니었다.

"소리 지르지 않았어. 그냥, 아무도 아빠한테 그런 얘기를 해주지 않아서 기분이 안 좋았던 것뿐이야."

침묵이 흘렀다.

"비밀에 대해 말했던 것 기억나?"

"응."

"그때 친구들과 같이 선의의 비밀을 공유하는 건 괜찮다고 했잖아. 하지만 뭐든 마음에 걸리는 비밀이라면 그건 나쁜 거겠지? 나나 엄마한테 말해야 할 것 같은 비밀이라면 말이야."

"이건 나쁜 게 아니잖아. 할머니랑 할아버지 만나는 일이니까."

"알아. 아빠가 말하고 싶은 건, 다른 종류의 비밀도 있다는 거야. 나쁜 일이 아니라 해도 누군가는 반드시 알아야만 하는 그런 것도 있다는 거지."

홀리는 여전히 고개를 숙이고 있었지만, 턱을 내민 모습이 고집스러워 보였다.

"예를 들어 엄마와 아빠가 오스트레일리아로 이사를 가기로 했어. 우리가 어디로 갈 거라는 말을 너한테 해야 할까? 아니면 너를 그냥 한밤중에 비행기에 태워야 하는 걸까?"

홀리가 어깨를 으쓱했다. "말해줘야지."

"그렇지. 그건 너하고도 관계가 있는 일이니까. 너도 알 권리가 있지."

"맞아."

"네가 아빠 가족들과 만나는 건 아빠와도 관계가 있는 일이야. 그러니까 그 일을 아빠한테 비밀로 한 건 잘못이지."

아이는 납득한 것 같지 않았다.

"내가 말했으면, 아빠 기분이 나빴을 거잖아."

"이런 식으로 알게 되는 것보다는 누군가 직접 말해주는 편이 덜 기분 나빴을 거야. 홀리, 이런 일은 항상 먼저 말하는 편이 나아. 언제나 말이야. 알겠지? 아빠가 좋아하지 않는 일이라고 해도 말이야. 계속 비밀로 하면 상황이 더 나빠져."

홀리는 인형의 집 식당에 작은 식탁을 조심스럽게 밀어 넣은 뒤 손가락 끝으로 제자리를 잡아주었다.

"아빠 너한테 항상 사실대로 말하려고 노력하고 있어. 설령 기분이 좀 상하더라도 말이야. 그건 너도 알 거야. 그러니까 너도 그렇게 해줬으면 좋겠어. 그래야 공평하겠지?"

홀리가 인형의 집에 시선을 고정한 채 작은 목소리로 말했다.

"미안해, 아빠."

"네 마음 알아. 이젠 괜찮아. 다음에 또 어떤 일을 아빠한테 비밀로 해야겠다는 생각이 들면 이번 일을 떠올려봐. 알겠지?"

아이가 고개를 끄덕였다.

"그럼 됐다. 이제 아빠 가족하고 어떻게 지냈는지 이야기해봐. 할머니가 너한테 차와 트라이플*을 주시던?"

아이가 살짝 안도의 한숨을 내쉬곤 말했다.

"응. 그리고 내 머리 모양이 예쁘다고 하셨어."

젠장, 칭찬을 했구나. 엄마라면 홀리의 말투부터 태도, 양말 색깔까지 모든 것을 비판했을 거라고 생각했는데. 하지만 엄마도 나이를 먹으면서 성격이 온화해진 모양이었다.

"넌 어땠어? 사촌들은 좋아?"

홀리는 어깨를 으쓱이더니, 인형의 집 거실에서 작은 그랜드피아노를 꺼냈다. "좋아."

"어떻게 좋은데?"

"대런 오빠랑 루이즈 언니는 너무 커서 나하고 별로 말을 안 했는데, 도나하고는 서로 선생님 흉내를 내면서 놀았어. 한번은 할머니가 조용히 하지 않으면 경찰이 와서 잡아갈 거라고 하실 때까지 웃었다니까."

그건 내가 잘 알고 피했던 엄마의 모습과 가깝군.

"카멀 고모랑 셰이 삼촌은 어때?"

"좋아. 카멀 고모는 살짝 재미가 없긴 해. 하지만 셰이 삼촌은 삼촌 집에서 내 수학 숙제를 도와줬어. 내가 숙제를 잘못해 가면 오도널 선생님한테 혼날 거라고 했거든."

언젠가 이제 아이가 나눗셈을 제대로 이해한다는 사실에 기뻐했던 일이 떠올랐다. "고마운 일이네."

"아빠는 왜 가족들 안 만나?"

---

* 와인에 재운 스폰지 케이크 위에 과일과 젤리, 커스터드 크림을 층층이 쌓아 만든 디저트.

"이야기하자면 길어. 오늘 아침에 다 할 수 없을 만큼."

"아빠가 그 집에 안 가도 난 가도 되는 거지?"

"그건 좀 생각해보자."

대화가 이상적인 방식으로 흘러가고 있는데도 홀리는 여전히 나를 쳐다보지 않았다. 명확하게 드러난 사실 이외에 뭔가 마음에 걸리는 것이 있는 듯했다. 만일 아이가 내 아버지의 본모습을 알게 되면 성전聖戰이 일어날 것이고, 양육권 청문회가 새롭게 열릴 것이다.

"더 하고 싶은 말 있니? 혹시 그중에 널 짜증 나게 하는 사람이라도 있어?"

홀리는 손톱 끝으로 피아노의 건반을 쓸어내리다가 조금 뒤에 대답했다. "할머니하고 할아버지는 차가 없잖아."

전혀 예상하지 못한 말이었다. "없지."

"왜 없어?"

"두 분한테 필요 없으니까."

아이는 멍한 표정이다. 그제야 홀리가 지금껏 필요하든 필요하지 않든 차가 없는 사람을 만난 적이 없다는 사실이 떠올랐다.

"그럼 두 분은 외출할 때 어떻게 해?"

"걸어서 다니거나 버스를 타시지. 친구분들도 모두 근처에 살고 가게도 전부 골목만 돌면 바로 있어. 차를 탈 일이 없는 거지."

아이는 잠시 생각에 잠겼다.

"할머니랑 할아버지는 왜 그런 좁은 집에서 살아?"

"예전부터 그 집에서 사셨어. 할머니는 거기에서 태어나셨지. 누구든 이사 가라는 소리를 하면 할머니한테 엄청 혼날 거야."

"할머니랑 할아버지 집에는 왜 컴퓨터도, 식기세척기도 없어?"

"모든 사람들이 그런 물건들을 가지고 있는 건 아니야."

"컴퓨터는 다들 가지고 있어."

나 자신도 인정하고 싶지 않았지만, 올리비아와 재키가 홀리에게 내가 태어나고 자란 집을 보여주고 싶어 했던 이유가 무엇이었는지 조금씩 알 것 같다는 생각이 들었다.

"아니야. 이 세상에는 그런 물건들을 살 돈이 없는 사람도 많아. 더블린에도 아주 많고."

"아빠, 할아버지와 할머니는 가난해?"

나쁜 말이라도 한 것처럼 아이의 뺨이 연분홍색으로 달아올랐다.

"글쎄, 누구한테 물어보느냐에 달렸지. 할아버지랑 할머니한테 물어보면 아니라고 하실 거야. 아빠가 어릴 때에 비하면 지금은 훨씬 많은 걸 가지고 계시니까."

"그땐 가난했어?"

"그래. 음식을 못 먹고 굶을 정도는 아니지만, 가난하긴 했지."

"어느 정도로?"

"이를테면 휴가를 못 갔지. 극장에 가려면 돈을 모아야 했고. 새 옷을 사는 대신 아빤 셰이 삼촌이 입던 옷을, 케빈 삼촌은 아빠가 입던 옷을 물려받아 입었어. 할머니랑 할아버지는 거실에서 주무셨고. 방이 많지 않았거든."

홀리는 동화라도 듣는 것처럼 눈을 동그랗게 떴다. "정말?"

"그래, 많은 사람들이 그렇게 살아. 그게 세상의 끝은 아니야."

이제 아이의 얼굴은 새빨갛게 달아올라 있었다.

"클로이 말로는 가난한 사람들은 저질이라고 하던데."

놀랄 것도 없는 애기다. 클로이는 거식증에, 욕 잘하고, 유머 감각이라고는 없는 엄마 밑에서 자란 멍청하고, 욕 잘하고, 유머 감각 없는 아이니까. 그 애 엄마는 큰 목소리로, 천천히, 쓸데없는 이야기를 늘어놓곤 했다. 그 집 가족은 나보다 한 세대 앞서 밑바닥 세계에서 기어 올라왔다. 뚱뚱하고, 욕 잘하고, 유머 감각 없는 그 집 남편은 쉐보레 타호를 몰았다. 그 불쾌한 가족들 모두 이 집에 드나들지 못하게 해야 한다고 나는 늘 생각했었다. 올리비아는 때가 되면 홀리가 저절로 클로이와 멀어지게 될 거라고 했다. 그 근사한 순간이 오면 이 문제는 해결되겠지.

"클로이는 무슨 뜻으로 그런 말을 한 걸까?"

내 목소리는 그대로였지만 홀리는 나를 잘 알고 있었다. 아이가 재빨리 곁눈질로 내 표정을 살폈다. "욕은 아니잖아."

"좋은 말도 아니야. 그 말이 무슨 뜻인 것 같아?"

홀리는 어깨를 꼼지락거렸다. "그거 있잖아."

"무슨 말이든 입 밖에 낼 때는 무슨 뜻인지 알고 있어야 해. 어서 말해봐."

"멍청한 사람들한테 하는 말이잖아. 너무 게을러서 직업도 없고, 운동복만 입고 다니는 사람들. 심지어 말도 제대로 못하는 사람들. 가난한 사람들."

"아빠 어떤 것 같아? 네가 보기에는 아빠가 멍청하고 게으른 것 같니?"

"아빠 아니야!"

"아빠네 가족이 전부 가난한데도?"

아이가 허둥대기 시작했다. "그건 달라."

"맞아. 가난하면서 쓰레기 같은 사람이 될 수도 있고, 부자이면서 쓰레기 같은 사람이 될 수도 있어. 누구든 아주 괜찮은 사람이 될 수 도 있고, 안 그런 사람이 될 수도 있지. 돈은 상관없어. 돈이 많으면 좋지만, 누가 어떤 사람인지를 정해주진 않아."

"클로이가 자기 엄마한테 들었는데, 사람은 자기가 돈이 얼마나 많은지 확실하게 알리는 것이 제일 중요하대. 안 그러면 이 세상에 서 존경받지 못한다고."

결국 내 인내심도 바닥났다.

"클로이와 그 애 가족은 듣는 사람이 부끄러워 고개를 들 수 없게 만들 정도로 저속해."

"저속한 게 뭐야?"

홀리는 작은 피아노를 만지작거리던 손길을 멈추더니 어리둥절 한 표정으로 순진하게 나를 올려다보았다. 눈썹을 모은 채, 모든 것 을 완벽하게 이해할 수 있도록 내가 설명해주기만 기다리고 있었 다. 아이가 태어난 뒤 처음으로, 나는 어떻게 말을 꺼내야 할지 알 수가 없었다. 모든 사람들이 컴퓨터를 가지고 있다고 생각하는 아 이에게 열심히 일해도 가난한 사람과 정말 쓰레기처럼 사는 가난 한 사람의 차이를 어떻게 설명해야 할지 알 수가 없었다. 브리트니 스피어스처럼 자라고 있는 아이에게 저속함이 무엇인지 어떻게 설 명해야 할지, 상황이 이렇게 엉망진창이 된 것은 또 어떻게 설명해 야 할지 알 수가 없었다. 올리비아를 데려와 이런 상황에서는 어떻 게 해야 하는지 알려달라고 하고 싶었다. 이 상황이 올리비아와 상 관없는 것만 아니라면 말이다. 하지만 이 순간 홀리와 나의 관계는 오로지 내게 달린 문제였다. 결국 나는 아이의 손에서 작은 모형 피 아노를 받아 인형의 집에 밀어 넣었다. 그런 뒤 홀리를 내 무릎 위에 앉혔다.

홀리가 고개를 젖혀 내 얼굴을 쳐다보며 물었다.

"클로이가 멍청하다는 뜻이지?"

"맙소사, 맞아. 만일 세상에 멍청함이 부족한 곳이 있다면, 클로이와 그 가족들이 당장 채워줄 수 있을 거야."

홀리는 고개를 끄덕이고는 내 가슴에 얼굴을 기댔다. 나는 아이의 머리 위에 턱을 괴었다. 잠시 뒤에 홀리가 말했다.

"나중에 케빈 삼촌이 떨어진 곳에 데려가줄 수 있어?"

"네가 가보고 싶으면 언제라도 데려가줄게."

"그래도 오늘은 안 되겠지."

"그래. 오늘은 이 정도만 하자."

우린 아무 말 없이 바닥에 앉아 있었다. 올리비아가 들어와 학교에 갈 시간이라고 말해줄 때까지 나는 홀리를 안은 채 몸을 앞뒤로 흔들었고, 아이는 생각에 잠겨 땋은 머리 끝을 빨고 있었다.

나는 특대 사이즈 커피와, 확실하진 않지만 어쨌든 유기농으로 보이는 머핀을 주문했다. 올리비아는 먹을 것을 내놓으면 내가 다시 이곳으로 돌아와도 된다는 의미로 받아들일 수도 있다고 생각하는 모양이었다. 그래서 나는 카페 벽에 기대앉아, 차량의 흐름이 멈출 때마다 화를 내는 과체중의 양복 입은 덩치들을 지켜보면서 아침 식사를 했다. 그런 뒤에 음성 메시지를 확인했다.

"음, 어, 프랭크 형…… 나야, 케브. 지금 통화하기 곤란한 모양이네……. 당장이 아니라도 시간 나면 연락해줄래? 오늘 밤이든 언제든 말이야. 늦은 시간이어도 괜찮아. 음, 고마워. 끊을게."

두 번째 전화에서는 메시지를 남기지 않았다. 내가 홀리와 재키와 함께 피자를 먹고 있을 때 걸렸던 세 번째 전화에서도 마찬가지였다. 7시 직전에 네 번째 전화를 걸었는데, 그때 케빈은 아마도 부모님 집에 가는 중이었을 것이다.

"프랭크 형, 또 나야. 내 말 좀 들어줘⋯⋯. 형한테 할 말이 있어. 헛소리라고 생각할지도 몰라. 하지만 맹세코 형을 혼란스럽게 만들려는 건 아니야. 그저 난⋯⋯. 전화 좀 해줄래? 연락 기다릴게⋯⋯. 끊어."

케빈을 술집으로 돌려보냈던 토요일 밤과 그 애에게서 연이어 전화가 걸려 온 일요일 오후 사이에 무슨 일이 있었던 것이다. 길을 가는 중에, 혹은 술집에서 일이 생겼던 걸까? 블랙버드 술집의 단골 몇 명은 아직까지 아무도 죽이지 않은 게 이상할 정도니까. 하지만 그랬을 것 같지는 않았다. 우리가 술집에 모이기 전부터 케빈은 신경이 곤두서 있었다. 내가 케빈에 대해 아는 건 자기 성격이 느긋하다고 말했던 동생이 16번지에 간 뒤부터는 잠시도 가만히 있지 못했다는 것이다. 그 점이 뭔가를 시사하는 것 같았다. 물론 사람들은 일반적으로 죽은 이에 대한 생각에 사로잡히는 경향이 있긴 하지만, 내가 생각하는 건 그런 것과 달랐다. 그 이상의 무언가가 있었다.

케빈이 신경 쓰고 있던 것이 무엇이든 간에, 이번 주말에 일어난 일은 아니다. 이미 그 애의 마음 깊은 곳에 숨겨져 있던 것이다. 어쩌면 스물두 해 내내 묻어두었던 일이 지난 토요일 무언가에 의해 느슨하게 풀어진 것인지도 모른다. 동생은 빠릿빠릿한 아이가 아니었다. 무언가가 그날 서서히 수면 위에 올라 까딱거리다가 케빈을 쿡쿡 찌르기 시작했을 것이고, 강도가 점차 세졌을 것이다. 그 뒤로 스물네 시간 동안 케빈은 그것을 무시하거나, 이해하거나, 혼자서 의미를 찾아보려 했을 것이다. 그러다가 마침내 프랜시스 형에게 도움을 청했던 것이다. 나는 꺼지라고 말했다. 동생은 최악의 인간에게 의지한 셈이었다.

케빈의 전화 목소리는 나쁘지 않았다. 혼란과 근심이 서려 있음에도 듣기 편한 목소리였다. 호감을 주는, 누구라도 상대방에 대해 더 알고 싶어 할 만한 목소리 말이다.

다음 행보에 관한 한 내게는 일종의 제약이 있었다. 이웃 사이에 오고 가는 다정한 대화의 영향력이 전보다야 빛을 잃었다 해도, 주민들 중 절반은 나를 형제를 죽인 냉혈한 닌자라고 생각하고 있을 터였다. 게다가 상관인 조지의 장 건강을 위해서라도 스코처의 눈에 띄지 않아야 할 필요가 있었다. 주변에서 어슬렁거리며 휴대전화에 스티븐의 번호가 뜨기를 기다려야 할까? 별로 마음에 들지 않는 상대와 진한 키스를 한 십 대 소녀처럼? 뚜렷한 목적이 있다면야, 아무 일도 하지 않는 시간도 괜찮다.

누군가 잔머리를 하나씩 잡아당기는 것처럼 뭔가가 목 뒤를 꼬집었다. 나는 그 느낌에 주의를 기울였다. 이런 느낌을 무시했다가 여러 번 죽을 고비를 겪었다. 뭔가 내가 놓치고 있는 것이 있었다. 내가 봤거나 들었던 무언가를 잊은 것이다.

잠복수사 요원들은 살인수사과 형사들과 달리 최고의 영상 자료를 얻을 수 없다. 그래서 우린 기억력이 정말 뛰어나다. 나는 벽에 편안히 기댄 채 담배에 불을 붙이고는 지난 며칠 동안 모은 정보들을 하나씩 되새겨보기 시작했다.

제일 먼저 떠오른 생각. 여전히 그 가방이 어떻게 굴뚝에 들어가 있었던 건지 모른다. 노라의 말대로라면 가방은 노라가 로지의 워크맨을 몰래 들었던 목요일 오후와 토요일 밤 사이에 그 자리로 옮겨졌을 것이다. 하지만 맨디의 얘기에 따르면 그 이틀 동안 로지에겐 집 열쇠가 없었다. 즉, 그사이 한밤중에 로지가 가방을 몰래 들고 나갔을 가능성은 거의 없다고 봐야 할 것이다. 더군다나 로지의 집과 16번지 사이에 있는 뒷담들은 넘어가기 힘들었다. 데일리 아저씨도 로지를 예의 주시하고 있었을 테니, 낮 시간에도 여행 가방처럼 큰 물건을 몰래 들고 나오기란 쉽지 않았을 것이다. 노라에 따르면 로지는 목요일과 금요일에 일을 하러 갈 때 걸어서 갔고, 돌아올 때는 이멜다 티어니와 같이 왔다고 했다.

금요일 저녁, 노라는 친구들과 영화를 보러 갔다. 침실에는 로지와 이멜다만 있었으니 둘이 짐을 싸며 계획을 세웠을 수도 있다. 이멜다가 그 집을 드나드는 것에 관심을 기울이는 사람은 아무도 없었다. 그 애라면 무슨 물건이든 들고 당당하게 걸어 나갈 수 있었으리라.

이멜다는 지금 할로 레인에 살고 있었다. 스코처의 눈이 닿지 않을 정도로 페이스풀 플레이스에서 멀리 떨어진 곳이다. 맨디와 얘기했을 때의 눈치로 보아 이멜다는 낮에도 집에 있을 가능성이 높았고, 이웃들과 아슬아슬하게 줄타기를 하는 방탕한 옆집 아들에게 특별한 애착을 주며 다소 복잡한 관계를 맺고 있는 듯했다. 나는 차갑게 식은 커피를 마저 마신 뒤 차를 세워둔 곳으로 향했다.

ESB*에서 일하는 친구가 이멜다 티어니의 전기 요금 고지서 주소가 할로 레인 10번지 3호로 기재되어 있다고 알려주었다. 낡은 건물이었다. 지붕 타일은 떨어져 나가고 문의 페인트칠도 벗겨져 있었다. 더러운 창문 너머 축 늘어진 레이스 커튼이 보였다. 이웃들은 집주인이 점잖은 여피족에게 집을 팔거나, 적어도 보험금을 노리고 불이라도 지르길 바라고 있을 것이다.

내 짐작이 옳았다. 이멜다는 집에 있었다.

"프랜시스! 세상에."

이멜다는 문을 열고 놀라움과 기쁨과 두려움이 뒤섞인 표정으로 나를 맞아주었다.

지난 스물두 해 동안 이멜다에게 좋은 일이라곤 없었던 모양이다. 굉장한 미인은 아니었지만, 이멜다는 키가 크고 다리가 날씬했으며 걸음걸이가 예뻤다. 그 세 가지만으로도 충분히 매력적이었다. 요즘 남자애들이라면 이멜다를 BOBFOC라고 불렀으리라. 몸매body는 〈베이워치Baywatch〉**, 얼굴face은 〈크라임워치Crimewatch〉*** 에서 따왔다고 말이다. 이멜다의 몸매는 여전했지만, 눈밑이 축 늘어지고 얼굴에는 칼자국 같은 주름이 깊게 새겨져 있었다. 앞자락에 커피 얼룩이 묻은 흰색 운동복 차림이었는데, 표백제를 써도 그 팔 센티미터가량의 얼룩은 지워지지 않은 모양이었다. 나를 보자 이멜다는 손을 허공에 대고 마구 휘저었다. 마치 토요일 밤이면 화려하게 치장하고 나서던 십 대 시절로 돌아간 것 같았다. 그 작은 동작으로 나 역시 마음 한편에선 그 시절로 돌아간 것 같은 기분이었다.

"이멜다, 잘 지냈어?"

---

* 아일랜드의 다국적 에너지 기업.

** 해상 구조대를 소재로 한 텔레비전 드라마.

*** 영국 BBC에서 제작한 범죄 드라마.

우리가 좋은 친구였던 시절을 떠올리게끔 환한 미소를 지으며 내가 말했다. 나는 항상 이멜다를 좋아했다. 고생을 너무 한 탓에 때때로 침울해하거나 날카롭고 불안정한 면이 있었지만 똑똑한 친구였다. 단 한 명의 영원한 아버지 대신 셀 수 없이 많은 임시 아버지들이 있었고, 그중 몇 명은 어머니가 아닌 다른 사람과 결혼했다. 당시에는 꽤 심각한 일이었다. 어린 시절, 이멜다는 자기 어머니에 대한 비난을 수없이 받았다. 우리들 대부분이 비슷한 상황이긴 했지만, 그래도 다른 남자들과 잠을 자고 다니는 어머니보단 실직한 알코올의존자 아버지가 나았다.

이멜다가 말했다.

"케빈 소식은 들었어. 저세상에서도 평안하길. 이런 일이 생기다니 유감이야."

"그래, 저세상에서도 평안하길. 이곳에 머무는 동안 옛날 친구들을 만나볼 생각으로 들렀어."

이멜다가 집 안을 힐끗 돌아보았지만, 나는 문가에 선 채 꼼짝도 하지 않았다. 이멜다로서는 선택의 여지가 없었다. 조금 뒤 그녀가 말했다.

"집이 좀 지저분해서⋯⋯."

"상관없어. 너 우리 집 꼴 모르는구나? 다시 보니까 정말 좋다."

말을 마치자마자 나는 이멜다를 지나쳐 문으로 들어갔다. 집 안이 그렇게까지 엉망진창은 아니었다. 하지만 그녀의 상황을 알 것 같았다. 집에 있던 맨디의 모습을 보았을 땐 한눈에도 행복하다는 것을 알 수 있었다. 그 행복이 영원하진 않을지 몰라도, 결국 그녀의 인생은 그녀가 원하는 모습으로 완성될 터였다. 이멜다는 달랐다.

집 거실은 실제보다 작아 보였다. 사방에 물건들이 널려 있는 탓이었다. 소파 근처 바닥에 머그잔과 중국 음식 포장지가 흩어져 있었고, 난방기 위에는 다양한 크기의 여자 옷들이 걸쳐져 있었다. 구석에는 먼지가 잔뜩 앉은 불법 DVD들도 보였다. 실내 공기가 후덥지근한 것이 오랫동안 환기를 시키지 않은 것 같았다. 온통 재떨이, 음식, 여자 냄새가 풍겼다. 텔레비전 위에 놓인 스테로이드만 빼고 모든 것을 바꿔야 할 것 같았다.

"집이 좀 좁긴 하네."

내 말에 이멜다가 바로 대답했다. "거지 같지."

"난 여기보다 더 심한 곳에서 자랐어."

이멜다가 어깨를 으쓱했다. "그래? 그렇다 해도 여기가 거지 같다는 사실이 바뀌진 않지. 차 한잔 줄까?"

"좋지. 그동안 어떻게 지냈어?"

이멜다는 주방으로 들어갔다. "보다시피. 거기 앉아."

나는 소파에서 뻣뻣한 헝겊을 대지 않은 부분을 찾아 자리에 앉았다. "딸들이 있다고 들었는데."

반만 열려 있는 주방 문 틈으로 이멜다가 주전자를 손에 든 채 멈춰 서는 모습이 보였다. "나도 네가 경찰이 됐다는 말은 들었어."

누군가 내게 남창처럼 변했다고 얘기했을 때부터 나는 비논리적인 분노의 폭발에 익숙했다. 심지어 그것을 이용할 수도 있었다.

"이멜다." 나는 충격을 받은 양 잠시 아무 말도 하지 않다가, 뼛속까지 상처 입은 사람처럼 격분해서 말했다. "진심으로 하는 소리야? 내가 네 아이들을 귀찮게 하려고 여기 온 것 같아?"

이멜다가 다시 어깨를 으쓱했다.

"내가 어떻게 알아? 어쨌든 우리 애들은 아무 짓도 안 했어."

"난 네 딸들 이름도 몰라. 그냥 안부 삼아 물어봤을 뿐이라고. 네가 애들을 〈소프라노스〉*식으로 키웠다 해도 난 관심 없어. 만일 내가 먹고살기 위해 하는 일을 놓고 이상한 농담을 하고 싶다면 그렇다고 말해줘. 그럼 나도 그냥 꺼질 테니까. 정말이야."

잠시 뒤, 이멜다의 입꼬리가 마지못해 반쯤 씰룩였다. 그녀는 전기주전자의 스위치를 눌렀다.

"성질내는 거 보니까 옛날이랑 똑같네. 맞아, 딸이 셋이야. 이저벨, 섀니어, 제너비브. 셋 다 얼마나 끔찍한지 몰라. 십 대거든. 너도 아이 있어?"

애들 아빠에 대해서는 아무 말도 없었다.

"딸이 하나 있어. 아홉 살이야."

"너도 금방이야. 신의 가호가 있기를. 아들이 있으면 집이 망가지고, 딸이 있으면 머리가 깨진다고들 하지. 그거 진짜다."

이멜다가 머그잔에 티백을 넣었다. 그녀의 움직임을 지켜보고 있자니 나까지 늙는 기분이었다.

"아직도 바느질해?"

이멜다가 콧방귀를 뀌었다. "조만간 그것도 하게 되겠지. 공장은 이십 년 전에 그만뒀고, 지금은 이런저런 잡다한 일들을 하고 있어. 청소 일 같은 거 말이야." 이멜다는 내 질문에 무슨 의도가 있는 건 아닌지 확인하듯 공격적으로 곁눈질을 했다. "동유럽인들을 고용하는 게 더 싸긴 할 거야. 하지만 여전히 영어를 하는 사람을 선호하는

---

* 미국 HBO에서 만든 범죄 드라마. 마피아 가문의 이야기를 다룬다.

곳들이 있거든. 난 괜찮아. 일도 있고."

주전자 물이 끓기 시작했다. 내가 물었다. "로지 소식은 들었지?"

"그래. 너무 충격적인 일이야. 지금까지……." 이멜다는 찻물을 부으면서 무언가 떨쳐내려는 듯 재빨리 고개를 저었다. "지금까지 그 애가 잉글랜드에 있는 줄 알았으니까. 그 소식을 들었을 땐 믿을 수가 없더라고. 도저히 말이야. 하루 종일 좀비처럼 방 안을 서성거렸다니까."

"나도 그랬어. 이번 주 내내 그랬지."

이멜다는 커피 테이블을 치운 뒤, 그 위에 우유갑과 설탕 봉지를 가져다 놓았다.

"케빈은 항상 사랑스러운 아이였지. 그런 소식을 듣게 되어 유감이야. 그 마음은 지금도 마찬가지고. 그날 밤에 나도 너희 집에 갔어야 했는데……."

이멜다는 어깨를 으쓱이며 말꼬리를 흐렸다. 클로이나 그 모친 같은 사람이라면 미묘하지만 명백한 계층 차이로 자신이 우리 엄마 집에서 환영받지 못할 수도 있다는 이멜다의 생각을 백만 년이 지나도 이해할 수 없을 것이다.

"나도 그날 널 볼 수 있을 줄 알았어. 하지만 이렇게 보는 편이 제대로 이야기하기에는 더 나은 것 같은데. 안 그래?"

이멜다가 또다시 반만 웃었다. 이번에는 아주 조금이나마 진심인 것 같았다. "예전이랑 똑같네. 넌 늘 말을 잘했지."

"머리 모양은 지금이 더 낫고."

"그건 그래. 뾰족 머리 기억나?"

"그 정도면 봐줄 만했지. 지피처럼 앞머리는 짧게 치고 옆머리와 뒷머리를 기른 적도 있다니까."

"윽, 그만해. 그놈의 머리 얘긴."

이멜다는 머그잔을 가지러 주방으로 돌아갔다. 내가 이 세상의 시간을 전부 다 가졌다 해도, 여기서 이렇게 산들바람을 맞으며 앉아 있는 건 그야말로 시간 낭비일 것이다. 이멜다는 맨디보다 힘든 상대였다. 정확하게 지적하진 않았지만, 그녀는 이미 내가 무슨 용건으로 찾아왔는지를 알고 있었다. 나는 이멜다가 돌아오자 입을 열었다.

"뭐 좀 물어봐도 될까? 괜한 참견처럼 보이겠지만, 그럴 만한 이유가 있어서 그래."

이멜다는 내게 얼룩투성이 머그잔을 건네준 뒤 안락의자에 앉았다. 하지만 여전히 경계의 눈빛을 풀지 않았고, 편하게 기대는 대신 뻣뻣하게 앉아 있었다.

"말해봐."

"로지 대신 가방을 16번지에 갖다 놓은 게 정확히 언제야?"

순간 이멜다는 멀뚱한 표정을 지었다. 반은 고집스럽고 반은 멍청해 보이는 표정을 보자, 그녀 앞에 지금 내가 어떤 입장으로 서 있는지 새삼스레 느낄 수 있었다. 이 세상의 그 무엇도 이멜다가 신체적인 본능을 억누르며 경찰과 이야기하고 있다는 사실을 완전히 상쇄하진 못했다. 아니나 다를까, 그녀가 물었다.

"무슨 가방?"

"이런, 이멜다. 알잖아." 나는 편안하게 미소를 지어 보였다. 잘못 짚은 거라면 여기까지 온 건 완전히 시간 낭비인 셈이다. "로지와 난 몇 달 동안이나 계획을 세웠어. 로지가 나한테 말도 없이 그런 짓을 저질렀을 거라고 생각해?"

멀뚱하던 이멜다의 표정이 서서히 풀어졌다. 완전히는 아니지만 그 정도면 충분했다. 그녀가 말했다.

"귀찮은 일에 얽히고 싶지 않아. 혹시 다른 사람이 묻는다면, 난 그런 가방은 본 적도 없다고 할 거야."

"걱정할 것 없어. 널 곤란하게 만들 생각은 추호도 없으니까. 넌 우리를 도와줬고, 정말 고맙게 생각해. 그저 네가 그 가방을 그곳에 놔둔 뒤에 다른 사람이 손을 댄 건 아닌지 알고 싶을 뿐이야. 가방을 어디에 뒀는지 기억나? 그때가 언제였는지?"

이멜다는 질문의 속뜻을 알아내려는 양 가느다란 속눈썹 밑으로 날카롭게 나를 쳐다보았다. 마침내 그녀가 주머니에서 담뱃갑을 꺼내며 대답했다.

"로지는 너희들이 떠나기 사흘 전에 나한테 말했어. 그전에는 한 마디도 안 했지. 그래서 나나 맨디는 뭔가 있다고 짐작만 할 뿐 자세한 내용은 전혀 모르고 있었어. 맨디도 만나봤지?"

"그래. 아주 잘 살고 있는 것 같던데."

"재수 없는 년." 이멜다가 라이터를 켜며 말했다. "너도 한 대 피울래?"

"좋지, 고마워. 난 너랑 맨디가 친한 줄 알았는데."

이멜다가 라이터를 내밀면서 큰 소리로 코웃음을 쳤다.

"이젠 아니야. 나 같은 사람이랑 어울리기엔 너무 대단한 애지. 사실 처음부터 정말 친구였는지도 모르겠어. 우리 둘 다 로지와 더 가까웠으니까. 그 애가 떠난 뒤로는……."

"넌 항상 로지의 가장 친한 친구였지."

이멜다는 나보다 훨씬 나은 남자들도 자신의 환심을 사려다 실패했다고 말하는 듯한 표정으로 나를 쳐다보았다.

"만일 우리가 그렇게 친했다면, 너희 두 사람이 함께 떠날 계획을 세우기 시작했을 때부터 나한테 이야기해줬어야 하는 게 아닐까? 로지는 아버지의 감시 때문에 가방을 옮길 수 없게 된 뒤에야 나한테 얘기했어. 매일 함께 공장을 다니면서 지금은 기억도 나지 않는 수다를 떨었는데 말이야. 그러다 어느 날 갑자기 나한테 부탁할 게 있다고 했지."

"그 집에서 가방을 어떻게 빼냈어?"

"그건 쉬웠어. 그다음 날, 그러니까 금요일 일이 끝난 뒤에 로지네 집으로 갔어. 그 애 부모님한테는 로지 방에서 새로 산 유리스믹스 앨범을 듣기로 했다고 말씀드렸지. 두 분은 조용히 들으라고 하셨지만 우린 음악을 크게 틀었어. 로지가 짐 싸는 소리가 새어 나가면 안 되니까."

이멜다의 입가에 은근한 미소가 번지기 시작했다. 그녀는 잠시 몸을 앞으로 숙이고 무릎에 팔꿈치를 괸 채 담배 연기 사이로 미소 지었다. 그러자 예전에 내가 알았던, 누구한테나 똑 부러지고 재빨리 응수하던 소녀가 보였다.

"네가 그때 로지의 모습을 봤으면 좋았을 텐데. 그 애는 온 방 안을 춤추며 돌아다녔어. 빗을 마이크 삼아 노래를 부르고, 너한테 지저분한 속바지를 보여주지 않겠다며 새로 산 속바지들을 머리 위로 들고 흔들었지……. 로지는 나한테도 춤을 추라고 했어. 우리 꼴이 얼마나 우스꽝스러웠을지. 웃음이 터져 나왔지만 큰 소리를 내지 않으려고 애를 썼어. 로지 어머니가 무슨 일인지 확인하러 방에 들어오시면 안 되니까 말이야. 그때 일을 비밀로 간직하면서도 언젠가는 누군가한테 말할 수 있을 거라 생각했어. 로지는 정말 행복해하고 있었다고 말이야."

나는 그 광경을 재빨리 마음속에 접어두었다. 나중을 위해 간직해둘 것이었다.

"다행이야. 위로가 되는 이야기네. 그래서, 로지가 짐을 다 싼 뒤에는……?"

이멜다는 입꼬리가 양옆으로 올라갈 정도로 미소를 지었다.

"난 가방을 들고 그대로 밖으로 나갔어. 그게 다야. 내 재킷으로 가방을 덮긴 했는데, 얼핏 봐도 전혀 가려지지 않은 상태였어. 내가 문을 나서자 로지가 큰 소리로 작별 인사를 했고, 나는 로지의 부모님께 큰 소리로 인사를 했지. 두 분은 거실에 앉아 텔레비전을 보고 계셨는데, 내가 현관문을 나설 때 데일리 아저씨가 돌아보셨어. 로지가 내 뒤를 따라 나가지 않는지만 확인하느라 가방 같은 건 전혀 눈치채지 못하시더라. 그렇게 밖으로 나갔어."

"잘했네." 나도 싱긋 웃으며 대꾸했다. "그 길로 곧장 16번지로 간 거야?"

"그랬지. 겨울이었잖아. 이미 날도 어두웠고 많이 추웠어. 사람들이 집에서 나오질 않았지. 나를 본 사람은 아무도 없었어."

담배 연기에 가려진 이멜다의 눈빛은 추억에 잠겨 있었다.

"프랜시스, 난 그 집에 들어가는 게 정말 무서웠어. 날이 저문 뒤에 자발적으로 거기 간 적은 한 번도 없었으니까. 계단이 최악이었어. 방에는 그나마 창문이 있어 어슴푸레 빛이 들어왔지만 계단은 완전히 껌껌했거든. 더듬거리면서 올라갔어. 머리 위로 거미줄이 떨어지고, 계단 중간쯤에서는 집 전체가 내려앉을 것처럼 삐걱거렸지. 사방에서 작은 소리들이 들렸는데…… 꼭 누군가 그곳에서 나를 지켜보고 있는 듯한 느낌이었어. 유령이 나올 것 같기도 했고. 그래서 누가 날 붙잡으면 언제라도 비명을 지를 준비를 하고, 엉덩이에 불이 붙은 것처럼 계단을 뛰어 올라갔지."

"가방을 어디에 뒀는지 기억해?"

"그럼. 로지하고 미리 정했어. 위층 거실에 있는 벽난로 뒤에 숨겨두기로 했지. 너도 알 거야. 제일 큰 방 있잖아. 만일 여의치 않으면 널빤지와 고철 덩어리들이 쌓여 있는 지하실 구석에 숨기기로 했고. 하지만 가능하면 지하실에 내려가고 싶지 않았지. 다행히 원래 생각했던 자리에 가방을 숨길 수 있었어."

"고마워, 이멜다. 우리를 도와줘서 말이야. 오래전에 인사를 했어야 했는데. 늦었지만 안 하는 것보다는 낫겠지."

"이제 내가 너한테 물어보고 싶은 게 있는데, 그래도 될까? 아니면 안 하는 게 낫겠어?"

"게슈타포처럼 질문에는 질문으로 응하겠다는 거야? 괜찮아. 공정해야 양쪽 다 좋지. 뭐든 물어봐."

"사람들 말로는 로지와 케빈의 죽음이 타살이라고 하던데. 살해당한 것 같다고 말이야. 두 사람 다. 그거 그냥 소문인 거야, 아니면 진짜야?"

"로지는 타살이 맞아. 케빈은 아직 확실하지 않고."

"로지가 어떻게 죽었는데?"

나는 고개를 저었다. "아무도 나한테 말해주질 않네."

"그래, 그렇겠지."

"이멜다, 넌 나를 여전히 경찰로 여기고 있을지 모르지만, 장담하는데 지금 당장은 그렇게 생각하는 사람이 아무도 없어. 난 이번 사건을 담당하고 있지 않아. 심지어 사건 근처에도 갈 수가 없어. 여기에 온 것만으로도 밥줄이 위태로운 상황이지. 이번 주 내내 난 경찰이 아니었어. 로지 데일리를 사랑했다는 이유로 이곳을 떠나지 않는 성가신 놈일 뿐이지."

이멜다가 입술을 깨물었다. "나도 로지를 사랑했어. 아주 많이."

"알아. 그래서 내가 여기 찾아온 거야. 로지한테 무슨 일이 있었던 건지, 아무 단서가 없어. 경찰이 알아냈다는 것도 도무지 못 믿겠고. 그래서 도움이 필요해, 이멜다."

"로지가 살해당했을 리 없어. 너무 끔찍한 일이야. 로지는 다른 사람한테 해를 입힌 적이 없잖아. 그 애가 원했던 건……."

이멜다는 입을 다물었다. 담배를 피우면서 해진 소파 덮개의 구멍 속에 집어넣은 자기 손가락만 쳐다볼 뿐이었지만, 나는 그녀가 무슨 생각을 하고 있는지 알 것 같았다. 그래서 방해하지 않았다. 잠시 뒤에 이멜다가 말을 이었다.

"난 그 애가 떠난 사람이라고 생각했어."

나는 그게 무슨 의미냐는 듯 눈썹을 치켜올렸다. 마치 그 말이 자신의 멍청함을 드러내기라도 한 것처럼 이멜다의 뺨이 희미하게 달아올랐다. 하지만 그녀는 말을 이었다.

"맨디 봤지? 제 엄마랑 똑같아졌잖아. 일찍 결혼하고, 일을 그만두고, 좋은 아내이자 엄마로 가족들을 돌보며 살고 있지. 예전에 살던 집에서 그대로 말이야. 심지어 제 엄마가 입었던 것과 똑같은 옷을 입고 있을걸. 우리가 아는 사람들 모두 그래. 부모와 똑같은 모습으로 살지. 부모와 자신들은 다르다고 아무리 큰 소리로 외쳐도 말이야."

이멜다는 담배꽁초가 가득한 재떨이에 담배를 비벼 껐다. "날 봐, 내가 결국 어떻게 사는지." 이멜다가 턱을 치켜들고 아파트를 둘러보았다. "애가 셋이야. 아빠는 다 다르고. 이미 맨디가 얘기했겠지? 난 스무 살 때 이저벨을 가졌어. 바로 실업수당을 받기 시작했지. 그 뒤로는 괜찮은 직업을 갖지 못했어. 결혼도 안 했고, 일 년 이상 사귄 남자도 없지. 내가 만났던 남자들 중 절반은 결혼했을 거야. 나도 젊을 때는 백만 가지 계획이 있었는데 전부 엉망이 됐어. 딱 봐도 우리 엄마처럼 살게 된 거야. 그냥 어느 날 아침 깨어 보니 그렇게 되어 있더라."

나는 담뱃갑에서 담배 두 대를 꺼낸 뒤, 이멜다에게 한 대 건네고 불을 붙여주었다.

"고마워." 그녀는 내게서 고개를 돌려 연기를 뿜어냈다. "로지는 우리 중에 자기 엄마처럼 살지 않는 유일한 애였어. 그래서 그 애 생각을 하는 게 좋았지. 상황이 좋지 않을 때마다 로지가 여기가 아닌 런던이나 뉴욕, 로스앤젤레스에 살면서 내가 들어본 적도 없는 희한한 일을 하고 있으리라 생각하면 좋았어. 이곳을 떠난 사람이 있다는 게 그렇게 좋더라고."

"그 점에 있어선 나도 우리 엄마나 아버지처럼 살지 않는데."

이멜다는 웃지 않았다. 나를 흘긋 쳐다보는 그녀의 표정을 읽을 수가 없었다. 경찰이 된 것을 발전으로 봐야 할지 말아야 할지 생각하는 걸까? 잠시 뒤에 이멜다가 말했다.

"섀니어가 임신했어. 열일곱 살인데. 애 아빠가 누군지 모르겠대."

이 정도 상황이면 스코처 같은 녀석도 긍정적으로 받아들이지는 못할 것 같았다. "그래도 섀니어에겐 자기를 도와줄 좋은 엄마가 있잖아."

"그건 그렇지. 어떤 식으로든."

이멜다가 대답했다. 그녀의 어깨가 한 단계 아래로 처졌다. 마치 마음 한편으로는 내가 그 문제를 해결할 비법을 내놓길 바랐던 듯한 모습이었다.

이웃집 어딘가에서 피프티 센트의 노래를 큰 소리로 틀자, 또 다른 집에 사는 사람이 소리를 줄이라고 소리쳤다. 내가 말했다.

"한 가지만 더 물어볼게."

이멜다는 촉이 좋았다. 그 촉이 내 목소리에 어려 있는 뭔가를 알아차린 듯, 그녀는 다시 멍한 표정으로 돌아갔다.

"혹시 나와 로지가 떠날 거라는 이야기를 다른 사람한테 했어?"

"아무한테도 말 안 했어. 난 빌어먹을 고자질쟁이가 아니니까."

이멜다는 싸울 준비를 하듯 자세를 바로잡고 앉았다.

"네가 그런 사람이라고 생각하진 않아. 하지만 누군가 이 사실을 알고 있었어. 네가 그때 열여덟 살, 아니 열아홉 살이었나? 십 대가 술에 취하면 무슨 이야기든 흘리기 쉽지. 어쩌면 다른 사람한테 속아서 말해버릴 수도 있고."

"난 그런 멍청이가 아니야."

"나도 그래. 내 말 잘 들어, 이멜다. 그날 밤 16번지에서 누군가 로지를 기다리고 있었어. 그곳에서 로지를 만난 그자는 로지를 죽인 뒤 시신을 유기했지. 로지가 그곳에 가방을 가지러 가리라는 걸 알고 있는 사람은 이 세상에 셋뿐이었어. 나, 로지, 그리고 너. 나는 아무한테도 말하지 않았어. 네가 말했듯이 로지도 그 일에 대해서는 몇 달 동안 입을 다물고 있었고. 로지한테 제일 친한 친구는 너였을 거야. 그럼에도 상황만 달랐다면, 로지는 너한테조차 끝까지 말을 하지 않았겠지. 설마 그 애가 다른 누군가에게 모든 걸 털어놓고 떠났다는 말을 하려는 건 아니겠지? 그건 말도 안 돼. 그런 생각은 접어둬."

내가 말을 마치기도 전에 이멜다가 의자에서 벌떡 일어나더니 내 손에서 머그잔을 빼앗았다.

"이 빌어먹을 자식아. 감히 내 집에서 그런 말을 해? 널 집 안에 들이지 말았어야 했어. 말로는 오랜 친구를 보러 왔다지만 사실은 그냥 내가 뭘 알고 있는지 알아내고 싶었을 뿐이지……."

이멜다가 주방으로 들어가 개수대에 머그잔들을 요란스럽게 집어넣었다. 그 모든 행동에서 느껴지는 건 총알처럼 날아든 죄책감뿐이었다. 나는 그녀의 뒤를 따라갔다.

"넌 그자에게 사랑하는 로지에 대한 모든 걸 알려주었어. 그 애가 이곳을 떠난 사람이 되기를 바란다면서 말이야. 전부 다 헛소리였지? 안 그래, 이멜다?"

"아무 근거도 없이 떠드는구나. 너한테야 쉽겠지. 지금까지 속 편하게 살았을 테니까. 언제든 떠나버리면 그만이겠지. 하지만 난 계속 여기서 살아야 해. 내 아이들도 마찬가지고."

"내가 여길 떠나 있는 것처럼 보여? 난 지금 여기 있어, 이멜다. 좋든 싫든 말이야. 아무 데도 못 갔어."

"그래, 그렇지. 어쨌든 당장 내 집에서 나가. 질문이고 뭐고 몽땅

네 구멍에 쑤셔 넣고 꺼지란 말이야."

"누구한테 그 이야기를 했는지만 말해줘. 그럼 나갈게."

내가 계속 앞으로 다가서자, 뒷걸음치던 이멜다의 등이 전자레인지에 닿았다. 그녀는 눈을 번뜩이며 빠져나갈 길을 찾았다. 이멜다의 시선이 다시 나를 향했을 때, 나는 그 눈 속에서 이유 없는 두려움을 보았다.

"이멜다, 난 널 때리지 않아. 그냥 질문을 하려는 것뿐이야."

나는 최대한 부드럽게 말했다.

"나가."

이멜다는 한쪽 손을 등 뒤로 돌리더니 뭔가를 붙잡았다. 그 두려움은 다른 무언가로 인한 방어적인 행동이 아니었다. 그녀를 거칠게 대했던 누군가가 남긴 잔재가 아니었다. 이멜다는 나를 두려워하고 있었다. 내가 말했다.

"내가 너한테 무슨 짓이라도 할 거라고 생각하는 거야?"

그녀가 낮은 목소리로 말했다.

"난 경고했어."

나도 모르는 사이에 앞으로 한 발자국 내디디자 이멜다는 비명을 지르면서 빵 칼을 들어 올렸다. 나는 그곳을 나왔다. 계단을 다 내려갔을 때 그녀가 정신을 차리고 내 뒤를 쫓아와 계단통에서 몸을 내밀더니 이웃들에게 들리도록 고함을 질렀다.

"다신 여기 올 생각 하지 마!"

현관문이 쾅 닫혔다.

15

　나는 시내를 벗어나 리버티 깊숙한 곳으로 향했다. 크리스마스 쇼 핑을 하느라 서로를 팔로 밀쳐내고 뭐든 눈에 보이기만 하면 미친 듯이 카드를 내미는 나그네쥐 떼거리 같은 사람들로 도심 전체가 가득 차 있었다. 비싸면 비쌀수록 좋다는 기세였다. 조만간 그들 중 누군가가 내게 주먹질할 빌미를 줄 것 같았다. 내가 아는 사람 중 대니 매치스라는 괜찮은 남자가 있다. 언젠가 그는 내게 태워버리고 싶은 것이 있다면 뭐든 불을 질러주겠다는 제안을 했었다. 페이스풀 플레이스와 컬런 부인의 열띤 표정, 의뭉스러운 데스 놀런, 이멜다의 두려움을 떠올리자, 문득 대니에게 전화를 걸어야겠다는 생각이 들었다.

　나는 누구든 옆으로 바짝 다가오는 사람들을 한 대 치고 싶다는 충동이 사라질 때까지 계속 걸었다. 거리와 길목들은 케빈의 추도 모임에서 만났던 사람들처럼 익숙하면서도 어딘가 뒤틀린 모습으로 변해 있었다. 웃기지 않는 농담처럼, 신형 BMW들이 공동주택이 있던 자리에 줄줄이 세워져 있고, 십 대 엄마들은 비싼 유모차에 대고 소리를 지르고, 지저분한 모퉁이 가게들은 반짝거리는 프랜차이즈 상점으로 변신해 있었다. 나는 세인트패트릭 대성당에 이르러서야 걸음을 멈추었다. 잠시 성당 정원에 앉아 팔백 년 동안 변하지 않고 그대로 있는 것들에 눈길을 주었다. 퇴근 시간이 가까워지자 정체된 도로에서 운전자들이 분노에 찬 고성을 지르는 소리가 들려왔다.

나는 홀리가 허락해준 것보다 더 많은 담배를 피우면서 계속 그 자리에 앉아 있었다. 그때 휴대전화에 문자메시지가 도착했다. 스티븐이 보낸 것이었는데, 아마 보내기 전에 네다섯 번은 고쳐 썼을 것이다. "안녕하십니까, 매키 형사님. 저번에 말씀하셨던 정보를 알려드릴까 해서 연락드렸습니다. 스티븐 모런 드림."

예쁜 녀석. 5시가 다 되어가고 있었다. 나는 답장을 보냈다. "잘했네. 당장 코스모 식당에서 만나지."

코스모 식당은 그래프턴 스트리트에서 뚝 떨어진 골목 귀퉁이에 박혀 있는 작은 샌드위치 가게로, 살인수사과 형사들은 얼씬도 안 한다는 큰 장점을 지닌 장소였다. 또한 이 지역에서 여전히 아일랜드인 직원을 고용하는 몇 안 되는 가게 중 한 곳이기도 한데, 이는 곧 식당 직원들이 몸을 숙여 손님들을 직접 쳐다보는 경우가 없다는 의미였다. 그런 점이 유용하게 작용했기에, 나는 가끔씩 이곳에서 내 비밀 정보원들과 접선하곤 했다.

도착해 보니 스티븐은 벌써 커피잔을 앞에 두고 자리에 앉아 테이블 위에 설탕을 뿌려 손톱 끝으로 그림을 그리고 있었다. 내가 앞에 앉았지만 그는 고개도 들지 않았다.

"다시 만나니 반갑군. 연락해줘서 고맙네."

스티븐은 어깨를 으쓱했다. "연락드리겠다고 했잖습니까."

"그래. 우리가 할 얘기는 뭐지?"

"이거, 아무래도 찜찜하네요."

"장담하는데 내일 아침이면 난 자네를 존경하게 될 거야."

"처음 템플모어에 들어갔을 때 경찰은 모두 한 가족이라는 말을 들었어요. 그 말이 제겐 아주 인상적으로 다가왔죠. 그러니까, 전 그 말을 진심으로 받아들였다는 겁니다."

"그래야지. 정말로 자네 가족이니까. 원래 가족들은 서로를 위해 이렇게 하는 거야. 몰랐나?"

"몰랐네요."

"그동안 운이 좋았군. 행복한 유년 시절이란 아름다운 거지. 다른 절반의 사람들은 이렇게 살고 있어. 자, 나한테 알려주고 싶은 게 뭔가?"

스티븐이 뺨 안쪽을 깨물었다. 나는 흥미롭게 그를 지켜보며 그가 스스로 양심의 가책을 극복하도록 내버려두었다. 결국 그는 그대로 이곳을 나가는 대신, 가방 속에서 얇은 초록색 파일을 꺼냈다.

"부검 보고서입니다."

스티븐이 보고서를 내밀었다.

나는 엄지손가락으로 보고서의 페이지를 넘겼다. 케빈의 부상 부분 도해와 장기 무게, 대뇌 타박상에 대한 기록들이 눈앞에 나타났다. 식당에서 읽기 좋은 내용은 아니었다.

"잘했군. 정말 수고했어. 이제 이 내용을 삼십 초 내외로 요약해보게나."

그 말에 스티븐은 깜짝 놀랐다. 피해자 가족들에게 통지를 해본 적은 있겠지만, 지금처럼 기술적으로 자세히 세부 사항까지 말해야 했던 경우는 없었을 것이다. 내가 눈도 깜박하지 않자, 스티븐이 마침내 입을 열었다.

"음…… 알겠습니다. 일단 피해자는…… 그러니까 고인을 말하는 겁니다, 형사님의 동생분 말이에요……. 피해자는 창문에서 거꾸로 추락했습니다. 방어나 다툼의 흔적이 없는 것으로 보아 다른 사람이 연루되어 있다고는 하기 힘듭니다. 대략 7미터 높이에서 떨어졌고, 피해자의 정수리 부분이 딱딱한 바닥에 부딪친 것으로 보입니다. 추락으로 인한 두개골 골절로 뇌가 손상되었고, 목이 부러졌습니다. 사인은 그 두 요인 중 하나로, 즉사했으리라 보고 있습니다."

그토록 궁금해했던 내용이었음에도 불구하고 순간적으로 나는 마침 우리 테이블로 다가온, 지나치게 몸치장을 한 웨이트리스와 사랑에 빠질 뻔했다. 커피와 샌드위치를 주문하자 웨이트리스는 이 일이 자신에게 맞지 않는다는 것을 보여주기라도 하려는 듯 두 번이나 잘못 받아 적었다. 얼이 빠져 있는 나를 곁눈질하며 메뉴판을 치우다가 하마터면 스티븐의 머그잔을 무릎 위로 떨어뜨릴 뻔도 했다. 웨이트리스가 자리에서 물러나고서야 나는 꾹 다물고 있던 입을 간신히 열 수 있었다.

"새로운 건 없군. 지문 감식 결과도 있나?"

스티븐은 고개를 끄덕이더니 조금 더 두툼한 다른 파일을 꺼냈다. 결과가 금세 나온 것으로 봐서 스코처가 감식반을 제법 압박한 모양이었다. 이번 사건이 빨리 끝났으면 싶은 것이다.

"설명해보게."

"가방 외부는 엉망이었습니다. 굴뚝에 들어가 있는 동안 전에 묻은 지문들은 대부분 지워졌고, 주로 가방을 꺼낸 뒤에 묻은 건설업자들과 가족들, 그러니까 형사님 가족분들의 지문이었습니다." 스티븐은 민망한 듯 고개를 숙였다. "그 외에 로지 데일리의 지문과 동생인 노라의 지문, 신원을 알 수 없는 지문 세 개가 남아 있었습니다. 아무래도 동일인이 한 번에 남긴 것 같습니다. 가방 안에서도 비슷한 결과를 얻었습니다. 모든 물건들에 로지의 지문이 남아 있었고, 워크맨에는 노라의 지문도 많이 묻어 있었습니다. 내부에서 테리사 데일리의 지문도 두 개 나왔습니다만, 이상할 것도 없죠. 원래 테리사 데일리가 쓰던 가방이었으니까요. 그리고 매키 가족의 지문도 많이 나왔습니다. 대부분 조지핀 매키의 지문이었죠. 그분이 어머님이십니까?"

"그래."

아무래도 엄마가 이 가방을 풀어봤던 모양이다. 엄마의 목소리가 귀에 들리는 것 같았다. "짐 매키, 그거, 그 속바지에 더러운 손 댈 생각 마. 당신이 변태야?"

"신원 미상의 지문이 있었다고?"

"내부에는 없었습니다. 그리고 저기, 페리 티켓이 들어 있던 봉투에서는 형사님의 지문도 몇 개 나왔어요."

최근의 숱한 일들에도 불구하고, 그 티켓은 여전히 내게 상처로 다가왔다. 옛날, 오닐 술집에서 정말이지 아무것도 예상하지 못한 채 로지와 함께 저녁 시간을 보내며 남긴 지문이리라. 스무 해가 지나도록 어둠 속에서, 그럼에도 여전히 생생하게 감식반 요원들의 손길을 기다리고 있었던 것이다.

"그렇겠지. 티켓을 살 때 장갑을 껴야겠다는 생각은 안 했으니까. 다른 건?"

"가방에서 나온 건 그게 답니다. 그리고 편지에도 별다른 게 남아 있지 않았어요. 매슈, 테리사, 노라 데일리에게서 받은, 그러니까 1985년에 발견됐던 편지 반쪽에서는 그걸 가지고 왔던 남자 세 명과 형사님의 지문이 남아 있었습니다. 로지의 지문은 없었죠. 케빈의 주머니에서 발견된 남은 편지 반쪽에서는 아예 아무것도 찾아내지 못했습니다. 지문 자체가 없었어요. 닦아낸 것처럼 깨끗했죠."

"케빈이 떨어진 창문에서는?"

"그쪽은 지문이 너무 많아서 문젭니다. 감식반에서는 케빈이 내리닫이창에서 떨어진 것으로 보고 있어요. 만일 케빈이 직접 창문을 열었다면 창틀에 손바닥 자국이 남아 있으리라 생각했는데, 확실하게 나온 건 없습니다. 구분하기 힘들 정도로 너무 많은 지문들이 겹쳐져 있어서요."

"다른 건 없고?"

스티븐이 고개를 저었다.

"눈에 띄는 건 없습니다. 아, 다른 곳에서 케빈의 지문 두 개가 발견됐습니다. 현관문과 케빈이 떨어진 방의 문에서요. 하지만 그 외의 곳에서는 아무것도 나오지 않았습니다. 집 전체가 신원을 알 수 없는 사람들의 지문들로 뒤덮여 있어요. 감식반에서 아직 확인중입니다만, 지금까지 전과 기록이 있는 몇몇 사람들의 지문을 제외하면 나머지는 전부 그 집을 드나들었던 지역 사람들의 것으로 보고 있습니다. 우리가 아는 한, 전부 몇 년 된 것들이었어요."

"잘했군." 나는 파일들을 정리해 내 가방에 넣었다. "이번 일 잊지 않겠네. 그럼 이제 케네디 형사는 이번 사건을 어떻게 생각하고 있는지 말해보게나."

스티븐은 내 손을 쳐다보고 있었다.

"윤리적으로 문제가 없는 일인지 다시 한번 확인해주십시오."

"윤리적으로 아무 문제 없고말고. 이제 다 끝난 일이니까 말이야. 어서 말해보라니까."

잠시 뒤 스티븐이 나와 눈을 마주쳤다.

"이번 사건에 대해 형사님한테 말씀드려도 되는 건지 잘 모르겠습니다."

웨이트리스가 자신을 좀 봐달라는 듯 커피와 샌드위치를 우리 앞에 소리 나게 내려놓았다. 하지만 우리 둘 다 그녀를 무시했다.

"내가 모든 일들, 모든 사람들과 연관되어 있기 때문에 고민인 모양이군."

"맞습니다. 쉬운 일이 아니에요. 저로서는 상황을 악화시키고 싶지 않습니다."

또한 죽어가는 사람을 배려하는 태도이기도 하겠지. 다섯 살짜리 아이에게 군대를 맡긴 꼴이었다.

"내 걱정 해줘서 고맙네, 스티븐. 하지만 내가 지금 자네에게 원하는 건 감성이 아니라 객관성이야. 자넨 이번 사건을 나와 아무 관계가 없는 것으로 여길 필요가 있어. 난 그저 우연히 근처에 있던 외부인으로서 무슨 일인지 알고 싶을 뿐이야. 알아듣겠나?"

스티븐이 고개를 끄덕였다. "무슨 뜻인지 알겠습니다."

나는 뒤로 기대앉으며 샌드위치 접시를 끌어당겼다. "잘됐군. 이제 말해보게."

스티븐은 한동안 시간을 들여 샌드위치에 케첩과 마요네즈를 뿌리고 감자 칩을 가지런히 놓으면서 생각을 정리했다.

"알겠습니다. 케네디 형사님의 생각은 이렇습니다. 1985년 12월 15일, 프랜시스 매키와 로지 데일리는 페이스풀 플레이스 꼭대기에서 만나 함께 도망가기로 계획을 세웠습니다. 그 사실을 알게 된 매키의 동생 케빈이······."

"어떻게 알았는데?" 이멜다가 열다섯 살짜리 꼬맹이에게 그 비밀을 털어놓았을 리는 없다.

"그 부분이 확실하지 않긴 하지만, 누군가가 알려줬을 겁니다. 그리고 케빈은 눈치가 빠른 편이었죠. 그 점이 바로 케네디 형사님의 이론을 뒷받침하는 요소 중 하나입니다. 우리가 지금까지 알아낸 바에 따르면, 프랜시스와 로지는 두 사람이 도망치는 것을 철저히 비밀로 했기 때문에 아무도 그 계획에 대해 아는 사람이 없었습니다. 하지만 케빈은 그런 사실을 알아내기에 유리한 입장이었죠. 프랜시스와 같은 방을 썼으니까요. 케빈이라면 뭔가 알아낼 수 있었을 겁니다."

맨디 역시 아무 말도 하지 않았을 것이다. "그럴 리가 없어. 그 방에서는 아무것도 알 수 없었어."

스티븐이 어깨를 으쓱였다.

"전 노스월 출신입니다. 리버티와 크게 다를 바 없다고 생각하고, 설사 지금이야 다르다 해도 예전에는 비슷했을 겁니다. 모두 다닥 다닥 붙어 살기 때문에 무슨 말을 하든 비밀이 없죠. 이제 와 말이지만, 두 사람이 도망가기로 했다는 걸 아무도 몰랐다면 그게 더 놀랄 일입니다. 깜짝 놀랄 일이죠."

"그래, 그 부분은 일단 넘어가지. 그래서 어떻게 됐다는 건가?"

이야기에 집중하다 보니 스티븐도 다소 긴장이 풀린 모양이었다. 이제 제법 편안해 보였다.

"케빈은 로지와 프랜시스를 만나지 못하게 하기로 마음먹습니다. 어쩌면 그가 로지와 약속을 했을 수도 있고, 로지가 가방을 가지러 가야 한다는 것을 미리 알고 있었을 수도 있죠. 어쨌든 두 사람은 만났습니다. 아마도 페이스풀 플레이스 16번지에서요. 두 사람은 싸웠고, 케빈은 로지를 공격했습니다. 여자의 목을 조르면서 벽에 머리를 박은 거죠. 쿠퍼 박사의 말에 따르면 그 일은 순식간에 일어났을 거랍니다. 몇 초 만에 끝났겠죠. 케빈이 진정했을 때는 이미 늦었던 겁니다."

"동기는? 애초에 왜 로지를 가로막을 작정이었으며, 무슨 일로 싸웠다는 거지?"

"모르죠. 사람들 말로는 케빈이 프랜시스를 유독 따랐다고 하니, 로지가 형을 데리고 떠나지 못하게 하려던 것일 수 있습니다. 아니면 성적인 질투심일 수도 있고요. 그런 문제에 있어서만큼은 최악으로 대처할 만한 나이였으니까요. 로지는 매력적인 여성이었다고 들었습니다. 어쩌면 그녀가 케빈을 거절했을 수도 있죠. 아니면 두 사람 사이에 무슨 일이 있었을 수도……."

스티븐은 갑자기 자기가 누구와 이야기를 하고 있는지를 깨달았는지 얼굴을 붉힌 채 입을 다물고는 걱정스러운 표정으로 나를 쳐다보았다.

케빈은 말했었다. "나도 로지를 기억해. 머리카락, 웃음소리, 걸음 걸이……."

내가 입을 열었다. "나이 차이가 좀 나긴 해. 그때 두 사람은 열다섯 살, 열아홉 살이었으니까. 하지만 케빈이 로지를 좋아했을 수도 있지. 계속해보게."

"동기는 사소한 일이었을 수 있습니다. 지금까지 알아낸 바로는 케빈이 처음부터 로지를 죽일 생각은 아니었던 것으로 보이니까요. 사건은 우발적으로 일어난 것 같습니다. 로지가 죽었다는 사실을 깨닫자, 케빈은 시신을 지하실로 끌고 내려갑니다. 애초에 지하실에서 만났던 것이 아니라면 말이죠. 그러곤 거기서 로지를 콘크리트 판으로 덮어버린 겁니다. 케빈은 나이에 비해 힘이 셌어요. 그해 여름엔 건설 현장에서 시간제로 이런저런 일도 했죠. 로지의 시신을 덮어버리는 일 정도는 가능했을 겁니다."

스티븐이 또다시 나를 흘끗 쳐다보았다. 나는 어금니로 햄을 씹으면서 담담하게 그를 마주 보았다.

"그러는 과정에서 케빈은 로지가 가족에게 남긴 편지를 찾아냅니다. 그리고 편지를 유리하게 이용할 수 있다는 것을 깨닫죠. 케빈은 편지를 반으로 찢은 뒤, 뒷부분만 남겨놓습니다. 만일 프랜시스가 떠난다면 사람들은 원래 계획대로 두 사람이 함께 도망갔고, 그 편지는 로지가 부모님에게 남긴 거라고 생각하겠죠. 만일 로지를 만나지 못한 프랜시스가 그대로 집으로 돌아오거나 어느 순간 가족들에게 연락을 한다면 다들 로지가 프랜시스에게 편지만 남긴 채 혼자 떠났다고 생각할 거고요."

"그리고 스물두 해가 지난 뒤에 일이 터졌지."

"맞습니다. 로지의 시신이 발견되고, 우리가 수사를 시작하자 케빈은 공포에 휩싸입니다. 우리가 만나본 사람들의 말에 따르면 케빈은 지난 이틀 동안 스트레스가 심했고, 그런 상태가 점점 악화되었다고 했어요. 결국 더이상 버틸 수 없게 된 케빈은 지금껏 어딘가에 숨겨두었던 편지 반쪽을 꺼내고 가족들과 함께 마지막 저녁을 보낸 뒤 자기가 로지를 죽였던 곳으로 돌아와 그렇게…… 된 겁니다."

"그 애가 기도를 하면서 머리를 창밖으로 내밀었고, 정의가 이루어졌다는 말이군."

"그런 셈이죠."

스티븐은 무서운 상대를 대하듯 커피잔 너머로 나를 몰래 살피고 있었다.

"잘했네. 명확하고, 간결하고, 객관적이었어."

내 말에 그는 마치 구두시험이라도 끝낸 양 재빨리 안도의 한숨을 내쉬고는 샌드위치를 먹기 시작했다.

"케네디가 두 사건을 종결짓고 공식적인 발표를 하기까지 시간이 얼마나 남은 것 같은가?"

스티븐은 고개를 저었다.

"며칠 정도는 남은 것 같습니다. 케네디 형사님이 아직 상부에 보고하기 전이고, 우린 여전히 증거를 모으고 있으니까요. 케네디 형사님은 철저한 분입니다. 가설을 세우긴 했지만, 다른 모든 단서를 던져버린 채 그 가설에만 사건을 꿰맞추고 있는 건 아니에요. 어쨌든 저희한테…… 그러니까 저와 다른 시보들한테 이번 주까지는 살인수사과에 나오라고 하셨고요."

그 말은 기본적으로 나한테 사흘이 남아 있다는 의미였다. 되돌아가는 것을 좋아할 사람은 아무도 없다. 일단 사건이 공식적으로 종결되면, 다른 누군가가 그 두 건의 살인을 저질렀음을 보여주는 공인된 영상이라도 제출하지 않는 한 수사를 재개할 수 없을 것이다.

"뭐, 잘되겠지. 그런데 자네 개인적으로는 케네디 형사의 가설에 대해 어떻게 생각하지?"

스티븐은 방심하고 있었다. 입안에 들어 있던 샌드위치를 삼키는 데 시간이 걸렸다. "저요?"

"그래. 스코처가 일하는 방식이야 나도 잘 알거든. 전에도 말했지만, 내가 궁금한 건 자네가 어떤 활약을 보일지야. 끝내주는 타자 실력은 제외하고 말이지."

그가 어깨를 으쓱했다.

"그건 제 일이 아니라서……."

"그렇지. 자네 일이었다면 어떻게 할 건지 물어보는 거야. 스코처의 가설에 동의하나?"

스티븐은 생각할 시간을 가지려는 듯 입속으로 샌드위치를 밀어넣었다. 그가 접시를 내려다보고 있어서 눈이 보이지 않았다.

"그래, 스티븐. 생각할 필요가 있겠지. 나는 편견이 아주 심한 사람일 수도 있고, 극도의 슬픔으로 인해 제정신이 아닐 수도 있고, 아니면 처음부터 그냥 미친놈일 수도 있어. 내가 자네의 내밀한 생각을 공유하기에 적당하지 않은 상대일 수도 있단 얘기지. 그렇더라도 분명히 말하지만, 자네 역시 케네디 형사의 생각이 틀렸을지도 모른다는 생각을 한 적이 있을 거야."

스티븐이 말했다. "그런 생각을 한 적이 있습니다."

"당연히 그렇겠지. 아니라면 그건 자네가 바보라는 뜻이니까. 다른 팀원들 중에 그렇게 생각하는 사람은 또 없나?"

"직접 말로 한 사람은 없습니다."

"그렇겠지. 하지만 다른 사람들도 그런 생각들을 할 거야. 다들 바보는 아니니까. 다만 스코처에게 밉보이고 싶지 않기 때문에 말을 할 수 없는 거지." 난 몸을 앞으로 내밀고 스티븐이 쳐다보지 않을 수 없을 만큼 얼굴을 가까이 들이댔다. "지금 여긴 자네와 나밖에 없어, 모런 형사. 만일 로지 데일리를 죽인 남자가 따로 있다면, 우리 두 사람을 제외하곤 아무도 그자를 잡지 못한다는 말이야. 우리의 작은 게임이 어째서 윤리적으로 아무 문제도 없다는 건지 이제 알겠지?"

스티븐이 잠시 뒤에 말했다. "네, 알 것 같습니다."

"윤리적으로 문제 될 건 전혀 없어. 왜냐하면 자네에게 지워진 가장 중요한 책임은 케네디 형사나 나에 대한 게 아니라 로지 데일리와 케빈 매키에 대한 책임이니까 말이야. 그들한텐 우리밖에 없어. 그러니까 이제 속바지를 움켜쥔 여자처럼 유난 떨지 말고, 케네디 형사의 가설에 대해 어떻게 생각하는지 말해보게."

스티븐이 짧게 대꾸했다.

"전 케네디 형사님과 다르게 생각합니다."

"어째서?"

"사실 허점들에 대해서는 크게 신경 쓰이지 않습니다. 동기가 없다거나, 로지와 프랜시스가 도망갈 거라는 사실을 케빈이 어떻게 알아차렸는가 하는 것들에 관해서는 말이에요. 시간이 이렇게 많이 흘렀으니 그런 일들까지는 어쩔 수 없죠. 제가 의구심을 품는 건 지문 감식 결과입니다."

이 녀석이 그 사실을 알아차린 건가? "어떤 걸 말하는 건가?"

스티븐은 엄지손가락에 묻은 마요네즈를 핥은 뒤 그 손가락을 세웠다.

"제일 먼저, 가방 바깥쪽에 묻어 있는 신원 미상의 지문입니다. 별것 아닐 수도 있지만, 일단 조사해서 사건을 종결시키기 전에 신원을 확인하고 싶습니다."

나는 그 지문이 누구 것인지 알고 있었지만 그에게 알려주고 싶은 기분이 아니었다.

"나도 그래. 다른 건?"

"두 번째는……." 그가 집게손가락을 세웠다. "어째서 편지에 지문이 남아 있지 않은 걸까요? 처음에 남겼던 편지 반쪽에서 지문을 지운 건 말이 돼요. 혹시라도 누군가 의심을 해서 로지가 실종됐다는 사실이 알려졌을 경우, 경찰이 그녀가 남긴 작별 편지에서 자기 지문을 찾아내길 바라진 않았을 테니까요. 하지만 찢어낸 편지 부분에 있던 지문은 왜 지웠을까요? 케빈은 편지 반쪽을 계속 가지고 있었습니다. 유서나 자백용으로 쓸 계획이었겠죠. 그런데 굳이 그 편지의 지문을 깨끗이 닦아내고 장갑을 낀 뒤 주머니에 넣을 필요가 있었을까요? 케빈과 관련된 다른 누군가가 개입했던 게 아닐까요?"

"케네디 형사에게는 말해봤나?"

"케네디 형사님은 그런 건 사소한 문제라고, 어느 사건에나 있는 경우라고 했어요. 케빈이 범행을 저지른 밤에 편지에 묻어 있던 지문들을 모두 지운 다음 숨겨두었고, 그 편지를 다시 꺼냈을 땐 어찌어찌 지문이 묻지 않은 거라고요. 항상 지문이 남는 건 아니라고 말입니다. 물론 그럴 수도 있지만…… 우리는 지금 자살한 사람에 대해 얘기하고 있잖아요. 기본적으로 누군가를 살해했다고 자백하며 죽은 사람 말이에요. 아무리 냉정한 사람이라도, 후레자식이나 미친놈이라 해도 땀은 흘릴 겁니다. 그러면 지문이 남을 수밖에 없죠." 스티븐이 고개를 저었다. "그 편지에는 지문이 남아 있었어야 해요. 그게 답니다." 그러고서 그는 다시 샌드위치를 먹기 시작했다.

"재미있군. 그럼 다른 얘길 한번 해보지. 내 오랜 친구인 케네디 형사가 일단 잘못 생각하고 있다고 가정해보자고. 케빈 매키가 로지 데일리를 죽인 게 아니라고 말이야. 그렇다면 이제 어디서부터 시작해야 할 것 같은가?"

스티븐이 나를 쳐다보았다.

"케빈 역시 살해당했다고 가정해야 하지 않을까요?"

"더 말해보게."

"편지의 지문을 지우고 주머니에 넣은 게 케빈이 아니라면, 누군가 다른 사람이 그 일을 했다는 거겠죠. 살인 사건이라고 봅니다."

나는 갑자기 믿을 수 없을 만큼 엄청난 애정이 솟구치는 것을 느꼈다. 하마터면 스티븐에게 헤드록을 걸고 머리카락을 헝클어뜨릴 뻔했다.

"나로서는 납득이 되는군. 그럼, 살인범에 대해 우리가 알고 있는 건 뭐지?"

"아마 로지 사건과 동일범이라는 것?"

"진심으로 바라는 바지. 우리 동네가 조금 이상하긴 해도, 같은 골목에서 다른 두 명의 살인자가 각기 살인을 저지를 정도로 이상하지는 않았으면 하니까."

자기 의견을 밝히기 시작한 지난 몇 분 사이 스티븐은 내가 많이 편해진 모양이었다. 그는 팔꿈치를 탁자에 대고 몸을 앞으로 내밀었다. 너무 집중한 나머지 남아 있는 샌드위치는 완전히 잊은 채였다. 눈에서 새로운 의욕이 빛을 발했다. 얼굴 발그레한 귀여운 신참에게 바랐던 것보다 훨씬 더 의욕적인 눈빛이었다.

"쿠퍼 박사의 말에 따르면 범인은 남자일 가능성이 높다고 했습니다. 나이는 삼십 대 후반에서 오십 대로 볼 수 있겠죠. 로지를 죽였을 땐 십 대 중반에서 삼십 대 사이였을 거고요. 그때도 지금도 상당히 들어맞는 연령대입니다. 범행을 저지르려면 어느 정도 힘이 있어야 하니까요."

"로지의 경우엔 그렇겠지만, 케빈의 경우는 좀 달라. 그 애가 창문 밖으로 몸을 내밀게 할 수만 있었다면 일도 아니지. 케빈이야 별로 의심 많은 부류도 아니었고. 그냥 뒤에서 살짝만 밀어도 떨어뜨릴 수 있었을 거야. 힘이 세지 않아도 가능해."

"그렇다면 로지를 죽였을 때의 나이를 열다섯에서 쉰 살 사이로 잡고, 범인의 현재 나이를 삼십 대 후반에서 칠십 대 사이로 봐야겠군요."

"너무 광범위하군. 범위를 좁힐 만한 다른 정보는 없을까?"

"그 남자는 페이스풀 플레이스와 가까운 곳에서 자랐을 겁니다. 16번지에 대해 잘 알고 있으니까요. 범인은 로지가 죽어서 많이 놀랐을 테지만, 지하실에 콘크리트 판들이 있다는 것을 떠올렸죠. 사람들 얘기를 들어보면, 16번지에 대해 알고 있는 이들은 모두 십 대 시절을 페이스풀 플레이스 근처에서 보낸 사람들이었어요. 지금은 이 근방에 살지 않을 수도 있지만, 로지의 시신 발견 소식을 듣는 방법이야 수십 가지는 되겠죠."

경찰이 된 뒤 처음으로, 살인수사과 형사들이 자기네 일을 좋아하는 이유를 알 것 같았다. 잠입수사 요원들은 사냥을 나가면 덫에 걸리는 것은 뭐든 다 잡아 온다. 그들 기술의 절반은 미끼로 무엇을 쓸 것인지, 사냥감이 어디서 오는지, 무엇을 던져서 잡아야 할지, 무엇으로 머리를 맞혀 가져올 것인지를 아는 것이다. 살인 사건 수사와는 완전히 다른 일이다. 살인수사과 형사들은 홀로 떨어진 야생동물을 추적하는 전문가로, 연인에게 집중하듯 쫓는 대상에 집중한다. 그들이 어둠 속에서 그 한 가지만을 쫓는 동안, 시야에 들어오는 다른 것들은 아무 상관 없는 배경일 뿐이다. 상대는 구체적이고, 은밀하며, 강력하다. 나와 어딘가에 있는 상대는 서로가 실수하는 소리가 들리기만 가만히 기다리고 있다. 베리 새드 카페에서의 그날 저녁이 지금껏 내가 맺어온 중 가장 은밀한 관계인 듯 느껴졌다.

"문제는 범인이 로지의 시신 발견 소식을 어떻게 접했는가가 아니야. 자네도 알다시피, 아마 여전히 리버티에 살고 있는 사람들이 전화로 알려줬겠지. 문제는, 이렇게 오랜 시간이 지난 지금 케빈이 자신에게 위협이 된다는 것을 그자가 어떻게 알았냐는 거야. 내 생각에 그 사실을 범인에게 명확하게 알려줄 수 있는 건 오직 한 사람, 바로 케빈밖에 없어. 두 사람이 계속 연락을 하는 사이였거나, 지난 주말의 난리 통 속에 우연히 마주쳤거나, 케빈이 일부러 그자에게 연락을 했던 거겠지. 기회가 된다면 케빈이 죽기 전 마흔여덟 시간 동안의 통화 내역을 알아봐줬으면 하네. 휴대전화와 일반 전화까지 말이야. 케빈이 문자를 보냈을 수도 있고, 전화를 걸었을 수도 있고, 문자를 받았을 수도 있어. 제발 케네디 형사가 이미 그 기록을 조회

했을 거라는 내 추측이 맞는다고 해주게."

"아직 받지는 못했지만, 기록 조회를 지시하긴 했습니다."

"주말 사이 케빈과 연락한 사람이 누군지 알아낸다면 그자를 찾아낼 수 있어."

문득 스코처에게 가방을 전해주었던 토요일 오후 케빈이 멍한 모습으로 어딘가를 향해 가던 것이 떠올랐다. 그다음에 그 애를 본 건 술집에서였다. 그사이 케빈은 범인에 관한 무언가를 찾으러 갔던 것일 수도 있다.

스티븐이 말했다.

"한 가지 더요. 범인은 매우 폭력적인 사람인 것 같은데, 그렇다면 이런 일이 처음은 아니었을 겁니다. 전과 기록이 있거나 최소한 그쪽 방면으로 유명한 사람 아닐까 싶어요."

"흥미로운 이론이군. 왜 그런 생각을 했나?"

"두 건의 살인 사건 사이에는 차이점이 있습니다. 두 번째 살인은 계획적이었어요. 범행 몇 분 전에라도 계획했을 겁니다. 하지만 첫 번째 살인은 전혀 그렇게 보이지 않죠."

"그런가? 범인도 이제는 나이를 먹었으니 자제력이 생겼을 것이고 다음 일들도 생각했을 텐데. 처음에야 무작정 충동적으로 범행을 저질렀겠지만."

"그렇죠. 그게 제가 하고 싶은 말이었습니다. 범인의 충동적인 성격 말이에요. 그런 성격은 나이가 들어도 바뀌지 않는 법입니다."

나는 한쪽 눈썹을 치올렸다. 스티븐이 무슨 뜻으로 그런 말을 하는지는 알고 있었다. 하지만 그에게 직접 설명을 듣고 싶었다. 스티븐은 적당한 표현을 찾으려 애쓰면서 어색하게 한쪽 귀를 문질렀다.

"전 여동생이 둘입니다. 작은동생은 열여덟 살인데, 뭐든 짜증 나는 일만 생겼다 하면 길거리가 떠나가라 소리를 지르죠. 큰동생은 스무 살인데, 화가 나면 침실 벽에 물건들을 집어던져요. 깨지지 않을 볼펜 같은 것들 말입니다. 어릴 때부터 늘 그랬어요. 어느 날 작은동생이 물건을 던진다거나, 큰동생이 소리를 지른다거나, 둘 중 한 명이 누군가에게 폭력적인 행동을 보인다면 전 깜짝 놀랄 겁니다. 누구에게나 자기만의 분출 방식이 있는 거니까요."

나는 그의 말에 동의한다는 뜻으로 싱긋 웃어 보였다. 아이에게 머리를 쓰다듬어주는 식으로. 그러곤 스티븐에게는 무슨 충동이 있는지 물어보려는데, 문득 다른 것이 떠올랐다. 아버지가 커다란 손으로 셰이 형의 목을 조르면서 머리를 벽에 내리치자 형의 입이 벌어지고 팔다리가 축 늘어지던 모습. 엄마가 "무슨 짓이야. 이 개자식아. 애를 죽일 셈이야!"라고 소리치자, 아버지는 쉰 목소리로 "이 녀석이 자초한 일이야"라고 말했다. 쿠퍼 박사의 말도 떠올랐다. "범인이 피해자의 목을 잡은 채로 벽에 머리를 박았다는 겁니다."

스티븐은 내 표정을 보고 근심에 싸인 듯했다. 아마 내가 그를 노려보고 있었던 모양이다.

"왜 그러십니까?"

"아무 일도 아니야." 나는 재킷을 걸쳤다. 단호하고 결단력 있는 맷 데일리. 사람은 변하지 않는다고 했지. "정말 잘했어. 진심이야. 통화 기록 확보하는 대로 연락 주게."

"알겠습니다. 그게 전부인지……"

나는 이십 유로짜리 지폐를 찾아 탁자 위에 놓고 스티븐 쪽으로 밀었다.

"이걸로 계산하게. 감식반에서 가방에 남아 있던 신원 미상의 지문이 누구 건지 알아내거나, 케네디 형사가 사건 수사를 언제 종결할지 얘기해도 바로 알려주고. 형사, 잊지 말게나. 이 일은 자네와 내가 해야 한다는 걸 말이야. 우리밖에 없어."

나는 그 자리를 떠났다. 흐릿한 식당 유리창 너머에 있는 스티븐을 힐끔 돌아보니, 그는 이십 유로를 집어 들고 입을 벌린 채 내가 가는 모습을 지켜보고 있었다.

16

나는 몇 시간을 계속 걸었다. 스미스 로드를 가로질러 플레이스 초입을 지났다. 일요일 밤, 재키의 차에서 내린 케빈이 지나갔던 길이다. 쭉 뻗어 있는 그 길에서는 케빈이 추락한 16번지의 위층 뒤쪽 창문이 잘 보였다. 나는 담 너머로 1층 창문들을 재빨리 살펴보았다. 집 앞을 지나 페이스풀 플레이스 끝을 지나치며 돌아보면 집 전면이 눈에 들어온다. 집 안에서 누군가가 기다리고 있었다면 가로등 불빛 아래 내가 다가오는 모습이 보였을 것이다. 하지만 바로 불빛 때문에, 길에서 창문을 볼 땐 안개가 자욱하게 낀 듯한 오렌지색만 눈에 들어왔다. 집 안에서 손전등을 켜고 있거나 무슨 일이 벌어지고 있어도 알 수 없을 것이다. 게다가 누군가 창밖으로 몸을 내밀어 나를 부르고 싶다면 플레이스 전체에 소리가 울려 퍼질 위험을 감수해야 할 터였다. 케빈은 이 집 앞을 지나치다가 무언가를 보고 들어간 것이 아니었다. 동생은 누군가와 이곳에서 만나기로 약속한 것이다.

포토벨로에 도착하자 운하 옆에 설치된 벤치가 보였다. 나는 그곳에 앉아 부검 보고서를 자세히 읽었다. 젊은 스티븐은 요약 정리에 재능이 있었다. 공평하게 하자면 내가 준비했어야 했을 사진 두 장만 제외하면 새로운 사실은 없었다. 케빈은 건강했다. 쿠퍼의 말마따나, 그 아이는 고층 건물만 피했더라면 영원히 살 수도 있었을 것이다. 사망의 종류는 "미확인"으로 적혀 있었다. 쿠퍼가 빈틈없이 부검했어도 결국에는 골치 아픈 죽음이란 뜻이다.

나는 리버티로 돌아가 코퍼 레인을 두 번 돌면서 발판으로 삼을 만한 것이 있는지 확인했다. 이제 곧 8시 30분이었다. 모두들 저녁식사를 하거나, 텔레비전을 보거나, 아이들을 재우느라 바쁠 시간. 나는 드와이어네 집의 뒤뜰을 거쳐 데일리네 뒤뜰로 들어갔다.

아버지와 데일리 아저씨 사이에 무슨 일이 있었는지 알아내야 했다. 무작정 이웃집 문을 두드리는 건 딱히 내키지 않았다. 게다가 정보를 얻을 수 있는 다른 선택지도 있었다. 노라는 늘 내게 상냥했다. 재키에게 들은 바로 노라는 블랜처드 타운인지 어딘지에서 살고 있다고 했다. 하지만 우리 집과 달리 정상적인 가족이라면 집안에 안 좋은 일이 있을 때는 식구가 모두 함께 있는다. 지난 토요일 이후 노라는 남편에게 아이를 맡긴 채 부모님 집에서 며칠 지내고 있을 터였다.

데일리네 뒤뜰에 들어서자 발밑에서 자갈 밟히는 소리가 울렸다. 나는 담 그늘 안에 가만히 서 있었다. 아무도 나오지 않았다.

점차 어둠에 눈이 익었다. 이곳에 들어온 건 처음이었다. 케빈에게도 말했지만, 들킬까 봐 무서웠기 때문이다. 데일리 아저씨가 가꿨을 법하지 않은 정원이었다. 넓은 테라스에 단정하게 손질한 관목, 봄을 기다리는 꽃밭에 꽂혀 있는 이름표들, 튼튼한 헛간으로 탈바꿈한 실외 변소. 한쪽 구석에 연철 벤치가 놓여 있었다. 나는 벤치 위를 대충 닦은 뒤 거기 앉아서 기다리기로 했다.

1층 창문에서 불빛이 새어 나왔다. 주방 벽에 걸려 있는 소나무 찬장이 보였다. 한 시간 반쯤 지났을 때, 커다란 검은색 스웨터를 입은 노라가 나타났다. 머리를 대충 묶고 있는 모습이 멀리서도 지치고 창백해 보였다. 노라는 유리잔에 수돗물을 받은 뒤 개수대에 기대어 물을 마셨다. 멍하니 창밖을 내다보면서 다른 한 손으로는 목뒤를 주무르고 있었다. 잠시 뒤 노라가 고개를 들었다. 누가 뒤에서 불렀는지, 재빨리 유리잔을 씻어 식기 건조대에 올려놓고는 찬장에서 뭔가를 집어 들고 그 자리를 떠났다.

노라가 잠자리에 들겠다고 마음먹기 전까지 나는 그 자리에 있어야 했다. 불빛이 보일까 봐 담배조차 피울 수 없었다. 데일리 아저씨는 동네를 지키기 위해서라면 야구방망이를 들고 침입자를 쫓아갈 사람이었다. 몇 달처럼 길게 느껴지는 그 시간 동안 나는 자리에 앉아 기다리는 수밖에 없었다.

플레이스는 밤의 휴식을 준비하고 있었다. 드와이어네 집의 벽에 걸린 텔레비전에서 웅얼거리는 소리와 함께 깜박거리는 빛이 새어 나왔다. 어디선가 달콤하면서도 애절한 여자 목소리로 부르는 노랫소리가 울려 퍼졌다. 창가에 색색의 크리스마스 전구 장식과 통통한 산타가 빛나는 7번지에서는 샐리 헌의 십 대 아이들 중 하나가 소리를 지르고 있었다. "싫어! 엄마 미워!" 이어 문이 쾅 닫히는 소리. 5번지 위층에서는 여피족 부부가 아기를 재울 준비를 하는 중이었다. 막 목욕을 마치고 깨끗한 흰색 잠옷을 입은 아기를 아빠가 안아 올려 배에 입을 댄 채 흔들고, 그 옆에서 엄마는 담요를 정리하며 웃고 있었다. 길 건너편에서는 내 엄마와 아버지가 서로 상상조차 할 수 없는 각자의 생각을 감춘 채, 서로 말 섞는 일 없이 잠자리에 들 수 있을지 살피며 긴장된 분위기 속에서 텔레비전을 보고 있을 것이다.

그날 밤, 온 세상이 치명적인 것으로 가득한 느낌이었다. 평소 나는 위험을 즐긴다. 정신을 집중하는 데 그만한 것이 없기 때문이다. 하지만 이번에는 달랐다. 마치 땅이 내 밑에서 거대한 근육처럼 잔 물결을 일으키고 휘어지면서 우리 모두를 날려 보내고는 이 게임의 주인이 누구인지, 반면 상대도 안 되는 나약한 쪽은 누구인지 다시 한번 과시하려는 것 같았다. 네가 믿는 모든 것을 빼앗을 수 있고, 모든 규칙이 순식간에 바뀔 수 있으며, 패를 돌리는 쪽이 언제나 이긴다는 사실을 상기시켜주는 대기의 미묘한 떨림. 7번지의 천장이 내려앉고 산타 장식들이 부서진다거나, 5번지에 불길이 치솟아 여피족들이 재로 사라진다 해도 놀라지 않을 것이다. 나는 현실과 완전히 동떨어진 채, 케빈 삼촌 없이 세상이 어떻게 돌아가는지 이해하려 노력하고 있을 홀리를 생각했다. 자신의 능력에 대한 내 칭찬을 믿으려 하지 않는, 새로 산 코트 차림의 젊은 스티븐을 생각했다. 아버지의 손을 잡고 결혼해서 아이들을 낳고, 그것이 좋은 생각이라 믿었던 어머니를 생각했다. 이 밤, 각자 자기만의 구석에 말없이 앉아, 로지 없이 보낸 지난 스무 해 동안 우리가 살아온 인생의 형태가 어떤 것이었는지 이해하려 애쓰는 나와 맨디, 이멜다, 데일리 가족들에 대해 생각했다.

로지가 잉글랜드에 대해 처음으로 말했던 건 우리가 열여덟 살 되던 해 봄, 어느 토요일 늦은 시간 걸리건 술집에서였다. 우리 세대라면 누구나 다른 이에게서 들은 것이 아닌, 직접 걸리건 술집과 얽힌 이야기를 하나씩은 가지고 있을 것이다. 더블린에 사는 모든 중년들은 새벽 3시 단속 때 자신이 어떻게 도망쳤는지, 혹은 아직 유명해지기 전의 U2에게 술을 사줬다거나, 아내 되는 사람을 만났다거나, 심하게 얻어맞아 이가 나갔다거나, 술에 취해 화장실에서 잠이 들었다가 주말이 지난 뒤에야 사람들에게 발견되었다는 이야기들을 기꺼이 늘어놓을 것이다. 그 술집은 좁고, 지저분하고, 불이 나도 빠져나가기 힘든 곳이었다. 검은색 페인트가 다 벗겨진 벽면에는 창문도 없었으며, 밥 말리와 체 게바라, 누구든 지금 일하는 직원이 존경하는 다른 인물의 스프레이 스텐실 벽화가 그려져 있었다. 하지만 그 술집은 어쨌거나 몰락하는 중이었다. 맥주 판매 허가가 나지 않아 찐득거리는 독일산 와인 두 종류 중에 선택해야 했는데, 둘 다 살짝 계집애가 된 것 같은 기분이 들게 만드는 술이었고, 요금도 바가지였다. 그리고 그날 밤 어떤 라이브 공연을 보게 될지도 전혀 알 수 없는 곳. 요즘 젊은 애들이라면 찾지 않을 곳이었다. 우린 그곳을 좋아했다.

우리는 거기서 로지가 좋아하는 립스틱 온 마스라는 신인 글램 록 밴드와 다른 밴드의 공연을 보고, 도수 높은 독일산 화이트 와인을 마시고, 어지럽게 춤을 추었다. 나는 엉덩이를 흔들고 머리카락을 휘날리면서 입가에 미소를 띤 채 춤을 추는 로지의 모습이 좋았다. 로지는 다른 여자애들처럼 춤을 출 때 멍한 얼굴을 하는 법이 없었다. 언제나 표정이 풍부했다. 그날 밤도 순조롭게 흘러가고 있었다. 밴드는 레드 제플린이 아니었지만 노래 가사가 좋았고 드럼 연주자가 뛰어났다. 당시만 해도 밴드들은 거침없이 빛났다. 아무도 잃을 것이 없었고 성공할 가능성 따윈 중요하지 않았다. 왜냐하면 밴드에 전념하는 것만이 단칸방에서 실업수당을 받으며 아무 미래 없이 우울하게 살지 않을 유일한 길이었기 때문이다. 밴드는 그들에게 마법과도 같았다.

연주자가 얼마나 열과 성을 다했는지 증명하듯 베이스 기타의 줄이 끊어졌다. 그가 줄을 교체하러 들어간 사이 로지와 나는 바에 가서 와인을 더 마셨다.

"이 와인은 별로네요."

로지가 재킷을 걸쳐 입으며 바텐더에게 말했다.

"좀 그렇지. 꼭 베닐린 기침약으로 만든 것 같아. 너희들 가고 나면 몇 주 동안 건조용 선반 위에서 돌아다니겠어."

바텐더는 우리를 좋아했다.

"보통 때보다도 맛이 없어요. 안 좋은 걸 들여놨네요. 괜찮은 건 없어요?"

"그래도 마시면 취하긴 하잖아. 안 그래? 아니면 남자 친구 먼저 보내고 문 닫을 때까지 기다릴래? 좋은 걸 마시게 해줄게."

내가 말했다. "나한테 한 대 맞을래요, 아니면 아저씨 여자 친구한테 가서 이를까요?" 바텐더의 여자 친구는 팔에 문신을 잔뜩 새긴 모호크족이었다. 우린 그녀와도 잘 아는 사이였다.

"네 여자 친구 안 건드려. 네가 아니라 내 여자 친구가 무서워서."

바텐더는 우리한테 윙크를 하더니 잔돈을 가지러 갔다.

로지가 내게 말했다. "할 얘기가 있어."

심각한 어조였다. 나는 바텐더에 대해서는 완전히 잊고 머릿속으로 미친 듯이 날짜를 계산하기 시작했다.

"그래? 뭔데?"

"다음 달에 기네스 공장에서 은퇴하는 사람이 있대. 내가 그 일을 원하면 아빠가 손을 써서 들어가게 해주겠다고 했어."

나는 숨을 돌렸다. "그랬구나." 다른 사람 일이었다면 기뻐해주기 힘들었을 것이다. 데일리 아저씨가 관련된 일이니 더더욱. 하지만 로지는 내 애인이었다. "잘된 일이네. 너한테 좋은 일이잖아."

"난 그 일 안 할 거야."

바텐더가 잔돈을 바에 올렸다. 나는 잔돈을 챙겼다.

"어째서?"

로지가 어깨를 으쓱였다.

"아빠가 얻어다 주는 일은 안 할 거야. 뭐든 내 힘으로 구하고 싶어. 어떻게든……."

지나칠 정도로 과한 드럼 소리와 함께 밴드 연주가 다시 시작되며 로지의 말을 묻어버렸다. 로지는 웃으면서 뒤쪽 방을 가리켰다. 평소 조용히 생각에 잠길 수 있는 곳이었다. 나는 로지의 손을 잡고서, 손가락 부분이 없는 장갑을 끼고 너구리처럼 짙게 눈 화장을 한 채 숫기 없는 남자애들 옆에 바짝 붙어 있다가 어떻게든 진한 키스를 나눌 틈을 노리는 여자애들 사이를 뚫고 지나갔다.

"여기서 얘기하자." 로지가 툭 튀어나온 벽돌로 막힌 창문 앞에 서서 말했다. "저 밴드 괜찮은 것 같아. 안 그래?"

"대단하지."

그 주 내내 나는 동네 여기저기를 돌아다니면서 일거리가 있는지 물었고, 모두에게서 비웃음을 샀다. 세상에서 가장 지저분한 식당에서 주방 보조를 구하고 있었다. 멀쩡한 인간이라면 아무도 일하고 싶어 하지 않으리라는 점에서 희망을 가져봤지만, 매니저는 내 주소를 보더니 재고품들이 없어진다고 직접적으로 말하면서 퇴짜를 놓았다. 셰이 형이 아무 일도 하지 못한 지 벌써 몇 달째였다. 형의 학력으로는 어떤 직업도 구할 수가 없었다. 조금 전 바텐더한테 주었던 십 파운드가 내가 가진 마지막 돈이었다. 어떤 밴드인지 몰라도, 그런 내게서 돈 생각을 날려버릴 정도로 큰 소리를 내며 빠르게 연주를 시작한 참이었다.

"아니, 대단할 정도는 아니고, 그냥 괜찮은 거지. 반쯤은 저것들 덕분이고."

로지가 와인잔으로 천장을 가리켰다. 걸리건 술집에는 조명이 몇 개 없었고, 그나마도 대부분은 철사 뭉치처럼 가느다란 빛을 발산할 뿐이었다. 조명 담당은 셰인이라는 남자였다. 조명 조종판 가까이 술잔을 들고 갈 때마다 셰인은 한 대 맞고 싶냐며 으름장을 놓곤 했다.

"뭐 말이야? 조명?"

셰인은 빠르게 움직이는 은빛 조명 효과를 이용해 산만하고 지저분한 밴드를 매력적으로 보이게 만들었다. 적어도 그들 중 한 명은 무대가 끝난 뒤 뭔가 건수를 만들 수 있을 만큼.

"그래, 셰인이 일을 정말 잘해. 그 사람 덕분에 저들이 괜찮아 보이잖아. 결국 분위기에 좌우된다는 거지. 조명과 의상을 빼면 저들은 그냥 멍청해 보이는 남자 네 명일 뿐이야."

내가 웃었다. "모든 밴드가 다 그렇지."

"아마도." 그러더니 로지는 와인잔 너머로 수줍어하듯 나를 슬쩍 건너다보았다. "내가 조금 전에 할 말 있다고 했잖아."

"해봐."

나는 로지의 정신을 사랑했다. 만일 그리로 들어갈 수 있다면 남은 인생을 그 안에서 떠돌며 그저 로지만 쳐다보고 살 수도 있을 것 같았다.

"그게 내가 하고 싶은 일이야."

"조명 말이야? 밴드를 비춰주는?"

"그래. 너도 내가 음악 좋아하는 거 알잖아. 어릴 때부터 음악 관련된 일을 하고 싶었어."

물론 나는 알고 있었다. 아니, 모두가 알고 있었다. 로지는 플레이스에서 견진성사 축하금으로 음반을 산 유일한 아이였다. 하지만 조명에 대한 이야기를 들은 건 처음이었다.

"난 노래를 더럽게 못해. 그리고 노래를 만든다거나 기타를 연주한다든가 하는, 예술가 같은 사람도 못 되고. 저게 내가 좋아하는 일이야."

로지가 고개를 들어 조명이 십자형으로 빛을 비추는 천장을 쳐다보았다.

"왜?"

"그야 저 사람이 밴드를 돋보이게 하니까. 그게 다야. 밴드 사람들이 즐거운 밤을 보내든 기분 나쁜 밤을 보내든, 관객이 여섯 명밖에 없든, 누군가 저 사람의 역할을 알아주든 말든 상관없어. 어쨌든 조명 담당하는 사람은 늘 있을 것이고, 그 사람이 밴드를 더욱 돋보이게 만들어줄 거야. 게다가 정말로 그 일을 잘하면, 밴드는 매 순간 훨씬 나아 보이지. 난 그게 좋아."

로지의 눈이 행복하게 빛났다. 머리카락은 마구 헝클어진 채였다. 나는 로지의 머리를 단정하게 쓸어내렸다.

"그러게, 정말 좋은 일이네."

"그 일을 잘해내면 뭔가 달라진다는 게 좋아. 난 그런 일을 해본 적이 없어. 바느질을 아무리 잘해도 다른 사람들이랑은 상관없잖아. 아예 엉망으로 만들지 않는 한 말이야. 그런 점은 기네스 공장도 마찬가지일 거야. 난 뭐든 잘해내고 싶어. 정말로 말이야. 그게 중요해."

"내가 게이어티 극장 무대 뒤에 있는 너한테 몰래 갈게. 그럼 넌 전원을 내리는 거야."

내 말에 로지는 웃지 않았다.

"생각해봐. 여긴 허접한 장비밖에 없지만, 큰 장소에서 제대로 일을 하는 모습을 상상해보라고. 투어를 다니는 제대로 된 밴드에서 일을 한다면 이틀마다 다른 장비를 손에 들고……."

"네가 록 스타들과 투어를 다니게 두진 않을 거야. 네 손에 뭐가 들릴지 누가 알겠어?"

"너도 같이 다니면 되잖아. 로드 매니저로 말이야."

"그거 좋네. 롤링 스톤스가 내 여자를 건드리지 못하게 하려면 근육을 키워야겠군."

내가 이두근에 힘을 주었다.

"그렇게 할 생각 있어?"

"광팬들 따돌리는 거?"

"이보세요. 그럴 일은 없어. 내가 록 스타들이랑 같이 일하지 않는 한 말이지. 나 지금 진지해. 정말 할 마음 있어? 로드 매니저 같은 거?"

로지는 진심으로 물었고, 답을 듣고 싶어 했다.

"그럼, 하고 싶지. 진심이야. 굉장한 일 같은데. 여행하고, 음악 듣고. 절대 지루하지 않을 거야……. 그런 일을 할 기회가 있을 것 같지 않아서 그렇지."

"어째서?"

"생각해봐. 더블린에 로드 매니저를 고용할 만한 밴드가 얼마나 될 것 같아? 저 녀석들이 그렇게 될 수 있겠어?" 나는 립스틱 온 마스를 고갯짓으로 가리켰다. 직원을 고용하기는커녕 자기들 집에 돌아갈 차비도 없을 것 같았다. "장담하는데, 저 친구들 로드 매니저는 밴드 멤버 누군가의 동생일 거고, 아버지 차 트렁크에 드럼을 밀어 넣고 다닐걸."

로지가 고개를 끄덕였다.

"조명 쪽도 마찬가지야. 자리도 몇 없고, 경력자만 구하지. 여기선 일을 배울 데조차 없어. 견습생으로 들어갈 곳도 없고. 내가 확인해본 바로는 그래."

"놀랄 일도 아니네."

"실제로 이쪽 분야에 발을 들인다고 생각해봐. 무슨 일이든 말이야. 너 같으면 어떻게 시작할 거야?"

나는 어깨를 으쓱했다.

"이 근처에선 못 하지. 런던 아니면 리버풀에서 시작할 거야. 어디든 잉글랜드에서. 일을 배우는 동안 날 먹여 살릴 밴드를 찾고, 그렇게 처음부터 차근차근 밟고 올라가는 거지."

"내 생각도 그래." 로지가 와인을 한 모금 마신 뒤 벽감에 기대어 밴드를 쳐다보았다. 그러다가 아무렇지 않게 말했다. "그러니까 잉글랜드로 가자."

순간 내가 잘못 들었나 싶었다. 나는 로지를 쳐다보았다. 로지는 눈도 깜박하지 않았다.

"진심이야?"

"그래."

"맙소사, 진심이라고? 장난 아니고?"

"백 퍼센트 진심이야. 안 될 게 뭐야?"

로지가 내 속에 들어 있는 폭죽 창고에 불을 붙인 느낌이었다. 드럼 연주자의 마무리 리프가 아름다운 폭죽의 연쇄 폭발처럼 뼛속을 울려 앞을 제대로 볼 수 없을 지경이었다. 나는 간신히 입을 뗐다.

"네 아버지가 엄청 화내실 텐데."

"그러시겠지. 그게 어때서? 우리가 여전히 만나고 있는 걸 알아도 화를 내실걸. 함께 떠나면 적어도 여기서 화를 당할 일은 없겠지. 그것도 잉글랜드로 가야 할 좋은 이유야. 여기서 멀리 떨어질수록 좋잖아."

"그건 그래. 좋아. 하지만 어떻게……? 우린 돈이 없잖아. 페리 티켓을 살 돈도 없고, 방세도 없는데…….."

로지가 한쪽 다리를 흔들면서 나를 지그시 바라보았다. 그녀는 웃고 있었다.

"그건 나도 알아. 오늘 밤 당장 떠나자는 게 아니야. 돈부터 모아야지."

"몇 달 걸릴 거야."

"다른 할 일 있어?"

와인 때문이었을 것이다. 벽에 처음 보는 색색의 꽃이 피어나고, 술집이 내 주위에서 갈라지는 듯 느껴졌다. 바닥이 내 심장과 함께 두근거리고 있었다. 밴드의 연주가 끝나고 가수가 이마로 마이크를 끄자 관중들이 미친 듯이 환호했다. 나도 기계적으로 박수를 쳤다. 주위가 조용해지고 밴드를 포함한 모든 사람들이 바로 몰려간 뒤 내가 말했다.

"정말 하자는 거지?"

"말했잖아."

"로지." 나는 와인잔을 내려놓고 로지 앞에 바짝 붙어 섰다. 얼굴과 얼굴이 닿고, 무릎과 무릎이 닿을 정도로 가까웠다. "잘 생각해본 거야? 끝까지 할 수 있겠어?"

로지는 와인잔을 돌린 뒤 고개를 끄덕였다. "그럼. 지난 몇 달간 생각했어."

"난 몰랐어. 그런 말 한 적 없잖아."

"확신이 설 때까지 말하지 않은 거야. 이젠 확실해졌어."

"어떻게?"

"기네스 공장 일. 그 얘기 듣고 마음 정했어. 내가 이곳에 있는 한 아빠는 계속 그 일을 하라고 날 몰아붙일 거야. 결국엔 나도 포기하고 받아들이겠지. 아빠 말이 옳으니까. 프랜시스, 너도 알잖아. 이건 좋은 기회야. 그런 직장을 얻기 위해서라면 사람들은 살인도 불사할걸. 일단 그 일을 시작하면 난 절대 그만두지 못할 거야."

"한번 떠나면 돌아오지 못할 텐데. 우리 둘 중 누구도."

"나도 알아. 바로 그 점이 중요한 거야. 달리 우리가 함께 지낼 수 있는 방법이 있어? 너는 어떤지 몰라도, 난 앞으로 십 년 동안 아빠한테 붙들려 있는 거 바라지 않아. 우리가 행복하다는 걸 인정하기 전까지 아빠가 틈만 나면 골치 아프게 할 것도 싫고. 난 우리가 제대로 시작했으면 좋겠어. 가족들 간섭 없이, 함께 하고 싶은 일을 하면서 말이야. 우리 둘이서만."

조명이 깊은 물속 안개처럼 바뀌더니, 내 뒤에 있던 여자가 노래를 부르기 시작했다. 나지막하지만 걸걸하고 강인한 목소리였다. 천천히 돌아가는 초록색과 금색 조명 빛 아래에서 로지는 꼭 인어처럼 보였다. 조명의 색과 빛이 신기루를 만든 것 같았다. 순간 나는 로지를 잡아 꼭 끌어안고 싶었다. 그렇게 하지 않으면 내 손에서 사라져버릴 것 같았다. 로지를 보고 있으면 숨을 쉴 수가 없었다. 우리는 여자가 남자보다 성숙한, 여자들이 필요로 할 때 남자들이 최선을 다해 성장하는 그런 나이였다. 난 아주 어릴 때부터 선생님들이 얘기하는 삶, 공장에 다니거나 실업자가 되는 것이 아닌 그 이상을 원했다. 하지만 내 손으로 뭔가를 이루거나 실제로 어디든 갈 수 있을 거라는 생각은 해본 적이 없었다. 오래전부터 우리 가족이 더이상 어떻게 할 수 없을 정도로 망가졌다는 것을 알았고 산산조각 난 마음으로 이를 악문 채 그 집에 들어가곤 하면서도, 그곳을 떠날 수 있다는 생각을 해본 적이 없었다. 내가 알고 있었던 건, 로지가 나를 필요로 할 때 그녀를 따라가야 한다는 것뿐이었다.

내가 말했다.

"그렇게 하자."

"프랜시스, 진정해. 오늘 밤 당장 결정하라는 거 아니야. 생각 좀 해보라는 거지."

"생각했어."

잠시 뒤에 로지가 말했다.

"그럼 네 가족들은? 떠날 수 있겠어?"

로지와는 가족에 대해 이야기한 적이 없었다. 물론 어느 정도는 알고 있었을 것이다. 플레이스 전체가 알고 있었으니까. 하지만 로지는 단 한 번도 우리 가족에 대해 언급하지 않았고, 난 그 사실이 고마웠다. 로지가 내 눈을 바라보고 있었다.

그날 밤의 외출을 위해 나는 그다음 주말 내내 셰이 형의 일을 대신하기로 했다. 형에게 일방적으로 유리한 조건이었다. 집을 나설 때, 엄마는 아버지가 술집에 간 건 다 건방진 딸을 견디지 못하기 때문이라며 재키에게 소리치고 있었다.

내가 말했다.

"이제 내 가족은 너야."

로지의 눈에서 어딘가에 숨겨져 있던 미소가 새어 나오기 시작했다. "사실 난 어디든 상관없어. 네가 떠날 수 없다면 여기도 좋아."

"아니, 네 말이 맞아. 우린 이곳을 떠나야 해."

로지의 얼굴 전체로 서서히 아름다운 미소가 번져갔다.

"남은 인생 동안 나한테 어떻게 해줄 거야?"

나는 로지의 허벅지와 부드러운 엉덩이를 받친 뒤 안아 올렸다. 그녀는 내 허리를 다리로 감싸며 키스했다. 로지에게서는 와인의 달콤한 맛과 함께, 춤을 추면서 흘린 땀 때문인지 짠맛이 났다. 내 입술에 닿은 그녀의 입술이 여전히 미소 짓고 있다는 것이 느껴졌다. 우리를 둘러싼 음악 소리가 커지고 키스가 격렬해지자, 그 미소는 사라졌다.

"로지는 우리 중 자기 엄마처럼 살지 않는 유일한 애였어." 어둠 속에서 이멜다의 목소리가 귓가에 울렸다. 무한한 슬픔이 어려 있고, 백만 개비의 담배를 피운 듯 거친 목소리였다. "이곳을 떠난 사람." 이멜다와 나는 타고난 거짓말쟁이였다. 하지만 이멜다가 로지를 사랑한 것은 거짓이 아니고, 내가 로지를 가장 가까운 사람이라고 생각한 것도 거짓이 아니다. 이멜다라면 이해할 것이다.

여피족의 아기는 안전등 불빛 아래에서 잠이 들었다. 곁을 지키고 있던 엄마는 조용히 방을 빠져나갔다. 플레이스의 불빛이 하나둘씩 꺼지기 시작했다. 샐리 헌의 산타 조명도, 드와이어네 텔레비전도, 털이 많은 학생들의 집에 삐딱하게 걸려 있던 버드와이저 간판도 꺼졌다. 9번지는 컴컴했다. 맨디와 게르는 일찍 잠자리에 든 모양이었다. 게르가 새벽부터 나가 출장을 떠나는 사업가들을 위해 바나나를 튀겨야 하기 때문일 것이다. 내 발이 얼기 시작했다. 지붕 위로 낮게 걸려 있는 달은 구름에 가려 흐릿했다.

11시가 되자, 데일리 아저씨가 주방으로 고개를 내밀더니 안을 둘러보면서 냉장고 문이 잘 닫혀 있는지 확인한 뒤 불을 껐다. 일 분 뒤 위층 뒷방의 불이 켜졌다. 노라가 한 손으로 묶었던 머리를 풀면서 다른 한 손으로는 하품을 하느라 벌린 입을 가렸다. 그러곤 풀어진 머리카락을 흔들고 커튼을 내렸다.

잠옷으로 갈아입은 뒤에는 위협을 느껴 아버지를 부를 수 있기에, 나는 노라가 옷을 벗기 전에 그 방 창문을 향해 작은 돌을 던졌다. 돌이 창문에 부딪치는 작은 소리가 들렸지만 아무 일도 일어나지 않았다. 새소리나, 바람 소리, 집이 흔들리는 소리라고 생각하는 것 같았다. 나는 다시 한번, 좀더 세게 돌을 던졌다.

노라 방의 불이 꺼졌다. 이윽고 커튼이 살짝 벌어졌다. 나는 손전등을 켜서 내 얼굴을 비춘 뒤 손을 흔들었다. 노라가 나를 알아본 것 같아 손가락을 입에 올리고 손짓을 했다.

잠시 뒤 방 불이 다시 켜졌다. 노라가 커튼을 젖히고 내게 손짓했다. 하지만 무슨 뜻인지 알 수 없었다. 가라는 건지, 그대로 있으라는 건지. 나도 다시 한번 좀더 다급하게 손짓했다. 안심시키기 위해 미소를 지으면서, 손전등 불빛 때문에 잭 니콜슨의 음흉한 미소처럼 보이지 않기만을 바랐다. 노라는 어쩔 수 없다는 듯 머리를 가다듬더니, 이내 창문 가까이 몸을 숙이고는 자기 언니처럼 재치 있게도 유리창에 입김을 불어 글씨를 썼다. "기다려." 심지어 내가 알아보기 쉽도록 거꾸로 쓴 글씨였다. 나는 노라를 향해 엄지손가락을 들어 보인 후 손전등을 끄고 그 자리에서 기다렸다.

데일리네의 취침 일과가 어떠한지는 몰라도, 거의 자정 직전에야 뒷문이 열리고 노라가 모습을 나타냈다. 그녀는 반은 뛰다시피, 반은 발끝으로 걸으면서 정원을 가로질러 왔다. 스커트와 스웨터 위에 긴 모직 코트를 걸친 노라는 숨을 헐떡거리면서 한 손으로 가슴을 눌렀다.

"맙소사, 저 문…… 조심스럽게 열었는데 갑자기 쾅 닫히잖아. 자동차 사고라도 나는 것 같은 소리가 났는데, 오빠 들었어? 정말 기절할 뻔했다니까……."

나는 싱긋 웃으며 벤치가 있는 쪽으로 자리를 옮겼다.

"아무 소리도 못 들었어. 넌 타고난 길고양이야. 일단 여기 좀 앉아."

노라는 자리에 가만히 선 채 숨을 가다듬었다. 그러곤 걱정이 가득한 눈으로 재빨리 나를 쳐다보았다.

"잠깐밖에 못 있어. 혹시 내가 몰랐던 걸…… 알 수 있을까 싶어서 나와본 거야. 오빠가 뭘 하는지도 알고 싶고. 오빠만 괜찮다면 말이야."

"너랑 얘기하게 돼서 다행이야. 심장마비라도 일으킬 것 같은 얼굴이긴 하지만."

그 말에 노라는 마지못해 살짝 미소를 지었다.

"심장마비 비슷한 상황이지. 아빠가 언제 나올지 모르니까……. 내가 아직 열여섯 살에, 배수관이라도 타고 내려온 듯한 기분이네."

겨울의 푸르스름한 빛을 발하는 정원의 어둠 속에서 헝클어진 머리에 깨끗하게 씻은 노라의 얼굴은 조금 나이 들어 보였다.

"사춘기 땐 어땠어? 조금은 반항했을 것 같은데."

"나? 아니야. 아빠 때문에 꿈도 못 꿨어. 착한 애였지. 아무것도 못 하고. 친구들한테 얘기만 들었어."

"그렇다면 이제라도 모든 걸 따라잡을 권리가 있는 셈이네. 하는 김에 이것도 해보지." 나는 담뱃갑을 꺼내 과장스러운 동작으로 노라에게 담배를 권했다. "한 대 어때?"

노라는 망설이는 얼굴로 담배를 받았다. "난 안 피우는데."

"담배를 시작하라는 건 아니야. 오늘 밤만은 예외라는 의미지. 지금 넌 열여섯 살이고, 반항할 때니까. 싸구려 사과주도 한 병 가져왔으면 좋았을걸."

잠시 뒤, 노라의 입매가 또다시 위로 올라갔다. "안 될 것 없지."

노라는 내 옆에 앉아 담배를 물었다.

"착하네."

내가 몸을 앞으로 내밀어 담배에 불을 붙이자, 노라의 눈에 웃음이 깃들었다. 하지만 담배를 너무 힘껏 빨아들이는 바람에 곧 기침이 터져 나와 내가 등을 두들겨주어야 했다. 우리는 집을 가리키면서 소리 죽여 웃었다. 서로 조용히 하라고 조심시키면서도 점점 더 웃음을 참을 수가 없었다.

"맙소사." 다시 숨을 쉴 수 있게 되자 노라가 눈물을 닦으며 말했다. "담배는 나랑 안 맞나 봐."

"조금씩 빨아들여봐. 그런 다음 걱정 말고 들이마시는 거야. 잊지 마. 넌 지금 십 대야. 그러니까 담배를 피우는 것도 니코틴 때문이 아니지. 그냥 멋있게 보이려는 거야. 전문가가 시범을 보일 테니 잘 봐." 나는 벤치에 제임스 딘처럼 구부정하게 앉아 입 끝에 담배를 비스듬히 물고 불을 붙였다. 그런 다음 턱을 내밀고 길게 연기를 뿜어냈다. "자, 봤지?"

노라가 또다시 웃음을 터뜨렸다. "깡패 같아 보이는데."

"바로 그거야. 만일 세련된 여배우처럼 보이고 싶으면 이렇게 해야 해. 똑바로 앉아봐." 노라가 똑바로 몸을 펴고 앉았다. "다리 꼬고, 고개를 숙이고, 나를 곁눈으로 쳐다보는 거야. 입술은 오므리고……."

노라가 화려한 손동작으로 담배를 한 번 빨아들인 뒤에, 하늘을 향해 연기를 내뿜었다.

"좋았어. 지금 넌 공식적으로 이 구역에서 최고로 멋진 반항아가 됐어. 축하해."

노라는 다시 웃고는 한 번 더 반복했다. "정말 그래?"

"그럼. 이젠 아주 자연스러운데. 그 안에 불량소녀가 들어 있을 줄 내 알았지."

잠시 뒤 노라가 물었다. "로지 언니랑도 여기서 만났어?"

"아니, 네 아버지가 너무 무서워서."

노라는 타들어가는 담배를 지켜보며 고개를 끄덕였다.

"안 그래도 오늘 저녁에 오빠 생각 했어."

"그래? 왜?"

"로지 언니랑 케빈 생각을 하다가. 그 일 때문에 온 거 아니야?"

나는 조심스럽게 대답했다.

"맞아, 어느 정도는. 지난 며칠이 어땠는지 아는 사람도 만나고 싶었고……."

"언니가 보고 싶어. 아주 많이."

"알아. 나도 그러니까."

"이럴 줄 몰랐어……. 전에도 아주 많이 언니를 그리워했지. 내가 아기를 낳았을 때나, 엄마와 아빠 때문에 짜증이 났을 때도 언니한테 연락해서 알려주고 싶었고. 그러다가 더이상 언니를 생각하지 않았어. 나도 생각할 일들이 많았으니까. 하지만 언니가 죽었다는 것을 알게 되니 눈물이 그치질 않는 거야."

"난 울지는 않았지만, 네 말이 무슨 뜻인지 알아."

노라는 다음 날 아침에 아버지가 알아차리지 못하도록 자갈밭에 담뱃재를 털었다. 그러곤 고통이 가득 서린 목소리로 말을 이었다.

"남편은 몰라. 내가 왜 이렇게 힘들어하는지 이해하지 못하지. 언니를 마지막으로 본 지 이십여 년이 흘렀지만 난 여전히 그 모습이 생생하게 떠올라……. 남편은 나더러 정신 차리래. 아이가 놀라지 않게 말이야. 엄마는 신경안정제를 드시고, 아빠는 내가 엄마를 보살펴야 한다고 생각해. 자식을 잃었으니까……. 계속 오빠가 생각났어. 나를 바보 같다고 여기지 않을 사람은 오빠밖에 없을 것 같았지."

"난 이십이 년 만에 케빈을 만났고, 겨우 몇 시간을 같이 보냈어. 그런데도 끔찍하게 마음이 아파. 네가 바보 같은 게 아니야."

"내가 더이상 예전 같지 않다는 느낌이 들어. 어떤 감정인지 이해해? 지금까지 사람들이 나한테 형제자매가 있냐고 물어보면 이렇게 대답했지. '네, 언니가 있어요.' 하지만 이젠 이렇게 대답하게 되겠지. '아뇨, 나 혼자예요.' 마치 내가 외동딸인 것처럼 말이야."

"사람들한테는 그냥 예전처럼 말해도 돼."

노라가 고개를 저었다. 너무 심하게 흔드는 바람에 머리카락이 얼굴을 쳤다.

"아니, 거짓말하지 않을 거야. 그게 가장 안 좋은 거야. 난 지금까지 계속 거짓말을 했어. 나도 모르는 채 말이야. 사람들한테 언니가 있다고 말했지만, 그건 사실이 아니었잖아. 이미 난 혼자였어. 지금까지 계속 말이야."

문득 오늘 술집에서 나와 결혼한 척했던 로지의 모습이 떠올랐다. "아니, 속이는 게 아니야. 사람들이 어떻게 생각하느냐가 문제가 아니라……." 난 노라에게 부드럽게 말했다. "거짓말을 하라는 게 아니야. 그냥 로지가 사라진 게 아니라는 뜻이지. '언니가 하나 있어요. 이름은 로지라고 하죠. 그런데 죽었어요.' 이렇게 말할 수도 있잖아."

노라가 갑자기 몸을 심하게 떨었다.

"추워?" 내가 물었다.

노라는 고개를 젓더니 담뱃불을 돌에 비벼 껐다. "괜찮아."

"그건 이리 줘." 난 노라에게서 담배꽁초를 받아 뒷주머니에 쑤셔 넣었다. "제대로 반항하는 십 대라면 아버지가 눈치챌 만한 증거를 남기지 않는 법이지."

"그런 건 아무래도 좋아. 지금 내가 잘하고 있는 건지 모르겠어. 아빠한테 잔소리를 듣느냐 마느냐 하는 얘기가 아니야. 난 어른이 니까. 이 집을 떠나고 싶으면 떠날 수 있어."

노라는 더이상 나를 보고 있지 않았다. 내게서 떠나가는 중이었 다. 일 분만 더 있으면 노라는 남편과 아이, 어느 정도의 분별력을 비롯해 외간 남자와 한밤중에 뒤뜰에서 담배를 피우는 일과는 양립 되는 가치 있는 일들을 서른 개쯤 떠올릴 것이다.

"부모의 사술이지." 나는 씁쓸한 미소를 지으며 말했다. "부모와 같이 이 분만 있으면 그대로 아이가 되어버리니까. 우리 엄마도 여 전히 날 쥐고 흔들거든. 실제로는 나무 숟가락으로 한 대 때리는 정 도지만 말이야. 다 큰 어른이든 아니든 신경 쓰질 않아."

잠시 뒤 노라가 작은 소리로 마지못해 웃었다.

"우리 아빠도 날 어린애처럼 다그쳐."

"그럼 더이상 애 취급 말라고 소리를 지르는 거야. 진짜 열여섯 살 짜리들이 하는 것처럼. 조금 전에 말했듯이 그런 건 부모의 사술이 라고."

노라는 이번에는 좀더 활짝 웃더니 벤치에 편안하게 기댔다.

"언젠가는 우리도 애들한테 똑같이 그러겠지."

아니, 지금 노라가 자기 아이 생각을 하면 안 된다.

"네 아버지 얘기가 나와서 말인데, 지난번에 우리 아버지가 무례하게 굴었던 건 내가 대신 사과할게."

노라가 어깨를 으쓱했다. "두 분 사이에 있었던 일이잖아."

"무슨 일로 그랬는지 알아? 그때 난 재키와 이야기를 하느라 어떻게 된 건지 못 봤거든. 처음에는 모든 게 괜찮아 보였는데, 바로 다음 순간 두 분이 록키처럼 싸우고 계셨어."

노라는 코트를 고쳐 입더니 두툼한 칼라로 목을 여몄다.

"나도 못 봤어."

"그래도 무슨 일 때문이었는지는 알지?"

"술 몇 잔 들어가면 남자들 어떤지 알잖아. 게다가 두 분 모두 요 며칠 힘든 시간을 보내셨고……. 그 사이에 무슨 일이 있었을 수도 있지."

나는 고통스러운 목소리로 말했다.

"노라, 그날 아버지를 진정시키는 데 삼십 분이나 걸렸어. 조만간 그런 일이 또 일어나면 심장마비를 일으키실지도 몰라. 두 분 사이가 안 좋은 게 내 잘못일 수도 있지만, 무슨 문제가 있다면 그게 뭔지 알아야겠어. 그래야 아버지가 돌아가시기 전에 뭐든 할 수 있을 테니까 말이야."

"프랜시스 오빠, 그런 말 하지 마! 오빠 잘못이 아니야!"

노라가 눈을 크게 뜨며 내 팔을 잡았다. 죄책감에 사로잡힌 동시에 죄책감을 유발하는, 이 적절한 조합이 효과를 발휘한 것이다.

"정말 오빠 탓이 아니야. 두 분 사이는 절대로 좋아질 수 없어. 내가 아주 어렸을 때, 그러니까 오빠가 로지 언니를 만나기 전부터 그랬으니까. 우리 아빠는 절대로……."

노라는 뜨거운 석탄이라도 만진 양 갑작스레 내 팔에서 손을 떼며 말끝을 흐렸다.

"네 아버지가 우리 아버지에 대해 절대 좋게 말하실 리 없지. 뭔데? 얘기해봐."

"저번에 있었던 일은 오빠 탓이 아니야. 내가 해줄 수 있는 말은 이게 전부야."

"그럼 누구 잘못이지? 난 여기서 길을 잃었어, 노라. 깜깜한 어둠 속에 있고, 물에 빠졌지만 손 내밀어 도와주는 사람은 아무도 없지. 로지는 저세상으로 갔어. 케빈도 죽었고. 플레이스 사람들 절반은 내가 죽였다고 생각해. 정말 미쳐버릴 것 같아. 내가 널 찾아온 건, 이런 상황을 헤쳐나갈 단서를 줄 만한 사람이 너밖에 없기 때문이야. 부탁할게, 노라. 무슨 일이 있었는지 말해줘."

나는 동시에 여러 가지 일을 할 수 있다. 노라의 반응을 끌어내려 노력하는 동시에, 내 입에서 나오는 모든 말에 의미를 부여하는 것도 멈추지 않았다. 노라가 나를 쳐다보았다. 어둠 속에서 더욱 커진 그녀의 눈은 불안해 보였다. 노라가 말했다.

"두 분이 무슨 일로 싸우기 시작했는지는 나도 몰라. 이건 짐작이지만, 그날 오빠 아버지가 우리 엄마한테 말을 거셨던 모양이야."

바로 그거였다. 순식간에 톱니들이 맞물리며 수십 가지 작은 것들이 움직이기 시작하듯, 곧장 어린 시절의 일들이 떠올라 빙글빙글 돌고 회전하더니 제자리에 딱 맞아 들어갔다. 그때껏 나는 백 가지 가설을 떠올리곤 했다. 새로운 가설을 세울 때마다 좀더 복잡해지고, 그전에 세운 가설보다 가능성이 떨어지는 것 같았다. 데일리 아저씨가 아버지의 불법에 가까운 행위들을 밀고했던 걸까? 아니면 더 거슬러 올라가, 기근 때 마지막 남은 감자를 훔친 건 아닐까? 하지만 두 남자 사이에 매번 싸움이 일어나는 진짜 이유, 특히 악랄하게 싸우게 만드는 그 이유에 대해서만큼은 생각해본 적이 없었다. 바로 여자였다.

"두 분이 만나셨던 적이 있구나."

노라는 당혹스러운 듯 속눈썹을 파르르 떨었다. 어두워서 보이진 않았지만, 얼굴은 벌겋게 달아올랐을 것이다.

"그런 것 같아. 제대로 말해준 사람은 없지만…… 거의 확실해."

"언제?"

"아주 오래전, 두 분 다 결혼하시기 전에. 불륜 같은 건 아니야. 애들 장난에 가깝지."

애들 장난 같은 일이 늘 문제가 되는 법이다.

"그때 무슨 일이 있었는데?"

나는 노라가 차마 말할 수 없는 폭력에 대해, 어쩌면 목을 조르는 행위에 대해서까지 설명하기를 기다렸다. 하지만 노라는 고개를 저었다.

"나도 몰라. 아까도 말했지만, 아무도 나한테 말을 해주지 않았으니까. 그저 여기저기서 들은 얘기로 혼자 알아낸 거야."

난 몸을 숙여 피우고 있던 담배를 자갈 위에 비벼 끈 뒤 뒷주머니에 넣었다. "지금까지 전혀 몰랐어. 정말 바보 같네."

"왜? 오빠가 신경 쓸 줄은 몰랐어."

"어째서 내가 여기서 일어났던 일에 신경 쓰느냐는 뜻이야? 이십 년 넘게 얼씬도 하지 않았으면서?"

노라는 여전히 걱정과 당혹감이 서린 눈으로 나를 보고 있었다. 달이 떠오르며 차갑고도 어스름한 빛을 비추자, 정원은 아주 깨끗하고 비현실적인 곳으로 보였다. 어딘가 균형 잡혀 있으면서도 따분한 림보 같았다.

"노라, 말해봐. 너도 내가 살인자라고 생각해?"

노라가 아니라고 대답하기를 바라는 마음이 간절하다 못해 겁이 날 지경이었다. 그냥 자리에서 일어나 그곳을 떠났어야 했는데. 노라에게 들을 수 있는 이야기는 다 들었잖아. 조금이라도 지체하는 건 어리석은 짓이야.

노라는 간단명료하게 대답했다. "아니, 그렇게 생각하지 않아."

속이 뒤틀리는 것 같았다. "많은 사람들이 그렇게 생각하던데."

노라가 고개를 저었다. "예전에 내가 어렸을 때, 다섯 살인가 여섯 살 때였을 거야. 샐리 헌네 집에서 키우던 새끼 고양이를 데리고 골목에서 놀고 있었어. 그때 큰 애들이 다가와 날 놀리려고 고양이를 빼앗아 갔지. 그 애들은 고양이를 마구 흔들자, 난 소리를 지르고……. 그때 오빠가 나와서 애들이 더이상 그런 짓을 못 하게 했어. 그리고 나한테 고양이를 돌려주면서, 샐리 헌의 집에 데려다주라고 말했지. 오빠 기억 못 할 거야."

"기억해."

노라의 눈이 말없이 간청하고 있었다. 그녀는 우리가 그 추억을 함께 나누길 바라고 있었다. 내가 해줄 수 있는 일 중에서도 아주 작은 것에 불과했다.

"당연히 기억하지."

"그런 행동을 했던 사람이 아무 이유도 없이 사람을 해칠 리가 없잖아. 내가 멍청해서 그런 생각을 하는 것일 수도 있겠지만."

다시 한번 속이 뒤틀리고, 고통이 좀더 심해졌다.

"멍청하지 않아. 그냥 상냥한 거야. 넌 정말 다정해."

달빛 속에서 노라는 소녀처럼, 유령처럼 보였다. 휙 스쳐 지나가는 오래된 필름이나 꿈속에서 얇은 시간의 단면을 뚫고 빠져나온, 숨 막힐 듯한 흑백의 로지 같았다. 내가 손을 대는 순간, 눈 깜박할 사이에 그 모습은 사라지고 다시 노라로 돌아갈 것이다. 영원히 사라질 것이다. 하지만 이 순간 그녀의 입술 위에 번진 미소는 내 가슴에서 심장을 뽑아낼 수도 있었다.

나는 손가락 끝으로 노라의 머리카락을 쓰다듬었다. 노라의 숨결이 빨라지면서 내 손목 안쪽을 따뜻하게 덥혔다. "어디 있었어? 그동안 어디 있었던 거야?" 내가 그녀의 입술 바로 앞에서 부드럽게 말했다.

우리는 야생에서 길을 잃은 아이들이 필사적으로 온기를 나누듯 서로를 꼭 끌어안았다. 내 손은 그녀 엉덩이의 부드러운 곡선을 기억하고 있었다. 영원히 잃어버렸다고 생각했던 마음 깊은 곳 어딘가에서 그 형체가 떠올랐다. 그녀가 누굴 찾고 있는지 나는 알지 못했다. 그녀는 피 맛이 느껴질 만큼 격정적으로 내게 키스했다. 바닐라 냄새가 나는 것 같았다. 로지에게선 옷감 얼룩을 지우던 공장에서 쓰던 세제와 레몬 사탕, 햇빛 냄새가 풍기곤 했다. 내 손가락이 노라의 풍성한 머리카락을 파고들었다. 가슴에 맞닿은 그녀의 가슴이 들썩거리는 것이 느껴졌다. 울고 있는 것 같았다.

노라가 내 품에서 벗어났다. 뺨을 붉게 물들인 채, 숨을 거칠게 몰아쉬며 옷매무새를 가다듬었다. 그러곤 말했다.

"이만 가봐야겠어."

"그냥 있어."

나는 다시금 노라를 붙잡았다.

순간 그녀도 그럴 마음이 들었던 것 같다. 하지만 이내 고개를 저으며 손목에서 내 손을 떼어냈다.

"오늘 밤 이렇게 만나서 좋았어."

로지라면 그냥 있었을 거야. 하마터면 그렇게 말할 뻔했다. 만일 이것이 내게 좋은 기회라고 생각했다면 말했을 것이다. 그 대신, 나는 벤치에 기대앉아 깊이 숨을 들이마셨다. 서서히 진정되는 것이 느껴졌다. 나는 노라의 손을 뒤집어 손바닥에 키스했다.

"나도 그래. 오늘 밤 만나줘서 고마워. 내가 미쳐버리기 전에 어서 들어가. 좋은 꿈 꾸고."

노라의 머리카락은 헝클어져 있었고, 입술은 키스로 인해 촉촉하게 부풀어 있었다.

"오빠도 조심해서 돌아가."

그러곤 노라는 자리에서 일어나더니, 코트를 여민 채 정원을 가로질렀다.

집 안으로 들어간 그녀는 한번 돌아보지도 않고 문을 닫았다. 나는 그대로 벤치에 앉아 침실 커튼 너머 불빛 아래 움직이는 노라의 실루엣을 지켜보았다. 무릎의 떨림이 멈추고 담을 넘어 집으로 돌아갈 수 있게 될 때까지.

17

재키가 전화를 해달라고 자동응답기에 메시지를 남겨놓았다.

"중요한 일은 아니야. 그냥…… 오빠도 알잖아. 끊을게."

지금껏 들은 재키의 목소리 중에 가장 진 빠지고 늙어버린 듯한 목소리였다. 나 자신도 주체하지 못할 만큼 힘든 상황이었지만 그렇다고 날이 샌 뒤에 연락을 하려니 케빈의 메시지를 받고 모른 척했다가 일어났던 일이 실제적인 공포로 다가왔다. 하지만 지금은 전화하기에 좋은 시간이 아니었다. 이런 시간에 전화를 했다가는 개빈이 심장마비를 일으키리라. 나는 잠자리에 들었다. 스웨터를 벗으니 그때까지 칼라에 남아 있던 노라의 머리카락 냄새가 풍겨 왔다.

수요일 아침, 10시가 되어서야 일어났는데도 전날 밤보다 훨씬 더 피곤한 느낌이었다. 신체적으로나 정신적으로나, 이 정도 수준의 고통을 느낀 건 몇 년 만의 일이었다. 지난 며칠간 피로를 잊고 있었던 모양이었다. 나는 찬물과 블랙커피로 정신을 차리고 재키에게 전화를 걸었다.

"안녕, 동생. 이제야 메시지 들었어."

"아…… 그랬구나. 사실은 메시지 남기지 말걸 그랬나 생각했었어……. 무슨 일이라도 생긴 줄 알고 오빠가 놀랄까 봐……. 난 그냥…… 모르겠어. 오빠가 잘 지내는지 궁금해서 연락한 거야."

"월요일 밤에 내가 너무 일찍 가버렸지? 좀더 같이 있었어야 했는데."

"그렇긴 하지. 어쨌든 다 잘 끝났어. 그 뒤론 별다른 일도 없었고. 다들 술을 더 마시고, 한참 동안 노래를 부르다가 집에 갔어."

주위에서 시끄러운 소리가 났다. 잡담, 걸스 얼라우드의 노랫소리, 헤어드라이어 소리.

"일하는 중이었어?"

"응, 그렇지 뭐. 개빈도 더 쉴 수 없는 상황인데 나 혼자 아파트에서 빈둥대고 싶지 않아서……. 오빠랑 셰이 오빠가 이 나라를 제대로 돌아가게 만들 작정이니, 나도 우리 단골손님들을 훨씬 행복하게 만들어줘야겠지. 안 그래?"

재키는 농담을 던졌지만, 목소리에 활기를 불어넣을 힘도 없는 것 같았다.

"무리하지 마. 너무 힘들면 그냥 집에 가고, 단골손님들이 돈과 사랑 때문에 널 떠나버릴 일도 없잖아."

"그걸 누가 알아? 난 괜찮아. 모두 잘해줘. 신문에 기사가 난데다 어제 일을 못 나와서인지 다들 알더라고. 나한테 차도 갖다주고, 언제든 담배 한 대 피우면서 쉬라네. 여기 나와 있는 편이 훨씬 나아.

오빠 어디야? 직장은 아니지?"

"며칠 휴가 냈어."

"잘했네. 그동안 무리해서 일했잖아. 뭘 하든 오빠가 편한 방식으로 시간 보내길 바라. 홀리 데리고 여행이라도 다녀오든가."

"사실 시간이 난 김에 엄마와 얘기를 좀 해보고 싶어. 아버지 없을 때 말이야. 하루 중 어느 시간대가 나을까? 아버지가 가게나 술집에 나가실 때가 있어?"

"계속 나가셨지. 하지만……." 재키가 집중하려고 애쓰는 소리가 들리는 것 같았다. "어제 많이 아프셨어. 오늘은 좀 괜찮아졌다고 해도 침대에서 일어나지 못하실 거야. 이렇게 등이 아플 때는 거의 잠만 주무시니까." 다시 말하면 아버지는 의사들이 약을 주면서 쉬라고 할 때를 대비해 마룻널에 보드카를 숨겨놓았다는 뜻이다. "엄마는 종일 집에 계실 거야. 아버지한테 필요한 게 있을 수도 있으니까. 세이 오빠가 일 마치고 올 때까지는 말이지. 엄마한테 가봐. 오빠 보면 좋아하실 거야."

"그렇게 할게. 개빈한테 잘 챙겨달라고 해. 알았지?"

"그이는 정말 좋은 사람이야. 지금도 잘해주고 있어. 그 사람이 없었으면 어떻게 했을지……. 이쪽에 올 거면 저녁때 우리 집에 들를래? 같이 저녁이라도 먹을까?"

연민을 곁들인 피시 앤드 칩스. 맛있을 것 같긴 했다.

"할 일이 있어. 어쨌든 초대해줘서 고마워, 재키. 다음번에 같이 먹자. 손님 머리가 초록색으로 변하기 전에 어서 가봐."

재키가 억지로 웃었지만 여전히 기운이 없었다.

"그래야겠다. 오빠도 몸 잘 챙겨. 엄마한테 안부 전해주고."

그러고서 재키는 헤어드라이어와 잡담, 달콤한 한 잔의 차가 있는 곳으로 돌아갔다.

재키의 말이 맞았다. 초인종을 울리자 엄마가 현관문을 열어주었다. 엄마는 몹시 지쳐 보였고 지난 토요일 이후로 살도 빠진 것 같았다. 적어도 뱃살 정도는. 엄마는 나를 잠시 쳐다보면서 어디로 들여보낼지 생각하는 듯했다. 곧 엄마가 딱딱하게 말했다.

"네 아버지 주무신다. 조용히 주방으로 가."

그러곤 돌아서더니 고통스럽게 다시 계단을 올라갔다. 머리를 새로 할 때가 된 것 같았다.

집 안에서는 술 냄새와 방향제, 은식기 세정제 냄새가 진동을 했다. 환한 대낮에 봐도 케빈의 추모 공간은 우울했다. 꽃들은 반쯤 시들었고 미사 카드들은 쓰러진 채였다. 전기 양초들은 흐릿하니 깜박이고 있었다. 한껏 코를 고는 소리가 침실 문을 뚫고 어렴풋이 들려왔다.

엄마는 가지고 있는 은제품을 모두 식탁에 펼쳐놓았다. 날붙이류, 브로치, 사진 액자, 이곳까지 오기 전에 오랜 시간 여기저기 떠돌았을 출처 불명의 싸구려 가짜 장신구들. 나는 잔뜩 부은 눈으로 눈물을 흘리며 인형의 집 가구들을 열심히 닦던 홀리를 떠올렸다.

"저도 도울게요."

내가 광택용 천을 집어 들면서 말했다.

"일거리만 더 만들지 말고 내버려둬. 넌 손놀림이 어설프잖니."

"해보죠 뭐. 제가 뭘 잘못하면 말씀해주세요."

엄마는 잠시 의심스러운 눈길을 던졌지만 의외로 순순히 일을 맡겼다.

"생각보다 도움이 될 수도 있겠지. 차 한잔 주마."

그건 질문이 아니었다. 나는 의자에 앉아 날붙이류를 닦기 시작했고, 엄마는 찬장 쪽으로 갔다. 내가 원하는 건 엄마와 딸이 은밀하게 나누는 잡담 같은 대화였다. 한 번도 그래본 적이 없었지만 이제 함께 소소한 집안일을 하면서 분위기를 풀어볼 심산이었다. 만일 엄마가 은제품을 닦고 있지 않았다면 나는 다른 물건이라도 찾아서 닦기 시작했으리라.

엄마가 기습 공격을 해 왔다.

"월요일 밤에는 아주 급히 가버리더구나."

"그럴 일이 있었어요. 어떻게 됐어요?"

"뭘 기대하는 거야? 그게 궁금했으면 여기 있었어야지."

"지금 엄마 마음이 어떠실지 상상도 못 하겠어요. 제가 도울 일은 없을까요?" 상투적인 말이지만 진심이었다.

엄마가 찻주전자에 티백을 집어넣었다.

"우린 괜찮다. 정말 고맙구나. 이웃 사람들도 잘 챙겨주고. 이번 주에 먹을 음식들을 가져다줬어. 마리 드와이어는 그 음식들 보관하라고 상자형 냉장고를 빌려줬지. 우린 오랫동안 네 도움 없이 잘 살았다. 앞으로도 오래 살아남을 거야."

"알아요, 엄마. 그래도 뭐든 생각나는 게 있으면 말씀해주세요. 아셨죠? 뭐든 괜찮으니까요."

엄마는 주위를 둘러보다가 찻주전자로 나를 가리켰다.

"네가 할 수 있는 일을 말해주마. 네 친구, 이름은 모르겠지만 턱이 튀어나온 그 녀석한테 가서 네 동생을 집으로 보내달라고 해. 덕분에 장례 준비도 못 하고, 빈센트 신부님과 추도 미사에 대해 의논도 못 하고, 내 아들을 땅에 묻지도 못하잖니. 뽀빠이처럼 생긴 젊은 경찰이 '사체'라고 부르는 내 아들을 도대체 언제 돌려줄지 몰라서 말이야. 철면피 같으니라고. 우리 케빈이 제 것이라도 되는 것처럼 굴더구나."

"알았어요. 최선을 다할게요. 약속드려요. 하지만 그 경찰이 엄마를 힘들게 하려고 그러는 건 아니에요. 그 친구는 자기 일을 제대로 하려는 것뿐이죠."

"그건 그쪽 문제지, 내 문제가 아니라. 그자가 우리를 계속 기다리게 하면 관 뚜껑을 언제 닫을지 모를 판이야. 그렇지 않겠니?"

어떻게든 관 뚜껑은 닫게 될 거라고 대꾸할 수도 있었겠지만, 이미 내가 생각했던 식으로 흐름을 탄 이상 엄마와 대화를 이어가야 했다.

"홀리를 만나셨다고 들었어요."

어느 소심한 여자라면 가책을 느끼거나, 적어도 움찔하기라도 할 터였다. 하지만 엄마는 아니었다. 엄마는 턱을 한껏 내밀었다.

"그것도 한참 늦은 거지! 네가 데려오길 기다렸다가는 그 애가 결혼해서 증손주를 낳은 뒤에나 보게 생겼잖아. 내가 죽고서야 그 애를 보여줄 생각이었어?"

물론 그런 생각도 해봤다.

"홀리가 엄마를 좋아하더라고요. 아이 어때요?"

"제 어미를 쏙 빼닮았더구나. 둘 다 사랑스러워. 너한텐 과분하지."

"올리비아도 만나셨어요?"

나는 마음속으로 올리비아에게 경의를 표했다. 그렇게나 모양새 좋게 그 얘기를 피해 가다니.

"두 번밖에 못 봤다. 홀리랑 재키를 여기 데려다줬을 때. 너한테 리버티 여자들은 성에 차지 않았던 거냐?"

"아시잖아요. 제 분수를 몰랐던 거죠."

"그래서 지금 네 꼴을 봐라. 너희는 이혼한 거냐, 아님 그냥 별거 중인 거냐?"

"이 년 전에 이혼했어요."

"흠, 심지어 나도 네 아버지랑 이혼은 안 했는데."

엄마가 입술을 오므렸다. 여러모로 반박할 수 없는 말이다.

"그렇죠."

"이제 넌 성찬식도 못 하겠구나."

그런 말에 화를 낼 만큼 어리석진 않지만, 어쨌든 이 세상에 우리 가족처럼 사람을 열 받게 만드는 이들은 없을 것이다.

"엄마, 설령 성찬식에 끼워준다고 해도 제가 안 가요. 이혼이 문제가 아니에요. 이혼을 했어도 다른 여자랑 잠만 자지 않으면 교회의 모든 행사에 참석할 수 있으니까. 문제는 이혼한 뒤에 사귄 여자들이겠죠."

"지저분한 말 하지 마. 난 너처럼 똑똑하지 않고 뭘 제대로 알지도 못하지만, 이것만큼은 잘 알아. 빈센트 신부님은 네게 성찬식을 허용하지 않으실 거야. 적어도 네가 세례를 받았던 교회에서는 안 된다는 거지."

엄마가 의기양양하게 손가락을 들어 날 찔렀다. 이번에는 날 이겼다고 생각하는 모양이었다.

나는 신랄하게 비수를 꽂기보다 엄마와 잡담을 나누어야 한다는 사실을 떠올리며 얌전하게 대꾸했다.

"엄마 말이 맞을 거예요."

"맞고말고."

"그래도 최소한 홀리를 이교도로 키우진 않았어요. 그 애는 매주 미사에 나가요."

홀리를 언급하면 엄마도 다시 부드러워지겠거니 싶었지만 오히려 화를 내는 바람에 말을 더 이을 수가 없었다.

"내 입장에서는 그 애가 차라리 이교도인 편이 나았어. 홀리의 첫 번째 성찬식을 놓쳤잖아! 내 첫 번째 손녀딸인데!"

"세 번째 손녀딸이죠. 카멀 누나 애들도 있잖아요."

"친손녀는 처음이야. 마지막일 것 같기도 하고. 셰이는 놀고만 있으니 말이야. 그 애한테는 여자가 수도 없는 것 같은데 도무지 알 수가 없다니까. 한 번도 우리한테 인사시키는 법이 없어. 그래서 셰이한테서 아이를 보는 건 거의 포기하고 있었지. 네 아버지랑 난 케빈이 손주를 낳아줄 거라고 기대했는데……."

엄마는 입술을 깨물더니 달그락거리면서 차 마실 준비를 했다. 찻잔을 받침 위에 소리나게 올리고 접시에 비스킷을 덜었다.

"그래서 이젠 홀리가 친손주로는 마지막이겠거니 하는 거지."

"보세요." 내가 포크를 들어 올렸다. "이 정도면 깨끗하지 않아요?"

엄마가 흘깃 쳐다봤다. "어딜. 포크 사이도 닦아야지."

엄마는 식탁에 쟁반을 올려놓고 찻잔에 차를 따른 뒤 우유와 설탕 그릇을 내 앞으로 밀어주었다.

"홀리에게 줄 크리스마스 선물을 샀어. 예쁜 벨벳 드레스야."

"아직 이 주일이나 남았잖아요. 나중에 볼게요."

엄마는 잠깐 눈을 흘겼다가 아무 말 없이 다른 천을 찾아와서는 내 앞에 앉아 병마개로 보이는 은제품을 집어 들었다.

"차 마시렴."

차를 어찌나 진하게 내렸는지 한 대 얻어맞는 듯한 느낌이었다. 사람들은 모두 일을 나가 거리가 조용했다. 부드럽게 내리는 빗소리와 멀리서 들리는 자동차 소리밖에 들리지 않았다. 엄마는 뭔지 모를 이상한 은제품들을 닦기 시작했다. 나는 날붙이류를 다 닦은 뒤, 사진 액자를 집어 들었다. 액자는 절대로 엄마를 만족시킬 만큼 깨끗하게 닦을 수 없는 꽃 장식들로 뒤덮여 있었다. 거우 액자인지 알 수 있을 정도였다. 나는 분위기가 꽤 무르익었다는 생각에 말했다.

"말씀해주세요. 아버지가 엄마 만나기 전에 테리사 데일리 아주머니와 사귀었다는 게 사실이에요?"

엄마가 고개를 들어 나를 쳐다보았다. 표정 변화는 없었지만 눈속에 많은 감정들이 스쳐 지나갔다.

"어디서 들었니?"

"사실이란 말이군요."

"네 아버지는 바보야. 뭐, 이미 알고 있었잖니. 그건 너도 마찬가지고."

"알아요. 다만 아버지가 그런 분야에서 바보짓을 한 줄은 몰랐죠."

"항상 그 여자가 문제였어. 늘 관심을 끌려고 기를 썼지. 길거리를 살랑거리면서 돌아다니고, 친구들과 몰려다니면서 소리를 지르고."

"아버진 거기에 넘어가셨고요."

"전부 다 넘어갔어! 남자들은 멍청하니까. 다들 그 여자한테 미쳤지. 네 아버지도, 맷 데일리도, 리버티 남자 절반이 테시 오번의 꽁지만 쫓아다녔어. 그 여잔 전부 다 받아줬지. 한 번에 서너 명씩 애를 태우다가 자기에게 충분히 관심을 주지 않는다 싶으면 바로 헤어지고. 그러면 남자들은 더 많이 굽실거렸지."

"뭐가 좋은 건지 모르니까요. 특히 젊을 땐 말이에요. 아버지도 당시에는 젊었잖아요. 아닌가요?"

엄마는 콧방귀를 뀌었다.

"뭐가 좋은지 알 나이는 됐어. 난 네 아버지보다 세 살 어렸는데, 그때 그렇게 말해줬지. 결국에는 피눈물을 흘리게 될 거라고 말이야."

"그때 아버지를 마음에 두셨던 거예요?"

"그래, 그랬다. 넌 상상할 수 없겠지만……." 은으로 된 부품을 닦던 엄마의 손길이 느려졌다. "지금 같아선 상상도 못 하겠지만, 옛날에 네 아버진 정말 매력적이었어. 숱 많은 곱슬머리에 푸른 눈동자, 환한 웃음. 웃을 때 정말 멋있었지."

우리 둘 다 저도 모르는 사이에 침실 쪽으로 나 있는 주방 문을 쳐다보았다.

"지미 매키는 어느 여자든 고르기만 하면 됐어."

지금도 엄마는 그 이름을 정말 환상적인 아이스크림 맛을 느끼듯 발음했다.

난 엄마를 보며 살짝 미소를 지었다.

"아버지가 어머니한테 곧장 온 건 아니었군요?"

"그때 난 어렸으니까. 네 아버지가 테시 오번을 쫓아다니기 시작했을 땐 겨우 열다섯 살이었어. 열두 살도 되기 전에 스무 살은 된 것처럼 보이는 요즘 애들 같지도 않았으니 아무도 나한테는 관심이 없었지. 화장도 하지 않았고, 뭘 어떻게 해야 할지 알 수가 없어서…… 아침에 일하러 가는 길에 네 아버지와 마주칠 때마다 시선을 끌어보려고 애를 썼어. 하지만 도대체 돌아보는 법이 없더구나. 그 사람은 테시한테 미쳐 있었거든. 그 여자도 네 아버지를 많이 좋아했고."

처음 듣는 이야기였다. 재키도 모르고 있거나, 그냥 듣고 흘렸을 것이다. 엄마는 우리들과 감정을 나누는 사람이 아니었다. 일주일 전만 됐어도 난 아무 얘기도 끌어내지 못했을 것이다. 케빈이 엄마를 무너뜨렸기에 가능한 일이었다. 어쨌든, 일단 알게 되었으니 이걸 이용해야 했다.

"그럼 두 사람은 왜 헤어졌죠?"

엄마가 입을 오므렸다.

"물건 닦는 거 돕고 싶으면 제대로 해. 틈새까지 빼놓지 말고 닦으란 말이야. 네가 닦아놓은 걸 다시 내가 닦아야 한다면 그게 무슨 헛짓거리냐."

"죄송해요." 나는 고된 노동의 결과를 들어 보였다.

잠시 뒤 엄마가 말했다.

"네 아버지에게 잘못이 없다고 말하는 건 아니야. 테시 오번이 수치심이란 걸 모르긴 했지만 어쨌든 책임은 두 사람 모두에게 있었어."

나는 계속 액자를 닦으며 다음 말을 기다렸다. 엄마는 내 손목을 잡아당겨 액자가 반짝거리는지 확인하고는 유감스럽다는 듯 살짝 고개를 끄덕이며 그대로 놔주었다.

"좀 낫구나. 예전엔 지금 같지 않았어. 우리한테는 조금이나마 체면이란 게 있었거든. 텔레비전에 나오는 것처럼 여기저기 나다니지도 않았고."

내가 물었다. "아버지와 테시 오번이 텔레비전에 나왔다고요?"

엄마가 내 팔을 탁 쳤다.

"아니야! 내 말 제대로 듣고 있는 거냐? 두 사람은 항상 제멋대로였어. 서로 상대방을 힘들게 만들었지. 어느 여름, 일요일 오후에 네 아버지는 친구한테 차를 빌려서 테시와 함께 폭포를 보러 파워스코트로 갔어. 그런데 돌아오는 길에 차가 고장 난 거야."

아니면 아버지의 핑계였거나. 엄마는 의미심장한 표정으로 나를 쳐다보았다. "그래서요?" 내가 물었다.

"두 사람은 그곳에 있었어! 밤새도록 말이야! 휴대전화도 없던 시절인데다 공중전화도 찾지 못해서 다른 누군가에게 상황을 알릴 수 없었지. 두 사람은 걸어갈까도 생각했지만 거긴 위클로 한복판에 난 도로였고, 날은 점점 어두워지고 있었어. 그래서 결국 차 안에 있다가 다음 날 아침에 지나가던 농부의 도움으로 차를 움직일 수 있었지. 집에 돌아왔을 땐 모두들 둘이 도망갔다고 생각하고 있었어."

엄마는 잠시 이야기를 멈추고 은제품이 완벽하게 닦였는지 확인하느라 불빛에 비춰 보았다. 엄마는 늘 극적인 요소를 추구하는 사람이다.

"네 아버지가 나한테 한 말로는, 그때 자기는 앞 좌석에서 자고 테시는 뒤에서 잤다고 했어. 사실이야 모르지. 어쨌든 동네 사람들은 아무도 그렇게 생각하지 않았어."

"제 생각도 그래요."

"당시만 해도 여자들은 남자들과 같이 밤을 보내는 일이 없었어. 헤픈 여자가 아니면 말이야. 난 결혼 전에 그렇게 과감한 짓을 하는 여자를 본 적이 없다."

"두 분은 그 뒤에 결혼을 했어야 할 것 같은데요. 테시 아주머니의 명예를 지키기 위해서라도 말이에요."

엄마가 얼굴을 들이밀더니 비웃음 섞인 목소리로 말했다.

"네 아버지야 그러고 싶었겠지. 그 여자한테 미쳐 있었으니까. 바보 같으니라고. 하지만 오번 집안에서는 네 아버지가 성에 차지 않았지. 그 사람들이야 항상 자신들만의 생각이 있었으니까. 테시의 아버지와 삼촌들이 네 아버지의 직업을 빼앗았어. 그 이후 네 아버지는 딴사람이 됐지. 그 집 사람들은 네 아버지에게 테시 근처에 얼씬도 하지 말라고 했어. 너무 큰 손해를 입혔다면서 말이야."

"그래서 아버지는 그 말에 따랐고요."

난 이 이야기가 마음에 들었다. 왠지 안도감이 느껴졌다. 데일리 아저씨와 그 친구들도 아마 날 죽기 직전까지 두들겨 팼으리라. 그랬더라도 나는 병원에서 나오는 즉시 절뚝거리며 최대한 서둘러 로지를 찾아갔을 테지만.

엄마가 만족스럽고도 고지식한 말투로 이야기를 이어갔다.

"그 사람으로선 선택의 여지가 없었어. 테시의 아버지가 딸을 죽여버리겠다고 하니, 결국 그 사람들 말에 따를 수밖에. 그래서 지금 이렇게 된 거고. 어쨌든 그렇게 네 아버지는 테시를 밖에서 만나기 힘들어졌어. 일하러 갈 때만 몰래 데려다주곤 했지. 다들 그 이야기로 입방아를 찧어대도 난 네 아버지를 탓할 수 없었어. 거리에서는 버릇없는 꼬마 녀석들이 테시를 쫓아다녔고, 모두들 그 여자가 곤경에 처하기를 기다리고 있었으니 말이다. 친구들 절반은 테시가 창녀라도 된 양 말도 걸지 않았지. 핸래티 신부는 나라를 부패시키는 행실 나쁜 여자들에 대해 설교했어. 그런 짓을 하라고 1916년 부활절 봉기 때 남자들이 죽은 건 아니라면서 말이야. 이름을 언급하진 않았지만 그 말이 무슨 뜻인지는 누구나 알았지. 모든 게 테시의 발을 묶어놓았어."

거의 반세기 전에 있었던 일임에도 광적인 마녀사냥을 생생히 느낄 수 있었다. 히스테리가 소용돌이치는 가운데 피 냄새를 맡자 플레이스의 아드레날린이 두 배 속도로 돌면서 공격 모드로 전환되었을 것이다. 몇 주 동안 테시 데일리의 마음속에는 광기의 씨앗이 뿌려졌으리라.

"그렇게 된 거군요."

"인과응보지! 그 여자한테 제대로 가르쳐준 거야. 남자들을 데리고 노는 걸 좋아하면서도 오명은 피하고 싶어 했으니." 엄마가 도덕적인 표정으로 자세를 바로잡았다. "그 뒤로 테시는 맷 데일리와 사귀기 시작했어. 맷 데일리가 몇 년 동안 그 여자한테 추파를 던지고 있었거든. 그사이 테시는 한 번도 관심을 준 적이 없었지. 그 남자가 필요해지기 전까지는 말이야. 맷 데일리는 예의 바른 남자라 테시의 아버지도 딸이 맷과 만나는 걸 싫어하지 않았지. 테시가 집에서 나오려면 그 방법밖에 없었어."

"그것 때문에 아버지와 데일리 아저씨 사이가 나빠진 거예요? 자기 여자를 빼앗아 가서?"

"그게 가장 크겠지. 하지만 두 사람은 원래부터도 사이가 좋지 않았다." 엄마는 옆에 쌓여 있던 물건들 중에서 작고 귀여운 크리스마스 장식품을 골라내듯이 얼룩이 묻은 은제품들을 여러 개 찾아 앞에 늘어놓았다. "맷이 늘 네 아버지를 질투했거든. 네 아버지가 자기보다 백만 배는 더 잘생겼고 인기도 많았으니까. 여자들뿐 아니라 남자들 사이에서도 호인으로 통했지……. 맷 데일리는 별 볼 일 없는 지루한 남자였고. 아무도 그와 어울리려 하지 않았어."

엄마의 목소리에는 해묵은 감정들, 의기양양함과 씁쓸함, 뒤틀린 악의가 겹겹이 쌓여 있었다.

"그렇다면 데일리 아저씨는 테시 아주머니를 자기가 차지했다며 계속 자랑스레 과시하고 다녔겠네요?"

"그 정도론 부족했지. 그 무렵 네 아버지는 기네스 공장에 운전자로 지원해놓은 상태였어. 다음 운전자가 은퇴하면 바로 그 일을 얻을 수 있다는 말을 들었거든. 하지만 맷 데일리는 그 공장에서 몇 년째 일하고 있었고, 그 사람 아버지도 그곳에서 일을 했었지. 그래서 거기 사람들을 잘 알았어. 테시와 그 모든 일이 있은 뒤에, 맷은 자기 상관에게 지미 매키는 기네스 공장에 어울리는 사람이 아니라고 말했지. 일자리 하나에 스무 명씩 지원자가 몰릴 때였어. 공장 쪽에서는 문제 될 만한 사람을 뽑을 필요가 없었지."

"그래서 아버지가 미장일을 하게 된 거군요."

웃자고 한 말은 아니었다.

"조 삼촌이 네 아버지를 견습공으로 삼아줬어. 테시와 그 난리가 나고 얼마 지나지 않아 나랑 약혼했거든. 가정을 꾸리기 위해서라도 네 아버지에겐 일자리가 필요했어."

"아버질 아주 빨리 잡으셨네요."

"기회를 보다가 낚아챈 거지. 그때 난 열일곱 살이었어. 남자들이 다들 돌아볼 나이였다고. 네 아버지······." 엄마는 잠시 입술을 깨물더니 천을 비틀어 은제품의 틈새를 닦기 시작했다. "그때까지도 네 아버지가 테시에게 미쳐 있다는 건 알고 있었어." 잠시 후 엄마가 다시 입을 열었다. 턱을 내밀고 도전적인 목소리로 말하는 모습을 보니, 주방 창문 너머 제멋대로인 지미 매키를 지켜보며 '자기 것'이라고 생각하던 젊은 시절의 엄마가 일순 겹쳐지는 듯했다. "하지만 난 상관없었어. 일단 내 손을 잡으면 바뀔 거라고 생각했지. 난 많은 것을 원하지 않았어. 자기들이 언젠가는 할리우드의 영화 스타가 될 거라고 생각하던 사람들과는 달랐거든. 그런 생각은 아예 없었지. 내가 원했던 건 작은 집과 아이들, 지미 매키뿐이야."

"엄마는 아이들도 낳았고, 아버지도 얻으셨죠."

"그래, 결국 뜻을 이루긴 했지. 테시와 맷이 남긴 응어리가 있었지만 말이야. 네 아버지는 그때부터 술을 마시기 시작했어."

"어쨌든 엄마가 아버지를 원했잖아요."

나는 다정한 목소리로 비난하는 기색 없이 말했다.

"내 마음속엔 그 사람만 있었으니까. 어머니가 경고하셨지. 술 마시는 사람과는 같이 살 수 없다고 말이야. 하지만 난 아무것도 몰랐어. 넌 기억나지 않겠지만, 네 외할아버지는 아주 좋은 분이셨고 술은 한 방울도 입에 대지 않으셨거든. 난 주정뱅이가 어떤 건지 전혀 몰랐던 거야. 지미도 몇 잔만 마시는 줄 알았고, 세상 남자들이 다 그런 줄 알았어. 그 이상은 생각하지 않았던 거지. 내가 처음 그 사람을 알았을 땐 그렇지 않았으니까. 테시 오번 때문에 머리가 망가지기 전에는 말이야."

나는 엄마 말을 믿었다. 제대로 된 여자라면 적당한 순간에 남자에게 어떻게 해야 하는지 안다. 하지만 테시 아주머니는 완전히 오명을 벗고 떠나지 못했다. 세상에는 결코 만나지 말아야 하는 사람들이 있다. 낙진의 범위가 너무 넓으면 오랫동안 땅을 못 쓰게 되는 법이다.

엄마가 말했다. "사람들은 지미 매키한테 좋은 점이라고 하나도 없다고 말하곤 했어. 그 사람 부모님만 해도 알코올의존자에 평생 일이라곤 안 했으니까. 네 아버지는 어릴 때부터 이웃집들을 전전하면서 저녁을 얻어먹었지. 집엔 먹을 게 없었거든. 한밤중에 거리를 헤맨 적도 있고…… . 내가 네 아버지를 알았을 땐, 다들 지미가 제 부모님처럼 쓸모없는 인간이라 단정 짓고 있었어." 엄마는 반들거리는 은제품에서 눈길을 돌려 창밖에 내리는 비를 쳐다보았다. "하지만 난 그 사람들 말이 틀렸다는 걸 알았어. 네 아버지 지미는 나쁜 사람이 아니야. 그저 제멋대로일 뿐이었지. 그리고 멍청한 사람도 아니야. 뭐든 할 수 있었어. 네 아버지한테 기네스 공장 일자리는 필요 없었지. 작은 사업을 할 수도 있었을 거야. 매일 상사들 말에 쩔쩔맬 필요도 없고 말이지. 그런 걸 싫어했으니까. 운전하는 걸 좋아하는 사람이니 밴이 있었으면 배달 일도 할 수 있었겠지…… . 그 여자가 먼저 그 사람한테 다가가지만 않았다면 말이다."

완벽한 동기가 선물처럼 포장되어 리본으로 묶여 있는 꼴이었다. 지미 매키는 최고의 여자를 품에 안았고, 최고의 직업을 바라보고 있었다. 절대 안 될 거라고 말하던 놈들에게 가운뎃손가락을 들어 보이며 자신의 미래를 찬란하게 색칠할 준비가 되어 있었다. 그런데 단 한 번의 실수로 샌님인 맷 데일리가 침착하고 당당하게 자신의 모든 것을 차지하는 모습을 지켜보게 된 것이다. 정신을 차려보니, 원하지도 않는 여자와 결혼해 가망 없는 일을 전전하면서 피터 오툴*도 죽일 수 있을 만큼 술을 마시고 있었다. 그는 바로 길 건너편, 다른 사람의 집에 펼쳐진 자신의 잃어버린 인생을 지켜보면서 이십여 년을 살았다. 그러던 어느 주말, 온 동네 사람들이 지켜보는 앞에서 맷 데일리에게 모욕당하고 하마터면 경찰에 체포당할 뻔한 일이 일어났다. 알코올의존자의 뇌는 마치 다른 사람의 것처럼 작동하는 법이다. 게다가 그 와중에 지미는 로지 데일리가 자기 아들을 손아귀에 넣고 좌지우지하고 있다는 사실을 알게 되었다.

사실 더 안 좋은 일이 일어날 수도 있었다. 아버지는 나를 보며 싱긋 웃더니 윙크를 하며 말했었다. "데일리네 딸이라고? 데이지 꽃 같은 아이잖아. 그 애랑 재미 좀 보겠구나……." 아버지가 좋아했던 테시 오번과 꼭 닮은 나의 로지.

아버지는 내가 발뒤꿈치를 든 채 거실을 몰래 빠져나가는 소리를 듣고도 가만히 있었다. 나는 아버지가 잠든 척하는 모습을 백 번도 넘게 봤다. 어쩌면 아버지는 그저 로지에게 자기 아들한테서 손 떼라고 얘기할 생각이었는지도 모르지만, 어쩌면 그보다 더한 짓을 하고 싶었던 건지도 모른다. 만약 로지가 면전에서 아버지의 말을 하찮게 취급하며 모욕을 주었다면? 애초에 건드릴 수도, 거부할 수도 없는 테시 오번의 딸. 자기가 원하는 것이면 무엇이든 앗아 가는 맷 데일리의 딸. 아마 무슨 일이 일어난 건지 깨닫기 전까지 아버지는 술에 취해 있었을 것이다. 그때만 해도 아버진 힘이 셌다.

그날 밤 깨어 있었던 건 우리만이 아니었다. 케빈도 잠에서 깼다.

---

* 아일랜드 출신의 영화배우로, 알코올의존증과 위암을 극복하고 재기했다.

아마 화장실에 가려다가 우리 두 사람이 자리에 없는 것을 알았을 것이다. 당시만 해도 그 사실은 케빈에게 아무 의미가 없었다. 아버지는 여러 날 동안 모습을 보이지 않는 일이 잦았고, 셰이 형이나 나도 가끔씩 야간 근무를 했으니까. 하지만 지난 주말, 케빈은 누군가 로지를 죽인 것이 그날 밤이었다는 사실을 떠올린 것이다.

두 번째 음성 메시지에 남아 있던 재키의 목소리를 들은 뒤로 줄곧 내가 이미 머릿속 깊은 곳에서 이 모든 일들을 상세히 알고 있었다는 느낌이 들었다. 얼음처럼 차가운 검은 물이 폐까지 차오르는 것 같았다.

엄마가 말했다.

"네 아버지가 날 좀더 기다렸다면 좋았을 텐데. 테시도 정말 예뻤지만, 나도 열여섯 살이 됐을 땐 많은 남자들한테서 예쁘다는 소리를 들었거든. 나이는 어려도 금세 자라리라는 걸 알고 있었지. 만일 네 아버지가 그 여자에게서 멍청한 눈을 떼고 일 분만 날 쳐다봤더라면 이런 일은 없었을 거야."

그 목소리에 담겨 있는 슬픔의 무게에 배들이 침몰할 수도 있을 것 같았다. 그 순간 나는 엄마의 오해를 깨달았다. 엄마는 케빈이 인사불성으로 술에 취한 건 아버지의 본보기 때문이고, 그 때문에 창문에서 떨어졌다고 생각하고 있었다. 내가 정신을 가다듬고 오해를 풀기도 전에, 엄마는 창턱에 있는 시계를 보더니 손을 입에 올리며 소리를 질렀다. "세상에, 벌써 1시나 됐잖아! 뭘 좀 먹어야겠다. 안 그러면 기운이 빠져." 엄마가 은제품들을 밀어내며 자리에서 일어났다. "샌드위치 만들어주마."

"아버지한테도 가져다드릴까요?"

엄마는 침실 문을 돌아본 뒤 대답했다. "그냥 두렴." 그러곤 냉장고에서 재료들을 꺼냈다.

얇게 자른 흰 빵 위에 버터를 바르고 햄을 올린 뒤 세모꼴로 자른 샌드위치였다. 그걸 보니 이 식탁 의자에서 바닥까지 발도 닿지 않던 어린 시절로 돌아간 것 같았다. 엄마는 차를 한 주전자 더 끓이고는 자신만의 방식으로 샌드위치를 먹기 시작했다. 틀니를 꼈을 땐 그런 식으로 음식을 씹어야 한다고 했다. 우리가 어릴 때부터 엄마는 항상 자기 이가 빠진 것이 우리 탓이라고 했다. 애 하나를 낳을 때마다 이가 한 개씩 빠졌다면서. 엄마가 눈물을 흘리기 시작했다. 찻잔을 내려놓고, 카디건 주머니에서 색 바랜 파란 손수건을 꺼낸 뒤 눈물이 멎기를 기다렸다. 그런 다음 코를 풀고 다시 샌드위치를 먹기 시작했다.

18

    나의 일부는 한 시간마다 새로 차를 끓이고 가끔씩 샌드위치를 만들어 먹으며 엄마와 함께 영원히 앉아 있을 것이다. 입을 다물고 있을 때의 엄마는 같이 있기에 나쁜 상대가 아니었다. 덕분에 처음으로 엄마의 주방이 편안하게 느껴졌다. 적어도 밖에서 나를 기다리고 있는 것에 비하면 그랬다. 현관문을 나서면, 그때부터 내가 할 수 있는 일은 확실한 증거를 찾는 것밖에 없을 터였다. 힘든 건 그게 아니었다. 문제는 스물네 시간 이내에 증거를 찾아야 한다는 점이었다. 최악의 악몽이 실현된 셈이다. 하지만 일단 증거를 찾으면 어떻게 해야 할지 알게 되리라.

    2시가 되자 침실에서 소리가 나기 시작했다. 침대 스프링이 삐걱거리는 소리, 말없이 헛기침을 하는 소리, 요란한 기침에 이어진 헛구역질 소리. 이젠 집을 나서야 할 때였다. 그러자 엄마는 크리스마

스 만찬에 대한 질문을 마구잡이로 퍼붓기 시작했다("만약에 말이
지만, 네가 홀리와 같이 올 수 있다면 그 애가 연한 살코기를 좋아하
는지 단단한 고기를 좋아하는지, 아니면 둘 다 안 먹는지 알려주겠
니? 그 애 엄마 말로는 풀어 키운 칠면조가 아니면 안 먹는다고 하
던데……"). 나는 고개를 숙인 채 문 쪽으로 걸어갔다. 현관문을 나
서려는 순간 뒤에서 엄마가 불렀다.

"널 봐서 좋았다. 조만간 다시 보자꾸나!"

뒤에서 아버지가 가래 끓는 소리로 엄마를 불렀다. "조시!"

심지어 나는 아버지가 그날 밤 로지가 있는 곳을 어떻게 알아냈는
지도 알고 있었다. 이멜다를 통해서였을 것이다. 아버지가 이멜다
에게 접근했을 만한 이유로는 한 가지 밖에 떠오르지 않았다. 사실
나는 아버지가 하루나 이틀, 사흘 동안 집에 들어오지 않아도 당연
하게 생각했는데, 그동안 아버지는 술에 취해 여자를 찾아다닌 것이
다. 다른 온갖 일들에도 불구하고, 난 아버지가 어머니를 속였으리
라는 생각을 한 번도 해본 적이 없었다. 만일 그런 생각이 들었더라
도 술 때문에 바람도 제대로 피우지 못할 거라 여겼을 것이다. 정말
이지 놀라운 일이 가득하다.

어쩌면 이멜다가 로지 얘기를 자기 엄마에게 옮겼을 가능성도 있
었다. 엄마와 딸의 유대감 때문일 수도 있고, 관심을 끌기 위해서였
을 수도 있다. 아니면 우리 아버지가 근처에 있을 때, 어린 마음에
제 엄마와 잠을 자는 남자보다 자신이 더 많은 것을 안다는 사실을
과시하느라 슬쩍 실마리를 흘렸을 수도 있다. 이미 말했듯 아버지
는 바보가 아니다. 여기저기서 들은 내용을 종합해 추측해냈을 것
이다.

다시 이멜다의 집으로 찾아가 초인종을 눌렀지만 대답이 없었다. 나는 뒤로 물러나 창문을 살폈다. 망사 커튼 너머에서 뭔가 움직이는 것이 보였다. 나는 이멜다가 인터폰을 받을 때까지 삼 분 동안 쉬지 않고 초인종을 눌렀다.

"뭐야."

"안녕, 이멜다. 프랜시스야. 갑자기 찾아오게 됐어."

"꺼져."

"이멜다, 마음 좀 풀어. 할 이야기가 있어."

"난 너한테 할 말 없어."

"아직도 마음이 안 풀린 모양이구나. 일단 여기선 물러나지. 네가 나올 때까지 길 건너편에 세워둔 차에서 기다릴게. 1999년식 은색 메르세데스야. 이 게임이 지겨워지면 그리로 와. 잠깐만 이야기하고 금방 사라져줄 테니까. 혹시 내가 먼저 지겨워지면, 이웃들을 찾아다니면서 너에 대해 물어볼 거야. 알아들었지?"

"꺼져."

이멜다가 인터폰을 끊었다. 그녀는 고집이 세다. 이멜다가 포기하고 내 앞에 모습을 보이기까지는 두 시간, 어쩌면 세 시간 정도 걸릴 터였다. 나는 차로 돌아가 오티스 레딩의 노래를 튼 뒤 온 동네에다 들리도록 창문을 열었다. 사람들이 나를 경찰로 볼지, 마약 중개인이나 사채업자가 보낸 깡패로 볼지는 모르겠으나, 어느 쪽이든 좋을 건 없었다.

그 시각의 할로 레인은 조용했다. 보행기를 미는 노인과 반짝거리는 놋쇠 장식을 단 노인이 한참 동안 내 욕을 했다. 쇼핑을 마치고 아이와 함께 돌아가던 젊은 엄마 둘도 나를 곁눈질로 흘끗거렸다.

문제가 많아 보이는 남자가 번들거리는 운동복 차림으로 이멜다의 집이 있는 건물 앞에 서더니, 몸을 앞뒤로 흔들며 위층 창문을 향해 십 초마다 한 번씩 남아 있는 뇌세포를 모두 동원한 것 같은 소리로 "데코!"라고 외쳤다. 무려 사십 분 동안이나. 하지만 데코에겐 다른 할 일이 있는지 결국 남자는 비틀거리면서 그 자리를 떠났다. 3시가 되자, 새니어로 보이는 여자애가 계단을 올라 10번지로 들어갔다. 곧이어 이저벨도 집에 들어갔다. 도전적인 턱의 각도나, 긴 다리로 보란 듯이 걸어가는 모습이 1980년대의 이멜다와 똑같았다. 이멜다가 나를 힘들게 할 것인지 희망을 줄 것인지 알 수 없었다. 지저분한 커튼이 흔들릴 때마다 나는 손을 흔들어댔다.

4시가 지나자 조금씩 주위가 어두워졌고, 제너비브가 학교에서 돌아왔다. 제임스 브라운으로 음악을 바꿨을 때, 누군가 조수석 창문을 두드렸다. 스코처였다.

난 사건 근처에도 갈 수가 없어. 여기에 온 것만으로도 밥줄이 위태로운 상황이지. 내가 이멜다에게 이렇게 말했었나? 그녀의 지략에 감탄해야 할지 경멸해야 할지 종잡을 수가 없었다. 나는 음악을 끄고 창문을 내렸다. "무슨 일이지?"

"프랭크, 문 열어."

나는 엄한 말투에 깜짝 놀란 양 눈썹을 치켜올렸다. 하지만 곧 몸을 내밀어 조수석 문을 열어주었다. 스코처는 차에 올라탄 뒤 문을 쾅 닫았다.

"출발하지."

"어디 도망이라도 가나? 원한다면 트렁크에 숨겨줄 수 있어."

"농담할 상황 아니야. 자네가 저 불쌍한 여자애들을 더 위험하기 전에 이곳을 떠나자는 거야."

"난 그냥 차 안에 있었어, 스코치. 여기 앉아 향수에 젖은 채 오래 전에 살던 곳을 바라보고 있었을 뿐이야. 대체 뭐가 위협적이라는 거지?"

"출발해."

"자네가 심호흡 먼저 하면 출발하지. 제3자 심장마비를 위한 보험을 들지 않아서 말이야."

"자넬 체포하는 일은 없게 해주게."

나는 웃음을 터뜨렸다. "이런, 스코처, 이 보물 같은 친구. 내가 자넬 좋아하는 이유를 늘 까먹는다니까. 그래, 우린 서로를 체포할 수 있지." 나는 차를 출발시켜 길을 따라갔다. "이제 말해봐. 내가 누굴 위협했다는 거야?"

"이멜다 티어니와 그 딸들. 잘 알잖아. 티어니 씨 말로는 어제 자네가 억지로 아파트 안으로 밀고 들어왔다더군. 자넬 내보내기 위해서 칼로 위협하는 수밖에 없었다던데."

"이멜다? 이멜다를 여자애라고 부른 거야? 이멜다는 마흔 살이 넘었어. 스코처, 예의 좀 지켜. 요즘은 공손하게 '여성'이라고 부르지."

"그 여자의 딸들은 애들이잖아. 막내가 열한 살밖에 안 됐으니까. 그 애들 말로는 자네가 오후 내내 여기에서 음란한 손짓을 했다더군."

"난 그 애들이 누군지도 몰라. 착한 애들이던가? 엄마를 닮았나?"

"지난번에 만났을 때 내가 뭐라고 했지? 내가 어떻게 하라고 했나?"

"자네 일에 관여하지 말라고 했지. 그 부분에 관해서는 확실하게 알아들었어. 다만 내가 놓친 건, 자네가 언제 내 상관이 되었는가 하는 점이야. 지난번에 보니 내 상관은 자네보다 살이 쪘고, 자네만큼 잘생기지 않았던데 말이지."

"자네 상관이 아니더라도 내 사건에 얼쩡거리지 말라는 말은 할 수 있어. 이건 내 수사야, 프랭크. 내 지시에 따라야 한단 말이지. 자넨 그 지시를 무시했고."

"그럼 보고해. 내 신분증 번호 필요한가?"

"정말 웃기는군. 이런 규칙들이 자네한테 얼마나 잔인한 농담처럼 들리는지는 나도 알아. 자네 스스로는 이번 사건에 아무 영향도 받지 않는다고 생각한다는 것도 알고. 어쩌면 그 생각이 맞을지도 모르지. 잠입수사과에서는 어떻게 일을 하는지 모르니까 말이야."

스코처는 격노라는 감정과 어울리지 않는다. 그의 턱이 평소 크기의 두 배로 부어오르고, 이마 정맥이 위험해 보일 정도로 도드라졌다.

"하지만 내가 자넬 위해 최선을 다하고 있다는 건 명심해야 할 거야. 자넬 위해 먼 길을 왔다는 걸. 이쯤 되니 솔직히 내가 왜 그렇게까지 신경을 썼는지도 모르겠군. 기회가 생길 때마다 이런 식으로 물먹이면 내 마음도 변할지 몰라."

내가 급브레이크를 밟아 차를 세우자 스코처의 머리가 앞 유리에 부딪쳤다.

"날 위한다고? 케빈이 사고로 죽었다고 떠드는 게 날 위한 건가?"

"그냥 말로만 하는 소리가 아니잖아. 사망진단서에도 그렇게 나올 거야."

"오, 그렇군. 너무 고마워서 몸 둘 바를 모르겠어. 정말이야."

"자네만 생각해서 이러는 게 아니야. 자네야 동생이 사고사로 죽었든 자살을 했든 상관없겠지만 자네 가족들은 다르지 않겠나."

"오, 아니, 아니, 아니야. 그런 말은 꺼내지도 마. 우리 가족을 어떻게 상대해야 하는지 자넨 아무것도 모르니까. 일단, 놀랍게도 자넨 우리 가족들의 정신세계를 전혀 이해하지 못해. 우리 가족들은 자네나 쿠퍼가 사망진단서에 쓴 내용과 관계없이 자기들이 믿고 싶은 것만 믿을걸. 예를 들어 우리 엄마는 내가 자네한테 케빈이 교통사고로 죽었다고 말해주길 바라지. 그럴 일은 없겠지만. 또 하나, 내 가족들이 불에 타고 있다 해도 난 그들을 구하기 위해 오줌조차 누지 않을 거야. 케빈에게 무슨 일이 있었던 건지 우리 가족들이 어떻게 생각하든 난 전혀 상관없어."

"요즘엔 자살해도 성당 묘지에 묻힐 수 있나? 신부님이 자살에 관해 뭐라고 설교하시지? 또 이웃 사람들은 케빈에 대해 뭐라고 말할까? 뒤에 남겨진 사람들 생각도 해야지. 어리석게 굴지 마, 프랭크. 자네도 영향을 받을 수밖에 없어."

조금씩 성질이 뻗치기 시작했다. 나는 아파트 두 블록 사이에 난 막다른 좁은 골목으로 후진을 해 들어가 차를 세운 뒤 엔진을 껐다. 스코처를 차에서 밀어낼 일이 생긴다 해도 재빨리 그곳을 떠날 수 있을 터였다. 우리 위쪽으로 건축가가 멋지게 만들어놓은 푸른색 발코니가 튀어나와 있었다. 그 지중해식 분위기도 마주 보이는 벽 돌담과 쓰레기통이 다 망쳐버렸지만 말이다.

"케빈이 '사고사'로 처리된다는 거군. 아주 훈훈하고 모양새 좋게 말이야. 하나만 묻지. 로지 사건은 뭘로 처리할 건가?"

"명백하게 살인이지."

"명백하다. 그럼 범인은 누군데? 미지의 인물인가?"

스코처는 잠시 침묵했다. 내가 말을 이었다.

"아니면 케빈일 수도 있겠지."

"그 문젠 좀 복잡해."

"뭐가 복잡하다는 거지?"

"용의자가 죽었을 경우에는 어느 정도 우리한테 재량권이 주어지지. 대단할 건 없지만 말이야. 한편으론 체포가 불가능하니 간부들도 지원해줄 마음이 없고, 다른 한편으론……."

"다른 한편으로는 해결율이라도 높여야 한다는 거겠지."

"마음껏 비웃어. 그런 것들도 중요해. 내 사건 해결율이 형편없었다면 자네 여자 친구 사건에 이 정도로 인력을 투입할 수 있었을 것 같아? 다 돌고 도는 거야. 이번 사건에서 많은 것을 알아내야 다음 사건에 더 많은 인원을 투입할 수 있다고. 프랭크, 이 일은 안타깝게 됐네. 하지만 난 자네 감정을 덜어주자고 다음 사건의 희생자에 대한 정의와 내 평판을 위태롭게 만들 순 없어."

"무슨 말인지 풀어서 해주겠나? 정확하게 로지 사건을 어떻게 할 작정이라는 거야?"

"정석대로 할 생각이네. 앞으로 이틀 동안 증거와 증인의 진술을 확보해 대조할 거야. 그때까지 새로운 게 나오지 않으면……." 스코처가 어깨를 으쓱였다. "전에 이와 비슷한 사건을 두 건 다뤄봤어. 통상적으로 이런 경우에는 최대한 자비로운 방식으로 마무리하지. 파일을 소추 담당에게 넘기되 조용히 처리하는 거야. 범죄자에 대해 특별히 알려야 하는 경우가 아니면 공개하지도 않고. 스스로를 변호할 수 없는 사람의 이름을 공격하진 않는다는 거지. 만일 우리

452

에게 충분한 논거가 있고, 희생자의 가족과도 이야기가 된 상황이라면 소추 담당자도 동의할 거야. 다시 말해 희생자의 가족들에게 명확하게는 아니지만 적어도 어느 정도 사건이 종결됐다고 말하면 그걸로 끝이라는 거야. 희생자의 가족들이 그렇게 받아들이고 앞으로 나아가면 살인자의 가족들도 마음의 평화를 얻고, 우리에겐 해결된 사건이 되는 거지. 이게 통상적인 과정이야."

"난 어째서 자네에게 협박당하는 느낌이 드는 걸까?"

"이런, 프랭크. 너무 극적으로 받아들이는군."

"자넨 무슨 의도로 한 말인데?"

"난 그저 경고해주려던 거였어. 자네도 쉽진 않을 거라고."

"정확하게 어떤 경고를 하고 싶었던 거지?"

스코처가 한숨을 쉬었다.

"만일 내가 케빈의 사인을 규명하기 위해 심도 깊은 수사를 해야 한다면 할 거야. 그러면 언론에서 벌떼처럼 몰려들 거고, 자살에 대한 자네의 감정 같은 건 아무도 개의치 않겠지. 우리 둘 다 부도덕한 경찰보다 나을 것 없는 기자 나부랭이 한두 명쯤은 알고 있잖아. 누가 이 이야기를 악용해 자넬 부도덕한 경찰처럼 보이게 만들 수 있다는 것도 알 테고."

"아무래도 협박처럼 들린다니까."

"난 그쪽 길로 가고 싶지 않다고 확실히 밝힌 것 같은데. 하지만 이 소년 탐정 놀이를 멈추게 하는 방법이 그것밖에 없다면…… 프랭크, 난 그저 자네가 정신을 차렸으면 싶어서 이러는 거야. 다른 방법으로는 운이 따르지 않았으니까."

"스코처, 잘 생각해봐. 지난번에 만났을 때 내가 자네에게 뭐라고 했지?"

"자네 동생은 살인자가 아니라고 했지."

"맞아. 자넨 그 말에 얼마나 관심을 두었나?"

스코처는 선바이저를 내리고 고개를 뒤로 젖히더니 엄지손가락으로 턱을 쓸어내리면서 면도한 부분을 거울에 비춰보았다.

"어떤 면에서는 자네에게 고맙게 생각해. 인정하지. 자네가 아니었다면 이멜다 티어니를 찾아내지 못했을 거야. 게다가 그 여자는 아주 유용하더군."

사악한 계집애.

"그렇겠지. 이멜다는 일종의 의무감을 느끼는 유형이니까. 무슨 뜻인지 이해할지 모르겠지만."

"아니, 이멜다 티어니는 단순히 내게 잘 보이려는 게 아니야. 일이 터진다면 그 여자가 가지고 있는 증거가 뒷받침해줄 거야."

스코처는 뭔가를 쥐고 있었다. 미소를 숨기지 못하는 모습을 보니 틀림없었다.

"말해봐. 이멜다가 뭘 갖고 있다는 거지?"

스코처가 고민하는 척 입술을 오므렸다.

"프랭크, 이멜다는 어쩌면 목격자일 수도 있어. 정황상 말이야. 그 여자가 가지고 있는 증거에 대해서는 말 못 해. 자네가 그 여자를 괴롭혀서 증거를 변질시켜버릴지도 모르잖아. 그 끝이 아주 안 좋을 수도 있다는 건 우리 둘 다 잘 알고 있다고 생각하는데. 아닌가?"

나는 잠시 시간을 가졌다. 냉랭한 분위기 속에서 한참 동안 그를 쳐다보다가, 머리를 의자 뒤에 기대고 양손으로 얼굴을 문질렀다.

"스코처, 자네 그거 아나? 지난 한 주가 내 평생 가장 긴 일주일이었다는 것 말이야."

"알지, 그럼. 나도 다 들었어. 하지만 모두를 위해 자넨 그 힘을 쏟을 만한 좀더 생산적인 뭔가를 찾아야 할 거야."

"자네 말이 맞아. 애초에 지시를 어기고 이멜다를 찾아오지 말았어야 했는데. 그냥…… 이멜다와 로지가 친했던 게 떠올라서 말이지. 혹시 뭔가 아는 게 있을지도 모른다는 생각에……."

"그 여자 이름을 내게 알려줬어야지. 그럼 내가 만나서 이야기를 해봤을 거고, 결과는 같았겠지. 이렇게 성가신 일도 없었을 텐데."

"그래, 자네 말이 맞아. 그저…… 어느 쪽인지 명확하지 않을 때라 그대로 손을 떼기가 힘들었어. 일이 어떻게 된 건지 알고 싶었으니까."

스코처가 냉담하게 말했다.

"지난번 우리가 이야기를 했을 때, 자넨 어떻게 된 사건인지 정확하게 알고 있는 것처럼 말했지."

"그땐 그렇게 생각했어. 낙관적이었지."

"그럼 지금은……?"

"난 너무 지쳤어, 스코처. 일주일 사이에 옛 여자 친구와 동생의 죽음을 겪고 부모님까지 힘들게 상대하다 보니 만신창이 강아지가 된 느낌이야. 그 때문이겠지. 더이상 낙관적으로 생각할 수가 없어. 전혀 말이야."

스코처의 우쭐한 표정을 보니 이제 내게 훈계를 내리려는 모양이었다. 덕분에 그의 기분은 한결 나아지리라.

"프랭크, 머지않아 우린 확실한 사실들을 알게 될 거야. 인생이란 게 그렇잖아. 그 확실성의 다음 단계로 가기 위해 속임수도 쓰고 그러는 거지. 무슨 말인지 알겠나?"

이번에는 나도 착한 아이가 되어 그 풍성한 비유를 샐러드처럼 꿀꺽 삼켰다.

"그래, 알아. 다른 사람도 아닌 자네에게만큼은 인정하고 싶지 않지만, 다음 단계로 넘어가기 위해선 도움이 필요해. 사실이야. 정말 궁금해죽겠어. 이멜다가 뭐라고 했지?"

"그 일로 그 여자를 괴롭히지 않을 건가?"

"이멜다를 다시 볼 일이 없다면 내 인생도 완벽해지겠지."

"그 말 지키겠다고 약속해, 프랭크. 딴생각은 안 돼."

"이멜다 근처에도 가지 않겠다고 약속하지. 케빈 일이든 로지 일이든, 다른 무슨 일로든 말이야."

"무슨 일이 있어도 그래야 해."

"무슨 일이 있어도 그럴게."

"나는 자네 인생이 복잡해지는 거 원하지 않아. 자네가 내 인생을 복잡하게 만들지 않는 한 말이지. 나도 자네 일에 억지로 끼어들 생각이 없어."

"그래, 그럴 일 없어."

스코처가 머리를 매만진 뒤 선바이저를 닫았다.

"이멜다를 찾아간 건 옳은 방향이었어. 기술은 형편없는지 몰라도 본능은 정확하더군."

"이멜다가 뭔가 아는 게 있는 모양이네."

"많은 걸 알고 있더군. 자네가 놀랄 만한 일도 있어. 자네와 로지 데일리의 관계에 대해 아무도 모를 거라 생각했겠지만, 내 경험상 여자들이 아무에게도 말하지 않겠다고 하는 건 제일 친한 친구 두 명에게만 털어놓겠다는 의미지. 이멜다 티어니는 모든 것을 알고 있었어. 자네와 로지의 관계는 물론이고 도망갈 계획까지, 전부 다 말이야."

"맙소사." 나는 고개를 저었다. 창피하다는 얼굴로 멋쩍게 웃으며, 스코처가 만족감을 만끽하도록 내버려두었다. "그렇군. 이멜다가……. 맙소사, 지금까지 난 까맣게 몰랐어."

"어렸을 때잖아. 게임의 규칙을 알 리가 있나."

"지금도 그래. 내가 이렇게까지 순진했다니 믿을 수가 없군."

"자네가 놓친 게 또 하나 있어. 이멜다 말로는 당시 케빈이 로지에게 푹 빠져 있었다던데. 자네가 전에 했던 말과도 상통하지. 로지가 동네 남자들한테 인기가 많았다고 했잖아."

"그랬지. 그런데 케빈이? 그때 그 애는 겨우 열다섯 살이었는데."

"그 정도 나이면 호르몬이 미쳐 날뛸 때지. 게다가 가지 말아야 할 클럽들까지 드나들었다더군. 하루는 이멜다가 브뤼셀에 갔는데 술을 한잔 사겠다고 하면서 케빈이 다가왔다는 거야. 그래서 두 사람은 이야기를 시작했는데, 케빈이 로지에게 자기 얘기 좀 잘해달라고 부탁, 아니 거의 애원했다더군. 그 말을 들은 이멜다가 큰 소리로 웃으니까 케빈은 진심으로 상처받은 듯한 표정을 지었고, 그래서 자긴 웃음을 멈추고 개인적인 감정은 없다면서 로지에겐 이미 누가 있다고 말했대. 그냥 그 자리를 벗어나려고 던진 말인데 케빈이 계속 그 남자가 누구냐고 물으며 괴롭혔다더군. 술을 더 사겠다면서 말이야……."

아무렇지 않은 것처럼 보이려 애썼지만, 사실 스코처는 그 순간을 즐기고 있었다. 속마음은 여전히 데오드란트를 잔뜩 뿌린 채 주먹을 불끈 쥐며 이겼다고 좋아하는 십 대 아이나 마찬가지였다.

"결국 이멜다는 모든 걸 털어놓았지. 문제가 생기리라는 생각은 전혀 없이. 이멜다에게 케빈은 귀여운 동생이었고, 그러니 로지와 사귀는 남자가 자기 형이라는 걸 알면 조용히 물러나겠거니 싶었던 거지. 하지만 착각이었어. 케빈은 이성을 잃었지. 소리를 지르며 벽을 걷어차고, 술잔을 던지고……. 결국 경비원들이 술집 밖으로 케빈을 끌고 나갔다더군."

케빈의 성격과는 동떨어진 이야기였다. 화가 났을 때 케빈이 보인 최악의 행동은 발끈 성을 내며 펄쩍펄쩍 뛰는 정도였다. 하지만 그것을 빼면 전부 그럴싸했다. 나는 이멜다에게 점점 더 놀라고 있었다. 거래라는 게 뭔지 잘 아는 여자다. 보기 싫은 남자를 자기 집 앞에서 치우게 만들려면 스코처가 원하는 뭔가를 주어야 한다는 사실을 알았던 것이다. 그 뭔가를 찾아내기 위해 아마 그녀는 옛날 친구 몇 명에게 전화를 했으리라. 살인수사과 형사들이 집집마다 돌아다니면서 케빈과 로지의 관계에 관심을 보이던 터였다. 플레이스는 그 여백을 충분히 채울 수 있는 곳이었다. 이멜다가 나한테 화를 내거나 비난만 하는 것이 아니라, 그런 식으로 조사를 할 정도로 똑똑하다는 점이 차라리 나로선 다행이라는 생각이 들었다.

"이런." 나는 운전대에 팔을 걸치며 고개를 앞으로 내밀고 앞 유리창 너머 좁은 거리에 바짝 붙어 지나가는 차들을 쳐다보았다. "맙소사, 난 전혀 몰랐어. 그게 언제였는데?"

"로지가 죽기 이 주 전이야. 이멜다는 이제야 어떻게 된 상황인지 깨닫고 그 모든 일에 상당한 가책을 느끼고 있어. 그래서 나서기로 한 거지. 우리가 자네 문제를 해결해주면 바로 공식적인 진술을 하겠다더군."

이멜다라면 그러고도 남을 것이다.

"그게 증거란 말이군. 알았네."

"유감이야, 프랭크."

"알아. 고마워."

"자네가 듣고 싶었던 내용은 이런 게 아니었겠지만……."

"그건 그렇지."

"아까도 이야기했듯이 확실한 사실의 도움을 받는 거야. 자네로
선 당장 받아들이기 힘들겠지만 적어도 사건 종결은 가능하지. 준
비가 되면 자네의 세계관에서도 이 모든 것들이 통합되기 시작할 거
야."

"스코처, 하나만 말해주게. 자네 정신과에 다니나?"

그의 표정에서 순간 당혹스러움과 독선과 적대감이 동시에 드러
났다.

"그래. 그런데 왜? 추천이라도 해줘?"

"고맙지만 됐어. 그냥 궁금해서 물어본 거야."

"실력이 좋은 의사야. 흥미로운 것들을 많이 발견하도록 도와주
지. 어떻게 해야 나의 외적 현실과 내적 현실을 동시에 가져갈 수 있
을지, 뭐 그런 것들."

"아주 고무적인 것 같군."

"맞아. 그 의사라면 자네한테도 도움이 될 거야."

"난 구식이야. 여전히 내적 현실은 외적 현실과 조화를 이루어야
한다고 생각하지. 하지만 그 제안은 생각해볼게."

"그래, 그렇게 해." 스코처는 남자다운 태도로 내 차의 계기판을

두들겼다. 잘 훈련된 말이 달리는 소리 같았다. "이렇게 이야기하니 좋군, 프랭크. 난 이제 업무로 돌아가겠지만, 언제든 얘기하고 싶으면 전화하게. 알았지?"

"그러지. 하지만 당장 나한테 필요한 건 이 모든 일들을 받아들일 시간이야. 받아들여야 할 일이 너무 많아."

스코처는 정신과 의사에게 배운 듯 눈썹을 찌푸린 채 고개를 여러 번 끄덕였다.

"사무실까지 데려다줄까?" 내가 물었다.

"괜찮아, 걸어가는 게 더 좋아. 뱃살 관리도 할 겸." 그가 배를 두드렸다. "잘 지내게, 프랭크. 다음에 또 이야기하지."

골목이 워낙 좁아서 스코처는 차 문을 아주 조금만 열 수 있었다. 그는 몸을 요리조리 틀며 마치 탈출이라도 하듯 간신히 차에서 빠져나간 뒤 살인수사과 형사답게 성큼성큼 걸어가기 시작했다. 지쳐 보이는 군중 틈에서 서류 가방을 든 채 어딘가로 향하는 한 남자를 스쳐 지나가는 그의 모습을 보면서, 나는 몇 년 전 우연히 그와 마주쳤던 날을 떠올렸다. 우리 둘 다 이혼했음을 알게 된 날이었다. 열네 시간 동안 이어진 음주는 브레이에 있는 UFO처럼 꾸민 술집에서 끝났다. 스코처와 나는 뇌사 수준으로 취한 예쁜 여자 둘을 상대로 우리가 더블린캐슬을 사러 온 러시아 백만장자라고 믿게 만들려 했지만 계속 실패했고, 그래서 결국 어린애들처럼 술잔을 앞에 둔 채 연신 낄낄댔다. 문득 내가 지난 이십 년 동안 쭉 스코처 케네디를 좋아했고, 실제로 그를 그리워했다는 생각이 들었다.

사람들은 보통 나를 과소평가하고, 나도 그것이 싫지 않다. 그럼에도 불구하고 이멜다에겐 조금 놀랐다. 그녀는 인간 본성의 거친 면을 간과할 부류가 아닌 것 같았는데. 적어도 며칠간은 무기를 든 덩치 좋고 못생긴 친구가 그 집 앞을 어슬렁대리라 생각했지만, 목요일 아침에 보니 티어니 가족은 이미 평소 생활로 돌아간 모양이었다. 제너비브는 킷캣 초콜릿을 빨면서 느릿느릿 학교로 갔고, 이멜다는 뉴 스트리트로 나왔다가 비닐봉지 두 개를 들고 돌아왔다. 이저벨은 머리를 뒤로 묶고 멋진 흰색 셔츠를 입은 채 어딘가로 성큼성큼 걸어갔다. 무장한 경호원이 근처에 있는 것 같지는 않았다. 나를 지켜보는 사람은 아무도 없었다.

12시경, 아기를 안은 십 대 소녀 두 명이 초인종을 누르자 섀니어가 나왔다. 그들은 가게 진열장에 나와 있는 물건 구경을 하는지, 들치기를 하려는지 어슬렁거리며 돌아다니기 시작했다. 섀니어가 담배를 피우러 가서 돌아오지 않는다는 것을 확인한 뒤, 나는 현관문 자물쇠를 부수고 이멜다의 집으로 들어갔다.

그녀는 토크쇼를 크게 틀어 놓고 있었다. 사람들이 서로 울부짖고 아우성을 치는 소리가 들렸지만, 현관문 자물쇠를 부수고 그 틈으로 들여다보니 진짜 사람은 한 명밖에 없었다. 상황을 확인하는 데 십 초쯤 걸렸다. 텔레비전 소리가 문 부수는 소리를 묻어주었다.

이멜다는 소파에 앉아 크리스마스 선물을 포장하는 중이었다. 텔레비전 쇼만 아니었다면 꽤 사랑스러워 보였을 모습이었다. 선물은 대부분 가짜 버버리 제품인 듯했다. 나는 문을 닫고서 이멜다 뒤로 다가갔다. 내 그림자 때문인지 혹은 마룻널 소리 때문인지, 이멜다가 갑자기 뒤를 돌아봤다. 그러고서 비명을 지르려는 순간, 내가 한 손으로 입을 틀어막았다. 이어 다른 쪽 팔목으로 이멜다의 양쪽 손목을 가로질러 누른 뒤 무릎 위에 고정시켰다. 나는 소파 팔걸이에 편안하게 걸터앉아 이멜다의 귀에 대고 말했다.

"이멜다, 이멜다, 이멜다. 여기서 비명 지르지 않겠다고 약속해. 너한테 정말 실망했어."

이멜다가 팔꿈치로 내 배를 노렸다. 내가 더 세게 그녀를 붙잡자 이번에는 내 손을 깨물려고 했다. 나는 이멜다의 양손을 힘껏 누르며 목이 꺾일 지경까지 그녀의 머리를 뒤로 젖혔다. 이멜다가 이를 악무는 것이 손 너머로 느껴졌다. 나는 말했다.

"내가 너한테서 손을 떼면 두 가지만 생각해. 첫 번째는 지금 내가 다른 누구보다 가까이 있다는 것. 두 번째로, 여기 아래층에 밀고꾼이 산다는 걸 위층의 데코가 알면 어떻게 할 것 같아? 자칫 자기도 발각되겠구나 싶으면 그자는 너한테 화풀이를 할까, 아니면 이저벨에게 군침을 흘릴까? 어쩌면 제너비브한테 눈독을 들이려나? 말해봐, 이멜다. 난 데코의 취향을 모르니까."

이멜다의 눈은 덫에 걸린 동물처럼 분노로 번득거렸다. 만일 내 목을 물어뜯을 수만 있다면 그녀는 실제로 그렇게 했을 것이다. 내가 다시 말했다.

"그러니까, 이제 어쩔 건데? 비명 지를 거야?"

잠시 뒤 이멜다가 천천히 힘을 빼며 고개를 저었다. 난 그녀를 놓아주고 안락의자에 놓여 있던 가짜 버버리 제품들을 바닥에 던진 뒤 그 자리에 앉았다.

"이 의자 편한데?"

이멜다가 턱을 살살 문질렀다. "무식한 놈."

"지금으로선 선택의 여지가 없잖아. 안 그래? 난 너한테 문명인답게 이야기를 나눌 두 번의 기회를 줬어. 하지만 거절당했지. 네가 이 방법을 선택한 셈이야."

"조금 있으면 내 남자 친구가 올 거야. 경비 일을 하고 있지. 너도 그 사람이랑 엮이고 싶진 않을 텐데."

"웃기고 있네. 어젯밤에도 그런 사람은 여기 오지 않았잖아. 이 방에는 남자 흔적을 보여주는 물건이 하나도 없어." 난 다리를 뻗어 가짜 버버리 제품을 걷어찼다. "그런 거짓말을 왜 하는 거야? 내가 무서워서라고는 말하지 마."

이멜다는 양팔로 다리를 감싼 채 소파 구석에 웅크리고 앉아 있었지만 내 말에 성질이 난 모양이었다.

"천만에, 프랜시스 매키. 너보다 거친 놈들도 많이 상대해봤어."

"그랬겠지. 만일 이기지 못할 상대가 있었다면 도망쳐서 다른 사람한테 말했을 거야. 스코처 케네디한테 나를 밀고한 것처럼. 아니, 그 입 닥치고, 거짓말 늘어놓을 생각도 하지 마. 어쨌든 네 덕에 썩 유쾌하진 않았어. 하지만 이 모든 걸 쉽게 해결할 수 있지. 나와 로지가 도망간다는 이야길 누구한테 했는지 말해. 지금 당장. 그럼 다 용서해줄게."

이멜다가 어깨를 으쓱했다. 여전히 텔레비전에서는 개코원숭이들이 스튜디오 의자에 앉아 서로를 때리는 소리가 들렸다. 나는 만약의 경우를 대비해 이멜다에게서 눈을 떼지 않은 채, 몸을 숙여 벽에 꽂혀 있던 플러그를 뽑았다.

"무슨 소린지 모르겠네."

이멜다가 또다시 어깨를 으쓱이며 말했다.

"나는 인내심이 많은 편이야. 지금 눈앞에 뭐가 보이지? 내 마지막 인내심이지. 잘 봐두는 게 좋아. 다음보다는 지금이 훨씬 보기 좋을 테니까."

"그래?"

"내가 어떤 놈인지 들었을 텐데."

순간 이멜다의 얼굴에 공포가 번졌다.

"나에 대해 무슨 얘기들을 하는지는 나도 알아. 네 생각엔 내가 누구를 죽였을 것 같아? 로지? 케빈? 아니면 둘 다?"

"난 그런 말 한 적 없어⋯⋯."

"케빈인 것 같지? 안 그래? 케빈이 로지를 죽였다고 생각한 내가 그 애를 창문에서 밀어버린 거지. 너 그렇게 생각하고 있잖아."

눈치 빠른 이멜다는 대답하지 않았다. 내 목소리가 커졌다. 위층에 있는 데코와 약쟁이 친구들한테 들릴 수 있다는 사실도 신경 쓰이지 않았다. 지난 일주일 내내 이런 식으로 화를 낼 기회가 오기를 기다리고 있었다.

"말해봐. 넌 대체 얼마나 멍청한 거야? 얼마나 멍청하면 동생한테 그런 짓을 하는 사람과 이런 게임을 하는 거지? 난 너랑 놀아줄 기분 아니야, 이멜다. 그런데 넌 어제 오후 내내 날 가지고 놀았지. 그게 좋은 생각이었을까?"

"난 그냥⋯⋯."

"그리고 지금 또다시 같은 짓을 하고 있어. 날 더 몰아붙일 생각이잖아. 내가 폭발하는 걸 보고 싶은 거야? 그래?"

"그게 아니라⋯⋯."

나는 안락의자에서 일어나 이멜다의 머리 양옆으로 소파 등을 붙잡고 얼굴을 바짝 들이밀었다. 이멜다의 숨결에서 풍기는 치즈와 양파 칩 냄새까지 맡을 수 있을 정도였다.

"내가 설명을 좀 해줄까 하는데 말이야. 아주 쉽게 말해줄게. 그래 야 멍청한 네가 알아들을 테니까. 분명히 말하지만, 앞으로 십 분 안 에 넌 내 질문에 대답하게 될 거야. 당장이라도 케네디에게 일러바 치고 싶겠지만 너한테 선택권은 없어. 네가 정할 수 있는 건 뺨을 몇 대 맞고 대답할지, 맞지 않고 대답할 건지뿐이야."

이멜다는 최대한 고개를 숙이며 내게서 멀어지려 했지만, 내가 한 손으로 그녀의 턱을 잡은 뒤 내 쪽으로 끌어당겼다.

"이것부터 생각해보고 결정해. 닭 목을 비틀듯 네 목을 비트는 게 나한테 어려울 것 같아? 어차피 동네 사람들 모두 나를 한니발 렉터 라고 생각하는 판에 말이야. 지금 내가 잃을 게 뭐가 있겠어?"

이멜다는 털어놓을 준비가 됐을 것이다. 하지만 나는 그녀에게 말 할 기회를 주지 않았다.

"네 친구 케네디 형사가 내 열성 팬은 아닐지 몰라도, 그 친구 역 시 나 같은 경찰이야. 만일 네가 만신창이가 될 정도로 두들겨 맞거 나, 그럴 일은 없어야겠지만 혹시 죽기라도 하면, 그 친구도 자기부 터 살려고 들지 않을까? 설마 이 세상 누가 보더라도 값어치 없는 삶을 살고 있는 멍청하고 방탕한 여자를 케네디가 잘 보살펴주리라 생각한 건 아니지? 그 친구는 고민도 없이 널 버릴 거야, 이멜다. 네 가 쓰레기라도 되는 것처럼 말이지."

이멜다는 입을 벌린 채, 깜박거리지도 못할 정도로 커다랗게 눈을 뜨고 있었다. 엄마한테서 수없이 본 표정이다. 곧 자신이 맞으리라 는 걸 알았을 때의 표정. 나로선 상관없었다. 그저 손등으로 이멜다 의 입을 틀어막고 싶다는 생각 때문에 숨이 막힐 지경이었다.

"넌 누구든 물어보는 사람만 있으면 아무 말이나 지껄여대잖아. 이젠 나한테도 말해봐. 로지와 나에 대해 누구한테 얘기했어? 이멜다, 누구야? 누구한테 말해줬지? 난잡했던 네 엄마한테 얘기했어? 대체 누구한테…….'

끈적이는 독 덩어리를 내뱉는 듯한 이멜다의 목소리가 들리는 것 같았다. '네 알코올의존자 아빠, 지저분한 오입쟁이 네 아빠한테 말했어.' 난 그녀가 내 얼굴에 대고 빨간 입을 벌려 악을 쓰듯 그 말을 내뱉을 순간에 대비해 마음의 준비를 했다.

"네 형제한테 말했어!"

"빌어먹을. 거짓말하지 마. 스코처 케네디야 네 헛소리에 넘어갔는지 몰라도, 내가 그자처럼 멍청한 것 같아?"

"케빈을 말하는 게 아니야, 멍청한 자식아. 내가 케빈이랑 뭘 하겠어? 셰이야. 셰이 오빠한테 말했다고."

방 안에 침묵이 흘렀다. 폭설이라도 내린 양 완벽한 정적이었다. 마치 이 세상의 소음이 전혀 없는 곳 같았다. 한참 시간이 지난 뒤, 나는 내가 온몸이 마비된 사람처럼, 몸에 피가 흐르지 않는 사람처럼 안락의자에 앉아 있다는 것을 깨달았다. 잠시 후 위층에서 세탁기 돌아가는 소리가 들리기 시작했다. 이멜다는 소파 쿠션에 몸을 잔뜩 웅크리고 있었다. 그녀의 얼굴에 드러난 공포가 지금 내 모습이 어떤지를 말해주었다.

"형한테 무슨 말을 했는데?"

"프랜시스…… 정말 미안해. 난 몰랐어…….'

"무슨 말을 했냐니까.'

"그냥…… 너와 로지에 대해서. 너희 둘이 떠날 거라고.'

"그 얘길 언제 했어?"

"토요일 밤에 술집에서. 너희들이 떠나기 전날 밤. 그때쯤이면 괜찮을 줄 알았어. 너희 두 사람을 막기엔 너무 늦었다고 생각해서……."

무슨 일이든 일어날 수 있는 저녁 시간. 난간에 기댄 채 야생 망아지처럼 윤기 나는 머리카락을 흔들며 온몸을 들썩이던 세 여자. 확실히 무슨 일이라도 일어났을 법한 상황이다. 내가 말했다.

"한마디만 더 말도 안 되는 변명을 늘어놓으면 텔레비전을 부수어버릴 줄 알아."

이멜다는 입을 다물었다.

"우리가 언제 떠날 거라는 말도 했어?"

이멜다가 고개를 끄덕였다.

"로지의 가방을 숨겨둔 곳도 말했고?"

"그래. 어느 방에 숨겼는지는 말하지 않았지만…… 16번지라는 얘긴 했어."

지저분한 겨울 햇살이 레이스 커튼을 뚫고 이멜다를 비추었다. 기름과 담배 냄새에 찌든 무더운 방 안 소파 구석에 웅크리고 앉아 있는 이멜다는 뼈만 남은 앙상한 몸에 잿빛 피부를 뒤집어쓴 것처럼 보였다. 이 여자가 원했던 것이 자기가 버린 것만큼의 가치가 있었을 것 같지 않았다.

"이멜다, 왜 그랬어? 대체 왜 그런 거야?"

이멜다가 어깨를 으쓱였다. 그녀의 뺨을 물들인 희미한 붉은 반점을 보자 그 이유를 알 것 같았다.

"맙소사, 너도 셰이 형을 좋아했던 거야?"

이번에도 그녀는 어깨를 으쓱였다. 더 크고 분명하게. 비명을 지르며 장난을 치던 여자들. "맨디가 그러는데, 네 형제가 영화 보러 가자는 거 좋아하는지 궁금하대……."

"형한테 마음이 있는 건 맨디뿐인 줄 알았는데."

"그 애도 그랬지. 다들 그랬어. 로지는 아니었지만, 많은 여자애들이 좋아했지. 셰이는 고르기만 하면 됐어."

"그러니까 넌 형의 관심을 끌기 위해 로지를 팔았다는 거네. 나한테 로지를 사랑했다고 했을 때 마음에 걸리는 것도 없었어?"

"그렇게 말하는 건 너무 부당해. 난 그런 뜻으로 한 일이……."

나는 텔레비전을 향해 재떨이를 던졌다. 묵직한 재떨이를, 온 힘을 다해 던졌다. 엄청난 소리와 함께 화면이 박살 났다. 담뱃재와 꽁초, 유리 조각이 사방에 흩어졌다. 이멜다는 숨이 막히는 소리와 비명의 중간쯤 되는 소리를 내지르며 한쪽 팔로 얼굴을 가린 채 몸을 돌렸다. 허공에 흩날린 담뱃재가 어지럽게 흩날리다가 양탄자와 커피 테이블, 이멜다의 운동복 바지 위에 내려앉았다.

"내가 경고했지?"

내 말에 이멜다는 분노에 타오르는 눈으로 고개를 저었다. 그녀는 손을 들어 입을 틀어막았다. 비명을 질러서는 안 된다고 훈련이라도 받은 것처럼.

나는 반짝거리는 유리 파편들을 털어낸 뒤 커피 테이블에 놓인 초록색 리본 뭉치 밑에서 이멜다의 담배를 빼냈다.

"형에게 뭐라고 했는지 기억나는 대로 전부 말해. 뭐든 빼먹을 생각 하지 말고. 만일 기억이 제대로 나지 않으면 그렇다고 말해. 이야 길 만들어낼 생각 하지 말란 말이야. 알아들었어?"

이멜다가 손으로 입을 틀어막은 채 열심히 고개를 끄덕였다. 나는 담배에 불을 붙인 뒤 의자에 기대앉았다.

"좋아, 이제 말해봐."

내가 직접 이야기할 수도 있었을 것이다. 이멜다가 상호를 기억하지 못하는 그 술집은 웩스퍼드 스트리트에서 조금 떨어진 곳에 있었다.

"맨디하고 난 춤을 추러 가고 싶었어. 하지만 로지는 집에 일찍 들어가야 한다고 했지. 아빠와 싸우던 시기이기도 했고, 춤추러 가는 데 돈을 쓰기 싫어했거든. 그래서 우린 먼저 맥주부터 마시기로 했어……."

바에 가서 주위를 둘러보니 셰이 형이 있었고, 이멜다는 형과 이야기를 나누고 싶었다. 이멜다의 당시 모습이 눈에 보이는 것 같았다. 머리를 찰랑거리면서 엉덩이를 내밀고 저속한 말을 던지는 모습. 반사적으로 돌아보긴 했겠지만, 형은 원래 더 예쁘고 부드럽고 말이 없는 여자들을 좋아했다. 아마 술잔이 나오자마자 자기 친구들이 있는 쪽으로 돌아섰겠지.

이멜다는 어떻게든 셰이 형의 관심을 끌고 싶었다.

"오빠 대체 뭐가 문제야? 프랜시스 말이 맞나 보네. 남자들한테만 관심 있다며?"

그 말에 셰이 형이 돌아보고는 대꾸했다.

"그 멍청한 놈이야말로 마지막으로 여자 사귄 게 언젠데?"

그런 뒤 자리를 떠나려 했다.

"오빠 아무것도 모르는구나."

그 말에 형은 걸음을 멈췄다. "뭐라고?"

"친구들이 기다리잖아. 어서 가봐."

"금세 돌아올게. 잠깐만 기다려."

"봐서. 그냥 갈 수도 있고."

당연히 이멜다는 셰이 형을 기다렸다. 서둘러 술잔을 비우는 이멜다를 보며 로지는 놀려댔고, 맨디는 짐짓 화난 듯 굴었다("내 남자를 빼앗다니"). 하지만 이멜다는 친구들에게 가운뎃손가락을 날린 뒤 황급히 바로 돌아갔다. 셰이 형이 다시 왔을 때, 그녀는 단추 하나를 풀고 라거 한 잔을 홀짝거리며 바에 기대서 있었다. 이멜다의 심장 박동이 빨라졌다. 지금까지는 형이 그녀를 두 번 봐준 적이 없었기 때문이다.

셰이 형은 고개를 바짝 숙여 자신을 실망시키지 말라는 듯 푸른 색 눈으로 이멜다를 강렬하게 바라보았다. 바 의자에 걸터앉자, 그의 한쪽 무릎이 그녀의 무릎 사이에 슬며시 닿았다. 셰이 형은 이멜다에게 술을 사주었다. 술잔을 건넬 땐 그의 손가락이 그녀의 손가락 관절을 스쳤다. 이멜다는 가능한 한 오랫동안 셰이 형과 같이 있기 위해 에둘러 이야기를 시작했다. 하지만 결국은 그 자리에서 자기가 아는 모든 것을 털어놓았다. 가방, 만나기로 한 장소, 페리, 런던의 셋방, 음악 관련 직업, 조촐한 결혼식까지. 로지와 내가 몇 달간 하나씩 계획을 세우며 소중하게 지켜온 비밀들이었다. 이멜다는 이제 마음이 불편했고, 저쪽에서 맨디와 같이 웃고 있는 로지의 모습을 쳐다볼 수가 없었다. 스물두 해가 지난 지금도 그 이야기를 하면서 이멜다는 뺨을 붉혔다.

사실 한심하고 아무것도 아닌 이야기였다. 십 대 소녀들이 매일같이 겪는 그렇고 그런 얘기. 하지만 바로 그 일이 이번 주에 있었던 모든 사건들로, 지금 이 방으로 우리를 이끈 것이다.

"말해봐. 그래서 그 뒤에 형이 널 안아주기라도 했어?"

이멜다는 나를 쳐다보지 않았다. 하지만 얼굴은 더욱 벌겋게 달아올라 있었다.

"뭐, 잘됐네. 나도 네가 아무것도 아닌 이유로 우리를 배신해서 이런 곤경에 처했다고 생각하는 건 싫으니까. 결과적으로 두 사람이 죽었고, 많은 사람들의 인생이 엉망이 됐지만, 적어도 너라도 원하는 일을 이뤘어야지."

이멜다가 가느다란 목소리로 말했다.

"그게 무슨 소리야……? 내가 셰이한테 얘기해서 로지가 죽었다는 거야?"

"천재 나셨네."

"프랜시스, 그럼…… 셰이가……?"

이멜다는 겁에 질린 말처럼 온몸을 떨었다.

"내가 그렇게 말했어?"

이멜다가 고개를 저었다.

"내 말 잘 들어, 이멜다. 만일 네가 이런 얘길 퍼뜨리고 다닌다면, 한 사람한테라도 말을 옮긴다면, 평생을 후회하며 살게 될 거야. 넌 이미 내 형제의 이름에 먹칠을 했어. 네가 다른 형제의 이름까지 더럽히게 두진 않을 거야."

"아무한테도 말 안 해. 맹세해, 프랜시스."

"네 딸들한테도 마찬가지야. 떠들고 다니는 것도 집안 내력일 수 있으니까." 이멜다가 움찔했다. "셰이 형한테도 말하지 마. 난 여기 안 왔던 거야. 알아들었어?"

"알았어, 프랜시스……. 미안해. 정말 미안해. 지금껏 한 번도 그런 생각을 못 했어……."

"네가 한 짓을 봐, 이멜다. 네가 무슨 짓을 했는지 보란 말이야."

그게 내 입에서 나온 유일한 말이었다. 이윽고 난 담뱃재와 깨진 유리 조각들을 쳐다보면서 그곳을 떠났다.

19

그날 밤은 아주 더디게 흘러갔다. 감식반에서 일하는 귀여운 동료에게 전화를 걸 뻔했지만, 내 옛 여자 친구의 죽음에 대해 많은 것을 알고 있는 사람과 기분 좋게 사랑을 나눈다고 생각하니 금세 마음이 식었다. 술집에나 가볼까도 했지만, 코가 삐뚤어지게 마실 작정이 아니라면 쓸데없는 짓이 될 터였다. 심지어 올리비아한테 전화해서 찾아가도 되는지 물어보면 어떨까 하는 생각까지 해봤다. 하지만 이번 주엔 충분할 정도로 운을 시험한 참이었다. 결국 오코넬 스트리트에 있는 네드 켈리의 가게에 가기로 했다. 그곳 뒷방에서 영어는 서툴러도 남자들에게 필요한 만국 공통의 신호만큼은 잘 아는 러시아인 세 명과 함께 연달아 게임을 했다. 네드가 가게 문을 닫자 집으로 돌아온 나는 발코니에 앉아 줄담배를 피웠다. 곧 엉덩이가 차가워져 안으로 들어온 뒤에는 아침 식사를 할 수 있을 정도로 날이

밝을 때까지 망상에 사로잡힌 백인 소년들이 서로에게 래퍼의 손짓을 보내는 리얼리티 쇼를 보았다. 몇 분에 한 번씩 로지나 케빈, 셰이 형의 얼굴이 떠오르지 않도록 머릿속 스위치를 세게 눌러야 했다.

내 눈앞에 떠오르는 건 어른이 된 케빈의 모습이 아니었다. 겨울이면 온기를 얻기 위해 내 정강이 사이에 밀어 넣던 동생의 발이 여전히 느껴질 만큼 오랫동안 같이 침대를 썼던, 다정한 얼굴을 한 아이의 모습이었다. 케빈은 반경 일 킬로미터 안에서 가장 예쁜 아이였다. 시리얼 광고에 나오는 통통한 금발 천사 같았다. 카멀 누나와 친구들은 케빈이 인형이라도 되는 양 돌아가면서 안아보고 옷을 갈아입히고 입에 사탕을 물려주면서 언젠가 엄마가 될 연습을 했다. 누나들의 장난감 유모차에 누워 있던 케빈은 만면에 미소를 지으며 관심을 끌었다. 심지어 그렇게 어릴 때부터 여자들의 사랑을 받던 아이였다. 누구라도 케빈의 여자 친구들에게 더이상 그를 볼 수 없는 이유를 상냥하게 설명해주었으면 싶었다.

그리고 로지는, 내 마음속에 첫사랑과 큰 계획들을 심어주던 반짝이는 모습이 아니었다. 내 눈앞에 떠오른 건 화가 난 로지였다. 우리가 열일곱 살 되던 해 가을 저녁 무렵, 나는 카멀 누나와 셰이 형과 함께 계단에 나와 담배를 피우고 있었다. 당시만 해도 카멀 누나는 담배를 피웠고, 자기가 학교에 가 있는 동안 나한테 담배를 마음껏 피우라고 하기도 했다. 내게 돈도 일자리도 없었기 때문이다. 공기에서 담배와 안개와 기네스 공장의 냄새가 났다. 셰이 형은 〈몬토로 데려다주오〉를 휘파람으로 불고 있었다. 그때 갑자기 고함 소리가 들렸다.

화가 잔뜩 난 데일리 아저씨의 목소리였다. 세세한 내용은 잊어버렸지만, 요점은 누구라도 이 집 지붕 밑에 함부로 들어올 수 없으며, 여차하면 당장이라도 그놈을 잡아오겠다는 얘기였다. 내 마음이 단단하게 얼어붙기 시작했다.

셰이 형이 말했다.

"아저씨가 젊은 남자랑 있는 아주머니를 잡았다는 데 일 파운드 건다."

카멀 누나가 혀를 찼다. "그런 얘기 좀 하지 마."

나는 아무렇지 않은 목소리로 대꾸했다. "좋아."

로지와 내가 사귄 지 일 년쯤 되어가는 참이었다. 친구들 몇몇은 알고 있었지만, 소문이 많이 퍼지지 않게 신경을 썼다. 그냥 웃고 장난치면서, 심각하지 않은 척했다. 시간이 흐를수록 나 자신이 모자란 놈처럼 느껴졌지만, 로지는 우리가 사귀는 것을 아버지가 알면 좋아하지 않을 거라고 했다. 그 사실이 그녀에겐 엄청나게 중요한 것 같았다. 난 속으로 오늘 저녁 모든 걸 털어놓고 한 대 얻어 맞을 준비를 하며 일 년을 보냈다.

"그런데 형은 일 파운드도 없잖아."

"내가 이길 거니까."

집집마다 창문이 열리기 시작했다. 데일리네 집은 이 동네에서 싸움이 제일 없는 집이었다. 그러니 그야말로 추문이었다. 그때 로지가 소리쳤다.

"아무것도 모르면서!"

나는 마지막으로 담배를 한 모금 빨아들였다. 이미 필터까지 타들어간 상태였다.

"일 파운드 줘야지."

"내가 주고 싶을 때 줄 거야."

로지가 3번지에서 뛰쳐나와 문을 쾅 닫았다. 참견하기 좋아하는 사람들은 그 놀라운 사건을 놓고 은밀히 즐기기 위해 각자의 집으로 물러났다. 흐린 가을 하늘을 배경으로, 로지의 머리는 당장이라도 바람을 타고 온 플레이스의 하늘을 불태울 것처럼 보였다.

셰이 형이 말했다. "안녕, 로지. 언제나처럼 매력적인데."

"오빠 언제나처럼 별 볼 일 없네. 프랜시스, 이야기 좀 할까?"

셰이 형이 휘파람을 불고 카멀 누나는 입을 떡 벌렸다. 난 자리에서 일어났다. "그래. 그럼 좀 걸을까?" 우리가 스미스 로드의 모퉁이를 돌았을 때 뒤에서 들린 마지막 소리는 셰이 형의 비열한 웃음소리였다.

로지는 청 재킷 주머니에 손을 깊이 찔러 넣은 채 내가 따라잡기 힘들 정도로 빨리 걸었다. 그러다가 단어를 물어뜯듯이 말했다.

"아빠가 알아버렸어."

예상했던 소식이었음에도 배를 걷어차인 듯한 기분이 들었다.

"제길, 그런 것 같더라니. 어쩌다?"

"니리 술집에 갔을 때. 거기도 안전하지 않다는 걸 알았어야 했는데. 사촌인 셜리가 친구들이랑 술 마시러 갔던 모양이야. 셜리는 어마어마한 떠버리거든. 그 작은 암소가 우릴 보고 자기 엄마한테 얘기했나 봐. 숙모는 우리 엄마한테 얘기하고, 엄마는 아빠한테 말하고."

"엄청 화내셨겠네."

로지가 폭발했다.

"그 망할 계집애. 다음에 만나면 가만 안 둘 거야. 아빠는 내 말을 한마디도 안 들어. 마치 벽에다 대고 얘기하는 것 같다니까……."

"로지, 진정해……."

"나보고 뭐라는지 알아? 임신하고 얻어맞아 상처투성이가 된 채 울면서 자기한테 찾아오지 말래. 젠장, 프랭크. 난 아빠를 죽일 수도 있을 것 같아. 하느님께 맹세코……."

"그럼 지금 어떻게 나온 거야? 데일리 아저씨는 알고 계셔……?"

"그래, 아빠도 알아. 나한테 너랑 헤어지고 오라고 했어."

나도 모르게 보도 한복판에서 발길이 멈추었다. 내가 따라가지 않자 로지가 뒤돌아보았다.

"난 너랑 안 헤어져! 아빠가 그랬다고 내가 정말 너랑 헤어지겠어? 제정신이야?"

"맙소사." 내려앉았던 심장이 천천히 제자리를 찾아갔다. "심장마비라도 일으킬 작정이야? 난 네가…… 맙소사."

"프랭크." 로지가 다가와 내 손을 아플 정도로 꽉 붙잡았다. "난 너랑 안 헤어져. 알았어? 그저 어떻게 해야 할지 모르겠다는 거지."

그 질문에 맞는 마법의 대답을 할 수만 있다면 신장이라도 팔았을 것이다. 머릿속에 떠오르는 거라곤 용감하게 용의 머리를 베러 나서자는 생각뿐이었다.

"내가 네 아버지 찾아뵙고 말씀드려볼게. 남자 대 남자로 말이지. 널 힘들게 하는 일은 없을 거라고 할 거야."

"내가 이미 말했어. 백 번도 넘게 했다고. 아빠는 네가 말도 안 되는 소리로 나를 홀렸다고 믿고 있어. 내 속옷을 벗기기 위해서 말이야. 물론 난 그런 게 아니라고 했지. 내 말도 듣지 않는 아빠가 네 말을 들을 것 같아?"

"그러니까 보여드려야지. 일단 내가 너를 존중하고 있다는 걸 확인하시면……."

"우린 시간이 없어! 오늘 밤 너와 헤어지지 않으면 날 집에서 쫓아낸다고 했다니까. 아빤 그러고도 남을 사람이야. 엄마 마음이 찢어지든 말든 신경도 안 쓰겠지. 심지어 엄마한테 다시는 날 볼 생각 말라고 할걸. 엄마는 이런 말밖에 못 할 거고. 하느님, 우리 딸을 보살펴주세요."

우리 가족과 십칠 년을 살아온 내게 있어 모든 일에 대한 기본적인 해결책은 그저 입을 꾹 다무는 것이었다.

"그럼 아버지한테 말씀드려. 날 차버렸다고. 그리고 우린 남들 모르게 계속 만나면 되잖아."

로지가 그 자리에 멈춰 섰다. 그녀의 마음이 빠르게 움직이고 있다는 걸 알 수 있었다. 잠시 뒤 로지가 입을 열었다.

"언제까지?"

"좀더 나은 계획이 생기거나, 언제가 될진 모르지만 네 아버지 화가 풀릴 때까지. 충분히 오래 버티기만 하면 어떻게든 변화가 생길 거야."

"그럴 수도 있겠지." 로지는 고개를 숙여 우리가 맞잡은 손을 쳐다보며 여전히 생각에 잠겨 있었다. "우리가 해낼 수 있을까? 동네 사람들 전부……."

"쉽진 않을 거야. 우리가 헤어졌다고 모두에게 말해야 해. 그래야 그럴싸해 보일 테니까. 이젠 함께 거리를 돌아다닐 수도 없겠지. 그때마다 네 아버지한테 걸려서 집에서 쫓겨나는 건 아닌지 걱정해야 할걸."

"난 상관없어. 넌 어떻게 할 거야? 넌 굳이 그럴 필요가 없잖아. 네 아버지가 널 수녀로 만들겠다고 난리를 치지는 않으시니까. 그렇게까지 할 가치가 있겠어?"

"어떻게 할 거냐니? 난 널 사랑해."

나는 깜짝 놀랐다. 이제껏 한 번도 이 말을 한 적이 없었다. 또한 두 번 다시 말하는 일도 없을 것이다. 사실이야 어떻든, 그땐 이런 말을 할 기회란 평생 한 번뿐이라고 생각했으니까. 나는 안개 긴 가을날 저녁, 노란 가로등 불빛을 반사하는 젖은 보도 위에서 로지와 손가락을 마주 잡은 채 그 고백을 꺼내놓았다.

로지의 입이 벌어졌다.

"오."

뭔가 근사하면서도, 어쩔 수 없다는 듯한, 숨 가쁜 웃음이었다.

"자, 이제 어쩔래?"

내 말에 로지가 반쯤 웃으며 대답했다.

"그럼 이제 다 괜찮은 거네. 그렇지?"

"그런가?"

"그럼. 나도 사랑해. 우리 같이 방법을 찾아보자. 응?"

나는 아무 말도 할 수 없었다. 로지가 나를 꼭 끌어안자 아무 생각도 나지 않았다. 개를 산책시키던 노인이 우리를 피해 가며 말세라느니 어쩌니 하며 투덜거렸다. 하지만 나로선 움직이고 싶다 해도 움직일 수 없는 상황이었다. 로지가 내 턱에 얼굴을 푹 파묻고 있었다. 깜박거리는 속눈썹까지 피부에 느껴졌다. "그래." 나도 그녀의 따뜻한 머리카락에 얼굴을 파묻으며 대답했다. 그리고 정말 그렇게 되리라고 확신했다. 왜냐하면 우린 다른 모든 것을 이기는 와일드

조커를 비장의 카드로 가지고 있으니까. "방법이 있을 거야."

집으로 돌아가기 전에, 우린 지칠 때까지 걸으면서 이야기를 나누었다. 우리의 역사이기도 한 플레이스를 설득시키는 조심스러우면서 중요한 과정을 시작하기 위해서였다. 그리고 그날 밤, 당분간 아무도 모르게 기다려보자고 계획했음에도 불구하고, 우린 16번지에서 만났다. 그때가 얼마나 위험한 시기인지는 안중에도 없었다. 우린 삐걱거리는 바닥에 나란히 눕고, 로지가 늘 가지고 다니는 부드러운 푸른색 담요를 덮었다. 그날 밤 그녀는 "그만"이라고 하지 않았다.

로지가 죽었을 수도 있다는 생각을 전혀 하지 못했던 이유 중에는 그날 밤도 있었다. 로지가 불같이 화를 내면 피부에 닿는 것만으로도 성냥불이 붙고, 크리스마스트리 전구에도 불이 들어올 것 같았다. 우주에서도 그녀를 볼 수 있을 터였다. 그 모든 것이 아무것도 남기지 않고 영원히 사라진다는 건 생각도 할 수 없었다.

대니 매치스에게 정중히 부탁하기만 하면 그가 자전거 가게에 불을 지르고 셰이 형을 지목할 모든 증거들을 준비해줄 것이다. 아니, 대니 정도는 슈크림처럼 보이게 만드는 남자들도 나는 몇 명 알고 있었다. 내가 요구하는 고통의 수준이 어느 정도이든, 그들은 완벽하게 수행해줄 것이다. 셰이 형의 구성 요소들을 다시는 보지 못할 것이 확실했다.

문제는 내가 대니 매치스도 무장 조직도 원하지 않는다는 사실이었다. 스코처는 아예 생각도 나지 않았다. 만일 그에게 악역으로 케빈이 필요하다면 그렇게 생각하라지. 이제는 그 누구도 케빈을 아프게 할 수 없다는 올리비아의 말이 맞으니까. 정의 같은 건 내 크리스마스 소원 목록에 없었다. 내가 원하는 건 오직 셰이 형이었다. 리피 강을 쳐다볼 때마다, 혼잡한 불빛 속 어딘가 창가에 서서 강을 내려다보면서 담배를 물고 내가 찾아오기만을 기다리고 있을 셰이 형의 모습이 보이는 것 같았다. 지금껏 어떤 여자라도, 심지어 로지라 해도, 내가 지금 셰이 형을 원하는 만큼 원해본 적이 없었다.

금요일 오후, 나는 스티븐에게 문자를 보냈다. "같은 시각, 같은 장소." 비가 내렸다. 진눈깨비 같은 빗방울이 옷을 적시고 뼛속까지 냉기가 느껴지는 날씨였다. 코스모 식당은 비에 흠뻑 젖은 채 지쳐 보이는 사람들로 가득했다. 다들 가지고 있는 쇼핑백 개수를 세면서, 몸이 따뜻해질 때까지 오래 앉아 있을 수 있기만을 바라고 있었다. 나는 커피만 주문했다. 이번에는 시간이 오래 걸리지 않으리라는 걸 알고 있었다.

스티븐은 지금 이게 다 뭐 하는 짓인지 모르겠다는 표정이었지만, 그런 말을 입 밖에 내기에는 너무 예의가 발랐다. 대신 그는 말했다.

"케빈의 통화 내역은 아직 들어오지 않았습니다."

"그건 없을 줄 알았어. 수사가 언제쯤 종료될지 알고 있나?"

"아마 화요일쯤 될 것 같습니다. 케네디 형사님 말로는…… 잘됐다고 하셨어요. 사건에 필요한 증거들을 충분히 확보했다고요. 지금부턴 그저 서류 정리만 하면 된다고 하셨습니다."

"이멜다 티어니에 대해 들은 모양이군."

"네."

"케네디 형사는 그 여자의 이야기를 딱 맞아떨어지는 마지막 퍼즐 조각이라고 생각하지. 이제 모든 걸 예쁘게 포장하고 리본에 묶어

소추 담당자에게 선물할 수 있게 된 셈이라고. 안 그런가?"

"그런 것 같습니다."

"자네 생각은?"

스티븐이 머리를 문지르자 머리카락들이 부스스하게 일어났다.

"제 생각엔…… 케네디 형사님이 말씀하신 내용으로 보아 이멜다 티어니가 매키 형사님한테 화가 많이 난 것 같았습니다. 제가 잘못 알고 있는 거라면 그렇다고 말씀해주십시오."

"지금 상황에서 그 여자가 나를 썩 좋아하지 않긴 하지."

"형사님은 그 여자를 알고 있었죠. 아주 오래전부터 말입니다. 이멜다 티어니는 화가 난다고 이런 일까지 꾸밀 수 있는 사람입니까?"

"당장 그러고도 남을 사람이고말고. 나더러 편파적이라고 해도 좋아."

스티븐이 고개를 저었다.

"전에 말씀드렸던 지문에 관한 의문점들이 여전히 남아 있습니다. 편지의 지문이 지워진 이유가 설명되지 않는 한, 그쪽이 그 여자의 이야기보다 더 중요하죠. 사람은 거짓말을 해도 증거는 거짓말을 하지 않으니까요."

스티븐은 스코처보다 열 배는 나았다. 아마 나보다도 나을 것이다.

"자네 생각하는 방식이 마음에 드는군, 스티븐. 안타깝게도 스코처 케네디가 자네처럼 생각하는 일은 절대 없겠지만 말이야."

"우리가 대체 이론을 내놓지 않는 한 무시할 수 없는 탄탄한 논리를 세워놓았으니까요."

스티븐은 처음 사귄 여자 친구와 이야기하는 십 대처럼 '우리'라고 말하면서 살짝 쑥스러워했다. 그에겐 나와 같이 일하는 것이 엄청난 사건이리라.

"그래서 사건 자체에 좀더 집중해봤습니다. 머릿속으로 계속 되짚어보면서 우리가 놓친 건 없는지 찾았죠. 그러다 지난밤 뭔가가 떠올랐습니다."

"그래? 그게 뭔가?"

스티븐은 잠시 숨을 골랐다. 내게 깊은 인상을 주기 위해 미리 연습한 동작인지도 모른다.

"지금까지 우린 로지 데일리의 시신이 숨겨져 있었다는 사실에 아무 주의도 기울이지 않았습니다. 그렇죠? 처음부터 시신이 숨겨져 있다는 사실보다는 시신이 숨겨진 장소에 무슨 의미가 있는 건 아닌지 생각했지요. 전 바로 그 지점에서 뭔가를 떠올린 겁니다. 사람들은 모두 이 사건이 계획되지 않은 범죄처럼 보인다는 점에 동의했어요. 하지만, 정말 범인이 충동적으로 범죄를 저질렀을까요?"

"정황상 그렇긴 하지."

"그랬다면 범인은 자기가 무슨 짓을 저질렀는지 깨달은 순간 정신이 나가다시피 했을 겁니다. 저라면 최대한 빨리 그 집에서 도망쳤을 거예요. 하지만 범인은 엄청난 정신력으로 그 자리를 지키며 시신을 은닉할 장소를 찾았고, 무거운 시신을 묵직한 콘크리트 판 아래로 옮겼죠……. 시간과 노력이 많이 드는 일이었을 겁니다. 범인은 시신을 숨겨야 할 필요가 있던 거예요. 간절하게 말이죠. 이유가 뭘까요? 아침에 누군가 로지의 시신을 발견하면 안 되는 이유가 대체 뭐였을까요?"

이제 스티븐은 범죄 심리 분석관처럼 보일 지경이었다.

"계속해보게."

스티븐은 테이블 앞으로 몸을 내밀더니 내 눈을 쳐다보면서 이야기를 마무리했다.

"왜냐하면 범인은 누군가가 자신과 로지, 혹은 그 집과의 연관성을 알아낼 수 있다는 것을 깨달았기 때문입니다. 그래서 숨겨야만 했던 거죠. 만일 다음 날 시신이 발견된다면 누군가가 말했을 겁니다. '잠깐만, 나 어젯밤에 16번지에서 아무개를 봤어'라든가, '아무개가 로지 데일리와 만나기로 한 것 같던데' 이런 식으로요. 그러니 범인은 로지의 시신이 발견되게 내버려둘 수가 없었을 겁니다."

"그럴듯하게 들리는군."

"그러니까 우리가 그 연관성을 찾아내야 합니다. 이멜다의 이야기는 무시한다 치더라도, 그런 식으로 또 다른 이야기를 알고 있는 누군가가 있겠죠. 다만 그쪽은 진실일 겁니다. 어쩌면 잊어버렸을 수도 있을 거예요. 그게 중요한 일이라는 걸 깨닫지 못했을 테니까요. 하지만 우리가 기억을 조금만 건드려준다면……. 전 먼저 로지와 친하게 지냈던 사람들, 그러니까 동생과 친구들, 그리고 페이스풀 플레이스의 짝수 번지에 살았던 사람들과 이야기를 해보겠습니다. 형사님은 누군가 그쪽 정원을 지나가는 듯한 소리를 들었다고 하셨죠. 그때 뒤쪽 창문으로는 범인이 보였을 겁니다."

그런 식으로 며칠만 더 조사하다 보면 스티븐은 어딘가에서 단서를 얻을 것이다. 그는 희망에 찬 얼굴이었다. 나는 이 불쌍한 녀석에게 한 방 날려야 한다는 사실이 싫었다. 자기가 가장 아끼는 장난감을 물고 온 어린 레트리버를 걷어차는 느낌이리라. 하지만 해야만 하는 일이었다.

"좋은 생각이야. 모든 것들을 잘 꿰어 맞췄군. 이제 그만하게."

스티븐이 멍하니 나를 바라보았다.

"그게 무슨……? 무슨 뜻으로 하시는 말씀입니까?"

"스티븐, 내가 오늘 아침에 왜 자네에게 문자를 보냈을까? 난 자네가 케빈의 통화 기록을 가져오지 못하리라는 걸 알고 있었어. 이 멜다 티어니에 대해서도 알고 있었고. 중대한 일이 있었다면 자네가 먼저 연락했을 테지. 그런데 무슨 이유로 내가 자넬 만나자고 했을 것 같은가?"

"그저 새로운 정보를 알려주시려나 보다…… 생각했는데요."

"자네 입장에선 그렇게 볼 수도 있겠군. 그럼 새로운 정보를 알려주지. 이제 우린 이 사건에서 손을 뗄 거야. 난 휴가를 떠날 거고, 자넨 타자수 업무로 돌아가는 거지. 잘 지내게."

스티븐이 커피잔을 탁 내려놓았다. "무슨 일입니까? 어째서죠?"

"자네 어머닌 '내가 그러라고 하니까'라고 말씀하신 적이 없나?"

"형사님은 제 어머니가 아닙니다. 도대체……." 그러다 그는 생각이 떠올랐는지 말을 멈췄다. "뭔가 알아내신 거군요. 아닙니까? 지난번에도 뭔가가 떠올라 갑자기 여기서 나가신 거고요. 지난 이틀 동안 그걸 조사하셨을 테고, 이제……."

나는 고개를 저었다.

"그것도 귀여운 논리군. 하지만 아니야. 난 눈부신 영감으로 이번 사건을 해결하고 싶었는데, 자네가 그걸 망치는 게 싫어. 그런 영감은 자네가 생각하는 만큼 자주 오지 않거든."

"이제 형사님은 답을 아셨고, 혼자만 알고 계실 작정인 모양이군요. '잘 가게, 스티븐. 그동안 애써줘서 고마웠어. 이제 본래 자리로

돌아가지'. 보아하니 제가 그걸 알아낼까 봐 걱정하시는 것 같은데
요. 아닌가요?"

나는 한숨을 내쉬고 의자에 기대앉으며 목 뒤를 주물렀다.

"이봐, 자네가 속한 직종에서 자네보다 훨씬 오래 일했던 사람으
로서 작은 충고 하나 해주지. 가장 단순한 설명이 정답이야. 거의 예
외가 없는 진리지. 은폐도 없고, 음모도 없어. 정부가 자네 귀 뒤에
칩을 심어놓지도 않았고. 지난 며칠간 내가 알아낸 유일한 사실은,
이제 자네와 내가 이번 사건에서 손을 뗄 때가 됐다는 거야."

스티븐은 머리가 하나 더 달린 사람이라도 보듯이 나를 쳐다보았
다.

"잠깐만요. 피해자들에 대한 책임은 어디로 간 겁니까? '자네와
내가 해야 해. 우리밖에 없어'라고 하신 건 다 뭐였죠?"

"그런 건 중요하지 않아. 일이 그렇게 됐으니까. 스코처 케네디가
옳았어. 그 친구가 사건을 아름답게 해결했지. 내가 소추 담당자라
면 케네디한테 당장 그대로 일을 진행시키라고 할 거야. 하늘에서
가브리엘 대천사라도 내려와 스코처가 틀렸다고 하지 않는 한, 그
친구한테 그 이론을 버리고 다시 시작하라고 할 방법이 없어. 설령
케빈의 통화 기록에서 뭔가 사소하지만 흥미로운 사실이 나온다거
나, 이멜다의 이야기에서 나쁜 낌새가 느껴진다 해도 신경 쓰지 않
을 거야. 지금부터 화요일 사이에 무슨 일이 일어나도 바뀔 건 없어.
이 사건은 끝난 걸세."

"그렇게 돼도 괜찮으신 겁니까?"

"아니, 난 괜찮지 않아. 조금도 괜찮지 않지. 하지만 난 어른이야.
뭐든 바뀔 가능성이 있다면야 총알 앞에 몸을 던질 수도 있어. 그렇

지만 가망이 없으면 아무리 낭만적인 짓이라 해도 다 낭비지. 자네
가 내게 쓸데없는 정보를 흘렸다는 이유로 순경으로 돌아가 산간벽
지에서 서류 작업만 하게 되는 경우가 낭비이듯 말이지."

스티븐은 빨간 머리답게 성질이 있었다. 테이블 위에 주먹을 올려
놓은 모습이 금방이라도 내 얼굴을 한 대 갈기기라도 할 듯 보였다.

"그건 제가 결정할 일입니다. 저도 어른이에요. 제 일은 제가 알아
서 합니다."

나는 웃었다.

"착각하지 말게. 난 자네를 보호해줄 마음이 없으니까. 화요일 일
은 신경 쓰지 마. 자네 경력이 내년에도 계속 이어지길 바라네. 일
초만 생각해봐도 도움이 될 거야. 그렇게 하지 않을 것 같긴 하지
만."

"형사님이 이번 일에 절 끌어들이고 싶어 하셨잖아요. 실제로 끌
어들이셨고요. 전 이미 사건에 발을 들였고, 발을 빼지 않을 겁니다.
형사님도 그런 마음을 며칠 만에 접을 수는 없을 거 아닙니까. 스티븐,
막대기 가져와. 스티븐, 막대기 던져. 스티븐 막대기 가져와⋯⋯.
케네디 형사님의 개가 아닌 것처럼 전 형사님의 개도 아닙니다."

"아니, 사실이 그래. 난 자넬 계속 지켜볼 거야, 스티븐. 자네가 계
속 엉뚱한 곳에 코를 들이밀고 있다면 내가 부검 보고서와 지문 감
식 보고서를 어디서 얻었는지 케네디 형사에게 전부 다 말할 생각이
야. 그럼 자넨 케네디 형사에게 미움받을 거고, 나한테도 미움받겠
지. 그러다 정신 차려보면 자네 자린 어디에도 없을 가능성이 커. 그
러니 다시 한번 말하지. 물러서. 알아들었나?"

스티븐은 망연자실한데다 자기 표정을 숨기기엔 아직 어렸다. 그

는 놀라움과 분노와 혐오가 고스란히 담긴 눈빛으로 나를 노려보았다. 나를 증오하고 있었다. 어차피 앞으로 그는 온갖 종류의 꼴불견들을 다 보게 될 것이다. 내가 일종의 예행연습을 시켜준 셈이었지만, 그래도 마음이 아프긴 했다. 스티븐이 고개를 저으며 말했다.

"아뇨, 모르겠습니다. 정말 모르겠어요."

"그건 사실이 아니지." 나는 지갑을 찾기 시작했다.

"제 커피 사주실 필요 없습니다. 제 건 제가 내요."

스티븐의 자존심을 지나치게 건드리면 그가 자신의 남자다움을 입증하기 위해 계속 쫓아올 수도 있었다. "좋을 대로 하게."

스티븐은 고개를 숙인 채 주머니에서 동전을 찾고 있었다.

"스티븐, 날 좀 봐줬으면 하는데." 나는 그가 마지못해 고개를 들고 날 쳐다볼 때까지 기다렸다. "자넨 일을 아주 잘해냈어. 이 상황이 우리가 원했던 끝이 아니라는 건 알지만, 결코 잊지 않을 거라는 말을 해주고 싶군. 언젠가 내가 자네를 위해 뭔가 해야 하는 날이 온다면, 끝까지 해줄 생각이야."

"말씀드렸다시피 제 일은 제가 알아서 합니다."

"그렇겠지. 하지만 나도 자네에게 진 빚을 갚아야 하니까. 자네와 함께 일하는 동안 즐거웠어. 앞으로 다시 만날 날을 기대하겠네."

악수는 청하지 않았다. 스티븐은 아무 말 없이 어두운 표정으로 날 쳐다보면서 테이블 위에 십 유로를 내려놨다. 시보의 급료를 감안하면 범상치 않은 행동이었다. 그런 뒤 그는 코트 속의 어깨를 으쓱이고 나갔다. 나는 자리에 남아 스티븐이 자리를 떠나는 모습을 지켜보았다.

나는 일주일 전에 있던 곳으로 돌아갔다. 주말 동안 같이 지낼 홀리를 데리러 올리비아의 집으로 가 차를 세웠다. 그사이 몇 년은 흐른 듯한 기분이었다.

올리비아는 지난주에 입었던 우아한 캐러멜색 옷이 아니라 차분한 검은색 드레스 차림이었다. 하지만 상황은 똑같았다. 변태 더모가 새로운 기회를 찾아 이리로 오는 중이었다. 이번에 올리비아는 문 앞을 막고 서는 대신 문을 활짝 열더니 재빨리 날 주방으로 이끌었다. 결혼 생활을 하던 당시, 나는 이런 '우리 대화 좀 해'라는 신호를 무서워했다. 하지만 이제는 그게 얼마나 반가운지. 내가 먼저 그녀에게 신호를 보내도 올리비아가 양손을 내리며 "난 할 말 없어"라고 대꾸하는 게 일상이었으니 말이다.

"홀리는 아직 준비 안 됐어?"

"지금 목욕하는 중이야. 세라의 힙합 수업에 따라갔었거든. 땀투성이로 돌아왔지. 조금 있으면 나올 거야."

"애는 좀 어때?"

올리비아는 한숨을 쉬더니 손을 올려 깔끔하게 손질된 머리를 살짝 매만졌다. "괜찮은 것 같긴 해. 생각보다 나쁘지는 않아. 그런데 어젯밤엔 애가 악몽을 꾼 모양이야. 조용하긴 했지만 아무래도……. 모르겠어. 힙합 수업을 좋아해."

"먹는 건?" 내가 집을 떠났을 때 홀리는 한동안 아무것도 안 먹었다.

"먹긴 먹는데, 많아야 다섯 스푼까지야. 최근엔 감정을 잘 드러내지를 않네. 그렇다고 감정이 없는 건 아닐 텐데……. 당신이 홀리랑 이야기해볼래? 애 마음은 당신이 더 잘 읽을 수도 있으니까."

"한마디로 혼자 끙끙 앓고 있단 말이군. 어쩌다 그렇게 됐는지 모르겠네."

나는 최대한 심술궂게 말했다. 올리비아가 입을 꾹 다물었다.

"내 실수야. 너무했지. 나도 그 점은 인정했고, 사과했어. 최선을 다해 상처를 치유하려는 중이고. 정말이야. 그러니 더는 홀리한테 상처 입혔다고 비난하지 말았으면 좋겠는데."

나는 의자 하나를 끌어내 자리에 앉았다. 더이상 올리비아한테 화가 나지 않았다. 토스트와 딸기잼 냄새가 나는 이곳에 고작 이 분 앉아 있는 것만으로도 엉망이었던 내 마음이 많이 나아졌다.

"사람들은 서로에게 상처를 줘. 원래 그렇지. 적어도 당신은 좋은 일을 하려고 노력한 거잖아. 그 정도 하는 사람도 별로 없어."

올리비아의 어깨는 긴장감에 뻣뻣하게 굳어 있었다.

"사람들이 서로에게 반드시 상처를 주진 않아."

"아니, 사람들은 그래. 부모, 연인, 형제자매, 누구든. 가까운 사람일수록 더 많은 상처를 주지."

"그럴 때도 있지. 그건 당연해. 하지만 당신은 지금 그걸 피할 수 없는 자연법칙인 양 말하고 있잖아. 책임 회피성 발언이라는 거, 당신도 알지?"

"정신 번쩍 드는 얘기 들려줘? 대부분의 사람들은 남의 뒤통수 후려치는 걸 지나치게 좋아해. 그리고 그런 한심함을 숨기지 않는 소수의 사람들이 있지. 이 세상은 앞으로도 그렇게 나아갈 거고, 그 사람들은 어떻게든 그런 짓을 할 거야."

"가끔 당신이 하는 말을 당신이 들었으면 좋겠어." 올리비아가 차갑게 대꾸했다. "꼭 십 대처럼 말하는 거 알아? 모리세이 앨범을 지나치게 많이 듣는, 자기 연민에 빠진 십 대 말이야. "

그녀는 밖으로 나가려는 듯 문손잡이에 손을 올렸다. 나는 올리비아가 나가지 않았으면 했다. 따뜻한 주방에서 계속 나와 말다툼을 해주었으면 싶었다.

"전부 경험에서 우러난 말이야. 어쩌면 서로에게 마시멜로를 넣은 뜨거운 코코아를 만들어주는 것보다 파괴적인 일은 하지 않는 사람들도 있겠지. 하지만 난 그런 사람을 만나본 적이 없어. 만일 당신이 그런 사람을 만난다면 나한테도 좀 알려줘. 마음을 열고 받아들일게. 한 번이라도 서로에게 상처를 주지 않는 관계를 알고 있다면 말이야."

올리비아를 내 뜻에 따르게 만들 수는 없을지는 몰라도, 입씨름에 끌어들이는 건 언제나 나의 장기였다. 그녀는 문손잡이를 놓더니 벽에 기대어 팔짱을 꼈다.

"좋아. 로지라는 여자에 대해 말해봐. 그 여자는 당신한테 어떤 상처를 줬지? 그 여자를 죽인 사람 얘기가 아니야. 그 여자, 로지에 대해 말해보라는 거지."

그래, 그러다 결국엔 나의 다른 반쪽과 올리비아가 남게 되는 것이다. 나는 늘 씹을 수 있는 것보다 더 큰 걸 물어뜯는다.

"로지 데일리에 대해선 일주일 내내 너무 많은 말을 했어. 당신만 괜찮다면 더이상 말하고 싶지 않은데."

"그 여자는 당신을 떠나지 않았어, 프랭크. 그런 일은 없었지. 조만간 당신도 그 사실을 받아들여야 할 거야."

"아, 그랬군. 재키가 와서 수다를 늘어놓았나 보지?"

"당신에게 상처를 줬거나, 최소한 당신이 그렇게 믿고 있는 여자에 대해선 재키한테 들을 필요도 없어. 사실상 우리가 만난 뒤로 계속 짐작하고 있었으니까."

"분위기 깨고 싶진 않지만 오늘 당신 텔레파시 능력은 그리 신통치 않네. 다음번엔 좀더 낫길 바라."

"텔레파시가 굳이 필요한가? 누구든 당신이 만났던 여자한테 가서 물어봐. 장담하는데 그 여자들도 자기가 두 번째라는 걸 알고 있었다고 할걸. 당신이 진짜로 원하는 여자가 돌아올 때까지 대타에 불과했다는 걸 말이지."

이어 올리비아는 무슨 말을 다시 시작하려다가 그만두었다. 그녀의 눈은 불안한 빛이 역력했고 멍해 보이기까지 했다. 마치 자신을 에워싼 물이 얼마나 깊은지를 막 깨달은 사람 같았다.

내가 말했다.

"속에 품고 있던 이야기 다 꺼내봐봐. 당신이 시작했으니 마무리도 해야지."

잠시 뒤 올리비아가 어깨를 살짝 들먹였다.

"좋아, 그게 내가 당신한테 이 집에서 나가라고 했던 이유 중 하나였어."

나는 큰 소리로 웃었다.

"그래? 이것 때문에 계속 직장 문제나 내가 곁에 있어주지 않는다는 핑계를 대면서 피 터지게 싸웠던 거야? 그러니까 전부 우회적인 표현이었네. 알아서 짐작하라고?"

"그런 말 아니라는 거 알잖아. 당신은 내가 얘기했던 그 지긋지긋한 이유들에 대해 완벽하게 알고 있어. 8시에 만나자고 하면 그게 오늘 밤을 말하는 건지 화요일을 말하는 건지 도무지 알 수 없는 것도 그렇고, 오늘 뭐 하냐고 물어보면 항상 일한다고 하는 것도 그렇고……."

"우리, 이런 대화를 다시 할 필요가 없게 합의서라도 써야 하지 않을까? 그리고 로지 데일리는 이 일과 아무 관계도 없고……."

"아니, 아주 큰 관계가 있지." 올리비아의 목소리는 여전히 차분했지만, 이면에는 당장이라도 의자를 집어 던질 만한 힘이 들어가 있었다. "나는 늘 내가 누군지 모를 그 여자가 아니라는 사실에 매여 있었어. 만일 그 여자가 새벽 3시에 당신이 집에 들어오지 않는 이유를 알기 위해 전화를 걸었다면, 당신은 전화를 받았겠지. 아니, 애초에 집에 들어왔을 거야."

"그래, 그래. 만일 로지가 새벽 3시에 전화를 했다면 수백만 달러를 들여서라도 내게와 연결되는 직통 전화를 만들고, 바베이도스로 이사라도 갔겠지."

"내가 무슨 말 하는지 알잖아. 당신은 절대로, 단 한 번도 그 여자를 대하는 것처럼 날 대해준 적이 없어, 프랭크. 가끔, 아주 가끔, 그 여자가 저지른 짓이나 내가 그 여자가 아니라는 사실 때문에 벌을 주듯이 날 배제하는 게 아닐까 싶기도 했지. 내 쪽에서 먼저 당신을 떠나게 만들 작정인가 싶기도 했고. 그 여자가 돌아왔을 때 다른 사람이 자기 자리를 차지하고 있었다는 걸 모르도록 말이야. 난 그런 느낌을 받았어."

"여기서 한 번 더 짚고 넘어가겠는데, 날 버린 건 당신이야. 그것도 당신이 원해서. 사실 깜짝 놀랄 일도 아니었고, 내게 억울해할 자격이 있다고 말하는 것도 아니야. 하지만 로지 데일리는, 그것도 당신이 그 여자의 존재에 대해 전혀 몰랐다는 사실을 놓고 보면 우리

일과 아무 상관이 없어."

"상관있어, 프랭크. 분명히 상관있다니까. 당신은 당연하게, 아무 의심도 없이 우리 결혼이 지속되지 않으리라는 걸 받아들였어. 난 한참 뒤에야 그 사실을 깨달았지. 하지만 알고 난 뒤에도 그걸 크게 심각하게 생각하지 않았어."

올리비아는 몹시 사랑스러워 보였지만, 많이 지쳐 보이기도 했다. 피부가 금세라도 바스라질 것 같았고, 흐린 주방 불빛에 눈 주위의 잔주름이 두드러졌다. 나는 단단하게 잘 익은 복숭아 같던 로지를 떠올렸다. 그녀는 그 완벽함을 벗어난 다른 종류의 사랑스러움을 가질 기회가 없었다. 나는 올리비아의 주름이 얼마나 아름다운지 더모가 알아주기를 바랐다.

내가 원했던 건 그저 그녀와 편안한 입씨름이었다. 거기서 추진력을 받아 올리비아와 내가 서로를 비관하게 만드는 싸움으로 번져도 결국에는 아무 해도 끼치지 않는 작은 솜털이 되어 지평선 너머 어딘가로 사라질 거라고, 내가 만들어낸 분노의 모든 입자는 거대한 소용돌이 속으로 빨려 들 거라고 생각했다. 올리비아와 심각하고 진지한 싸움을 벌인다는 건 상상해본 적도 없었다.

"홀리가 준비 다 했는지 올라가볼게. 아무래도 여기 계속 있다가는 싸움이 커지고, 괜히 당신 기분 상하게 만들어서 데이트까지 잡치게 할 것 같으니까. 지난주에도 그랬는데 이번에 또 그렇게 만들고 싶진 않아."

올리비아가 깜짝 놀랄 정도로 크게 웃었다.

"놀랐어? 그런 것도 모를 만큼 멍청하진 않아."

"알지. 한 번도 그렇게 생각해본 적 없어."

나는 올리비아에게 회의적인 눈길을 던진 뒤 자리에서 몸을 일으켰다. 그러자 올리비아가 만류했다.

"내가 가볼게. 목욕하는 동안 당신이 노크하면 애가 안 좋아할 거야."

"뭐? 언제부터?"

올리비아의 입술에 아쉬움이 뒤섞인 옅은 미소가 떠올랐다.

"홀리도 많이 컸잖아. 심지어 옷 입기 전에는 나도 욕실에 못 들어오게 해. 몇 주 전에 볼일이 있어서 문을 열었더니 애가 유령이라도 본 듯 비명을 지르는 거야. 그러더니 화를 잔뜩 내면서 사람에겐 사생활이 필요한 법이라고 설교를 늘어놓잖아. 당신이 문을 열었다가는 애가 경고문을 읽을지도 몰라."

"맙소사." 홀리가 두 살 때 목욕을 마치자마자 옷도 입지 않은 채로 사방에 물을 뿌리며 뛰어나와 내게 안기던 모습이 떠올랐다. 내가 예민한 늑골을 간지럽히면 아이는 자지러지게 웃곤 했다. "빨리 올라가서 애 데려와. 겨드랑이 털이나 다른 게 자라기 전에 말이야."

이번에도 올리비아가 웃음을 터뜨릴 뻔했다. 한때는 줄곧 그녀를 웃게 만들었는데, 최근 들어서는 하룻밤에 두 번 웃긴 게 일종의 기록이다.

"금방 올게."

"천천히 다녀와. 딱히 갈 데도 없으니까."

주방에서 나가던 올리비아가 마지못한 듯 말했다.

"커피 머신 켜놨으니까 필요하면 마셔. 당신 피곤해 보이네."

그녀는 문을 열고 나가며 더모가 와도 나오지 말고 있으라고 하더니 딸깍 소리와 함께 문을 닫았다. 나는 팬티만 입고 현관문 앞에 나가 그자를 맞이하기로 마음먹었다. 일단 자리에서 일어나 더블 에스프레소를 만들었다. 나는 리브에게 온갖 종류의 흥미로운 점들이 있다는 것을 잘 알고 있었다. 그중 몇 가지는 중요했고, 두 가지는 상당히 아이러니했다. 그 모든 것들이 내가 이 어둡고 사악한 세상에서 세이 형을 어떻게 할 것인지 알아낼 때까지는 기다려주리라.

위층에서 욕조 물이 빠지는 소리, 그리고 홀리의 재잘거림과 함께 가끔씩 올리비아의 말소리도 들려왔다. 나는 갑자기 당장 뛰어 올라가 두 사람을 꼭 안아주고 싶다는 참을 수 없는 충동을 느꼈다. 한때 일요일 오후면 종종 그랬던 것처럼, 셋이서 함께 올리비아와 내가 쓰던 더블 침대에 쓰러져 있고 싶었다. 더모가 초인종을 눌러도 소리 없이 웃으며 가만히 누워 있다 보면, 그자는 작은 소리로 씩씩거리면서 아우디를 타고 일몰 속으로 사라지겠지. 그런 다음엔 배달 음식을 잔뜩 주문하고 주말 내내 집에서 꼼짝도 않은 채 다음 주가 올 때까지 버티는 것이다. 순간 나는 이성을 잃고 이 모든 생각을 행동으로 옮길 뻔했다.

집으로 가는 길에 홀리는 여러 가지 일들에 대해 이야기했다. 저녁 식사를 하는 동안에는 힙합 수업에 대해 숨이 가쁘도록 설명하며 온갖 시범을 다 보였다. 홀리는 평소보다 덜 투덜거리며 숙제를 했고, 그런 다음엔 소파에서 내게 몸을 딱 붙이고 앉아 〈해나 몬태나〉를 보았다. 한동안 고쳐졌나 했는데, 아이는 다시 머리카락을 빨고 있었다. 무슨 생각을 하는지 알 것 같았다.

나는 홀리를 몰아붙이지 않았다. 잠자리에 든 아이의 어깨에 팔을 두르고 뜨거운 우유를 먹인 뒤 동화를 읽어주려 하자, 그제야 홀리가 입을 열었다.

"아빠."

"왜?"

"아빠 결혼할 거야?"

이게 무슨 소리람?

"아니, 그럴 기회도 없는걸. 아빤 네 엄마랑 결혼했던 것만으로 충분해. 왜 그런 생각을 했어?"

"여자 친구 있어?"

엄마가 말했을 것이다. 아마 이혼에 대해서. 성당에서 재혼할 수 없다는 둥 하면서.

"없어. 지난주에도 말했던 것 같은데. 기억 안 나?"

홀리는 한참 생각에 잠겼다.

"죽었다는 로지라는 사람, 내가 태어나기 전에 아빠가 알았던 사람이라면서."

"그런데 왜?"

"아빠 여자 친구였어?"

"그래, 그랬지. 그땐 네 엄마 만나기 전이었거든."

"그 사람이랑 결혼하려고 했었어?"

"계획은 있었지."

아이가 눈을 깜박거리자 붓으로 그린 듯한 가느다란 눈썹이 같이 움직였다. 잔뜩 집중한 모습이었다.

"왜 안 했는데?"

"결혼하기 전에 로지가 죽었거든."

"하지만 아빤 지금까지 그 사람이 죽은 것도 몰랐다고 했잖아."

"맞아. 그 여자가 날 버렸다고 생각했지."

"왜 몰랐어?"

"어느 날 그냥 사라져버렸거든. 잉글랜드로 간다는 편지 한 장만 남겨놓고 말이야. 그 편지를 보고 아빠 그 여자한테 버림받았다고 생각했어. 이제야 내가 잘못 생각하고 있었다는 걸 알게 된 거지."

"아빠."

"그래."

"누가 그 사람을 죽인 거야?"

아이는 내가 다려준 분홍색과 흰색이 섞인 꽃무늬 잠옷을 입고 있었다. 홀리는 막 다림질한 옷을 좋아했다. 바지는 무릎까지 걷어 올린 채 그 위에 클래라를 올려놓고 있었다. 침대 옆 램프에서 비치는 부드러운 금빛 후광에 아이는 꼭 동화책 삽화에 나오는 어린 소녀처럼 보였다. 난 겁이 났다. 누군가 내가 이 대화를 제대로 이어가고 있다고, 적어도 너무 끔찍하게 엉망으로 만드는 게 아니라고만 해준다면 팔다리라도 내줄 수 있을 것 같았다.

"무슨 일이 있긴 했던 것 같아. 하지만 너무 오래전 일이라 확실하게 알긴 힘들어."

홀리는 클래라의 눈을 바라보며 생각에 잠겼다. 머리카락을 다시 입에 물고 있었다.

"만약 내가 사라져도 아빠 내가 도망갔다고 생각할 거야?"

올리비아 말로는 아이가 악몽을 꿨다고 했다.

"아빠가 어떻게 생각하든 그건 중요한 게 아니야. 설령 네가 우주선을 타고 다른 행성에 갔다고 해도, 아빠 널 찾으러 갈 거니까. 널 찾을 때까지 절대 멈추지 않을 거야."

홀리가 깊은 한숨을 내쉬었다. 아이의 어깨가 내게 더 밀착되어 왔다. 잠시 내가 우연히 제대로 된 대답을 한 모양이라고 생각하는데, 아이가 다시 입을 열었다.

"아빠가 로지라는 사람이랑 결혼했으면 난 태어나지 않을 수도 있었겠네?"

나는 아이의 입에서 머리카락을 빼낸 뒤 머리를 매만져주었다. 딸의 머리에서 베이비 샴푸 냄새가 났다.

"그건 어떻게 돌아가는지 모르겠구나. 아주 신비로운 문제니까. 내가 아는 건 딱 하나, 너는 너라는 거야. 내가 어떻게 하든, 넌 나한테 오는 길을 찾았을 거야."

홀리는 꿈틀거리며 침대 속으로 파고들더니, 전투태세를 갖춘 듯한 목소리로 말했다.

"일요일 오후에 할머니 집에 가고 싶어."

그렇게 되면 나는 찻잔을 앞에 놓고 셰이 형과 사이좋게 잡담을 나눠야 할 것이다. 난 조심스럽게 대답했다.

"그 문젠 한번 생각해보자. 우리 계획대로 다 해도 시간이 괜찮을지 봐야지. 할머니 집에 가야 할 특별한 이유라도 있니?"

"도나는 일요일마다 아빠 골프 끝나면 할머니 집에 간대. 할머니가 맛있는 저녁 식사에다가 후식으로 애플 타르트랑 아이스크림을 준다고 했어. 가끔 재키 고모가 머리 모양을 예쁘게 해줄 때도 있고, 가끔은 모두 모여서 DVD를 보는데, 그럴 때는 도나하고 대런 오빠, 애슐리, 루이즈 언니가 번갈아가면서 영화를 고른대. 카멀 고모는 내가 오면 나보고 먼저 고를 수 있게 해준댔는데 한 번도 못 갔어. 내가 할머니 집에 가는 걸 아빠가 몰라야 하니까. 하지만 이젠 아빠도 알잖아. 가고 싶어."

엄마와 아버지가 일요일 오후 시간에 대해 어떤 조약 같은 거라도 맺은 건가? 아니면 엄마가 아버지 점심에 진정제를 몇 알 섞어서 먹이고 마룻널 아래 술을 숨겨둔 침실에 가둬버리는 건가?

"어떻게 할지 생각해보자."

"셰이 삼촌이 애들을 데리고 자전거 가게에 가서 태워준 적도 있대. 케빈 삼촌이 닌텐도 위랑 컨트롤러를 가져온 적도 있는데 할머니가 못 하게 했다고 했어. 애들이 너무 심하게 뛰어서 집이 무너질지도 모른다면서 말이야."

나는 홀리의 얼굴이 잘 보이도록 고개를 비스듬히 숙였다. 아이는 클래라를 꽉 끌어안고 있었는데, 표정을 읽을 수가 없었다.

"우리 딸, 이번 일요일에 가도 케빈 삼촌은 없다는 거 알고 있지?"

홀리가 고개를 클래라 쪽으로 더 숙였다.

"응, 삼촌은 돌아가셨으니까."

"그래."

아이가 재빨리 나를 곁눈질했다.

"가끔 잊어버릴 때도 있어. 오늘 세라한테 들은 농담을 삼촌한테 가서 말해줘야지 생각했거든. 그 뒤에 삼촌이 없다는 게 떠오르긴 했지만."

"알아, 아빠도 그래. 점점 익숙해질 거야. 좀더 지나면 괜찮아질 거고."

아이가 고개를 끄덕이면서 손가락으로 클래라의 갈기를 쓰다듬었다.

"이번 주말에는 할머니 집에 가도 모두들 기분이 별로 좋지 않을 거야. 도나가 말해준 재미있는 일들도 없을 거고."

"알아. 그래도 그냥 가고 싶어."

"알았어. 한번 생각해보자."

침묵이 흘렀다. 홀리가 클래라의 갈기를 땋고서 살펴보다가 다시 입을 열었다.

"아빠."

"응."

"케빈 삼촌을 생각해도 이제 눈물 안 나."

"괜찮아. 그건 잘못된 게 아니야. 아빠도 그래."

"내가 삼촌을 좋아한다면, 울어야 하는 거 아니야?"

"좋아하는 사람이 죽었을 때 어떻게 행동해야 한다는 규칙 같은 건 없어. 그런 건 앞으로 살아가면서 자연스레 알게 될 거야. 가끔은 울고 싶을 때도 있고, 가끔은 울고 싶지 않을 때도 있어. 가끔은 죽은 사람에게 화가 날 때도 있고. 어떻게 해도 괜찮다는 것만 기억하면 돼. 무엇이든 네 머릿속에 떠오르는 대로 하면 되는 거야."

"〈아메리칸 아이돌〉에서는 죽은 사람 이야기를 할 때 늘 울던데."

"그래. 하지만 그런 걸 너무 곧이곧대로 믿을 필요는 없어."

홀리가 머리카락이 뺨을 때릴 정도로 고개를 세차게 내저었다.

"아니야, 아빠. 그 프로그램은 영화가 아니고, 실제 사람들이 나오는 거야. 진짜 자기 이야기를 해. 자기를 정말 사랑해주고 믿어주던 할머니가 돌아가셨다는 이야기 같은 게 나오면 항상 울어. 가끔은 폴라도 우는걸."

"그렇겠지. 하지만 그렇다고 해서 너까지 그럴 필요는 없어. 사람마다 다르니까. 아빠가 비밀 하나 말해줄까? 그런 사람들 중에는 가짜로 우는 사람도 있어. 그래야 표를 많이 받거든."

홀리는 여전히 확신이 없는 표정이었다. 내가 처음 죽음을 알게 됐을 때를 떠올려보았다. 일곱 살 때 뉴 스트리트에 살던 먼 친척이 심장마비로 죽었다. 엄마는 자고 있던 우리를 깨워서 그 집으로 데려갔다. 케빈의 추도식과 비슷한 광경이 펼쳐졌다. 눈물, 웃음, 이야기, 거대한 샌드위치 탑, 밤새도록 몇 시간이고 이어진 술자리와 춤, 노래. 어떤 사람은 아코디언을 가져왔고, 마리오 란차가 공연할 때 부르는 노래 목록을 전부 외우고 있는 사람도 있었다. 사별에 대처하는 초심자의 지침으로는 폴라 압둘보다는 이쪽이 훨씬 건전하다. 아버지가 난동을 부리긴 했지만 축제 같던 케빈의 추도식에 홀리도 데려갔어야 했던 게 아닐까 하는 생각이 들었다.

같은 공간에 있으면서도 셰이 형을 죽도록 때릴 수 없다니, 틀림없이 나 자신이 얼간이처럼 느껴질 것이다. 유인원과 다를 바 없이 미성숙한 십 대였던 나는 로지 덕분에 훌쩍 성장했다. 아버지는 남자라면 무엇을 위해 죽어야 할지 알아야 한다고 했다. 사랑하는 여자나 자식이 원한다면, 죽기보다 더 힘든 것처럼 느껴지는 일일지라도 해야 한다.

"있지, 일요일 오후에 할머니 집에 가더라도 잠깐밖에 못 있을 거야. 케빈 삼촌에 대한 이야기도 많이 나올 거고. 하지만 아빠가 장담하는데, 모두 각자의 방식대로 슬퍼할 거야. 계속 울지도 않을 거고, 네가 더이상 울지 않는다고 나무랄 사람도 없어. 생각을 정리하는 데 도움이 됐어?"

홀리가 고개를 들었다. 심지어 클래라가 아닌 내 눈을 바라봐주기까지 했다.

"응, 그런 것 같아."

얼음물이 척추를 타고 흘러내리는 듯한 느낌이 들었지만 나는 어른답게 참아냈다.

"그럼 그렇게 하자."

"정말? 진짜 가는 거야?"

"그래. 지금 바로 재키 고모한테 문자 보낼게. 우리가 간다는 걸 할머니한테 알려드리라고 말이야."

"좋아."

그러고서 홀리는 또다시 깊은 한숨을 내쉬었다. 아이의 어깨에서 긴장이 풀리는 것이 느껴졌다.

"푹 자고 나면 모든 게 더 밝게 보일 거야."

아이는 클래라를 끌어안은 채 침대로 파고들었다. "이불 덮어줘."

난 이불을 잘 덮어주며 말했다. "오늘 밤엔 악몽 같은 거 꾸지 말자. 알았지? 좋은 꿈만 꿔. 명령이야."

"알았어. 잘 자, 아빠." 아이의 눈은 이미 반쯤 감겨 있었다. 클래라의 갈기를 잡고 있던 손가락도 느슨해지기 시작했다.

"잘 자, 우리 딸."

그전에 알아챘어야 했다. 지난 십오 년간 어떤 표식도 절대 놓치지 않음으로써 나와 내 부하들의 목숨을 지키지 않았는가. 방 안 공기 중에 떠도는 종이 탄내나 자연스러운 통화중에 들리는 날 선 동물 소리 같은 것들. 케빈에게서는 뭔가를 놓쳤고, 그래서 이렇게 상황이 나빠졌다. 홀리에 관한 일이라면 절대, 절대로 놓치지 않을 것이다. 봉제 인형들 주위에서 깜박이는 불꽃도, 아늑한 작은 침실을 채우는 독가스 같은 위험 물질도.

나는 침대에서 내려와 불을 끈 뒤, 야간 등을 가리고 있던 홀리의 가방을 옆으로 옮겼다. 아이가 내 쪽으로 고개를 돌리더니 뭔가 웅얼거렸다. 내가 홀리의 이마에 키스하자, 아이는 이불 속으로 깊이 파고들며 만족스러운 듯 작은 숨소리를 내기 시작했다. 나는 한참 동안 아이를 바라보았다. 베개에 펼쳐진 금발 머리와 뺨에 날카로운 그림자를 드리우는 속눈썹을 보았다. 그런 뒤 조용히 방에서 나와 문을 닫았다.

20

　잠복수사과에서 일하는 경찰들이라면 누구나 깨닫게 된다. 이 일을 시작하기 전과 같은 세상은 더이상 없다는 것을. 나는 카운트다운에 들어간 우주 비행사들이나, 뛰어내리기 직전 줄 서서 기다리는 낙하산부대원들의 기분을 안다. 다이아몬드처럼 눈부시고 깨지지 않는 빛. 눈앞에 보이는 모든 이들의 얼굴이 숨이 멎을 만큼 아름답게 보이고, 마음은 수정처럼 맑아진다. 매 순간 눈앞에 너무나도 아름다운 풍경들이 펼쳐진다. 지난 몇 달간 당혹스럽게 여겨졌던 모든 일들이 갑자기 전부 다 이치에 맞는 듯 여겨진다. 매일 술을 마실 수도, 술을 아예 입에도 대지 않을 수 있을 것 같다. 난해한 십자말풀이가 아이들 지그소 퍼즐처럼 쉬워진다. 하루가 백 년처럼 이어진다.

　잠복수사과에 들어간 뒤로 오랜 세월이 흘렀다. 하지만 토요일 아침, 잠에서 깨자마자 나는 또다시 그런 느낌을 받았다. 침실 천장 위로 흔들리는 그림자에서 그때의 광경이 보였고, 커피잔 밑바닥에서도 그때의 맛이 느껴졌다. 피닉스파크에서 홀리와 연을 날리는 동안에도, 아이의 영어 숙제를 돕는 동안에도, 치즈를 듬뿍 넣은 마카로니를 한가득 요리하는 동안에도, 마음속에선 무언가가 서서히 모습을 갖추어갔다. 일요일 오후, 우리는 차에 올라타 강을 건너갔다. 어떻게 해야 할지는 이미 잘 알고 있었다.

페이스풀 플레이스는 꿈속의 모습처럼 단정하고 순결해 보였다. 선명한 레몬색 불빛이 금이 간 자갈밭 위를 가득 내리비치고 있었다. 홀리가 내 손을 꼭 잡았다.

"왜? 가기 싫어졌어?"

아이가 고개를 저었다.

"너도 알겠지만, 뭐든 네가 원하는 대로 해. 그냥 말만 하면 네 머리보다 큰 팝콘 통을 들고 동화 속 공주님들 이야기로 가득한 DVD를 볼 수 있는 곳을 찾아낼 테니까."

홀리는 웃지 않았다. 심지어 날 쳐다보지도 않았다. 대신 배낭을 좀더 단단히 메더니 내 손을 힘껏 잡아당겼다. 우린 낯선 금빛 가로등 불빛이 흐릿하게 비치는 연석 옆에 차를 세웠다.

엄마는 그날 오후를 제대로 보내기 위해 전력을 다했다. 미친 듯이 빵을 구웠는지 도처에 생강 빵과 잼 타르트가 쌓여 있었다. 식구들 모두 아침 일찍부터 불려 왔고, 심지어 셰이 형과 트레버, 개빈은 거실에 놓을 거대한 크리스마스트리까지 사 와야 했다. 홀리와 내가 도착했을 때는 라디오에서 빙 크로스비의 노래가 흘러나오는 가운데 카멀 누나의 아이들이 트리에 다는 장신구 주위에 예쁘게 모여

있었다. 다들 김이 모락모락 나는 코코아잔을 드고 있었고, 놀랍게
도 아버지조차 거의 맨정신으로 나와 가장답게 무릎에 담요를 덮고
소파에 앉아 있었다. 1950년대 광고에서 보던 모습 같았다. 정말 끔
찍했다. 대런은 벽을 보고 있었는데, 금세라도 폭발할 기세였다. 전
체적으로 기괴하면서도 가식적인 모습이 명백한 실패를 드러내고
있었지만, 엄마가 무엇을 하려고 했는지는 알 수 있었다. 그것이 마
음에 사무쳤다. 만일 엄마가 평소처럼 그 순간을 재빨리 모면하려
내게 눈가에 주름이 자글자글하다고 말해준다면 나도 그 즉시 얼굴
을 찡그릴 수 있을 텐데.

나는 셰이 형에게서 눈을 뗄 수가 없었다. 형은 살짝 열이 있는 듯
보였다. 제대로 쉬지 못했는지 광대뼈 아래가 움푹 패어 있었고, 뺨
은 발그레한 빛을 띠었다. 눈은 위험해 보일 정도로 번쩍이고 있었
다. 하지만 무엇보다 내 주의를 끈 건 형의 모습이 아니라 행동이었
다. 셰이 형은 안락의자에 앉아 한쪽 다리를 빠르게 흔들면서 트레
버와 골프에 관한 심도 깊은 대화를 나누고 있었다. 사람이 변하는
경우도 있긴 하지만, 내가 아는 한 셰이 형은 트레버를 경멸했고 골
프라는 운동은 그보다 더 경멸했다. 형이 자발적으로 그 두 가지에
엮일 이유는 하나뿐이다. 자포자기. 경제적으로 힘든 상황에 처한
것이 분명했다. 왠지 그 사실이 유용한 정보로 느껴졌다.

우린 엄마가 준비한 온갖 장식을 트리에 열심히 매달았다. 엄마와
크리스마스 장식이라니, 이런 조합이 가능한가? 나는 아기 산타를
매달며 조용히 홀리에게 물었다. "재미있어?"

아이는 단호하게 대답했다. "굉장해." 그러더니 내가 뭘 더 묻기도
전에 사촌들이 있는 곳으로 가버렸다. 아이는 곧바로의 이곳 관습에

적응했다. 나는 머릿속으로 임무 수행 보고를 준비하기 시작했다.

일단 트리 장식 작업이 어느 정도 망해갈 지경에 이르자 엄마도 그쯤에서 만족한 듯했다. 개빈과 트레버가 아이들을 데리고 크리스마스 마을을 구경하러 스미스필드로 나가기로 했다.

"생강 빵 소화도 시킬 겸 해서요." 개빈이 배를 두드리며 설명했다.

"생강 빵 탓이 아니야, 개빈 키오. 자네가 살이 쪘다고 해도 그건 내 요리 때문이 아니란 얘기지."

엄마가 쏘아붙이자 개빈은 뭐라고 중얼거리더니 괴롭다는 표정으로 재키를 쳐다보았다. 서투르긴 해도 눈치가 빠른 친구다. 힘든 시기인 만큼 가족들만의 시간을 주려는 것이리라. 카멀 누나가 아이들에게 코트를 입히고 목도리를 둘러주고 모자도 씌워주었다. 홀리도 그 집 딸인 양 도나와 애슐리 사이에 서 있다가 같이 나갔다. 나는 거실 창문으로 아이들이 재잘거리며 거리로 나가는 모습을 지켜보았다. 홀리는 도나와 팔짱을 끼고 있었다. 샴쌍둥이처럼 보일 정도로 서로 딱 붙어 있었다. 아이는 뒤돌아보지도, 손을 흔들어주지도 않았다.

가족들만의 시간은 개빈이 생각했던 것과는 완전히 달랐다. 우린 아무 말 없이 텔레비전 앞에 앉아 있었다. 이윽고 트리 장식을 하느라 지쳤던 엄마가 다시 기운을 차리더니, 카멀 누나를 끌고 주방으로 들어가 음식들을 랩으로 싸기 시작했다. 나는 주방으로 따라가려는 재키를 조용히 불렀다.

"담배나 한 대 피우자."

재키는 경계심 가득한 눈으로 날 쳐다봤다. 마치 엄마 없이 혼자

남으면 틀림없이 말썽이 생긴다는 사실을 아는 어린아이 같았다.

"숙녀답게 받아들여. 매도 빨리 맞는 편이 낫잖아……."

밖에 나오자 공기가 차갑고 맑았다. 지붕 너머로 보이는 하늘은 흰색과 파란색에서 이제 라일락 빛깔로 깊어지고 있었다. 재키는 계단 맨 아래 칸에 털썩 주저앉아 보라색 에나멜가죽 부츠를 신은 긴 다리를 꼬더니 손을 내밀었다.

"담배나 한 대 주고 시작해. 개빈이 담배를 다 가지고 가버렸어."

먼저 재키에게 담배를 한 대 건네고 나도 한 대에 불을 붙인 뒤 상냥하게 입을 열었다.

"말해봐. 올리비아하고 넌 대체 무슨 생각으로 그런 일을 저지른 거야?"

재키가 싸움을 준비하듯 턱을 내밀었다. 그러는 모습이 홀리와 똑같았다.

"많은 것을 알게 되면 홀리한테도 좋을 거라고 생각했어. 올리비아도 같은 생각이었고. 우린 잘못한 게 없어. 홀리가 도나와 있을 때 어떤지 봤잖아."

"그래, 같이 노는 게 귀엽더라. 하지만 케빈 일로 상심한 모습도 봤지. 애가 숨도 쉬지 못할 정도로 울었어. 그건 딱히 좋다고 할 수 없잖아."

재키는 계단 위로 퍼지는 담배 연기를 바라보았다.

"그건 우리 모두 마찬가지야. 애슐리는 괜찮아 보이지만, 뭐 겨우 여섯 살이니까. 어쨌든 그게 인생이야. 오빠 홀리가 현실적인 일들을 모른다고 걱정했잖아. 안 그래? 이런 게 바로 현실을 배우는 과정이라고."

그 말이 맞을 것이다. 하지만 홀리가 위태로운 상황이라면 그런 건 전혀 중요하지 않다.

"내 아이한테 여기서든 저기서든 현실적인 경험이 더 필요하다고 생각했으면, 일단 나한테 먼저 연락을 했어야지. 그게 아니면 최소한 내가 다른 경로로 알게 되기 전에 귀띔해주든가. 내가 너무 많은 걸 바라는 거야?"

"그래, 오빠한테 말했어야 했어. 그 점에 있어서는 변명의 여지가 없네."

"대체 왜 말하지 않은 거야?"

"늘 그렇듯이 솔직하게 말하려고 했는데…… 처음엔 어떻게 될지 확실하지도 않은데 오빠를 귀찮게 하고 싶지 않았어. 일단 홀리를 한번 데려와서 어떤가 보고 나중에 얘기하려고 했지…….."

"그게 얼마나 좋은 생각이었는지 내가 깨닫게 되면, 한 손에는 엄마한테 드릴 꽃다발을, 다른 한 손에는 너한테 줄 꽃다발을 들고 여기로 달려와 우리 모두 함께 파티를 열고 그 뒤로 영원히 행복하게 살았을 거다. 그게 계획이었어?"

재키의 어깨가 들썩였지만, 이내 움츠러들며 귀 쪽으로 조금씩 올라가기 시작했다.

"나한테 말을 했다면 이렇게까지 친해지진 않았을지 몰라도 상황이 지금보다 훨씬 나았을 거야. 왜 알리지 않은 거야? 일 년 동안이나 숨기다니 정말 어처구니가 없다."

재키는 여전히 나를 처다보지 않았다. 앉은 자리가 배기는 듯 계단 위에서 몸을 움직였다.

"비웃지 않겠다고 약속해."

"재키, 나 지금 웃을 기분 아니야."

"너무 무서워서 그랬어. 무슨 말인지 알겠어? 그래서 아무 말 못했다고."

동생이 날 약 올리려는 게 아닌 건 분명했다.

"뭐? 도대체 내가 뭘 어쩔 거라고 생각한 거야? 널 때리기라도 할까 봐?"

"그게 아니라……."

"그럼 뭐야? 그렇게 폭탄 같은 말을 던져놓고 얼버무리지 마. 네가 날 무서워할 일이 뭐가 있다고?"

"지금 오빠 모습을 봐! 그 표정도 그렇고, 진심으로 날 미워하는 것처럼 말하고 있잖아……. 난 사람들이 소리치고 화내는 게 싫어. 정말 싫단 말이야. 오빠도 알잖아."

순간 나도 모르게 말이 튀어나왔다.

"지금 내가 아버지처럼 행동한다는 거야?"

"아니, 아니야, 오빠. 그런 뜻으로 한 말 아니라는 거 알잖아."

"제발 그러지 마. 그런 쪽으로 생각하진 않았으면 좋겠어."

"그런 거 아냐. 나는 그냥…… 오빠한테 말할 용기가 없었어. 그건 내 탓이지 오빠 탓이 아니야. 미안해. 정말, 정말 미안해."

우리 위쪽에 있는 창문이 열리더니 엄마가 고개를 내밀었다. "재신타 매키! 너 거기 시바의 여왕처럼 앉아서 나랑 네 언니가 황금 접시에 담은 저녁 식사를 대령하길 기다리고 있는 거냐?"

내가 소리쳤다.

"저 때문이에요, 엄마. 제가 얘기 좀 하자고 데리고 나왔어요. 저녁 먹은 다음 설거지는 우리가 할게요. 괜찮죠?"

"뜻대로 하시지요, 폐하. 기껏 돌아와서는 자기 집이라도 되는 양 사방에 명령을 내리고 있지. 벌레 한 마리 못 죽일 얼굴로 설거지도 해주시고, 은식기도 닦아주시고……."

하지만 엄마는 나를 심하게 몰아붙일 마음이 없었다. 그랬다가는 내가 홀리를 데리고 가버릴지도 모르니까. 창문이 닫힐 때까지 투덜거리는 소리가 들리긴 했지만, 엄마는 그대로 물러났다.

저녁이 되자 플레이스의 거리에 불빛이 들어오기 시작했다. 우리 집만 크리스마스 장식이 요란한 건 아니었다. 헌네 집은 누가 바주카포를 산타의 동굴에 발사하기라도 한 것처럼 꾸며져 있었다. 천장에는 장식용 반짝이 조각과 순록, 섬광 전구가 매달려 있고, 벽에는 미친 요정들과 끈적거리는 눈빛을 가진 천사들이 빽빽하게 붙어 있었다. 창문에는 하얀 눈 스프레이로 "HAPPY XMAS"가 적혀 있었다. 여피족은 금색으로 된 고상한 트리에 스웨덴 것으로 보이는 장식품 세 개를 달아놓았다.

문득 일요일 저녁마다 여기로 돌아와 플레이스에서 한 해가 지나가는 익숙한 흐름을 지켜보면 어떨까 하는 생각이 들었다. 봄이면 첫 성찬식을 치른 아이들이 집집마다 뛰어다니면서 옷을 자랑하고 선물들을 비교할 것이다. 여름 바람이 불면 아이스크림 트럭이 종을 울리며 지나다니고 여자애들은 가슴이 파인 옷을 입고 외출할 것이다. 감탄스러운 헌네의 새 순록은 내년에도, 그다음 해에도 그 자리에 있을 것이다. 그런 생각을 하자 술에 살짝 취했거나 감기약을 먹었을 때처럼 가벼운 현기증이 느껴졌다. 짐작건대 엄마도 매주 뭔가 새로운 모습을 보여주겠지.

"오빠, 우리 괜찮은 거지?"

재키가 머뭇머뭇 물었다.

처음 계획대로라면 화를 많이 낼 생각이었지만 이곳에 다시 속해 있다는 생각에 모든 감정이 그대로 풀려버렸다. 처음에는 올리비아 앞에서, 그리고 지금 여기서도. 나는 나이에 맞게 점점 부드러워지고 있었다.

"그래, 괜찮아. 하지만 너한테 애가 생기면, 한 명씩 태어날 때마다 드럼 세트와 세인트버나드 새끼를 사줄 거야."

재키는 걱정스러운 표정으로 내게 눈길을 던졌다. 이렇게 쉽게 해결되리라고는 예상하지 못했을 것이다. 하지만 호의에 트집 잡지 않기로 마음먹은 모양이었다.

"마음대로 해. 그렇게 했다간 오빠 주소를 붙여서 전부 집 앞에 내놓을 거니까."

뒤에서 현관문이 열렸다. 세이 형과 카멀 누나가 나왔다. 나는 세이 형이 담배 얘기나 아무 대화도 없이 얼마나 오래 버틸 것인지 마음속으로 내기를 건 참이었다. "무슨 얘기 중이었어?" 형이 계단 맨 위 칸에 털썩 앉으며 물었다.

재키가 대답했다. "홀리 얘기."

"나한테 말도 없이 홀리를 여기 데려왔다며 재키를 혼내는 중이었지."

카멀 누나가 내가 앉은 계단 위쪽에 걸터앉았다.

"아이쿠! 여긴 점점 딱딱해지네. 다치지 않으려면 뭐든 깔고 앉든가 해야지…… 프랜시스, 재키한테 너무 뭐라고 하지 마. 저 앤 우리한테 딱 한 번만 홀리를 보여주고 인사시킬 작정이었어. 그런데 우리가 그 애한테 홀딱 반해버려서 자꾸 데려오라고 한 거야. 너무

페이스풀 플레이스

사랑스러운 아이잖아. 넌 네 딸을 자랑스럽게 생각해야 해."

난 모두를 볼 수 있도록 자리에서 일어나 난간에 기대섰다. 그러곤 계단 위로 한쪽 다리를 쭉 뻗었다. "물론 자랑스러워."

세이 형이 담배를 찾으며 말했다.

"우리랑 같이 있다고 해서 애가 동물로 변하는 건 아니잖아. 그냥 미칠 뿐이지. 안 그래?"

"노력이 부족해서는 아닐 텐데 말이야."

나는 상냥하게 대꾸해주었다.

카멀 누나가 곁눈질을 하면서 망설이다가 말을 꺼냈다. "도나는 홀리를 다시 못 볼까 봐 겁에 질려 있어."

"안 그래도 돼."

"프랜시스! 정말이야?"

"그럼. 아홉 살짜리 여자애들이 같이 어울리겠다는데 안 될 게 뭐 있어."

"잘 생각했어. 애들은 좋은 친구가 될 거야. 이미 그렇게 됐고. 이제 도나가 가슴 아파할 일은 없겠다. 그나저나 그 말은……." 누나가 어색하게 코를 살짝 문질렀다. 익숙한 동작이었다. "너도 같이 온다는 뜻이야? 아니면 재키가 홀리만 데려온다는 건가?"

"나 지금 여기 있잖아. 안 보여?"

"그래, 널 다시 볼 수 있어서 너무 좋아. 그래서 어떻게…… 그러니까, 집에 또 올 거야?"

나는 누나를 향해 미소 지었다.

"나도 누나를 볼 수 있어서 좋아. 그래, 집에 올게."

"빌어먹을. 그 징글징글한 시간은 다 어쩌고. 십오 년 전에 이렇게 마음먹었으면 내가 좀 편했잖아." 재키가 눈을 굴렸다.

"그래, 그건 심했지. 정말 지독했어, 프랜시스. 난⋯⋯." 누나의 말에 다시 당혹감이 살짝 밀려왔다. "아무래도 내가 너무 극단적으로 생각했나 봐. 모든 일이 해결되면 네가 다시 떠날 줄 알았거든. 이번엔 영원히 말이야."

"원래는 그럴 생각이었어. 하지만 이젠 나도 인정해. 모든 걸 뿌리치고 떠나는 게 생각보다 쉽지 않다는 걸 말이야. 누나 말대로 집에 오니까 좋기도 하고."

셰이 형이 무표정하면서도 강렬한 푸른 눈으로 나를 쳐다보고 있었다. 나는 그 눈길을 마주하며 환한 미소를 지어 보였다. 그저 형이 긴장하는 모습만 봐도 좋았다. 아직까지 그리 많이 초조해 보이지는 않았다. 아직은 아닐 것이다. 그래도 이미 상당히 불편했을 저녁 시간을 보내면서 불안함이 조금씩 쌓였겠지. 지금으로서는 그런 자각의 작은 씨앗이 형의 마음속 깊은 곳에 심어지는 것으로 족했다. 이제 시작에 불과하니까.

스티븐은 더이상 나를 귀찮게 하지 않을 것이고, 스코처도 곧 떠날 것이다. 그들이 다음 사건으로 옮겨 가면, 나와 셰이 형만 남게 된다. 난 내가 알고 있는 사실을 밝히기 전에 요요처럼 형을 건드리면서 일 년을 보낼 수도 있고, 내가 고를 수 있는 여러 가지 흥미로운 선택지들에 대한 암시만 주면서 또 일 년을 보낼 수도 있다. 난 이 세상의 시간을 모두 가지고 있었다.

반면 셰이 형에게는 시간이 많지 않을 것이다. 그 누구도 가족들을 좋아할 의무가 없고, 가족들에 대해 뼛속까지 속속들이 알기 위해 시간을 보낼 필요도 없다. 형은 이미 몹시 신경질적인 사람이 되어 있었다. 달라이 라마 같던 인생이 뒤죽박죽으로 변하고 뇌간 주위가 일 년간은 악몽으로 뒤덮일 만한 짓을 저질렀다. 신경쇠약으로 짧은 산책 이상은 할 수 없게 될 것이다. 나는 사람의 마음을 가지고 노는 재능을 가졌다는 얘길 수도 없이 들었다. 심지어 몇몇 사람들은 칭찬의 의미로 그런 말을 했다. 그리고 내가 가족들에게 할 수 있는 일은 낯선 사람들을 상대로 할 때와 비교도 되지 않을 것이다. 함께 지냈던 시간을 감안하면 더 말할 것도 없다. 나는 형의 목에 올가미를 씌우고, 그 줄 끝을 16번지 난간에 매단 채 뛰어내리게 만들 수도 있을 것이다.

셰이 형은 고개를 뒤로 젖히고 눈을 가늘게 뜬 채 산타 워크숍을 가는 헌네 가족을 쳐다보고 있었다. 그러다 나를 향해 입을 열었다.

"들리는 말에 따르면 벌써 눌러앉은 것 같던데."

"그래?"

"요전 날 이멜다 티어니를 찾아갔다는 얘기 들었어."

"나도 상류층 친구가 있거든. 형처럼 말이지."

"이멜다는 뭣 때문에 찾아간 거야? 잡담이나 하려고? 아님 같이 잤나?"

"오, 형, 나를 뭘로 보는 거야? 우리 중 한 명은 그보다 취향이 좀 나아야 하지 않겠어? 무슨 말인지 알지?"

나는 셰이 형에게 윙크를 한 뒤 호기심으로 날카롭게 빛나는 형의 눈을 쳐다보았다.

"잠깐만, 프랜시스 오빠. 정신 좀 차릴래? 아무도 얘기 안 해줬나 본데, 오빠도 브래드 피트는 아니거든?" 재키가 말했다.

"최근에 이멜다 본 적 있어? 완전 딴사람이 됐더라고."

"전에 친구 한 명이 이멜다를 만났대. 이 년 전쯤에. 그 친구 말로는 옷을 벗겨놓고 보니 얼굴에 총 맞은 지지 톱* 같았다던데."

셰이 형의 말에 나는 웃음을 터뜨렸고, 재키는 펄펄 뛰며 화를 냈다. 하지만 카멀 누나는 우리 이야기에 끼지 않았다. 대화의 끝부분은 아예 듣지도 못한 것 같았다. 누나는 정신이 딴 데 팔린 사람처럼 손가락으로 잡은 치마 주름만 쳐다보고 있었다.

"누나, 괜찮아?"

카멀 누나가 고개를 들었다. "아, 그래. 괜찮아. 그냥…… 너희들도 알 거야. 그냥 정신이 나간 것 같은 느낌 들 때 있잖아."

"그래, 그럴 때 있지."

"고개를 들면 그 애가 있을 것 같다는 생각을 하고 있었어. 케빈이 앉아 있을 것 같아. 언제나처럼 셰이가 앉은 자리 아래에 말이야. 케빈이 보이지 않을 때마다 나도 모르게 그 애는 어디 있냐는 질문이 튀어나오려고 해. 너희들도 그러니?"

나는 손을 내밀어 누나의 손을 꼭 쥐었다. 갑자기 형이 사납게 내뱉었다.

"멍청한 녀석."

"오빠 대체 왜 그렇게 말하는 건데?"

재키가 따졌지만, 셰이는 고개를 젓더니 담배만 빨아댔다.

내가 말했다. "나도 그 이유가 궁금하네."

카멀 누나가 말했다. "별 뜻 없이 한 말일 거야. 셰이, 그렇지?"

"알아서들 생각해."

---

* 1969년부터 현재까지 활동하고 있는 미국의 록 밴드.

"우리까지 멍청이 취급하듯 굴지 말고, 제대로 설명해봐." 내가 대꾸했다.

"누가 그런 식으로 굴었는데?"

그때 카멀 누나가 울기 시작했다. 형은 목소리를 누그러뜨리고 이번 주에 몇백 번은 했을 말을 되풀이했다.

"누나, 진정해."

"어떻게 진정하니? 한 번만이라도 서로 잘 지낼 수 없는 거야? 이런 일이 있었는데? 불쌍한 우리 케빈이 죽었어. 그 애는 이제 다시 돌아오지 못해. 그런데 우린 왜 여기 앉아서 서로 죽이지 못해 안달인 거야?"

"언니, 그냥 입씨를 좀 한 거야. 별 뜻 없어."

"난 아닌데." 셰이 형이 재키에게 말했다.

"우린 가족이야, 누나. 가족은 원래 이런 거고." 내가 말했다.

"멍청한 녀석이 이번만큼은 옳은 소릴 하는군." 셰이 형이 말했다.

카멀 누나는 더 심하게 울었다.

"지난 금요일에 우리가 여기 앉아 있던 모습을 떠올려봐. 우리 다섯 명이 다 모여서…… 난 정말 행복했어. 정말이야. 그게 마지막일 거라고는 꿈에도 몰랐지. 이제 시작이라고만 생각했어."

셰이 형이 말했다.

"누나 마음 알아. 그래도 누난 계속 우리 곁에 있어줄 거지? 나를 위해서?"

카멀 누나는 양손을 부여잡고 감정을 추스르려 했지만 눈물이 계속 흘러내렸다.

"하느님, 용서해주세요. 로지 일 이후로, 아무래도 뭔가 나쁜 일이 또 생기리라는 걸 알고 있었어. 다들 알았잖아? 하지만 그에 대해 생각하지 않으려고 했지. 그 벌로 이런 일이 일어난 걸까?"

우리 모두 동시에 누나를 불렀다. "카멀."

누나는 뭔가 다른 말을 하려고 했지만, 안타깝게도 흐느끼고 훌쩍거리느라 더이상 말을 잇지 못했다.

재키의 턱 끝이 살짝 떨리기 시작하는 것 같았다. 금세라도 그 자리가 엄청난 눈물바다로 변할 참이었다. 내가 얼른 입을 열었다.

"내 기분이 얼마나 안 좋은지 말해볼까. 지난 일요일 저녁 식사에 참석하지 않았잖아. 그날 밤이 케빈과……." 나는 난간에 기대선 채 재빨리 고개를 젓고는 하던 말을 마무리했다. "그날 밤이 마지막 기회였어." 그러곤 어둑해져가는 하늘을 올려다보았다. "그때 여기 왔어야 했는데."

내가 말을 이어가는 동안 셰이 형은 속지 않겠다는 듯 냉소적으로 곁눈질을 하고 있었다. 하지만 카멀 누나와 재키는 연민을 담은 눈을 크게 뜨고 입술을 깨물었다. 카멀 누나가 손수건을 꺼내더니 남은 눈물을 닦아냈다. 이젠 남자들 마음을 다독여줄 차례였다.

"오빠, 그럴 줄 누가 알았겠어?" 재키가 내 무릎을 다독였다.

"그게 중요한 게 아니야. 중요한 건 내가 지난 이십이 년간 케빈을 보지 못했다는 거고, 그 애와의 마지막 몇 시간마저 놓쳤다는 거지. 난 그저……." 나는 고개를 저었다. 더듬거리면서 담배를 한 대 더 꺼내, 여러 번의 시도 끝에 간신히 불을 붙였다. "신경 쓰지 마." 떨리는 목소리를 억누르기 위해 담배를 두 모금 빨아들인 뒤 내가 말을 이었다. "자, 이제 얘기해봐. 그날 저녁에 무슨 일이 있었는지 말이야. 내가 놓친 게 뭐야?"

셰이 형이 콧방귀를 뀌자, 카멀 누나와 재키가 노려보았다.

"잠깐만 기억을 더듬어볼게." 재키가 말했다. "그냥 보통 저녁이었던 것 같은데. 무슨 말인지 알지? 특별한 일은 없었어. 언니, 내 말이 맞지?"

두 사람은 서로를 쳐다보며 생각에 잠겼다. 카멀 누나가 코를 푼 뒤 말했다.

"케빈은 그날 기분이 좋지 않은 것 같았어. 너희들은 못 느꼈어?"

셰이 형이 넌더리를 내며 고개를 젓더니 모든 일에서 거리를 두겠다는 듯 등을 돌렸다. 재키가 말했다.

"내가 보기엔 기분 괜찮은 것 같았는데. 케빈하고 같이 애들 데리고 나가서 축구도 했잖아."

"하지만 담배를 피웠어. 저녁 식사 후에 말이야. 케빈은 언짢은 일이 있을 때만 담배를 피우잖아. 그러니까 그날 그 앤 기분이 좋지 않았던 거지."

우리가 지금 여기 나와 있는 이유로 다르지 않았다. 집 안에서는 엄마 때문에 조용히 대화를 나눌 수가 없으니까("케빈 매키, 대체 둘이서 뭘 그렇게 속닥거리는 거야? 재미있는 일이 있으면 다 있는 데서 이야기해야지⋯⋯"). 만일 케빈이 셰이 형에게 할 말이 있었다면, 그 멍청한 녀석은 곧장 형을 쫓아 나갔을 것이다. 교묘한 계획 같은 걸 세울 생각은 하지도 못한 채, 담배를 피우려고 계단으로 나간 셰이 형을 뒤따라 나갔던 것이다.

처음에는 쉽게 말을 꺼내지 못하고 담배만 만지작거렸으리라. 그러다 마음을 찌르는 삐죽삐죽한 조각들을 더듬어 힘겹게 끄집어내고, 한참 동안 어색한 시간이 흐른 뒤 셰이 형이 큰 소리로 웃으며 이렇게 말했을 것이다.

"정말 내가 로지 데일리를 죽였다고 생각해? 전부 네 착각이야. 정말 무슨 일이 있었는지 알고 싶으면……." 형은 재빨리 창문을 쳐다본 뒤, 계단 위에 담뱃불을 비벼 끄며 말을 이었으리라. "지금 말고 조금 있다가 해줄게. 이따 밖에서 볼까? 일단 집에 가는 척했다가 다시 돌아와. 우리 집으로 오지는 말고. 우리가 뭘 하는지 엄마는 몰라야 하니까. 그 시간이면 술집도 문을 닫았을 테니 16번지에서 만나자. 오래 걸리진 않을 거야."

나라면 그렇게 했을 것이다. 16번지는 셰이 형이 잘 아는 곳이기에 그곳에서라면 일이 훨씬 수월했을 것이다. 케빈으로선 16번지로 간다는 사실이, 그것도 밤에 가야 한다는 점이 마음에 들지 않았을 것이다. 형은 케빈보다 똑똑했고, 또 그만큼 절박한 상황이었다. 그리고 케빈은 언제나 다른 사람의 말에 잘 따랐다. 형을 두려워해야 한다는 생각은 하지도 못했을 것이며, 두려워하지도 않았을 것이다. 우리 집에서 자란 아이치고는 너무도 순진한 케빈을 생각하니 턱이 아려왔다.

재키가 말했다.

"정말 아무 일도 없었어. 오늘처럼 말이야. 모두 모여서 축구를 했고, 저녁 식사를 한 뒤에 텔레비전을 봤지……. 케빈 오빠는 괜찮아 보였어. 그러니까 오빠도 자책하지 마."

내가 물었다. "케빈이 전화를 걸거나 받은 일은?"

셰이 형이 번뜩이는 눈을 가늘게 뜨더니, 뭔가를 가늠하듯 곁눈질로 나를 살폈다. 하지만 말은 없었다. 카멀 누나가 대답했다.

"어떤 여자랑 문자를 주고받는 것 같던데. 이름이 에이슬링이었나? 내가 그런 식으로 여자를 유혹하지 말라고 했더니, 케빈은 나더러 아무것도 모른다면서, 요즘 연애를 어떻게 하는지 하나도 모르지 않냐는 거야……. 엄청 못마땅하다는 듯이 말했어. 정말 그랬지. 그래서 그 애가 기분이 안 좋은가 생각했어. 그게 내가 본 케빈의 마지막 모습이었지. 그래서……."

카멀 누나의 가라앉은 목소리에는 상처 입은 기색이 남아 있었다. 누나는 또다시 울기 시작했다.

"다른 사람은 없었고?"

카멀 누나와 재키는 고개를 저었다.

재키가 물었다. "왜 그러는데? 무슨 관계가 있어?"

"경찰의 조사지. '과연 범인은 누구인가' 같은 거 아니겠어?"

형이 금빛 하늘을 올려다보며 말했다.

"그렇게 말할 수도 있겠지. 로지와 케빈에게 무슨 일이 있었는지에 관해 여러 다른 설명을 들었는데, 그중 한 개도 마음에 드는 게 없었거든."

"그렇긴 하지." 재키가 말했다.

카멀 누나가 손톱으로 난간의 페인트 기포를 톡톡 두드렸다. "사고잖아. 때때로 상황이 이상하게 잘못되는 경우가 있어. 영문도 알 수 없이 말이야. 그런 거 아니겠어?"

"아냐, 누나. 난 모르겠어. 사람들 설명이 전부 내 목구멍에 억지로 쑤셔 넣으려는 것처럼 들려. 로지나 케빈한테 전혀 좋을 게 없는, 고약한 냄새를 풍기는 덩어리 같다고나 할까. 그리고 난 그런 걸 삼켜줄 만한 유머 감각이 없고."

카멀 누나가 돌처럼 무거운 목소리로 말했다.

"프랜시스, 어떻게 해도 나아질 건 없어. 우리 모두 상심이 크고, 어떤 설명을 듣는다 해도 그 상처가 아무는 건 아니야. 그냥 좀 내버려두지 않을래?"

"난 그럴 수도 있지만, 다른 사람들이 그렇게 내버려두지 않을걸. 그리고 그중에는 날 악당으로 매도하는 이론도 있어. 누난 내가 그런 것까지 모른 척해야 한다고 생각해? 내가 앞으로도 계속 집에 오면 좋겠다며. 그게 무슨 의미인지 생각해봤어? 동네 사람들이 일요일마다 날 보며 살인자라고 생각하면 좋겠어?"

재키가 계단 위에서 몸을 움직였다.

"그건 내가 말했잖아. 그냥 하는 소리라고. 시간이 지나면 가라앉을 거야."

"만일 내가 나쁜 놈이 아니고 케빈도 나쁜 놈이 아니라면, 말해봐, 이게 다 어떻게 된 일일까?"

한참 동안 침묵이 흘렀다. 그때, 아직 모습은 보이지 않았지만, 집으로 돌아오는 아이들의 소리가 들렸다. 길게 뻗은 저녁 불빛이 드리운 길 위에 조용히 속닥거리며 달려오는 발소리가 울려 퍼졌다. 눈부신 불빛 사이로 서로 얽힌 검은 실루엣이 보이기 시작했다. 가로등 기둥만큼 키가 큰 남자들과 이리저리 움직이느라 흐릿하게 보이는 아이들의 그림자였다. 홀리의 목소리가 들렸다.

"아빠!"

그중 누가 내 딸인지 분간이 되진 않았지만, 나는 팔을 들어 흔들었다. 그림자들이 아이들보다 먼저 뛰어와 기이한 형태로 우리 발치를 덮었다.

"이제 그만하자. 이걸로 됐어."

카멀 누나가 부드러운 소리로 혼잣말을 했다. 숨을 깊이 들이마신 뒤 손가락으로 눈 밑을 닦아 울었던 흔적을 지웠다.

내가 말했다.

"다음에 기회가 되면 지난 일요일에 무슨 일이 있었는지 마저 이야기해줘."

셰이 형이 대답했다.

"시간이 늦어져 엄마랑 아버지랑 난 자러 갔고, 케빈이랑 재키는 집으로 돌아갔어." 이어 형은 난간 너머로 담배를 던진 뒤 자리에서 일어나며 말을 마쳤다. "그게 다야."

우리가 집에 들어가자마자, 엄마는 온갖 끔찍한 물건들 속에 자기 혼자 남겨둔 것에 대해 벌을 내리기라도 하듯 모든 일에 박차를 가했다. 맹렬하게 채소들을 꺼내면서 광속으로 지시를 내렸다.

"너, 카멀이든 재키든 누구든 간에 감자부터 담아봐. 셰이, 이것 좀 갖다놓고. 거기 말고, 멍청한 녀석. 저기 놓으라니까. 애슐리, 예쁜 내 새끼, 할머니를 위해서 식탁 좀 닦아주겠니? 그리고 프랜시스, 넌 가서 네 아버지하고 얘기라도 좀 해라. 침대에 다시 누우셨는데, 말 상대가 필요한 모양이더라. 어서!"

엄마가 빨리 가보라며 내 머리를 행주로 때렸다.

그때 홀리가 내 옆에 다가오더니, 크리스마스 마을에서 올리비아에게 주려고 산 채색 도자기를 보여주고 산타의 요정들을 만난 이야기를 자세히 들려주었다. 아이가 사촌들과 잘 어울리는 것을 보니 내 판단이 옳았다는 느낌이 들었다. 그러고서 아버지한테 가보려는데, 전투가 한창인 국경에 서서도 계속해서 잔소리를 퍼부을 능력을 가진 엄마가 다시 한번 나를 향해 행주를 집어던졌다. 나는 엄마를 피해 나왔다.

침실은 아파트의 다른 곳보다 춥고 조용했다. 아버지는 베개를 등에 받친 채 가만히 앉아 있었다. 아마 밖에서 들리는 소리를 듣고 있던 모양이었다. 복숭아 장식, 술이 주렁주렁 달린 물건들, 스탠딩 램프에서 새어 나오는 은은한 불빛까지, 야단스러우리만치 부드러운 침실의 인테리어가 아버지를 더욱 기괴하고도 강하고 사나운 모습으로 만드는 것 같았다. 여자들이 아버지를 놓고 싸운 이유를 알 것도 같았다. 각진 턱과 툭 튀어나온 광대뼈, 쉴 새 없이 푸른색 불꽃을 내뿜는 푸른 눈동자. 그 이상한 조명 아래 아버지는 여전히 젊은 날의 야성적인 지미 매키로 보였다.

아버지의 손만이 현재 상태를 드러내고 있었다. 손은 엉망이었다. 손가락이 크게 부풀어 굽어 있는데다 손톱은 부패해가는 듯 하얗고 거칠었다. 손은 쉴 새 없이 움직이며 담요에서 삐져나온 실오라기를 신경질적으로 잡아당기고 있었다. 방 안에서는 환자 냄새와 약 냄새, 발 냄새가 풍겼다.

"말동무가 필요하시다면서요."

아버지가 말했다. "담배나 한 대 피우자."

아버진 여전히 정신이 맑은 것 같았다. 내성이 생길 정도로 평생 술을 마셨으니, 해악을 눈으로 확인할 수 있으려면 한참이 지나야 할 터였다. 나는 엄마의 화장대 의자를 침대 쪽으로 돌렸지만 너무 가까이 붙이지는 않았다.

"여기서 담배 피우면 엄마한테 혼날 것 같은데요."

"그년이 나가면 되지."

"사랑은 죽지 않는다는 걸 확인하니 좋네요."

"담배만 주고 너도 나가."

"안 돼요. 아버지야 얼마든지 엄마한테 화낼 수 있을지 몰라도, 난 착한 아들이 될 거니까요."

그 말에 아버지는 씩 웃었다. 기분 좋은 웃음은 아니었다.

"잘해봐라." 그러고서 아버지는 갑자기 정신이 번쩍 든 것처럼 내 얼굴을 예리하게 쳐다보았다. "그런데 왜?"

"그러면 안 돼요?"

"이제껏 한 번도 엄마를 행복하게 해준 적이 없잖아."

나는 어깨를 으쓱였다.

"내 딸이 할머니를 많이 좋아해요. 그 말은 곧 일주일에 반나절씩 이를 악물고라도 엄마한테 알랑거려야 한다는 뜻이죠. 그래야 우리 가 서로 싸우는 모습을 홀리에게 보이지 않을 수 있을 테니까요. 이 제 그렇게 할 거예요. 점잖게 부탁하신다면 아버지한테도 그렇게 해드릴 수 있어요. 적어도 홀리가 같은 방에 있을 때는 말이에요."

아버지가 웃음을 터뜨렸다. 베개에 기댄 채로 너무 심하게 웃다가 발작적인 기침이 터져 나왔다. 아버지는 숨을 헐떡거리며 화장대에 있는 휴지를 가리켰다. 내가 휴지를 건넸다. 아버지는 휴지에 가래 를 뱉은 뒤 휴지통으로 던졌지만, 빗맞고 옆에 떨어졌다. 난 그대로 내버려뒀다. 다시 말을 할 수 있게 되자 아버지가 내뱉었다.

"멍청한 놈."

"자세히 말씀해보시죠?"

"듣기 좋진 않을 텐데."

"상관없어요. 아버지 입에서 마지막으로 좋은 말이 나온 게 언제인지도 모르겠는데."

아버지는 침대 협탁으로 힘겹게 손을 뻗어, 물인지 뭔지가 들어 있는 잔을 들고 천천히 마셨다.

"네가 젊었을 때 저지른 모든 짓거리들이 멍청하단 소리야." 아버지가 입을 닦으며 말을 이었다. "홀리는 대단한 아이야. 너하고 네 엄마가 싸운다 해도 전혀 신경 쓰지 않을 거다. 그건 너도 알잖아. 네가 네 엄마랑 잘 지내겠다는 건 딴 이유가 있어서겠지."

"아버지, 사람들은 가끔 서로 잘 지내보려고 노력하기도 해요. 이유 같은 것 없어요. 상상하기 힘들다는 건 알지만, 정말이에요. 그냥 이런 일도 있는 거죠."

아버지가 고개를 젓더니 다시 힘겹게 웃었다. "넌 아니야."

"그럴 수도 있겠죠. 아니면 그저 아버지가 나에 대해 모든 걸 알고 있다고 믿고 싶은 걸 수도 있고요."

"허튼수작 마. 난 너희 형제들을 잘 알아. 너희 둘이 늘 똑같은 인간이었다는 것도 알고."

케빈 얘기는 아닌 것 같았다. "별로 안 닮았어요."

"완전히 똑같아. 너희 둘 다 그럴싸한 구실 없이는 그 애 인생에 아무것도 하지 않았고, 꼭 알아야 할 경우가 아닌 다음에야 아무에게도 그 이유를 설명하지 않았어. 그런 점에 있어서만큼은 너희들이 한 핏줄이라는 걸 부정할 수 없었지."

아버지는 즐기고 있었다. 나는 닥치고 있어야 한다는 걸 알았지만, 도저히 그럴 수가 없었다.

"난 가족들과 달라요. 완전히 다르다고요. 그렇게 되지 않으려고 이 집에서 나간 거니까. 확실하게 달라지기 위해 평생을 보냈어요."

아버지가 비웃듯 눈썹을 치올렸다.

"말하는 것 봐라. 너한텐 우리가 부족하다는 거냐? 이십 년간 너를 먹여주고 재워줬으면 할 만큼 한 거야."

"할 말이 없네요. 어쨌든 난 가학적으로 화를 내진 않아요."

그 말에 아버지는 다시 웃다가 숨이 넘어가도록 기침을 했다.

"네가? 적어도 난 내가 개자식이라는 걸 아는데. 넌 아닌 것 같아? 말해봐. 지금 이런 내 꼴을 보는 게 즐겁지 않다고 내 눈을 보면서 말해보란 말이다."

"이건 특별한 경우니까요. 좋은 사람들에겐 그러지 않아요."

"그래? 보아하니 지금 아주 신이 나는 모양이구나. 피는 못 속이는 법이지. 아들아, 혈통이 말해준다고."

"난 평생 여자를 때린 적 없어요. 평생 아이를 때린 적도 없고요. 내 아이는 결코 내가 취한 모습을 볼 일 없을 거예요. 심각하게 병적인 개자식이나 그런 일들을 자랑스럽게 여기겠죠. 뭐, 어쩔 수 없는 일이지만. 어쨌든 그 모든 것이 내가 아버지와 공통점이 없다는 증거예요."

아버지가 날 쳐다봤다.

"넌 네가 나보다 좋은 아빠라고 생각한다는 거구나."

"엄밀히 말해 스스로를 치켜세운 건 아니에요. 새끼를 보살피는 떠돌이 개가 아버지보다 나은 경우도 봤으니까요."

"한 가지만 대답해주면 이 얘긴 그만하마. 만일 네가 그런 성자고 우리가 그런 끔찍한 인간들이라면, 어째서 네 자식을 핑계 삼아 여기로 돌아온 거지?"

나는 문 쪽으로 돌아섰다. 동시에 뒤에서 아버지의 말소리가 들렸다.

"앉아."

그 말이 내 속에 있던 다섯 살의 나를 붙잡아, 나도 모르게 다시 의자로 돌아가 자리에 앉을 수밖에 없었다. 일단 그렇게 되었으니 스스로 선택해서 앉은 것처럼 굴어야 했다.

"아무래도 이야기를 끝내고 가는 게 좋을 것 같네요."

한마디 명령을 내린 것만으로도 아버지는 기운이 빠진 모양이었다. 몸을 앞으로 내밀어 이불을 움켜잡은 채 숨을 거칠게 몰아쉬고 있었다. 아버지가 헐떡거리며 말했다. "끝나면 말해주마."

"그래요. 가능한 한 빨리요."

아버지는 등에 대고 있던 베개를 좀더 높이 올렸다. 나는 거들지 않았다. 우리가 이렇게 가까이 얼굴을 마주하고 있다는 생각만으로도 소름이 끼쳤다. 서서히 아버지의 숨소리가 정상으로 돌아왔다. 머리 위쪽 천장에는 경주용자동차 모양의 균열이 여전히 남아 있었다. 예전에 아침 일찍 잠이 깨면 그대로 침대에 누워, 케빈과 셰이 형의 숨소리나 뒤척거림, 잠꼬대를 들으며 그 균열 자리에 시선을 고정한 채 공상에 빠지곤 했다. 창문 너머 하늘의 금빛이 사라져, 이제 세상은 차가운 심해의 푸른색으로 변해 있었다.

아버지가 말했다. "내 말 잘 들어라. 난 이제 얼마 못 살 거야."

"그런 얘긴 엄마한테 하세요. 엄마가 훨씬 잘 알 테니까."

내 기억에 엄마는 죽음의 문턱까지 갔던 적이 있다. 하반신 어딘가의 알 수 없는 병 때문이었을 것이다.

"악담이긴 하지만 네 엄마가 우리 중에 제일 오래 살 거다. 나야 내년 크리스마스도 볼 수 있을지 알 수 없지만."

아버지는 기대 누워 손으로 가슴을 누르며 앓는 시늉을 했다. 그 목소리에서 진실성이 적어도 아주 조금은 드러났다.

"죽을 계획이라도 세운 거예요?"

"네가 무슨 상관이야? 내가 네 앞에서 불에 타고 있어도 꼼짝도 안 할 놈이."

"그거야 그렇죠. 하지만 궁금해서요. 사람이 멍청하다고 죽는 경우는 없을 테니까요."

"등 상태가 점점 나빠지고 있어. 종종 다리 감각도 없고. 요전에는 아침에 일어나 바지를 입다가 두 번이나 넘어지는 바람에 다리가 탈골됐지. 의사 말로는 여름 전에 휠체어 신세를 지게 될 거라더라."

"하나만 가정해볼게요. 아버지가 술을 끊으면 '등'이 좋아진다거나, 적어도 더 나빠지지 않을 거라고 하지는 않았어요?"

진절머리 난다는 듯 아버지의 얼굴이 일그러졌다.

"다 그 계집애 같은 녀석이 지껄이는 헛소리야. 그 자도 이제 엄마 젖을 떼고 진짜 술을 마실 필요가 있다니까. 남자가 몇 잔 정도 마시는 건 일도 아닌데."

"맥주 몇 잔이 아니라 보드카니까 문제죠. 술 마시는 게 그렇게 몸에 좋다면 아버진 죽을 일이 없지 않겠어요?"

아버지가 대꾸했다.

"불구자로 사는 건 남자로서의 삶이라고 할 수 없어. 꼼짝도 못하고 집에 갇혀 지내면서, 엉덩이를 닦거나 목욕할 때도 누군가의 도움을 받아야 한다면 말이지. 난 그렇게 살기 싫다. 결국 그렇게 된다면 난 죽을 거야."

또다시 자기 연민에 빠져 심각해진 목소리였다. 이러는 건 요양원에 미니바가 없기 때문일 것이다. 하지만 기저귀를 차기 전에 죽겠다는 문제라면 좀더 얘기해볼 만했다.

"어떻게요?"

"계획이 있어."

"아무래도 내가 놓친 게 있는 모양이네요. 그래서, 대체 나한테 뭘어쩌라고요? 동정심을 바라는 거라면 더이상 남은 게 없어요. 도움을 바라는 거라면 줄을 서서 기다리셔야 할 거고요."

"너한테 바라는 거 없어, 멍청한 놈 같으니. 네놈이 아가리를 닥치고 들을 준비가 되면 중요하게 할 말이 있어서 이러는 거지. 넌 네 목소리가 너무 좋아서 그렇게 떠드는 거냐?"

너무 한심해서 인정하고 싶지 않지만, 내심 마음 한편에는 아버지가 진짜로 뭔가 가치 있는 이야기를 할지 모른다는 기대가 있었다. 그 사람은 내 아버지였다. 세상에서 제일 멍청한 인간이라고 여기기 전이었던 어린 시절, 나한테는 세상에서 가장 똑똑한 사람이었다. 아버진 모르는 것이 없고, 한 손으로 헐크를 때려눕히면서 다른 한 손으로는 그랜드피아노를 들어 올릴 수 있다고 생각했다. 아버지가 웃어주면 그날 하루가 환했다. 게다가 만일 내게 귀한 진주 같은 아버지의 조언이 필요한 날이 단 하루 있다면 바로 오늘이 될 것이다. 내가 말했다.

"들어볼게요."

아버지는 침대에서 힘겹게 몸을 일으켰다.

"사람은 무언가를 가만히 내버려둘 때를 알아야 하는 법이야."

나는 기다렸다. 하지만 아버지는 어떤 대답을 기대하는 듯 골똘히 나를 바라보았다. 지금 내가 자기를 가만히 내버려두어야 한다는 요지의 깨우침인가? 뭔가 더 있을 거라고 기대하다니, 미련한 나를 주먹으로 한 대 치고 싶었다. 내가 말했다.

"좋네요. 정말 감사드려요. 마음에 담아두죠."

나는 다시 자리에서 일어났다. 하지만 아버지가 이상하게 변한 한쪽 손을 내밀어 내 손목을 잡았다. 생각했던 것보다 훨씬 민첩하고, 아귀힘도 셌다. 아버지와 살이 맞닿자 머리카락이 곤두섰다.

"다시 앉아서 내 말 들어. 내가 너한테 하고 싶은 말은 이거다. 평생 온갖 거지 같은 일들을 견뎌오면서도 난 자살을 생각해본 적이 한 번도 없어. 난 나약하지 않으니까. 하지만 누군가 내게 기저귀를 채우는 순간, 난 죽을 거야. 왜냐하면 더이상 이겨야 할 싸움이 남아 있지 않기 때문이지. 넌 무엇과 맞서야 하고 무엇을 내버려두어야 하는지 알아야 해. 알아들어?"

"내가 궁금한 건 이거예요. 왜 갑자기 나한테 관심을 보이는 거죠?"

아버지가 나를 한 대 후려칠 것 같았다. 하지만 아니었다. 아버지는 내 손목을 놓더니 마치 남의 것인 양 자기 손을 살펴보며 관절을 주무르기 시작했다.

"받아들이든 말든 마음대로 해. 내가 널 어떻게 할 수는 없으니. 하지만 오래전에 누군가 나한테 가르쳐줬으면 좋았겠다고 생각한 게 바로 이거야. 그랬으면 화를 덜 입었을 텐데. 나 자신도 내 주변 사람들도."

이번에는 내가 크게 웃을 차례였다.

"정말 놀랍네요. 지금 아버지 입으로 다른 사람들 걱정을 한 거예요? 이러다 정말 죽겠어요."

"비웃지 마. 이제 다 컸으니, 혹시 네가 목숨을 잃게 돼도 그건 내 탓이 아니라 네 잘못이야."

"대체 무슨 소리를 하는 거예요?"

"그냥 하는 말이야. 오십 년 전에 잘못된 일이 지금까지 계속 이어 져왔어. 이젠 그걸 끊어내야 할 때야. 만일 내가 오래전에 그들을 내 버려뒀더라면 지금 많은 것이 달라져 있을 거다. 훨씬 나았을 거야."

"테시 오번 아주머니랑 있었던 일을 말씀하시는 거예요?"

"그 여자는 너랑 아무 상관 없어. 네가 테시라고 부르는 그 여자를 보면 알겠지만, 네 엄마가 아무것도 아닌 일로 또다시 상심할 필요 가 없다는 소리야. 무슨 말인지 알겠어?"

아버지의 절박해 보이는 푸른 눈은 내가 풀기에는 너무 많은 비밀 들로 가득 차 있었다. 완전히 새로운, 부드러운 부분까지 포함해서. 아버지가 다른 사람의 상처를 걱정하는 것을 이제껏 나는 단 한 번 도 본 적이 없었다. 방 안 공기에 뭔가 거대하고 위험한 것이 떠돌고 있는 것 같았다. 한참 뒤에 내가 말했다.

"난 잘 모르겠어요."

"그럼 미련한 짓 하지 말고 확실해질 때까지 기다려. 난 내 아들 들을 잘 알지. 항상 그랬어. 네가 무슨 이유로 여기 왔는지도 알아. 네가 알고 있는 것이 확실해지기 전에는 이 집에서 아무 짓도 하지 마."

밖에서 엄마가 뭔가를 두드리는 소리와 달래는 듯 중얼대는 재키 의 목소리가 들렸다. 내가 말했다.

"지금 무슨 생각으로 그런 소리를 하시는 건지 알면 더 많은 것이 확실해질 것 같은데요."

"난 죽어가고 있어. 내가 가기 전에 몇 가지만이라도 바로잡으려는 중이다. 난 지금 너한테 떠나라고 하는 거야. 우린 네가 이곳에서 문제 일으키는 거 원하지 않아. 아무 짓도 하지 말고 그냥 돌아가란 말이야. 우릴 그냥 내버려둬."

나도 모르게 말이 튀어나왔다. "아버지."

갑자기 아버지는 지쳐 보였다. 안색이 물에 젖은 판지 색이었다.

"네 꼴 보는 것도 지겹다. 나가서 네 엄마한테 차 한잔 들이라고 해라. 오늘 아침처럼 오줌 맛 나는 차 말고, 이번에는 제대로 끓여서 가져오라고 해."

싸울 생각은 없었다. 내가 원하는 건, 홀리를 데리고 나가 닷지를 타고 여기서 빠져나가는 것뿐이었다. 우리가 저녁도 안 먹고 가면 엄마는 화를 낼 것이다. 하지만 이미 지난 일주일 동안 셰이 형의 보금자리를 충분히 흔들었다. 게다가 난 가족들이 허용하는 인내심의 한계를 심각하게 잘못 가늠하고 있었다. 올리비아의 집으로 돌아가는 길에 어디서 쉬는 것이 좋을까? 어디가 됐든 거기서 홀리에게 저녁을 먹이고, 미친 듯이 날뛰는 내 심박 수가 정상으로 돌아올 때까지 그 애의 작고 귀여운 얼굴을 볼 것이다. 나는 문 앞에서 말했다.

"다음 주에 올게요."

"내가 말했지. 돌아가라고. 다신 오지 마라."

아버지는 나를 쳐다보지도 않았다. 나는 베개에 기대 컴컴한 창문만 쳐다보며 정상이 아닌 손으로 실밥을 뜯고 있는 아버지를 남겨둔 채 방에서 나왔다.

엄마는 주방에 있었다. 반쯤 익은 고기의 거대한 관절 부위를 무자비하게 푹푹 찌르면서 카멀 누나에게 대런의 옷차림에 대해 잔소리를 퍼붓고 있었다("변태처럼 저따위로 입고 다니면 일자리를 얻지 못할 거야. 미리 말해주지 않았다고 나중에 원망 말고, 애 데리고 나가서 엉덩이 한 대 때려준 다음 제대로 된 치노 바지를 사 입혀……"). 재키와 개빈, 카멀 누나의 다른 식구들은 텔레비전 앞에 모여, 웃통을 벗은 남자가 더듬이가 많이 달리고 꿈틀거리는 뭔가를 먹고 있는 장면을 바라보며 멍하니 입을 벌리고 있었다. 홀리는 거기 없었다. 셰이 형도 없었다.

21

"홀리 어디 있어?"

내가 물었다. 목소리가 평소와 다르게 들리든 말든 상관없었다.

텔레비전을 보고 있던 사람들 중 누구도 돌아보지 않았다. 엄마가 주방에서 큰 소리로 대답했다.

"셰이가 수학 숙제 봐준다고 같이 위층에 갔어, 프랜시스. 지금 올라가볼 거면 삼십 분 뒤에 식사 준비 끝나니까 시간 맞춰 내려오라고 해⋯⋯. 카멀 오레일리, 넌 여기 와서 내 말 마저 들어! 저렇게 드라큘라처럼 입고 갔다간 대런은 시험장에 들어가지도 못한다니까⋯⋯."

나는 날듯이 계단을 뛰어 올라갔다. 다 올라가는 데 백만 년은 걸린 것 같았다. 위쪽에서 뭔가 재잘대는 홀리의 목소리가 들렸다. 밝고 행복한 목소리였다. 나는 셰이 형의 집 문 앞에 도착할 때까지 숨도 쉬지 못했다. 어깨로 문을 밀고 들어가려는 순간, 홀리의 목소리가 들려왔다.

"로지란 사람은 예뻤어요?"

갑자기 멈춰 서는 바람에 만화에 나오는 사람처럼 문에 얼굴을 박을 뻔했다. 셰이 형이 말했다.

"그래, 예뻤어."

"우리 엄마보다 더 예뻐요?"

"난 네 엄마를 잘 모르잖아. 그렇지? 얼핏 봐서는 네 엄마랑 비슷한 정도로 예쁜 것 같아. 정확한 건 아니고 거의 그렇다는 거지."

홀리의 입가에 미소가 떠오르는 모습이 눈에 선했다. 두 사람은 아주 편안하고 사이좋게 이야기를 나누고 있었다. 삼촌과 삼촌이 가장 아끼는 조카의 대화랄까. 철면피에 나쁜 놈이지만, 형의 목소리는 아주 평온했다.

"아빠는 그 사람이랑 결혼하려고 했대요."

"어쩌면."

"아빠는 했을 거예요."

"하지만 못 했지. 자, 이제 다음 문제를 볼까. 타라에겐 금붕어 백여든다섯 마리가 있고, 어항 한 개에는 일곱 마리씩 넣을 수 있어. 타라는 몇 개의 어항이 필요할까?"

"아빠가 결혼 못 한 건 로지가 죽었기 때문이잖아요. 로지가 자기 부모님한테 우리 아빠랑 같이 잉글랜드로 갈 거라는 편지를 썼대요. 그런데 누군가 그 사람을 죽인 거죠."

"오래전 일이야. 이제 딴 이야긴 그만하자. 이러다간 금붕어를 어항에 못 넣겠어."

키득거리는 소리가 나더니, 홀리는 한참 동안 삼촌의 격려를 받으며 나눗셈에 집중했다. 나는 문 옆에 있는 벽에 기대선 채 숨을 가다듬으며 정신을 차렸다.

내 몸의 모든 근육이 문을 박차고 들어가 내 딸을 데려오라고 성화였지만, 사실상 세이 형은 아직 완전히 미치지 않았고 홀리 역시 위험하지 않았다. 나쁜 상황은 아니다. 홀리가 삼촌에게서 로지에 관한 이야기를 끄집어내려 하지 않는가. 내가 경험으로 아는데, 홀리는 이 지구상에 있는 어느 누구보다도 고집이 세다. 그 애가 형에게서 무엇이든 알아낸다면 내게는 무기가 될 것이다.

홀리가 의기양양하게 외쳤다.

"스물일곱 개! 그리고 마지막 어항에는 금붕어 세 마리만 들어가요."

"정답! 잘했어."

"누군가 우리 아빠랑 결혼하는 걸 막으려고 그 사람을 죽인 건 아닐까요?"

잠시 침묵이 흘렀다. "네 아빠가 그렇게 말하던?"

저 쓰레기 같은 놈. 나는 손이 아플 정도로 계단 난간을 꽉 움켜잡았다. 홀리는 다소 무심한 목소리로 대답했다.

"아빠한텐 안 물어봤어요."

"누가 무슨 이유로 로지 데일리를 죽였는지는 아무도 몰라. 너무 오래전 일이라 알아내기도 힘들고. 지난 일이니 어쩔 수 없지."

그러자 홀리는 애달프게, 그러면서도 아홉 살짜리다운 절대적인 확신을 가지고 말했다.

"우리 아빠가 알아낼 거예요."

"그래?"

"네, 아빠가 그렇게 말했어요."

셰이 형은 아이 앞에서 체통을 지키느라 간신히 독설의 기미를 지우고 대꾸했다.

"네 아빠는 경찰이잖아. 그런 식으로 생각하는 게 직업이지. 자, 이제 이걸 좀 보자. 데즈먼드가 사탕 삼백마흔두 개를 가지고 있는데, 친구 여덟 명과 나눠 먹으면 각각 몇 개씩 먹게 될까?"

"책에는 '사탕'이라고 나오지만, 답을 쓸 때는 과일 조각으로 쓰라고 했어요. 사탕은 몸에 안 좋다고요. 그런데 그건 너무 바보 같아요. 어차피 상상 속의 사탕이잖아요?"

"바보 같긴 해. 그래도 계산은 마찬가지잖아. 자, 그럼 과일 조각을 몇 개씩 먹게 되지?"

이어 연필로 숫자를 적는 사각사각 소리가 집 안쪽에서 희미하게 들렸다. 두 사람이 눈을 깜박거리는 소리까지 들을 수 있을 것 같았다. 홀리가 말했다.

"케빈 삼촌은 어떻게 된 거예요?"

또다시 침묵이 흐른 뒤에 셰이 형이 말했다. "뭐가 말이니?"

"누가 삼촌을 죽였어요?"

"케빈은 아니야. 아무도 케빈을 죽이지 않았어."

그의 목소리는 이상하게 뭔가 맺혀 있는 것처럼 뒤틀려 있었다. 지금껏 한 번도 들어보지 못한 목소리였다.

"확실해요?"

"아빠가 뭐라고 해?"

아이는 다시 무심한 목소리로 대답했다.

"아까 말했잖아요. 아빠한테는 안 물어봤어요. 아빠는 케빈 삼촌 얘기 안 좋아해요. 그래서 삼촌한테 물어보는 거예요."

"그래, 케빈 말이지." 그가 귀에 거슬리는 이상한 소리로 웃었다. "지금 네가 이 일을 이해할 수 있을지 모르겠구나. 잘 모르겠으면 이해할 수 있을 때까지 기억해두렴. 케빈은 어린애였어. 절대 어른이 되지 못했지. 서른여섯 살이나 먹어서도, 여전히 세상 모든 일이 자기 뜻대로 될 거라고 생각했단다. 자기한테 맞든 맞지 않든, 세상은 그 자체로 돌아간다는 생각을 결코 하지 못했지. 그래서 그 애는 깜깜한 밤에 폐가 근처에서 어슬렁거렸던 거야. 당연히 자기는 괜찮을 거라고 생각했으니까. 그러다 결국 창문에서 떨어졌지. 이야긴 이걸로 끝."

난간의 목재가 내 손아귀에 붙들린 채 뒤틀리고 갈라지는 것만 같았다. 그 단호한 목소리로 알 수 있었다. 셰이 형은 앞으로 남은 평생 이 이야기를 반복할 것이다. 어쩌면 자신조차 정말 그렇게 믿고 있는지도 몰랐다. 내가 보기엔 아니었지만, 그래도 이런 식으로 제멋대로 굴게 내버려두면 언젠가는 정말 그렇게 믿을지도 모른다.

"폐가가 뭐예요?"

"버려진 집이라는 뜻이야. 다 무너져가는 집. 위험한 곳이지."

홀리는 한참 생각에 잠겼다가 말했다.

"삼촌은 죽지 말았어야 했는데."

"그래." 형이 말했다. 갑자기 지친 듯 열의 없는 목소리였다. "그랬어야지. 그 애가 그렇게 되길 바란 사람은 아무도 없어."

"그럼 로지가 죽기를 바란 사람은 있었던 거예요?"

"그것도 몰라. 때로는 그냥 그런 일이 일어나."

홀리가 도전적으로 말했다.

"아빠가 그 사람이랑 결혼했으면 우리 엄마랑 결혼하지 않았을 거고, 그럼 나도 태어나지 않았을 거잖아요. 난 그 사람이 죽어서 좋아요."

복도 등의 타이머 버튼에서 갑자기 잠음이 울렸다. 나도 모르게 건드린 모양이었다. 나는 두근거리는 심장을 안고 텅 빈 어둠 속에 가만히 서 있었다. 그 순간, 로지가 편지를 누구 앞으로 남긴 건지 홀리에게 말해준 적이 없다는 사실이 떠올랐다. 그렇다면 그 애는 편지를 직접 본 것이다.

뒤이어, 나는 홀리가 사촌들과 함께 놀고 싶다며 그토록 사랑스러우면서도 심금을 울리는 이야기를 해놓고 굳이 수학 숙제를 들고 온 이유가 뭔지를 깨달았다. 그 애는 삼촌과 단둘이 있을 구실이 필요했던 것이다.

홀리는 단계별로 모든 계획을 세웠다. 그 애는 이 집에 들어선 순간 본능적으로 날카롭게 비밀을 파헤쳤고, 교활하면서도 치명적인 계략을 세웠다. 거기에 손을 대고, 자기 것으로 삼았다.

"피는 못 속이는 법이지." 아버지의 목소리가 귓가에 울렸다. 아버지는 재미있어하는 듯한 목소리로 날카롭게 말을 이었다. "그러니까 넌 네가 나보다 좋은 아빠라고 생각한다는 거구나." 그동안 나는 올리비아와 재키가 모든 것을 망쳐버렸다는 독선적인 생각에 빠져 있었다. 두 사람이 어떻게 해도 달라질 건 없다고, 여기서 우리를 구해낼 방법은 없다고 말이다. 전부 내 불찰이었다. 늑대 인간처럼 달을 향해 울부짖고 싶었다. 이런 내 피를 뽑아낼 수만 있다면 손목을 물어뜯을 수도 있을 것 같았다.

셰이 형이 말했다.

"그렇게 말하면 안 돼. 죽은 사람이잖니. 로지에 대해선 안식을 빌어주고 그만 잊어. 우린 다시 수학 문제나 풀어보자."

연필로 종이 위에 숫자를 쓰는 부드러운 소리가 들렸다.

"음…… 마흔두 개?"

"틀렸어. 다시 풀어보자. 이번에는 좀더 집중해서 말이야."

"셰이 삼촌."

"응?"

"하나만 더 말해도 돼요? 저번에 내가 여기 왔을 때 삼촌이 전화 받느라 침실에 들어갔었잖아요?"

홀리가 뭔가 큰 걸 터뜨리려 한다는 느낌이 왔다. 그래서인지, 셰이의 목소리에도 경계심이 담겨 있었다.

"그런데?"

"연필심이 부러졌는데 연필깎이가 없었어요. 미술 시간에 클로이가 빌려 갔거든요. 한참 기다렸는데도 삼촌은 전화를 받느라 나오질 않았어요."

형이 부드럽게 물었다. "그래서 어떻게 했니?"

"서랍장 안에 다른 연필이 있나 찾아봤어요."

한동안 침묵이 흘렀다. 아래층 텔레비전에서 나오는 신경질적인 여자 말소리만 높은 천장과 두꺼운 벽과 두꺼운 양탄자를 뚫고 희미하게 울릴 뿐이었다.

"그러다 뭔가를 찾았구나." 형이 말했다.

홀리는 기어 들어가는 소리로 대답했다. "죄송해요."

그 자리에서 문을 박차고 안으로 들어갈 뻔했지만, 나는 두 가지 이유로 그대로 밖에 서 있었다. 첫 번째는 홀리가 이제 겨우 아홉 살짜리 어린애라는 점이다. 산타는 몰라도 요정은 있다고 믿는 아이, 몇 달 전만 해도 자기가 어릴 때 날개 달린 말을 타고 침실 창문 밖으로 나가 하늘을 날아다녔다고 말하던 아이다. 만일 홀리가 알아낸 증거가 확실한 무기라면, 언젠가 그 애의 말을 다른 누군가가 믿어주길 바란다면, 내가 뒷받침할 수 있어야 한다. 난 셰이 형의 입에서 나오는 말을 들어야만 했다.

두 번째 이유는, 어쨌든 당장은 덩치 큰 악당으로부터 내 딸을 구하기 위해 총을 들고 뛰어들어야 하는 상황이 아니라는 점이다. 나는 문에서 새어 나오는 밝은 빛을 쳐다보며 계속 귀를 기울였다. 마치 내가 몇백만 킬로미터 떨어진 곳에 있고, 방에서 나는 소리는 몇백만 년 늦게 들리는 것 같았다. 이 상황을 알면 올리비아가 어떻게 생각할지는 뻔했다. 정상적인 인간이라면 누구나 같은 생각을 할 것이다. 그럼에도 난 문밖에 가만히 서서 홀리가 나를 위해 지저분한 일을 해주기를 기다리고 있었다. 현장에서 일하며 부정직한 짓을 그토록 많이 저질렀음에도 그 때문에 밤에 잠을 깬 적은 없었다. 하지만 이번 경우는 다르다. 만일 지옥이 있고 내가 그곳에 가게 된다면, 그건 깜깜한 복도에 서 있는 이 순간 때문일 것이다.

"다른 사람한테 얘기했니?" 제대로 숨 쉬기도 힘든 듯한 목소리로 형이 말했다.

"아뇨, 그땐 그게 뭔지 몰랐거든요. 이틀 전에 알게 됐어요."

"홀리, 삼촌 말 좀 들어봐. 비밀 지켜줄 수 있겠니?"

홀리는 대답했다. 자부심이 굉장한 목소리였다.

"그걸 본 지 한참 됐어요. 몇 달도 훨씬 전일 거예요. 그런데 지금까지 아무 말도 안 했어요."

"그래, 넌 말하지 않았을 거야. 착한 아이니까."

"그렇죠?"

"그래, 맞아. 앞으로도 계속 그래줄 수 있겠니? 혼자만 알고 있을 수 있겠어?"

침묵이 흘렀다.

"홀리, 만약에 네가 다른 사람한테 그 이야길 하면 어떻게 될지 생각해봤어?"

"삼촌이 곤란해지겠죠."

"그럴 거야. 삼촌은 아무 짓도 안 했어. 알았니? 하지만 사람들은 그렇게 생각하지 않을 거야. 감옥에 가게 될지도 몰라. 삼촌이 감옥 갔으면 좋겠어?"

홀리는 고개를 숙였는지 목소리가 잠긴 것처럼 가라앉아 있었다.

"아뇨."

"그래, 그럴 줄 알았어. 난 아무 짓도 안 했는데, 그럼 어떻게 될까? 만약에 아빠한테 말하면 어떻게 될 것 같아?"

확신이 없는 듯 아이의 숨소리가 작아졌다.

"아빠가 화를 낼까요?"

"엄청 화를 낼 거야. 미리 말하지 않았다고 우리 두 사람한테 화를 내겠지. 그리고 널 다시는 여기 데려오지 않을 거야. 할머니도, 나도, 도나도 못 보게 되는 거지. 네 아빠는 또 네 엄마한테 말해서 재키 고모까지 얼씬거리지 못하게 할 거야." 그는 아이가 그 말의 의미를 이해하도록 잠시 시간을 주었다가 다시 물었다. "또 뭐가 있을까?"

"할머니. 할머니가 많이 놀라실 거예요."

"할머니도 그렇고 고모들도, 사촌들도 그래. 모두 뿔뿔이 흩어지겠지. 아무도 어떻게 생각해야 할지 모를 거야. 그중엔 너를 믿지 못하는 사람도 있을 수 있어. 전쟁처럼 큰 싸움이 일어날 거야." 그가 또다시 한참 동안 시간을 주었다. "홀리, 그렇게 되면 좋겠어?"

"아뇨……."

"물론 아니겠지. 일요일마다 여기 와서 우리들과 재미있게 시간을 보내고 싶잖아. 할머니가 네 생일날 루이즈한테 만들어준 거랑 똑같은 스펀지케이크를 만들어줬으면 좋겠고, 네 손이 조금 더 커지면 대런한테 기타를 배우고 싶기도 하고. 그렇지?" 부드러운 유혹에 아이의 마음이 움직이는 듯했다. "너도 우리랑 같이 있고 싶지? 같이 산책도 가고, 저녁도 먹고, 즐거운 시간을 보내면서 말이야. 안 그래?"

"그래요. 다른 가족처럼요."

"바로 그거야. 다른 가족은 서로를 잘 보살펴줘. 그래서 가족인거지."

매키 가문의 꼬마답게, 홀리는 모든 말을 자연스럽게 받아들였다. 그 애가 입을 열었다. 여전히 흔들리긴 했지만, 내심 어딘가에서 새로운 종류의 확신이 움트기 시작한 듯한 목소리였다.

"아무한테도 말하지 않을게요."

"아빠한테도?"

"네, 아빠한테도 말 안 할 거예요."

내 속에서 분노가 치밀어 오르기 시작했다. 눈앞의 어둠 너머에서 아주 부드럽고 상냥한 셰이 형의 목소리가 들려왔다.

"착하구나, 정말 착해. 넌 내가 가장 아끼는 조카란다. 알지?"

"네."

"이건 우리 둘만의 특별한 비밀로 남겨두자. 그렇게 하겠다고 약속해줄래?"

나는 흔적을 남기지 않고 사람을 죽이는 갖가지 방법을 떠올렸다. 그리고 홀리가 약속한다고 말하기 전에, 숨을 들이마시며 문을 열었다.

두 사람의 모습은 그림 같았다. 셰이 형의 아파트는 깔끔하다 못해 거의 아무것도 없는 막사 같았다. 낡은 마룻장, 색 바랜 올리브그린 빛깔의 커튼, 특색 없는 가구 몇 점, 아무것도 걸려 있지 않은 흰색 벽. 재키한테 듣기로 셰이 형은 미친 필즈 부인이 죽은 뒤에 이 집에 들어와 십육 년을 살았다고 했다. 그런데도 그곳은 여전히 임시 거처처럼 보였다. 두 시간 전에만 통지하면 흔적도 없이 짐을 싸들고 나갈 수 있을 것 같았다.

셰이 형과 홀리는 작은 나무 탁자 앞에 앉아 있었다. 앞에 아이 책을 펼치고 앉은 두 사람의 모습이 꼭 오래된 그림 속 인물 같았다. 어느 시대에나 볼 수 있을 법한, 아버지와 딸이 다락방에 앉아 비밀스러운 이야기를 나누는 장면 말이다. 키 큰 램프의 흐릿한 불빛을 받은 두 사람은 단조로운 방 안에서 보석처럼 빛나고 있었다. 홀리의 금발과 루비처럼 빨간 카디건, 형의 진초록 스웨터와 윤기 나는 짙은 청흑색 머리카락. 홀리의 발이 허공에 떠 있지 않도록 탁자 밑에 발판을 두었는데, 그 발판이 방에서 제일 새 물건 같았다.

사랑스러운 그림은 짧은 순간만 지속되었다. 그들은 마리화나를 피우다 현장에서 적발된 십 대처럼 펄쩍 뛰었다. 당황한 기색이 역력한 푸른 눈까지 두 사람은 완전히 똑같았다. 홀리가 말했다.

"셰이 삼촌이 도와줘서 수학 숙제하는 중이었어!"

홀리는 밝은 얼굴로, 전혀 아무 일도 없었다는 듯한 표정을 짓고 있었다. 아이가 냉혹한 스파이가 된 것 같았다.

"그래, 그렇구나. 많이 했어?"

"응."

아이가 재빨리 삼촌을 힐끗 쳐다보았다. 셰이 형은 아무런 표정 변화 없이 나를 바라보고 있었다.

"잘했네." 나는 두 사람 뒤로 가, 어깨 너머로 수학 공책을 대충 살폈다. "정말 많이 한 것 같은데. 삼촌한테 고맙다고 인사했어?"

"응. 여러 번 했어."

나는 형을 향해 눈짓했다. "애가 인사했으니까 됐지?"

"그 정도로는 보람이 없는데. 난 예의를 중요하게 생각하는 사람이거든."

홀리가 불편한 듯 의자에서 뛰어내렸다. "아빠……."

"홀리, 남은 숙제는 할머니 집에 내려가서 해. 할머니가 셰이 삼촌이랑 아빠 어디 있냐고 물어보면 둘이 조금만 얘기하다가 내려갈 거라고 말씀드리고. 알았지?"

"알았어." 아이가 천천히 가방에 자기 물건들을 챙겨 넣었다. "할머니한테 다른 말은 안 할 거야."

우리 두 사람 모두를 향해 얘기한 걸까? 내가 말했다.

"그래. 그럴 거라는 거 아빠도 알아. 아빠랑은 나중에 얘기하자. 이제 내려가봐, 어서."

짐을 다 챙긴 홀리는 혼란스러운 표정으로 한 번 더 우리 두 사람을 번갈아 쳐다보았다. 아이가 어른들이 할 수 있는 이상으로 상황을 이해하려 애쓰는 모습을 보고 있자니 차라리 형이 알아서 본색을 드러내줬으면 싶었다. 내 곁을 스쳐 지나가면서 아이는 자기 어깨로 내 옆구리를 눌렀다. 아이를 꼭 안아주고 싶었지만 대신 부드러운 머리를 쓰다듬고 뒷목을 한 번 꽉 잡아주었다. 홀리는 계단에 깔린 두꺼운 양탄자 위를 요정처럼 가볍게 뛰어갔다. 이윽고 할머니 집에서 아이를 맞이하는 목소리들이 들렸다.

나는 문을 닫고 말했다.

"애가 여기서 나눗셈 공부를 그렇게 오래 했으니 실력이 얼마나 늘었을지 궁금하네. 재밌지 않아?"

셰이 형이 대답했다. "애가 똑똑하던데. 조금 거들어줬을 뿐이야."

"그거야 나도 알지. 그런데 거들겠다고 나선 사람이 다름 아닌 형이잖아. 내가 얼마나 고맙게 생각하고 있는지 알아줬으면 해." 나는 밝은 불빛 아래 홀리가 앉았던 의자를 돌려 그의 손이 닿지 않는 곳에 놓고 앉았다. "집 좋은데."

"고마워."

"필즈 부인이 살았을 때는 벽마다 피오 교황 초상화가 도배되어 있었고 정향 냄새가 지독했는데. 솔직히 어떻게 바꿔도 그보다는 나았을 거야."

셰이 형은 천천히 몸을 움직여 의자에 기대앉았다. 자연스럽게 팔다리를 벌렸지만, 어깨 근육은 금방이라도 뛰어오를 호랑이처럼 잔뜩 긴장되어 있었다.

"내가 손님 대접이 시원찮았네. 마실 것 한잔 줄까? 위스키 괜찮아?"

"좋지. 저녁 식사 전에 목도 축일 겸."

셰이 형이 의자를 뒤로 젖히자 찬장에 손이 닿았다. 형은 술병과 술잔 두 개를 꺼냈다.

"얼음 넣어?"

"그게 좋겠네."

이 자리에 나만 남겨두는 것이 내키지 않는 눈빛이었지만, 형으로서는 선택의 여지가 없었다. 셰이 형은 술잔을 들고 주방으로 가 냉동실을 열고 얼음을 꺼내 넣었다. 술은 티어코넬 싱글 몰트로 제법 좋은 위스키였다.

"맛을 좀 아는데."

"그래서, 놀랐어?" 형이 술잔을 차게 하느라 얼음을 흔들며 자리로 돌아왔다. "섞어 마실 것까지는 바라지 마."

"날 뭘로 보고."

"그렇지. 여기 다른 걸 섞는 사람은 술 마실 자격 없다니까." 셰이 형은 탁자에 술잔 두 개를 내려놓고 손가락 세 개 정도 높이로 술을 따른 뒤 내 앞으로 한 잔을 밀어주었다. "건배." 형이 자기 잔을 집어 들며 말했다.

"건배." 우리는 잔을 부딪쳤다. 금빛 침전물과 보리와 꿀을 태운 위스키였다. 모든 분노가 내게서 증발해버렸다. 나는 정신을 차리고 냉정을 되찾았다. 그리고 언제나처럼 일할 태세를 갖췄다. 금방이라도 망가질 듯한 탁자 앞에서 서로를 마주 보고 있는 우리 두 사람을 제외하곤 이 세상에 아무도 없는 것 같았다. 삭막한 불빛이 만든 그림자가 형의 얼굴을 위장 물감으로 칠한 듯 얼룩덜룩하게 물들였고, 방 구석구석에 거대한 덩어리를 쌓아 올렸다. 너무나 친숙한 느낌에 마음이 가라앉을 지경이었다. 마치 이 순간을 위해 평생 연습해왔던 것처럼.

"그래, 집에 오니 기분이 어때?" 셰이 형이 물었다.

"비웃는군. 난 그런 건 절대 놓치지 않지."

"말해봐. 앞으로 계속 정기적으로 찾아오겠다는 얘기 진심이야? 아니면 카멀 누나 기분 맞춰주려고 그냥 해본 소리야?"

나는 형을 보며 싱긋 웃었다.

"내가 뭐 하러 기분을 맞춰? 정말이야. 진심으로 한 말이었어. 형도 기쁘고 좋아?"

형의 입꼬리가 뒤틀리며 위로 올라갔다.

"카멀 누나랑 재키는 네가 가족들이 그리워서 찾아오는 거라고 생각할 텐데. 그러다 언젠가 큰 충격을 받겠군."

"이거 서운한데. 지금 그거, 내가 가족들 따위 신경도 안 쓴다는 얘기야? 형은 몰라도 다른 가족들 생각은 한다고."

그가 술잔을 든 채 웃었다. "넌 여기서 발언권 없어."

"형한테 알려줄 게 하나 있는데, 모든 사람들에겐 발언권이 있어. 그리고 발언권이 있든 없든, 난 카멀 누나와 재키를 행복하게 해주기 위해서라도 자주 올 거야."

"잘됐네. 너한테도 아버지 일으키는 법을 알려줘야겠구나."

"하긴, 내년에는 형이 돌봐드리기 힘들 테니까. 자전거 가게 일도 있고."

셰이 형의 눈 속에 뭔가가 스쳐 지나갔다. "그래, 그렇지."

나는 잔을 들었다. "잘해봐. 나도 기대하고 있어."

"잘될 거야."

"그야 물론이지. 하나만 더 말하자면, 내가 여기 자주 들락거리긴 해도 이사 오는 일은 없을 거야." 나는 즐거운 표정으로 집 안을 둘러보았다. "우리 중에도 삶을 누리는 사람이 있어야지. 무슨 뜻인지 알지?"

또다시 셰이 형의 눈에서 뭔가가 보였지만 목소리는 그대로였다.

"너한테 이사 오라고 한 적 없어."

나는 어깨를 으쓱였다.

"그래도 누군가는 가까이 있어야지. 형이 모를지도 모르지만, 아버지는…… 요양원에 가려고 하지 않으실 테니까."

"그 문제에 대해서도 네 의견 구한 적 없어."

"그냥 말을 해주는 게 나을 것 같아서. 아버지가 만일의 사태에 대비해 계획이 있다고 하시던데. 내가 형이라면 아버지 약 개수를 세어볼 것 같아."

순간 형의 눈에서 불꽃이 튀었다.

"잠깐, 너 지금 아버지를 보살피는 게 내 일이라고 말한 거야? 그래?"

"그런 거 아니야. 그냥 알고 있으라는 거지. 혹시 뭔가 잘못되더라도 형이 자책하며 살지는 않았으면 하니까."

"자책이라니? 아버지 약 개수를 세고 싶으면 네가 세. 난 평생 식구들을 보살펴왔어. 더이상은 내가 할 일이 아니야."

"그거 알아? 이제 곧 형은 반짝이는 갑옷을 입고 모든 사람들을 지키는 기사로 살아왔다는 생각을 버려야 할 거야. 기분 나쁘게 듣지는 마. 옆에서 보는 거야 재밌긴 하지만, 환상과 망상 사이에는 미세한 차이가 있어. 형은 지금 그 아슬아슬한 경계에서 이리저리 뛰는 중이고."

그가 고개를 저었다. "넌 몰라. 아무것도 모른다고."

"그럴까? 저번에 케빈하고 둘이 옛날이야기를 좀 했는데, 형이 우리를 어떻게 보살펴줬는지에 대해서 말이야. 뭔가 마음에 떠오르는일 없어? 내가 아니라 케빈이 그 일을 기억하고 있던데. 형이 우리를 16번지 지하실에 가뒀던 거 말이야. 그때 케빈이 몇 살이었지? 두 살이나 세 살쯤 됐을 때였나? 삼십 년이나 지났는데도 케빈은 여전히 그곳에 가기 싫어했어. 어릴 적 그날 밤 보살핌을 너무 잘 받았다고 느꼈던 거지."

세이 형은 뒤로 넘어갈 정도로 의자를 젖히며 큰 소리로 웃었다. 불빛 때문에 형의 눈과 입이 형태 없는 검은 구멍처럼 보였다.

"그날 밤. 그래, 그랬지. 그날 밤 무슨 일이 있었는지 알고 싶어?"

"케빈은 오줌을 지렸어. 긴장증에 걸렸고. 난 그 애를 데리고 밖으로 나가려고 창문에 붙어 있던 널빤지를 떼어내느라 손이 너덜너덜해졌어. 그게 전부야."

그러자 세이 형이 말했다. "아버지가 해고당한 날이었어."

우리가 어릴 때 아버지는 주기적으로 해고를 당했다. 그나마도 고용된 상태일 때 얘기지만. 보통 해고 통지 대신 일주일 치 임금을 주며 아버지를 내보내곤 했는데, 그러면 가족 모두에게 고난이 시작되었다. 세이 형이 말을 이어갔다.

"밤이 늦었는데도 아버지가 돌아오지 않았지. 엄마는 우리 모두를 침대로 데려갔어. 그땐 뒤쪽 침실에 있는 침대에서 엄마까지 넷이 같이 잘 때였거든. 재키는 태어나기 전이었고, 카멀 누나도 우리랑 같이 방을 썼지. 엄마는 욕을 내뱉었어. 아버지가 술에 취해 그대로 잠들어버렸거나, 내기 돈을 주지 않고 도망가다 잡혀서 감옥에 들어갔길 바라면서 현관문을 잠가버렸지. 그런데 케빈이 칭얼거리기 시작했어. 이유는 모르겠지만, 아마 아버지가 보고 싶었던 모양이야. 그러자 엄마는 케빈에게 입 다물고 조용히 자지 않으면 아빠는 영원히 돌아오지 않을 거라고 했어. 내가 이제 어떻게 되는 거냐고 물으니까 엄마는 말했지. '넌 이 집안의 가장이 될 거야. 네가 우리 모두를 보살피게 될 거야. 뭐가 됐든 저 멍청이보다는 좋은 직장을 얻어야겠지'. 그때 케빈이 두 살이었으면 난 몇 살이었을 것 같아? 겨우 여덟 살이었어."

"그 이야기에서 형이 순교자가 되는 줄은 몰랐네?"

"그런 뒤 엄마는 방을 나갔어. 애들은 잠이 들었지. 시간이 얼마나 지났는지 모르겠는데, 아버지가 문을 부수고 집에 들어왔어. 나랑 카멀 누나가 거실로 나가 보니 결혼 선물로 받았던 그릇들을 하나씩 벽에다 집어던지고 있는 거야. 얼굴이 하얗게 질린 엄마는 온갖 이름으로 아버지를 부르면서 제발 그만하라고 소리를 지르고. 카멀 누나가 달려가 붙잡자 아버지가 누나를 때렸어. 그러곤 빌어먹을 자식새끼들이 자기 인생을 망쳤다고 소리치기 시작했지. 죄다 고양이 새끼처럼 물에 빠뜨리거나 목을 베어버리고 다시 자유의 몸이 될 거라고 했어. 정말이야. 아버진 정말로 그랬을 거야."

셰이 형이 술잔에 위스키를 조금 더 부은 뒤 내 쪽으로 술병을 흔들었다. 나는 고개를 저었다.

"좋을 대로 해. 아버지는 그 자리에서 우리 모두를 죽여버릴 기세로 침실로 향했어. 엄마가 달려들어 아버지를 뒤에서 붙잡고는 나한테 동생들 데리고 나가라고 소리쳤지. 나는 이제 이 집의 가장이

었으니까. 안 그래? 그래서 난 너희들을 깨워 침대에서 일으킨 뒤
밖에 나가야 된다고 했어. 넌 욕을 하면서 투덜거렸지. 싫다고, 형이
시키는 대로 안 할 거라고……. 엄마가 아버지를 오래 붙잡고 있지
못할 게 분명했어. 그래서 소리를 버럭 지른 뒤에 케빈을 안고 네 티
셔츠 뒷목을 잡아끌어 밖으로 나갔지. 너희들을 데리고 내가 어딜
갈 수 있었을까? 가까운 경찰서?"

"이웃들이 있잖아. 아무 집이나 가면 됐지."

형의 얼굴에 환멸의 빛이 가득 퍼졌다.

"그랬으면 플레이스 전체에 우리 집안일이 속속들이 다 퍼지고 동
네 사람들에게 평생 뒷담화 거리를 제공했겠지. 그렇게 됐길 바라?"
셰이 형은 남은 술을 한 번에 들이켜더니, 찡그린 얼굴로 고개를 뒤
로 젖힌 채 잠시 그대로 있었다. "너라면 그랬을지도 모르겠다. 하지
만 난 너무 수치스러웠어. 겨우 여덟 살이었지만 그 정도 자존심은
있었으니까."

"여덟 살이었으면 나도 그랬을 거야. 이제 어른이 돼서 보니, 어린
동생들을 죽음의 덫에 가두는 게 자존심을 버리는 것보다 더 힘들
것 같다는 얘기지."

"그게 내가 너희들을 위해 할 수 있는 최선이었어. 너하고 케빈만
힘든 밤을 보냈을 것 같아? 아버지가 잠들고 내가 데리러 갈 때까지
너희들은 거기서 가만히 기다리면 되는 거였어. 그때 나도 너희들
이랑 같이 그 안전한 지하실에 숨어 있을 수 있었다면 뭐든 다 줬을
거야. 하지만 그럴 수 없었지. 난 집으로 돌아가야만 했어."

"그럼 형 치료비 청구서라도 나한테 보내든가. 나더러 뭘 어쩌라
는 거야?"

"난 지금 너한테 동정을 구하는 게 아니야. 그냥 얘기하는 거지. 예전에 너희끼리 어둠 속에 몇 분 있었던 것 때문에 내가 엄청난 죄책감을 느낄 거라 기대하지 말라고."

"설마 그 소소한 이야기가 사람 둘을 죽인 것에 대한 변명은 아니겠지?"

한참 동안 침묵이 흘렀다. 이윽고 셰이 형이 말했다.

"언제부터 문 앞에서 엿듣고 있었던 거냐?"

"엿들을 필요도 없었어."

다시 잠시의 침묵 후, 형이 말했다.

"홀리가 너한테 무슨 말을 할 거야."

나는 대답하지 않았다.

"그럼 넌 그 애 말을 믿겠지."

"그야 내 딸이니까. 팔불출이라고 해도 좋아."

셰이 형이 고개를 저었다.

"그런 말이 아니야. 홀리는 어린애라는 뜻이지."

"어리긴 해도 멍청하지는 않아. 거짓말도 안 하고."

"맞아. 하지만 어마어마한 상상력을 가지고 있기도 하지."

누가 내 남성성에서부터 엄마의 생식기에 이르기까지 온갖 것을 들먹이며 욕을 해대도 나는 눈 하나 깜박한 적이 없다. 하지만 홀리를 무시하는 그의 말에 또다시 혈압이 오르기 시작했다. 형이 그 사실을 눈치채기 전에 내가 얼른 말했다.

"이건 확실히 짚고 넘어가자. 난 홀리 얘길 들을 필요가 없어. 형이 로지와 케빈에게 무슨 짓을 했는지 정확하게 알고 있으니까. 형이 생각하는 것보다 훨씬 전부터 알고 있었어."

잠시 뒤 셰이 형이 다시 의자를 뒤로 젖히더니 찬장으로 손을 뻗어 담뱃갑과 재떨이를 끌어 내렸다. 홀리 앞에서는 담배를 피우지 않았던 것이다. 형은 천천히 담뱃갑의 비닐을 벗기고, 담배 끝을 탁자에 톡톡 두드린 뒤 불을 붙였다. 형은 생각에 잠겨 머릿속을 정리하고 있었다. 한 발자국 뒤로 물러나 새로 만들어진 판을 자세히 살펴보는 셈이었다.

마침내 그가 입을 열었다.

"지금 네 앞엔 세 가지 다른 게 놓여 있어. 네가 알고 있는 것. 네가 알고 있다고 생각하는 것. 그리고 네가 이용할 수 있는 것."

"이런, 셜록 나셨군. 그래서?"

뭔가 결심을 한 듯 셰이 형의 어깨가 들썩였다가 뻣뻣하게 굳었다. 형이 말을 이었다.

"그러니 확실히 해야지. 난 네 여자 친구를 해치려고 그 집에 들어간 게 아니야. 막상 일이 벌어지기 전까지 그런 생각은 꿈에도 한 적 없어. 내가 사악한 악당이 되기를 바란다는 거 알아. 네가 그동안 믿어온 모든 것들과 기가 막히게 맞아떨어진다는 것도 알고. 하지만 그런 게 아니야. 그렇게 단순한 게 아니었어."

"그럼 제대로 설명해봐. 도대체 거긴 왜 갔는데?"

셰이 형은 탁자에 팔꿈치를 괴고는 재떨이에 담뱃재를 털면서 오렌지색 불꽃이 나타났다가 사라지는 것을 지켜보았다.

"자전거 가게에서 일을 시작한 첫 주부터, 급료로 받은 돈을 동전 한 푼까지 몽땅 모았어. 돈 봉투는 파라 포셋* 포스터 뒤쪽에 붙여뒀

---

* 1970년대를 풍미한 금발의 여배우.

고. 그 포스터 기억나지? 그래서 너나 케빈, 아버지는 그 돈에 손을 댈 수 없었어."

"내 돈은 배낭에 숨겼는데. 안감 속에 넣고 테이프 붙여서."

"그래. 사실 금액은 크지 않았어. 엄마한테 생활비 주고 맥주 몇 잔 마시고 나면 얼마 남지 않았으니까. 하지만 그게 이 집구석에서 제정신으로 버틸 유일한 방법이었어. 돈을 셀 때마다 생각했지. 방을 구할 돈을 모을 때쯤이면 네가 동생들을 보살필 수 있을 만큼 나이를 먹었을 테고. 카멀 누나도 널 도와줄 거라고. 누난 언제나 착실한 사람이었으니까. 너랑 누나가 힘을 합치면 케빈과 재키가 앞가림할 나이가 될 때까지 충분히 그 애들을 보살필 수 있을 거라고 생각했어. 내가 원했던 건 혼자만의 작은 공간이었어. 친구들을 부를 수 있고, 여자 친구를 데려올 수 있는 그런 공간. 더이상 아버지 때문에 선잠을 자지 않고 밤마다 푹 쉴 수 있는 그런 곳 말이야. 약간의 고요와 평화를 원했어."

오래된 갈망과 피로감이 섞인 목소리였다. 내가 형에 대해 잘 알지 못했다면 연민을 느꼈을 것이다.

"거의 다 됐었어. 목표에 근접해 있었지. 새해가 되면 제일 먼저 집을 알아보러 다닐 작정이었어……. 그런데 그때 카멀 누나가 약혼을 한 거야. 신용협동조합에서 대출만 받으면 곧바로 결혼할 생각이라는 걸 알게 됐지. 누나를 탓하는 건 아니야. 누나도 나처럼 기회를 잡아 빠져나갈 자격이 있었으니까. 우리 두 사람은 그럴 자격이 있었어. 그런데 네가 떠난 거야."

셰이 형은 술잔 너머로 지치고 악의적인 시선으로 나를 보았다. 형제애는커녕, 우리가 형제라는 사실조차 아예 잊은 듯했다. 형은 나를 최악의 순간마다 갑자기 길 한복판에 솟아나 자기 정강이를 깨뜨리는 커다랗고 묵직한 물체인 양 보고 있었다.

"넌 그런 상황을 전혀 몰랐을 거야. 그렇지? 어느 틈엔가 난 네가 런던인지 어딘지로 떠날 계획을 세우고 있다는 것을 알게 됐어. 난 래널러에서 행복하게 사는 거고. 이 빌어먹을 가족이랑 말이야. 제기랄, 가족들은 네가 책임질 차례였고, 난 빠져나갈 기회였는데. 그런데 우리 프랜시스는 자기 집 얻는 일에만 신경 쓰고 있었지."

"난 로지와 함께 행복하게 살고 싶을 뿐이었어. 그때가 지구상에서 가장 행복한 두 사람이 될 수 있는 좋은 기회였고. 하지만 형이 우리를 내버려두지 않았지."

형이 코로 담배 연기를 내뿜으며 웃었다.

"믿기 힘들겠지만, 그냥 내버려둘 작정이었어. 네가 떠나기 전에 죽도록 패서 멍투성이로 만든 다음에 배에 태울까 싶었지. 영국인들이 인상 더럽다며 널 괴롭히길 바라면서 말이야. 어쨌든 널 그냥 보내주기로 했지. 삼 년만 참으면 케빈이 열여덟 살이 될 거고, 그다음엔 그 녀석이 엄마와 재키를 지켜줄 수 있을 테니까. 그 정도는 기다릴 수 있다고 생각했어. 그런데 그때……."

셰이 형은 창문 너머 컴컴한 지붕과 헌네의 반짝거리는 장식품 쪽으로 시선을 돌렸다.

"아버지가 난동을 부렸어. 네가 로지와 같이 떠날 거라는 걸 알게 된 바로 그날 밤에. 아버지가 데일리네 집 앞에서 날뛰는 바람에 경찰이 달려오고……. 앞으로 삼 년이 어떨지 눈앞에 보이는 것 같았지. 아니, 그보다 점점 더 심해질 게 뻔했지. 넌 그 자리에 없어서 못 봤겠지만, 난 그게 너무 잘 보였어. 그날 밤은 정말 심했으니까."

그날 밤 나는 구름 위를 걷는 기분으로, 달빛을 받으며 집으로 돌아왔다. 눈부신 불빛, 플레이스 전체가 들썩이는 듯한 웅성거림. 카멀 누나가 깨진 그릇 조각을 쓸고 있었고, 셰이 형은 날카로운 칼들을 숨겼다. 그 모습에서 그날 밤 뭔가 큰일이 있었다는 것을 알았다. 지난 이십이 년 동안 나는 그날 밤 일이 로지를 벼랑 끝으로 내몰았다고 생각했다. 로지보다 더 벼랑 끝에 몰린 다른 누군가가 있을 거라는 생각은 하지 못했다.

"로지한테 날 버리라고 협박할 생각을 했다는 거군."

"협박은 아니었어. 그냥 그만두라고 말했지. 그래, 그랬어. 난 그럴 권리가 있었으니까."

"그런 말은 나한테 했어야지. 자기 문제를 해결하겠다고 여자를 괴롭히는 남자가 어디 있어?"

셰이 형이 고개를 저었다.

"너하고 해결할 수 있었다면 그렇게 했을 거야. 너랑 그렇고 그런 사이라는 이유만으로 아무 여자한테나 우리 집 문제를 떠들고 싶었을 것 같아? 하지만 난 널 잘 알고 있었어. 런던으로 가겠다는 생각이 네 머리에서 나올 리 없었지. 그때까지만 해도 넌 어린애나 마찬가지였으니까. 그것도 아주 멍청한 어린애. 그런 계획을 세울 머리나 배짱이 있기는커녕 혼자서는 아무것도 못 하는 애였다고. 런던에 가자는 건 로지 머리에서 나온 거지. 내가 화를 내고 가지 말라고 붙잡아도, 넌 그 애가 원하는 곳이면 어디로든 떠났을 거야. 그 여자애 없이 너 혼자서는 그래프턴 밖으로도 나가지 않았을 거고. 그래서 로지를 찾아 나갔던 거야."

"그리고 로지를 찾아냈지."

"어렵지 않았어. 너희 두 사람이 그날 밤 어디서 만날지 알았고, 로지가 16번지에 들를 거라는 것도 알고 있었으니까. 난 계속 깨어 있다가 네가 방을 빠져나가는 모습을 지켜봤어. 그런 뒤에 뒤뜰로 나가 담을 넘었지."

셰이 형이 담배를 한 모금 빨아들였다. 눈을 가늘게 뜨고 기억을 되새기는 모습이 담배 연기 사이로 보였다. "그 애를 놓칠까 봐 걱정 했는데, 위층 창문에서 내려다보니 네가 보였어. 집에서 뛰어나갔던 네가 배낭을 멘 채 가로등 불빛 아래 서 있었지."

형의 입을 한 대 갈겨버리고 싶다는 충동이 머리 뒤쪽으로 다시 올라오기 시작했다. 그날 밤은 나와 로지, 우리 두 사람만의 것이었 어야 했다. 지난 몇 달간 같이 지켜온 반짝거리는 비밀의 비눗방울 이 날아오르기 시작한 날. 그걸 형이 지저분한 손가락으로 전부 더 럽힌 것이다. 로지에게 키스하는 모습을 들킨 기분이었다.

형이 말했다.

"로지는 내가 왔던 것처럼 뒤뜰들을 지나왔어. 난 구석에 숨어 있 다가 로지를 따라 위층으로 올라갔지. 나 때문에 겁먹지 않을까 했 는데, 좀 놀라고 말더군. 확실히 대범한 애였어. 그 점은 높이 평가 해."

"그래, 로지는 정말 그랬지."

"난 로지를 괴롭히지 않았어. 그냥 말만 했지. 네가 알든 모르든, 프랜시스한테는 가족에 대한 책임이 있다고 말이야. 케빈이 그 일 을 떠안을 수 있을 때까지 이삼 년만 기다렸다가 어디든 좋은 곳으 로 가라고 했어. 그게 런던이든 오스트레일리아든 상관없다고. 하 지만 그때까지는 이곳에 있어야 한다고 했지. 그냥 그렇게만 말했어. 집으로 돌아가라고. 그 몇 년을 못 기다리겠으면 다른 남자 찾아보라고. 당장 잉글랜드에 가고 싶으면 가도 좋지만 프랜시스는 놔두고 떠나라고 했지."

"로지가 그 말을 순순히 받아들였을 것 같지는 않네."

셰이 형이 담배 연기를 내뿜으면서 코웃음을 쳤다.

"빌어먹을. 넌 원래 자기주장이 강한 애들을 좋아했지? 로지는 날 비웃으면서 집에 가서 잠이나 푹 자라고 했어. 안 그러면 여자애들한테 인기 없어진다면서 말이야. 하지만 내가 진지하다는 걸 깨닫고는 더이상 장난치지 않았지. 대신 화를 내더군. 다행히 큰 소리를 내진 않았어."

로지가 큰 소리를 내지 않은 건 불과 몇 미터 떨어진 담 너머에서 내가 기다리고 있다는 것을 알고 있었기 때문이다. 만일 로지가 큰 소리로 부르기만 했어도 나는 때맞춰 그리로 달려갈 수 있었을 텐데. 하지만 로지는 도움을 청할 생각이 없었다. 이런 멍청한 인간들은 혼자서도 잘 처리해왔으니까.

"그 애는 그 자리에 선 채로 대꾸했어. 자기 일이나 알아서 해라, 귀찮게 하지 말아라, 오빠가 자기 인생을 살 수 없다 해도 그건 우리랑 상관없는 문제다, 프랜시스가 오빠보다 열 배는 낫다, 오빤 너무 멍청하다, 어쩌고저쩌고…… 그런 애한테서 널 구해준 거니까 고마운 줄이나 알아."

"감사 카드라도 써야겠네. 계속 말해봐. 그래서 결국…… 그렇게 한 거야?"

형은 '그렇게'가 뭐냐고 되묻지 않았다. 더이상 그런 종류의 게임이 아니었으니까. 형의 목소리 한구석에는 여전히 해묵은 무력한 분노가 남아 있었다.

"난 설명하려고 했어. 내 상황이 얼마나 절망적인지, 아버지가 어떤 사람인지, 매일 어떤 기분으로 집에 돌아가는지, 아버지가 무슨 짓을 저질렀는지. 그저 로지가 잠깐만 내 말에 귀 기울여주길 바랐을 뿐이야. 알겠어? 그냥 내 말을 좀 들어달라는 거였다고."

"로지는 그러지 않았을 거야. 아주 대차게 굴었겠지."

"밖으로 나가버리려고 했어. 내가 문 앞을 막아서니까 내보내달라더군. 난 그 애를 붙잡았어. 그냥 가지 말라는 뜻으로 말이야. 그때까지만 해도……." 셰이 형은 천장을 쳐다보면서 고개를 저었다. "여자하곤 싸워본 적이 없었어. 그러고 싶지도 않았고. 하지만 로지는 얌전하게 내 말에 따라줄 생각이 없었어……. 성깔 있는 애답게 있는 힘껏 반항하기 시작했지. 난 온몸에 상처를 입었고, 하마터면 그 계집애 때문에 급소까지 날아갈 뻔했어."

그 리드미컬한 타격과 앙칼진 목소리. 나는 로지를 떠올리며 하늘을 향해 미소 짓지 않을 수 없었다.

"내가 바라는 건 하나밖에 없었어. 로지가 거기서 가만히 내 말을 들어주는 것. 그래서 그 애를 잡고 벽 쪽으로 밀어붙였지. 그러자 로지가 내 정강이를 걷어차더니 눈알을 뽑을 것처럼 손톱을 세우고 달려드는 거야……."

침묵이 흘렀다. 형은 방구석에 드리운 그림자들을 쳐다보며 말을 맺었다.

"나도 일이 그렇게 될 줄은 몰랐어."

"어쩌다 보니 그렇게 됐다는 거군."

"그래, 어쩌다 보니. 그 사실을 알고 난……." 그는 고개를 내저었다. 또다시 침묵이 흘렀다. "일단 정신을 가다듬었어. 로지를 그대로 두고 나갈 순 없었으니까."

그래서 지하실로 내려간 것이다. 셰이 형은 힘이 셌고, 로지는 그에게 그렇게 무겁지 않았다. 지하실까지 질질 끌려가며 계단의 시멘트 바닥에 부딪쳤을 로지의 몸을 생각하니 마음이 찢어질 것 같았다. 손전등, 쇠지렛대, 콘크리트 판. 형의 거친 숨소리. 저쪽 구석 어딘가에서 호기심에 눈을 반짝거리며 돌아다니는 쥐떼. 축축한 먼지 바닥 위에 느슨하게 말려 있던 로지의 손가락 모양.

내가 물었다.

"편지는? 로지의 주머니를 뒤진 거야?"

로지의 축 늘어진 몸을 뒤지는 셰이 형의 손. 나는 형의 목을 물어뜯을 뻔했다. 형도 알아챈 모양이었다. 그의 입술이 경멸하듯 위로 올라갔다.

"내가 그런 짓을 했을 것 같아? 로지를 옮길 때 외에는 손도 대지 않았어. 그 편지는 로지가 놔둔 거야. 내가 위층에 올라가기도 전에 로지가 이미 그 자리에 남겨놓은 거라고. 나중에 그 편지를 읽었어. 그리고 그 애가 어디로 갔는지 궁금해할 사람들을 위해 편지 뒷부분만 남겨놓기로 했지. 그건 마치……." 셰이 형은 소리 없이 숨을 내쉬었다. 꼭 웃고 있는 것처럼. "운명 같았어. 계시 같은 것 말이야."

"편지 앞부분은 왜 가져간 거야?"

형이 어깨를 으쓱였다.

"그럼 어떻게 해? 일단 주머니에 쑤셔 넣었다가 나중에 없앨 생각이었어. 나중에 어떻게 될지 모르잖아. 뭐든 어딘가에는 쓸모가 있는 법이니까."

"정말 쓸모가 있었네. 그것도 형이 한 짓이었어. 그 일 역시 계시 같았나 보지?"

형은 내 말을 무시했다.

"넌 여전히 길에 서 있었어. 결국은 포기를 하더라도 한두 시간은 더 기다릴 태세였지. 그래서 난 집으로 돌아갔어."

로지를 기다리다가 슬슬 불안해지기 시작할 즈음 들리던 소리, 뒤뜰 쪽에서 한참 이어지던 부스럭 소리는 그때 났던 것이다.

알고 싶은 걸 다 물어보려면 몇 년은 걸릴 터였다. 로지의 마지막 말은 무엇이었는지, 자기가 죽을 거라는 걸 알고 있었는지, 겁에 질리진 않았는지, 고통은 없었는지, 끝까지 나를 부를 생각이 없었던 건지. 형은 지옥에서라면 대답할지 몰라도, 지금 이 자리에서는 한마디도 벙긋할 것 같지가 않았다.

대신 나는 말했다.

"그렇게까지 했는데도 내가 집에 돌아가지 않았으니 많이 실망했겠네. 그래프턴 스트리트보다 훨씬 먼 곳까지 갔지. 런던만큼은 아니지만, 충분히 멀리 갔어. 정말 놀랐을 거야. 날 과소평가했던 형으로서는."

셰이 형의 입이 비틀렸다.

"오히려 과대평가한 셈이지. 그 빨간 머리 계집애만 없으면 가족들이 널 필요로 한다는 걸 알아차릴 거라고 생각했었거든." 그는 탁자 쪽으로 몸을 숙이며 턱을 내밀고는 긴장감이 누그러지기 시작한 목소리로 말을 이었다. "넌 우리한테 빚을 졌어. 나와 엄마, 카멀 누나한테. 우린 널 먹여주고, 입혀주고, 안전하게 지켜줬지. 아버지와 너 사이엔 우리가 있었잖아. 카멀 누나와 난 제대로 학교도 못 다녔어. 그 덕에 네가 제대로 공부할 수 있었던 거야. 우린 너를 붙잡을 권리가 있었어. 로지 데일리는 널 그런 식으로 데려갈 권리가 없었고."

"그래서 형은 로지를 죽일 권리가 있었단 말이네."

셰이 형은 입술을 깨물며 담배를 한 대 더 꺼내더니 담담한 목소리로 말을 이었다.

"그런 식으로 말하고 싶으면 그렇게 해. 난 어떻게 된 일인지 알고 있으니까."

"좋겠네. 그럼 케빈은 어떻게 된 걸까? 그건 뭐라고 말할래? 살인?"

철문이 쾅 닫히듯 형의 표정이 그대로 굳었다.

"케빈 일은 몰라. 정말이야. 내가 내 동생을 다치게 했을 리 없잖아."

나는 큰 소리로 웃었다.

"그렇겠지. 그럼 그 애는 어쩌다 창문에서 떨어졌을까?"

"추락한 거야. 컴컴한데다 술에 취한 상태라 위험한 줄도 모르고 갔겠지."

"분명히 말하지만 그럴 리 없어. 케빈은 그곳이 어떤지 너무 잘 아니까. 대체 뭘 하려고 거기 갔을까?"

그는 공허한 푸른 눈으로 어깨만 으쓱이곤 담뱃불을 붙였다.

"그걸 내가 어떻게 알아? 들리는 말로는 케빈이 죄책감에 시달리다 그곳에 갔다고도 하고, 널 만나러 갔을 거라는 얘기도 돌았어. 나야 그 애가 신경 쓰이는 무언가를 발견해서 확인해보러 갔을 거라고 생각하지만."

형은 똑똑하게도 케빈의 주머니에서 발견된 편지 조각에 대해서는 언급하지 않았다. 원래도 그런 식으로 대화를 유도하는 데 능한 사람이다. 또다시 형의 얼굴에 주먹을 날리고 싶다는 충동이 강하게 밀려왔다.

"그건 형 얘기고. 그런 식으로 이야기를 몰아가고 싶은 거잖아."

그가 문을 쾅 닫듯이 단언했다.

"그 애는 추락했어. 어쩌다 보니 그렇게 된 거야."

내가 입을 열었다.

"내 생각을 말해줄게." 나는 형의 담뱃갑에서 담배를 한 대 꺼냈다. 그러곤 내 술잔에 위스키를 조금 따른 뒤 그림자가 드리운 쪽으로 몸을 기댔다. "옛날 옛적에 삼형제가 있었어. 이러니까 무슨 동화 같네. 어느 늦은 밤, 잠에서 깬 막내는 뭔가 평소와 다르다는 것을 알았어. 침실에 자기 혼자밖에 없었던 거야. 형들이 다 없어진 거지. 밤중엔 별일 아니라고 생각했지만, 아침에 일어나 생각해보니 보통 일이 아니었어. 형들 중 한 명은 돌아왔지만 다른 형은 사라져버렸으니. 그렇게 둘째 형과는 이십이 년 동안 만나지 못했지."

세이 형의 얼굴은 그대로였다. 근육 하나 움직이지 않았다.

"집을 나갔던 형은 죽은 여자를 찾으러 돌아왔고, 결국 찾아냈어. 그제야 막내는 어릴 적 그날 밤 여자가 죽었다는 걸 알게 돼. 바로 형들이 없어졌던 그날 밤에 말이지. 둘 중 한 명은 그 여자를 사랑해서 나갔고, 다른 한 명은 그 여자를 죽이러 나갔던 거야."

"말했잖아. 난 로지를 다치게 할 마음이 없었다고. 그리고 넌 케빈이 그 모든 일들을 총체적으로 이해할 만큼 똑똑하다고 생각해? 지금 나랑 장난하자는 것도 아니고."

신랄한 일격에 지금 나만 분노를 억누르고 있는 건 아니라는 것을 알았다. 기분이 약간 나아졌다.

"그 정도는 천재가 아니어도 알 수 있어. 그리고 그 불쌍한 녀석은 사실을 알고 아주 혼란스러웠을 거야. 믿고 싶지 않았겠지. 케빈은 자기 형이 여자를 죽였다는 사실을 도저히 믿을 수가 없었어. 아마 이 세상에서의 마지막 하루 동안 뭔가 다른 설명을 찾아내기 위해 엄청나게 머리를 썼을 거야. 그날 케빈은 나한테 수도 없이 전화를 했어. 내가 그 해답을 찾아주거나, 아니면 골치 아픈 문제를 맡아주길 바랐겠지."

"이건 무슨 상황이지? 동생의 전화를 받지 않았다는 죄책감에 나한테 모든 책임을 전가하기로 한 거야?"

"난 형 이야기를 끝까지 잘 들었어. 그러니까 내 이야기도 끝까지 하게 해줘. 일요일 저녁, 케빈은 머리가 복잡했어. 형이 말한 것처럼 그 애가 대단히 똑똑한 건 아니었으니까. 케빈은 직접적으로 부딪쳐봐야겠다고 생각했을 거야. 형과 솔직하게 남자 대 남자로 이야기하고, 형이 무슨 말을 하는지 들어볼 작정이었지. 그래서 그 멍청한 녀석은 형한테 16번지에서 만나자고 하고 자기 발로 그곳에 들어갔어. 말해봐. 형한테 케빈은 친동생이 아니었어? 무슨 돌연변이라고 생각한 거야?"

셰이 형이 말했다. "케빈은 보호받았어. 평생 그랬지."

"지난 일요일에는 보호받지 못했어. 케빈은 그날 아주 약해진 상태였지만, 자기는 절대 안전할 거라 생각했지. 형은 그 애한테 온갖 독설을 퍼부었을 거야. 나한테 했듯이 가족에 대한 책임이니 뭐니 하며 한바탕 늘어놓았겠지. 하지만 그런 말들은 케빈에겐 아무 의미가 없었어. 그 애가 아는 건 단순하고 확실한 사실이었으니까. 셰이 형이 로지 데일리를 죽였다. 그건 케빈이 감당하기엔 너무 힘든 일이었어. 대체 그 애가 무슨 말로 형의 화를 돋운 건데? 나랑 연락이 되는 즉시 사실대로 털어놓을 작정이라고 했어? 아니면 그 애 얘기 들어보지도 않고 그냥 죽여버린 건가?"

형은 앉은 자리에서 요란하게 몸을 들썩여 내 말을 가로막았다.

"넌 아무 생각이 없구나. 그렇지? 너희 둘 다 그랬어."

"형이 나서서 좀 알려주든가. 가르쳐줘, 제발. 애초에 어떻게 창밖으로 머리를 내밀게 한 거야? 뭔가 별거 아닌 사소한 속임수였을 것 같긴 한데, 어떻게 한 건지 듣고 싶어."

"내가 그랬다고 누가 그래?"

"말해봐, 형. 정말 궁금해 미칠 것 같으니까. 케빈의 머리가 박살난 다음 형은 잠시 그대로 위층에 남아 있었어? 아니면 곧장 내려와서 케빈의 주머니에 편지를 집어넣었어? 형이 내려갔을 때 케빈은 아직 살아 있었어? 신음 소리를 내면서? 형을 알아봤나? 그 애가 도움을 청했어? 설마 그 자리에 서서 그 애가 죽어가는 걸 지켜본 거야?"

형이 탁자 앞으로 몸을 웅크렸다. 거센 바람에 맞서는 양 고개를 숙이고 양팔로 몸을 감싸 안았다. 그러곤 낮은 목소리로 말했다.

"네가 집에서 나간 뒤로 나한테 이십이 년 만에 기회가 왔어. 빌어먹을 이십이 년. 그 세월이 어땠을지 넌 상상이나 해봤어? 나를 제외한 형제자매들은 각자의 인생을 살았지. 보통 사람들처럼 결혼도 하고, 아이도 낳고, 돼지처럼 행복하게 말이야. 그런데 난 여기 있어. 여기, 이 빌어먹을 곳에……." 셰이 형은 입을 꾹 다물고는 손가락으로 탁자를 툭툭 두드렸다. "나도 그 모든 것들을 누릴 수 있었어. 그럴 수 있었다고……."

조금 진정이 된 듯, 형은 거칠게 몰아쉬던 숨을 가다듬고 담배를 힘껏 빨아들였다. 손이 떨리고 있었다.

"이제야 기회를 다시 잡았어. 많이 늦은 건 아니야. 아직까지는 젊으니까. 자전거 가게나 집도 살 수 있고, 가족도 만들 수 있어. 아직은 여자를 만날 수 있겠지. 누구도 그 기회를 앗아 갈 수 없어. 아무도. 이번엔 안 돼. 두 번은 안 된다고."

"그런데 케빈이 찬물을 끼얹을 참이었지."

셰이 형이 다시 동물처럼 거칠게 숨을 몰아쉬었다.

"내가 기회를 잡으려 할 때마다, 손에 닿을 듯 가까워질 때마다 동생들이 발목을 잡았지. 케빈에게 설명하려고 했지만 그 애는 알아듣지 못했어. 멍청한 바보에 제멋대로인 아이는 어디든 걸려 넘어지는 게 일이지. 아무것도 모르고……."

그는 말끝을 흐렸다. 그러곤 고개를 저으며 담배 연기를 뿜어냈다.

"이번에도 어쩌다 보니 일이 그렇게 됐다는 거네. 형은 참 운이 나빠. 그렇지?"

"재수가 없었어."

"그럴 수도 있어. 한 가지만 아니었으면 나도 속아 넘어갔을 거야. 편지 말이지. 케빈이 창문에서 떨어진 순간 갑자기 편지가 떠오르진 않았을 거 아냐? 물론 그런 상황에서 그게 얼마나 유용했을지는 나도 알아. 나를 지난 이십이 년간 배회하게 만든 그 편지 말이지. 하지만 형도 그걸 가지러 집까지 갈 수는 없었을 거야. 16번지를 드나드는 모습을 들킬 위험이 있으니까. 형은 편지를 지니고 있었어.

모든 계획을 세워놓았던 거야."

셰이 형이 번뜩이는 푸른 눈으로 내 눈을 쳐다보았다. 나를 의자에서 떨어뜨리기라도 할 듯, 강렬한 증오가 담긴 눈빛이었다.

"넌 정말 뻔뻔해. 알고는 있는 거냐? 나보다 더한 철면피 주제에."

방구석에 드리워 있던 그림자들이 천천히 검은색 덩어리로 뭉쳐졌다. 형이 말을 이었다.

"내가 그 일을 잊었을 것 같아? 너 좋으라고?"

"무슨 말을 하는지 모르겠군."

"그래, 그렇겠지. 날 살인자라고 부르는 건……."

"조언 하나 해줄까? 살인자라고 불리기 싫으면 사람을 죽이지 말았어야지."

"나도 알고 너도 알잖아. 너도 다를 바 없다는 거. 넌 배지를 단 채 경찰 친구들을 데리고 으스대며 돌아왔어. 너 자신을 속이고, 네가 좋아하는 사람들도 속일 수 있었겠지. 하지만 날 속이지는 못해. 넌 나나 마찬가지야. 우린 완전히 똑같아."

"아니, 완전히 다르지. 난 사람을 죽인 적이 없으니까. 그걸 모르겠어?"

"넌 좋은 사람이고, 그래, 성자 같은 사람이니까? 허튼소리 마, 역겨우니까. 넌 도덕성도, 신성함도 없어. 네가 사람을 죽이지 않은 유일한 이유는 네 아랫도리가 네 머리를 이겨서야. 만일 그 여자애한테 휘둘리지만 않았으면 지금쯤 살인자가 됐을 테니까."

침묵이 흘렀다. 방구석에 쌓인 그림자들이 소용돌이치고 있었다. 아래층 텔레비전에서 웅얼거리는 소리가 들렸다. 형이 경련을 일으키듯 끔찍한 미소를 지어 보였다. 그 끔찍했던 일. 지금껏 내가 한 번도 입에 올린 적 없던 일.

당시 난 열여덟, 형은 열아홉 살이었다. 금요일 밤이라 수당을 받아 블랙버드에서 술을 마시고 있었다. 원래는 거기 있고 싶지 않았다. 로지와 춤을 추러 가고 싶었지만, 그땐 이미 맷 데일리가 딸에게 지미 매키의 아들 근처에도 가지 말라는 엄명을 내린 뒤였다. 그래서 나는 로지와 비밀리에 만나기로 했고, 그 사실을 숨기느라 힘든 시간을 보내고 있었다. 덫에 걸린 동물이 빠져나갈 방법을 알아내려는 것처럼 머리를 벽에 쾅쾅 박아대며 어떻게 하면 이 상황을 해결할 수 있을까 고민하곤 했다. 그러다 더이상 견딜 수 없을 때는 술에 잔뜩 취해 나보다 덩치 큰 놈들에게 싸움을 걸기도 했다.

모든 것이 계획대로 되어가고 있었다. 나는 여섯 번인가 일곱 번째로 바에 갔고, 술이 나오길 기다리면서 의자를 빼내 몸을 기대고 있었다. 바텐더는 저쪽 끝에서 자동차경주에 대해 뭔가 심도 깊은 논쟁을 벌어지는 중이었다. 그때 누군가 손을 내밀더니, 내가 기대고 있던 의자를 손이 닿지 않는 곳으로 빼냈다.

"그만 마시고 집에 가."

셰이 형이 의자 위에 다리를 올린 채 흔들면서 말했다.

"꺼져. 어젯밤에 집 지켰잖아."

"그래? 그럼 한 번 더 지켜. 난 지난 주말에 두 번이나 집에 있었으니까."

"형 차례야."

"아버지가 언제 돌아올지 몰라. 어서 가."

"보내보시지."

계속 이러다가는 우리 둘 다 술집에서 쫓겨날 터였다. 셰이 형은 잠시 나를 쳐다보고 있다가 곧 역겹다는 표정으로 의자를 밀어낸 뒤 술잔을 비우고는 낮은 목소리로 중얼거렸다.

"우리 두 사람한테 배짱이란 게 있다면, 더이상 그런 꼴을 참아줘서는 안 되는데⋯⋯."

"없애버리자."

셰이 형은 옷깃을 세우다가 그대로 멈춘 채 나를 쳐다봤다.

"쫓아내자고?"

"아니, 그랬다가는 엄마가 다시 집으로 데려올걸. 결혼의 신성함이니 뭐니 하면서."

"그럼 어떻게 하자고?"

"말했잖아. 없애버리자고."

셰이 형은 잠시 시간을 두었다가 말했다. "진심인가 보네."

나조차 진심인 줄 미처 깨닫지 못하고 있었다. 형의 얼굴을 마주볼 때까지는. "그래, 진심이야."

술집 안은 천장까지 울리는 소음과 따뜻한 냄새, 사람들의 웃음소리로 가득했다. 우리 두 사람만 얼음 같은 정적에 에워싸여 있었다. 나는 전혀 취하지 않은 상태였다.

"그런 생각을 하고 있었구나."

"형도 그런 적 없다고는 말 못 할걸."

셰이 형은 의자를 자기 쪽으로 끌어와, 내게서 시선을 떼지 않은 채 자리에 앉았다. "방법은?"

나는 눈도 깜박하지 않았다. 한 번이라도 움찔하면 형은 이 모든 걸 헛소리로 치부하고 그대로 밖으로 나가 자포자기한 채 살아갈 것이다.

"일주일에 몇 번이나 잔뜩 취해서 돌아오잖아. 계단을 부숴놓고 양탄자를 찢어놓는 거지……. 계단을 오르다가 발이 걸려 4층에서 떨어지면 머리가 박살 날 거야."

내 목소리를 듣는 것만으로도 심장이 목구멍에서 튀어나올 것 같았다.

형은 생각에 잠긴 채 맥주를 길게 한 모금 마신 뒤 손등으로 입을 닦았다. "떨어지는 걸로는 부족해. 끝장을 봐야지."

"볼 수도 있고, 못 볼 수도 있고. 어쨌든 그렇게 하면 머리가 깨진 이유가 설명이 돼."

생전 처음으로, 셰이 형은 존경심과 의구심이 뒤섞인 표정으로 나를 쳐다보았다. "그 이야길 나한테 왜 하는 거야?"

"남자 둘이 필요한 일이니까."

"혼자선 해낼 수 없다는 뜻이네."

"그쪽에서 공격해 올 수도 있고, 몸을 움직여야 하는 일이 생길 수도 있고, 누군가 알게 됐을 경우 알리바이도 필요하고……. 일이 틀어질 경우에 대비해 혼자 하는 것보다는 두 사람이……."

셰이 형은 다리를 뻗어 다른 의자 하나를 우리 쪽으로 끌어왔다.

"앉아. 집에는 십 분 정도 더 있다 가도 되니까."

나는 술잔을 든 채 그 자리에 앉았다. 우리는 바에 팔꿈치를 올리고 서로를 쳐다보지 않은 채 술을 마셨다. 잠시 뒤 셰이가 말했다.

"지난 몇 년간 벗어날 길이 없는지 생각했었어."

"알아. 나도 똑같았으니까."

"가끔, 가끔씩 생각해. 방법을 찾지 못하면 어쩌면 이대로 미쳐버릴지 모른다고 말이야."

우리가 그토록 친밀하고도 형제다운 대화를 나눈 것은 그때가 처음이었다. 난 그 사실이 놀랍고 좋았다. 내가 말했다.

"난 벌써 미친 것 같아. 거기에 '어쩌면'은 없어. 난 알아."

세이 형은 놀랍지도 않다는 듯 고개를 끄덕였다.

"그래. 카멀 누나도 그렇겠지."

"요즘은 재키도 이상한 것 같아. 아버지가 그 난리를 치고부터 애가 멍해졌어."

"케빈은 괜찮은 것 같던데."

"지금이야 그래도 언제 이상해질지 모르지."

세이 형이 말했다. "그게 가족들을 위한 최선이겠지. 우리 두 사람만을 위해서만이 아니라."

"내가 뭔가 놓친 게 없는 한, 이건 유일한 방법이야. 그저 최선이 아니라, 유일한 방법."

마침내 우린 서로의 눈을 쳐다보았다. 술집은 점점 더 소란스러워졌다. 누군가 큰 소리로 농담을 하자 한쪽 구석에서 요란하고 추잡한 웃음소리가 터져 나왔다. 우리 두 사람은 눈도 깜박이지 않고 있었다. 세이 형이 말했다.

"비슷한 생각을 한 적이 있어. 두 번쯤."

"난 몇 년간 계속 생각했어. 생각하는 건 쉽잖아. 행동은……."

"맞아, 행동은 완전히 다른 문제지. 그건……."

형은 고개를 저었다. 형의 눈 주위가 하얗게 변해 있었고, 숨을 쉴 때마다 콧구멍이 벌렁거렸다.

내가 물었다. "할 수 있겠지?"

"몰라. 모르겠어."

한참 침묵이 흘렀다. 그사이 우리는 머릿속으로 아버지와 함께해서 좋았던 순간이 있었는지 떠올려보았다. 그러고는 동시에 외쳤다. "그래, 할 수 있어."

그가 내게 손을 내밀었다. 새하얗게 질린 얼굴 군데군데 붉은 홍조가 떠올라 있었다. "좋아. 난 할 거야. 넌?" 셰이 형이 가쁘게 숨을 쉬며 물었다.

나는 형의 손을 마주 잡으며 대답했다.

"나도 해. 같이 하는 거야."

우리는 맞잡은 손을 아플 정도로 힘껏 움켜잡았다. 그 순간이 부풀어 오르고 바깥으로 뻗어나가 사방에 물결치는 것을 느낄 수 있었다. 머리가 어질어질하고 기분 좋은 메스꺼움이 일었다. 마치 약을 맞으면 평생 불구가 된다는 걸 알면서도 기분이 너무 좋아 약물이 혈관 깊이 파고들었으면 싶은, 그런 기분이었다.

그해 여름이 셰이 형과 내가 자발적으로 가깝게 지냈던 유일한 시기였다. 우린 며칠에 한 번씩 만나 블랙버드의 조용한 구석 자리에서 이야기를 나누었다. 다각도로 살피며 계획을 이리저리 수정하고 조잡한 내용을 다듬었다. 실행할 수 없을 것 같은 부분들은 없애고 다시 계획을 세웠다. 여전히 우린 서로를 미워했지만, 대의를 위해 그런 감정들은 접어둘 수 있었다.

셰이 형은 매일 저녁 쿠퍼 레인에서 눌러 맹건을 만나 시간을 보냈다. 눌러는 멍청하고 성가신 여자애였고, 그녀의 엄마는 늘 정신이 멍해 보였다. 몇 주 뒤 눌러는 차를 마시자며 형을 집으로 초대했다. 형은 그 집 욕실 찬장에서 발륨을 한 주먹 훔쳐 왔다. 나는 아일락 중앙 도서관에서 몇 시간씩 의학 서적을 읽으며, 몸무게 구십 킬로그램인 여자와 일곱 살짜리 여자애가 한바탕 소동이 일어나는 동안에도 잠에서 깨지 않다가 이후 필요할 때 깨어나려면 발륨을 어느 정도 먹어야 하는지 연구했다. 셰이 형은 아는 사람이 아무도 없고 경찰들도 아무것도 물어보지 않을 발리퍼모트까지 걸어가 청소용 표백제를 사 왔다. 나는 느닷없이 집안일을 적극적으로 도왔고, 밤마다 엄마에게 디저트를 가져다주었다. 아버지는 나더러 호모가 되었냐며 욕을 했지만, 매일 계획에 조금씩 가까워지면서 그런 말들도 무시하기 쉬워졌다. 셰이 형은 일터에서 훔쳐 온 쇠지렛대를 담배와 함께 마룻장 밑에 숨겨두었다. 우리 둘 다 이런 일에 능숙했다. 요령이 있었다. 우린 좋은 팀이었다.

이상하게 여겨질 수도 있겠지만, 난 우리가 계획을 짜며 보냈던 그 시간들이 좋았다. 때때로 잠을 설치기도 했어도 대부분은 즐거웠다. 설계자나 영화감독처럼 장기적인 비전이나 계획을 가진 사람이 된 기분이었다. 난생처음으로 나는 뭔가 거대하고 복잡한 일을 시도하고 있었다. 제대로 해내기만 한다면 정말, 굉장히 가치 있는 일이 될 것이었다.

그때 갑자기 아버지에게 이 주간의 일자리가 들어왔다. 그 말은, 일이 끝나는 날 아버지가 경찰의 의심을 받을 만한 수준으로 술에 취해 새벽 2시쯤 집에 들어올 거라는 의미였다. 더이상 기다릴 이유가 없었다. 우리는 최종 카운트다운에 들어갔다. 이 주 뒤에 시행할 것이다.

우리는 자면서도 말할 수 있을 정도로 알리바이를 외웠다. 가족들과의 저녁 식사는 최근 들어 집안일을 많이 돕고 있는 내가 준비한 아주 맛있는 셰리 트라이플로 끝날 것이다. 셰리는 물보다 발륨을 잘 녹이고 맛을 가려준다. 개별로 나가는 트라이플에 각자 적정량에 해당하는 약을 넣을 수 있을 터였다. 그런 다음 형과 나는 그로브에 있는 디스코텍에 갔다가 북쪽으로 향해 예쁜 여자들이 많다는 수영장에 간다. 다른 사람들이 기억하기 쉽도록 몰래 술을 가지고 들어갔다가 유난히 시끄럽고 불쾌하게 굴어 자정쯤 쫓겨날 것이다. 걸어서 집에 돌아오는 길에 운하 제방에서 남은 술을 다 마시고 발륨의 약효가 떨어지기 시작하는 새벽 3시쯤 집에 돌아오면, 사랑하는 아버지가 계단 아래 피 웅덩이 속에 누워 있는 충격적인 모습을 보게 된다. 이미 응급 소생술을 시작하기에는 너무 늦은 상황이지만 해리슨 자매의 문을 미친 듯이 두드려 구급차를 부른다. 집에 오는 길에 술을 마시며 쉬었던 것만 제외하면 다른 모든 사실들은 확인이 될 것이다.

아마도 우린 체포됐을 것이다. 타고난 재능이 있을지 몰라도 우린 아마추어였다. 놓친 부분이 너무 많았고, 잘못될 여지 역시 너무 많았다. 심지어 그때도 그렇다는 걸 반쯤은 알고 있었다. 하지만 신경 쓰지 않았다. 가능성이 있었으니까.

우린 준비를 했다. 머릿속으로는 이미 아버지를 죽인 아들로 살고 있었다. 내가 로지 데일리와 걸리건 술집에 가 잉글랜드로 가자는 말을 들은 건 바로 그런 상황 한가운데서였다.

나는 계획을 중단하는 이유에 대해 말하지 않았다. 그만두자는 내 말을 듣고 형은 처음에 말도 안 되는 농담이라고 생각했다. 이윽고 그 말이 진심이라는 것을 알게 되자 미친 듯이 화를 냈다. 내 마음을 돌리기 위해 괴롭히기도 하고, 위협하기도 하고, 심지어 애원하기까지 했다. 어떤 방법도 통하지 않자, 내 멱살을 잡고 블랙버드로 끌고 나가 죽도록 두들겨 팼다. 다시 똑바로 걸어 다닐 수 있게 되기까지 일주일이 걸렸다. 사실 반격할 수는 없었다. 형에겐 그럴 권리가 있었으니까. 결국에는 형도 때리다 지쳐서 내 옆에 쓰러졌다. 흘러내리는 피 때문에 잘 보이진 않았지만, 형은 울고 있는 것 같았다.

"지금 그 얘기가 왜 나와?"

셰이 형은 내 말에 귀를 기울이지 않았다.

"처음에는 네가 겁을 먹고 그만두려는 줄 알았어. 결행일이 다가오니까 용기가 나지 않았던 거라고. 몇 달을 그렇게 생각하고 있었어. 이멜다 티어니의 이야기를 듣기 전까지는 말이지. 그제야 알았어. 용기와는 상관없는 일이었다는 걸. 그저 너 좋은 일만 하기로 한 거였지. 쉬운 길을 찾았으니 나머진 아무래도 좋았던 거야. 그렇게 가족, 나, 네가 빚진 모든 것들, 우리가 약속했던 모든 것들을 내쳐 버렸지."

"확실히 짚고 넘어가자. 형은 내가 살인을 하지 않은 것 때문에 화가 난 거야?"

셰이 형은 혐오스럽다는 듯 입을 다물었다. 어릴 때부터 수천 번도 넘게 본, 내가 흉내 내려 애쓰던 표정이었다.

"머리 굴리지 마. 내가 화가 난 건, 네가 내 머리 꼭대기에 있다고 착각해서야. 내 말 잘 들어. 어쩌면 네 경찰 친구들은 널 좋은 사람이라 믿고, 너 자신도 그렇게 생각하고 있을지 모르지만, 난 널 잘 알아. 네가 어떤 놈인지 안단 말이야."

"분명히 말하는데, 형은 내가 어떤 사람인지 전혀 몰라."

"모른다고? 너무 많이 알아서 탈이지. 네가 경찰이 된 이유도 알아. 그 봄에 우리가 저지를 뻔했던 그 일 때문이야. 그래서 경찰이 돼야겠다고 생각한 거지."

"잘못된 과거를 보상하고 싶다는 충동 때문이라는 건가? 형한테 그런 감상적인 면이 있다니 귀엽긴 하네. 하지만 아니야. 실망시켜서 미안해."

갑자기 셰이 형은 이가 다 보일 정도로 크게 웃었다. 꼭 무모한 악행을 저지르는 십 대 같아 보였다.

"보상이라니. 프랜시스가 그럴 리 없지. 절대 그럴 리가 없어. 넌 배지 뒤에서 뭐든 하고 싶은 대로 하기 위해 경찰이 된 거야. 말해봐. 정말 궁금해죽겠으니까. 대체 무슨 짓을 저지르고 다녔어?"

"그 딱딱한 머리에 이것만 넣어둬. 형이 생각하는 '만약'이나 '하지만'이나 '거의'는 아무 의미가 없다는 걸 말이야. 난 아무 짓도 안 했거든. 아무 경찰서나 들어가서 그해 봄에 우리가 계획했던 일에 대해 자백한다 해도 경찰들 시간만 낭비하게 만들었다고 욕이나 먹고 끝나겠지. 경찰서는 성당이 아니야. 나쁜 생각 좀 했다고 지옥에 가지 않는다고."

"그래? 그럼 우리가 그 계획을 세웠던 그때 이후로 변한 건 전혀 없다고 말해봐. 그 뒤로 너한테 달라진 점이 하나도 없다고 말해보란 말이야. 어서."

처음 한 대를 때리기 전에 아버지는 말하곤 했다. 형은 그만둘 때를 절대 모른다고. 나는 형을 물러서게 할 수밖에 없는 목소리로 말했다.

"형이야말로 하늘에 계신 자애로운 아기 예수님께 맹세해보시지. 형이 로지에게 한 일을 내 책임으로 돌리고 싶은 게 아니라고 말이야."

셰이 형의 입술이 다시 뒤틀렸다. 경련하는 것 같기도 하고 으르렁대는 것 같기도 했다.

"너한테만 하는 말인데, 나와 조금도 다를 게 없는 네놈이 내 집에서 그런 독선적인 표정을 짓고 있는 꼴을 도저히 못 봐주겠어."

"그래, 나 그런 놈이야. 우리가 좀더 흥미로운 대화를 나눌 수도 있었을 텐데. 내가 아버지에게 손을 댄 적이 없다는 사실, 형이 두 사람을 죽였다는 사실, 그런 사실들을 형이 인정했다면 말이지. 미친 소리 같겠지만 그걸 인정하고 안 하고는 큰 차이가 있거든."

형의 턱이 또다시 딱딱하게 굳었다.

"케빈한테는 아무 짓 안 했어. 아무 짓도."

그렇다면 우애의 시간은 끝이다. 잠시 뒤 내가 말했다.

"혹시 내가 지금 정신이 나갔나? 보아하니 형은 내가 그저 고개 한 번 끄덕하고 미소를 지으며 걸어 나가기를 기대하는 것 같네. 큰 부탁 하나만 할게. 내가 잘못 알고 있는 거라고 말해줘."

형의 눈에 소리 없는 번개처럼 순수한 증오의 빛이 번쩍이기 시작했다.

"너 자신부터 돌아보시지. 아직도 모르겠어? 넌 네가 떠났던 곳으로 돌아왔어. 가족들은 또다시 너를 필요로 하지. 우리한테 남아 있는 빚을 이번에는 갚아. 넌 단지 운이 좋았을 뿐이니까. 여기 머물며 우리와 인생을 나눌 생각이 없다면, 우리가 너한테 바라는 건 이대로 꺼지라는 것뿐이야."

"잠깐이라도 내가 이대로 형을 놔줄 거라고 생각한다면 형은 내 생각보다 훨씬 더 미친 거야."

일렁이는 그림자가 형의 얼굴을 야수 가면을 쓴 모습처럼 바꾸어놓았다.

"그래? 그럼 입증해봐. 그날 밤 내가 거기 있었다고 말할 사람은 없어. 네 딸이 너보단 나은 모양이네. 가족을 밀고하지 않는 걸 보니. 물론 넌 애 팔을 비틀어서라도 모든 것을 털어놓게 만들겠지. 하지만 다른 사람들은 너와 생각이 다를 거고, 그렇게 되면 넌 경찰서에 처박힌 채 기분이 나아질 때까지 동료들을 두들겨 패면서 시간을 보내게 될 거야. 넌 아무것도 입증 못 해."

"왜 내가 무언가를 입증할 거라는 생각을 하는지 모르겠군."

그러고서 나는 셰이 형의 배에 부딪치도록 탁자를 밀쳤다. 형은 신음 소리를 내더니 탁자를 뒤엎었다. 그 위에 놓여 있던 술잔과 재떨이와 위스키병이 바닥에 떨어졌다. 나는 자리에서 벌떡 일어나 형을 덮쳤다. 그 순간 내가 이 집에 들어온 이유는 형을 죽이기 위해서라는 것을 깨달았다.

조금 뒤 셰이 형이 위스키병을 집어 들고 내 머리를 노렸다. 형 또한 나를 죽일 생각이었다. 얼른 고개를 돌렸지만, 관자놀이가 찢어지는 것이 느껴졌다. 눈앞에 별이 쏟아지는 와중에 나는 형의 머리카락을 움켜잡아 그대로 머리를 바닥에 내리쳤다. 셰이 형은 엎어진 탁자를 이용해 날 밀쳐냈다. 내가 쓰러지자 형이 내 몸 위에 올라탔다. 우린 엎치락뒤치락하면서 서로의 약한 부위를 공격했다. 셰이 형은 나만큼이나 힘이 세고, 나만큼 화가 나 있었다. 우리 중 누구도 상대방을 놓아줄 생각이 없었다. 우린 연인처럼 뺨과 뺨을 맞댄 채 꼭 끌어안고 있었다. 그 근접성과 아래층에 있는 사람들, 그리고 십구 년간의 실전 경험 덕분에 우리는 침묵에 가까울 정도로 소리 없이 싸울 수 있었다. 들리는 거라곤 거친 숨소리와 뭔가에 살이 부딪치는 소리뿐이었다. 형에게선 우리가 어릴 때 쓰던 야자유 비누 냄새와 분노한 동물의 뜨거운 땀 냄새가 났다.

셰이 형이 무릎으로 내 급소를 걷어찬 뒤 자리에서 일어나 도망치려 했지만 내가 더 빨랐다. 나는 셰이 형을 잡아 팔로 단단히 붙든 다음 돌려세워서 턱에 어퍼컷을 날렸다. 형이 나를 똑바로 볼 수 있게 되자 무릎으로 가슴을 억누르며 총을 꺼내 이마, 정확하게 미간 사이를 총구로 눌렀다.

그런 상황에서도 셰이 형은 침착했다. 내가 말했다.

"나는 살인 혐의 용의자에게 체포 고지를 한 뒤 상황에 맞는 주의를 주었다. 살인 용의자는 다음과 같이 응수했다. 인용 시작. 꺼져. 인용 끝. 나는 협조적으로 나온다면 체포 과정이 훨씬 원활할 거라고 설명하고 수갑을 채울 수 있게 손목을 내밀어달라고 요청했다. 그 순간 갑자기 용의자가 나를 공격해 코를 한 대 날렸다. 첨부된 사진 참조. 그 상황에서 물러서려 했지만, 용의자가 출입구를 막아섰다. 나는 무기를 꺼낸 뒤 용의자에게 옆으로 비키라고 경고했다. 용의자는 거절했다."

"난 네 형제야. 건방진 녀석 같으니라고."

셰이 형이 낮은 목소리로 말했다. 혀를 깨물었는지 말할 때 입술에 핏방울이 맺혔다.

"누가 할 소리."

파도처럼 밀려온 분노에 몸이 떠오르는 것 같았다. 그러다 형의 눈에 드러난 공포를 보고서야 하마터면 내가 방아쇠를 당길 뻔했다는 것을 깨달았다. 샴페인이라도 마신 기분이었다.

"용의자는 계속해서 욕을 퍼부어댔고, 반복해서 떠들어댔다. 인용 시작. 네놈을 죽여버릴 거야. 인용 끝. 다시 인용 시작. 차라리 죽으면 죽었지, 빌어먹을 감옥에 가진 않을 거야. 인용 끝. 그 상황을 평화롭게 마무리하기 위해 용의자를 진정시키려 시도하며, 다시 한 번 경찰서로 동행해 통제된 환경에서 대화를 나누자고 요청했다. 용의자는 극도로 흥분한 상태로 내 말을 받아들일 것 같지 않았다. 그제서야 나는 용의자가 모종의 약물, 이를테면 코카인을 했거나, 비합리적이며 폭력적인 성향으로 미루어 정신 질환의 가능성이 있을지 모른다는 것을 알아차렸다……."

세이 형이 이를 악물었다.

"하다 하다 날 미치광이로 몰아가는군. 날 그런 식으로 기억하겠다는 거지."

"어찌어찌 상황을 정리할 수 있었다. 아무 일 없이 사태를 수습하기 위해 용의자에게 자리에 앉으라고 수없이 설득했지만, 용의자는 점점 더 불안해하는 모습을 보였다. 이때부터 용의자는 왔다 갔다 하면서 혼잣말을 중얼거렸고, 주먹으로 벽이나 자기 머리를 치는 행동을 보였다. 마침내 용의자를 체포했다……. 술병보다 제대로 된 무기를 쥐어줘야겠군. 형도 약해 보이고 싶진 않을 거잖아. 뭐가 좋을까?"

나는 방 안을 둘러보았다. 서랍장 아래 공구함이 단정하게 놓여 있었다.

"저 안에 틀림없이 렌치도 있을 거야. 그렇지? 용의자는 공구함을 열고 기다란 금속 렌치를 집어 들었다. 첨부 사진 참조. 이어 용의자는 다시 나를 죽이겠다고 협박했다. 나는 용의자에게 무기를 내려놓고 공격 범위 밖으로 치우라고 지시했다. 용의자는 계속해서 내 쪽으로 다가오며 내 머리를 노리고 무기를 휘둘렀다. 나는 공격을 피한 뒤 용의자의 어깨 뒤쪽으로 경고사격을 했다. 걱정 마. 좋은 가구는 피해서 쏠게. 그런 뒤 다시 한번 공격할 경우 실탄을 발사하겠다고 경고했다……."

"넌 그렇게 못 할 텐데. 홀리한테 네가 셰이 삼촌을 죽였다고 말할 셈이야?"

"홀리한테는 최대한 좋게 설명해야겠지. 그 애가 알아야 할 건 이제 쓰레기 악취를 풍기는 우리 가족들과 다시는 만나지 못한다는 것뿐이야. 그리고 어른이 된 뒤에 어렴풋이 형을 기억해내면, 그때 형은 살인자고 당연한 벌을 받았다고 말해줄 거야."

내 관자놀이에서 흘러내린 피가 형의 스웨터를 물들였고, 내 얼굴에도 떨어졌다. 우리 둘 다 신경 쓰지 않았다.

"용의자는 또다시 렌치로 공격을 시도했고, 이번에는 성공했다. 첨부한 의료 기록과 머리 부상 사진 참조. 다들 내 말을 믿을 수밖에 없어. 확실한 부상이 있으니까. 타격을 당한 나는 반사적으로 방아쇠를 당겼다. 머리 타격으로 인한 충격만 아니었다면 치명적인 부위를 피해 발사할 수 있었을 것이다. 어쨌든 그 상황에서는 다른 방도가 없었고, 조금만 늦었어도 내 목숨이 위험했을 것이다. 서명, 프랜시스 매키 경사. 이런 깔끔하고 공식적인 설명에 반박할 사람은 아무도 없을 거야. 사람들이 어느 쪽 말을 믿을까?"

형의 시선은 감각이나 경계의 영역을 벗어나 아득한 먼 곳에 가 있었다.

"역겨울 뿐이야. 변절자 녀석."

이어 형은 내 얼굴에 피를 뱉었다.

햇빛을 반사하는 깨진 유리 조각처럼 갈라진 불빛에 눈이 부셨다. 방아쇠를 당겨야 한다는 건 알고 있었다. 정적이 사방으로 퍼져나가, 내 가쁜 숨소리를 제외하면 아무 소리도 들리지 않는 온 세상을 뒤덮어버릴 것 같았다. 심장이 터져버릴 정도로 높은 야생의 청정 고도를 날아다니는 듯, 아찔할 정도로 엄청난 자유가 느껴졌다. 내 평생 지금 이 순간에 비할 것은 아무것도 없었다.

그때 그 빛이 어두워지기 시작했다. 차가운 정적이 흔들리다 깨져버리고 거품 모양의 소음들이 그 자리를 가득 채웠다. 셰이 형의 얼굴이 폴라로이드 사진처럼 하얗게 도드라져 보였다. 잔뜩 얼어터져 피범벅이 된 얼굴로 노려보고 있는데도 그랬다.

형이 끔찍한 소리를 냈다. 웃음소리였는지도 모른다.

"말했잖아. 내가 뭐랬어."

셰이 형은 더듬거리며 다시 위스키병을 찾고 있었다. 나는 총을 거꾸로 잡아 손잡이로 형의 머리를 가격했다.

셰이 형은 구역질 비슷한 끔찍한 소리를 내면서 쓰러졌다. 나는 형의 두 손을 앞으로 모아 수갑을 채우고 숨을 쉬고 있는지 확인한 뒤 자기 피에 질식하지 않게 소파에 기대앉혔다. 그런 다음 총을 집어넣고 휴대전화를 찾았다. 번호를 누르기가 힘들었다. 자판이 손에 묻은 피로 뒤범벅이 되었고, 관자놀이에서 떨어진 피가 화면에도 묻었다. 나는 셔츠로 휴대전화를 닦아내며, 동시에 아래층에서 올라오는 발소리가 들리진 않는지 귀를 기울였다. 하지만 텔레비전에서 나오는 이상한 소리만 어렴풋이 들려올 뿐이었다. 그 덕에 여기서 울린 쿵쾅거리는 소음이나 신음 소리는 어느 정도 묻힌 듯했다. 두세 번 시도한 끝에 간신히 스티븐에게 전화를 걸 수 있었다.

그가 전화를 받았다. 목소리에 담긴 경계심은 당연한 것이었다.

"매키 형사님."

"스티븐, 깜짝 놀랄 일이 있어. 범인을 잡았네. 붙잡아서 수갑까지 채웠지만, 아무도 기뻐하지 않겠지."

침묵이 흘렀다. 나는 방 안을 둘러보았다. 한쪽 눈으로는 형을 지켜보면서, 다른 쪽 눈으로는 존재하지도 않는 부하들을 하나하나 살폈다. 더는 가만히 서 있을 수가 없었다.

"이런 상황에서는 어떻게 봐도 체포를 한 경찰이 내가 아닌 편이 나을 거야. 원한다면 자네의 첫 번째 실적으로 삼아도 좋을 것 같은데."

그 말이 스티븐의 마음을 움직였다. "그렇게 하고 싶습니다."

"자네도 알겠지만, 이게 크리스마스 양말에 산타가 넣어주는 꿈의 선물 같진 않을 거야. 스코처 케네디가 이 일을 샅샅이 조사하는 꼴도 눈에 선하고. 자네의 주요 증인은 나랑 아홉 살짜리 아이, 그리고 화가 잔뜩 난 채 아무것도 모른다고 대답할 범인밖에 없어. 자백을 받아낼 확률은 제로에 가깝지. 아마 고맙지만 살인수사과로 연락해보라며 정중하게 내 제안을 거절하고 원래 일요일 저녁에 하려던 일을 하는 편이 현명한 판단이 될지도 몰라. 하지만 그런 안전한 방식이 자네한테 맞지 않는다면, 이리로 와서 처음으로 살인범을 체포하고 진술을 받아내는 데 최선을 다할 수도 있겠지. 이자가 범인이니까."

스티븐이 곧바로 물었다. "거기가 어딥니까?"

"페이스풀 플레이스 8번지. 위층 초인종을 누르면 내가 문을 열어주지. 이번 일은 아주, 아주 신중해야 해. 지원도 없이 조용히 와야 해. 차를 몰고 올 작정이라면, 다른 사람들이 보지 못하게 멀리 떨어진 곳에 세워둬야 할 거야. 그리고 서두르게."

"십오 분 안에 가죠. 감사합니다, 형사님. 정말 감사합니다."

아마 근처에서 일을 하고 있던 모양이었다. 스코처가 초과 근무를 시켰을 리는 없다. 자기 혼자서 이 사건을 파고 있었던 것이다.

"기다리겠네. 그리고, 모런 형사, 잘했어."

나는 스티븐이 대답할 말을 찾으려 애쓰기 전에 전화를 끊었다.

셰이 형이 눈을 뜨더니 고통스럽게 말을 뱉었다.

"새 여자 친구라도 되나?"

"경찰들 중에 떠오르는 샛별. 형한테도 잘해줄 거야."

형은 얼굴을 찡그리며 자세를 바로 하려다가 그대로 소파에 기댔다.

"네가 졸졸 끌고 다닐 누군가를 찾았을 줄 알았어. 이젠 케빈이 옆에 없으니 말이야."

"나랑 한바탕하면 기분이 나아질 것 같아? 만일 그런 거라면 썩 유쾌하지는 않네. 하긴, 우리도 몇 단계만 거치면 크게 다를 게 없는 인간이라는 뜻이니까."

셰이 형은 수갑 찬 손으로 입을 닦더니, 손에 묻은 피를 마치 다른 사람 피라도 되는 것처럼 무심하고 낯선 기색으로 살펴보았다.

"정말로 네가 이랬다는 거지."

아래층 문이 열리더니 여러 사람의 목소리가 겹쳐 들려왔다. 엄마가 소리쳤다.

"셰이머스! 프랜시스! 저녁 준비 다 됐다. 어서 내려와서 손 씻어!"

나는 형을 감시하면서 엄마의 시선이 닿는 계단통과 거리를 유지한 채 층계참 밖으로 몸을 내밀었다.

"조금만 있다 내려갈게요. 얘기할 게 있어서요."

"얘기는 내려와서 해도 되잖아! 모두들 식탁에 빙 둘러앉아 너희들이 올 때까지 기다려야 되겠니?"

나는 안 좋은 일이 있는 것처럼 목소리를 한 단계 낮췄다.

"그게 좀…… 우리 둘이 할 말이 있어서요. 중요한 일이에요. 그러니까 잠깐만 시간을 주세요. 괜찮죠?"

잠시 침묵이 흐르고, 엄마가 마지못해 말했다.

"그렇게 해. 십 분 줄 테니까 그때도 안 내려오면……."

"고마워요, 엄마. 정말이에요. 엄마가 최고예요."

"그야 당연하지. 뭐든 원하기만 하면 최고로 해주니……."

엄마는 계속 뭐라고 투덜거리면서 집 안으로 들어갔다.

나는 집으로 들어와 만일의 사태에 대비해 문을 잠갔다. 휴대전화의 카메라를 켜고 나와 형의 얼굴을 여러 각도에서 찍었다. 셰이 형이 물었다.

"네가 한 짓이 뿌듯한가 보지?"

"이 정도면 작품이지. 형한테도 보내줄게. 형도 이만하면 괜찮게 나왔어. 내 스크랩북에 들어갈 정도는 아니지만. 혹시라도 형이 경찰의 만행에 대해 징징거린다거나 체포 과정에서 경관한테 폭행당했다고 뒤집어씌울 작정을 했을 경우에 대비한 거야. 자, 웃어봐."

셰이 형은 열 걸음 떨어진 곳에서도 코뿔소 껍질을 벗길 수 있을 듯한 표정으로 이쪽을 쳐다보았다.

일단 중요한 사항들을 기록으로 남긴 뒤, 나는 주방으로 향했다.

작고 깨끗하지만 아무것도 없는 음울한 주방이었다. 거기서 형과 내 얼굴을 닦을 행주를 물에 적셨다. 행주를 얼굴에 대자 그가 고개를 홱 돌렸다.

"치워. 이렇게 만들어놓은 게 뿌듯하면 네 동료들한테도 보여줘야지."

"솔직히 동료들은 걱정 안 돼. 이보다 훨씬 심한 것도 많이 봤거든. 하지만 형을 데리고 밖에 나갔을 때 이 안에서 무슨 일이 있었는지 동네 사람들 전체가 알도록 만들 필요는 없잖아. 그저 극적인 상황을 최소화하려는 건데 혹시 마음에 안 들면 말해. 기꺼이 한두 대 더 날려줄 테니까."

형은 대답이 없었다. 얼굴에 묻은 피를 다 닦아줄 때까지 계속 입을 다물고 있었다. 집 안은 조용했다. 어딘지 모를 곳에서 들려오는 희미한 음악 소리와 처마 위를 스쳐 지나가는 쉴 새 없는 바람 소리만 들렸다. 전에도 형의 얼굴을 이렇게 가까이 들여다볼 일이 있었는지 기억이 나지 않았다. 이렇게 모든 것이 세세하게 다 보일 정도로 가까이 봐도 괜찮은 건 부모와 연인 정도일 것이다. 피부 너머 깔끔한 굴곡의 골격, 거뭇거뭇 자라난 수염, 눈가의 잔주름이 만들어낸 복잡한 모양들, 그리고 짙은 속눈썹까지. 턱과 입 주변에 묻어 있던 피는 딱딱하게 굳기 시작했다. 이 낯선 순간이 내 마음을 누그러뜨렸다.

시꺼멓게 멍든 눈과 턱에 난 상처는 어떻게 할 수가 없었지만, 얼굴을 다 닦고 나니 어느 정도는 사람들 앞에 나서도 괜찮을 정도로 보였다. 나는 행주를 접어 내 얼굴을 닦았다.

"어때?"

세이 형이 나를 힐끗 쳐다보았다. "넌 괜찮아 보여."

"형이 그렇다면야. 아까도 말했지만, 사실 난 플레이스 사람들한 테 어떻게 보여도 상관없어."

그 말을 듣고서야 형은 날 제대로 쳐다보았다. 그러곤 잠시 뒤 내 키지 않는 손짓으로 입꼬리를 가리켰다.

"거기."

나는 뺨을 한 번 더 닦은 뒤 형을 보며 묻는 듯이 눈썹을 치켜올렸 다. 그는 고개를 끄덕였다.

"좋아." 행주에는 피가 잔뜩 묻어 있었다. 물이 닿은 부분에서 피 얼룩이 진홍색으로 번져나가며 접힌 부위를 적시고 내 손에 떨어졌 다. "잠깐만 그대로 있어."

"나한테 선택권이 있나?"

나는 주방 개수대에 가서 행주를 여러 번 헹군 뒤, 수색팀이 챙겨 갈 수 있게 쓰레기통에 던졌다. 그런 뒤 손을 빡빡 씻었다. 다시 거 실로 나와 보니 의자 밑에 재떨이가 떨어져 있었다. 담뱃재가 마구 흩뿌려져 있고, 한쪽 구석에 떨어진 내 담배도 보였다. 세이 형은 아 까 그 자리에 그대로 있었다. 나는 파티에 참석한 십 대 커플처럼 가 운데 재떨이를 놓고 형의 맞은편에 앉았다. 담배 두 대를 꺼내 불을 붙인 뒤 한 대를 형의 입에 물려주었다.

형은 눈을 감은 채 담배를 힘껏 빨아들이더니 고개를 뒤로 젖혀 소파에 기댔다. 나도 벽에 몸을 기댔다. 잠시 뒤 형이 말했다.

"왜 날 쏘지 않았어?"

"그래서 불만이야?"

"헛소리는 됐고, 그냥 물어보는 거잖아."

나는 벽에서 몸을 떼고 재떨이를 향해 손을 뻗었다. 근육들이 뻣뻣해져서 그마저도 힘들었다.

"아마 형 말이 맞을 거야. 내가 경찰이 된 건 그 일 때문이었던 것 같아."

셰이 형은 여전히 눈을 감은 채로 고개를 끄덕였다. 우리 두 사람은 아무 말 없이 그 자리에 앉아 서로의 숨소리와 어디선가 들려오는 희미한 음악 소리에 귀를 기울였다. 재떨이에 담뱃재를 털 때만 몸을 앞으로 내밀었다. 우리가 같이 있던 세월 중 가장 평화로운 순간이었다. 초인종 소리가 울렸을 땐 마치 방해를 받은 듯한 느낌마저 들었다.

나는 다른 사람이 밖에서 기다리는 스티븐을 보기 전에 얼른 문을 열어주었다. 그는 홀리만큼 가볍게 계단을 뛰어 올라왔다. 아래층에서는 변함없는 엄마의 목소리가 들려오고 있었다.

"형, 이쪽은 스티븐 모런 형사야. 스티븐, 이쪽은 우리 형 셰이머스 매키."

스티븐의 표정을 보니 사정을 짐작한 듯했다. 셰이 형은 퉁퉁 부은 눈에 호기심 없는 무표정한 얼굴로 스티븐을 보았다. 보고 있기만 해도 척추가 축 늘어질 정도로 무기력한 모습이었다.

"보다시피 약간의 몸싸움이 있었어. 혹시 뇌진탕은 아닌지 확인해봐야 할 거야. 나중에 참고 자료로 필요할 경우에 대비해 사진은 찍어놨고."

스티븐은 형을 머리부터 발끝까지 빠짐없이 꼼꼼하게 살펴보았다. "네, 감사합니다. 이건 지금 돌려드릴까요? 제 걸 써도 되니까요." 그가 형이 차고 있는 수갑을 가리켰다.

"오늘 밤엔 누굴 더 체포할 계획 없어. 그냥 다음에 갖다줘. 우리 형은 이제 자네에게 넘기지. 아직 피의자 권리 고지도 안 한 상태야. 자네가 할 일이니까. 세부 사항을 대충 넘겨버리고 싶진 않겠지? 우리 형은 보기보다 똑똑해."

스티븐이 조심스럽게 말을 꺼냈다.

"그런데 어떻게……? 제 말은…… 아시잖아요. 영장 없이 체포하려면 정당한 사유가 있어야 하는데요."

"용의자 앞에서 우리가 가진 증거를 전부 흘리지만 않으면 이번 일은 잘 마무리될 거야. 어쨌든 자네는 날 믿어야 해. 이번 일은 그저 형제 간의 미친 듯한 경쟁심 때문에 일어난 일이 아니야. 자세한 내용은 한 시간 안에 전화로 전부 설명해주지. 그때까지는 이것만 기억해. 용의자가 삼십 분 전에 두 건의 살인 사건에 대해 자백을 했고, 범인만이 알 수 있는 세세한 범행 방식, 심층적인 동기까지 완벽하게 털어놨다는 점 말이야. 다시 범행을 부인할 수도 있지만, 운 좋게도 내가 이런저런 쓸 만한 얘기들을 모아놓았지. 그걸로 시작하는 거야. 지금으로서는 이걸로 충분하지 않겠나?"

스티븐의 표정은 자백을 받았다는 사실에 의구심을 표하고 말하고 있었지만, 그 말을 직접 하지 않을 정도의 분별력은 있었다.

"충분하죠. 형사님, 감사합니다."

아래층에서 엄마가 소리쳤다.

"셰이머스! 프랜시스! 당장 내려와서 식탁에 앉지 않으면 너희 둘다 혼날 줄 알아!"

내가 말했다.

"난 이만 가봐야겠어. 부탁이 있는데 여기서 잠깐만 기다려주지 않겠나? 아래층에 내 딸이 있는데, 그 애가 이 광경을 보지 않았으면 하거든. 내가 먼저 애를 데리고 나갈 시간을 줬으면 하는데. 괜찮겠지?"

스티븐과 형, 두 사람 모두에게 하는 말이었다. 셰이 형은 우리 중 아무도 쳐다보지 않은 채 고개를 끄덕였다.

스티븐이 대답했다.

"물론입니다. 여기서 편하게 쉬었다 나가면 되죠."

그는 고갯짓으로 소파를 가리킨 뒤, 셰이 형이 일어날 수 있도록 손을 내밀었다. 잠시 뒤 형은 그 손을 잡았다.

"행운을 비네."

나는 셔츠에 묻은 피를 가리기 위해 재킷의 지퍼를 올린 뒤, 얼굴 상처를 가리기 위해 코트 걸이에서 "M. 콘나이 자전거"라고 새겨진 검은색 야구 모자를 집어 썼다. 그런 뒤 두 사람만 남겨놓고 그곳을 나왔다.

스티븐의 어깨 너머로 셰이 형과 마지막으로 눈이 마주쳤다. 지금껏 아무도 나를 그런 눈으로 본 적은 없었다. 올리비아도, 로지도. 형은 내 밑바닥을 꿰뚫고 있는 것 같았다. 굳이 애쓰지 않아도 숨겨진 구석 하나 없이, 모르는 것 하나 없이 전부 다 알고 있는 것 같았다. 형은 아무 말도 하지 않았다.

22

엄마는 텔레비전 앞에 있던 가족들을 모두 불러들여 목가적인 구식 크리스마스 분위기를 연출해냈다. 여자들로 가득한 주방에서는 이야기 소리와 함께 김이 모락모락 올라왔고, 남자들은 이리저리 오가며 냄비 받침과 접시들을 옮겼다. 지글지글 익어가는 고기와 감자 굽는 냄새가 온 집 안에 가득했다. 왠지 몇 년 동안 이곳을 떠나 있다 돌아온 듯한 느낌이었다.

홀리는 도나와 애슐리와 함께 식탁을 차리고 있었다. 아이들은 활기찬 천사들이 프린트된 종이 냅킨을 놓으며 〈징글벨, 배트맨 스멜〉을 부르고 있었다. 잠시 나는 아이들의 모습을 지켜보며 마음에 맺힌 심상을 떨쳐버렸다. 그런 뒤 홀리의 어깨에 손을 올리고 귓가에 대고 속삭였다.

"이제 돌아갈 시간이야."

"돌아간다고? 하지만……."

화가 나 입을 딱 벌리고 막 따지려는 찰나에, 홀리가 내 눈을 봤다. 부모로서 최고의 권위를 발휘할 때 보이는 눈빛에 아이는 그대로 기가 꺾였다.

"지금 바로 짐 챙겨."

홀리는 손에 들고 있던 포크와 나이프를 식탁 위에 쾅 내려놓은 뒤, 어떻게든 시간을 끌면서 천천히 복도로 나갔다. 도나와 애슐리는 토끼 머리를 물어뜯은 사람이라도 보듯 나를 쳐다보고 있었다. 애슐리가 슬슬 뒷걸음질을 쳤다.

엄마가 주방에서 고개를 내밀더니 거대한 서빙용 포크를 소몰이 막대처럼 휘둘렀다.

"프랜시스! 이제야 내려왔구나. 셰이머스도 왔지?"

"아뇨, 엄마……."

"엄마가 아니라 어머니라니까. 네 형 찾아서 같이 아버지 좀 모시고 나와. 꾸물대다가 혼나지 말고. 어서!"

"엄마, 홀리하고 전 이만 가야 돼요."

엄마의 입이 떡 벌어졌다. 말문이 막혔는지 잠시 그대로 있던 엄마는 이내 이내 공습경보라도 울리듯 호통을 쏟아냈다.

"프랜시스 조지프 매키! 농담은 그만둬라. 이런 상황에 농담이라니!"

"죄송해요, 엄마. 셰이 형하고 이야기하다 보니 시간이 이렇게 된 줄 몰랐어요. 너무 늦었어요. 바로 가야 해요."

엄마는 턱과 가슴과 배를 내밀고 싸울 준비를 갖추었다.

"시간 같은 건 난 모른다. 저녁 준비가 됐으니까, 다 먹기 전에는 여기서 못 나갈 줄 알아. 어서 식탁에 앉아. 명령이야."

"그럴 순 없어요. 일이 이렇게 돼서 정말 죄송해요. 홀리……." 홀리는 코트에 한 팔을 꿴 채 눈을 크게 뜨고 문가에 서 있었다. "가방 챙겨. 어서."

엄마가 서빙용 포크로 멍이 들 만큼 세차게 내 팔을 내리쳤다.

"감히 나를 무시해? 심장마비라도 일으킬 셈이냐? 어미 숨넘어가는 꼴을 보고 싶어서 돌아온 거야?"

다른 식구들도 어떻게 된 상황인지 살피느라 하나둘 주방 입구 쪽으로 조심스럽게 모여들었다. 애슐리는 엄마 뒤로 도망가 카멜 누나의 치마 속에 숨었다.

내가 말했다.

"그럴 생각은 조금도 없어요. 하지만 엄마가 오늘 저녁을 그런 식으로 보내고 싶다면 제가 말릴 수야 없겠죠. 홀리, 아빠가 서두르라고 했지."

"그렇게 해야만 네가 행복해진다면 가도 좋아. 내가 죽어야 직성이 풀리겠지. 어서 가, 여기서 나가. 나야 불쌍한 네 동생 일로 가슴이 찢어지고 더이상 살아야 할 이유도 없는데……."

"조시! 도대체 무슨 일이야?"

침실에서 아버지의 노한 목소리와 요란한 기침 소리가 이어졌다. 홀리를 이 거지 소굴 같은 곳에서 떼어놓아야 했던 이유들이 목까지 차올랐다. 우린 빠르게 가라앉고 있었다.

"그 모든 일에도 불구하고, 너희들에게 즐거운 크리스마스를 보내게 해주려고 죽을힘을 다해 하루 종일 불 앞에 서서 음식을 만들고……."

"조시! 잡소리 집어치우지 못해!"

"아버지! 애들 듣잖아요!"

카멀 누나가 외치더니 양손으로 애슐리의 귀를 막았다. 누난 그냥 그 자리에서 죽어버리고 싶은 듯 보였다.

엄마의 새된 목소리는 점점 더 커졌다. 정말이지 나는 엄마 때문에 병이라도 걸릴 것만 같았다.

"그리고 너, 이 배은망덕한 새끼야! 저녁 한 끼 같이하자는데 자리에 앉으려고도 하지 않고…….."

"와, 엄마, 이번엔 정말 넘어갈 뻔했어요. 하지만 가야 돼요. 홀리, 일어나! 가방 챙겨. 가자."

아이는 많이 놀란 것 같았다. 최악의 상황에서도, 올리비아와 나는 아이가 듣는 앞에서 막말을 한 적이 없었다.

"하느님, 용서해주소서. 이런 말을 하다니, 내가 애들 앞에서 이런 말을 하다니. 이제 네가 나한테 무슨 짓을 하게 했는지 알겠어?"

또다시 서빙용 포크가 날아왔다. 나는 엄마 머리 너머로 카멀 누나의 시선을 알아차리고 시계를 톡톡 두드렸다.

"양육권 합의 때문에 그래요."

나는 작은 목소리로 다급하게 말했다. 확실히 카멀 누나는 양육권 합의 내용을 지키지 않는 냉담한 전남편들 때문에 고생하는 용감한 이혼녀들이 나오는 영화를 많이 본 모양이다. 누나의 눈이 커졌다. 그 말이 무슨 뜻인지 설명하는 건 누나에게 맡긴 채, 나는 가방과 홀리의 손을 잡고 밖으로 나갔다. 서둘러 계단을 내려가는 동안("가라, 어서 가, 네가 돌아와 사람들 속을 뒤집어놓지만 않았어도 네 동생은 아직 살아 있었을 텐데……") 위쪽에서 스티븐의 목소리가 들려왔다. 그는 차분하고 안정적인 목소리로 형과 고상하게 대화를 나누고 있었다.

집에서 나와 보니 어둠이 내려앉은 조용한 골목에 가로등 불빛이 비치고 있었다. 우리 뒤로 현관문이 닫혔다.

나는 차갑고 축축한 저녁 공기를 힘껏 들이마셨다. "맙소사." 담배 한 대 피울 수 있다면 살인이라도 할 수 있을 것 같은 기분이었다.

홀리가 어깨를 들썩이며 내 손에서 가방을 낚아채 앞서 걷기 시작했다.

"아까 일은 미안해. 정말이야. 그런 일은 겪지 말았어야 했는데."

홀리는 대답하지 않았고, 심지어 내 얼굴을 쳐다보지도 않았다. 아이는 입술을 꾹 다물고 반항적으로 턱을 내민 채 플레이스를 걸어가고 있었다. 나로서는 난감한 상황이었다. 스미스 로드에 도착하니 내 차에서 세 대 떨어진 곳에 스티븐의 차가 세워져 있는 것이 보였다. 근사한 토요타 자동차로, 수사용 공용 차량 중에서 상황에 어울리는 차를 고른 것이 확실했다. 스티븐은 안목이 있다. 조수석에 앉아 있는 남자만 봐도 알 수 있었다. 그는 내 시선을 피하며 자연스럽게 보이려고 애쓰고 있었다. 능력 있는 보이스카우트처럼 스티븐은 매사에 준비가 철저한 인재다.

홀리는 어린이용 카 시트에 앉더니 경첩이 떨어질 정도로 차 문을 쾅 닫았다.

"왜 가야 되는 건데?"

아이는 정말 아무것도 모르고 있었다. 세이 삼촌은 유능한 아빠에게 맡겼고, 그러니 그 일은 이미 정리되고 다 끝난 셈이었다. 나는 홀리가 자신의 인생을 헤쳐나가며, 적어도 몇 년만이라도, 세상 일이 뜻대로 되지 않는다는 것을 모르고 살았으면 싶었다.

"애야, 아빠 말 좀 들어봐."

나는 차를 출발시키지 않았다. 운전을 할 수 있을지 확신이 없었다.

"저녁 준비 다 됐는데! 아빠와 나를 위한 음식들이었단 말이야!"

"알아. 아빠도 더 있고 싶었어."

"그런데 왜……."

"셰이 삼촌이랑 했던 얘기 기억나? 아빠가 들어가기 전에?"

홀리가 동작을 멈췄다. 여전히 화가 나 팔짱을 낀 채였지만, 무표정한 얼굴 뒤에서 어떻게 된 일인지 생각하느라 정신이 없는 듯했다.

"기억나는 것 같아."

"그때 둘이 무슨 얘기 했는지 다른 사람한테 설명해줄 수 있겠어?"

"아빠한테?"

"아니, 아빠 말고. 아빠가 직장에서 알게 된 사람인데, 스티븐이라고 해. 대런보다 두 살 많고, 아주 좋은 사람이야." 스티븐에게도 여동생들이 있다고 했지. 그가 여동생들과 잘 지냈기만 바랄 뿐이었다. "스티븐이 너하고 삼촌이 무슨 이야기를 했는지 정말 알고 싶대."

홀리가 속눈썹을 깜박거렸다.

"기억 안 나."

"다른 사람한테 말하지 않기로 약속한 건 알아. 아빠도 들었으니까."

홀리의 푸른 눈에 걱정스러운 빛이 스쳐 지나갔다.

"뭘 들었는데?"

"전부 다."

"아빠가 들었으면 나 대신 그 사람한테 말해주면 되겠네."

"그럴 순 없어. 스티븐은 너한테 직접 듣고 싶어 하니까."

아이가 양손으로 카디건 옆쪽을 움켜잡았다.

"그건 곤란한데. 난 말할 수 없어."

"홀리, 아빠 좀 봐." 잠시 뒤 아이가 마지못해 내 쪽으로 고개를 조금 돌렸다. "어떤 사실을 알아야 할 권리가 있는 사람에게는 비밀이라 해도 말해야 한다고 했던 것 기억나지?"

아이가 어깨를 으쓱였다.

"그래서?"

"이번 것도 그런 종류의 비밀이야. 스티븐은 로지에게 무슨 일이 있었던 건지 밝혀내려고 애쓰는 중이거든." 케빈 이야기는 하지 않았다. 이미 이 애는 어린아이가 극복할 수 있는 수준에서 몇 광년이나 떨어진 곳에 가 있었다. "그게 스티븐이 하는 일이야. 그리고 그 일을 하기 위해선 네 이야기를 들어야 해."

홀리는 아까보다 미묘한 방식으로 어깨를 으쓱였다.

"나하곤 상관없잖아."

아주 잠깐, 고집스럽게 내민 아이의 턱에 엄마의 모습이 겹쳐졌다. 그동안 아이의 모든 유전적 본능, 내 피를 통해 아이에게 전해진 모든 것들과 그토록 싸워왔는데. 내가 말했다.

"상관있어. 물론 비밀을 지키는 것도 중요하지. 하지만 진실을 알아내는 게 그보다 훨씬 더 중요할 때가 있어. 누군가 살해당한 경우라면 항상 거기에 해당돼."

"알아. 그러면 스티븐인가 뭔가 하는 아저씨가 나 말고 다른 사람한테 물어보면 되겠네. 난 셰이 삼촌이 나쁜 짓을 했을 거라고 생각하지 않으니까."

나는 아이를 쳐다보았다. 아이는 잔뜩 긴장한 채, 궁지에 몰린 야생 고양이 새끼처럼 눈에서 불꽃을 내뿜으며 발끈하고 있었다. 불과 몇 달 전만 해도 아무 의심 없이 내 말에 따랐을 것이며, 사랑하는 셰이 삼촌에 대한 믿음도 그대로였을 텐데. 아이를 볼 때마다 나는 점점 더 높은 곳에 매달려 있는 가느다란 줄에 올라탄 것 같은 기분이다. 필연적으로, 머지않아 균형을 잃고 발 디딜 곳을 놓쳐 우리 둘 다 떨어지게 될 것이다.

나는 차분한 목소리로 말했다.

"그럼 좋아. 아빠가 한 가지만 물어볼게. 넌 오늘 하루 계획을 아주 신중하게 세웠어. 아니야?"

아이가 다시 경계하는 빛을 보였다.

"아니야."

"들어봐. 아빠가 네 계획을 망친 것 같을 거야. 내가 하는 일이 바로 그런 거란다. 이런 종류의 일을 정확하게 계획하고, 다른 사람들이 그런 계획을 세우면 곧바로 알아차리는 거지. 로지 이야기가 처음 나왔을 때, 넌 네가 봤던 편지가 떠올랐을 거야. 그래서 모르는 척 나한테 로지에 대해 물어봤던 거고. 결국 넌 로지가 내 여자 친구였다는 사실을 알게 됐고, 그 편지를 쓴 사람이 로지라는 것도 알게 됐어. 그러다 어째서 셰이 삼촌이 죽은 여자가 쓴 편지를 서랍 속에 보관하고 있는 건지 궁금해지기 시작했겠지. 지금까지 한 이야기 중에 틀린 거 있으면 말해봐."

아무 반응이 없었다. 아이를 목격자처럼 닦달하려니 너무 피곤했다. 그대로 바닥에 누워 곯아떨어지고 싶은 심정이었다.

"그래서 넌 오늘 할머니 집에 가자며 아빠를 졸랐어. 수학 숙제도 주말까지 하지 않고 버텼지. 그래야 숙제를 들고 셰이 삼촌 집에 갈 수 있으니까. 그런 뒤에 삼촌한테 편지에 대해 물어본 거야."

홀리가 입술 안쪽을 깨물었다.

"널 탓하는 게 아니야. 사실 넌 모든 일을 아주 대단하게 해냈어. 아빠는 그냥 사실을 말하고 있는 거야."

아이가 다시 어깨를 으쓱였다.

"그래서?"

"이제 하나만 물어볼게. 셰이 삼촌이 나쁜 일을 하지 않았다고 생각한다면 어째서 이렇게까지 일을 복잡하게 만든 거야? 네가 찾은 것에 대해 아빠한테 얘기해서 아빠랑 삼촌 둘이 해결할 수 있게 할 수도 있었잖아. 왜 말하지 않은 거지?"

아이가 무릎 위로 몸을 구부렸다. 고개를 너무 숙여서 무슨 말을 하는지 알아듣기 힘들 정도였다.

"아빠랑 상관없는 일이잖아."

"아니, 상관있어. 그건 너도 아는 사실이야. 넌 아빠가 로지를 아꼈다는 걸 알고, 형사라는 것도 알아. 그리고 로지에게 무슨 일이 있었는지 알아내려 한다는 것도 알고 있었지. 그 편지는 아빠와 관계가 있어. 더군다나 처음엔 너한테 그 일을 비밀로 해달라는 사람도 없었잖아. 뭔가 마음에 걸리는 게 없었다면 어째서 아빠한테 말하지 않았던 거니?"

홀리는 카디건 소매에서 빨간 실을 조심스럽게 풀어내더니, 그 끝을 손가락으로 잡아당기며 살펴보기 시작했다. 순간 아이가 대답을 하려나 보다 싶었지만, 홀리는 대답 대신 질문을 했다.

"로지는 어떤 사람이었어?"

"용감한 사람이었어. 고집도 셌고. 또 잘 웃었지."

이 이야기가 어디로 이어지게 될지 종잡을 수가 없었다. 하지만 홀리는 이것이 아주 중요한 일이라는 듯 곁눈으로 나를 뚫어지게 쳐다보고 있었다. 가로등의 어둑한 노란색 불빛 아래 좀더 짙은 색으로 빛나는 아이의 눈동자는 속내를 읽기 힘들 정도로 복잡해 보였다.

"음악을 좋아했고, 모험을 즐겼어. 장신구도 좋아했지. 친구들도 좋아했고. 내가 아는 사람들 중에 가장 원대한 계획을 품고 있었어. 그리고 뭔가에 빠지면 그게 뭐든 포기하는 법이 없었지. 너도 로지를 좋아했을 거야."

"안 그랬을 것 같은데."

"네가 믿든 말든 그랬을 거야. 로지도 널 좋아했을 거고."

"아빠는 엄마보다 그 여자를 더 사랑해?"

이런.

"아니."

거짓말이라고 하기엔 대답이 너무도 간단하고 깔끔하게 튀어나왔다.

"아빤 엄마와는 다른 방식으로 로지를 사랑했어. 더 많이 사랑한 게 아니라, 그냥 다르게."

홀리는 창밖을 쳐다보았다. 손가락으로 실을 계속 만지작거리면서 뭔가를 골똘히 생각하고 있었다. 나는 방해하지 않았다. 길모퉁이에서 홀리보다 조금 나이가 많아 보이는 아이들이 서로를 담에 밀치고 원숭이처럼 괴성을 섞어 재잘거리며 몰려나왔다. 담뱃불과 맥주 캔이 반짝거리는 것이 보였다.

마침내 홀리가 꽉 잠긴 목소리로 작게 물었다.

"셰이 삼촌이 로지를 죽였어?"

"아빠도 몰라. 그걸 결정하는 건 너나 내가 아니니까. 판사와 배심원들이 할 일이지."

나는 아이의 기분을 생각해 완곡하게 돌려 말했다. 하지만 홀리는 주먹을 꼭 쥐더니 자기 무릎을 내리쳤다.

"아빠, 그런 뜻으로 물어본 거 아니야. 죄를 누가 결정하든 그런 건 상관없어! 난 그게 사실인지를 물어본 거야. 정말 셰이 삼촌이 죽였어?"

"그래, 아빠는 그렇게 생각해."

다시 침묵이 흘렀다. 이번에는 조금 전보다 더 길었다. 담 앞에 선 원숭이들이 서로의 얼굴에 대고 감자 칩을 부수면서 요란하게 웃어 댔다. 마침내 홀리가 여전히 작은 소리로 다시 입을 열었다.

"셰이 삼촌하고 했던 얘기를 스티븐 아저씨한테 말하면."

"말하면?"

"어떻게 돼?"

"모르겠는데. 어떻게 될지 알려면 기다려야 할 거야."

"삼촌은 감옥에 가는 거야?"

"아마도. 상황에 따라서."

"그건 나한테 달렸어?"

"어느 정도는. 다른 사람들에게 달린 문제이기도 하고."

홀리의 목소리가 살짝 떨렸다.

"하지만 세이 삼촌은 나한테 잘못한 게 하나도 없는걸. 숙제도 도와줬고, 도나랑 나한테 손으로 하는 그림자놀이도 알려줬어. 삼촌은 나한테 커피도 한 모금 줬는데."

"알아. 너한텐 좋은 삼촌이었고, 그건 정말 중요한 거야. 하지만 삼촌은 다른 일도 했어."

"삼촌이 감옥에 가지 않았으면 좋겠어."

나는 아이와 눈을 마주치려고 애를 썼다.

"아빠 말 잘 들어. 앞으로 무슨 일이 벌어지든 그건 네 탓이 아니야. 세이 삼촌이 어떻게 돼도 그건 삼촌 탓이지, 넌 잘못한 거 없어."

"삼촌이 화낼 거야. 할머니도, 도나도, 재키 고모도. 그 이야기를 했다고 모두 나를 싫어할 거야."

아이 목소리가 조금 전보다 더 심하게 떨렸다.

"물론 모두들 당황하겠지. 처음엔 그 일로 너한테 무슨 말을 할 수도 있을 거야. 하지만 설령 그렇더라도 조금 지나면 안 그래. 이번 일은 네 잘못이 아니라는 걸 다들 알게 될 테니까."

"그건 아빠도 잘 모르는 일이잖아. 모두들 날 영원히 싫어할 수도 있어. 아빠가 약속할 일이 아니야."

상처 입은 아이의 눈 주위가 하얗게 변해 있었다. 기회만 있다면 세이를 좀더 세게 두들겨 패주고 싶은 심정이었다.

"맞아. 아빠가 약속할 수는 없지."

홀리가 조수석 등받이를 두 발로 힘껏 걷어찼다.

"난 그렇게 되기 싫어! 모두 가버리고 나만 혼자 남기 싫단 말이야. 그 멍청한 편지 따위 보지 말았어야 했는데!"

다시 한번 의자 등받이를 걷어찼다. 내 차를 산산조각 낼 기세였다. 그렇게 해서 홀리의 기분이 나아지기만 한다면 난 상관없었다. 하지만 계속 그렇게 내버려뒀다가는 아이 자신도 다치게 될 것이다. 나는 재빨리 몸을 돌려 아이의 발과 좌석 등받이 사이에 팔을 밀어 넣었다. 홀리는 무력하게 울부짖고 격렬하게 몸부림을 치며 발길질을 하면서도 내 팔을 걷어차지 않으려고 애를 썼다. 나는 아이의 발목을 붙잡았다.

"아빠도 알아, 우리 딸. 알고말고. 아빠도 이런 걸 바라지 않았지만 일이 이렇게 됐어. 네가 사실대로 말하기만 하면 모든 것이 괜찮아질 거라고 말해주고 싶지만 그럴 수도 없고 네 기분이 나아질 거라는 약속도 해줄 수 없어. 나아질 수도, 더 나빠질 수도 있으니까. 내가 너한테 해줄 수 있는 말은, 그 일이 네가 해야만 하는 일이라는 거야. 인생을 살다 보면 선택의 여지가 없는 일들이 있어."

홀리는 앉아 있던 카 시트에 등을 세게 부딪쳤다. 이어 숨을 깊이 들이마시고 무슨 말을 하려 했지만, 그 대신 손으로 입을 틀어막고 흐느껴 울기 시작했다.

나는 아이를 안아주기 위해 운전석에서 내려 뒷좌석에 올라탔다. 그 순간, 홀리의 눈물이 모든 게 잘될 거라 기대하며 아빠의 손길만을 기다리는 어린아이의 울음이 아니라는 생각이 들었다. 그런 건 페이스풀 플레이스 어딘가에 남겨놓았다.

그래서 나는 가만히 손을 내밀어 아이의 손을 잡아주었다. 홀리는 어딘가에서 떨어지는 사람처럼 내 손을 꼭 붙잡았다. 우린 그렇게 앉아 있었다. 아이는 창문에 머리를 기댄 채, 온몸을 떨면서 한참 동안 소리 없이 흐느껴 울었다. 그때 뒤쪽에서 무뚝뚝하게 무슨 말을 주고받는 남자들 목소리가 들리더니 차 문이 닫히는 소리가 이어졌다. 그런 뒤 스티븐의 차가 출발했다.

우리 둘 다 배가 고프지 않았다. 그래도 가는 길에 중심가에 들러 방사능 물질이 들어 있을 것처럼 생긴 치즈 크루아상을 홀리에게 먹였다. 아이를 위해서라기보다는 나를 위해서였다. 그런 다음 올리비아의 집으로 향했다.

나는 집 앞에 차를 세우고 뒷좌석에 앉아 있는 홀리를 돌아보았다. 아이는 머리카락을 입에 문 채, 꿈을 꾸는 듯한 커다란 눈으로 창밖을 내다보고 있었다. 너무 많은 일들을 겪고 피곤해서인지 가수면 상태에 빠진 모습이었다. 돌아오는 중간에 가방에서 꺼낸 클래라가 아이의 품에 안겨 있었다.

"수학 숙제 다 못 했지? 오도널 선생님한테 혼나지 않겠어?"

잠깐 홀리는 오도널 선생님이 누군지 잊어버린 듯했다.

"아, 괜찮아. 그 선생님 멍청하니까."

"그렇겠지. 정말 멍청하지 않고서야 너한테 그런 말을 들을 이유가 없을 테니까. 공책 좀 꺼내볼래?"

아이가 느린 동작으로 공책을 찾아 건네주었다. 나는 빈 페이지 첫 장을 펼치고 편지를 쓰기 시작했다. "오도널 선생님, 홀리가 수학 숙제를 끝내지 못한 이유에 대해 몇 자 적습니다. 이번 주말에 아이한테 힘든 일이 있었어요. 혹시 문제가 된다면 언제든 제게 연락 주십시오. 정말 감사합니다. 프랭크 매키 드림." 맞은편 페이지에 홀리가 공들여 쓴 글씨가 보였다. "데즈먼드한테 삼백마흔두 개의 과일 조각이 있다면……."

나는 공책을 홀리에게 돌려주며 말했다.

"혹시 선생님이 야단치시면 아빠 전화번호 알려드리고 연락하시라고 해. 알았지?"

"알았어. 고마워, 아빠."

"엄마도 이번 일에 대해선 알아야 해. 아빠가 얘기할게."

홀리는 고개를 끄덕이고 공책을 가방에 집어넣었다. 그러고는 자리에 가만히 앉은 채 안전벨트를 풀었다가 다시 잠갔다.

"우리 딸, 무슨 문제 있어?"

"아빠랑 할머니, 서로한테 못되게 굴었어."

"그래, 그랬지."

"왜 그런 거야?"

"그러지 말았어야 했는데. 가족끼리는 때때로 그렇게 서로 신경을 건드릴 때가 있어. 세상 그 누구도 가족만큼 사람을 미치게 만드는 건 없단다."

홀리는 클래라를 가방에 집어넣고는 인형을 내려다보면서 손가락으로 낡은 코를 문질렀다.

"만일 내가 뭔가 나쁜 짓을 했다면, 아빠 날 구하기 위해 경찰에 거짓말할 수 있어?"

"그럼, 할 수 있고말고. 너한테 필요한 일이라면 경찰은 물론이고 교황님한테도, 대통령한테도 거짓말할 수 있어. 나가떨어질 때까지 말이야. 그게 잘못된 일일지라도 아빠 그렇게 할 거야."

홀리는 돌연 의자 사이로 몸을 내밀더니 내 목을 끌어안고 뺨을 갖다 댔다. 나는 아이를 꼭 끌어안았다. 작은 야생동물처럼 가볍고 빠르게 뛰는 홀리의 심장박동을 느낄 수 있었다. 나는 아이에게 해야 할 말이 백만 개도 넘었고, 어느 하나 중요하지 않은 게 없었다. 하지만 그 말들은 하나도 입에서 나오지 않았다.

마침내 홀리가 한숨을 쉬었다. 많은 불안이 응축된 한숨이었다. 이윽고 아이는 몸을 떼고 차에서 내린 뒤 책가방을 등에 멨다.

"스티븐 아저씨랑 이야기하는 거, 화요일에 하면 안 될까? 내일은 에밀리 집에 놀러 가기로 했거든."

"그래도 되고말고. 언제든 너 편한 날 하면 돼. 집에 먼저 들어가 있으렴. 조금 있다 보자. 아빠 전화 좀 하고 들어갈게."

홀리는 고개를 끄덕였다. 지친 어깨가 축 처져 있었지만, 곧 고개를 살짝 저은 뒤 마음을 다잡고 걸어가기 시작했다. 마침 올리비아가 문을 열고 나와 양팔을 벌려 맞아주자, 아이는 좁은 등을 강철처럼 꼿꼿하게 세웠다.

나는 그 자리에서 담배에 불을 붙이고 반 모금만 빨아들였다. 목소리가 안정적으로 나오는지 확인한 뒤, 스티븐에게 전화를 걸었다.

그는 수신 상태가 그다지 좋지 않은 곳에서 전화를 받았다. 아마 더블린캐슬의 살인수사과 사무실들 중 어딘가 안쪽에 있었던 모양이었다.

"나야. 그쪽 상황은 어떤가?"

"나쁘진 않습니다. 말씀하신 대로 용의자는 모든 것을 부인하고 있습니다. 그나마도 귀찮아하면서 대답을 했을 때 말이지만요. 거의 말을 하지 않아요. 형사님 똥구멍 맛이 어떤지 물어보던데요."

"우리 형한테 그런 매력이 있긴 하지. 집안 내력이야. 신경 쓸 것 없네."

스티븐이 웃었다.

"전 괜찮습니다. 용의자도 뭐든 자기 하고 싶은 말을 할 수 있으니까요. 결국 중요한 건, 조사가 끝났을 때 집에 돌아가는 사람은 저 하나여야 한다는 거죠. 그러니까 말씀해주십시오. 형사님이 알고 계신 게 뭡니까? 뭐든 셰이머스 매키의 입을 열게 할 만한 게 있습니까?"

스티븐은 완전히 고무된 상태로, 끝까지 버틸 준비가 되어 있었다. 그의 목소리에서는 새로운 자신감이 뿜어져 나왔다. 적당히 가라앉은 목소리를 내려고 애는 썼지만 내심 들뜬 마음을 감추지 못하는 것이, 생애 최고의 순간을 맞이한 어린아이 같았다.

나는 내가 알고 있는 모든 것들과 그것을 어떻게 알게 됐는지, 마지막으로 역겨운 악취가 나는 세부 사항들까지 전부 다 털어놓았다. 정보는 무기다. 스티븐은 모든 걸 알고 있어야 했다. 마지막으로 내가 말했다.

"셰이 형은 누나와 여동생을 아껴. 특히 카멀 누나를. 그리고 내 딸 홀리를 좋아하지. 내가 알기론 그래. 인정하려 하진 않겠지만, 형은 날 미워하고, 케빈을 미워했어. 그리고 자기 인생을 증오하지. 자기 같지 않은 사람들을 몹시 시기한다네. 자네까지 포함해서 말이야. 아마 이런저런 것들을 알고 있다고 하면 형은 화를 낼 거야."

"알겠습니다." 스티븐은 혼잣말을 하듯 대답했다. 마음은 이미 저쪽에 가 있었다. "좋아요, 그런 점을 잘 이용해보겠습니다."

나는 이 애송이가 점점 더 마음에 들기 시작했다.

"그래, 자넨 할 수 있어. 스티븐, 한 가지만 더 말해주지. 오늘 저녁까지만 해도 형은 이제 거의 다 왔다고 생각했을 거야. 자기가 일하는 자전거 가게를 인수하고, 아버지를 버리고 집에서 나가는 것으로 마침내 가치 있는 인생을 살 기회를 얻었다고 여겼겠지. 몇 시간 전까지만 해도 온 세상이 자기 것처럼 느껴졌을 거야."

침묵이 흘렀다. 순간 스티븐이 내 이야기를 자기 동정심을 사기 위한 말로 받아들였을지 모른다는 생각이 들었다. 그때 스티븐이 말했다.

"지금 말씀해주신 내용을 가지고도 셰이머스 매키의 입을 열게 할 수 없다면, 전 그 사람과 이야기할 자격이 아예 없는 거겠죠."

"글쎄, 지금 얘기는 그냥 내 느낌일 수도 있어. 잘해보게. 무슨 일 있으면 연락하고."

"기억하고 계시죠……." 스티븐이 말을 시작하려는데 갑자기 수신 상태가 나빠졌다. 지지직거리는 소음과 함께 목소리가 중간중간 끊겼다. "……그들이 가진 건 전부……." 그대로 통화가 끊어지더니 삑삑거리는 소리 외에 더이상 아무 말도 들리지 않았다.

나는 자동차 창문을 열고 담배 한 대를 더 피웠다. 이 동네에도 크리스마스 장식들이 보였다. 문마다 화환이 걸려 있고, 정원에 "산타 할아버지, 우리 집에 들러주세요"라는 표지판이 비스듬히 박힌 집도 있었다. 그날 밤 대기는 마침내 겨울이 왔다는 것이 실감날 정도로 차갑고 흐렸다. 나는 담배꽁초를 버리고 숨을 깊이 들이마셨다. 그런 뒤 올리비아의 집으로 가 초인종을 눌렀다.

올리비아가 슬리퍼를 신고 나왔다. 잠자리에 들 준비를 하고 있었던 듯 세수를 마친 얼굴이었다. 내가 말했다.

"홀리한테 잘 자라는 인사 하고 가겠다고 했거든."

"벌써 잠들었는데. 침대에 누운 지 한참 됐어."

"아, 그렇군." 나는 머리를 맑게 하기 위해 고개를 흔들었다. "내가 밖에서 그렇게 오래 있었나?"

"피츠휴 부인이 경찰을 부르지 않은 게 놀라울 정도로 오래 있었지. 요즘 그 부인이 도처에서 스토커들을 발견해내거든."

올리비아가 미소를 지었다. 내가 여기 있는 것을 그녀가 싫어하지 않는다는 사실이 이상하게도 작은 위안이 되었다. "그 여자는 늘 괴짜였잖아. 전에도 우리가…….." 올리비아의 눈에 물러서는 기색이 보여 나는 말을 멈췄다. 하지만 이미 늦었다. "잠깐만 안에 들어갔다 가도 될까? 돌아가기 전에 정신 좀 차리게 커피 한잔 마셨으면 해서. 홀리한테 있었던 일에 대해 잠깐 이야기도 할 겸. 너무 늦게까지 있지 않겠다고 약속할게."

틀림없이 기분 탓이었겠지만, 적어도 내가 올리비아의 연민을 불러일으킨 것 같다는 느낌이 들었다. 잠시 뒤 그녀는 고개를 끄덕이며 문을 활짝 열어주었다.

올리비아는 나를 온실로 데리고 갔다. 창유리 모퉁이부터 서리가 얼기 시작했지만 난방을 해둔 덕에 안은 따뜻하고 포근했다. 그녀는 커피를 가지러 주방으로 갔다. 불빛이 어두웠다. 나는 셰이 형의 야구 모자를 벗어 재킷 주머니에 쑤셔 넣었다. 피 냄새가 났다.

올리비아가 커피잔과 작은 크림 통을 올린 쟁반을 들고 돌아왔다. 그녀가 의자에 앉으며 말했다.

"힘든 주말을 보낸 것 같네."

아니라고 대답할 수는 없었다.

"가족들 만나면 그렇지. 당신은 어때? 더모하곤 잘 보냈어?"

잠시 침묵이 흘렀다. 올리비아는 커피를 저으며 어떻게 대답해야 할지 생각하는 것 같았다. 마침내 그녀가 한숨을 내쉬고 입을 열었다. 제대로 들리지도 않을 만큼 작은 소리였다.

"그만 만나는 게 좋겠다고 말했어."

"아." 내 마음을 겹겹이 감싸고 있던 어둠을 뚫고 순식간에 행복의 기운이 올라와서 깜짝 놀랐다. "그럴 이유가 있었어?"

올리비아는 우아하게 어깨를 살짝 으쓱여 보였다.

"잘 맞지 않는 것 같아서."

"더모도 동의했고?"

"그럴 거야. 몇 번 더 만났으면 아마 그 사람도 알았을걸. 내가 좀 더 일찍 알았던 것뿐이지."

"늘 그렇잖아." 나쁜 뜻으로 한 말은 아니었다. 올리비아는 살짝 미소를 지으며 커피잔을 내려다보았다. "뭐, 그렇게 돼서 유감이야."

"잘될 때도 있고 안 될 때도 있는 거지……. 당신은 어때? 요즘 만나는 사람 있어?"

"최근엔 없었어. 특별하다 할 만한 관계는 없었지."

올리비아가 더모를 차버렸다는 사실이 잠시나마 내게 최고의 순간을 선사해주었다. 작지만 완벽한 형태의 행복이었다. 가질 수 있는 건 다 가진 것 같았다. 이 행운을 더 밀어붙였다가는 어쩌면 산산조각 날지 모른다는 것을 알고 있었지만, 도저히 자제할 수가 없었다.

"당신 시간 되면 언제 같이 저녁 먹을래? 홀리는 베이비 시터한테 맡기고. 코테리에 비견할 수 있을지는 모르겠지만 적어도 버거킹보다는 나은 식당을 찾을 수 있을 거야."

올리비아가 눈썹을 올리며 내 쪽으로 고개를 돌렸다.

"당신 말은……. 지금 그거 무슨 의미야? 데이트하자는 거야?"

"그래, 그런 거야. 데이트 신청에 가까운 거지."

한참 동안 침묵이 흘렀다. 올리비아의 눈 속에 많은 것들이 스쳐 지나갔다. 내가 말했다.

"저번에 당신이 말한 거 있잖아. 사람들이 서로에게 상처를 주는 것에 대해 했던 얘기 말이야. 내가 당신 생각에 완전히 동의하는 건지는 사실 잘 모르겠어. 하지만 당신이 옳다고 생각해볼 생각이야. 나도 많이 노력하고 있어, 올리비아."

올리비아는 고개를 뒤로 젖혀 창문 위에 떠올라 있는 달을 쳐다보았다.

"당신이 처음으로 홀리와 주말을 보내러 찾아왔을 때, 난 겁이 났어. 그 애가 집에 없는 동안 한숨도 자지 못했지. 홀리 만나는 문제를 놓고 내가 순전한 악의로 당신한테 싸움을 걸었다고 생각하는 거 알아. 하지만 그런 게 아니었어. 당신이 홀리랑 비행기를 타고 멀리 떠나버려서 두 사람을 두 번 다시 못 보게 될 것 같았거든."

"그럴까 생각한 적은 있어."

올리비아의 어깨가 순간 움찔했다. 하지만 목소리는 차분했다.

"알아. 하지만 당신은 그렇게 하지 않았지. 나를 위해서라고 생각할 정도로 바보는 아니야. 한편으로는 당신 직업을 포기하기 싫다는 이유가 있었을 것이고, 다른 한편으로는 홀리가 상처받을 수 있다는 생각을 했겠지. 그래서 당신은 이곳에 남았어."

"그래, 나로선 최선을 다하고 있는 셈이지."

올리비아와 달리, 나는 이곳에 그대로 남아 있는 게 홀리를 위한 최선일지 확신할 수 없었다. 아이와 함께 코르푸 해변에서 술집을 운영하며 살면 어떨까 싶었다. 내 가족들 때문에 아이가 머리에 폭탄을 이고 살아가느니, 갈색으로 피부를 그을린 채 그곳 주민들과 어울려 속 편히 지내는 것이 나을 테니까.

"저번에 내가 했던 말이 바로 그런 뜻이야. 서로 사랑하기 때문에 상처를 줄 필요는 없어. 당신과 내가 불행했던 건 필연적인 운명이 아니라, 우리가 그걸 선택했기 때문이야."

"리브, 당신한테 할 말이 있어."

차를 타고 오는 내내, 어떻게 하면 이번 일을 보다 무난한 방식으로 전달할 수 있을지 방법을 궁리한 터였다. 하지만 그런 방법은 없었다. 나는 뺄 수 있는 내용은 다 빼고, 최대한 수위를 낮춰 이야기했다. 내가 말을 마치자, 올리비아는 눈을 크게 뜨고 나를 쳐다보며 떨리는 손으로 입을 틀어막았다.

"세상에, 어떻게 그런 일이. 우리 홀리 어떡해."

나는 끌어모을 수 있는 최대한의 확신을 담아 말했다.

"그 애는 괜찮을 거야."

"그 애가 직접 그런 일을…… 세상에, 프랭크, 우리가…… 어떻게 해야……."

올리비아는 오래전에도 이런 모습을 내게 보여준 적이 있었다. 하지만 그러면서도 여전히 침착하고 당당했으며, 완벽하게 무장한 상태였다. 지금처럼 아무 꾸밈 없이, 온몸을 떨며 미친 듯이 자식을 지킬 방도를 찾는 모습으로 스스로를 드러내는 건 처음이었다. 이런 상황에 올리비아의 어깨를 감싸 안는 건 바보짓이리라. 나는 그냥 몸을 앞으로 내밀어 그녀의 손 위에 내 손을 포갰다.

"괜찮아, 진정해. 아무 일도 없을 거야."

"그 사람이 애를 위협했어? 애가 겁먹진 않았을까?"

"아니야. 형은 홀리를 걱정했어. 혼란스럽고 불안한 모습을 보이긴 했지만, 내가 분명히 말하는데 홀리는 결코 어떤 위험도 느끼지 않았어. 확실해. 믿을 수 없을 만큼 일이 틀어진 상황에서도 형은 홀리를 아꼈어."

올리비아의 마음은 이미 저 앞에 나가 있었다.

"사건이 어느 정도 심각한 거야? 애가 증언을 해야 할까?"

"아직 잘 모르겠어."

우리 둘 다 잘 알고 있었다. 만일 소추 담당자가 기소를 결정한다면, 셰이 형이 자백을 하지 않는다면, 판사가 홀리에게 자세한 증언을 들어야 한다고 판단한다면⋯⋯.

"만약 상황이 어떻게 될지를 두고 돈을 걸어야 한다면, 그래, 홀리는 증언을 하게 될 거야."

올리비아가 다시 중얼거렸다. "맙소사."

"당장은 아닐 거야."

"중요한 건 그게 아니잖아. 난 능력 있는 변호사들이 증인들을 어떻게 대하는지 알아. 나만 해도 그랬고. 홀리한테 그런 일을 겪게 하고 싶지는 않아."

내가 부드럽게 말했다.

"그 문제에 관해선 우리가 할 수 있는 일이 없다는 거 당신도 잘 알잖아. 우린 그저 아이가 괜찮을 거라고 믿으면 돼. 홀리는 강한 애야. 그 앤 항상 그랬어."

봄날 저녁 온실에 앉아 미세하지만 격렬하게 움직이던 올리비아의 배를 지켜보던 기억이 바늘로 찌르듯 머릿속에 떠올랐다. 그때 아이는 세상에 나올 준비를 하고 있었다.

"그래, 그 애는 강하지. 하지만 그건 중요하지 않아. 이 세상에 그런 일을 견뎌낼 정도로 강한 아이는 없어."

"홀리는 이겨낼 거야. 선택의 여지가 없으니까. 그리고 리브……이미 알고 있겠지만, 당신은 홀리하고 이 사건에 대해 이야기하면 안 돼."

올리비아는 아이를 지키겠다는 마음으로 내 손을 뿌리치고 고개를 들었다.

"홀리는 그 일에 대해 얘기를 해야 돼, 프랭크. 이 상황을 아이가 어떻게 받아들일지 난 상상조차 되지 않아. 그걸 계속 마음속에 담아두게 할 순 없어……."

"알아. 하지만 당신은 홀리랑 그 이야기를 하면 안 돼. 나도 마찬가지고. 배심원단에게 당신은 검사야. 아무래도 편파적으로 보이겠지. 당신이 아이한테 뭔가 지시했다는 증거가 하나라도 나오면 사건 전체가 엎어질 거야."

"그 사건 따위 어떻게 되든 상관없어. 애가 이런 얘길 할 사람이 누가 있다고? 홀리가 상담사랑 이야기하지 않을 거라는 건 당신도 잘 알잖아. 우리가 헤어질 때도 상담사한테 한마디도 안 했으니까. 이번 일이 아이 인생에 악영향을 미치게 놔두진 않을 거야. 그렇게 놔두지 않아."

이미 우리 손을 떠난 일임을 인정하지 않으려는 올리비아의 낙관이 내 오른쪽 흉곽 안쪽을 내리눌렀다.

"아니, 당신이 그렇게 하지 않으리라는 거 알아. 좋은 생각이 있어. 홀리한테 하고 싶은 이야기가 있으면 얼마든지 하라고 하는 거야. 다만 다른 사람이 듣지 않는다는 게 확실할 때만. 나까지 포함해서. 응?"

올리비아는 입을 꾹 다문 채 더이상 아무 말도 하지 않았다. 내가
말했다.

"이상적인 방법은 아니라는 거 알아."

"아이가 비밀을 만드는 것에 대해선 당신이 더 열정적으로 반대하
고 나설 줄 알았는데."

"그건 그렇지. 하지만 그걸 최우선으로 삼기엔 조금 늦었어. 그러
니 어쩔 수 없잖아."

이제 올리비아의 목소리에는 지친 기색이 역력했다.

"내 귀엔 이렇게 들리네. '내가 경고했지'."

"아니야." 진심이었다. 올리비아는 놀란 듯 나를 돌아보았다. "정
말이야. 당신이나 나나 제정신으로 있기 힘든 상태긴 하지만, 지금
우리가 최선을 다해 할 일은 아이가 입을 상처를 최소화하는 거야.
그리고 난 당신이 그 일을 잘해낼 거라 믿어."

올리비아는 여전히 근심과 피로가 가득한 얼굴로 빈정거림을 기
다리고 있었다.

"이번에는 다른 뜻 없어. 약속해. 지금은 그저 당신이 우리 딸 엄
마여서 다행이라는 생각뿐이야."

그 말이 올리비아의 무장을 해제시켰다. 그녀는 내게서 시선을 돌
리곤 눈을 깜박였다. 의자에서 몸이 연신 들썩였다.

"여기 도착하자마자 그 이야기부터 해줬어야지. 난 아무것도 모
르고 평소처럼 애를 재웠는데……."

"그래야 했다는 거 알아. 난 그저, 아이가 오늘 밤도 여느 때와 똑
같이 지냈으면 했어."

올리비아가 자리에서 벌떡 일어났다. "애 좀 보고 와야겠어."

"자다가 깼으면 우릴 불렀을 거야. 아니면 내려왔거나."

"안 그럴 수도 있잖아. 잠깐 다녀올게……."

올리비아는 고양이처럼 발소리를 죽여 서둘러 계단을 올라갔다. 그 사소하고도 익숙한 동작이 이상하게도 위안이 되었다. 홀리가 아기였을 때는 하룻밤에도 열두 번씩 저런 식으로 위층에 올라가곤 했다. 모니터에서 잡음만 들려도 올리비아는 아기가 잠들어 있는지 확인하러 갔다. 아기 폐에는 아무 이상이 없고, 혹시 무슨 일이 있으면 바로 알 수 있다고 아무리 안심시켜도 소용없었다. 그녀는 유아돌연사라든가, 침대에서 떨어져 머리가 깨진다거나 하는, 부모들이라면 누구나 두려워하는 문제들을 걱정한 게 아니었다. 올리비아는 홀리가 한밤중에 깨어나 자기가 혼자라는 생각을 하게 될까 봐 걱정했던 것이다.

다시 온실로 들어오며 올리비아가 말했다. "잘 자고 있어."

"다행이네."

"평온해 보였어. 내일 아침에 얘기를 더 해봐야겠지만." 올리비아는 의자에 털썩 앉아 머리를 쓸어 넘겼다. "당신은 괜찮아? 물어보지도 못했네. 당신이야말로 오늘 밤은……."

"난 괜찮아. 이제 그만 가볼게. 커피 고마웠어. 정말 마시고 싶었거든."

올리비아는 더이상 묻지 않았다. "집까지 운전할 수 있겠어?"

"그럼. 금요일에 올게."

"내일 홀리한테 전화해. 그 일에 대해 아이와 아무 말도 하면 안 된다 해도……. 어쨌든 전화는 해."

"물론이지. 이제 그만 갈게." 나는 남은 커피를 마저 마신 뒤 자리에서 일어났다. "아, 그리고 아까 청했던 데이트에 대한 답을 들었으면 좋겠는데."

올리비아는 한참 동안 내 얼굴을 쳐다보았다.

"홀리에게 쓸데없는 희망을 주지 않으려면 아주 조심해야 할 거야."

"조심하면 되지."

"어떻게든 좋은 쪽으로 발전할 여지가 많진 않으니까."

"알아. 그래도 물어보고 싶었어."

올리비아가 의자에서 몸을 움직였다. 달빛이 그녀의 얼굴을 비스듬히 비추면서 눈이 그림자 속으로 사라졌다. 내가 볼 수 있는 건 섬세한 굴곡을 가진 입술뿐이었다. 올리비아가 말했다.

"당신도 할 수 있는 모든 노력을 다했다고 생각하고 싶은 거야? 아무것도 안 하는 것보다는 늦게라도 하는 게 낫다고?"

"그런 거 아니야. 왜냐하면 난 정말, 진심으로 당신하고 데이트를 하고 싶거든."

그림자 속에서 여전히 나를 바라보는 그녀의 시선이 느껴졌다. 마침내 그녀가 말했다.

"나도 좋아. 청해줘서 고마워."

하마터면 그 순간 올리비아 앞으로 다가갈 뻔했다. 하마터면 나도 모르게 손을 내밀어 올리비아를 내 쪽으로 끌어당긴 다음, 바닥에 무릎을 꿇고 앉아 그녀의 부드러운 무릎에 얼굴을 파묻을 뻔했다. 이를 악물고 그 충동을 이겨내느라 하마터면 턱이 부러질 뻔했다. 겨우 몸을 움직일 수 있게 되자, 나는 주방에 쟁반을 갖다놓았다.

올리비아는 움직이지 않았다. 나는 그 집을 나섰다. 아마 잘 자라
는 인사를 한 것 같다. 차에 올라탈 때까지 내 뒤에 있는 그녀를, 컴
컴한 온실 안에서 늘 일정하게 빛을 발하는 백열등과 같은 그녀의
온기를 느낄 수 있었다. 그 덕분에 나는 집에 돌아갈 수 있었다.

23

스티븐이 사건을 처리하는 동안 나는 가족들과 연락하지 않았다. 그는 셰이 형을 두 건의 살인으로 기소했고, 고등법원은 보석을 기각했다. 고맙게도 조지는 아무 말 없이 나를 바로 복직시켜주었을 뿐 아니라, 유별나게 복잡한 새 작전까지 떠안겼다. 리투아니아와 AK-47 소총, 비타우타스라 불리는 몇몇 흥미로운 인물들이 연루된 작전이었다. 필요하다면 일주일에 백 시간씩 일하는 건 어렵지 않았고, 실제로 그렇게 일했다. 경찰국 내 소문에 의하면 스코처가 경찰 관행에 대한 인식 부족을 들어 나에 대한 격한 불만을 제기하자, 오랫동안 반 혼수상태로 지내던 조지가 마침내 깨어나 처리하는 데 몇 년 걸릴 분량에 평소보다 세 배는 더 많은 정보를 요하는 사소한 서류 작업으로 받아쳤다고 했다.

우리 가족의 감정 상태도 조금은 가라앉았으리라는 생각이 들 즈음, 나는 하루 날을 잡아 평소보다 일찍, 그러니까 10시경 퇴근했다. 아무거나 냉장고에 있던 걸 꺼내 빵 두 쪽에 끼워서 먹은 뒤, 술잔에 제임슨 위스키를 따르고 담배를 챙겨 발코니로 나갔다. 그리고 재키에게 전화를 걸었다.

"세상에." 재키는 집에 있었다. 뒤쪽에서 텔레비전 소리가 들렸다. 깜짝 놀라서인지 재키의 목소리는 멍했다. 그런 상황이라 나도 달리 할 말이 없었다. 재키가 개빈에게 말했다. "프랜시스 오빠야."

개빈이 무슨 말인지 잘 들리지 않는 소리로 중얼거렸다, 재키가 자리를 옮겼는지, 텔레비전 소리가 사라졌다.

"세상에, 상상도 못 했네……. 그동안 잘 지냈어?"

"그냥 버티고 있지. 넌?"

"그렇지 뭐. 오빠도 알잖아."

"엄마는 어떠셔?"

재키의 한숨소리가 들렸다. "엄만 별로 좋지 않아."

"어떤데?"

"좀 편찮으신 것 같아. 무서울 정도로 말도 없고. 오빠도 알겠지만 그건 엄마답지 않잖아. 전처럼 사방 천지에 대고 소리라도 지르면 마음이 편할 것 같은데."

"심장마비라도 왔을까 봐 걱정했는데. 역시 우리 좋을 일은 안 해 주시네." 나는 농담처럼 말하려고 애썼다.

재키는 웃지 않았다.

"카멀 언니가 대런이랑 어젯밤 엄마 집에 갔는데, 대런이 자기로 된 장식물을 깨뜨렸대. 거실 선반 위에 놓여 있던, 꽃다발 들고 있는 젊은 남자 도자기상 알지? 그게 산산조각 난 거야. 대런은 엄청

혼날 줄 알고 겁에 잔뜩 질려 있었는데, 정작 엄마는 아무 말도 없이 조각들을 쓸어 담아 쓰레기통에 버렸다더라."

"조금 지나면 괜찮아지실 거야. 엄마는 강한 사람이잖아. 이 정도로는 무너지지 않아."

"그렇긴 하지. 그래도 너무 조용해."

"그래, 너무 조용하지."

수화기 너머로 문 닫는 소리와 바람 소리가 들렸다. 재키가 조용히 통화하기 위해 집 밖으로 나온 모양이었다.

"문제는, 아버지 상태도 좋지 않다는 거야. 침대에서 일어나질 못해서, 그 일 이후로……."

"빌어먹을. 그대로 썩게 내버려둬."

"오빠 마음 알아. 하지만 중요한 건 그게 아니야. 엄마가 그런 아버지 상태를 못 견뎌해. 두 분이 뭘 어쩌려는 건지 모르겠어. 어쨌든 내가 시간 날 때마다 찾아가고 카멀 언니도 자주 들여다보긴 하는데, 아무래도 언니는 형부하고 애들을 보살펴야 하고 나도 일이 있잖아. 게다가 우리가 가도 힘이 없으니 아버지를 다치지 않게 침대에서 들어 올릴 수가 없어. 아버지도 딸들이 목욕을 도와주는 건 바라지 않으시고. 셰이 오빠가……."

재키가 말끝을 흐렸다. 내가 대신 말했다.

"셰이 형이 계속 그 일을 해왔으니까."

"그래."

"내가 가서 도울까?"

순간적으로 침묵이 흘렀다.

"오빠가……? 아니야, 오빠. 안 그래도 돼."

"네 생각에 괜찮을 것 같으면 당장 내일이라도 갈 수 있어. 내가 크게 도움이 되진 않겠지만 한동안 거기서 지낼 수도 있고. 하지만 만일 내 잘못이라고……."

"그래. 방금 한 그 말이 맞아. 오빠한테 싫은 소리 할 생각은 없지만, 그냥……."

"이해해. 나도 그렇게 생각하니까."

"오빠가 안부를 물었다고 두 분한테 전할게."

"그래. 뭐든 상황이 바뀌면 나한테도 알려줘. 알았지?"

"알았어. 어쨌든 제안은 고마워."

"홀리는 어떨 것 같아?"

"무슨 소리야?"

"지금도 그 애가 할머니 집에서 환영받을 수 있을까?"

"홀리를 보내고 싶은 거야? 내 생각엔……."

"모르겠어, 재키. 아직은 그럴 마음 없어. 그래, 보내고 싶은 건 아니야. 하지만 거기서 홀리를 어떻게 생각하는지 정확히 알고 싶어."

재키는 작은 소리로 슬픔 어린 한숨을 쉬었다.

"사실 어떨지 아무도 몰라, 아직까지는……. 오빠도 알잖아. 아직은 정리가 안 된 상황이야."

세이 형이 재판에서 무죄 선고를 받을지, 아니면 유죄 선고를 받고 두 차례의 종신형을 살게 될지 아직은 모르지만, 어쨌든 부분적으로는 홀리가 세이 형에게 불리한 증언을 했기에 일이 여기까지 온 터였다.

"재키, 난 오래 기다릴 여유 없어. 네가 돌려 말하는 거 다 듣고 있을 여유도 없고. 지금 우린 내 딸에 대해 얘기하고 있잖아."

재키가 또다시 한숨을 쉬었다.

"솔직히 말해서, 만일 내가 오빠라면 당분간은 홀리를 우리 집에서 떨어뜨려놓을 거야. 그 애를 위해서 말이지. 지금은 다들 정신이 없고, 화도 많이 나 있는 상태야. 머지않아 누군가는 아이에게 상처 주는 말을 하겠지. 그럴 의도가 없다고 해도……. 지금은 그냥 떨어져 있는 게 나을 것 같아. 오빠 생각에도 그렇게 하는 게 옳지 않겠어? 그런 식으로 애를 힘들게 할 필요는 없잖아."

"나야 그렇지. 하지만 문제가 있어, 재키. 홀리는 세이 형에게 일어난 일이 자기 때문이라고 생각해. 그렇지 않더라도 가족들은 모두 그렇게 여길 거라 생각하고 있지. 나야 홀리를 엄마한테 안 데리고 가도 상관없지만, 그러면 애는 점점 더 그 생각을 굳히게 될 거야. 솔직히 난 그게 백 퍼센트 사실이고, 다른 가족들이 홀리를 나환자 취급해도 상관없어. 하지만 너만은 예외라는 걸 아이한테 말해 줘야 해. 홀리는 마음이 갈기갈기 찢어졌고, 평생 만날 수 있으리라 생각했던 사람들을 잃었어. 그러니 아이 인생에 넌 그대로 남아 있다는 걸 알려줘야 해. 넌 홀리를 버릴 생각이 없고, 우리 머리 위로 철침이 떨어진다 해도 아이를 탓하지 않을 거라고 말이야. 그래줄 수 있겠어?"

재키는 이미 걱정과 연민의 소리를 내고 있었다.

"세상에, 불쌍한 것. 내가 어떻게 그 애를 탓하겠어? 모든 건 홀리가 태어나기도 전에 시작된 일인데! 오빠가 나 대신 꼭 안아주고, 시간 나는 대로 보러 가겠다고 전해줘."

"그래, 그러면 됐다. 어쨌든 내가 하는 말은 아무 소용이 없어. 홀리는 너한테 그 말을 직접 들어야 해. 시간 내서 아이한테 전화 한 번 해줄 수 있겠어? 그러면 그 가엾은 애도 마음이 좀 편해질 거야.

어때?"

"그럼, 당연하지. 지금 당장 전화할게. 애가 그런 걱정을 하고 속상해하며 혼자 앉아 있다는 생각만으로도 끔찍한데……."

"재키, 잠깐만."

"왜?"

"이왕 말이 나와서 하는 말인데." 나는 그런 말을 하고 있는 내 뒤통수를 때리고 싶었다. 하지만 이미 늦었다. "방금 네가 했던 말 나한테도 해줄 수 있어? 아니면 홀리한테만 해당되는 말인가?"

아주 잠깐, 그러나 충분히 길게 느껴지는 시간 동안 아무 소리도 들리지 않았다.

"그렇게 말해줄 수 없다고 해도 난 괜찮아. 네 입장도 곤란하다는 거 잘 아니까. 난 그저 상황이 어떤지 알고 싶었어. 직접 묻는 게 시간과 수고를 덜어줄 방법인 것 같아서……. 이만하면 변명이 됐지?"

"그래, 그러네. 휴, 프랜시스 오빠……." 재키는 마치 급소라도 맞은 듯, 발작적으로 숨을 몰아쉬었다. "내가 다시 연락할게. 연락하고 말고. 그냥…… 난 시간이 조금 필요한 것 같아. 몇 주 정도 걸릴 수도 있고, 아니면…… 오빠한테 거짓말은 안 할게. 지금 난 머릿속이 다 녹아내린 것 같아. 어떻게 해야 할지를 모르겠어. 암튼 빨리 연락할 수도 있고……."

"이해해. 어떤 기분인지 알아."

"미안해, 오빠. 정말이야. 정말 미안해."

재키의 목소리는 가늘었고, 마지막 실오라기가 풀린 듯 절망적으로 들렸다. 동생은 나보다 더 큰 죄책감에 사로잡혀 있었다.

"살다 보면 이런 일도 있는 거야. 이번 일이 홀리의 잘못이 아닌 것처럼, 너 역시 잘못한 게 없어."

"그렇지 않아. 애초에 내가 그 애를 엄마 집에 데려가지 않았더라면……."

"아니면 내가 그 특별한 날 홀리를 데려가지 말았든가. 그랬으면 아직 셰이 형은…… 그만하자." 끝맺지 못한 나머지 말이 우리 사이의 공허한 공간 속으로 흩어졌다. "넌 최선을 다했어. 누구라도 그랬을 거야, 재키. 이제 머릿속도 다시 채워질 테니, 시간을 가지고 기다려. 괜찮아지면 연락하고."

"그럴게. 꼭 연락할게, 오빠……. 그동안 오빠도 자신을 좀 챙겨. 진심이야."

"그럴게. 너도 잘 지내고, 나중에 보자."

전화가 끊어지기 전에, 다시 한번 고통스럽게 숨을 내쉬는 소리가 들렸다. 동생이 그대로 혼자 어둠 속에 서서 울지 말고 개빈에게 달려가 안겼으면 좋겠다고 나는 생각했다.

며칠 뒤 저비스 센터로 가서 텔레비전을 샀다. 더 중요한 뭔가를 위해 저축할 필요가 전혀 없을 사람이나 살 만한 킹콩 같은 대형 텔레비전이었다. 이것만으로도 인상적이긴 하지만 이멜다가 내 급소를 걷어차는 일을 막기 위해서는 전자제품 이상의 뭔가가 있어야 할 것 같다는 느낌이 들었다. 그래서 나는 할로 레인 끝에 차를 세우고, 온종일 밖을 나돌던 이저벨이 집에 돌아오기를 기다렸다.

춥고 흐린 날씨였다. 낮게 내려앉은 하늘에서 금세라도 진눈깨비든 눈이든 쏟아질 것 같았고 도로의 파인 곳에는 살얼음이 끼어 있었다. 이저벨이 스미스 로드를 빠른 걸음으로 내려왔다. 살을 에는 바람에 고개를 숙인 채 얇은 짝퉁 디자이너 코트를 단단히 여미고 있었다. 이저벨은 내가 차에서 내려 자기 앞에 설 때까지 나를 보지 못했다.

"네가 이저벨이지?"

이저벨이 경계심 어린 눈으로 나를 쳐다보았다. "누구세요?"

"너희 집 텔레비전을 부순 사람이야. 만나서 반갑다."

"꺼지지 않으면 소리 지를 거예요."

성격이 제 엄마를 그대로 닮았다. 이저벨을 보고 있자니 옛 생각에 마음이 푸근해졌다. 내가 말했다.

"목소리 조금만 낮추지. 이번엔 귀찮게 하려고 온 게 아니니까."

"원하는 게 뭐예요?"

"새 텔레비전을 샀어. 크리스마스 선물로."

이저벨의 얼굴에 의심이 깊이 드리웠다. "왜요?"

"양심의 가책이란 말 들어봤지?"

이저벨은 팔짱을 끼고 고약한 눈초리로 나를 쳐다보았다. 가까이서 보니 이멜다와 닮긴 했지만 아주 비슷하지는 않았다. 이저벨은 헌 집안의 특징인 둥근 턱을 가지고 있었다.

"우리 집에 아저씨가 산 텔레비전 같은 건 필요 없어요. 어쨌든 고맙네요."

"넌 필요 없을지 몰라도 네 엄마나 동생들에겐 필요할 수도 있잖아? 가족들한테 가서 물어보는 게 좋지 않을까?"

"그 텔레비전이 이틀 전에 도난당한 물건일지 어떻게 알아요? 그걸 받으면 아저씨가 우리 가족을 바로 체포할지도 모르죠."

"내 머리를 과대평가하는구나."

이저벨이 눈썹을 치켜올렸다.

"아니면 아저씨가 날 과소평가하거나요. 난 우리 엄마한테 화를 내는 경찰이 주는 물건을 받을 만큼 멍청하지 않거든요."

"네 엄마한테 화를 낸 게 아니야. 견해 차이가 조금 있었는데, 전부 해결됐어. 네 엄마가 나 때문에 걱정할 일은 이제 없을 거야."

"됐어요. 우리 엄만 아저씨 무서워하지 않으니까."

"잘됐네. 믿지 않을지 몰라도, 난 네 엄마를 좋아하거든. 어릴 때부터 알고 지낸 사이야."

이저벨은 그 말을 듣고 생각에 잠기더니 이내 따지듯 물었다.

"우리 집 텔레비전은 왜 부순 거예요?"

"엄마는 뭐래?"

"아무 말도 안 했어요."

"그럼 나도 말 못 하지. 신사는 숙녀의 비밀을 지켜줘야 하는 법이거든."

내 화려한 언변에도 깊은 인상을 받지 못했는지 이저벨은 사람을 기죽이는 표정으로 그저 날 노려볼 뿐이었다. 딸이 가슴이 나오고, 아이라인을 그리고, 원하면 비행기를 타고 어디로든 떠날 수 있는 합법적인 권리를 갖게 되기까지 성장하는 모습을 지켜본다는 건 어떤 기분일까?

"텔레비전은 엄마한테 법정에서 말 제대로 하라는 의미로 주는 건가요? 이름은 모르겠지만 엄마는 이미 적갈색 머리 남자한테 전부 다 말했어요."

아마도 이멜다의 진술은 재판 때까지 수십 번은 더 바뀔 것이다.

하지만 내가 이멜다 티어니에게 뇌물을 주고 싶었다면 이렇게 비싼 물건을 사지는 않았을 것이다. 존 플레이어 블루 담배 두 갑 정도로 끝냈겠지. 이저벨과 그 이야기는 더이상 나누지 않는 게 나을 것 같았다.

"그건 나랑 상관없는 일이야. 분명히 말할게. 나는 그 사건이나 진술 받으러 왔다는 젊은 친구와 아무 관계 없어. 네 엄마한테 바라는 것도 없고. 알겠니?"

"바라는 게 없다는 사람은 아저씨가 처음이네요. 어쨌든 아저씨가 바라는 게 없다는 걸 알았으니, 난 그만 가도 되죠?"

할로 레인에는 아무도 없었다. 반짝거리는 놋쇠 장식에 광을 낸 노인들도, 유모차를 밀고 지나가는 아기 엄마들도 보이지 않았다. 추위에 모두 문을 꼭 닫고 있었다. 하지만 나는 레이스 커튼 너머에서 내다보고 있는 시선들을 느낄 수 있었다.

"하나만 물어봐도 될까?"

"그러세요."

"넌 어떤 일을 하니?"

"아저씨가 무슨 상관이에요?"

"내가 오지랖이 넓어서. 왜? 비밀이야?"

이저벨이 눈을 깜박거렸다.

"법률 비서가 되는 과정을 밟고 있어요. 됐어요?"

"멋진데. 잘됐다."

"고마워요. 그런데 내가 아저씨가 어떻게 생각하든 신경 쓸 것 같아요?"

"아까 말했잖아. 옛날부터 네 엄마한테 관심 있었다고. 네 엄마한테 자랑할 만한 딸이 있고, 잘 키웠다는 것을 알게 되니 좋다는 거야. 앞으로도 열심히 잘해봐. 이 텔레비전은 엄마 갖다드리고."

나는 자동차 트렁크를 열었다. 이저벨이 차 뒤쪽으로 갔다. 혹시라도 이저벨을 트렁크에 밀어 넣고 납치할 작정이라는 오해를 살까봐 난 멀찍이 떨어져서 지켜보았다.

"나쁘지 않네요."

"현대 기술의 정점에 있는 상품이지. 내가 집 앞까지 옮겨다 줄까, 아니면 친구를 불러서 직접 들고 갈래?"

"우린 이 텔레비전 필요 없어요. 정말 아저씨는 바라는 게 조금도 없어요?"

"이 텔레비전, 나도 큰돈 주고 산 거야. 훔친 거 아니고, 이 안에 탄저균 같은 것도 없어. 스크린으로 정부에서 널 감시하는 것도 아니지. 그런데 왜 안 받겠다는 거야? 경찰이 주는 거라서?"

이저벨은 당연한 것도 모르느냐는 눈으로 나를 쳐다보았다.

"아저씨는 자기 형을 밀고했잖아요."

모두가 알고 있었다. 바보 멍청이처럼, 이번에도 나는 사람들이 그 일을 모를 거라 생각하고 있었다. 형이 입을 다물었어도 언제나처럼 지역 정보망이 가동되었을 것이며, 혹시라도 스코처가 비번인 날 추가 조사를 하고 돌아다녔다면 그가 작은 단서를 흘리는 것을 아무도 막을 수 없었으리라. 티어니 가족은 아마 위층에 사는 마약 중개인 데코가 어떤 이유로든 신세를 갚겠다며 훔친 텔레비전을 주겠다고 했어도 받았을 것이다. 하지만 나 같은 사람한테서는 아무것도 받고 싶지 않은 것이다. 설령 이저벨 티어니와 정신없이 훔쳐보고 있는 이웃들, 리버티에 있는 모든 사람들 앞에서 나 자신을 변호한다 해도 달라질 것은 없었다. 차라리 내가 세이 형을 중환자실로 보냈거나 글래스네빈 공동묘지에 묻었다면 오히려 괜찮다며 고개를 끄덕여주고 내 등을 토닥였을지 모른다. 하지만 자기 형을 밀고한 것에 대해서는 어떤 변명의 여지도 없었다.

이저벨은 힐끗 주위를 둘러보며 이웃들이 언제라도 자신을 구하러 나올 준비가 되어 있음을 확인한 뒤, 동네 사람들 모두 들을 수 있을 정도로 크게 소리쳤다.

"그깟 텔레비전은 당신 똥구멍에나 처넣어!"

이저벨은 내가 쫓아올 경우를 대비해 재빨리 뒤로 물러났다. 자신의 의사를 다시 한번 확실히 전하려는 듯 내게 가운뎃손가락을 들어올린 뒤, 돌아서서 할로 레인을 성큼성큼 걸어갔다. 나는 이저벨이 열쇠를 꺼내 레이스 커튼 뒤에서 지켜보는 사람들이 들어찬 낡은 벽돌 건물 안으로 문을 쾅 닫고 사라질 때까지 가만히 지켜보고 있었다.

저녁부터 눈이 내리기 시작했다. 나는 데코가 훔쳐 갈 수 있도록 할로 레인 끝에 텔레비전을 내려놓은 뒤 집으로 돌아와 차를 세워놓고 걷기 시작한 참이었다. 킬마이넘 감옥을 지났을 때, 커다란 눈송이들이 소리 없이 내리고 있다는 것을 알아차렸다. 한번 내리기 시작한 눈은 그치지 않았다. 더블린은 좀처럼 큰 눈을 볼 수 없는 도시다. 제임스 병원 앞에 눈 때문에 들뜬 아이들이 잔뜩 모여 있었다. 아이들은 눈싸움을 시작했다. 신호에 걸려 서 있는 자동차 위에서 눈 뭉치를 끌어모으는가 하면, 애먼 행인들 뒤에 숨기도 했다. 퇴근해 집에 돌아가다가 눈덩이에 맞아 씩씩대는 양복 차림의 행인들은 아랑곳없이, 다들 코가 빨갛게 되어 깔깔 웃었다. 시간이 조금 더 지나자 사랑에 빠진 연인들이 상대방의 주머니에 손을 집어넣고 서로 몸을 기댄 채 고개를 젖혀 하늘에서 떨어지는 눈송이들을 쳐다보았다. 더 늦어지자, 이제야 술집에서 나온 취객들이 평소보다 세 배쯤 더 조심스럽게 걸음을 내디디며 집으로 돌아갔다.

내가 페이스풀 플레이스 끝에 도착한 건 밤이 많이 깊어진 시각이었다. 불빛들은 모두 꺼지고, 샐리 헌의 집 앞유리창에 붙은 베들레헴의 별 하나만 반짝이고 있었다. 나는 그 옛날 로지를 기다렸던 바로 그 어둠 속에 서 있었다. 양손을 주머니에 찔러 넣고, 가로등의 노란 불빛 안에서 우아하게 원을 그리며 흩날리는 눈송이들을 지켜보았다. 플레이스는 꼭 크리스마스카드에 등장하는 평화롭고 아늑한 마을 같아 보였다. 겨울에는 따뜻한 코코아를 마시고, 이불 속에서 썰매의 방울 소리를 꿈꾸는 그런 곳. 벽에 부딪치는 눈보라 소리와 십오 분에 한 번씩 멀리서 울리는 성당 종소리를 제외하면 거리에는 아무 소리도 들리지 않았다.

3번지 거실에서 불빛이 희미하게 새어 나오더니 커튼이 걷혔다. 잠옷을 입은 데일리 아저씨가 흐릿한 테이블 램프 불빛을 받으며 어둠 속에 서 있었다. 아저씨는 창틀에 양손을 올린 채, 자갈길 위에 눈송이가 떨어지는 모습을 한참 동안 지켜보았다. 이윽고 어깨가 들썩일 정도로 깊은 한숨을 내쉰 뒤, 커튼을 다시 쳤다. 잠시 뒤 불빛이 꺼졌다.

아무도 나를 보지 않았지만, 도무지 플레이스에 발을 들일 수가 없었다. 나는 끝에 있는 담을 넘어 16번지 정원으로 들어갔다.

케빈이 죽은 흙바닥 위에 솟아 있던 얼어붙은 잡초와 자갈들이 발

아래 밝혔다. 8번지 쪽을 보니, 어둡고 텅 빈 셰이 형의 방이 눈에 들어왔다. 아무도 그 방의 커튼을 칠 생각을 하지 않은 모양이었다.

16번지 뒷문은 어둠 속에서 활짝 열린 채 바람에 쉴 새 없이 덜컹거리고 있었다. 나는 문 앞에 서서 눈에 반사된 빛으로 푸르스름한 계단을 바라보았다. 차가운 공기에 입김이 새어 나왔다. 내가 만일 유령의 존재를 믿었다면 평생 이곳을 피해 다닐 것이다. 이 집엔 유령들이 잔뜩 모여 있을 테니까. 벽마다 스며들고, 허공 속에 가득 떠돌아다니고, 사방의 높은 곳에서 흐느끼며 날아다닐 테니까. 하지만 지금 여기보다 텅 빈 곳을 나는 어디서도 본 적이 없었다. 이 집은 사람의 숨결마저 빨아들일 정도로 텅 비어 있었다. 내가 이곳에 무엇을 찾으러 왔든, 속이 훤히 들여다보이는 스코처가 이미 이 집을 폐쇄하거나 아니면 그 비슷한 쓸데없는 뭔가를 하자고 제안했을 터였다. 내 어깨 위에서 소용돌이치며 떨어지던 눈송이들은 바닥에 닿자마자 그대로 사라져버렸다.

여기서 뭐라도 가져갈까, 혹은 뭔가를 남겨둘까 하는 생각이 잠깐 스쳤다. 하지만 남겨둘 만큼 가치 있는 것을 갖고 있지 않았고, 가져가고 싶은 것도 없었다. 잡초 속에 빈 과자 봉지가 하나 보였다. 나는 그걸 접어 문 밑에 끼워 넣고 문을 닫았다. 그런 뒤 담을 넘어 밖으로 나가서 다시 걷기 시작했다.

열여섯 살 때 이 집 위층에서 로지 데일리의 손을 처음 잡았다. 여름철의 금요일 저녁이었다. 우리들은 싸구려 사과주 두 병과 슈퍼킹 라이트 담배 스무 개비, 딸기맛 봉봉 한 봉지를 들고 16번지로 몰려갔다. 다들 아직 어린애나 마찬가지였다. 나와 지피 헌, 데스 놀런, 게르 브로피는 학교에 가지 않는 날이면 건설 현장에서 일을 했다. 그래서 피부는 갈색으로 그을렸고, 근육이 생겼으며, 돈이 있었다. 우리는 큰 소리로 웃었다. 새로 가진 남성성에 뿌듯해하며, 여자애들에게 잘 보이느라 건설 현장 작업 이야기에 열을 올렸다. 여자애들이란 맨디 컬런, 이멜다 티어니, 데스의 여동생 줄리, 그리고 로지였다.

그전부터 몇 달 동안, 로지는 서서히 내 마음속 비밀 나침반의 자북이 되어가고 있었다. 밤마다 침대에 누운 채 벽을 뚫고 자갈길을 가로질러 그녀를 느꼈다. 로지의 꿈속 긴 파도를 타고 그녀에게 이끌려 갔다. 이렇게 너무 가까이 있을 때면 숨도 제대로 쉴 수가 없었다. 우리는 나란히 벽에 기대앉아 있었다. 나는 로지 쪽으로 다리를 뻗은 채였다. 다리를 조금만 움직이면 내 종아리가 로지의 종아리에 닿을 만큼 가까웠다. 로지를 쳐다볼 필요도 없었다. 그녀의 모든 움직임을 피부 안쪽에서 느낄 수 있었으니까. 로지가 머리카락을 귀 뒤로 넘기는 것도, 얼굴에 햇빛을 받기 위해 벽에 등을 댄 채 몸을 움직이는 것도 알 수 있었다. 그녀를 바라볼 때면 머릿속이 하얘지곤 했다.

게르는 바닥에 팔다리를 뻗고 누워 있었다. 3층 높이에서 누군가의 머리 위로 떨어질 뻔한 철제 대들보를 자기 혼자서 잡아낸 일을 극적으로 포장해 여자애들에게 들려주는 중이었다. 사과주와 담배와 친구들. 우리 모두 반쯤 취한 상태였다. 기저귀를 차고 있던 시절부터 알던 사이였지만, 그해 여름에는 우리가 따라잡기 힘들 정도로 많은 것들이 빨리 변해가고 있었다. 줄리는 통통한 뺨에 분을 발랐고, 로지는 새로 산 은제 펜던트를 햇빛에 비추어보았다. 지피의 이야기가 마침내 마지막에 이르렀을 때, 우리는 모두 스프레이식 향수를 뿌리고 있었다.

"그러자 그 사람이 나한테 이러는 거야. '애야, 네가 아니었으면 난 오늘 여기서 두 번 다시 두 발로 걷지 못하게 됐을 거다……'."

"내가 지금 무슨 냄새 맡았는지 알아?" 이멜다가 누구에게랄 것 없이 물었다. "수컷 냄새야. 신선하고 매력적인 수컷 냄새."

"이제야 인정하는 모양이네." 지피가 씩 웃으면서 말했다.

"꿈 깨. 너희들을 인정하느니 차라리 벌레를 먹고 말지."

"헛소리 아니야. 내가 거기서 다 봤어. 얘들아, 분명히 말하는데, 얘 진짜 영웅이라고." 내가 지피를 두둔하고 나섰다.

"영웅 좋아하시네." 줄리가 맨디를 쿡 찔렀다. "얘 좀 봐. 대들보는 커녕 축구공 잡을 힘도 없을 것 같지 않아?"

게르가 이두근에 힘을 주었다. "이건 어때?"

"나쁘진 않네." 이멜다가 눈썹을 치올리더니, 빈 깡통에 담뱃재를 톡톡 털었다. "이제 흉근 좀 보자."

맨디가 비명을 질렀다. "변태 같아!"

"변태는 너야. 흉근은 가슴에 있는 거잖아. 대체 뭘 생각한 건데?" 로지가 말했다.

"그런 말은 어디서 배웠어? 난 흉근이란 말 처음 들어보는데." 데스가 물었다.

"수녀님한테. 수녀님들이 그림들을 보여줬거든. 생물학 시간에 말이야."

데스는 순간 말문이 막혔는지 봉봉을 집어 로지에게 던졌다. 로지는 사탕을 잡아 그대로 입에 집어넣고는 데스를 보며 웃었다. 나는 데스를 한 대 갈기고 싶었지만 그럴싸한 구실이 떠오르지 않았다.

이멜다가 게르를 보며 작은 고양이처럼 웃었다.

"그래서 보여줄 거야, 말 거야?"

"한번 볼래?"

"응, 보여줘."

게르가 우리를 향해 눈을 찡긋한 뒤 자리에서 일어나더니 여자애들 앞에서 눈썹을 씰룩이며 수줍은 듯 티셔츠를 조금씩 배 위로 올렸다. 우리 모두 야유를 퍼부었다. 여자애들이 천천히 박수를 치기 시작했다. 게르는 벗은 티셔츠를 머리 위에서 빙글빙글 돌리다가 여자애들 쪽으로 던지고는 근육질 남자 같은 자세를 취했다.

여자애들은 웃느라 더이상 박수도 치지 못할 지경이었다. 다들 한쪽 구석에서 어깨를 맞댄 채 배를 끌어안고 쓰러졌다. 이멜다가 눈물을 닦았다.

"정말 섹시한 가슴이야. 너⋯⋯."

"나 배가 찢어질 것 같아⋯⋯." 로지가 말했다.

"흉근은 무슨! 그냥 찌찌잖아!"

맨디가 웃느라 헐떡이며 따지듯 말했다.

"이 정도면 괜찮지. 찌찌라니, 대체 어딜 봐서 찌찌라고 하는 거야?" 게르는 상처받은 듯 자세를 바로 하고 자기 가슴을 살폈다.

"멋지다니까." 내가 거들었다. "이리 와봐. 크기 좀 재보자. 근사한 브래지어 사줘야겠다."

"꺼져."

"내가 그런 가슴을 가지고 있었으면 집 밖으로 절대 안 나간다."

"입 다물지 않으면 죽을 줄 알아. 뭐가 문제라는 거야?"

"물렁물렁하다는 뜻인가?" 줄리도 궁금한 듯 물었다.

"이리 돌려줘." 게르가 티셔츠를 달라며 맨디를 향해 손을 흔들었다. "제대로 볼 줄도 모르는 너희들한텐 더 안 보여줄 거야."

맨디가 손가락에 티셔츠를 걸더니 고개를 젖히고 속눈썹 밑으로 게르를 내려다보며 말했다.

"기념 삼아 좀더 가지고 있어볼까 하는데."

"맙소사, 저 냄새." 이멜다가 고개를 옆으로 돌렸다. "조심해. 거기 손만 닿아도 임신할지 몰라."

그러자 맨디가 비명을 지르며 티셔츠를 줄리에게 던졌고, 줄리는 더 큰 소리로 비명을 질렀다. 게르가 티셔츠를 낚아채려 했지만, 줄리가 그의 팔을 피해 뛰어올랐다.

"이멜다, 받아!"

이멜다는 한 손으로 티셔츠를 낚아챘다. 지피가 팔을 내밀어 그녀를 잡으려는 순간 몸을 비틀어 빠져나가더니, 티셔츠를 깃발처럼 흔들며 긴 다리를 이용해 순식간에 밖으로 나갔다. 게르도 쫓아 나갔고, 데스도 그 뒤를 따라 나가는 길에 나를 일으키려고 손을 내밀었다. 로지는 벽에 기대앉은 채 계속해서 웃고 있었다. 그녀가 가만히 있으니 나도 움직일 이유가 없었다. 줄리까지 펜슬 스커트를 끌어내리며 밖으로 나가자, 맨디가 짓궂은 표정으로 로지를 잠깐 돌아보고는 큰 소리로 외쳤다.

"기다려, 나도 같이 가!"

순식간에 방 안이 조용해지면서 로지와 나만 남겨졌다. 우리는 거의 다 마신 사과주 병과 쏟아진 봉봉이 뒹굴고 담배 연기가 자욱하게 남아 있는 가운데 서로를 쳐다보며 살짝 미소를 지었다.

내 심장이 미친 듯이 뛰기 시작했다. 이렇게 우리 두 사람만 있게 된 것이 얼마 만인지 기억조차 나지 않았다. 난 밖으로 뛰어나갈 생각이 없다는 걸 알리고 싶은데 어떻게 말해야 할지 판단이 서질 않았다.

"우리도 따라갈까?" 마침내 내가 물었다.

"난 여기 있는 게 좋아. 넌 가고 싶으면……."

"아니, 나도 괜찮아. 게르 브로피의 티셔츠에 손을 대지 않아도 사는 데 지장 없으니까."

"게르가 그 티셔츠 돌려받으려면 운이 아주 좋아야 할 거야. 제대로 걸렸네."

"오히려 좋아할걸? 집에 가는 내내 흉근을 보여줄 수 있잖아." 나는 사과주 병을 집어 들었다. 아직 술이 조금 남아 있었다. "더 마실래?"

로지가 손을 내밀었다. 술병을 건네줄 때 손이 살짝 닿을 뻔했다. 나는 다른 술병을 집어 들다.

"건배."

"위하여."

여름이라 해가 길어 저녁이 되어도 환했다. 7시가 다 된 시각이었지만 맑은 하늘은 여전히 부드러운 푸른빛을 띠었고, 햇빛은 열린 창문을 통해 연한 금빛으로 쏟아져 들어왔다. 주위가 온통 벌집처럼 윙윙거리고, 백 가지 다른 이야기들로 반짝반짝 빛나는 듯했다. 옆집의 미친 조니 멀론이 갈라진 바리톤 목소리로 기분 좋게 노래를 부르고 있었다.

"딸기밭이 리피 강에 휩쓸려 가고, 그대는 키스로 내 이마의 근심을 날려버리네……."

아래층에서는 맨디의 즐거운 비명과 쿵쾅거리는 소리, 그리고 커다란 웃음소리가 이어졌다. 그 아래 지하실에서 누군가 고통에 찬 비명을 지르자 셰이 형과 친구들의 야만적인 환호성이 터져 나왔다. 길에서는 샐리 헌의 두 아들이 훔친 자전거로 자전거 타는 법을 연습하면서 서로 싸우고 있었다.

"아니야. 빨리 가지 않으면 넘어진다니까. 여기저기 좀 부딪친들 누가 신경 쓴다고 그래?"

누군가 집으로 돌아가며 작은 소리로 행복과 소망이 가득 담긴 휘파람 소리를 냈다. 창문으로 피시 앤드 칩스 냄새가 들어왔고, 지붕 위에 앉은 지빠귀의 재빠른 지저귐과 뒤뜰에 빨래를 널면서 그날의 소문들을 주고받는 여자들의 목소리가 들렸다. 나는 사람들의 목소리와 문 닫는 소리까지 모두 알고 있었다. 심지어 메리 핼리가 집 앞 계단을 힘차게 비질하는 소리도 구분할 수 있었다. 만일 집중해서 귀를 기울였다면, 그날 여름 저녁 대기 속에 섞여 있던 사람들을 각각 구분하고 그들의 이야기를 하나하나 엿들을 수도 있었으리라.

로지가 말했다.

"말해봐. 게르의 대들보 이야기는 정말 어떻게 된 거야?"

나는 웃었다. "난 말 못 해."

"어차피 게르가 잘 보이고 싶은 상대는 내가 아닌걸. 줄리랑 맨디를 노린 거지. 사실대로 말해줘도 애들한테 알리지 않을게."

"맹세해?"

로지가 싱긋 웃으며 가슴 위에 성호를 그렸다. 벌어진 셔츠 틈으로 부드럽고 하얀 피부가 엿보였다.

"맹세해."

"게르가 떨어지는 대들보를 잡은 건 사실이야. 만일 그 애가 그 대들보를 놓쳤다면 패디 퍼론한테 떨어졌으리라는 것도 사실이고. 그랬으면 패디는 오늘 밤 걸어 다니지 못했겠지."

"그런데……?"

"사실 그 대들보는 정원에 쌓아뒀던 무더기에서 굴러떨어진 거였어. 게르가 잡지 않았으면 대들보는 패디의 발가락 위로 떨어졌을 거야."

로지가 웃음을 터뜨렸다.

"그 기회주의자, 늘 한결같다니까. 너도 알지? 우리 어렸을 때, 그러니까 여덟 살인가 아홉 살 때쯤 게르가 당뇨병에 걸렸다면서 급식에 나온 비스킷을 자기한테 주지 않으면 죽을 거라고 했었잖아. 정말 하나도 안 변했어. 안 그래?"

줄리가 아래층에서 소리쳤다. "나 좀 내려봐!" 진심은 아닌 것 같았다. 내가 말했다. "이제는 비스킷 이상의 것을 달라고 해서 문제지."

로지가 술병을 들었다. "그건 그렇지."

"게르가 너한테는 잘 보이려고 하지 않는다니, 그게 무슨 소리야?"

내 질문에 로지가 어깨를 으쓱였다. 옅은 홍조가 뺨 위에 번지고 있었다. "자기가 그래봤자 내가 신경도 안 쓴다는 거 아니까."

"그래? 여자애들은 전부 게르를 좋아하는 줄 알았는데."

로지가 또다시 어깨를 으쓱였다.

"내 타입 아니야. 난 덩치 큰 금발 머리 남자애는 관심 없거든."

내 심장이 점점 더 빨리 뛰기 시작했다. 따지고 보면 내게 빚을 진

셈인 게르에게 나는 황급히 텔레파시를 보냈다. 줄리를 내려놓지
말고, 애들을 끌고 위층으로 다시 올라오지도 말라고. 한 시간이나
두 시간 정도는 올라오지 않았으면 좋겠다고. 아니, 영원히 올라오
지 않았으면 좋겠다고. 잠시 뒤에 내가 말했다.

"그 목걸이, 너한테 잘 어울린다."

"이 펜던트 때문에 샀어. 새 모양이야. 봐."

로지가 술병을 내려놓더니, 자세를 바꿔 무릎을 꿇고 앉아 펜던트
를 내밀었다. 나도 햇빛이 줄무늬를 만든 마룻널을 건너가 로지 앞
에 무릎을 꿇고 앉았다. 지난 몇 년 동안 이렇게 가까이 다가간 건
처음이었다.

펜던트는 날개를 활짝 펼친 은빛 새 모양으로, 무지갯빛 자개로
만든 작은 깃털들이 박혀 있었다. 그 위로 몸을 숙이자 온몸이 떨렸
다. 말 잘하고 자의식이 강한 여자애들과 이야기해본 적이야 전에
도 있었지만 이렇게 긴장된 적은 없었다. 이번만큼은 영혼을 팔아
서라도 똑똑해 보이는 말을 하고 싶었건만 대신 나는 바보처럼 이렇
게 말했다.

"예쁘네."

그러고서 펜던트를 돌려줄 때, 내 손가락에 로지의 손가락이 닿았
다.

우리 둘 다 그대로 얼어붙었다. 심장이 뛸 때마다 오르내리는 로
지의 목 아랫부분, 그 부드럽고 흰 피부를 볼 수 있을 만큼 나는 그
녀와 가까운 곳에 있었다. 그곳에 내 얼굴을 묻고 싶고, 깨물고 싶었
지만, 어떻게 해야 할지 알 수가 없었다. 하지만 그렇게 하지 못할
경우 내 몸속 모든 혈관이 폭발하리라는 것만은 알고 있었다. 로지

의 머리칼에서 레몬 향이 풍겼다. 머리가 어지러웠다.

빨라진 심장박동에 용기를 얻은 나는 고개를 들어 로지의 눈을 바라보았다. 커다란 눈 속 검은색 동공을 초록색 테두리가 감싸고 있었다. 나 때문에 놀란 듯 입술이 살짝 벌어져 있었다. 로지는 펜던트를 떨어뜨렸다. 우리 둘 다 움직일 수도, 숨을 쉴 수도 없었다.

어디선가 자전거 벨 소리와 여자애들의 웃음소리가 들렸고, 미친 조니는 아직도 노래를 부르고 있었다.

"난 오늘도 그대를 많이 사랑해, 내일은 더 많이 사랑할 거야……."

그 소리들이 모두 길고 아름다운 종소리처럼 노란색 여름 공기 속에서 희미하게 흩어졌다.

"로지." 내가 불렀다. "로지." 양손을 내밀자, 로지가 따뜻한 손바닥을 마주 댔다. 우리 두 사람의 손가락이 포개졌을 때, 로지를 내 앞으로 끌어당겼다. 도저히 믿기지 않는 일이었다. 이 행운을 믿을 수가 없었다.

텅 빈 16번지의 문을 닫고 나온 뒤, 나는 여전히 변하지 않고 어딘가에 남아 있을 내 도시의 일부를 찾기 위해 밤새도록 헤매었다. 나는 중세에서 이름을 따온 거리들을 걸어 다녔다. 코퍼 앨리, 피섬블 스트리트, 전염병으로 죽은 사람들이 묻혀 있는 블랙피츠. 나는 닳아서 미끄러워진 자갈길과 녹슨 철제 난간을 찾아다녔다. 나는 트리니티 칼리지의 차가운 돌담을 손으로 쓸어내렸고, 구백 년 전 세인트 패트릭 대성당 우물에서 물을 얻었다는 마을이 있던 장소를 지나쳤다. 그 내용은 거리 표지판에 아무도 읽지 않는 아일랜드어로 숨겨져 있었다. 새로 조성된 조잡한 아파트 단지나 네온사인, 떨어지면 썩은 과일처럼 갈색으로 뭉개질 것 같은 역겨운 환상은 전혀 나의 관심을 끌지 못했다. 그런 건 아무것도 아니다. 현실이 아니다. 백 년이 지나기 전에 없어지거나 다른 무언가로 대체되어 잊힐 것이다. 그것이 파괴된 폐허의 진실이다. 도시가 그 정도로 타격을 입으면, 값싸고 오만한 베니어합판들은 손가락 한 번 튕기는 순간보다 더 빨리 무너진다. 오래된 건물들은 버텼고, 앞으로도 계속 버틸 것이다. 나는 고개를 뒤로 젖혀 그래프턴 스트리트의 체인점들과 패스트푸드점 위쪽의 섬세하고 화려한 기둥들과 난간들을 쳐다보았다. 사람들이 리피 강을 건널 때 반 페니씩 내고 이용했다는 하페니 다리에 팔을 기댄 채 세관 건물과 눈 속에서 움직이는 빛의 물결, 꾸준하게 안정적으로 흐르는 컴컴한 강물을 쳐다보았다. 그리고 어떻게 해서든 너무 늦기 전에 우리 모두가 집으로 돌아가는 방법을 찾게 되기를 바랐다.

감사의 말

감사 인사를 드려야 할 분들이 너무 많습니다. 경이로운 달리 앤더슨과 팀원들, 특히 조이, 매디, 카시아, 로재나, 캐럴라인에게 감사를 전합니다. 작가로서 에이전시에 기대할 수 있는 모든 것을 훌쩍 뛰어넘다 못해 몇백만 킬로미터 더 갔을 정도로 도움을 주셨습니다. 아셰트 북스 아일랜드의 시애라 콘시딘, 호더 앤드 스토턴의 수 플레처, 바이킹의 켄드라 합스터, 이 세 편집자들은 열정과 기량, 어마어마한 성실함으로 날 압도하는 분들입니다. 브레다 퍼듀, 루스 션, 시애라 둘리, 피터 맥널티와 아셰트 북스 아일랜드의 모든 분들, 스워티 갬블, 케이티 데이비슨과 호더 앤드 스토턴의 모든 분들, 클레어 페라로, 벤 페트론, 케이트 로이드와 바이킹의 모든 분들께도 감사합니다. 아주 예리한 교열 담당자인 레이철 버드, 더블린에 아름다운 사랑 노래들을 만들어주고, 관대하게도 이 책에 인용할 수 있게 해준 피트 세인트존, 정신 없는 와중에도 맥고너글의 작품을 기억해준 에이드리언 머피, 의학 자문에 응해준 퍼거스 오 코클라인 박사, 경찰 수사 과정과 형사 세계에 관한 정보를 공유해준 데이비드 월시, 몇 년 전에 이미 이 좋은 제목을 지어준 루이즈 로, 너무나 귀중한 인정과 사랑과 지원을 보내준 앤마리 하디먼, 우너 몬태규, 캐서린 패럴, 디 로이크로프트, 빈센초 라트로니코, 메리 켈리, 헬레나 벌링, 스튜어트 로슈, 셰릴 스테켈, 피델마 키오, 멋진 배경을 위해 애써준 데이비드 라이언, 일일이 다 열거할 수도 없을 만큼 고마운 나의 오빠 부부인 앨릭스 프렌치와 수전 콜린스, 어머니 엘레나 보스토프롬바르디와 아버지 데이비드 프렌치, 마지막으로 남편 앤서니 브리트나크에게 감사 인사를 드립니다.

옮긴이 권도희

미스터리 전문 번역가. 옮긴 책으로는 퍼트리샤 콘웰의 『스카페타 펙터』, 『죽은 자의 도시』, 베리 리가의 『나는 살인자를 사냥한다』, 릭 얀시의 『제5침공』, 애거서 크리스티의 『누명』, 『비뚤어진 집』, 『움직이는 손가락』, 존 카첸바크의 『하트의 전쟁』, 조지핀 테이의 『시간의 딸』, 요한 테오린의 '욀란드의 사계' 시리즈 등이 있다.

페이스풀 플레이스

Faithful Place

초판 발행 2022년 2월 21일

지은이 타나 프렌치 | **옮긴이** 권도희

책임편집 이송 | **편집** 임지호 김유진 | **외주편집** 홍상희 | **디자인** 이현정 이주영
저작권 박지영 이영은 김하림
마케팅 정민호 이숙재 박보람 한민아 김혜연 이가을 안남영 김수현 정경주 이소정
브랜딩 함유지 함근아 김희숙 정승민
제작 강신은 김동욱 임현식 | **제작처** 한영문화사

펴낸곳 (주)문학동네 | **펴낸이** 김소영
출판등록 1993년 10월 22일 제2003-000045호
임프린트 엘릭시르

주소 10881 경기도 파주시 회동길 210
문의 031-955-1918(편집) 031-955-8895(마케팅) 031-955-8855(팩스)
전자우편 editor@elmys.co.kr | **홈페이지** www.elmys.co.kr

ISBN 978-89-546-8497-2 03840

엘릭시르는 출판그룹 문학동네의 임프린트입니다.

잘못된 책은 구입하신 서점에서 교환해드립니다.
기타 교환 문의 031) 955-2661, 3580